Best Time

白 马 时 光

世界与他我都要

上

With Love, Wherever You Are

蒋牧童 著

江苏凤凰文艺出版社

图书在版编目（CIP）数据

世界与他我都要：全2册 / 蒋牧童著. -- 南京：
江苏凤凰文艺出版社，2021.12
 ISBN 978-7-5594-4392-2

Ⅰ. ①世… Ⅱ. ①蒋… Ⅲ. ①长篇小说－中国－当代
Ⅳ. ①I247.5

中国版本图书馆CIP数据核字(2021)第224490号

世界与他我都要
SHIJIE YU TA WO DOU YAO

蒋牧童　著

责任编辑	周颖若
特约策划	夏　童
特约编辑	崔馨予
装帧设计	小茜设计
出版发行	江苏凤凰文艺出版社
	南京市中央路165号，邮编：210009
网　　址	http://www.jswenyi.com
印　　刷	大厂回族自治县德诚印务有限公司
开　　本	880毫米×1230毫米　1/32
印　　张	20
字　　数	631千字
版　　次	2021年12月第1版
印　　次	2021年12月第1次印刷
书　　号	ISBN 978-7-5594-4392-2
定　　价	69.80元（全二册）

江苏凤凰文艺版图书凡印刷、装订错误，可向出版社调换，联系电话025-83280257

目 录 CONTENTS

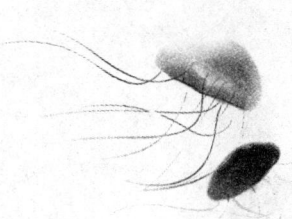

第一章　重逢　　001

第二章　奖励　　037

第三章　旧事　　072

第四章　心动　　106

目录
CONTENTS

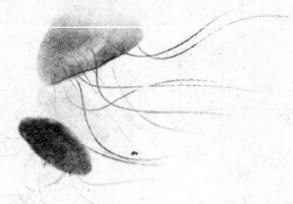

第五章　职责　　　141

第六章　海岸线　　172

第七章　放弃　　　201

第八章　糖果　　　236

第九章　告白　　　271

第一章

重逢

无边无际的海水渐渐漫过头顶,原本蔚蓝的海面颜色逐渐变深,她慢慢往下沉,那种灭顶的感觉从四面八方传来,直至……

叶飒猛地睁开眼睛,从睡梦中的窒息感里挣脱出来。

她一身冷汗。

又是那一片海水,无边无垠。

现在,只要她一闭上眼睛,脑海中那种窒息的感觉就挥之不去。

于是她平静地躺在床上,一直等到天亮。

叶飒起床后,直接走到厨房,准备给自己冲一杯咖啡。这样悠闲又轻松的早晨已不多见。咖啡泡到一半的时候,门铃响起,一声接着一声。

这样催命的铃声,她就猜到门外不是家里的保姆。

叶飒过去开门,谢时彦提着一个行李箱站在门口,一张本来极英俊的脸居然出现了些许劳顿后的萎靡,连眼底的血丝都清晰可见。

"你要喝咖啡吗?"

说完,叶飒转身往厨房走去,半路在客厅站住,转身望着已经跟进来的人,问道:"我什么时候能回去上班?"

她不说这个还好,一提这个,谢时彦只觉得血液直冲后脑勺儿,下一秒就能进医院了。

"我本来要在 M 国待两周,为了你的事情,不得不提前五天回来,你知不知道我有多……"

"所以,我什么时候能回去上班?"叶飒突然微歪了头,盯着他看,表情有些无辜。

显然，她更关心这个问题。

谢时彦被她的口吻逗笑了，反问道："都出这种事儿了，你还问我什么时候可以回去上班？"

三天前。

正在急诊科实习的叶飒，给一个头部有外伤的病人缝针。本来已经处理好了，就在她收拾东西，准备给病人开药的时候，对方突然伸手，在靠近她屁股的地方拍了拍，一脸亲热地笑道："谢谢你啊，医生。"

就在此时，中年男人的手掌居然还趁机往上，摸了下她的腰，似乎哪怕是隔着白大褂，压根儿没碰到她的皮肤，也能让他过过干瘾。

叶飒面无表情，低头看了一眼他在自己腰间，还没收回去的手掌。

待她眼神冷漠地望向中年男人时，只见他一脸得意地收回手掌，仿佛在笑她拿自己没办法。

结果下一秒，摆在旁边的医用托盘猛地被拽起来，"砰"的一声巨响，托盘直接砸在了这个中年男人的脑袋上。

本来已经缝合完毕的伤口，在叶飒的"关照"下再次崩裂，鲜血顺着他的脑袋流了下来。

这事儿不仅惊动了警察，更惊动了医院高层。毕竟第九医院建院至今，从未发生过有如此恶劣影响的事件！

对，医生直接把患者"开瓢"了。

事后，处理结果也很明确，患者被拘留五天。

至于叶飒本人直接被医院暂停实习，回家。

谢时彦听叶飒简单说完事情的经过，气得冷笑一声："这孙子被抓进哪个派出所了？我派人去和他好好聊聊。"

谢时彦这人有个家长的通病——护短。况且这人还是叶飒，他就更护着了。

"飒飒，要不咱们别当医生了吧。"谢时彦本来就觉得学医太辛苦，做治病救人的工作还遇到这种王八蛋，可不是更生气。

现在的小姑娘都爱购物，当个舒服的大小姐不好吗？这种生活难道不香吗？

叶飒看着他，淡然道："为了这种人？"

这已经是她学医的第七年了，几乎花了目前人生三分之一的时间在医学院。他让她为了这种人放弃当医生？

谢时彦望着她的表情，有种说不出的感觉，他重重地叹了一口气，点头说："行吧，你要是还想回去实习，那就去。有小舅舅呢。"

自家孩子嘛，不就是要往死里惯着。

谢时彦是叶飒的亲舅舅，不过两人相差七岁。比起舅舅和外甥女，他们倒是更像兄妹。平时他摆不出舅舅的谱儿，这会儿难得逞一次舅舅的威风。

此时，叶飒看着他，突然弯腰从茶几上的果盘里拿出一个苹果，用桌上的手术刀熟练地削起了苹果皮。

她一边削苹果一边看向他："我怎么才能回去？"

"如果有人给医院捐一栋楼的话，你觉得他们还会在乎一个实习生犯的小错误吗？"

削完果皮正要把苹果放到嘴边的叶飒，突然伸手将苹果递给了谢时彦，神色几乎可以称得上柔和："来，小舅舅，吃苹果。"

阳光从客厅的落地窗照射进来，笼着叶飒纤细的身影。

她的脸上终于浮现出一丝笑意。

谢时彦望着这个苹果，突然身体抖了一下。他觉得她还是别这么客气更好。

晚上八点，阮冬至的电话打过来。阮冬至是叶飒的大学同学，一个从医学界中途叛逃的"法律狗"，目前在国内一家知名红圈所专门做关于企业并购的案子，靠着三寸不烂之舌赚得盆满钵满。她的生活奢靡浮夸，时常过着晚上泡吧到凌晨，第二天神采奕奕去上班的反人类生活。

电话里，阮冬至一开口就说："我听说你被医院停职了，特地打电话过来关心你。"

"谢谢。"

叶飒漫不经心地说道。如果阮冬至口吻里的幸灾乐祸没那么明显的话,她或许会把这句"谢谢"说得更真诚。

"晚上出来玩吧,我要替我们苦熬了七年的可怜的同窗们庆祝一下,终于把霸占了七年专业成绩第一的人送走了。"

叶飒的朋友,特别是女性朋友没几个,阮冬至算是一个,也只有她敢这么打趣叶飒。

一直到挂了电话,叶飒也没说去不去。等她开始继续写论文,才发现自己已经在这一行停留了半小时之久。

她发了条语音给阮冬至:"地址发过来。"

几秒钟后,阮冬至的回复如期而至。

叶飒开着她的大G越野车到地方的时候,发现这里并不是阮冬至平时去的那种酒吧,倒是那种安静又有点儿情调的酒吧。沿路一条街都是这样的小酒吧。

"怎么选这里?"叶飒看见阮冬至迎来时开口道。

阮冬至瞥了她一眼,笑着说:"好不容易请到我们叶博士,当然得按照Dr.叶您的品味来安排了。"

"你怎么知道这是我的品味?"

对于叶飒的轻讽,阮冬至撇嘴——意料之中。

他们包下了酒吧的二楼,不知道出钱的傻子是谁,但是众人玩得挺开心。叶飒坐在其中,眉眼清冷,不说话,只喝酒。

她是全场的焦点。过分好看的眉眼,却没有年轻人的张狂飞扬,反而透着清冷,微微颔首间有股"小女王"的气场。特别是她安静地坐在那里时,自带着一股这世界与她无关的冷漠感,以至于没人敢主动搭讪她。

酒过三巡,阮冬至在酒吧的阳台找到叶飒,屋里热闹得厉害,叶飒却一个人趴在这儿喝酒。

"你的实习到底怎么样了?"虽然电话里打趣恭喜她失业,但是阮冬至太了解一个医学生能走到现在,所要付出的努力和坚持。况且叶飒还那样强,是她见过的最厉害的天才。

叶飒冲着她举了下酒杯,露出漫不经心的表情:"麻烦你告诉你可怜的同窗们，实习第一只会是我。"

够狠，阮冬至心里飘过两个字。

突然，窗边有个人激动地大喊："对面有人跳湖啦，你们快看啊！"

酒吧对面有一个人工湖，一个巨大的水花在湖上溅起，此时水面还未彻底平静。

"我的天，太刺激了吧。"

"肯定又是哪个为情所困的大姐。"

众人正热烈地讨论着，突然又有一个身影直接跳进湖中，湖水再次溅起水花。

"怎么又有一个人跳进去了啊，殉情呀？"

叶飒再也听不下去，转身往楼下跑。阮冬至知道她要干吗，没多说就跟着她一起下楼了。

她们到湖边的时候，湖边已经里三圈外三圈地聚集了不少人。

叶飒推开人群往里走，被推开的人还略有不满，她立即喊道："这里有医生，都快让开。"

这一声倒是叫看热闹的人群让开了一条路，方便她进去。

果不其然，人群中心躺着一个浑身湿漉漉的姑娘，旁边还蹲着一个年轻男孩儿，穿着军绿色T恤。年轻男孩儿见她来了，赶紧让开位置。

叶飒想也不想，立即上前给她做检查。

"散开，都散开。"叶飒看着周围堵着的人群，拔高声音喊了一句。

随即叶飒跪在地上，伸手解开对方衬衫最上面的一粒纽扣，清除对方口鼻中的杂物，俯身趴在她的胸口。

虽然她落水的时间并不长，可是溺水窒息只需要几十秒。

叶飒几乎感觉不到她的心跳。叶飒毫不犹豫，立刻开始给她做心肺复苏。

一下！

两下！

三下……

叶飒一边双手在她的胸口按压，一边低头看着对方，这是一张年轻清秀的脸。叶飒不知道对方落水的原因，可这样年轻的生命，如果真的无法挽回，谁都会惋惜。

围观的人望着这个好看的姑娘，不顾仪态地跪在地上，一下又一下地做心肺复苏。所有人都看着她努力跟死神赛跑，想要拯救这个年轻的生命。

直到最后，叶飒用力地按着她的胸口低声说："活过来，请你活过来。"

突然，躺在地上的人猛地咳了一下，这一个小小的反应像是水波般传递着，从人群的最里侧一直传递到了最外围。

欢呼声、鼓掌声，还有为叶飒叫好的声音，瞬间席卷人潮。

等人彻底醒过来，叶飒才转头看向之前的那个男孩儿："你认识她吗？"

男孩儿立即摇头："人是我队长救的，我们都不认识她。"说完他还指了个方向。

叶飒顺势看过去，那边围着的人少，她一眼就看见了站在湖边的男人，此时他低头甩了下自己的脑袋，又用手指捏了捏耳垂，显然是刚才救人时耳朵进了水。

男人身姿挺拔，犹如一棵笔直的青松，身上的衣服跟这男孩儿一样，军绿色T恤还有迷彩裤，叶飒的视线从狭窄的腰身往下看时，突然定格。

这人腿真长。

急救车的呼啸声从远处传来，叶飒收回视线。等急救人员过来时，她才发现这辆救护车居然是从第九医院开过来的，也就是她实习的那个医院。

救护车上的随行医生也没想到会在这里遇见叶飒，叶飒简单地将患者的情况交接给他，看着他们将患者抬上车。

这时阮冬至钻到她身边。她用咬耳朵的声音说："快看你九点钟方向，那个救人的男人，人间极品啊。"

叶飒心里觉得好笑，抬头看过去。

也是这一刻，她看清了男人的模样，呼吸就莫名其妙地屏住了。

那个男人神色寡淡，叫人看不出情绪。

他有一双略显得狭长的桃花眼，眼尾上翘，乌黑的瞳孔中暗藏着某种光彩，似乎是刚在湖里洗过，有那种化不开的浓稠色彩。

高挺又好看的鼻梁上，正挂着水滴，滑到他的鼻尖，凝聚成水珠。

"队长，咱们这就走了？"

温牧寒斜睨了身边的人一眼,手指又在耳垂上拽了拽:"怎么,你还等着有人给你送锦旗?"

说完,他转身离开。男孩儿赶紧跟上,两个人渐渐走远。

阮冬至看着他们离去的背影,用带着色气的语调感慨道:"早知道我刚才就该跳下去,让他也救我一次。我这辈子就没见过这么好看的男人。"

叶飒突然开口:"嗯,我见过。"

她眼前浮现出他刚才轻轻甩头的模样,透着一如既往的不拘和随性。

原来时间已经过了这么久,都快七年了。

周一早上。

南江市第九医院一如既往地热闹,医院门口的路一向不算畅通。车辆在医院保安的指挥下有序进入,只是车子太多,就连留给医院的员工停车位都有点儿不足。

一辆黑色大G在轰隆的发动声里开进医院,引得走在路上的人不由得回头。

本来拎着小包正低头看手机的小姑娘,在看见这辆黑色大G后,猛地拔腿往急诊大楼跑过去。

等她匆匆地进入医院的更衣室时,里面有几个刚到的护士。

一大清早,大家也有说不完的话。

直到跑进来的小姑娘大喊一声:"叶医生回来了。"

突然,更衣室里的嘈杂声仿佛一下子消失,原本聊得热火朝天的众人转头看向小姑娘。小姑娘以为她们不信,指着外面说:"真的,我刚才看见叶医生的车了,就是那辆黑色大G。"

这车确实是太有名,不仅贵,还因为它是由一个实习医生开来的。

当时还因此引起了不小的轰动,以至于开会的时候,科室里的主任还隐隐提醒,有些人不要搞特殊化,上班就该有个上班的样子。

"不会吧,我以为她肯定会被开除的啊。"

"怎么可能,我早就说过叶医生家里不简单,她怎么可能被开除。"

"可是她都把病人给开瓢了,还不够严重?"

"也是那人活该好吧,我不是叶医生的狗腿子啊,但是我觉得她做得特别好。说真的,之前我去检查病房时,也会遇到这种手脚不老实的病人。我真想拿托盘也把他的脑袋砸开。"

"你看看,这就是恶劣影响啊,要是咱们各个都像她一样,医患关系还能好吗?"

"得了吧,我要真像叶医生那样有钱,我何苦来医院受这罪。我就在全世界买、买、买,买它、买它、买它!"

"人家叶医生有一颗救死扶伤的心,你这种俗人怎么比得了。"

更衣室讨论得热烈,一个个似乎恨不得立马变身她们口中讨论的人。

直到有个疑惑的声音说:"你们说,她怎么还能回来啊?"

毕竟当时这事儿闹得挺厉害,据说当时高层就有人放话说,要把她立即开除,以儆效尤。

这个疑惑,叫更衣室又沉默了几秒钟。

直到有个人幽幽道:"有些人的命,是我们羡慕不来的。"

叶飒走进办公室的时候,站在门口的饮水机旁倒水的人看见她时,不小心把热水倒在了手指上,烫得他当即叫了一声。

本来在聊天的众人目光被吸引过来,一下子,办公室里出现了如同被冰封般的寂静。

还是站在门口的何源先反应过来,立即说道:"叶飒,你回来了。"

"对呀,叶飒,你来了。"

"早上好啊。"

众人开始七嘴八舌地打招呼,但是他们到底是年轻,脸上的表情已经泄露了心里的想法。

大家显然都在疑惑,为什么她还能回来。

叶飒安静地点头:"早上好。"

她走到自己的办公桌旁边,只是上面已经摆着好几样并不属于她的东西,粉色水杯、一盒中性笔……

显然这些人是觉得自己一定不会再回来上班了,先霸占了她的桌子。

她看了几眼之后,物件的主人们终于后知后觉地把东西拿了回去。

医院里的实习生不都是一个学校的，因为实习生需要在各个科室之间轮转，到最后会跟其他学校的人在一个科室。

其他的东西都被拿走了，只剩下那个粉色水杯。

叶飒见没人认领，淡淡地问："没人要吗？"

直到旁边有个叫徐雯的女生说："这是嘉嘉的吧。"

说话间，又有个人进来办公室，人还没到，声音已经娇滴滴地响起："好烦呀，今天又堵车，我的车差点儿被……"

她的声音在她看清楚办公室里的情况时，戛然而止。

应嘉嘉像是见了鬼一样地看着叶飒，表情里是错愕、不敢相信，还有说不出的恼火。

叶飒的手指在自己的桌子上轻叩了两下。

"你的？"

都说"一山不容二虎"。最起码在应嘉嘉心目中，她跟叶飒就是两头旗鼓相当的老虎，虽然她的专业成绩比叶飒差到不知哪里去了。

应嘉嘉并不是跟叶飒同校，相较于叶飒那个在全国医学院中排名第一的学校，她所在的学校，连前二十都没排到。

不过这并不影响应嘉嘉把叶飒当成对手。毕竟应嘉嘉的学校并不突出，她却能在第九医院这样的顶级三甲医院实习，家里确实是有关系的。

在学校上课那会儿，她就挺惹人注意的。学医的漂亮女孩子不多，应嘉嘉觉得自己是顶级的那一波。

况且之前她还参加过一个素人恋爱综艺节目，别说点击率不错，她连热搜都上过好几回，光是她和男嘉宾的感情线都被好好热炒了一番。

以至于她在医院实习的时候，还被不少年轻人认出来，问她是不是那个综艺里的应嘉嘉。

只不过这些在她看来大到不行的光环，在遇到叶飒的时候，彻底灰飞烟灭。

她来实习之前，特地缠着家里给自己买了一辆六十多万的奥迪小跑，本以为能艳压群芳，让所有人大开眼界。

可同时期来实习的叶飒，开的是奔驰大G。

应嘉嘉上前拿起自己的水杯，扬起笑脸，冲着叶飒带着歉意道："不好意思哦，我还以为你不回来了呢……"

话还没说完，应嘉嘉瞧见叶飒望过来，那种漫不经心的眼神，让她喉咙一哽，竟是把余下的话硬生生又咽了回去。

说起来，应嘉嘉还真有点儿害怕叶飒。

之前她还觉得这种情绪挺莫名其妙的，直到后来她明白了，毕竟她可不敢拿托盘给病人开瓢。

实习生之间的事情，只是小插曲而已。

急诊科里的医生们在看见叶飒的时候，竟也是情绪各异。

说实话，关于叶飒这件事儿吧，众人对她的评价褒贬不一。有人觉得她这个事儿影响实在太恶劣，幸亏是没有被媒体报道，要不然就是一件影响原本就脆弱的医患关系的恶劣事件。

至于支持叶飒的人，意思也很明白，在男人动手动脚的时候，他就不再单纯是病人，而是流氓。

流氓自然是人人喊打的。所以有批评她的人，也有支持她的人。特别是女医生和女护士，大家可不是没遇见过这样的事情。

早上开会的时候，急诊科的人以为主任会说两句关于叶飒的事情，谁知主任如寻常般，交代了日常工作之后就让他们赶紧回去坐班。

而一帮实习医生则跟着主治医生到急诊病房查房。

第九医院的急诊科属于医院的重点科室，不过急诊病房只能算临时病房，情况不严重的病人很快就能出院，要是病人情况严重，就得转到医院其他科室长期住院。

反正病人在急诊病房是住不长的。

早上的查房看似普通，可对实习生来说却很重要，毕竟这相当于是老师给你上实操课，一个个活生生的病人在你的面前，谁都不敢懈怠。

叶飒走在最后面，应嘉嘉和她的好闺密徐雯肩并肩站在叶飒前面，两个人正好把叶飒挡得严严实实。

今天是急诊外科的主任医师王玉良教授查房，这位是专家级别的人物，一周才查房一次。

实习医生都很珍惜跟着他查房的机会，万一自己能入了王主任的眼呢。

虽然实习医生知道留在第九医院的机会实在是渺茫，不过人不就是这样，会为了那些遥不可及的目标拼命努力。

王主任为人颇为和蔼，和哪位病人都能聊两句。

直到众人到了一个九岁小姑娘的病床前，小丫头高烧好几天不退，就被留在了急诊病房。王主任温和地和小女孩儿的母亲交流了几句之后，正准备带着人去下一个病房。

突然小女孩儿勾着脖子拼命往后看，在看见人群最后微垂着头的叶飒时，开心地喊道："医生姐姐。"

应嘉嘉和徐雯不由得抬起头。

谁知小女孩儿格外天真地说道："我在叫最漂亮的那个医生姐姐。"

小孩子童言无忌，可是旁边几个实习男医生倒是有点儿憋不住想要笑，气得应嘉嘉白眼差点儿翻上天。

叶飒往旁边挪了一步，看向她，嘴角轻轻地勾起，露出一个清浅的笑容。

小女孩儿嘟着嘴巴问道："医生姐姐，这两天都不是你来给我打针。"

小孩子血管细，有些年轻护士找不准血管。小姑娘住院第一天时就是这样，护士给她抽血，结果连续两次都没找准血管。

眼看着小孩儿哭了，家长在一旁也是憋着怒气，叶飒接过护士手里的抽血针管，重新用棉球擦拭小家伙的手臂之后，一下子就把针头扎了进去。

等抽完血，小丫头脸上挂着泪珠对她说："咦，居然不疼哎。"

她从住进急诊病房开始就是叶飒在跟进，没想到叶飒几天没来，她居然还记得叶飒。

王主任望着小姑娘，指着叶飒说："你喜欢这个医生姐姐给你看病啊？"

小姑娘毫不犹豫地点头，还说道："因为医生姐姐打针一点儿都不疼。"

"那行，从今天开始还是这个医生姐姐给你打针，好不好？"王主任也到了知天命的年纪，对这个年纪的小姑娘最没抵抗力。

一时间，不管是实习医生还是王主任身后站着的主任医师，都不由得转头看向叶飒。

这姑娘是那种打眼的好看。

同样是穿着一身白大褂,她能穿出一股子出尘的气质。她的长相并不是那种浓烈又具有攻击性的美,是那种浓淡相宜的美。

特别是那一截纤细的天鹅颈,她愣是把别人比成了陪衬。

叶飒被这么多人盯着看,也只是微微点头,脸色如常,始终是不卑不亢的态度。

查房之后,医院里的工作算是正式开始,很多病人早已在大厅里等待了。护士正在做导诊和分流的工作。至于刚才查房时的小插曲似乎被迅速遗忘。

一直过了十二点半,叶飒才有机会去吃饭。办公室里没有别人,看起来应该是都出去吃饭了。

叶飒安静地享受难得闲暇的午休时光。

她吃饭并不慢,自从来医院实习之后,她已经学会了怎么在五分钟之内吃完一顿饭。有时候,当医生真的像是在打仗一样,病房和手术室就是他们的战场。

叶飒吃完饭,把食盒简单整理好,重新放回导医台,一会儿管家会过来把食盒取走。

在她准备回办公室时,突然看见急诊大楼外面的走廊上站着一对男女,她一眼就认出来那个女人是应嘉嘉。

她的眼睛落在男人的背影上,他一身白色海军常服,身姿笔挺又让她感到熟悉,隐隐看得出他的侧脸轮廓立体又硬朗,早已褪去了昔年仅存的一点儿温软,看着就叫人生畏。

那样耀眼的白色制服,仿佛让照在他身上的阳光都暗淡了些许。

叶飒再也忍不住,直奔他们而去。

而此时,应嘉嘉正一脸娇羞地想着,应该怎么要对面这个人的联系方式,虽然人家只是想要跟她打听住院病房怎么走。

结果她还没开口,突然,一个纤细的身影挡在她的面前。

叶飒毫不客气地挡住她,态度十分强势:"这是我的人。"

应嘉嘉:"……"

叶飒回头,看着男人微锁着的眉头,严峻的表情给人一种难以捉摸的感觉。

叶飒却不忤,嘴角一勾,说道:"温牧寒,你还知道回来?"

这一下,应嘉嘉心里的怒火简直烧到极点,就连对这个男人的那股子惊艳至极的感觉,也因为对叶飒的厌恶而消散。

好一对狗男女。

今天午后的阳光似乎比往常要更加温暖,在医院的这条走廊里留下了一道窄窄的阴影。此时他们周围并没有什么病人和家属,显得有点儿幽静。

温牧寒微垂眸,望着面前的姑娘,她穿着一身白大褂,身材高挑纤细,一张精致好看的小脸丝毫没有任何内疚的情绪,反而扬起,目不转睛地看他。

于是他变了姿势,单手插在兜里,眉头拧起,那双过分好看的桃花眼因为表情严峻,此刻不带丝毫轻佻风流之意。

其实他还真的是变了。以前叶飒见他时,总会想他一个军校毕业生,怎么笑起来那么漫不经心,抬眸勾眼都透着一股撩人的意味,像个会勾引人的妖精,一个不小心就会被他诱了心魂。

可如今,身上尽显成熟的男人,似乎已经能完全掌握,如何压制这股子自带的痞气和不拘。

在叶飒发呆的时候,温牧寒微抬下巴,声音极淡:"说说吧,怎么回事儿。"

他显然是在问刚才那句"他是我的人"是怎么回事儿。

叶飒不说话。

温牧寒盯着叶飒,她仰脸,说:"她想勾搭你。"

刚才应嘉嘉那表情,叶飒看了一眼就猜出她的小心思,叶飒当然看不惯。

温牧寒眉心依旧紧蹙着,眯着眼盯了她几秒。

这次他略弯腰,平视着叶飒,一双黑眸似笑非笑:"她勾搭我,你拦着干吗?"

叶飒一听他这语气,差点儿气笑了,怎么,这是嫌自己坏了他的好事儿?

要不是她一向不喜欢在背后搬弄是非,还真的想要回复他一句:你眼光也太差了吧。

沉默片刻。

"你怎么来医院了?"叶飒问道。

温牧寒目光瞥向她，开口说："来看人。"

来看人？

叶飒立即关心道："你朋友病了？他住哪个病房，我可以带你去。"

第九医院实在是大，温牧寒把车停好后，发现他找不到病房。这不，刚拦住医院的一个医生打算问路，结果半路杀出个程咬金。

他斜睨了叶飒一眼，似乎有点儿不太清楚现在要怎么对付她。

"你朋友住哪儿？"叶飒见他不说话，又追问了一遍。

这次，温牧寒报了病房号，反正都要问路，问谁还不是问。

叶飒边说边转身："走吧，我带你过去。"

温牧寒站在原地，没抬步子，漫不经心道："你把地方告诉我，我自己过去。"

"你要是能找到，刚才就不会找人问路了。"

温牧寒蓦然盯着她看了几秒，突然轻嗤了一声，本来紧抿的薄唇略勾了个弧度，刚才身上那股子拒人千里之外的冷漠也稍微融化了点儿。

静谧的午后，两人并肩走在安静的医院里。只是一个穿着白大褂，而另外一个则是一身笔挺板正的军装制服，同样是白色，却穿出了不同的气场。

虽然有那么点儿矛盾，可两人并肩站在一起又显得格外和谐。

一路上撞见他们的人就没有不回头看的。

目光有惊艳的、有惊讶的，也有欣赏这一如画般美好的场景的。

只不过他们到了病人的房间时，里面并没有人。叶飒上前翻了一下病人的床头卡。

吴敏，21岁。

病人是三天前住进医院的，还没出院。

叶飒的眼睛盯着床头上的名字和年龄看了好久，这才转头对还站在门口的男人说："病人还没出院，我去问一问护士。"

她刚走到门口，正好碰见一个路过的护士，她将人喊住："请问这个病房里的病人去哪儿了？"

护士被她叫住，朝病房里看了一眼，也是一脸疑惑："她不在病房里吗？"

叶飒微微皱眉，倒也没多说，毕竟这些病人有腿有脚，偶尔出去散散步什么的,护士也不可能全程看着。

"没事儿,我们等一会儿。"叶飒点头,表示谢意。

护士笑了一下,推着医用推车继续往前走。

这是双人病房,不过这会儿只住了一个病人,在第九医院这样的地方,病房居然还有空闲的,当真是太少见了。

于是叶飒又走回去,看了一眼那张床头卡。

名字普通,年纪稍显年轻。

"你跟她什么关系?"叶飒捏着床头卡,语气轻松。

温牧寒此时正倚着床位,双手抱胸,腰腹微着力,两只脚一上一下交叠着,姿态轻松。他脖子微扭过来,朝叶飒手上的床头卡看了一眼,语气中带着一丝轻嘲:"你要改行当警察了?"

他语气中的轻嘲,叶飒也没当回事儿,只是弯腰把床头卡放回去。

她慢悠悠地往窗口走去,这里是十楼,抬眼望过去,能把整个医院都收入眼中。第九医院作为顶级三甲医院,整个院区特别大,一栋大楼连着一栋大楼。

不知道她小舅舅准备把楼捐在哪儿。

房间里安静了几秒,就被楼下的吵嚷声打扰,叶飒低头看过去。

一个中年男人指着楼顶喊道:"哎呀,这上面是不是有人要跳楼了?快来人啊!"

他这么一喊,立即吸引了周围人的注意。

没过多久,底下就有一群人站着,全都冲着楼顶指指点点。

叶飒探头出去往上看,什么都没看到,于是她转身往外走,只来得及扔下一句:"我上去看看,你在这里等着。"

可是她的话音还没落下,温牧寒已经直起身体,长腿比她还快地往外冲。

叶飒看着他身上那一套过分耀眼的白色军装,倒是笑了,都忘了他是干什么的了。无所不能的解放军叔叔啊。

这栋楼一共二十六层,电梯到了二十六层。她先冲了出去,一直走到走廊的尽头,那里有扇门,一打开是一个空旷的小阳台,阳台上有台阶通往天台。

之前医院不是没病人跳过楼,所以这些地方的门常年都是锁着的,就怕有病人想不开。

谁知今天居然又出事儿了，叶飒他们来的时候，已经有几个医生、护士站在前面，在劝病人回来。

但对方一直坐在天台外围的那一圈水泥墙壁的角上。

大家谁也不敢上前。

叶飒看着这个穿着医院里蓝白色条纹病号服的姑娘，虽然她的双手捂着脸，叶飒看不到她的脸，但第一感觉就是她很年轻。

叶飒心里有种没来由的烦躁。

在这所医院里，每天都有人为了活下去而拼命努力着。化疗不痛吗？每天大把大把地吃药难道不难受吗？

但生命只有一次，他们都想要活下去。

还有之前她在酒吧街救的那个跳湖的女孩儿，一个个这么年轻倒是争着抢着去死。

直到旁边的温牧寒突然喊道："吴敏。"

叶飒一怔。

坐在墙上的女孩儿听到有人叫自己的名字，茫然地抬起头，她眼睛空荡而迷茫地扫过面前的人，接着，她朝下面看了一眼。

这一眼叫天台上的其他人瞬间将一颗心提到了嗓子眼儿。

温牧寒立即说："我是隋文的战友。"

叶飒转头望着他，此时这个钢筋铁骨般的男人脸上出现了一丝碎裂，仿佛有一种叫悲伤的情绪瞬间划过。

隋文。

叶飒将这个名字在心里轻轻念叨了一遍。

坐在墙上的女孩儿听到这个名字，顿时失控，声音带着哭腔："隋文，你们把隋文还给我。"

一个医生大概猜到，安慰说："小姐，人死不能复生，你这样会让爱你的人担心。"

这一句话像是灰烬里的火星，一下子又将整个火堆燃烧了起来。

"你们懂什么，你们这些人懂什么！"女孩儿伸手指着他们，用控诉一样的语气说，"你们都是大医生，有很多人讨好你们，爱你们。"

"可隋文是这个世界上唯一爱我的人。现在隋文死了,再也没人爱我了。"

那个医生不敢说话了。

吴敏的控诉并未到此结束,她说:"从小我爸妈就嫌弃我是个丫头片子,他们只喜欢我弟弟。我上高中的钱是隋文偷了他们家的钱给我交的。"

"他高中毕业就去当兵了,他说等他退伍复员会有一笔钱,到时候,他就用这些钱来娶我。"

故事很平淡,甚至可以说很普通。两个出身社会底层的孩子,特别是吴敏,被她的原生家庭嫌弃。隋文是她成长过程中唯一正直、善良并且爱她的人。

两个年轻的生命这样相互扶持着,一起奔向那个他们向往的未来。可陡然间,原本应该紧紧拽着她的那只手,消失了。

他,再也回不来了。

叶飒安静地站在原地。

坐在墙上的女孩儿仿佛有说不完的控诉。或许是因为沉默了太久,又或许是因为太自卑,她从未将这些话说出口,今天她可以彻底宣泄出来。

她控诉原生家庭对她的残忍,这个世界对她的不公。

吴敏越说越激动,身体摇晃得愈发厉害。天台上一阵微风吹拂而过,似乎下一秒就要把这个单薄的身影吹落下去。

"所以你们不懂,你们根本就不懂。"

温牧寒望着她摇摇欲坠的身体,眉头紧锁,直到叶飒轻轻推了他一下。她伸手指了指另一边的墙壁。

此刻,吴敏是微侧向左边坐着的,如果从右边偷偷摸过去,趁着她不注意,应该能把人救下来。

温牧寒没动,吴敏情况不稳定,需要一个人吸引她的注意才行。

叶飒从左边往前走了几步,她说:"我懂。"

吴敏望着她,脸上尤带愤怒。

叶飒又开口了。

她说:"我知道失去爱我的那个人是什么感觉,会有人告诉你,他走了,去了很远的地方,再也回不来了。他们会让你节哀顺变,告诉你活着的人要坚强。"

吴敏听着她的话，竟慢慢安静了下来。

"刚开始你还会恍惚，觉得他们都是在骗人，直到你去参加他的葬礼。你看着他躺在那里，不会说，不能动，也不再笑。每个人会手捧白花从他的身边走过，然后你要向他们每个人鞠躬致谢……"

说到这里，叶飒的声音戛然而止。

她的声线并不甜腻，带着清透，沉沉地说话时叫人觉得悦耳，似乎能抚平心里的紊乱。

正准备悄悄匍匐过去的温牧寒，跟着停了下来。他怕叶飒不说话的时候，自己的动作会被对方看见。

所以他偏头看向叶飒，此刻安静站着的姑娘，阳光落在她的脸上，笼着清丽柔和的轮廓。他看见一颗泪如滚珠般从她的左眼轻轻落下。

要不是她卷翘的眼睫轻颤着，那一颗泪仿佛是温牧寒的错觉。他的眉心在这一刻拧到极致。

"我知道那种失去的感觉，"叶飒的声音再次响起，她望着吴敏，"所以我要告诉你的是——"

"活着的人，请好好活下去。"

在她的声音落下的同一秒，一个白色的身影从侧边猛地跃起，而叶飒在同一时间冲了上去。

温牧寒伸手拽住吴敏的时候，叶飒也一把抱住她的腰。两方用力之下，吴敏整个人由于惯性，连带着叶飒一起摔倒在地上。

在听到一声脑袋撞地的巨大闷响声时，叶飒在头晕目眩中，只剩下一个念头：我的脑袋真硬。

吴敏很快被拉走，温牧寒单膝跪在地上，微喘着粗气，明明他经历过比这个凶险百倍的事情，可此时他额头沁着薄薄一层汗。

"还不起来？"温牧寒低头看着还躺在地上的姑娘。

只见她轻闭着眼睛，一动不动地躺在那里，连眼睫毛都没有动。温牧寒在原地等了半分钟，突然他慌了。

刚才那一声闷响，是后脑勺儿磕在地上的声音。她是用身体护着吴敏。

温牧寒伸手将叶飒从地上抱起来，手掌摸着她的后脑勺儿，她透过浓密的长发能感受到他掌心源源不断的暖意。叶飒窝在他的怀里,结实的胸膛宽厚又透着温暖,让人有种流连忘返的不舍。

这样的温暖烫得叶飒心尖儿一软。

下一秒,她眼睑微抬,那样漂亮的一对儿眼睛直勾勾地盯着眼前的俊脸。

"你紧张我啊。"

她笑意盈盈,声音里透着得意。

刹那间,温牧寒被气得额角突突微跳。

他嘴角扯出一抹冷笑,要不是想到她刚才确实磕到了脑袋,还真想把人直接放下,让她继续在地上躺着。

温牧寒将人从自己的怀里放开,却不想叶飒一把拽住他的手臂。

男人的手臂紧实坚硬,摸上去哪怕是隔着衣料都感觉硬邦邦的,偏偏还带着暖暖的热度,她的手指不自觉地抓得更紧。脑子里腾地升起一股子念头,无法明说。

"还不起来?"温牧寒收回自己的手,直接站了起来。

叶飒这会儿心里的那股子旖旎念头慢慢退散,她起来时才发现自己浑身都疼,不只是磕到水泥地的后脑勺儿疼,左手掌也疼得厉害。

她虽然没看,但能猜到应该是磕破皮了。

温牧寒见她不动,总还算耐得住性子:"要我拉你起来?"

"你要是想抱我起来,也可以。"叶飒仰头看他。

男人高大的身形挡住她面前的阳光,以至于他的脸处于逆光中,明明近在咫尺,叶飒却看不清他的表情。

沉默片刻。

温牧寒弯腰凑近她的脸,他的脸像是从逆光中被一点点拉出来,英挺的眉眼陡然逼近,深邃漆黑的眸子无波无痕,嘴角微抿着。

许久未见,这人更似妖孽了。

两个人之间有一种奇妙的气压,叶飒也不怵他,大大方方地迎着他的眼睛看。

她不是没见过好看的人。年初,她跟妈妈参加慈善晚宴,满屋子的明星衣香鬓影,有新晋的流量小鲜肉,也有成名多年气场十足的影帝大咖,个个在镁光灯前精致耀眼。

可没一个叫叶飒的视线停留超过十秒,即便四目相对,心里都掀不起一点儿波澜。偏偏面前这个男人不一样,他双手插在裤兜里,弯腰站在她眼前。

有种巨大的冲击力在顷刻间直击叶飒的心里,流经四肢百骸。这种难以言喻的感觉,或许应该简单地称为——"上头"。哪怕再浓烈的酒都喝不出这样的滋味。

温牧寒剑眉压着黑眸,淡然地看着她:"那你继续在地上坐着吧。"

说完,他转身走了,徒留还坐在地上的叶飒微咬着牙。

不过她也没生气,听着他的脚步声远了,才慢慢从地上爬起来。其实她也不全是为了招惹他,而是手掌钻心地疼,让她使不上力气。这会儿从地上站起来,已经疼得五官扭曲。

她挺不想让温牧寒看见自己这么丢人的一面,冲上去救人,反倒把自己搭进去了。与其拿这个在他面前装可怜,她宁愿装作什么事情也没发生。

等她从天台上下来,温牧寒已经不见踪影了。

叶飒估计他是去看吴敏了,毕竟那姑娘的情绪到现在都没稳定。

她慢悠悠走回急诊室,这会儿没什么人在,叶飒把生理盐水、碘酊和医用纱布找出来。

她坐在椅子上,慢慢将左手伸出来。此刻手掌心一片血肉模糊,表面一层皮都蹭破了,血肉间还夹杂着粉尘和水泥地上的细沙。

她挡在吴敏身下时,下意识地用手掌撑地,因此整个人被带倒后,手掌在地面上摩擦得特别厉害,伤口看着挺吓人的。

她慢条斯理地给右手戴上一次性手套,拿起医用镊子。因为伤口处进入了细小的沙子,所以要先用镊子清理干净。

温牧寒过来的时候,看见的就是这一幕。

叶飒坐在椅子上,手里拿着镊子,不紧不慢地清理自己左手掌心的伤口,她安静沉着的模样,让人觉得受伤的压根儿不是她。

温牧寒不知道他心里应该是什么感觉,但现在就是很不爽。

"你们医院没别人了?"他开口打断当下的安静。

叶飒这才抬头,注意到他正在门口站着。

她拧眉:"你走路怎么没声音啊。"

温牧寒没管她这句话,而是直接走过来,伸手将她的手掌拉过去,看着动作挺大,可是力道却很轻。

他低头仔细看她的伤口,不用想,肯定是刚才摔倒的时候擦的。他眉头拧成"川"字,抬头想要教训她,可触及她明亮的眸子时,突然哑住了。

"干吗不叫人帮忙?"

叶飒笑了:"就这点儿小事儿?"

她没那么矫情,要不然刚才她就在温牧寒面前装可怜了,哪至于自己回来自己清创。

有些事儿,她挺不屑干的。这姑娘特别不肯服软,会哭的孩子有糖吃这套在她这里不管用。

叶飒一个人已经把伤口处的沙子处理得差不多了,下面就是消毒和包扎就行。

她完全没把这个当回事儿,试着把手抽回来,可是温牧寒抓得牢牢的,让她抽也抽不回来。

"这算什么,我还能自己给自己扎针呢。"叶飒轻笑。

这个她还真没吹牛,医学生也不是谁一上来就能把针扎准的,一开始会在医学器材上试验,后来是动物,再后来干脆就在自己身上试。毕竟什么都不如真实的皮肤。

早上小姑娘当着那么多人的面儿夸叶飒打针一点儿都不疼,没人知道她在背后付出了多少。

温牧寒听了,半天没说话。

叶飒刚要再抽回手,就听他声音极淡道:"出息了啊,不是以前打针哭鼻子的时候了。"

叶飒第一次见到温牧寒的时候,才十五岁,刚上高二。

她母亲谢温迪本就忙,二婚后更是满世界飞。本来她是想让叶飒也到国外读书,只是叶飒不想。于是她一直住在学校,日常有她小舅舅谢时彦看顾。

那次叶飒高烧体温快到四十摄氏度时，正赶上谢时彦出国了。

老师送叶飒到医院，刚打上点滴，老师的电话响了，是她家里打来的，她儿子把手臂摔骨折了。瞧着老师差点儿着急哭了，叶飒安静地坐在椅子上，让老师先回家去，说自己会联系家里来接。

她只能给谢时彦打电话，谢时彦又只能让她在医院等着。

于是小姑娘安静地坐在输液室等着，周围的人成群结队，要么就是父母带着子女过来，要么就是情侣相伴。

她一个人也可以的啊，没事儿的。

不知过了多久，她无聊地盯着吊瓶上的输液管中间的那个气囊，一滴一滴透明液体匀速滴落在气囊里，再通过管子慢慢流进身体。

"叶飒。"突然一个低沉的男声喊她。

叶飒猛然回过神，看着已经站在面前的人。男人过分高挑的身材使她不得不仰起头，看清他模样时，她有那么点儿沉默。

年轻的男人一身黑衣，黑色薄夹克和长裤，整个人利落干净。

那张年轻的脸，十分英俊，微微有些狭长的桃花眼，此时带着轻笑，有种莫名勾人的味道。

一时，叶飒看得入神，不知该有什么反应。

温牧寒进来就认出了小姑娘，因为整个输液室，只有她孤身一人，安静地坐在角落，盯着输液管发呆，看起来有些楚楚可怜。

小姑娘年纪太小了，这孤零零的模样，倒是容易引起别人怜爱。

温牧寒连临时被谢时彦硬塞下这份差事的恼火，都在这一刻消散得差不多了。

"我是你舅舅的朋友。"温牧寒见她不说话，先自报家门。

叶飒不说话，只盯着他，一双黑眸充满警惕。

温牧寒不仅没生气，反而觉得这姑娘知道保护自己。他轻笑道："我现在给你舅舅打电话，让他跟你说，好不好？"

叶飒望着他拿在手里的电话，警惕心不减，直勾勾地望着，一副"那你快打啊"的神情。

结果温牧寒打过去，谢时彦没接。

眼见着小姑娘眼底快浮现出"我就知道你是个骗子"的眼神,温牧寒也气笑了。

好在他耐心地说:"要不我给你看看我的证件。"

"你工作了吗,有工作证吗?"叶飒终于开口,声音小小的、软软的,还带着病中特有的微哑。

温牧寒一怔。

就听小姑娘不紧不慢地说:"现在有很多办假身份证的。"

"你这小孩儿,还懂挺多。"

温牧寒觉得她挺好玩儿,一本正经的小模样,于是他看着她淡笑:"可工作证也有造假。"

叶飒淡抿着嘴。

不过温牧寒还真从口袋里掏出一个小本子,他习惯把证件带在身上,没想到正好用上。他把证件递到叶飒的面前:"给你。"

叶飒还没接过证件,就看见上面醒目地写着:

中国人民解放军军官证。

小姑娘眨了下眼睛,接过证件翻开,就看见左侧一张证件照,是比他现在还要年轻的样子,就是十七八岁的样子。头发是剃得极短的那种军人中常见的短发,反而衬得五官立体好看。

叶飒看了好几眼,这才慢悠悠看姓名栏:**温牧寒。**

温牧寒见她盯着,还好心指了指上面的钢印:"看清楚这里,这个要是有人敢造假,是要被抓起来的。"

此时,叶飒也抬头,她望着温牧寒的目光终于变了。

半晌,她说道:"你是解放军啊?"

"如假包换。"

叶飒点头,这才把证件还给他,指了指旁边的椅子说:"那你坐在这里吧。"

温牧寒被她的举动逗笑了,这小孩儿还挺有礼貌的。

他坐下来后,叶飒几次用余光瞄他,她以为自己做得很隐蔽,直到又一次之后本来低头用手机回复信息的温牧寒幽幽地问:"小孩儿,你一直盯着我干吗？叔叔脸上有花吗？"

他是这小姑娘舅舅的朋友，算起来这一声"叔叔"不过分。

可叶飒嘴巴抿得更紧。

温牧寒以为她第一次见自己，有些害羞，况且他本身话也不多，见小姑娘不说话，干脆安静地坐在她身边陪着。

直到他眼睛瞥见小姑娘的膝盖紧紧并在一起，轻轻晃动。他正要问她是不是冷，转头瞧见小姑娘的表情。

温牧寒心中了然，他低声说："我先出去一下。"

叶飒没说话，眼看着他走了出去。她抬头看着自己的点滴瓶，脚掌又在地上跺了两下。输液时难免会有三急，可是没人帮她，就连这个好看的哥哥这时候也只忙着自己的事。

一直以来情绪还算正常的小姑娘，此时委屈渐渐漫上心头。

眼见着她眼眶红了一圈，赶来的护士问道："小姑娘，你要不要上洗手间？"

叶飒立即抬头，看着面前穿着粉色护士装的姐姐。

"你哥哥说你可能想要上厕所。"护士轻笑着说道，已经举起了她的吊瓶，"走吧，我带你去厕所。"

叶飒咬着唇，低声说了句"谢谢"。

等上完厕所回来，另外一个护士过来给她换了吊瓶。

温牧寒是在护士换完吊瓶之后回来的，小姑娘朝他看了一眼又迅速低头，可是脸上的眼泪还是没藏住。

他一下子有点儿愣住，半晌才问："你怎么了？"

叶飒不说话，只低头小声啜泣，眼泪吧嗒吧嗒地往下掉，连肩膀都开始忍不住地抽动，似乎受了了不得的委屈。

温牧寒觉得有些莫名其妙，她刚才不是还好好的？

"到底怎么了，你能跟我说说吗？"温牧寒从来没带过孩子，特别是这种半大的小孩儿。这个年纪的孩子心思敏感又细腻，这一眨眼的工夫就给你折腾出这么件事儿来。

许是他声音太温柔，又许是叶飒也觉得自己哭得太丢脸了。

她小声说:"打针太疼了。"

温牧寒听着她这个理由,莫名其妙地笑出声。

叶飒看着自己被包扎完好的手掌,没想到温牧寒还会包扎。刚才他捏着她的手,给她上药、包扎,一切都不慌不忙。

见她的眼睛一直盯着自己,温牧寒淡声:"看我干吗?"

听着他的语气,叶飒一撇嘴:"你以前没这么凶。"

温牧寒笑着说:"你以前还是个小孩儿。"

叶飒听他的话,一下子来劲儿了,靠近他问道:"现在呢?"

温牧寒转头,却不想余光正好扫到她白大褂下的衣服,她今天穿着一件有点儿紧身的上衣,胸前姣好饱满的曲线格外明显。

他将头转向另一边,可脑海中却隐隐有画面。现在呢?

——小姑娘长大了。

对于温牧寒不搭理自己这句话,叶飒早有心理准备。

她主动转移话题:"吴敏怎么样了?"

刚才闹了这么一通,大家都心有余悸。

温牧寒靠在办公室的桌角处,脸上带着一丝说不出的无奈:"医生给她打了一针镇静剂,现在睡着了。"

"她男朋友是?"叶飒想到那个隋文。

温牧寒望着她:"我带的兵。"

说这句话的时候,他的神色是木然的。

隋文是他带出去却没能安全带回来的兵。

叶飒知道这些话是废话,什么"没人想到意外发生,不是你的错,活着的人要往前看才行"——都是废话。

不是当事人,根本不了解那种心痛,痛彻心扉。哪怕深夜睡觉的时候,整个人都会蜷缩成一团。

她陪着温牧寒安静地待着,过了一会儿,男人转头看向她,慢慢开口:"你在天台上说的那句话是什么意思?"

叶飒挑眉,没听懂。这次真不是她装傻,因为她在天台上说了好多话。

温牧寒说:"什么叫你知道失去爱你的人是什么感觉?"

原来是这句话啊。叶飒望着他,也不回避,只是轻轻巧巧地勾起唇,笑了起来,她说:"你还真信了啊?你又不是第一天认识我,我哄她的。"

她为了哄吴敏,故意那么说的而已。

叶飒的态度随意又自然,仿佛刚才在天台上温牧寒看见的那一滴泪,真的就是错觉。

温牧寒还没收回目光,叶飒干脆盯着他。

她冲着他眨眼,压着声音说:"不信啊?那我说我能在十秒之内哭出来,你信不信?"这次她使劲儿盯着温牧寒。

温牧寒淡漠地望着她,最后没好气道:"你不当演员还真可惜了。"

"没事儿,我还是觉得白衣天使这个职业比较适合我。"叶飒双手插在兜里,语气轻松。

她跟温牧寒在一块儿,身上反而没了那股子生人勿近的清冷。

倒是温牧寒的气场更强烈。

不过叶飒陡然想起一件事儿,她认真地说:"吴敏的情况,我觉得你们要重视起来,这不是她第一次自杀了。"

对于叶飒的话,温牧寒并没有感到意外。

因为他早在看见吴敏的第一眼就认出来了,吴敏就是那天在酒吧街附近跳湖的姑娘,当时还是温牧寒跳下去,把她救上来的。

之前温牧寒并不认识吴敏,也不知道她的事情。这几天隋文的父母被接了过来,还有隋文的其他亲属也在。

温牧寒一直在处理隋文的身后事,隋文是在海上出任务救人的时候,意外牺牲。目前烈士称号已经下来,马上就是葬礼的事情。

吴敏的事情,还是跟隋文要好的一个兵告诉温牧寒的。他说隋文的父母悲伤过度,出面交流都是由隋文的二叔负责,但是他二叔不许吴敏来看隋文,甚至不允许吴敏自称是隋文的女朋友。因为隋文的二叔觉得吴敏是为了来分隋文的抚恤金。

这也是吴敏第一次跳湖的原因,明明是自己的爱人,却连最后一面都没办法见。

"凭什么？"叶飒冷声问道。

人都已经去世了，凭什么不让吴敏去看她的爱人。

温牧寒不知道该怎么和她解释，其实知道这件事儿之后，他也第一时间跟隋文的二叔沟通了。

对方操着一口带着浓重口音的普通话跟他解释，不是他们不近人情、为难吴敏。而是隋文的事情一出来之后，吴敏的父母就放话了，说吴敏跟了隋文这么久，虽然还没领证但也是隋文的媳妇。隋文的抚恤金也应该有吴敏的份儿。

隋文的二叔并不是那种蛮不讲理的人，他低着头，有些羞愧地说，这是他侄子拿命换来的抚恤金，隋文父母就这一个孩子，这些钱得给他大哥大嫂养老用。他知道吴敏这孩子不错，但是吴家那对父母实在太不是东西，所以他得做这个坏人。

温牧寒不擅长处理这些家长里短的事情，但是既然摊在他头上，他也不会不管。

他看着叶飒："我会解决的。"

叶飒并不算好脾气，从她直接把那个咸猪手的男人打破脑袋就能看得出来，这姑娘心里太过黑白分明。

温牧寒一句话却让她熄灭了所有恼火。这男人总是能这样，轻描淡写的一句话就叫人信服。他说的，她就信。

叶飒说："我会尽快安排精神科的医生跟进吴敏的情况，她现在情绪波动很大，又有很严重的自杀倾向。"

温牧寒点头。

叶飒站起身，正要走过去靠近他，突然两个护士手牵手推门直接进来，看见叶飒和温牧寒时明显一愣。

"叶医生，不好意思啊。"小护士赶紧歉意道。

只不过在她们离开之前，两个人的眼睛都不由得朝温牧寒看过去，登时眼底闪过一丝惊艳。两个人一出门就讨论起来。

"哇，这个兵哥哥也太帅了吧。"

"白色制服是海军，对吧？这一身衣服可真好看。"

"这人是叶医生的男朋友吗？"

"不知道呀,第一次看见。"

温牧寒低头看了眼腕上的手表,他也是趁着午休的时间出来的,这会儿医院也快上班了,他直接说了句:"走了。"

叶飒站在原地看着他,等他走到门口时,才想起来:"你的电话号码还是原来那个吗?"

谁知他只是将手臂竖在半空,冲着身后的姑娘挥了挥。

叶飒撇嘴,说句话会死啊。

下午医院依旧忙碌不堪,整个急诊大厅人来人往,叶飒忙得几乎全程没停手。他们实习需要在各个科室里轮换。

她正好轮换到急诊科。

晚上是叶飒值班,同时值班的还有应嘉嘉。医院排班的时候可不会考虑什么谁跟谁关系好,就把谁和谁排在一起,轮到你,你就得上。

实习生里的另外一个女生徐雯临走前,还抱着应嘉嘉:"宝宝,你今晚辛苦了。"

应嘉嘉在原地哼唧了半天,再转头时,本来在办公室里倒水的叶飒早没了踪影。这姐妹情深的戏码,也是白演了。

实习生里就三个女生,她和徐雯两个人早早抱团,有意无意地冷落叶飒。可叶飒是真的完全不在乎,都懒得看她们表演。

应嘉嘉晚上不想吃东西,在网上点了一份精致的轻食沙拉,外卖被放在前面护士站,她走过去拿外卖盒。

"真的,我和小汪亲眼看见叶医生和那个人待在办公室里。"

"那人应该是个军官,我看了一眼好像还是少校军衔,特年轻。"

"就一眼,你能看出来这么多啊?"旁边的护士哼笑。

说话的人立即不愿意了,她说:"咱们医院可是军医院,我难不成连军衔都会认错?"

这倒也是。随后有人感慨:"那是真的厉害,怎么人家叶医生就找到了这样的男朋友啊,太羡慕了。"

应嘉嘉本来只是想来拿外卖,没想到听到护士们在讨论叶飒和一个军人。她一听就立即明白,肯定是她中午遇见的那个男人。

虽然她心里对叶飒极其讨厌，可是此刻还能想起，初见那个男人的惊艳。

"应医生，这个是你的外卖吧。"有个护士看见她过来，立即把东西递给她。

她随便瞥了一眼，就看见叶飒那个显眼的饭盒。

叶飒从不在医院食堂里吃饭，每天都会有个男人来给她送饭。一开始应嘉嘉还笑话她，这么大个人了，还是个"妈宝"，吃饭都要家人送。

后来才知道那是叶飒家里的管家。管家！

一个在电视剧里才能出现的称呼，一瞬间将医院的众位医务工作者从紧张刺激的医疗剧现场拉到了纸醉金迷的豪门剧当中。

这事儿被扒出来的时候，应嘉嘉气得牙都快咬碎了。

她突然轻笑了下，软软地说道："其实啊，军人哪有你们说得这么好，我有个表姐也嫁给一个军官，结果你猜怎么着，半年不到就要离婚了。"

"为什么呀？"

"工资少，不着家呗，而且啊……"应嘉嘉压低声音，神秘道，"你们别看网络上宣传得多好，其实有些军人，你知道的，一身男人的臭毛病。"

这话倒是勾起了话题，有个护士接话头："对、对，我家那边也有一个这样的。"

关于叶飒的流言蜚语一向多，倒不是她做人失败，而是总有人希望她身上有污点。仿佛这样，她们就可以平视她了。

应嘉嘉嘴巴不停，总算是把今天中午的一口恶气出完："而且男人长得好看有什么用……"

她话没说完，一下子噎住，因为叶飒正双手插兜，安静地站在对面的转角处望着这边。

医院清冷的灯光打在她身上，使她的身影都透着一层隔绝众人的冷淡。

原本还在嘀咕八卦的众人背脊一凉，毕竟都是小年轻，谁都没修炼成精，这么背后说人家还被当事人听到，都有那么点儿尴尬。

叶飒缓缓走过来，她也是来拿东西的。

应嘉嘉反而在她走近时昂首挺胸了起来，反正她说的都是事实。

结果叶飒径直走到咨询台，伸手在台面上轻叩了两下。

"麻烦，我的饭盒。"

小护士赶紧从里面把她的饭盒递到台子上，生怕触到霉头。

叶飒没立即伸手拿起来，而是抓起护士站台子上的中性笔，这是用来给访客登记用的。她拿在手里把玩了下，望着应嘉嘉轻笑："长得好看没用？那你中午看着他笑成那样干吗？"她的口吻挺正常的，没有嘲讽应嘉嘉的意思。

结果对方反而恼羞成怒了。"谁笑了？"她拔高声音质问。

叶飒嘴角一撩，猛地举起手里的中性笔，应嘉嘉还以为她要打自己，吓得伸手挡在自己面前，可是她就听到扑哧一声，东西被戳破的声音。

等她睁开眼睛的时候，才发现叶飒把中性笔直接钉进了她的沙拉盒子里。

叶飒冷漠地望着她："他身上的军装，你不配侮辱。"

面前之人，如遭雷击。

叶飒在办公室里吃完晚饭，应嘉嘉都没敢在她面前出现。

八点的时候，她的电话响了起来。打电话的是司唯，是她从大学开始就在一起的室友，跟阮冬至那个中途"逃跑"的不一样，司唯目前也在第九医院实习，只不过她最近在妇产科上班。

"你把你们科的应嘉嘉打了？"司唯开口第一句话就问这个。

叶飒笑了，谣言大概就是这么来的。

"没。"

司唯伸了个懒腰："你要是真把她打了，我也不觉得奇怪。这事儿我也挺想干的，只可惜我没有能给我捐大楼的舅舅。"

叶飒怎么回来上班的，阮冬至和司唯都知道。当时两人都觉得她疯了，有这钱拿去挥霍潇洒不好吗？

"你这周末休假，对吧？阮冬至说给我们搞个联谊，把她同行的精英小哥介绍给我们，一起去呗。"司唯对找男人这事儿还挺上心的。

用她的话说："怎么也要在博士毕业之前，好好谈一场恋爱吧，要不然多丢人。"

"没空。"叶飒趴在阳台栏杆上。

末了，她补了一句："有个男人，等我去哄呢。"

叶飒真没跟司唯说笑，晚饭之前她去过一趟住院部，又看了看吴敏的情况。吴敏的情绪好了很多。

开口第一句话就是："医生，不好意思，给你添麻烦了。"

这是个挺自卑胆小的姑娘。

叶飒看着她不时低头抠自己的手指，又想起她在天台上畅快说话的模样，或许也只有在那一刻，她才敢爆发，才有人愿意听她说话。

吴敏看着叶飒，突然问："医生，你能帮我问问首长，我可以去看隋文吗？我听说星期日就是隋文的葬礼了。"

她所想的，不过是再最后看隋文一眼而已。

叶飒微微皱眉，她自然想要一口答应，但这事儿并不能由她决定。不过温牧寒说过，他会解决的。所以她说："你别担心，温牧寒会劝说隋文的家人的。"

吴敏点头。

不过，提起温牧寒，吴敏突然说："我听隋文说过他们营长，他说虽然温营长以前是在南海舰队，刚调回来不久，但是他特别厉害，还立过二等功呢。"隋文跟她说的话，她都记得。

但是叶飒从来没听说过这些。自从温牧寒在她十六岁那年离开之后，她再也没有打听到过这个男人的消息。此刻听到他的事情，有种陌生又难耐的感觉，似乎想要从吴敏口中听到更多。

"他很厉害？"叶飒故作疑惑。

吴敏立即点头，仿佛对于叶飒质疑隋文的话很意外。吴敏说："隋文说温首长一过来，就把他们治得服服帖帖的，说他各方面都特别厉害，营里没人不服气他。"

吴敏是想着隋文的话说的，而叶飒则在脑海中勾勒出那个男人教训人的模样。

她轻舔了下嘴唇，光想想都觉得肯定很性感。

周末的时候，殡仪馆的人特别多。只不过今天不同以往，今天的仪式规模特别庞大，而且来往的全都是穿着笔挺军装的军人，行走坐立之间都带着一股子板正昂扬的气势。

温牧寒穿着一身白色军装，胸前别着白色小花。

当司仪朗声喊道"鞠躬"时，站成整齐队列的军人整齐划一地将军帽从头顶上取下，随后，所有人面朝着正前方鞠躬。

那里的花墙上挂着一张巨大的照片。照片上的青年长相虽普通，却因为一身军装而显得格外气宇轩昂，那双眼睛更是炯炯有神。

温牧寒将帽子戴起来的时候，耳边听着前方的女子泣不成声。

一旁的俞栋见他不动，伸手把人往一旁扯了扯。

他小声说："牧寒，今天是隋文葬礼的日子，你得克制情绪。"

温牧寒面无表情地望着他："我还不够克制吗？"

"谁都不想这样的。"

温牧寒突然冷笑："可是我把没经过专业海上救援训练的兵扔去大海里救人，你觉得我作为指挥官没错？"

"营长。"俞栋一下子按住他的手。

他望着温牧寒："当时情况那么紧急，东海救援队的人没咱们到达出事儿点迅速，船上又着了火……"

是啊，谁都不想的。谁能想到那条船会在那个地方着火。当时船只发出求救信号，他们也收到了。所以当时舰艇过去，是正常操作。

况且当时舰上的指挥官是罗舰长，人家是团级干部，他都同意过去救援。只是救援时派遣的是温牧寒带着的陆战队队员。

就像所有人说的那样，谁都不希望意外发生，没人愿意看见自己的战友、兄弟死在自己面前。

事后，他们不是没有总结过救援的整个过程，如果他们的速度能更快，如果他们海上救援的经验更加丰富……或许结果就不一样了。

这几年来，海上救援一直由交通局下辖的各个飞行救援队负责。

海军的训练上以舰艇作战为主，哪怕他们的训练有涉及海上救援，但是真实的救援经验到底不如别人，所以出了事情。

所有人都跟温牧寒说，"别想那么多，你的决定没错，你做得够好了"。可是只有他自己知道，不够，还不够，远远不够。

如果他做的准备足够多，如果他对手底下的人训练要求更高些，他就能把他们都活着带回来。

一切仪式结束之后,天幕阴沉,隐隐要下雨。

隋文的骨灰盒会被带回他家乡的烈士陵园下葬,这是他父母唯一的要求,因为他们想要离儿子更近些。

吴敏也来到了现场,她抱着隋文的母亲,两人又哭了很久。

温牧寒离开的时候,只觉得脑袋涨涨地疼。他抬头环顾一圈,突然忘记早上把自己的车停在哪儿了。殡仪馆外面的停车场特别大,他站在原地想了半天。

直到一辆越野车停在他的旁边。车窗渐渐下降,露出一张戴着墨镜的脸蛋儿。

叶飒穿着一身纯黑色连衣裙,长发未扎,披散在肩头,黑衣黑发衬得她皮肤白得透亮,哪怕不施粉黛也美丽动人。

"我想你今天肯定不想自己开车回家。"叶飒看着他说道。

所以,她来接他了。

…………

一路上,红绿灯并不算多,大概是因为殡仪馆地处偏僻地带吧。

车窗紧闭着,整个车厢被划分成了一个幽闭的小空间,只有他们两个人的空间,就连彼此身上的气息,都近得像是要交缠在一起。

温牧寒从上车到现在,一句话都没说。

叶飒知道他没心情说话,干脆给他足够安静的空间。

虽然温牧寒没说地址,可是叶飒还是向着她早已经烂熟于心的地点,一路开了过去。

开了一个多小时,外面的天也黑透了,两边店铺门前的霓虹灯渐渐亮起,点缀着夜幕。车子停下来的时候,温牧寒正单手撑靠着车窗的边缘。他眼眸微抬,望着外面熟悉的小区门口,倒是有些意外:"你还记得呢。"

叶飒知道他笑的原因,七年了,她还记得他住的小区。

叶飒把车窗降下来,看了一眼门口,突然回头望着温牧寒:"这儿可是我第一次变成大姑娘的地方,我怎么会忘记。"

那天在医院里,温牧寒安静地陪着她,看她哭完。

其实十五岁的小姑娘,自然不会真的仅因为打针就哭了。她只是没想到温牧寒那么细心，会发现她想要上洗手间的事情。

可对方毕竟是陌生人，而且还长得那么英俊好看，这怎么能叫正处于青春期里敏感的小姑娘不觉得丢脸。一时间，丢脸又委屈的情绪交织在一起，浮上她心头，最后化成了眼泪。

温牧寒将纸巾递给她的时候，瞧着雪白小脸上豆大的泪珠，想起那句，女孩儿是水做的话。没想到，老祖宗真没骗他。

温牧寒是在军人世家长大的，说来也奇怪，家族里面竟是没什么女孩儿，都是从小就被亲爹提溜到军营里头的小少年。一个个倔强到不行，年纪虽小，却特别能憋得住。谁要是哭鼻子，必定会被嘲笑许久。

久而久之，小小年纪身上就染上了军人那种铁血风骨，有泪不轻弹。

所以温牧寒哪儿见过这阵仗，才几句话而已，小姑娘跟受了天大的委屈似的，这会儿肩膀还一抽一抽的，停不下来呢。

直到温牧寒用纸巾擦了擦她的眼泪，轻声道："这是叔叔第一次照顾小孩儿，你要不要给我点儿面子，别哭了？"

这一句叫叶飒的哭声渐收，她眼巴巴地望着温牧寒。

两人四目相对。

半晌性子也有点儿小倔的小姑娘，低声嘀咕："你才不是叔叔呢。"

"我是你小舅舅的朋友，应该算你的长辈，你叫我'叔叔'是应该的吧。"温牧寒坐在她身边，认真地说道。

可是不管他怎么说，叶飒就是死活不张嘴。

叶飒挂完点滴已经十点半了，温牧寒带着她走到医院门口，转头说："走吧，我送你回学校。"

谁知小姑娘转头望着他，突然说："我还没彻底好呢，万一我晚上还继续发热呢？"

什么？

温牧寒有点儿愣神，觉得自己有点儿没跟上小姑娘的节奏。

"我不想回学校，我们宿舍里的人睡觉总是磨牙。"小姑娘皱眉，不开心地说道。

其实也不全是这个原因，或许表面再坚强的小姑娘，在生病时心里也会有小情绪，她就是不想让人觉得她家有钱又怎么样，家长又不管她。对，班里有女同学就这么议论过她。她是有人管的。

温牧寒本以为把她送回学校就算完事儿了，谁知小姑娘居然不想回去。他有些无奈道："那送你回家？可你舅舅没在家。"

叶飒理所当然道："小舅舅不是让你照顾我吗？我可以住你家。"

温牧寒被她气笑了，刚才见到他的时候，又是怀疑他，又是检查工作证，这会儿胆子倒是大，居然想跟他回家。

他问："你才见我第一面，就敢住我家？"

叶飒眨了眨眼睛："你不是我小舅舅的朋友吗？"

"而且你是解放军啊。"小姑娘还挺振振有词。

温牧寒被她反驳得哑口无言，所以说人民子弟兵的名头太好用也不行。

谁知这时，温牧寒的手机正好响了，拿出来一瞧，是谢时彦打来的。

"飒飒没事儿吧？"谢时彦还是挺担心的。

他姐和他这几天都不在家里，本来以为叶飒住在学校里没什么事儿，没想到赶上她生病。

温牧寒朝叶飒看了一眼，往旁边走了两步，把小姑娘不想回学校的理由说了一遍。

谁知谢时彦毫不犹豫地说："她不想住校啊？那你先把她带回去住一晚上吧，明天别忘记送她上学，他们学校六点半要上早自习。"

温牧寒用舌尖舔了下自己的后槽牙，强忍着骂人的冲动。

"你真当老子是保姆呢？"他压着声音说。

结果他话还没说完，对面陡然杂音变大，几秒后自动挂断。

温牧寒盯着手机看了半天，这会儿是真笑了。最后他还是把叶飒带回了家。

只不过第二天早上，叶飒发现自己在他的床上来了人生的初潮。

"别乱说话。"他这次回来才发现，这姑娘现在是走这么野的路子了吗？

叶飒微耸了耸肩膀。

温牧寒怎么可能不记得这事儿，小姑娘大早上起床死活不愿意开门，惹得他以为出了什么事儿，差点儿把门踹开。

叶飒朝他瞥了一眼，眼尾上翘，携着笑意："是你想歪了吧。"

偏偏她还一副理所当然的"我很无辜"的样子。

温牧寒懒得再掰扯，直接从副驾驶开门下去。

只不过他绕过车头，往小区门口走了几步后，叶飒突然打开车窗喊住他："温牧寒。"

他脚步顿住，转回头，就看见叶飒趴在车窗边上。

温牧寒打量着叶飒，突然又折返回来。他靠近后，站在车边，神色凛然，透着严肃。叶飒歪着头看他。

终于温牧寒眉眼冷淡地喊了一声："叶飒。"

这一声透着正气，也带着压不住的匪气。

叶飒终于知道自己看上他什么了，大概就是他身上这股子劲儿，太拿人。

"温牧寒，别难过。"

她趴在他的耳边，轻声说道。

第二章
奖励

叶飒一脚油门踩下去之后,才发现她好像又忘记要温牧寒的电话号了。之前她试着打过他以前的手机号,果然已经是空号了。

她双手握着方向盘,也不着急。

跑得了和尚,跑不了庙。既然她都知道他的老巢在哪儿了,还怕他再跑了不成。

叶飒这么想着,心态自然轻松,就连一路上堵着回家都没太让她生气。

因为她今天休假,晚上到家的时候,她也没什么胃口吃饭,直接从冰箱里面找了个新鲜的橙子出来,给自己榨了一杯橙汁。

谁知她刚在沙发上坐下来没多久,电话响了起来,是许久未联系的亲妈打来的。

"我听说你在医院出了点事儿?"谢温迪那边挺安静的,她轻柔有力的声音传过来,清楚地落在叶飒的耳中。

叶飒不用想也知道是谁告的状。谢时彦这人果然不靠谱。

她不说话,谢温迪又开口说:"不是你小舅舅告的状,妈妈还不至于连这点儿小事儿都要靠他。"

叶飒这次服气地不说话了。说实话,她一直觉得她跟谢温迪并不是那种普通的母女关系。

谢温迪对她的管束,几乎是叶飒见过的所有同龄人里面最淡薄的。当初谢温迪二婚,新婚丈夫是S国富豪,又偶尔居住在M国。

于是谢温迪为了迁就丈夫,准备搬去S国住。叶飒不想去,她不反对谢温迪结婚，但是她不想当拖油瓶。

她家又不缺钱，她何必大老远地跑去 S 国看别人的脸色，虽然她跟继父一家也接触过，对方一家子都表现得格外和善。

但是叶飒那会儿年纪小，并不忌惮用最险恶的心思揣度别人。毕竟嫉妒这种东西，说有就有，比爱情还来得莫名其妙。

结果谢温迪也不强求，让叶飒一个人留在 H 市。那时候叶飒才多大？十三岁还是十四岁来着，还在读初中的年纪。

至于家长最在意的成绩，谢温迪更是不在乎。叶飒早在十岁时就参加过门萨俱乐部的测试，被检查出智商高达一百三十，说她是"天才少女"都是谦虚。

所以她读书的时候，年纪一直比同班同学小——入学早，又跳过级。

当初还有老师建议让叶飒提前进入大学，那会儿谢温迪倒是反对，说是怕这所谓的天才虚名让她的负担太重。

至于叶飒十六岁就考上医学院的事情，那是她自己做的决定，没人逼她。

"飒飒。"谢温迪又喊了她一声，叶飒这才回过神来。

她说："您说。"

谢温迪淡然道："我有个朋友的儿子近来也在 H 市发展，不过他是做投行工作，年纪与你相仿。"

言下之意，不予言表。

叶飒手指勾着自己披散在肩头的黑发，突然笑了，她都没想到她妈居然还会给她介绍对象。

毕竟打小她就觉得谢温迪对她太放养了。放养的程度，连她外公都觉得她妈妈太不负责、太过分了。以至于谢时彦这个不着调的人，都被外公耳提面命要看顾好她。

"没兴趣。"叶飒想也不想地拒绝了。

一说到"投行"两个字，她就想起来了阮冬至，要是对方是个男版阮冬至这样的人物，倒是也有趣。

到时候她值班到半夜，对方玩到半夜，反正都是半夜，颇有异曲同工之妙。

"飒飒，你谈恋爱了吗？"突然谢温迪换了个问题。

叶飒淡淡地说:"没有。"

那边安静了几秒钟,才轻声说:"一直以来,妈妈没反对过你做任何事情,但是如果你有男朋友,我希望他不是我反对的那样。"

沉默了片刻,叶飒问她:"您反对的是哪种?"

"你知道的。"谢温迪声音温和,却透着一股不容置疑的力度。

电话挂了许久之后,叶飒伸手将眼睛盖住。下一秒,她嘴角微扬。可是怎么办?她好像到了叛逆期。

叶飒一向不太在意别人的想法,她要的都是她想要的。所以没一会儿,她就把电话打给了谢时彦。

谢时彦明显在外面,背景声音有点儿大。

"飒飒,有事儿吗?"

叶飒开门见山地问道:"你知道温牧寒回来了吗?"

电话对面明显停顿了几秒钟,谢时彦这才诧异地问道:"你怎么知道的?"

叶飒呵呵地笑了,原来他比自己知道得还早呢。

"我在医院碰见他了。"叶飒低头看着自己的手指甲,语调不甚在意。

谢时彦反问:"他去你们医院干吗?"

叶飒口吻不太确定地说:"好像是他手底下一个兵出事儿了,然后那个士兵的女朋友在我们医院住院。"

末了,她挺随意地说:"好像事情挺严重,我看他情绪不太好。"

谢时彦跟温牧寒的革命友谊,叶飒在第一次认识温牧寒之后才了解。

当然也是了解之后才知道,世上居然还有她小舅舅这样的人。

谢时彦跟谢温迪是亲姐弟,只不过谢时彦算是"老来子",再加上叶飒外婆五十多岁就去世了,他几乎是被谢温迪带大的。后来叶飒出生,谢温迪没办法照顾他们两个。就把谢时彦送去了帝都读书,他在那儿认识的温牧寒。

谢时彦当时是住在他与谢温迪的亲舅舅家中,正好跟温牧寒家同属一个大院。只不过他刚到那里的时候,还挺不受待见。H市来的小子,油头粉面的样子。

这帮大院里的孩子,个个打小就能耍一套军体拳,实在是看不上他这个"小弱鸡"。结果他就被人欺负了,那些人瞧着谢时彦有钱,可着他祸害。

于是温牧寒就成了那个从天而降，拯救他于水火之中的人。

这份恩情从此让谢时彦死心塌地地缠上了温牧寒，以至于许多年之后，温牧寒都考虑过，他当初是不是应该让那几个小混混把谢时彦直接打死。

"我都不知道这事儿，我得打电话叫他出来喝酒，这么大的事儿他怎么不跟我说呢。"谢时彦大呼小叫，只恨不得立即向温牧寒嘘寒问暖。

叶飒轻咳了一声："要不过两天的吧，等他心情平静点儿的。"

"那行，等过几天我带他好好散散心。他们那个部队的生活实在太枯燥了，憋都要憋死了。要不飒飒你也一起吧。"遵循着有什么好事儿，必须得叫上我宝贝外甥女的原则，谢时彦这么说道。

叶飒一脸笑意，却淡淡道："我就算了吧。"

"怎么你就算了，你忘记你上高中时候，他对你多好了？"谢时彦有点儿痛心疾首，只觉得他大外甥女怎么一点儿没继承他的优点呢。不是说好了，"滴水之恩，当涌泉相报"的？

叶飒的目的终于达到，脸上明明已经挂着笑，口吻还是极尽冷淡道："那好吧。"

叶飒又忙了一个多星期，才开始轮休。

谢时彦打电话给她的时候，有些抱怨道："想把你们约到一起还真不容易。"

"没办法，医院都这样。"叶飒把手机夹在耳朵和肩膀处，伸手把身上的白大褂脱了。

谢时彦也知道，说道："地方我都订好了，你下班直接过来。"

叶飒想了下，抿了抿嘴："我得先回家一趟。"

"你还回家干吗？"谢时彦不太明白地问。

叶飒翻了个白眼，这大概就是谢时彦接二连三被分手的原因吧，直男永远都不懂女人的心思。

温牧寒也在，她怎么也得全副武装吧。

叶飒回家之后立即开始洗澡，待洗去一身医院淡淡的消毒水的味道之后，她裹着浴巾赤脚站在衣帽间里挑衣服，对比了半天终于选完。

化妆的时候，谢时彦又催了，不过叶飒也不着急，不紧不慢地化完妆。

等到了地下停车场的时候，叶飒刚走到自己车旁边，正好隔壁车子上下来一个人。对方盯着叶飒看了一眼之后，走出去好几米，又回头看了几眼。

过了六月，天气渐渐炎热，她穿了一条酒红色短裙，吊带款式，露出纤细的手臂和锁骨，哪怕是在昏暗的地下车库里皮肤都有种白透了发光的感觉。

叶飒淡然地坐进车里，嘴角轻扯了下——看来她今晚穿得足够漂亮。

温牧寒坐在塑料板凳上，手里拿着的玻璃杯里装满了啤酒，冰凉入骨，喝一口仿佛心肺都被这股子凉爽之意沁染了。

谢时彦这人一向不走寻常路，用他的话说，请客吃饭得分人。

于是作为他和多年好友重逢的第一顿饭，他直接选在了大排档，就是那种路边摆着几张塑料桌子和凳子，连菜单都简单到就是一张纸。

谢时彦已经喝了好几杯啤酒，当然这点儿不至于让他迷糊，就是有点儿憋尿。

"女人出门就是麻烦。"他嘀咕了一句。

温牧寒朝他看了一眼："你还请了别人？"

谢时彦眨了眨眼睛，在脑海里过了一遍，他忘记跟温牧寒说了，今天叶飒也过来。不过他转念一想，叶飒也算是被温牧寒看着长大的，当初温牧寒在这边的时候，对叶飒多照顾，他不至于不想跟叶飒一桌吃饭吧。

所以他也没放在心上，随便朝路边扫了一眼，看见越野车上下来一个姑娘，细腰长腿，格外引人注意。

他立即伸手抵了抵温牧寒："刚从车上下来这姑娘不错。"

谢时彦也没什么色心，就是瞧见漂亮姑娘，习惯性让兄弟看一眼。爱美之心人皆有之嘛。

只是温牧寒不经意抬头瞥了眼，瞧见那道渐行渐近的纤细身影。

小姑娘穿着一身酒红色吊带短裙，身材实在太过优越，骨架纤细却又不会显得过分柴瘦，露在外面的肌肤白皙细腻。两根纤细吊带搭在她肩膀两边，露出极明显的精致锁骨。

最绝的还是短裙下的那双长腿，笔直、细白，脚上的那双交叉绑带的鞋子，是跟裙子相同的酒红色，缠在脚踝上，有种妖异的艳丽感。

"温牧寒。"叶飒走到他们桌子前，笑眯眯地喊道。

刚才没戴眼镜的谢时彦一下子酒都醒了,不由得皱眉道:"你穿的什么玩意儿?"

叶飒在空余的凳子上坐下,只是坐着的时候,手臂不小心碰到了温牧寒的手臂。

他今天穿了短袖。温热的皮肤轻擦而过,竟像是在他心里一下子撩起了一把火。

叶飒也不管谢时彦的话,轻挑了眉梢,笑问:"我今天晚上好看吗?"

谢时彦抢着开口:"好看什么,下次不许这么穿了。"

一旁的温牧寒没作声,只是端起面前的杯子喝了一口冰啤酒。

只是喝着还冰凉爽口的啤酒,此时仿佛一点儿作用没有,心里还是那样火烧火燎的。

终于温牧寒舌尖舔了下嘴唇,薄唇轻抿,露出一个刻薄的表情:"丑。"

六月的晚风格外轻柔,吹在人身上透着一股舒适。

男人冰冷的腔调并没有被淹没在身后这个吵嚷的大排档里,反而像是一道利剑划过了叶飒的心头。

听到温牧寒的话,谢时彦陡然精神振奋,拔高声音说道:"听见没?连你温哥哥都这么说了,下回别穿成这样了,我们作为男人的眼光错不了。"

叶飒掀起眼皮朝他看了一眼,问道:"那你们作为男人的眼光觉得哪种最适合我?"

谢时彦振振有词道:"我觉得你上班穿的那些就挺好。"

虽然医院对装束没有统一规定,不过大家上班都是以舒适方便为主,多半都是衬衫、长裤这些轻便简洁的衣服。再配上一身医生的白大褂,包裹得不要太严实。

谢时彦说完,还特地用手肘抵了抵温牧寒:"对吧?"

温牧寒望着他,口吻危险:"你找死是吧?"

谢时彦一愣,这刚才还和他站在同一战线呢,怎么转眼就翻脸了。

不过他随即反应过来了,温牧寒这是对他那句"温哥哥"不爽呢,说来也好笑,叶飒以前是死活不叫温牧寒"叔叔"。

谢时彦倒是乐得她这么喊,毕竟自己平白比温牧寒高了个辈分。

叶飒过来之后,谢时彦让她再点东西。叶飒看了一圈菜单,随便点了两样之后,指着温牧寒手里的啤酒杯说道:"我也要喝啤酒。"

老板很快把杯子拿了过来,他们喝的啤酒是摆在桌子上一扎一扎的那种,叶飒伸手直接给自己倒了一杯。

谢时彦看着她喝酒也没阻止,而是感慨道:"时间过得可真快,一晃连飒飒都能跟我们一起喝酒了,对吧?"

叶飒端着酒杯的手一僵,嘴角一撇。还真是哪壶不开提哪壶。

温牧寒也朝叶飒看了一眼,果然不咸不淡地"嗯"了一声。

"不过连飒飒都长大了,做兄弟的还没见过你女朋友呢,你说我这辈子是不是没这缘分了。"谢时彦嘿嘿坏笑,还转头跟叶飒说,"你温哥哥可怜吧?"

叶飒听这个来兴趣了,立即问道:"他是真没女朋友,还是没告诉你啊?"

谢时彦抬了抬下巴:"要不你自己问呗。"

温牧寒:"你是选现在死,还是待会儿?"

这话说得太狠了。谢时彦打小就跟温牧寒认识,能不知道温牧寒的手段多歹毒?况且这些年温牧寒在军中的凶名,早就从其他发小那里陆续传到他耳中。

大家最一致的想法就是,遇到温家这位阎王,切记四字真言:

做小伏低。

谢时彦当下就闭嘴了,果然喝酒误人啊。

没一会儿他就起身去洗手间了,喝了这么多啤酒早憋不住了,他还诧异地看着温牧寒,难不成当兵之后,连身体结构都跟他们普通人不一样了?他怎么还一点儿都不憋啊。

叶飒一杯酒喝完之后,又伸手准备倒一杯,结果倒了一半,开关被关掉,啤酒流下的声音登时断掉。

她看着那只伸过来的手掌,手背精瘦,而手指骨关节格外分明,又显得格外修长。哪怕是在男人当中,都格外出众。

"少喝点儿。"温牧寒淡声道,在看见叶飒的表情时,他哼了下,"尿多。"

叶飒挑眉,没想到他说话这么直接。

如果说她长大了的话,那么温牧寒也变了很多,以前他有点儿像不谙世事的贵公子,带着随性和不拘。

可现在他更男人,更爷们儿,也更叫人捉摸不透了。

叶飒想了下,突然问:"你是不是觉得你说话粗鲁了,我就会看不上你啊?"

温牧寒差点儿呛着,被他用强大的自控力硬生生地憋了回去。

他嘴角一挑,嗤笑一声:"自作多情什么?"

就一句话而已,她想这么多不嫌累吗?

叶飒耸肩,反正也不在意。

"那如果不是我自作多情呢?"叶飒的话一字一句,咬得特别清楚。

重逢以来,他对她的态度变得太大,好像生怕她对他做什么似的。

温牧寒抬头,正好对上她黑亮至极的眼睛。乌黑的瞳孔里,透着狡黠和笃定。

他垂眸,欲起身时,叶飒的身体微侧过来,本来交叠着双腿,在酒红色裙摆下轻抬起、轻落下,匀称修长的双腿线条完美,小腿蜿蜒而下直至脚踝处,无一不展现着属于女人的柔美。

她让他觉得危险了,所以他才会想方设法推开她。

这一顿别人不知道,叶飒倒是挺开心的,连老板拿手的羊肉串都吃了两根,以前她总觉得味重。

谁知吃完之后,谢时彦居然谁都不放走,拉着他们去了对面的小公园,那边有个露天篮球场。

"还记不记得咱们高中毕业的时候,吃完烤串然后去大院旁边那个公园打了一夜篮球。"谢时彦抱着从烧烤店老板家里借来的篮球扔给温牧寒。

叶飒靠在场边着的围栏上,一脸无语。奔三十的标志,就是喜欢讨论从前吗?

不过她认真想了想十八岁的温牧寒,真可惜,她居然不认识。不过还好,三十岁的温牧寒身上的这股劲儿,她觉得更拿人。

温牧寒也觉得他挺有病的,手里拿着球看着谢时彦:"你今晚到底想干吗?"

谢时彦摸了下脑袋,这才说:"我不是听说你部队上出了点儿事情,想拉你出来散散心。"

此话一出，温牧寒转头看向叶飒。

她则是无奈地闭上眼睛，有猪队友可真是比什么都惨。

不过温牧寒倒是笑了，他将球往半空中抛了下接住后，似笑非笑地看向谢时彦："所以你是打算让我虐一场？"

谢时彦说："……"他没有，他不是，他不想。

可是事情已经由不得他了，本来站在他对面的温牧寒居然直接带球撞开他，跑到篮筐下，抬手、起跳、抛投，随着"咣"的一声，篮球入筐。

"你犯规啊，我还没反应过来呢。"

叶飒站在一旁，看着他们两个一对一比赛。

或许这就是老朋友吧，总是能在某个时候让你想起曾经轻松而惬意的年少时候，让现在压在你身上的那些担子可以没那么沉重。或许幼稚，却依旧充满着赤诚。

他们打了一会儿之后，叶飒转身出去，走到对面的便利店买了几瓶水。

回来的时候，正好撞上一群年轻人，看起来都是二十岁左右的年纪。他们都穿着篮球服，看起来也是过来打夜球的。

"咱们的球场被人占着了啊。"

"怕什么，老规矩解决呗。"

"我看好像不是常在这里玩的人。"

叶飒没管他们，径直走到球场旁边，继续等着。

那几个年轻人进来后，看了几分钟，突然喊道："喂，两位，商量个事儿呗？"

本来已经累得像狗一样的谢时彦，一听有人喊，赶紧举手示意暂停，可算是活下来了。

其中一个穿着红白球服的男生走过去，笑着说："两位，我看你们不是常在这里打球吧。"

温牧寒等着他继续说下去。

男生说："这个球场就那边有灯光，一般都是谁赢了谁用。"

这个球场是小公园里的露天球场，环境还可以，就是一到晚上，就只有一盏灯照着球场里面，因此也只有一块球场能被灯光照亮。

久而久之，常在这里打球就有个规矩，谁能赢，谁就用这块场地。

其实球场倒没什么，喜欢打球的人胜负欲都挺强，大家都是想赢而已，所以这个球场还因为这个不成文的规矩吸引了不少篮球爱好者。

大家友好切磋，理性抢地盘。瞧瞧，多好呀。

谢时彦转头看温牧寒："居然有人要抢咱们的地方，怎么办？"

就在温牧寒要开口的时候，余光看见对面有个男生走到叶飒身边。

那个男生笑着问："小姐姐，这两个人里面有你的男朋友吗？"

叶飒见他挺有礼貌的，双手环胸："没有啊，你想干吗？"

"那如果我赢了，你能把你的微信给我吗？"长相颇为阳光俊秀的小男生听到"没有"两个字之后，一脸兴奋。

叶飒听得笑了，胆子还挺大啊。

她转头看向不远处的温牧寒，脑袋微歪。哪怕温牧寒看不清此刻她隐在黑暗中的脸颊，却也知道她在琢磨坏主意。

温牧寒不动声色地望着她。

旁边年轻人见自己的同伴这么大胆，登时一阵起哄，气得谢时彦恨不得宰了这帮兔崽子，当着他的面儿勾搭他外甥女，当他是死人哪。

谢时彦咬牙问："这帮小崽子太猖狂了吧，还敢要微信，当我们是空气啊？"

直到旁边的温牧寒转了下脖子。

怎么办？当然是……

"上！"夜色中响起了温牧寒冷冽的声音，蓦然有几分热血。

敢抢他温牧寒东西的人，还没出生呢。

规矩挺简单的，二对二比赛，先进十球就算赢。本来挺简单的争球场的事情，结果带上了要微信这事儿就变得不简单起来。

只不过显然场面上的情况，跟他们想的都不太一样。

这两个年轻人本来想仗着自己的优势，迅速地解决他们，结果开始几分钟之后，他们才发现对面的黑衣男人，不管是速度、力量还是敏捷性都不是他们能抗衡的。

十年的军旅生涯，早已经将温牧寒磨炼得比尖刀还要锋利。

于是他手起刀落，很干脆地把对面的两人砍瓜切菜地解决。

…………

场地上篮球声渐起来，虽然温牧寒他们赢了，不过谢时彦临时接了个电话，这会儿去旁边打越洋电话处理事情去了，把场地又让给了这群年轻人。

温牧寒拧开瓶盖，仰头喝了一口水，凸起的喉结在脖颈上上下起伏，还隐隐有汗珠往下落。

突然站在他旁边的叶飒，往他面前摊开手掌："手机拿来。"

"干吗？"温牧寒捏着水瓶，深深地看她一眼。

叶飒理所当然地说："你不是赢了？可以拿到你的奖励了。"

温牧寒沉沉地看她，脸上的表情是"什么奖励？你接着编"。

叶飒突然凑近："奖励当然就是，你可以得到我的联系方式。"

"……"呵，这算奖励？

下一秒，叶飒直接伸手去拿他口袋里的手机，不想温牧寒一把捏住她的手腕，纤细的腕子就被那么被他抓在手掌心里。

他的第一反应竟是，她的手腕怎么那么柔软。

温牧寒从上军校一直到真正的军队，军旅生涯已有十年。虽然身边偶尔也会接触到女军官、女军医，可都是工作上的接触。况且在部队里，女性也都透着一股飒爽的硬朗劲儿。

全然没有刚才这样剧烈的冲击感，太软了，他就那么捏住她的手腕而已，竟是觉得只要轻轻用力就能折断似的。

他的手掌因为常年训练和握枪，掌心早已经有些糙。

但是她不一样，那样柔软细腻，仿佛天生就要被保护住。

温牧寒恍惚间还低头看了一眼，雪白的手臂在夜色下，透着奶油般的嫩滑白皙，隐隐还有点儿发光。

"别胡闹。"他的声音不像刚才那么冷硬，而是有点儿哑。

叶飒不管，她说："那你把电话给我。"

这劲儿颇有一种，你要是不给我，我就跟你杠到底的感觉。

于是温牧寒从口袋里把手机拿了出来。她愉快地输入了自己的电话号码，随后拨打了过来。等她看见自己手机上一串陌生的号码时，嘴角翘起露出了笑容。

她刚把手机还给温牧寒，谢时彦就回来了。看见她的表情，谢时彦奇怪道："这姑娘怎么这么高兴，笑得跟只狐狸似的。"

叶飒正低头在手机上打字，没搭理他。

温牧寒望着她的侧脸，原本紧抿着的唇线，突然微扬了下，确实像，而且是刚偷吃了东西的小狐狸。

海军某旅陆战一营。

迎着晨光，训练场上的士兵们穿着统一的蓝色迷彩训练服，口号喊得震天响，他们额头上的汗珠还不时滚落下来。

东边刚刚升起的太阳散发着并不算灼热的光线，照耀着年轻士兵肃穆的脸。倒是像印证毛主席说过的那句话一样，青年人就如早晨八九点钟的太阳。

温牧寒开车顺着营区的大路一直往前走，车速极慢，正好看见士兵们迅速聚集的模样。很快，站在最前端的副营长郑鲁一喊道："今天就先到这儿，都去吃饭吧。"

随后所有战士迅速成为两排纵队，齐步往食堂走去。

郑鲁一赶紧从花坛那边跳了过去，温牧寒的车已经在路边停下。

他过来之后，车窗缓缓降下。

温牧寒穿着一身便装，白T黑长裤，头发极短，整个人显得英气十足。

"我说，你不是放假了？"郑鲁一瞧见他挺好奇。

前两天团部领导亲自给温牧寒放的假，这人实在是太过变态，据说去年一整年只休息了十天。这次要不是出了隋文这件事儿，他还是一副钢筋铁骨的模样，仿佛他是个铁人，丝毫不需要休息。

温牧寒单手搭在方向盘上，瞧了他一眼："早上不到六点就醒了，习惯了。"

多年来养成了习惯，哪怕没有起床号他还是醒了。

郑鲁一摇头："温营，你说你这是不是个享不了福的命？这次听说可是旅长亲自给您放的假，说真的，我到现在连咱们旅长的手都没握过。"

"少废话。"温牧寒声音挺淡，他哼了下冷笑道，"想摸旅长的手，行啊，下次旅部开会，我让你去吧。"

"别、别、别，我错了，我这狗嘴不会说话，也不该说。"

郑鲁一作势要打自己的嘴巴。不过他当然也就是做做样子，郑鲁一趴在车窗边缘，小声说："旅长都给你放假了，干吗还回部队里来？怎么不回家待几天？"

要是他有这么十来天的假期，早就回家去了，这会儿估计都开始跟小姑娘相亲了。

郑鲁一就比温牧寒小一岁，今年二十九岁，是上尉军衔，担着营里的副营长。逢年过节休假回家，可是没少相亲。

温牧寒哼笑了声："懒得回去，还不就那些事儿。"

他不回家的原因是，他爹自去年来调到 E 部战区之后，他妈跟着一块儿过来，也住在南江市。况且他母亲本来就是南江人，因此温牧寒不需要趁着休假回家探亲，因为他偶尔周末也会回去。

而且自从他母亲重回南江之后，越发觉得还是老家好。早已经开始撺掇她各路亲朋好友给温牧寒介绍对象，只盼着他能找个南江小姑娘，以后就彻底留在南江。

他回家，岂不是羊入虎口，闲得慌的。

郑鲁一跟做贼似的朝周围张望了一圈之后，低声说："可别怪我没提醒你啊，昨天团部的人还说，团长夫人对你还没死心呢。"

温牧寒此人，年轻、英俊，军旅生涯的履历更是堪称完美。

而且刚到三十岁就被升为少校，担着陆战一营的营长职务。海军陆战队的人一向不算多，可是个顶个都是尖兵，综合素质强。

能在陆战队担当指挥官的人，不仅要毕业的学校厉害，自身的能力也得强。

他是从国内最顶尖的军校毕业的，当初下连队的时候，就是各个部队争抢的人。如今经过这几年的磨炼，各大区海军陆战队多多少少都听过温牧寒这个名字。他就是嚣张到这种程度。

所以说这样的人还没女朋友，是多少人眼里的香饽饽，每年给温牧寒直接介绍对象的人不知道多少，更别提那些拐弯抹角的。

"你这么爱打听，要不我请团长夫人也关心关心你的事情。"温牧寒挺烦这些事儿。

郑鲁一开心了:"我是巴不得,不过人家看不上我呀。"

他知道他们团长夫人可不是普通家庭妇女,人家在政府妇联那边工作,接触的小姑娘都是家境不错又有编制的公务员。

于是他悄声说:"不过温营,要不咱们肥水就不流外人田了,你考虑考虑我表妹怎么样?"

郑鲁一也是胆子肥得很,而且他觉得他表妹也不错啊,985名牌大学的硕士。

温牧寒看着他:"滚。"

郑鲁一见他真生气了,麻溜儿跑了。

只是他走之后,温牧寒坐在车里,也不知道怎么的,脑海里一下子出现一个身影。

医院的工作就是忙、忙、忙,永远在忙。

叶飒十二点半到食堂的时候,司唯正在角落的餐桌旁等她,看见她进来,招了招手。

自从上周医院规定不允许中午在办公室里吃东西之后,大家要么去食堂,要么点了外卖拿到食堂来吃。反正这糟心的规定,只是麻烦了人而已。

司唯打开叶飒的食盒的时候,眼睛都快瞪出来了。

她指着里面一盅封得严严实实的海参汤,惊叹道:"你每天都吃这些?"

"对啊。"叶飒不在意地点头。

"我终于知道有钱人的快乐果然是我想象不到的,我的飒妹妹,难怪这医院里那么多人嫉妒得快眼睛滴血了。"司唯伸手捏她的脸蛋儿。

叶飒立即往后躲开。

司唯只管笑,叶飒这姑娘什么都好,就是性格有点儿冷淡。

不过她记得刚上大学那会儿,叶飒顶多就是话少而已,怎么几年过去了,变成了清冷美人儿了,身上总有股生人勿近的冷漠。

当然阮冬至早说了,肯定是学医学的。

司唯虽然觉得有点儿道理,不过她自己也是学医的,到底还是要捍卫她们医学生的尊严。

虽然周围不断有人在往她们这边看,特别是这盘子里摆着的绝对不是医院食堂能做出来的饭菜。

司唯也是经过大风大浪的人,压根儿没把这些打量放在眼里,见叶飒吃饭还在发短信,一下子来了精神:"飒妹妹,你不会是在跟男人发短信吧?"

叶飒刚把信息打好,之前她本来想加温牧寒微信的,结果用手机号码搜索居然没搜到。

所以只能发短信。

她发了一条:这周末我轮休,是你请我吃饭,还是我请你?

多善解人意,她直接给了他两个选择。

发完之后,她才抬头看司唯,然后挺大方地点头。

司唯赶紧问:"是个什么人呀,能让我们飒妹妹都动了凡心?"

这话真的不夸张,叶飒所在的学校是全国排名最高的几所大学之一,青年才俊那真是不少,追求叶飒的人更不在少数。

什么宿舍楼下蜡烛表白,操场吉他表白,大广场拉横幅表白,简直是花样百出。结果叶飒愣是连眼神都不带给一个。

没想到这会儿,她不仅给眼神了,而且看样子好像还是她主动追的人家。

司唯心里特好奇,实在想看看对方到底长什么样,这么吸引人?

叶飒咬了下筷子尖,这才说道:"我小舅舅的朋友。"

司唯一怔。半晌她有些诧异地说:"叶飒你可真够厉害的,长辈你也敢搞?"

"我小舅舅才三十岁。"叶飒哼了下。

言下之意就是他的朋友也才三十岁而已。

司唯这会儿回过神了,她这是一着急都忘记了,不是所有人的舅舅都是老男人,也有年轻英俊的舅舅。

叶飒的舅舅她也见过两次,典型的高富帅,有涵养,看着也挺绅士。

"你们进展得怎么样了?"司唯问。

叶飒摇头:"不怎么样。"

司唯奇了怪了,连叶飒这种长相的姑娘居然还有滑铁卢的时候,那男的是瞎了吗？

"为什么？"

叶飒沉默了一秒后，轻声说："因为他是我小舅舅的朋友。"

其实她明白温牧寒为什么在重逢之后，对她态度这么恶劣。以前他其实也是"狗脾气"，但是那时候他对她还算和风细雨，说话都是哄着的。

现在他恨不得在自己周围设立一个禁区。

上面只差就写着一行字：叶飒禁止靠近。

此时温牧寒也在吃饭，正好放在兜里的手机响了，他就顺便拿起来看了一眼。

结果在看到短信后，他微眯了眯眼。

+86 183××××××××：这周末我轮休，是你请我吃饭，我还是请你？

半晌，他慢悠悠地回了过去。

哪位？

"叮"的一声短信声，让原本在说话的两个姑娘都低头看向叶飒的手机，司唯满脸激动道："他回什么了？"

当她看见屏幕上清楚的两个字时，都愣住了。

什么？什么玩意儿？他就给回了个这个？

司唯半晌后，表情维持着刚才那种震惊，她看着叶飒认真地说："叶飒，我觉得这男人太危险，你还是快跑吧。"

这段位，岂是叶飒能玩得过的。

叶飒笑了，她知道温牧寒不是玩什么城市人的套路，他就是明明白白地告诉自己，不好意思啊，我跟你不太熟。

所以她一点儿也不恼火，悠悠打了几个字回了他。

温牧寒已经吃完饭了，正端着吃完的托盘放在旁边的餐具回收处，拿在手里的手机又振动了两下。他放好东西，才打开屏幕。

+86 183××××××××：没关系，我让你多看几次，你就会记得的。

这是已经调戏上他了，温牧寒扯了下嘴角，不再搭理这姑娘。

只不过俗话说,好话不灵,坏事应验。他没想到,这话还真让她说准了。

当晚十二点过后,突然温牧寒的手机响了起来,是郑鲁一打来的,声音特焦急:"温营,你快来看看,张小满疼得满床打滚。"

温牧寒几乎是跳下床的。几秒钟他把衣服穿好,直奔战士休息营区。

到了之后,他看了一眼在床上捂着肚子疼得直滚的张小满,当下说:"走,我带你去医院。"

张小满是真疼,下床的时候腿都在哆嗦。

"上来。"温牧寒直接蹲下,让他趴在自己背上。

张小满摇头。

温牧寒恼了:"这时候还娘儿们唧唧什么?"

张小满的连长在旁边说:"温营,还是我来背他吧。"

温牧寒瞪他,直接背着张小满就往外面冲,只是刚到走廊,张小满开口问:"营长,我会死吗?"

这疼,真叫他死去活来。

温牧寒背着他,头也不回:"放屁,胡说八道什么?你不是还要当我的尖兵吗?"

小伙子趴在他背上不说话。

"没事儿的,你小子一定没事儿。"温牧寒的声音是柔软的,可是他下楼的脚步却未顿,几乎是一路冲下去的。

身后的郑鲁一差点儿没追上他。郑鲁一陪着他上了车,其他人都留在营房里继续休息,虽然这会儿没几个人能睡得着。

这会儿十二点钟,温牧寒的油门几乎是被踩到底。

郑鲁一对这片地区比他熟悉,所以一路指挥着他到了最近的三甲医院。

下车后,温牧寒背着张小满直接冲进了急诊大厅,喊道:"医生,医生。"

一个穿着白大褂的姑娘跑了过来,问道:"怎么回事儿?"

叶飒看着一个男人背着人进来时是冲过来的,只是没想到一抬头看见是温牧寒,他脸上带着说不出的焦急,额头上是薄薄一层汗。

"快推病床过来。"叶飒立即喊道。

护士很快把病床推来,温牧寒把人放在上面,叶飒指挥护士把病床推到急诊室里面。

在转身离开之前，突然她伸手握住温牧寒的手掌："我会救他的。"

男人的手掌冰冷而又充满汗水。

而她的手掌依旧那样细腻又温暖，却似轻轻抚平了温牧寒心底浮起的焦躁。

"温营，张小满没事儿吧？"郑鲁一把车停好之后，赶紧进来跟他会合。

温牧寒望着对面病床上正在替张小满检查身体的姑娘，浓眉微压着黑眸，此时那双眼睛极沉，似是随时都会有海啸狂风在里面聚集。

叶飒手上戴着一次性医疗手套，正有条不紊地按压着张小满的腹部。

当按肚脐周围时，她问："这里痛吗？"

张小满摇头。

此时的张小满脸色苍白，嘴唇的颜色更是那种不健康的惨白，额头上的汗珠不停地往下滚落，要不是有极大的毅力坚持着，只怕他现在已经在满床打滚了。

直到叶飒将手掌按在他的右下腹时，她还没问，张小满已经忍不住发出痛呼。

"疼，医生，太疼了。"张小满咬着牙，几乎是一个字一个字挤出来的。

叶飒轻声说："没事儿，如果你觉得疼，可以喊两声。"

谁知看着年纪不大的小孩儿，倒是脾气挺倔的："我们队长说，男子汉流血不流泪，我不喊，我能忍得住。"

连一旁的护士听了，都只咋舌，忍不住道："你们这什么队长呀，疼怎么就不能喊了。"

叶飒冷漠地看了护士一眼。护士见状赶紧闭嘴。

叶飒差不多已经确诊了他的病状，她说："你应该是急性阑尾炎，不过我们会先帮你拍个片子，如果确诊的话，待会儿我会开药，让你今晚先打点滴，减轻疼痛症状。"

没一会儿张小满就被推去拍片子。

他们站在外面看见这边似乎结束诊断了，郑鲁一立即说："医生过来了。"

只不过当叶飒摘下口罩的时候，郑鲁一眼睛都差点儿瞪直了。

现在医生的长相都能优越到这种程度了？

这跟他说是哪个大明星在拍什么医疗剧，只怕他都会相信的。

叶飒走到温牧寒面前，轻声说道："别担心了，根据他的情况，初步诊断应该是急性阑尾炎，待会儿如果拍片子确诊的话，我会先给他挂点滴减轻炎症，让他没那么疼。不过阑尾炎是会复发的，想要根治的话，必须要做手术。"

"好、好、好。"郑鲁一赶紧点头，他说，"要是能手术的话，请您尽快安排。"

如今不是以前那种有病靠扛的年代了，每一个战士的生命都是最宝贵的，所以郑鲁一满口答应了下来。

叶飒点点头。

她转身准备去看情况时，一直没说话的男人终于说："飒飒，谢谢你。"

本来已经转身的叶飒，顿住脚步，嘴角已经扬起一抹笑意。这还是重逢以来，他第一次这么叫她。

叶飒好不容易克制住嘴角的笑意，才慢慢转身，淡声说："这是我的职责所在。"

过了十二点的急诊大厅，显得格外安静，只偶尔有医护人员的脚步声在走廊里响起。张小满被确诊是急性阑尾炎，这种手术并不算特别紧急，所以不会立即给他做。真的要做手术也需要排期。

叶飒给他开了抗生素，打算先消除炎症，最起码让他不再疼得这么厉害。

挂上点滴之后，张小满的情况好多了。

温牧寒和郑鲁一站在他病床边，小伙子躺在床上，特别不好意思地低着头："营长、副营长，对不起，给你们添麻烦了。"

"臭小子，胡说八道什么呢？"郑鲁一话多，为人也亲和，跟底下的兵说话也很随意。

倒不是温牧寒多么高高在上，只是他话少，为人又要求甚高，陆战一营的兵都把他当成了大神，恨不得把他供起来仰望。

温牧寒看着张小满："你不是说要当最好的兵？"

张小满不解地看向他。

温牧寒说："最好的兵就得有最好的身体，这次你要听医生的话，好好治病。"

他说这些话已经算得上是温和，张小满这会儿哪还想得起疼，开心得恨不得蹦起来。

没一会儿张小满也累了，闭眼休息起来。

温牧寒看着郑鲁一说："你先回去吧。"

"还是您回去吧，我在这儿守着。"郑鲁一赶紧说道。

温牧寒挥挥手，一副懒得再跟他说话的样子。郑鲁一叹了一口气，知道温牧寒这人，看着是个"狗脾气"，其实把这群兵都放在心上呢。

郑鲁一说："那我打车回去，把车留给你啊。"

他走之后，温牧寒安静地坐在病床旁边，不知过了多久，他听到外面的动静，好像是有人来看急诊。

外面有护士的声音，偶尔还夹杂家属着急的嚷嚷声。

温牧寒站起来走到门口，看见叶飒站在一个男医生的旁边，两个人正在低声交流，看起来是在讨论病人的情况。

于是他干脆倚在门框上看着那边，微侧着身的姑娘长发扎成利落的马尾，露出笔直挺翘的鼻梁骨，显得整个侧脸格外精致立体。

她戴上一次性手套，拿出听诊器，放置在病人的心脏处。

就在她俯身要问病人话的时候，病人的眼皮努力地睁开，却仿佛怎么也睁不开似的。

突然，放在旁边连接在病人身上的心跳检测仪，曲线猛地被拉高，随后降低，曲线如同过山车般，旁边的男医生着急地喊了一句，随后护士立即跑了过来。

直到仪器上那条本来上下起伏着的曲线，在下一秒陡然拉出一条直线。

滴、滴、滴，刺耳的警报声划破急诊室的宁静，刺激着在场每个人的情绪。

家属失控地狂喊。

温牧寒也猛地站直身体，看着不远处忙碌着的工作人员，而穿着白大褂的叶飒，在拿到护士递过来的除颤仪之后，低头看着病床上心跳骤停的患者。

"双相，二百焦，第一次。"

在冷静地等待充电完毕后，叶飒将手中的电极板紧紧地压在患者裸露着的胸口。
　　明明是没有声音的，可下一秒病人的身体在电击的刺激下，猛然被弹起。
　　砰。
　　一声闷响。是病人身体砸落回雪白的病床上的声音。
　　一下又一下，温牧寒听着叶飒冷静的声音回荡在整个急诊室。
　　直到心跳检测仪上那个刺耳的声音突然消失，本来水平线的心跳陡然有了起伏，急诊室里的那透着绝望的气氛猛然被驱散。
　　"有了，有心跳了。"
　　伴随着家属呜咽的哭声，温牧寒的眼睛依旧盯着还在忙碌的人。
　　从头至尾，她始终冷静又坚定。
　　真不一样了，他心头忽然跳出一个念头。
　　这一次，那个曾经在他心里软乎乎的小丫头，彻底长大了，变成了一个有能力处理一切情况的大人了。
　　温牧寒认真地望着远处还在忙碌的姑娘。

　　叶飒洗完手出来后，扭了扭身体，虽然她刚才救人的时候表面看着极沉稳冷静，可其实还是出了一身的汗。
　　急诊室夜晚值班就是这样，需要应对各种紧急状况。
　　她刚出来，突然护士黄蔓喊住她："叶医生。"
　　叶飒停住脚步看着她。
　　黄蔓将一个塑料袋子拿了出来，神神秘秘地说道："这是有人托我给你的。"
　　叶飒微怔。
　　黄蔓将手搭在嘴边，轻声说："就是十二点来的那个大帅哥。"
　　叶飒不再犹豫，伸手将袋子接了过来，低头看了一眼，里面有一杯玻璃瓶装的咖啡，还有一个刚加热过的饭团，还透着热乎气儿。一看就是在医院对面那个全家便利店买的。
　　没一会儿，温牧寒的手机震了下。

他拿出来，发现收到的是一张照片，拍的正是他买的东西，只不过还附带着一句话。

磨人精：这是你给我的奖励？

温牧寒"哼"了一声，本来没打算搭理她的，结果她压根儿没打算轻易放过他。

磨人精：下次记得直接给我，要不然护士小姑娘会以为你暗恋我的，虽然我挺希望这是真的。

还下次？温牧寒觉得他这一次都是多余的。只是他的眼睛在"暗恋"两个字滑过时，冷哼一声，暗恋个屁。

张小满第二天就被转到其他科室了，他是现役军人，所以医院挺重视的，尽快给他安排了手术。

叶飒倒是想接着收到某人深夜的安慰，只可惜之后她连他一根头发丝都没看见。而且上次发的信息，好像把他得罪得不轻——他不太搭理自己了。

叶飒没打算一下子就把人吓跑，所以这两天也安分了点儿。

不巧晚上来了个病人，是遭遇了车祸的，抢救的时候叶飒不小心被血迹喷了半边脸。抢救的时候还不觉得，等病人情况稳定下来，她觉得身上都是血腥味，所以她准备回更衣室换衣服。

谁知刚走出去没多久，突然遇见一个妈妈带着小女孩儿。小女孩儿梳着两个小辫子，长得白白嫩嫩的。只不过小姑娘在看见她衣服上大片血迹时，被吓得立即躲在妈妈腿后，死活不往前走。

叶飒安静地望着她，突然伸手从白大褂口袋里掏出一颗水果糖。

叶飒将糖微微往前一递，可是小女孩儿眼巴巴地望着，想要又不敢上前。哪怕她妈妈鼓励她，她始终还是躲着，看向叶飒。

到最后叶飒也没出声，只是轻轻将糖果摆在旁边的椅子上，慢慢起身离开。

但她转身就看见站在身后的温牧寒。

他穿着浅灰色衬衣，配黑色长裤，本来个子就高，此刻衬衫下摆塞在裤子里，有种脖子以下都是腿的感觉。

这人的身材比例也太好了吧，他腿长得多少厘米啊？

叶飒微眯着眼睛打量他,心里这么想着:有机会一定要量量。

用手量。

可是下一秒,她想起来了,这会儿她脸上的血迹还没来得及擦干净,头发和衣服上也都是血。她低头看了一眼,发现自己没办法拯救了之后,终于认命了。

叶飒走到温牧寒面前,看着他说:"忘记我这个样子,平时我没这么丑的。"

她没敢靠近他,怕自己身上有血腥味。

温牧寒并没有说话,而是将手从兜里拿了出来,下一刻他往前跨了一步,整个人一下子贴到了叶飒的面前。

当他用手指指腹将她眼角还没彻底干涸的血迹轻轻擦掉时,低沉的声音恰时响起。

"不丑。"

走廊边上的窗户开着,夜风带着些许凉意,吹进来,轻轻掀起彼此的衣衫。

温牧寒像是知道她要说什么似的,在她开口之前,抢先说道:"我只是说不丑,你别自作多情。"

其实小姑娘身上并没有什么血腥味,反而头发上还残留着淡淡的香味。

微风一吹,那股淡淡的清香飘进他的鼻间。

叶飒被他的反应逗笑了,微微耸肩:"你怎么知道我要说什么?"

温牧寒目光深沉地看着她:"我能指望你嘴里吐出来象牙吗?"

叶飒微眯着眼睛。

结果她居然踮起脚,凑到温牧寒嘴边,在他的眼神彻底沉下来之前,她语气无辜地说:"那我靠近一点儿,让你看清楚我嘴巴里到底有没有象牙呀。"

这女人……

温牧寒看着她脸上得逞的笑容,原本极大的眼睛,此刻因为笑容有点儿弯起,眼尾轻翘,透着一股若有若无的媚意,仿佛下一秒就要勾走他的魂。

温牧寒一秒都没停顿,立即转身。

不过这次叶飒追上去问道:"你是不是要去看张小满?"

"干吗?"

"我跟你一起去啊。"叶飒理所当然地说。

温牧寒脚步停住，微侧着头看着她，似笑非笑："你跟他很熟？还要去看他。"

叶飒耸肩："毕竟他是我接手的病人，他是不是今天刚做完手术？我正好也下班了，现在去换一身衣服，你等我一下。"

说完，她也不等温牧寒拒绝，直接走了。

温牧寒望着她的背影。

叶飒回了医院的更衣室，打开自己的储物柜，拿出里面的一个纸袋，把她备用的衣服扯了出来。幸好她带了一身衣服作为备用。

只是在换衣服的时候，她突然想起刚才抢救完病人，护士看见她身上满是血迹的衬衫，一脸佩服地说："叶医生，你人真好，衣服被弄脏了也不在意。"

叶飒微当时只是扯了扯嘴角，算是笑了下。

等她换了一身干净衣服，低头看着凳子上放着沾染着血迹的衣服，毫不犹豫地连上衣带裤子，一起扔进了更衣室里的垃圾桶。

她在意啊，只是那是在救人的时候，人命比天大。

叶飒出来之后，重新回到走廊，只不过这里除了偶尔路过的人之外，并没有那个熟悉的身影。她连表情都没变，算是意料之中。

不过她知道张小满的病房在哪儿，等她走到大楼外面时，就看见背对着大门口的男人。

突然，叶飒笑了起来。让他等着，还真的等着了啊。真听话。

不过这话她可不敢说给温牧寒听，指不定这男人又要说出什么话来嘲讽她呢。于是叶飒慢悠悠地走过去，只是在靠近时，想要用肩膀撞一下他的手臂。

谁知她还没撞到，男人竟是闪电般地往旁边一闪，直接躲开了。

这……

温牧寒回头看见是她，脸上闪过一丝冷笑："就知道你不老实。"

叶飒真的要被他这个样子逗笑了，怎么弄得她跟一个要霸王硬上弓的恶霸似的，时时刻刻想要对他做什么。

好吧，虽然她确实有点儿。

"还不走？"温牧寒往前走了几步，见她站在原地不动，眉心轻蹙。

叶飒立即跟上他。

"你知道吗？我们第九医院和你们部队还是兄弟单位呢。"叶飒突然说道。

温牧寒瞥了她一眼，静候她的下文。

叶飒问："你们军官体检是什么时候啊？"

温牧寒没想到她是打这个主意，当下被气笑了："什么时候也轮不到你。"

"怎么就轮不到了？"

"那轮到了，你想干吗？"温牧寒不冷不热地问道。

叶飒没想到他会搭理自己这一茬，本以为他要么气得不说话，要么就干脆不搭理她，所以他反问的时候，她一时也没想到什么说辞。

叶飒低头踢了下地上的石子，结果发现自己这样看起来太过心虚了。

所以她抬头挺胸，冷静地说："解放军是为人民服务，我就为解放军服务。"

这话说得可真够义正词严的，温牧寒虽然什么话都没说，但原本插在裤兜里的手指伸到自己耳垂上微捏了下。

叶飒瞧见了，咬了咬牙。

内科病房是在十七号楼，离急诊大楼还有点儿距离。

这会儿正是下班的高峰期，也是来看病人的高峰期，一路上熙熙攘攘，就连到了住院部的电梯门口，都等着好几个人。

电梯上红色数字似乎跳得格外慢，直到一声叮的脆响，终于到了一楼。

因为叶飒他们是最早等着的，所以电梯里的人走光之后，他们先走进。谁知不巧，正好医生带着护士推着病床走了进来。于是本来宽阔的医院电梯，一下子变得狭窄起来。

原本站在叶飒前面的男人就不老实，这下更是拼命地往她身边挤。叶飒冷眼望过去，刚要开口，突然一只温暖的手拉住她的手腕，将她抱在怀里转了个方向。

"你站这儿。"

叶飒被温牧寒拉到了他原本站着的电梯角落，身后是冰冷的电梯壁，面前是他宽厚又温热的胸膛。

温牧寒尽力跟她拉开一些距离，让自己的身体不要离她太近。叶飒抬起头望着他，正巧他微垂着头，一双黑眸没什么情绪地落在她的脸上。

这次她什么话都没说，只是安安静静地靠着电梯壁看着他。这男人保护她时的样子，可真够迷人的。

电梯几乎是到了一层就停一次，慢慢悠悠，让叶飒觉得时间还可以变得更长一点儿。只可惜电梯已经在十五楼停了下来。

他们两人出来之后，并肩往病房走去。

张小满住的是三人病房，房间不算小，隔壁是个跟他年纪差不多大的男生。他们进去的时候，两人正在聊天。

"哥，你射击怎么样啊？我看电视上那些神枪手，百米之外能狙掉敌人呢。"

男生说着做了一个举枪的手势。

小男生的妈妈在一旁无奈地说道："医生不是叮嘱你了，少说话多休息。你看看从刚才到现在，就一直在说。你不休息，你还不让人家解放军休息啊。"

"妈，你什么都不知道，咱们国家海军陆战队一共才那么点儿人，我现在居然能跟他住在一起，你知道，这跟买彩票中奖的概率差不多了。"

或许每个男生心中都有一个军旅梦，充斥着热血和赤忱。哪怕他们没办法实现自己心中的这个梦，但是当他们遇见军人的时候，心里总会生起羡慕和尊敬。况且那些新型枪支、两栖战车简直让所有男生着迷。

"没事儿，没事儿，阿姨。"张小满摆摆手。

他到底是年轻又身体素质好，今天做完手术，麻药劲儿过了之后，整个人精气神还是这么好。

这时张小满抬头看见温牧寒，突然惊喜地喊道："队长。"

"刚手术完，乱动什么，老实躺着。"温牧寒看着他要起来，微沉着声轻斥道，吓得张小满立即老实躺在病床上。

张小满说："队长，您怎么又来看我了，昨天不是来过了？"

"你昨天吃过饭，今天就不吃了吗？"温牧寒声音淡淡。

一旁小男生本来在温牧寒进来的时候，被他的气场震住，不敢说话，结果在听到这句话的时候，扑哧一下笑出了声音。

此时张小满也注意到温牧寒身边站着的叶医生,他以为叶飒是在路上碰见了温牧寒,还笑着说:"叶医生,你怎么也来了?"

"跟你们队长一起来看看你啊。"叶飒笑道。

张小满的眼神在叶飒的身上和温牧寒之间来回转,队长和叶医生……

叶飒心满意足地看着他眼睛里的震惊,以及脸上写着的"我是不是发现了什么了不得的事情"的表情,毕竟这就是她要的效果。

温牧寒看了她一眼,没想搭理她。

张小满摸了摸头,小声说:"队长,我吃的那个饭,是不是你给我订的?"

"不喜欢?"温牧寒看向他。

结果张小满赶紧摆手说:"是他跟我说这家店特别贵,队长,你千万别破费啊。"

张小满醒来没多久之后就能吃东西了,结果护工给他拿来饭之后,隔壁小男生看着他吃的东西,大呼小叫地问他是不是传说中的富二代。

张小满出身海南小渔村,祖上往上数三代都没出过一个有钱人。

结果小男生在大众点评上将这家店的信息搜给张小满看,告诉他这是一家人均超过两千的店,就光他现在吃的这些东西估计也是四位数起步。

从渔村出来的质朴小伙子哪见过这阵仗,张小满当时就吓得不知道是该继续吃还是不吃。吃吧,这也太贵了,他就不懂什么东西能贵到一顿几千块。不吃吧,这买都买了,不吃岂不是更浪费。

他在部队里都不敢浪费一粒米,每次吃完饭,碗里都干干净净的。现在他更不敢浪费了。

温牧寒望着他,脸上总算露出一丝笑意:"没事儿,这是我私人给你加的小灶。"

"回去别跟他们说啊。"

张小满被他后面叮嘱的这句话逗乐了,他说:"队长,你是不是怕他们起哄让你请客啊?"

"敢!"温牧寒哼了声。

叶飒站在一旁听着他们两个人闲聊,哪怕干站着也觉得有意思。温牧寒这人就跟宝藏似的,哪怕她不停地挖下去,也能不断挖出让她心动的东西。

直到温牧寒手机响了起来，他看了一眼手机上的名字，微愣了下，转身出去了。

此时叶飒笑眯眯地问张小满："感觉怎么样？"

张小满本来看见她心里还挺感动，毕竟那天在急诊室就是她救了自己，而且他还特别兴奋地问："叶医生，你真不记得我了？"

叶飒挑眉。

"那天在酒吧街，你是不是救过一个姑娘。"张小满提醒她。

记忆一下子如潮水般席卷而来，迅速倒带至那天，她说："你是那天蹲在那姑娘旁边的人？"

"对，你不是还跟我说话了嘛。"张小满不好意思地摸头。

这下叶飒真笑了。这世界还真是挺小的。

张小满瞧见她笑，那种冲击到心头的惊艳感再次升起，所以他问："叶医生，你跟我们队长早就认识吗？"

叶飒点头，她说："是啊，早就认识了。"

"那你们……"张小满说这话时，眼睛还瞟了一眼外面。

叶飒也不忤，笑眯眯地问："你觉得，我当你们队长夫人，可以吗？"

张小满兴奋地一拍大腿——怎么不行啊？

他说："我跟你保证，我们队长可正派了，他身边连一个女的都没有。我们团部领导都特别着急，想让他找对象，他都死活不愿意去相亲的。"

"说够了吗？"

突然一个凉飕飕的声音从后面传来，吓得本来说得正兴奋的张小满浑身一激灵。

叶飒转头看着温牧寒直勾勾地盯着他们两个人看。

到了楼下，温牧寒还是没跟她说话。

本来以为这人要将沉默是金发挥到最大，突然他脚步顿住，转头看向叶飒："叶飒。"

他喊她，她就站着听着。

"别在我身上浪费时间。"他素来直接，该不留情面的时候他不会手软。

叶飒安静地望着他："你怎么知道我是在浪费时间。"

"我说是就是。"

她一向受不得激，虽不至叛逆，但是她认定的事情，也不是别人能轻易改变的。她想要的就去追求，就去争取。她不觉得喜欢一个人是什么卑微到需要委曲求全的事情。

所以她直勾勾地看着温牧寒："那你给我一个理由，凭什么？"凭什么我看上一个男人就是在浪费时间！

结果下一秒，温牧寒安静地望着她，语气几乎是平和的："就凭你的第一包卫生棉是我买的。"

叶飒："……"

真是个好理由！

一阵爆笑声猛地在酒吧的角落里响起，司唯拿着酒杯的手一直在晃动，要不是叶飒嫌弃地往旁边坐了坐，只怕酒水就要从杯子里溅到叶飒身上。

叶飒面无表情地坐着，实在是给不出一点儿情绪。

司唯把酒杯放下之后，几乎是捂着肚子在揉，她好久没笑得这么痛快了。

她没想到居然还是托叶飒的福。

"我好不容易休假出来，可不是为了看你笑的。"叶飒微扯了下嘴角。

司唯立即举起双手，表示她不笑了，结果没到一秒钟，又破功了。不过这次，她在看见叶飒过于清冷的表情后，还是迅速地收敛笑容，她说道："说真的，我很想看看这个极品男人到底长什么样子？"

此极品还非彼极品。她是真的好奇。

今天是司唯难得轮休的日子，没想到凑巧跟叶飒在同一天，她立即夺命连环电话总算把人叫出来喝酒。

这是她们大学附近的一家清吧，因为驻场有一个唱爵士极好听的妹子，因此人气还算不错，在南江颇受欢迎。

叶飒来了之后，司唯突然想起来她之前提到的事情，于是特别好奇地打听他们最近的进展状况。结果叶飒窝在卡座的沙发里，半天都没吱声。

司唯小心翼翼地问她，是不是进展不太顺利。

叶飒哼唧了一声，这才把温牧寒之前拒绝她的理由告诉了司唯，刚一说完，司唯就捧腹大笑。

司唯觉得能用这种方式拒绝一姑娘的男人，实在是太绝了。

不过司唯笑完之后，说道："真的，这男人能不为你的美色所动，就这么拒绝你，意志力可真够强大的。"

她朝叶飒看了一眼，微挑了眉梢，轻佻道："飒妹妹，你长这样，我都恨不得自己是个男人。"

"你要是个男的，你觉得我还会跟你在这里喝酒？"

叶飒睨了她一眼冷漠道。

司唯："……"这姑娘简直成精了。

不过她来了兴趣，立即说道："你说，你这么多年不谈恋爱，是不是为了等他啊？"

叶飒眉眼清冷："胡扯。"

这话否认的，司唯却是不信的。要说当年他们刚进入F大的医学院，个个都觉得自己是天之骄子，眼睛恨不得长在天上。

结果开学第一天，全系第一次开新生大会，系主任很兴奋地介绍，本系有个全校最年轻的学生，今年才十六岁。一众天之骄子傻眼了。

后来司唯才知道这位天之骄子就是自己同宿舍的姑娘，只不过她开学好几天之后才来报到。

小姑娘看着年纪就小，穿着一条白色裙子，安静地等着家政阿姨帮她铺好床。

当时司唯就在想，完蛋了，来了个小公主。结果相处下来才发现，这姑娘性格是一点儿不娇情。就是跟她相处压力太大了，虽然她是整个医学院年纪最小的，可是年年都是她第一。让他们这帮比她大两三岁的人，都觉得自己只是白长了年纪而已。

至于司唯敢这么问，也是因为这么多年来，一路看着叶飒，连她和阮冬至都有过一两段无疾而终的感情，偏偏叶飒刀枪不入。

一开始以为她是年纪小，家里管得严，后来才发现她是真看不上追她的那些人。

想到这里，司唯感慨道："我真是越说越想见见这个传说中的人。"

"见谁？"突然身后传来一个诧异的声音。

司唯转头就看见阮冬至拎着一个极大的包走了过来，她穿着一套浅蓝色西装套装，脚上的高跟鞋鞋尖能踢死人。

她还没走到座位，就已经把自己的包扔在沙发上。

司唯看着她这个大得有点儿过分的包，感叹道："你炸碉堡也用不着背这么大个包吧？"

"炸碉堡？老娘恨不得跟他们同归于尽。"阮冬至拿起酒瓶直接倒了一杯酒，一口气都没歇，灌了下去。

这架势看得司唯心惊胆战，连叶飒都微微坐直身体。

阮冬至说："我真的没想到这个世上还有这么不要脸的一帮东西，说好的事情说改就改，真当老娘这个律师是白吃饭的。我要是不弄死他们，我阮冬至的名字倒过来写。"

虽然这么骂完一通，可胸口依旧剧烈地起伏。

叶飒看着她，缓缓开口道："熬夜、饮酒、大动肝火，别怪我没提醒你，长期这样很可能会造成猝死。"

阮冬至："……"

半晌，她长吸了一口气，微笑着看向叶飒："谢谢叶博士您的提醒。"

"没关系，我的医嘱是免费的。"叶飒轻飘飘道。

这话把司唯逗笑了，之前阮冬至动辄说她时薪多少，暗示她们跟她说话都是在白赚钱。

这会儿叶飒这话的反杀效果简直了，让阮冬至这个伶牙俐齿的律师都被噎住了。

突然，阮冬至拿着酒杯的手顿住，她压低声音说："别往后看，在我们左手边第二个卡座上有个大帅哥，而且他也在看我们这边。"

"多帅？"司唯好奇。

阮冬至略想了下，小声说："是我这一个月来见到的男人里第二帅的了。"

司唯立即好奇："谁是第一帅？"

此时叶飒脑海中突然滑过一个身影，他站在夜幕中，浑身湿透了，单薄的

T恤紧紧地贴着胸膛,勾勒出流畅又完美的肌肉线条。

她知道阮冬至说的这个人是谁。

果然阮冬至说道:"说了你也不知道,但是飒飒知道。"

下一秒阮冬至突然急急说:"他还在看这边……他过来了,你们说他会来搭讪我们当中的谁?"

阮冬至和司唯对视了一眼之后。

司唯说:"飒妹妹。"

阮冬至道:"叶飒。"

两人几乎都是咬牙切齿。

一直没参与这个无聊话题的叶飒正在低头看手机,此刻她们说完,她才不紧不慢地抬头,却不想一抬头已有个略带笑意的声音出现。

"飒飒,好久不见。"

叶飒面无表情地望着面前的薄湛,神色没有一丝讶异。

她慢悠悠地说:"你忘了,你妈不让你跟我玩的。"

F大附近的餐厅。

顾明朗左右看了好几眼,都没瞧出这个餐厅有什么特别之处,值得辛奇大老远地跑到这儿来请他们吃饭。

一旁的温牧寒正在低头玩手机,是个手机扫雷游戏。

古老到顾明朗都不知道他上哪儿找出来的这么个老古董。

"辛奇这小子搞什么呢?吃饭吃一半,人跑没了。"

顾明朗伸手把桌上的酒开了,要不是看在这茅台的分儿上,他绝对要教训这小子。

顾明朗看着始终没说话的温牧寒:"我听说你最近休假呢?"

"你们陆航团都能听说陆战队的事情,你这个耳朵可真够长的。"温牧寒一张嘴,把顾明朗噎得没话说了。

顾明朗说:"你那个兵的事情,看开点儿。"

这事儿不是小事情,况且隋文被授予烈士称号也是上了新闻的。每次军队里出这种事情,上头都会着重强调安全。

毕竟现在是和平年代,不是以前那种拿命填进去的战争期间了。每一个兵的命,都是最宝贵的。

劝说的话,顾明朗也没多说,要不然今天也不会叫温牧寒出来喝酒,所以他直接倒酒。

虽然他们都是在军区大院里长大的孩子,不过也不是谁都跟随着父辈的脚步进入军营的。

一块儿长大的好几个里,温牧寒和顾明朗算是最根正苗红的。

两个人一块儿上的军校,只不过一个海军,一个陆军。

只是去年顾明朗的部队整建制,转成了海军陆航团,俩人这算是又凑一块儿了。

没一会儿请客的人回来,辛奇一进来,顾明朗的筷子就扔过去了:"你小子跑哪儿去了?"

谁知辛奇也不生气,一脸浪荡的笑容:"这不是给小姑娘送夜宵去了,医学生可实在是太辛苦了,这大晚上还泡在实验室里头呢。"

"什么玩意儿?"顾明朗皱眉。

连温牧寒都抬头看向他。

辛奇赶紧说道:"就是上个月,我开车的时候,差点儿蹭到一姑娘,一见钟情了。她是F大的学生,所以我刚才就是给她送夜宵去了。"

顾明朗嗤笑:"我说你吃惯了大餐,怎么没事儿跑这种小店来,原来是换了口味。"

温牧寒淡漠地看着他:"别乱玩。"

辛奇立即举起双手:"人姑娘已经本科快毕业了,二十好几岁了,你们别弄得跟我祸害未成年似的。我这是光明正大地追求她,你情我愿好吧?"

顾明朗来劲儿了,问道:"我问你,那姑娘多少岁?"

"二十三。"辛奇说道。

"还敢说你没'老牛吃嫩草',你小子都三十岁的人了,人家才二十三岁,而且还是一学生。你说说你是能娶人家啊,还是能给人家未来?"

顾明朗的嘴跟机关枪似的,就差没把辛奇给突突了。

一旁的温牧寒本来捏着手机看热闹,结果越听,额头越突突得厉害。

二十三岁,学医的,怎么听着那么耳熟?

辛奇压根儿不在意,笑道:"我说明朗,你简直就是个老古董,这年头谈恋爱就得结婚啊?就不允许我们单纯地谈个恋爱。"

"那你就是耍流氓。"

此时辛奇的电话响了,他一脸笑意地接通之后,又溜了出去。

包间门没关严,隐隐传来他哄着对面的声音。

"说起来这小子就是太不靠谱了。"顾明朗摇头感叹道。

他转头看了眼温牧寒无奈地说:"你呢,又太闷了,三十岁的男人连个女朋友都不找,我都怀疑你要憋出病了。"

"你现在怎么这么婆婆妈妈?让你开飞机委屈了,你们团应该把你派出来做政工工作。"

温牧寒本来心里就憋着一团暗火,此时罪魁祸首还把话题引到他身上,当即他把这团暗火烧成了明火。

顾明朗一愣,沉吟了片刻,突然说:"牧寒,你不会也在为女人的事儿烦心吧?"

顾明朗极少见到温牧寒情绪波动这么大,要说是因为隋文的事情,倒不至于,毕竟刚才还好好的。也就是辛奇回来之后,他才不对劲儿起来的。顾明朗虽然是男人,可是也心细啊。

温牧寒本来就是有事儿自己憋着的性格,自然不会和顾明朗说什么,况且顾明朗问的这话就够可笑的。

那么个小孩儿而已,他会为了她烦心?

"没有。"温牧寒声线冷淡地否认。

结果几人吃完饭,出了门口,辛奇非闹着要去隔壁那个网红酒吧玩玩,说那地方还挺出名的。

况且是个清吧,就是喝喝酒、聊聊天,不至于让他们两个违反纪律。

温牧寒懒得搭理他,本来已经叫了代驾准备离开。结果一抬头看见那酒吧前面的空地上站着的人。

一个姑娘走在前面,身后的男人追上去,似乎想要对她说什么。眼看着姑娘要走了,男人一着急,伸手拽住她的手腕。

叶飒本来已经极不耐烦了，手腕被拉住时，正欲发火。

"松手。"

一个冷漠的声音在身后响起，下一秒，她转头看见一张英俊的面孔映入眼底。温牧寒本来气质就偏冷硬，此刻他盯着薄湛，眉头紧蹙，几乎皱成"川"字形。

他原本抿成一条线的唇缓缓张开——

"你们家没教过你，别对别人家的姑娘动手动脚吗？"

第三章
旧事

温牧寒这人在军营多年,脏话会说,偶尔也会骂人。只不过他骨子里有一种正气,哪怕这会儿他心里想要捏碎薄湛的手腕,让他松手。

要不然随便一个人,这会儿大概都是,你妈没教过你……

薄湛本来性子就偏温和,这会儿被这么说,立刻松开手。

温牧寒懒得看他,只是转头望着小姑娘:"大半夜的不回家,在外面乱逛什么?"

这话,啧啧,说是宣示主权吧,又像是长辈教训小孩儿的话。

叶飒抬眼皮望他,反击道:"现在才是十点多,还不是大半夜。而且你不是也在外面乱逛呢吗?"

她特地朝温牧寒身后看了一眼,幸亏那边就两男的,要是让她看见有女的在……

虽然叶飒知道他现在跟自己还没关系呢,不过她总有办法不是?

薄湛也有些尴尬,他低声说:"飒飒,我送你回家吧。"

温牧寒一听这口吻,呵,原来还是认识的。

"薄湛,刚才我跟你说的话你都忘了?别回头你妈妈又来找我。"叶飒语气挺冷的,倒不是厌恶,就是单纯的,我不想跟你扯上任何关系的那种冷淡。

薄湛脸上闪过一丝难堪。他并不是什么过分强势的性格,此刻叶飒话说得够明白,他站在原地,半晌不动弹。

直到许久之后,他张了张嘴,似乎想要解释,又像是想要说话,可是最后还是什么都没说就走了。

叶飒望着他的背影，微微皱眉。

她收回视线重新看向对面的温牧寒。她刚看过来，温牧寒凉凉道："没想到你们认识，我不该多管这闲事儿。"

叶飒听着他口吻，突然压低声音问："怎么，吃醋呀？"

温牧寒冷哼即将出口时，叶飒解释道："我跟他真的什么关系都没有，也不是你想的那样。"

"你说说我想的哪样？"温牧寒挺冷淡地问。

叶飒撇嘴，她才不说呢，她就是要憋死他。

温牧寒也不想跟她多说，直接拿出手机："我打电话，让谢时彦来接你。"

叶飒笑了："你真当我还是小孩儿呢，晚上出个门还得让我小舅舅来接？"

没想到这话还真管用，温牧寒收回手机，轻轻点了下，居然转身就要走，这还真是片叶不沾身啊。

叶飒瞧着，气笑了："你不送我回家？你没听见刚才人家还主动要求送我呢。"

"要不我再把人给你叫回来？"温牧寒睨了她一眼。

两人你一句我一句的时候，顾明朗和辛奇走了过来，辛奇上来打量了一圈，张嘴就说："这个漂亮妹妹，我肯定在哪儿见过。"

"漂亮？"温牧寒斜了他一眼，"需要给你洗洗眼吧。"

辛奇怔住了，不对劲儿啊，温阎王怎么火气这么大。

顾明朗倒是突然拍了下脑袋，当即惊道："飒飒，对吧？我刚才瞧着就眼熟，死活没想起来。实在是没想到小姑娘现在都变大美人了。"

辛奇登时好奇："什么飒飒呀？"

"谢时彦的外甥女啊。"顾明朗低声说道。

辛奇也惊了，谢时彦跟他们算是一圈的，只不过是中途加入的那种。但是吧，这么多年交情下来，早就好得跟什么似的。

一说起谢时彦的外甥女，他还真想起来了。

他指着叶飒惊道："你以前不是可喜欢跟着你牧寒哥哥屁股后面了，我们不都还说牧寒这是提前养了个小媳……"

他这句话没说完，因为温牧寒毫不客气地抬脚就踢在他腿弯处。辛奇膝盖半弯,差点儿就直愣愣地跪下去了。

温牧寒说:"不该说的废话,就别说。"

场面一度十分尴尬,顾明朗赶紧岔开话题,感慨道:"说起来第一次见飒飒的时候,你才十几岁呢。那时候你来我们营里玩对吧,还是牧寒带你来的。"

叶飒一听这话,险些气得笑出声。这些到了三十岁的男人,就是这么爱追忆往事吗?

那时叶飒病好了之后,就很久没见过温牧寒。她是个高中生,每天最应该忙着的事情就是上学。可是偶尔上课发呆之后,低头看着面前的本子,随手涂鸦的居然是一个侧脸。

那时候她年纪小,但是身边偶尔会有人提起,谁谁谁在谈恋爱呢。

以前叶飒对这些不感兴趣,可是偶尔她也会听一两句。只是她不明白,那些苍白又惨淡的隔壁班男生,到底有什么可喜欢的。

如果她有喜欢的人……情窦初开的年纪,无论再如何压抑着,内心深处总是会滋生着最真实的感受,不会作假、无从辩驳的那种真实。

偶尔他的脸会出现,会忍不住想要在本子上偷偷写上他的名字。连叶飒都很奇怪,才见过一次而已啊,怎么就会这么心心念念呢。

顶多他长得比很多人都好看,顶多他笑起来时又英气又吸引人,顶多他身上有一股子她从未在别人身上见过的硬气……

终于,星期五,谢时彦开车来接她回家。

途中他接了一通电话,笑着跟对面的人说:"算我一个啊,待会儿你把地址发我,我开车呢。温牧寒才不会去,他这不是毕业刚下连队,最近忙着呢。"

听到这个许久没人在她耳边提起的名字,叶飒下意识地朝谢时彦看过去。

只是谢时彦戴着蓝牙耳机,又盯着前面的车道,并未注意她。可即便是这样,叶飒的心脏还是不受控制地加速,胸口胀胀的,像是有什么要蹦出来,她忍不住舔了下嘴巴。

终于,谢时彦挂了电话。

叶飒手指轻轻拽着身上系着的安全带,手指头拽了又拽。

终于她轻声说:"小舅舅。"

"怎么了？"谢时彦转头看她，突然表情有些怪异，"你是不是又要被请家长了？"

上次叶飒在数学课上睡觉，被气愤的数学老师请了家长，谢时彦过去，差点儿没被唾沫星子喷死。

叶飒摇头："不是，是语文老师这次布置了作文。"

"哦。"一听不是请家长，谢时彦松了一口气。

叶飒说："是要写什么军旅梦想，我又不认识当兵的人，你不是认识嘛。"

谢时彦听着，表情有些怪异："这是什么作文啊。"

"你要是跟人家不熟的话，那就算了，我随便编一下。"叶飒飞快说道。

正好路口红灯亮起，车子慢慢停下，谢时彦转过头望着她，突然似笑非笑道："飒飒，我觉得你不老实啊。"

这一刻，叶飒的心脏提到嗓子眼儿。她已经在想她应该怎么矢口否认，她才不是为了见温牧寒，她才不是。

结果谢时彦悠悠道："你周末是不是不想在家写作业啊？"

第二天，温牧寒在营区门口接到叶飒的时候，连谢时彦的鬼影都没看见，还是叶飒小声说："我小舅舅说他是有事儿。"

"他确实是应该有事儿，要不然他腿该被我打断了。"温牧寒咬了下后槽牙，凉凉说道。还真拿他当保姆了。收集作文素材？温牧寒差点儿被他气笑了。

可是瞧见身边的小姑娘，安安静静地穿着蓝色T恤和铅笔裤，背着一个书包，看着挺乖巧的，温牧寒还真说不出什么冷漠的话。

于是他领着小丫头进了军营，只是走到大门口的时候，哨兵冲着他们敬礼，温牧寒回礼过去，走过去几步，叶飒还在看他。

"怎么了？"温牧寒以为她有事儿。

叶飒摇头，她……她就是觉得温牧寒抬手敬礼的那一瞬间真好看，特别特别吸引人。可是她不敢说，一个字都不能说。

别说，温牧寒还真的认认真真地带着小姑娘参观了他们营区，虽然是军事禁区吧，但是每年也会有不少家属到部队里来探亲，所以有些地方也是能带他们看看的。

特别是海军的训练科目不仅有陆地,还有水下。因此营区里面有个特别大的游泳池。

温牧寒带着她一路参观到训练场旁边,不远处正有人在训练,喊声震天。叶飒好奇地看着远处。虽然她是骗小舅舅的,可是真进了军营里,她才发现这里的一切都那么新奇。

"这个是做什么的?"叶飒指着训练场旁边的器械问。

温牧寒看了一眼:"飞行转轮。"

当他看见小姑娘一双乌黑的大眼睛里闪着好奇时,忍不住叹了一口气,语气依旧和缓道:"我们海军需要上船,不过不是每个人都能扛住晕船,所以需要靠这个锻炼。"

叶飒咋舌,轻声说:"晕船还可以锻炼的?"

温牧寒嘴角微勾,小姑娘这话要是叫那些新兵听到,差不多会感同身受得哭出来吧。海军的抗晕训练一直是有些新兵的噩梦。

毕竟有些时候苦痛能强忍,这种眩晕的苦可忍不了。晕船怎么办?硬练,练到什么时候不晕为止。

突然叶飒望着他,小声问:"哥哥,你晕船吗?"

这话问的,温牧寒忍不住摸了下鼻尖。他一个生于北方,长于北方的人,在进入军校之前,说实话,连船都没坐过几次。

"我能试一下吗?"叶飒抬头问。

温牧寒想也不想地拒绝:"那不行,你太小了。"

这种转轮是新兵最怕的项目,温牧寒训练新兵时可以眼睛都不眨一下,可是看着面前纤纤瘦瘦的小姑娘,他还真不敢让她试。

"就一下。"叶飒望着他,卷翘的长睫轻轻扑簌着,"行吗,哥哥?"

温牧寒一下子被这姑娘逗笑了,让她叫叔叔的时候死活不张嘴,这会儿有求于他了,这一声"哥哥"叫得倒是甜。

终于温牧寒微叹了口气:"只能试一下。"

叶飒立即点头。

结果小姑娘试了一圈,居然意犹未尽地问道:"你们平时就转这么慢吗?"

"我们的训练力度,你可受不了。"

温牧寒望着她，无奈地说着。

谁知小姑娘跃跃欲试："那你再转快一点儿。"

温牧寒是真没带过孩子，以至于小姑娘一提要求，大眼睛眨巴眨巴看他两眼，他就心软了。这一下还真应了她的要求，转快点儿。

可手一松开，转轮飞速转动。

等温牧寒意识到不对劲儿，伸手拉住转轮时，小姑娘紧紧闭着眼睛，双手抓着转轮横轴，手指用力到发白。

温牧寒把人放下来时，叶飒还没睁开眼睛。

"飒飒。"他小声唤了一句。

下一秒，小姑娘的眼睛睁开，本就明润的黑眸泛着浅浅的泪光，她试着往前踏了一步，却不想感觉天旋地转，直到靠在一个坚实温暖的胸膛。

"哥哥，我晕。"

那天营区里，很多人看着平时训练他们不眨眼的大魔头，脸上带着无奈的表情，背着一个小姑娘。

那姑娘趴在他背上呀，别提多乖了。

为了防止顾明朗还回忆起什么过往，叶飒下巴微抬朝酒吧的方向动了下："你们也过来玩呢？"

"对啊。"辛奇乐呵道。

"不是。"

这句话是温牧寒说的，他本来就不太想去酒吧，这会儿撞见叶飒，更没那个心思了，他朝叶飒看了一眼："还不回去？"

叶飒抿嘴浅笑："送我？"

温牧寒看了她一眼，头也不回地离开。结果刚走没几步，他转身看着叶飒："还不跟上。"

叶飒心里明明已经笑开，不过面儿上却憋着，只道这个男人从来都是嘴硬心软的，没想到这么多年过去，这毛病还是没改。

不过叶飒可没指望他改。本来就招人，要是改了指不定多少姑娘往上扑呢，害人。

辛奇这下急了，大声喊道："哎、哎，不是说好今晚不醉不归的，这才第一轮怎么就中途逃跑了啊。牧寒，当逃兵可不好……"

他叽里呱啦说了一大通，直到旁边的顾明朗一脚踢在他的屁股上。

气得辛奇捂着自己的屁股喊道："你们一个两个这什么毛病啊？老子招谁惹谁了。"

"你没惹谁，你只是没眼力见儿。"顾明朗摇头叹道。

他又望着已经走到路边的两人，叶飒正微仰着头跟温牧寒说话，温牧寒个子高，超过一米八五的个子，从高中开始就是"一览众山小"。在人群里头别提多显眼。

叶飒虽然纤瘦，但是身材高挑，站在他旁边有种异常和谐的般配感。

顾明朗被自己脑子里的念头吓了一跳，其实还真别说，辛奇刚才那话确实没说错，那会儿小姑娘挺黏温牧寒的，偶尔他们聚会的时候，谢时彦人没来，倒是温牧寒带着她出来玩了。

有不着调的就开玩笑说，牧寒这是提前给自己养了个小媳妇呢。

不过温牧寒这人，那会儿看着挺不拘的，也不是那种特一本正经的，哪怕大家酒喝多了开几句黄腔，他在旁边偶尔也能接上一句。

那次他却发火了。他说自己一个成年男人怎么被他们开玩笑都行，但是这姑娘年纪还小，再乱说，他就真不客气了。

自此，没人敢开这种玩笑。但是谁都知道，这姑娘除了谢时彦护着之外，也被温牧寒放在心上呢。

叶飒正在问温牧寒："你休假到什么时候？"

"随便。"

"……"这天是没法聊下去了，是吧。

其实温牧寒这个休假，说是休假吧，他还时常去营里面乱逛，惹得一帮本以为能松口气的兵更胆战心惊了，生怕营长突然从哪个角落里钻出来，看着他们说，刚才动作不标准，再来十遍。

倒是温牧寒垂眼看她，勾了勾嘴角："不是说急诊医生很忙？我看你还有工夫出来泡吧，不错啊。"

叶飒倒吸一口气。

说起来,这个月她一共就休假了两次,一次是谢时彦请吃饭那天,还有就是今天了。是不是非得她累死在医院,才叫鞠躬尽瘁啊。

突然,叶飒想起来他们重逢那天,她也是从酒吧里冲到岸边的,只不过那次不是休假,而是因为她被医院停职了。

她突然来了兴致:"那次在河边救人,你看见我为什么没叫我啊?"

她可不信温牧寒没看见她,毕竟当时可是她把吴敏救回来的。

温牧寒双手插兜站在路边,路灯暖黄的光线落在他身上,乌黑的头发上染上一层浅浅的绒光,整个人看起来没那么锋利。

就连他看向叶飒的眼神,都没那么冷:"没认出来。"

这话是骗她的。第一眼他就认出她来了,那天叶飒穿着一条极好看的裙子,哪怕是在夜里,整个人都像是个发光的小精灵,从人群里挤进来。她丝毫不介意地跪在地上,一遍又一遍地做着心脏复苏,企图从死神手里把那个年轻姑娘救回来。

他走的时候,她还是个会撒娇的小女孩儿,不开心时抿嘴不说话,开心时会笑着喊他"哥哥"。

七年不见,乍然变成一个大姑娘,还是一个那样好看的姑娘。温牧寒当时也不知道为什么,干脆就掉头走了。

叶飒目光顺势落在他脸上,眉眼微挑,竟是突然靠近他:"是因为我变得太漂亮,你没敢认?"

呵。温牧寒刚才脑海中的千万般思绪,都被这句话冲散了。

路边正好停下一辆出租车,他打开车门,把人扔进后排,自己则打开副驾驶的门坐了进去。

"是脸皮变得太厚没敢认。"

男人双手环胸坐在副驾驶座上,声音里透着恶劣的笑意。

周一早上。

从一大清早开始就阴雨连绵,连医院的患者都没平日那么多。温牧寒把车停好后,郑鲁一下车缩了下脖子:"你说,好不容易团里给咱们安排集体体检这种好事儿,还非赶上下雨。"

他伸手,扶了下从后座下来的俞栋。

"教导员,您这个腰啊,一到下雨天就疼吧。"郑鲁一瞧了一眼问道。

温牧寒戴好军帽,走了过来,瞧了俞栋问道:"您这腰没事儿吧?"

俞栋被气笑了,微怒道:"老子这才刚到四十而已,真当我是老人家了啊。"

他年轻时特别拼命,结果有一次意外,撞上了脊椎,没导致瘫痪已经是谢天谢地了。至于一碰上阴雨天就疼得厉害,也是没办法的事情。

这次团里组织干部体检,这两天正好轮到他们一营,昨天几个连长已经来过了,今天轮到他们过来。

三人穿着军装,刚下车就吸引了不少人的目光。

这次是来第九医院体检,体检中心就在急诊大楼的对面,温牧寒进体检中心之前回头看了一眼急诊大厅。体检的项目挺全面的,三人忙好之后,离开体检中心。

"要不咱们中午在外面吃吧?"郑鲁一提议道,他说,"天天吃食堂,我也想换换口味。"

温牧寒瞥了他一眼,嗤笑:"皮痒了是吧?要是让大师傅听到你这话,这个月别想再吃到红烧肉了。"

郑鲁一暗叫不好:"营长,您没这么无聊吧。"

"看你表现吧。"温牧寒说。

三人正要往车边走,结果对面有个声音喊道:"温牧寒。"

叶飒一出急诊大楼就看见对面的温牧寒,原因无他,实在是他太显眼了。三个人穿着一样的军装,身形笔直板正,在阴沉的天气下成了一道独特的风景线。

郑鲁一和俞栋看着过来的姑娘,眼睛都直了。

"这谁啊?营长啊,谁啊?怎么有点儿眼熟啊。"郑鲁一说话都带着小喘气,激动的。

"废话什么。"温牧寒说。

因为下雨,叶飒一路小跑到这边体检大楼的回廊下时,穿着的白大褂已经被打湿了肩膀，她仰头望着温牧寒："你来医院干吗？"

不过她看了一眼身后，笑着说："你们单位安排过来体检啊？"

"嗯。"温牧寒冷淡地应了下。

急得旁边的郑鲁一忍不住用胳膊肘抵了下他。

还是旁边的俞栋主动说："温营，你也不给介绍介绍？"

"你好，我是叶飒，是这边急诊科的实习医生。"叶飒主动自我介绍道。

这么一说，郑鲁一突然想起来，指着她就连连道："对、对、对，我想起来了，您就是那天晚上救张小满的医生吧？我说您怎么瞧着这么眼熟呢。"

难怪他说怎么现在医院的医生都这么好看了。合着是同一个啊。

叶飒点头："对，是我。"

等郑鲁一和俞栋都自我介绍后，郑鲁一突然说："叶医生，我们正准备出去吃饭呢，要不你也一起？"

温牧寒当即冷眼朝他看去。

但叶飒摇头道："我今天中午要值班，以防有急救病人过来。"

郑鲁一说："你们这个工作也挺忙的，真是辛苦了。"

说话间一个小孩子从旁边穿过，结果跑的时候正好撞到俞栋的腰，他本来就隐隐作痛了一个早上，这一下被撞得扶着旁边的栏杆差点儿没起来。吓得家长上前连连道歉。

俞栋也不好跟这么小的孩子计较，还是叶飒说："要不去对面急诊吧，我给您检查一下。"

他赶紧摆手："没事儿，老毛病了。"

温牧寒蹙眉，坚持说："还是让她看看吧。"

"我自己的身体，我了解，确实是老毛病了。"俞栋到底也是军人，虽说如今做着政工工作，但是被小孩儿撞一下就要看医生，说出去也是丢了老脸。

叶飒又问了他之前旧伤的情况，随后她沉吟道："其实您这个情况也不是不可以缓解的，我知道M国有一款特效药，对于这样的旧伤很有效果。如果您愿意的话，我可以让朋友帮忙带两盒回来给您试试。"

"太麻烦你了吧。"俞栋挺不好意思的。

叶飒疏朗一笑："没事儿，您这也是为国受伤。"

郑鲁一和俞栋当下对这姑娘印象特别好，这姑娘一看就是那种家世特好的那种，但是身上真没一点儿娇气和扭捏劲儿，说话做事都有种大气劲儿，看着就舒坦。

说了两句，叶飒往后面看了一眼："我得回去了，不能出来太久的。"

"那行，下次请你吃饭啊。"俞栋笑着摆手。

郑鲁一赶紧低声说："营长，送送啊。"

温牧寒看着急诊大楼和这边的距离，目测二十米吧，就这还要送送？

可叶飒转身要走的时候，他还是走上前，叶飒也没说不要他送，两个人并肩往前走，绵绵细雨落在身上，带着一点儿初夏特有的凉爽。

"你销假了？"叶飒问。

温牧寒"嗯"了一声。

叶飒转头："下次休假呢？什么时候。"

她看着他的眼睛极亮堂，似有细雨落进她眼底，倔强之下透着绵软，惹得温牧寒蓦然别开头。他沉沉地说："这个周末可以休。"

虽然他们是一线部队，但是军官还是有休假的。只是他以前都是待在军营里，懒得出来而已。

叶飒有些惊讶地转头，大概是没想到他这么配合，眼底带上喜色："那我抽空把药拿给你，顺便再一起吃个饭。"

温牧寒脚步顿住，原地站定，极深邃的黑眸望着她，就连唇线都紧抿："只是吃饭？"

"当然只是吃饭。"叶飒被他这副突如其来的严肃模样逗笑了。

她直勾勾地盯着温牧寒，眼尾上翘，整个人笑得跟只小狐狸似的，软绵绵中又带着狡黠："那你怕我干吗？"

原本清透的声线里竟裹着化不开的魅惑，每个字都像是踩着鼓点般，敲在他耳边。

"怕我吃掉你啊？"

温牧寒上车后，刚关上门准备发动车子，后座郑鲁一勾着脑袋凑了过来，贼兮兮地问："老大，那姑娘谁啊？"

"叶飒医生。"温牧寒语气淡然。

这公事公办的口吻，还真是防御得固若金汤。

郑鲁一："……"

不过他心里跟猫抓似的，要是不问个明白，感觉今天这一天都过不去。于是他继续趴在驾驶座和副驾驶座之间，问道："我是说，你们看着可不像刚认识的样子啊？什么情况？"

此时车子已经启动，平缓地驶出医院大门。

可是车子里的聒噪一直没停止，郑鲁一这会儿也想不起来他那个985的表妹了，一心只关心他家营长和这位漂亮女医生之间的事情。

"你要是不想坐车，我现在放你下去，让你跑回去。"

温牧寒算是耐住了性子，这才没立即停下车子，把人赶下去。

郑鲁一立马老实了，赶紧往后座上面一坐，结果还没憋几秒钟，又嘀咕："我觉得叶医生挺好的。"

谁知一直没说话的俞栋说道："我也觉得你年纪不小了，应该考虑一下个人问题。"

老俞毕竟是做政工工作，不是郑鲁一这种欠兮兮的八卦口吻，一张嘴就开始拔高度。

"说起来，团里面领导都找我谈过好几次话了，说咱们一营怎么回事儿，正、副两营长一个都没解决终身大事。"老俞这话其实早憋在心里了，本来也不好开口，毕竟他是教导员又不是媒婆，不过这会儿可算逮着机会了。

他一口气说道："你说说，郑鲁一也就算了，他小子没个正形，找不着媳妇是他活该。牧寒，你可比他稳重多了，你说，你总不能这么单着一辈子吧。"

"什么叫郑鲁一也就算了……"后排的郑鲁一立马不乐意。

这简直是明晃晃的不把他老郑当人啊。

就连温牧寒都被这话逗得嘴角微弯，他说："别郑鲁一也算了，还是把郑鲁一算上，您回头给他优先考虑。要不然他真可能砸手里。"

他眉眼少见的轻松，说话也是插科打诨的劲儿。

老俞一瞪眼："你少给我打岔。"

温牧寒笑了下，还真不说了。他跟老俞虽然一个是营长，一个是教导员，不过老俞年纪比他大不少，他一向对老俞很敬重，从来没摆过什么架子。

俞栋转头看了一眼温牧寒，其实何止团里头，有次他去旅部还开会，还听有首长问起他呢。

温牧寒的表现上头领导都是看在眼里的，个个都当他是个宝贝。

俞栋继续说："你说，你再喜欢军营，要当一辈子兵也行，可是总不能也单身一辈子吧？咱们部队里可从来没提倡过这种的啊。"

"行、行，我不赖咱们部队，行吧？"温牧寒哼唧了一声，笑了。

"想赖，你也赖不着。"

老俞继续瞪他。

没一会儿到了饭店门口。

这是他们部队隔壁不远处的一家饭馆，开了不少年，量大、实惠而且味道特好。饭店名字都特有意思，叫军中绿花。老板是个美女，以至于这餐厅人气一直都不错。

"三位，对吧？"他们三人一进来，门口的服务员特有眼色地给他们安排了靠窗的位置。

郑鲁一拿到菜单的时候，突然问："今天这顿……"

温牧寒抬了抬眼皮，薄唇轻启："点吧，我请。"

"好的嘞。"

俞栋真是看不下去了，拿起面前还没拆包装的筷子在郑鲁一的军帽上敲了两下："这出息，难怪你找不到女朋友，这么抠门，哪家姑娘能看得上你。"

"您怎么跟个老妈子似的。"郑鲁一嘴上说着，手里菜单翻得贼快。

这头骂完郑鲁一，俞栋转头说："你可别每次都请客吃饭，这小子贼着呢，就知道攒老婆本。你这老婆本都被他吃光了。"

得，话题一转，又回到了刚才那个。

温牧寒说："您是不是接了什么政治任务？这么着急。"

"我还不是见你们这一个两个都是光棍，平时休息也没见你有个去处，有个媳妇知冷知热，多好。"

这下温牧寒眼皮微耷，轻声说："我一个月才几天假，娶了媳妇把人放在家里当摆设吗？"

顿了一秒后，他声音轻飘飘的，犹如一阵烟。

"不想耽误别人。"

俞栋刚要吹胡子瞪眼，可一下子想到什么，他说："是不是隋文的事情？"

说起来，这件事儿，没人不觉得可惜。隋文年纪也到了，眼看着就能结婚了，女朋友还是打小就认识的。多好的一对儿啊，结果人说没就没了。

对，现在是和平年代，可是每年牺牲的战士还是有，抗震救灾的时候哪回不是解放军冲在最前面？这些都是半大的小伙子，爹生娘养的，还不是一句命令，就二话不说直接上。

其实训练的那些苦和痛都能忍，一个个都特硬气。但逢年过节跟家里人打电话的时候，打一个哭一个。

可不就是有那么一句话，"正是有人负重前行，才让其他人平安度日"。他们这些身上穿着军装的，就是扛着一切往前走的。

温牧寒缓缓开口："倒是也不全是因为这事儿，没遇着合适的，更不想耽误别人。"

俞栋不死心地嘀咕："什么叫合适，天仙合适不？"

温牧寒没说话，微垂着头，看着面前水杯。可是眼前不知怎么的，就飘过一个白色的背影。真是邪门了。

第二天早上上班开会的时候，主任宣布了一件事儿。下周外科有个重大手术安排，是院里的顶级外科教授亲自做手术，而且这次会带一个实习生进手术室。

虽说他们这样的哪怕进了手术室，也就是个摆设，可是这样的机会千载难逢，这么多实习医生到现在进过手术室的没几个。一般都是在手术室旁边的观摩室观看整个手术过程。

于是实习医生之间都在窃窃私语，讨论主任会让谁去。

徐雯当即挽着应嘉嘉的胳膊："嘉嘉，我觉得可能会是你，昨天刘医生还夸你做事细心、有责任感呢。"

直到有个人说："我觉得肯定是叶飒吧。"

本来讨论得挺热闹的，大家一下子陷入了安静之中。

应嘉嘉的水平大家还不知道啊？之前她给一个孩子清创，那孩子哭得整个急诊室都听到了,气得人家家长大骂她到底会不会做事。

第二天早上开会的时候,带他们的主管医生还说了,让他们要从小处做起,别整天眼高手低的。

况且应嘉嘉之前参加节目,积累了不少名气,大家瞧着她也没把心思全放在医院。

叶飒安静地站着,她一向不爱参与这些讨论。

一起实习的几个男生倒是跟她没什么嫌隙,只不过她一向话少,其他两个女生又抱团,以至于一向都是徐雯和应嘉嘉叽叽喳喳地说个不停。

她的表现是急诊科所有实习医生里面最好的,现在她基本能独立处理患者的情况,其他人还需要跟着主治医生。

只不过选择权并不在她,她只能把自己该做的做到最好。

中午吃饭的时候,没想到司唯也跟她提这件事儿,司唯现在正在妇产科实习,据说他们妇产科也安排了一场这样的手术。

"你说医院是不是觉得咱们实习医生之间的火药味还不够重啊?"

别看大家此刻都在这里实习,真正能留下来的可是凤毛麟角。所以此刻跟你一起实习的同事,不仅是你的同事,一个战壕里的战友,同样也是竞争对手。

实习医生之间的关系一向微妙。

所以别看徐雯和应嘉嘉这会儿看着站在一块儿,要是徐雯有机会进手术室,她大概会毫不留情且不加一秒犹豫地一脚踢开应嘉嘉。

叶飒筷子戳了下碗里的米饭:"听说过鲇鱼效应吗?"

"真够有意思的。"司唯气得挑了一大团米饭塞进嘴里,"我们都够累了,医院还玩这一手。"

"物竞天择,适者生存。"叶飒语气淡漠。

司唯一瞧她这样子,立即问:"你怎么这么淡定啊?"

叶飒抬眸看她:"没人是我的对手,我用得着着急吗?等你像我这样连续七年专业第一,你也可以淡定。"

"……"

过了几天,给俞栋带的药到了。于是叶飒立即给温牧寒发了信息,发信息之前她还特地想了一会儿。

没多久,才悠悠发了一条过去。

叶飒:晚上来接我,药到了。要是你不方便,我去接你也行。正好我也认认路。

温牧寒上班一向不看手机,等到看见这条信息,已经差不多晚上六点钟了。

他微眯着眼,盯着看了半天。认认路?认什么路?他都能想到这姑娘发短信的时候,一肚子坏水的模样。她如今可不比从前,之前他领着她到军营里头,都知道是妹妹。现在这么个大姑娘跟着他在营区转一圈……

温牧寒把手机扔在桌子上,起身把自己身上的军装换了。

至于医院这边,叶飒感觉到手机在白大褂兜里振动了两下,掏出一看,居然是一下午没动静的老男人发来的。

温牧寒:我过来。

简洁明了的三个字,还真是他的风格。

叶飒也没在意,要是没病人过来,就打算进去换衣服下班。事实证明,墨菲定律这玩意儿是真的邪门,真是不想什么就来什么。

快下班的时候,有个姑娘被一个戴着眼镜的男人带过来,说是在家摔了一跤,胳膊疼得厉害。

叶飒一开始没注意,伸手拉开她的手臂,可是一下子看见她胳膊上大片大片的瘀青,已经到了触目惊心的地步。

她一下子愣住。片刻后,叶飒轻声问:"这些瘀青是怎么回事儿?"

"摔的。"姑娘的声音从口罩里闷闷地传出来,很小很轻微。

叶飒微眯着眼睛,看向旁边的男人,突然说:"你是不是还没挂号呢,先去帮她挂号吧,这边应该需要拍片子。"

眼镜男不怎么情愿,一脸担忧地说:"医生,我老婆怎么样啊。"

"先去挂号、交钱。"叶飒的声音越发冷漠,犹如锐利的刀锋般。

这男人倒是不敢说什么,转身出去了。

他一走,叶飒伸手将姑娘脸上的口罩直接摘了下来,这姑娘也没想到,抬手就想捂自己的脸。

叶飒却已经看见了她脸上遍布的手指印，整个脸颊红肿得厉害，就连嘴角都是破裂的。

伤口看着应该是不久前造成的。

"他打你。"叶飒的语气此刻还是冷静的，可是眼底已经泛起情绪。犹如即将来临的暴风骤雨，随时都能砸下来。

这姑娘当下否认："不、不是的。"

叶飒都被气笑了——都这样了还替人渣隐瞒着呢。她说："这不是他第一次打你吧？"

姑娘不说话了。

"报警吧。"

叶飒毫不犹豫地拿起手机，准备打电话。就在她准备打电话的时候，那个男人居然冲了进来，他想也不想地拉着女人就起来："走，咱们回家，不治了，这什么医生？"

说着，他已经扯着姑娘直接走到大厅。

叶飒拦在他们面前，毫不退缩地望着他："你今天不能带走她。"

"你让开啊，上来就让我交钱，你们这些烂医生不就是想让我们花钱吗？我们不看了，我们去别的医院。"眼镜男此刻倒打一耙，竟是把所有错误都归咎到叶飒让他交钱拍片子这件事儿上。

叶飒神色冷漠地看着这人，手机握在手里，已经准备打电话。

眼镜男情急之下，指着她又骂道："你再不让开，我就要揍你了。"

说着，他居然当真要对叶飒动手。只不过他刚上前一步，突然斜里伸出来一只脚，竟是精准又狠厉地踢在了他的膝盖弯处，扑通一下，眼镜男半跪在叶飒面前。

"你揍一个试试看。"温牧寒漠然地看着面前的人，声线犹如从冰窖里浸染过。

此时整个急诊大厅里的人都在看这边，不少患者家属都在交头接耳，以为是又遇上了什么医患矛盾。

特别是刚才听到这个眼镜男说什么拍片子的事情，甚至不少人还嘀咕了起来。

"我们不也是,医生没说两句呢,就让拍片子。"

"现在这些医生哪,就是让你检查这个、检查那个,他们才好赚钱的。"

"心黑得很呢。"

此时因为动静太大,其他还没下班的医生和护士也赶紧过来,生怕闹起来。

温牧寒看着面前的叶飒,身后那些议论声落进他的耳中,但他依旧垂眸问道:"怎么回事儿?"

这些人说的话,他一个字都不信。他得听她说。

叶飒盯着对方,眼神一如刚才的冷漠。她轻轻转头,看向温牧寒,声音里透着一丝怒气:"他打她。"

其实叶飒不是热心肠的人,她也没有打抱不平的习惯。她就是看不惯。

看不惯这个男人在她面前把人像个牲口一样拽走,看不惯明明是他自己的错误,还敢倒打一耙。

温牧寒看着对面还被男人拉着的姑娘,眼睛在她脸上扫了一圈,什么都明白了。

哪怕是他,要不是这会儿心里极力克制着,只怕就要上去把这人揍一顿。他骨子里本就是个正气至极的人。

"松手。"这两个字,温牧寒几乎是咬着牙,一个字一个字磨出来的。

眼镜男这会儿被这么多人围观,虽然心虚却还是强撑着说道:"我们夫妻之间的事情,关你们什么事儿?还有你这个医生胡说八道什么呢,我老婆这明明是摔伤的。你不就是看我不想拍片子,就在这儿血口喷人。"

"来、来、来,你们都来看看啊,就这个医生非要我们查一堆东西,我不查她就在这儿诬蔑人。"

男人的声音极大,闹得整个急诊室都开始往这边聚集。

许多人的目光都集中在叶飒身上,就在此时,叶飒突然往前踏了一步,越过温牧寒,直勾勾地望向对面的眼镜男。

"我学医七年,难道还分不清伤痕的来源?你以为一句摔倒就能掩饰你的所作所为。那好,你现在松开她,让我给她做全身的检查,我倒是要看看她身上的这些瘀痕到底是不小心摔倒的,还是被打的。"叶飒望着他,清冷的声音异常坚定。

眼镜男没想到会遇到这么硬气的医生，一时也有些慌神。

温牧寒微垂着眸，望着面前的姑娘。她整个人笔直地站在这里，丝毫不退后，锋利得犹如一把刀，稍不留神就能把对面割得头破血流，或许也会割伤自己。

此时副主任医生曾馨也到了现场，他在了解情况之后，不由得有些头疼。这些家务事其实是最难处理的，他能理解叶飒挡住对方离去的心情。

正好这会儿从外面进来几个警察。

自从之前几次大的医闹之后，第九医院附近就有警察的值班岗亭，这会儿急诊室刚闹起来，就有护士报警了。

警察一过来，瞧见这一幕赶紧问："什么情况？是谁闹事儿。"

别看眼镜男刚才牛气冲天，结果这会儿见到警察来了，神色也不由得紧张起来，他抢着开口说："警察同志，对面这个医生不仅乱收费、乱让我拍片子，她还指使这个人打我，刚才大家可都看见了。"

眼镜男本来是想指着温牧寒的，可温牧寒身上自带气势，一双漆黑眸子微睨过来，吓得他立即收回手。

警察朝温牧寒看了一眼，叶飒开口说："既然警察来了，就正好让警察看看，她身上到底是摔伤的，还是被打的。"

她微眯着眼睛，语气里充斥着危险。

这会儿警察注意到眼镜男身边站着的姑娘，特别是那一脸的伤痕，这能是摔的？

基层警察管的都是这些家长里短的事情，一眼就看出来这姑娘脸上伤痕的猫腻，当下不客气地对眼镜男说："你说这是她自己摔的？"

眼镜男心虚，神色一下子变成哀求，他看向身边的姑娘："媳妇，你快跟他们说，不是我打你的，对吧？"

说着他还伸手拽那姑娘，只是长发姑娘身上都是伤，这下疼得直倒抽气。

"媳妇，他们会把我抓进去的，到时候我工作怎么办？你可别犯傻啊，这是咱们夫妻之间的事情。"

这人脸上跟画皮似的，一会儿变一个样子，惹得旁边围观的人都不停地议论。

"你看看他老婆脸上被打得，作孽啊。"

"难怪这个医生不让他们走，小医生还挺有正义感的嘛。"

"人模人样的，打起老婆这么凶呀。"

连叶飒都被这人不要脸的劲儿给气笑了，当着这么多人还敢这样，他可真是够肆无忌惮的。虽然她学医一直明白物种的多样性，可看着面前站着的"垃圾"，她还真不想承认自己跟他同属人类范畴。

警察也懒得看他表演，上来就拉着他说："行了，别废话了。跟我们走一趟吧，现在后悔了，早干吗去了？"

"老婆！老婆……"眼镜男急急哀求。

此时，一直垂着头的姑娘缓缓抬起头，眼睛里含着泪，朝叶飒看了一眼，眼里似是有内疚、却说不出的神色。

"他……他没打我。"

她一开口，所有人都怔住了。

包括始终站在她对面的叶飒。

眼镜男仿佛一下找到了底气，贱兮兮地笑着说："你们看，我老婆都说不是我打的，你们管什么闲事啊？这是我们夫妻之间的事情。"

就连民警都无语至极，都说"清官难断家务事"。有些被家暴的女人，哪怕警察来了，都要维护自己的老公，就怕老公被抓进去，丢了工作，毁了这个家。

可是她们却想不明白，早在对方动手的时候，就已经在破坏这个家了。

此时连受害者都说不是被打的，民警也没办法强行拉着他们去派出所，因为做不做笔录都是那样。两口子和稀泥，他们倒是被弄得里外不是人。瞧瞧这位管闲事的小医生，不就被架住了？民警还挺同情叶飒的。

温牧寒偏头看着眼前的小姑娘，她就站在原地，眼睛一眨不眨地看着对面那个姑娘，直到她脸上的薄怒一层一层退去，露出苍白而又安静的神情。

下一刻，她双手缓缓插进白大褂的兜里，往旁边迈出一步，安静地让开路。

突然，温牧寒心里莫名其妙地抽了一下。

温牧寒这人哪怕不是铁石心肠,那也是足够坚定,轻易一点儿小事儿不能动摇他的心志。他打小就受女孩儿喜欢,长相帅气不说,家世也好,在学校里的时候就是鹤立鸡群的存在。寻常男生都是戴着眼镜,一副文弱的模样,但他不仅成绩好,运动也厉害,校运会的时候,还有一大帮姑娘等着给他拿水喝。

在这种情况之下,温牧寒硬生生杀出一条血路,愣是弄得身边一个姑娘都没有。

就是因为他心够狠,该拒绝的时候,他眼睛眨也不眨。不是没人在他面前哭过,打电话哭的,跑到他教室里哭的,发什么疯的都有,他连眉梢都不挑一下。

可现在不行,他就站在这里亲眼看着叶飒脸上的血色一点点褪去,他能感觉到她心里那种无力感,他就是不爽。不爽是觉得这种事情不该让叶飒碰上,这姑娘天生不该受一丁点儿委屈。

眼镜男离开的时候,还得意地龇一句:"狗拿耗子,多管闲事。"

突然,温牧寒挡在他面前,眼神冷漠,透着微微戾气,他这人是真沙场里打滚出来的,身上那股子血性真掩不住。

"说谁呢?"他掀了掀眼皮。

眼镜男想起来刚才被他踢的那一脚,整个人都怂了,这种人连纸老虎都不如。除了窝里横之外,在外头遇到硬茬子就不敢吱声。

温牧寒这会儿也不讲究什么"军民一家亲"。

他本就个子极高,身形又如松柏般笔直,站在眼镜男面前足足高对方一个头,光是身高就给对方带来足够的压迫感。

他声音极冷地说:"你刚才骂她什么?你以为她学医这么多年,是为了让你这种人来骂她的吗?"

你算什么东西,敢这么说她。

"道歉。"他冷着声音扔下两个字。

眼镜男往后看了一眼一旁的民警,结果两位民警朝天看了一眼,毕竟这里又没动手也没打架,人家就是很文明地让他道歉。

眼镜男也不敢在这里继续待着了,赶紧说:"对不起,是我胡说八道。"

身后的叶飒并没看着这个人,她正在安静地看着温牧寒。

在眼镜男拉着那姑娘从温牧寒身边走过时，温牧寒突然轻声开口——

"自己的女人，是用来疼的。"

那姑娘脚步顿住，可最后还是被强行拉走。

一场闹剧终了，四下纷纷作鸟兽散。唯有叶飒还站在原地，急诊大厅里清冷的灯光落在她身上，本来就是孤傲的小姑娘，此刻站在那里，仿佛要与全世界隔离。

旁边的几个护士看着叶飒，都神色复杂。这几个实习医生都觉得这位叶医生瞧着最冷傲，又不爱说话，一副懒得处理人情世故的样子。可最后大家没想到，最有人情味的反而就是这位叶医生。

温牧寒上前，叶飒抬头看向他，先开口："我先去换身衣服，等我一下。"

她神色如常，看起来并没有受太大影响。

温牧寒没多说，安静地点头，意思是他在这里等她。叶飒转身离开之后，不远处的几个小护士都眼巴巴地看着他。

"刚才叶医生的男朋友好帅啊。"

"对啊，他就是那个海军少校呀，真的是个大帅哥，叶医生简直是人生赢家啊，她什么都有。"

"连受委屈都有人帮她出气，我昨天打针被病人骂了之后，还要继续挨护士长说。怎么这么'同人不同命'啊？"

"你是工作不认真，人家叶医生是打抱不平。"

温牧寒突然轻笑了一声，现在这些小护士八卦的时候，非得声音这么大吗？

温牧寒等了二十分钟，叶飒还没回来。

他皱着眉头看了一眼腕上的手表，循着刚才叶飒离开的方向走过去，等走到更衣室门口的时候，正好撞见一个刚换完衣服，准备下班的小护士。

小护士看见他，不由得脸一红："你是来找叶医生的，对吧？我刚刚看到她从这个门出去，可能去台阶那边了。"

温牧寒顺着她手指着的方向，才注意到这边还有个后门。于是他微微点头表示谢意后，顺着门一路走出去。

果然走出去不远，看见一个很长的台阶，连着医院的另外一栋大楼。这会儿晚上没什么人，因此台阶上坐着的穿白大褂的人特别显眼。

叶飒仰着头，今晚星辰正好，不仅有笼着一层朦胧光辉的圆月，还有漫天星斗。

他就站在星空下，剑眉挺鼻，那样深邃的五官。真叫她挪不开眼睛哪。

突然叶飒牢牢望着他漆黑的眼睛，声音很轻地说："牧寒哥哥，你哄哄我吧。"

你哄哄我，好不好。

她的声音那么轻，如同小孩儿的呓语，透着一股子说不出的滋味。

片刻后，本来还站着的男人缓缓蹲了下来，他的手掌按着她的发顶轻轻摩挲了几下，声音浅浅淡淡："飒飒，不气。"

夜沉如水，星月当空。

不远处雪白的医院大楼在夜幕中，被灯光切割成不同的小格子，透着明明灭灭的光亮，就连晚风都那样温柔，轻轻撩起耳鬓落下的碎发。

叶飒平视着蹲在自己跟前的男人，突然脸上闪过一丝笑意，带着浅浅的得意。

她说："你舍不得我，是不是？"

舍不得她受委屈，也舍不得不哄她。

温牧寒冷硬惯了，让他哄人，这事儿没干过，也干不来，可是刚才就是鬼使神差地受了她的蛊惑一样。

大概是面前的小姑娘平日里倔强得很，轻易不会露出这么软弱的模样。稀里糊涂地，他就真上手哄了。

叶飒微歪了下头，小声嘀咕："就这样吗？"

温牧寒见她又开始调戏自己，知道她大概心情恢复得差不多了，也不惯着她，微提了下裤子，直接在她旁边的台阶上坐下。

"别得寸进尺。"他的声音是那种沉沉的，特好听。

哪怕是网上最受追捧的男神音色，在叶飒看来都不如他的声音好听。

叶飒双手托着下巴，眼睛在他身上细细打量着，都说男人最好的身材就是脱衣有肉、穿衣显瘦，温牧寒这会儿穿着一件休闲衬衫，松松垮垮的样式，偏偏他身板够板正，这么简单的衣裳都让他穿得有型有款。

看了一会儿,叶飒收回视线,转头看着前方。

白日里喧闹的医院这会儿安静了下来,不远处不时有人从路上经过,还有穿着病号服的病人在家人的搀扶之下,慢悠悠地遛弯儿,一派宁静祥和之态。

"我好像挺多管闲事的。"突然叶飒悠然地开口。

她语气里没有气愤恼火也没有冷硬,平和得仿佛只是在点评一个无关紧要的事情。

大学的时候,教授点评过叶飒,她适合成为一名医生,对这个世界足够冷漠,对生离死别能做到淡然对待。

有些实习医生刚进医院,眼睁睁地看着患者在自己面前离去,往往会受不了。

叶飒却适应得格外好,只不过也有教授私底下说她适合当医生,却成不了医者。医者仁心,她待人接物太过冷漠自持,透着一股子疏离感,好也不好。

就连叶飒自己都觉得她应该做到足够冷静,结果今天还是太过冲动,她眼神冷漠地望着远处,整个人如同石佛般安静地置身在晚风中。

事不关己,无动于衷。

突然温牧寒问她:"当初怎么想着学医?"

叶飒没动,过了许久她慢慢转过头,倒是像刚听到这句话一样。

"学医啊?⋯⋯"她这次换成单手抵着下巴,一张原本沉如冰雪的面容一寸一寸融化,眼睛轻掀时,浓密的眼睫上下轻颤,裹着点点笑意,"你猜。"

温牧寒被她这时不时就要搞事情的举动气笑,懒得搭理她。

他不记得了。叶飒心里到底还是有些失望的。不过也是,谁会记得那些细枝末节呢,除了喜欢一个人的时候,才会把那个人说过的每句话都在心里细细回忆,仿佛每次都能品出不一样的味道。

那次军营参观之旅,叶飒一直在军营待到晚饭的时候。因为叶飒来了,温牧寒特意带她去小食堂开小灶。他吃饭很快,一口米饭一口菜,没一会儿一碗饭吃完,这是多年在军营养出来的习惯。

吃完之后,他看着叶飒,突然笑着问,今天看得够她写作文吗?

叶飒点头,她问:"哥哥,当兵累不累?"

温牧寒微偏了下头,他下巴微抬,指了指外面,正好有一群刚训练结束过来吃饭的士兵经过,他说:"天天这么训练,你说累不累?"

"哥哥,你为什么当兵啊?"

这问题倒是把温牧寒问笑了,他觉得小丫头果然是小孩儿,还真有十万个为什么等着他呢。

为什么?

他打小就出生在军属大院,睁开眼睛看这个世界的时候,接触最多的就是那抹绿,庄严又透着正气,是父辈身上无上的荣光。

小时候他就喜欢枪支、坦克什么的,家里的那些军事书他打小就翻,怎么都翻不够。别的男孩儿好动,耐不住性子看这些东西,他不一样,他玩归玩,可也能耐得住性子看这些。当初大院里的人都说,他以后肯定也是当兵的料。

上了高中之后,班里一水儿的小眼镜,各个年纪不大,眼睛前的"酒瓶盖"一个比一个厚,他却依旧是好视力。因此后来报考军校成了理所当然的事情。

他这人不喜欢说什么大道理,想来想去,开口时居然只有一句话:"习惯了,打小就接触这个。"

就像是养在骨血里的东西,早已经分不开。

叶飒似懂非懂,可是眼睛落在温牧寒的身上,此刻他穿着一身海军作训服,蓝色迷彩是海洋的颜色,她突然说:"哥哥,我以后能当兵吗?"

温牧寒一笑:"那还是别了。"

"为什么呀?"

他看了一眼小姑娘,嘴角轻弯:"当兵太辛苦了,哥哥会心疼的。"

那会儿温牧寒身上还有那么点儿浪荡气,透着几分不羁,说这话的时候带着的玩世不恭,却还是羞红了对面少女的脸颊。

叶飒那会儿实在太小,完全不是他的对手。

她闷头拿筷子戳了半天的米饭,还是温牧寒笑道:"这碗饭已经被你千刀万剐了,快吃吧。"

这会儿叶飒总算鼓起了勇气,她问:"哥哥,那部队里有没有什么不那么累的工作啊?"

不那么累的?温牧寒不知道小姑娘怎么就跟部队杠上了,难不成参观一天突然大彻大悟,要投身军营、报效祖国了?

于是他点头说:"有啊,军医就挺轻松的。你今天不是还去医务室了?"

早上她头晕的那阵子,温牧寒带着她去医务室躺了一会儿。

这下子小姑娘的眼睛变得亮晶晶的,仿佛顷刻间找到了奋斗目标,她笑着说:"那你等我当了军医,就给你看病好不好?"

温牧寒:"……"

这算是一个约定吗?怎么听着不太吉利啊。

叶飒不说话了。

温牧寒漆黑的眸子对上她的眼睛,声音微凉:"还在想这事儿?"

他这人到底不善安慰别人,毕竟他都是有什么事情都藏在心里的。

"大学的时候,老师说过医院是这个世界上最能看到人间百态的地方,而医生不仅要吃得了苦,也要看得了苦……"

要不然最后受苦的是自己。

温牧寒沉默地望着她,突然开口说:"叶飒,别觉得你自己做错了。医生只能救治一个人身体上的毛病,救不了她的生活。真正能救她的只有她自己。这个社会或许明哲保身是最好的,但不是每个人都选择这么做就是对的。至于你今天管的是不是闲事,我不知道别人怎么想,但我会管。"

会像你这样管。

本来垂眸的姑娘突然转头看向他。

一直以来温牧寒都是那个指引着叶飒前进的人,或许连他自己都不知道,可是这一刻他却说他会像她一样。

她就那样望着他,眼睛亮得逼人,仿佛盛满了星光。

过了许久,叶飒突然站起来,低头看着男人:"走吧。"

温牧寒手中的烟正好也熄灭了,淡淡道:"去哪儿?"

"吃饭呀,你可是好不容易才答应我一起吃饭的,我可不想错过。"叶飒坦荡荡地说道。

这姑娘向来直接,目的性明确,自愈能力又是极强,这么一会儿收拾好情绪,立即又想起了最重要的事情。

温牧寒被她这一会儿一样的情绪逗乐了。不过还是跟着站了起来。

两人沿着路走了回去,只是刚到后门的地方,突然就听到走廊里传来一个嬉笑的声音:"叶医生跟那个大帅哥已经走了吗?"

"怎么,你难道还惦记人家叶医生的人啊?"

"我哪至于那么花痴,不过帅哥嘛,谁不想看?"

原来是两个小护士也往更衣室这边走,叶飒赶紧从门口闪开,顺势拉住身边男人的手腕,将他一下子按在了墙角。他贴墙靠着,她靠着他站着。

"躲什么?"温牧寒皱眉,不知道有什么可躲的。

叶飒一抬头才发现,两人靠得这么近。她一抬头正好擦过他的下巴,男人硬朗又清晰的下颌落在她眼底,而视线在慢慢下移时,正对着他脖颈间微微滚动着的那一小块凸起的喉结,号称是男人身上最性感的一块骨头。

她手指微动,还真想去摸摸。

叶飒轻笑:"我不躲,那你是想出去给她们看?"

温牧寒不说话了。

他身边虽然没女人,可是不代表他没女人缘,堂堂海军陆战队的少校营长,又是这样的长相,更别提足可以去竞争三军仪仗队的身高体格。哪怕是他偶尔走在路上都有人借机搭讪、要微信。

只是一秒后,他微低头,有些不耐道:"站着就站着,靠这么近干吗?"

那两个小护士应该也是去更衣室换衣服,更衣室的门离这个后门挺近的,不知道是不是更衣室门没关严实还是隔音效果不好,他隐约听到叽叽喳喳的说笑声。

叶飒这会儿可不管这些,她贴着他站着,近到能闻见他身上的味道,肯定不是香水。倒是像衣服上残留着的味道,很淡很淡的清香,透着一股干净。

她手掌轻轻搭在他的胸膛,哪怕是隔着衬衫都能感觉到肌肉的坚实。直到她微瞥了下他的耳朵,那里头发茬极短,几乎是贴着头皮。

她冷不丁地说:"你头发好短。"

温牧寒说:"这是部队规定。"

他这人面上瞧着不好惹,其实骨子里极守规矩,哪怕是这会儿去检查他的内务,也挑不出毛病,更别说这一头短发。

叶飒有些惋惜地从他耳边看到脖子后，终于，她忍不住伸出手，摸了下他脖颈上方的头发，短短的，还有点儿扎手。

温牧寒本来就因为她靠得太近有些不耐烦，这下直接将她推开。

叶飒可惜地望着他的头发，微摇头："这么短都不好摸了。"

"你管它好不好摸，谁没事儿摸别人头发。"温牧寒拧眉，舌尖忍不住舔了嘴唇。

叶飒理直气壮："谁说没有的？"

"毛病。"温牧寒斜睨她。

叶飒再次靠近，声音轻软得像空气里的一层烟雾，呢喃里透着诱惑："有的呀，你再仔细想想。"

突然温牧寒的思绪被拉到某个盛夏的午后，一帮半大少年闲着没事儿干，不知是谁从哪儿找到一个光碟。

趁着大人都不在，拉上窗帘，幽闭昏暗的房间里登时响起了不该响的声音。

温牧寒对这个倒是没太大兴趣，多半是玩手机，只偶尔抬头搭一眼电视。

他看到的那一幕正好是女主角的手指从男人的头发间穿插而过，那双雪白的手在乌黑发丝间，突然猛地握紧，手背上的骨线微微凸起。

待他低头时，就看见自己眼前的这双手，纤细又修长的手指头，那样干净，如果穿过他的发丝间……偏偏面前的叶飒仿佛并不知道他心里划过怎样龌龊不可言喻的画面。

她纤细的手指尖像是故意在他左侧轻轻往上抓，这样短的头发自然什么都抓不住，她偏头一笑："你看，扎手呢。"

温牧寒脑海里像是有一颗暗雷一下子被引爆，他这次猛地推开叶飒，胸口微微起伏着，翻腾着说不出的思绪。

何止是扎手，简直是扎心。

因为温牧寒竟是从来不知他自己也有这么禽兽不如的一面，满脑子都是什么废料。

初夏的夜晚里，空气里也不知飘着什么淡淡清香，拼了命地从鼻尖钻进心里。

温牧寒将人推开之后，几乎是一秒都不想待下去了，扔下一句："我去车上等你。"

这次叶飒没拦着他，她站在原地看着他的背影，想着刚才他眼底突然闪过的狼狈神色，以及这男人平时八风不动的样子，刚才他在想什么……

这个念头叫叶飒忍不住轻笑了起来，因为不管想什么，肯定是跟她有关的事情。

直到彻底看不见他的身影，叶飒这才不紧不慢地转头回到更衣室。里面两个小护士本来正聊得热闹，这会儿她推门进来，脸都吓白了。

"叶医生，你还没下班呢。"其中一个护士杨琳赶紧笑了笑。

叶飒微微点头，直接走到自己的衣柜面前。

没一会儿，其他俩人换好衣服，几乎是逃窜似的跑出了更衣室。

叶飒没在意，不紧不慢地脱下白大褂之后，拿起柜子里的包，慢悠悠地走了出去。从急诊室离开的时候，其他值班的人还在忙碌。

她不知道温牧寒的车停在哪里，拿出手机正要打给他的时候，一辆黑色越野车开了过来。

叶飒随便看了一眼，就知道这车肯定被改装过，而且肯定不便宜。

这人的车跟他这个人一样，外表沉稳，其实骨子里透着一股子狂劲儿。

驾驶座这边的车窗慢慢降了下来，叶飒笑着看向他，却不想男人扬了扬手机："领导打电话，有紧急任务，需要我现在回去。"

叶飒："……"

可去他的吧。

在狗男人要把车窗升起来之前，叶飒双手扒着车窗。他吓了一跳，赶紧低斥道："捣什么乱？"

"是你先始乱终弃的。"

叶飒冷眼瞪他。

温牧寒被她胡乱用成语给气笑了，他忍着气说道："还是个博士呢，成语是这么乱用的吗？"

叶飒才不管他呢，他放她鸽子。她要是不趁机占点儿什么，才叫对不起自己呢。

她说："你答应过我要跟我吃饭，谁知你是真有事儿还是中途逃跑啊。"

温牧寒被她乌黑的大眼睛看着,别说,还真有点儿心虚,只不过他这人太擅长伪装,哪怕心里真有事儿,也能摆出稳定如钟的姿态。

他说:"是真有事儿。"

叶飒点头,行,真有事,她也不是不讲理的人。

她掏出手机,直接说道:"那行,你加我微信,要不然我可不知道这顿饭你得欠到什么时候去。"

温牧寒偏头看着她,明白了这姑娘的鬼主意。

想要他微信呢。

叶飒直勾勾地盯着他,也不闪躲,显得特别正大光明,对啊,她就是名正言顺地要他微信呢。

"别说你没有啊。"她慢悠悠的语调响起。

温牧寒从兜里把手机掏了出来,打开微信,任由她拿过去操作。

等加上之后,他问:"我现在能走了吧?"

"我今晚晚饭怎么办?"叶飒双手还扒在车窗上不松手呢,大有一种"你必须给我一个说法"的气势。

要是这会儿急诊科有人路过,肯定会大吃一惊,平时那么冷淡的叶医生居然也有这么耍赖的一面。

"你说怎么办?"温牧寒一副"你倒是说说看"的样子。

叶飒没为难他,立即说:"要不你给我发个红包吧。"

温牧寒笑了,他问:"你还缺这点儿钱?"

谢时彦家里有矿,这事儿他们谁都知道,这姑娘是谢时彦的亲外甥女,他虽然不懂女人这些包包、鞋子的。不过那天吃饭,叶飒开的是大G,他还是看见了的。

"我不缺,只不过这是你欠我的。"叶飒振振有词,她平时话不算多,这辈子的伶牙俐齿都在他身上用了。

温牧寒真是服了她了。

他拿起手机,发红包他当然懂,之前家里头几个小孩儿搞了个群,里面非要抢红包玩。

一个个平时什么都不缺,倒是几块几十块的都闹哄哄地抢。

101

叶飒见他低头，笑眯眯道："要不就发五百二十吧。"

五二零。俗是俗了点儿，不过她不太介意。

这下温牧寒转头看她，眉眼在夜晚下显得格外清冷，叶飒被他盯得一颗心突突地在胸腔里跳跃。

哪怕她这会儿竭力克制，依旧还是控制不住那种心尖发麻的感觉。

直到温牧寒轻嗤了一声，这回他没关车窗，直接启动车子开走了。

叶飒在原地站了一秒，往回走，一直到她停车的地方，拉开车门上车之后，刚找到车钥匙，放在置物箱里的手机振动了两下。

她低头一看，居然是温牧寒发来的。等她点进去的时候，才发现是一条转账消息。他给自己转了一千块钱。

就这么一条转账消息，什么话都没说。叶飒这会儿也不着急走了，干脆坐在驾驶座上打开他的微信。

刚才加上只来得及看他的头像，他的头像特别简单，一张海天沙滩的图片。

浅白色的沙滩旁是湛蓝的海水。海水绵延千里，一眼压根儿望不到头，明明是一张特别普通的旅游照，可是叶飒还是盯着看了许久。

叶飒本来以为温牧寒的朋友圈里什么都没有，没想到几天前他转发了一条关于海军远编队在索马里等海域护航的新闻。

看完之后，她轻轻地摇了下头。这男人，心大得很哪。

温牧寒开车回团部之后，结果发现除了他之外，不仅有团政委和郑鲁一，居然还有一个军里过来的首长。

"去哪儿了？"团长石向荣本来正看着大屏幕上的资料，这会儿回头看他。

温牧寒立即站定，冲着他敬礼："报告，去见一个朋友了。"

石向荣点头。

温牧寒这才站了过来，只是郑鲁一冲他挤眉弄眼，要不是领导在这儿，只怕郑鲁一张口就要问，是不是去见那位叶医生了。

整个团里面，营长和副营长都单身的就只有一营，以至于一营在背后都被叫光棍营，毕竟营长带头单身。

之前教导员俞栋跟温牧寒唠叨的那些倒也不是夸张，就连团长都说了好几次。

这下他一说去见朋友，郑鲁一这个激动啊，比他自己交女朋友还兴奋呢。

此时军里参谋长开口了："既然牧寒回来了，我们就说说这次的任务吧。"

"这次根据公安部那边的线报，一直盘踞在东部沿海地区的银狐制毒、贩毒团伙，近日会在公海某无人岛跟境外犯罪集团交易一批重达一吨的冰毒。因为关系到卧底的安全，所以公安部那边想要在公海实施抓捕。"

参谋长说完之后，眼睛在温牧寒身上扫了一圈："所以公安部请求我们海军协助，想制订一个联合作战计划。经过军里研究决定，这次行动由陆战一营营长温牧寒负责。"

温牧寒在听到这句话时，立即冲着参谋长敬礼："保证完成任务，不辱使命。"

没一会儿，交代完具体事情之后，参谋长把他拉到一边。

"牧寒，这次任务的危险性我就不用再跟你多说了，对方是一帮穷凶极恶的毒贩，我对你唯一的要求就是，活着完成任务。"参谋长郑重地说道。

这种机密作战任务，要是完全没有死伤，那是不可能的。可是不管牺牲的是哪个战士，都是他们不愿意看见的。

温牧寒淡声一笑："您放心吧，我这条命暂时没人能拿得走。"

"你小子。"这话说的是狂了点儿，不过参谋长就喜欢他身上这股子血性劲儿，随后他压低声音说，"你爸那边我会跟他……"

只是这话还没说完，已经被温牧寒打断："可别。"

他瞧着参谋长轻笑道："您都说了这是绝密任务，他又不是咱们海军的人，当然不能让他知道。"

参谋长没想到他会这么说，当即摇头笑道："上次开会的时候我看见你爸，他虽然没明说，不过隐隐还是有些抱怨咱们海军这边不人道，说你都多久没回家了。你小子抽空也多回家看看，别看他嘴上从来不说你的好，可是心里挺为你骄傲的。"

温牧寒轻"嗯"了一声，算是听进去了。到底这会儿是来布置机密任务，不是来拉家常的，所以参谋长也没多说。

紧接着温牧寒和郑鲁一确定了这次参加任务的人员名单。

103

他这一走，连手机都没带，直接扔在了宿舍里面。

叶飒自然不知道这件事儿，以至于第二天早上上班的时候，她还在想今天要不要给这个老男人发点儿什么。

只不过早上开会的时候，副主任说起了昨天急诊室来了警察的事情。

他站在前面环视了房间里的众多医生，说道："现在医患关系有多紧张，想必不用我多说，大家也应该知道。以后遇到此类事件，能避免就避免，毕竟咱们是医生，不是街道办主任。"

叶飒坐在下面，低头把玩手里的钢笔，没吱声。

一旁应嘉嘉突然短促地笑了一声，显然是看着叶飒吃瘪实在是太开心了，要不是这么多人在，她还真想大笑出声。

她手里拿着手机不停地在发微信，另外一边徐雯手里也拿着手机。不用想，这两个人肯定是在说她。

只可惜叶飒长这么大，还真没有吃瘪的时候，哪怕是现在。

她突然站起来，看着副主任很认真地问道："肖主任，您的意思是以后我们遇到这种丈夫家暴妻子的事情，哪怕知道他是在犯罪，也视而不见，对吧？"

整个会议室的人集体齐刷刷地转头看向她，大家都用一种"大小姐不愧是大小姐，连领导的话都敢顶撞"的八卦表情盯着叶飒。

在医院里面，关于叶飒的传闻实在是太多。最夸张的一个就是，某天早上，叶飒刚到急诊大楼，还没来得及进去换衣服，就遇到急诊病人心脏骤停，她上去帮忙的时候，把自己的包直接丢在了急诊的导医台上，最后还是保洁阿姨帮忙拿回来的。

一拿回来，立即有人认出那是限量版铂金包，相当于一辆奥迪A6的价格。

在医院工作的背个名牌包不算什么，家境稍微好点儿的都有，但是没有一个人能像叶飒这样把限量版背出普通通勤包的架势。

肖主任张了张嘴，当即摇头："我当然不是这个意思。"

"不好意思，我以为您是在说我呢。"叶飒淡淡一笑。

这下会议室里面一半人要憋不住了，这个肖主任平时在科室里就是那种天怒人怨的那种，之前几次医患矛盾，明明是家属的错误，他都强压着，让医生道歉。简直是把医生的尊严往地上踩，不少医生对他都是敢怒不敢言。

可毕竟人家是领导，要是真敢说什么，小鞋立马给你穿上。

这会儿不少人恨不得给叶飒鼓掌。

本来肖主任想把叶飒树立成一个典型，也算是给大家提个醒，结果叶飒一句话让他上不上下不下，简直是当众下不来台。

一时间，肖主任也不想继续主持会议了，干脆匆匆散会。

上午快要到下班的时候，病人也少了许多。突然何源走到她身边，叹了一口气，低声说道："你早上何必跟肖主任置气呢，让他说一句就说一句呗，又掉不了肉。"

何源是叶飒同校校友，说这个也是为了她好。

突然他小声说："你小心点儿应嘉嘉，我听说本来这个进手术室的名额确定是你的了。"说完他有些不好意思地摸了摸脑袋。

"虽然我这么背后说她不太好，但是她好像正在跟肖主任拉关系，想抢你的名额。"

叶飒正好把手里的剪刀放下，她慢条斯理地将手上戴着的手套，一只一只地摘下来，本来冷淡的脸上突然嗤笑了下："抢我的东西，她也得配。"

第四章
心动

叶飒中午不用值班,因此司唯约她去附近刚开的一家港式餐厅吃东西。她脱了白大褂离开医院。

第九医院附近有个很大的商场酒店一体的商业楼,算是附近的地标建筑,平时人流量不少。

这家餐厅就是开在六十六楼。

司唯比她先到,她刚坐下,面前就被推过来一本菜单。对面的人偏偏还压低声音鬼鬼祟祟地说道:"你没过来,我都不敢点东西。"

"怎么了?"叶飒不在意地翻开菜单。

然后她看了眼菜单上的价格,大概就明白了司唯的意思。

司唯拼了命才忍住没在脸上摆出"我这是进了一家黑店"的表情,手掌搭在嘴边,轻声说:"我一个月工资才两千多。"

实习医生的工资实在是够低,哪怕平时花钱不是那么大手大脚,到月底也是月光族。

叶飒继续往后翻菜单,声音淡定:"随便点,我请客。"

于是司唯从刚才的司马脸一下子变得笑靥如花,迅速将菜单翻到她刚才浏览一遍之后,心里早已经垂涎的菜,三下五除二地下单。

叶飒坐在她对面,听她一口气点了那么多菜,也懒得再点了,直接将菜单还给了服务员。

这家餐厅之所以这么贵,倒也不完全是卖吃的,除了贴心到极致的服务之外,还有全景景观餐厅设计,整个餐厅几乎是三百六十度玻璃窗,有种别样大气的开阔。

"你怎么找到这家的?"叶飒对司唯还是挺了解的,她要是知道这间餐厅这么贵,绝对不会主动来吃。

司唯立即道:"还不是阮冬至,昨天在群里说她前几天在我们医院附近的一家餐厅吃饭,推荐我们过来。"

突然她有些奇怪地看向她:"你没看见我们群里消息?"

叶飒被她问得微怔,等她拿出手机,打开微信,扫了一眼,突然了悟道:"我忘了,这个群被我屏蔽了。"

司唯:"……"

下一秒她睁大眼睛,不敢相信地问:"为什么啊?"

叶飒叹了一口气:"太吵了。"

阮冬至也就算了,一个律师废话多,她可以理解。但是司唯居然跟她不相上下,两个人在群里几乎是刷屏式的聊天。所以之前叶飒忍无可忍之下,设置了消息免打扰。

一秒钟后。

司唯将自己的手机几乎怼到了叶飒脸上,悲愤道:"你睁大眼睛看看咱们这个群叫什么。"

叶飒面无表情从手机上扫过——

群名是:**叶飒爸爸的乖女儿群**。

"……"

这群没节操的女人。

突然,她轻笑了一下,手指扣着自己的下巴,淡淡地说:"还是改了吧。"

"那不行,我要抱紧你的大腿,哪天我真的脱了这身白大褂,我就给你当个助理吧,你上次不是说你家那个管家年薪五十万,你就照这个给我开工资吧。"

叶飒上下扫了她一眼,在她说话之前,司唯举起手:"好、好、好,我知道我不自量力,我不要脸。"

谁知叶飒慢悠悠地说道:"我只是想跟你说,别叫'爸',叫'妈'也行,因为我打算给你们找个亲爹。"

司唯一下子精神了："你跟那个大帅哥？"

医闹这事儿在医院的内部群都传遍了，她那天刚到家就看见群里说，急诊室那边有个打老婆的男人闹起来了。还有人拍了照片放在群里，结果照片只拍到了温牧寒的侧脸。但这也让群里的女医生和小护士激动不已。

一个个"彩虹屁"简直跟不要钱似的，要不是司唯知道叶飒的性格，她还以为叶飒在医院内部买了水军呢。

不过司唯也觉得这大帅哥确实值得一车的彩虹屁，不仅个子高，身材更是标准的衣架子，肩宽腰窄，这种身材在女人身上就相当前凸后翘的概念。

唯一一张拍到的侧脸，轮廓深邃，高鼻挺立，简直是用刀都刻不出来这么英俊的侧面。

叶飒倒是挺淡定，她这人做事就是这样，从来不会做无准备的事情，也不会打没有胜算的仗。目标明确，执行坚决，直到最后达到目的。

两个人吃完饭之后，刚从电梯里出来，就看见对面星巴克里，应嘉嘉和徐雯两人大包小包地提着东西。

司唯自然认识这两人，特别是应嘉嘉，她可没少作妖。特别是上次有个她的追求者跑到医院里来拉横幅表白，让不明真相的医院保安以为是医闹，双方差点儿打起来。

"你们科这个'小绿茶'干吗呢？"司唯凑在叶飒身边低声问道。

叶飒淡淡道："收买人心。"

应嘉嘉医术水平实在是一般，不少护士都怕跟她搭手，毕竟次次都连累自己挨骂。不过她挺会收买人心的，时不时弄点儿小零食、小点心给大家，倒也在急诊室混得如鱼得水。

司唯立即无语："说真的，我最怕咱们医护人员里这种半吊子，别的行业也就算了，治病救人你是半吊子，患者怎么办？她那么爱经营她那个微博，干吗不当个全职网红？"

司唯倒也不完全是因为叶飒才看不惯应嘉嘉，作为医生，她也挺看不上应嘉嘉的。

应嘉嘉的长相在普通人里不错，可是想往娱乐圈挤，还真不现实。别看现在网上一群人喊她气质美女，高学历小姐姐，等真进了圈，就会觉得她鼻子做得太假，腿太短。

偏偏她挺有心机的，一边利用医生的身份吸引眼球，一边拼命地给自己拉资源、攒人气。

两个人都懒得多谈应嘉嘉，直到两人一起到了急诊室，司唯正好要从叶飒这边拿一本书。谁知刚进了办公室，就听到里面正讨论得热闹。

"应医生，我就知道这次手术肯定是你上。"

"那是必须的，也不枉我们嘉嘉请你们喝星巴克。"徐雯笑嘻嘻地说道。

"能进手术室确实让人羡慕，毕竟比咱们学到的东西要多多了。"

应嘉嘉单手拿着星巴克，另一只手托着自己的手肘，可眉梢眼角都是悦色："我就算跟进手术室，也就是打打下手而已。你们在隔壁观摩室一样可以学到东西呢。"

听听这"小白莲花"的口吻。司唯站在外面做了一个呕吐的表情。

只是下一秒她压低声音问："你们科室选她进手术室？谁决定的，我真是建议他去脑科照照CT。"

叶飒没想到之前何源给她提醒的事情，还成真了。她懒得继续听墙角，直接进了办公室，司唯都没来得及拦住她，只能跟着她一起进去。

众人本来说得挺热闹，这下看见叶飒进来，都有些尴尬。

偏偏应嘉嘉突然低头看了一眼袋子，特别不好意思地说："刚才也给你买了一杯，不过没一会儿就分完了。"

说完，她又看了看房间里的众人："这样吧，我第一次进手术室圆满成功的话，我请大家吃饭，行不行？这次手术机会真的太难得了，谢谢大家能包容我，让着我。"

这话说得，不知道的还以为她正在领年度医生大奖。

"好呀。嘉嘉你真的太大方了，说真的，咱们科室有你真的太幸福了。"

徐雯极捧场地说道。

一旁的司唯："……"

哪怕她自认是叶飒的舔狗，可是她的"彩虹屁"跟人家这种专业级别的比起来，简直是输得一败涂地。

叶飒把书拿给司唯之后，没在办公室久待，直接出来了。

刚出来,司唯长吐了一口气,由衷同情地看着叶飒:"说真的,我本来就觉得医生够辛苦,结果还要面临这种恶劣的职场生存环境。你应该考虑跟咱们医院申请精神赔偿。"

叶飒哼笑了声:"这算什么?"

这两人今天这表演简直大概算是普通吧。

"这个徐雯更是简直了,她这么舔应嘉嘉有什么好处啊?"

别说,连叶飒都有些奇怪。之前徐雯虽然和应嘉嘉是抱团关系,但好歹还不至于这么低声下气,怎么现在态度陡然转变成这样?

两个人走到走廊外面时,司唯左右看了一眼,这才说:"话说回来,你们科室到底怎么选人的,她那种的都敢让她进手术室。"

哪怕她确实只是打下手的,说不定连下手都不用她打,但是这么难得的现场观摩机会,让一个花瓶占了?说到底,就连花瓶,应嘉嘉那张脸都赶不上叶飒一半,她连个花瓶都当不了。

叶飒双手插在兜里,低声说:"别担心。"

"真没事儿?"司唯十分了解叶飒,知道这种机会叶飒虽然嘴上不说,但心里肯定想要。

叶飒施施然一笑:"我的东西,还没人能拿走。"

这一下午应嘉嘉整个人都跟个穿花蝴蝶似的,一会儿到这边,一会儿到那边,显得整个急诊室她是最忙碌的那个。

因为手术很快就要进行,所以今天科室里就会公布人选。这事儿科里弄得还挺正式的,快赶上评选职称了。

晚上七点多的时候,所有实习生被叫过去开会。因为领导还没过来,大家都在下面说说笑笑。

何源坐在叶飒的旁边,挺惋惜地说:"其实我们几个男的都觉得,这机会应该是你的。"

应嘉嘉虽然爱收买人心,但是叶飒的实力摆在那里。

况且他们有个小群,是专门讨论论文的。叶飒之前有篇论文被发表在国家级期刊上面,所以办公室有个男生斗胆向她请教,确实也是走投无路了,毕竟叶飒在他们男生这边就是挺高冷的感觉。

结果那次,叶飒熬了一个通宵,帮他搞定了,就因为这件事儿,哪怕应嘉嘉买再多吃的,几个男生私底下还是觉得叶飒这姑娘才真的值得交。

后来他们还弄了专门讨论问题的小群,他们拉了叶飒,而应嘉嘉和徐雯压根儿不在这个群里。直男虽然有时候很傻,但是他们也不是真笨。

中午应嘉嘉请客,他们一听居然是因为她要进手术室的事情,几个人都没喝,最后还是几个不太懂发生什么事情的小护士拿去喝了。

叶飒淡笑:"没事儿。"

没一会儿,几个领导进来了。大家没想到王玉良主任也过来了,本来以为顶多是副主任会来宣布结果。毕竟在他们看来,结果已经被提前公布。

此时坐在椅子上的应嘉嘉,像是一个斗胜的小孔雀,腰背挺得笔直,整个人别提多骄傲。

直到王玉良主任开口说:"我知道大家都很想进手术室,我像你们这样刚进医院的时候也是,不过那时候,比现在差远了。就连观摩室都没有。所以第一次进手术室,特别是能够参与到这么重要的手术当中,对你们来说是激励,肯定也是挑战。"

老头儿一番话,把众人说得热血沸腾。

当医生的人,没人不想进手术室拿起手术刀,就像是战士拿枪一样。

"我知道你们都很优秀,不过名额只有一个。所以我和其他几位老师商量了一下,选择了我们认为目前最合适,也是一直以来表现最出众的人选。"

"叶飒。"王玉良主任的目光落在叶飒的身上。

本来就安静的会议室,此刻更是落针可闻,一众实习生你看看我,我看看你,都有种蒙了的感觉,毕竟峰回路转也转得太彻底了吧。

中午应嘉嘉早已经是一副稳操胜券的样子,谁能想到煮熟的鸭子居然还能飞了?

"谢谢主任。"叶飒缓缓站起来,冲着王主任颔首致谢。

此时会议室里响起了如雷鸣般的掌声。

会议结束之后,叶飒回到更衣室,刚脱下白大褂,就听到门被猛地推开的巨大动静。应嘉嘉一脸气急败坏地闯了进来。

她怒急道:"你说你到底耍了什么贱招,才把我的名额抢走的?"

在会议室里被当众打脸的耻辱感，已经让应嘉嘉气到面容扭曲，本来挺清秀的面容都变得狰狞。

叶飒压根儿没搭理她，不紧不慢地拿出衣架，准备把白大褂挂起来。

"你怎么这么不要脸？"应嘉嘉喊道。

可是下一秒，"啪"的一声响。

徐雯进来的时候就看见一本书当头砸在了应嘉嘉的脸上，直接砸得她额头上红了起来，低头一看，滚落在地上的是一本医学书。这是叶飒随手从自己置物柜里面拿出来的。

她低头看了一眼这本刚买的医学书，有点儿可惜，这才抬头看向应嘉嘉："我不打你，是因为我怕脏了自己的手。"

"至于你说耍手段拿到名额，这句话送给你比较合适吧？你觉得就凭你自己，比得上我们这里的谁？是凭你在学校里勉强吊车尾的成绩，还是凭你三流都不如的缝合手法？偏偏你这种半桶水的人居然还觉得自己胜出理所应当。下次在质问我之前，先看看你是什么水准。"

叶飒一直以来是懒得跟应嘉嘉这种人计较，只是她的冷漠让对方不断得寸进尺。于是她也不介意让应嘉嘉睁开眼睛，看看什么叫作来自社会的毒打。

她将包从置物柜里面拿出来，关上门之后，跟应嘉嘉擦肩而过时，脚步微顿，声音极清冷地在她耳边说了句："蠢货。"

一直到叶飒离开之后，应嘉嘉还站在原地。

徐雯这才敢上前来安慰应嘉嘉："你没事儿吧，嘉嘉。"

她觉得应嘉嘉现在肯定是不太好的，因为连她都被叶飒的气场震住了，刚才那一瞬间她还在心里庆幸，幸亏自己平时对叶飒没得罪太狠。这姑娘也太狠了呀。

突然应嘉嘉呜啊一声哭了出来，还哽咽地吼道："我要打电话给我舅舅，让他找人把她开除了。一定要把她开除了。"

徐雯嘴角微扯，别的不说，之前叶飒打了咸猪手的病人都没被开除，就凭你舅舅……

晚上在家的时候，叶飒靠在阳台上抽烟，摸出手机给温牧寒发了一条微信。

有人想抢我东西，不过我已经教训她了。我的东西，谁都不能觊觎。

包括你，你迟早也是我的。

不过对方没有回复，她也没在意，这男人的手机时常跟丢了一样。

第二天晚上是她值班，半夜一点多的时候，值班的主治医生突然特别着急地说："叶飒，你跟我一起跟车出急诊。"

叶飒点头，赶紧跟着出去。上了车之后，急救车一路开到了外环高架上。

车上另外一个担架员，有些好奇地问道："咱们这是去哪儿，怎么看起来挺远的？"

一般来说，急救车都是讲究就近原则。就是拨打 120 的时候，会根据你所在的地点，就近安排医院，除非这个医院看不了，才会转到其他院。

"不知道，据说是个紧急伤患，而且挺重要的。"主治医生姓赵，他开口说道。

还别说，急救车一路开到郊外的一个军用机场。此时机场的停机坪上灯火通明，不仅有好多辆军车，还有警车，更有很多人走来走去。

急救车在引导下，来到了指定位置。

很快，天空传来一阵轰鸣声，叶飒此时已经站在担架床旁边准备待命。虽然她不知道发生了什么，但是她知道情况一定很紧急。

所以当头顶的直升机出现时，她仰着头盯着。巨大的引擎轰鸣声席卷了四周所有的声音，夜半的寂静被打破，所有人翘首等待着直升机降落。

终于当直升机彻底在停机坪上停稳后，叶飒就看见赵医生做了个往前的手势，他们所有急救人员立刻将床推到旁边。

终于舱门打开，她看见里面躺着的一个人。

直到在所有人合力努力之下，那个穿着迷彩服的男人终于被抬上了担架，当叶飒的手落在担架床想要帮忙推着往前时，她看见了温牧寒的脸。

他安静地躺在床上，微闭着眼睛，让人不知道他此刻是清醒还是昏迷。

她的手松开时，担架床已经被推着往前。叶飒在原地愣了好几秒，才意识到什么，猛地冲了上去。

当她再次跟上担架床时，眼睛一眨不眨地看着面前的人，生怕下一秒他就会消失在自己面前。

"尽快回医院，院里已经组织了专家，等着会诊。"

前面的警车鸣笛声已经响起。就连急救车上的鸣笛声也被拉到最高级别，仿佛要划破人的耳膜。

叶飒坐上车，就坐在他身边，眼睛一眨不眨地盯着他。

前面的人都在讨论这个人的身份，毕竟半夜坐直升机回来，而且院里又深夜安排专家进行会诊。说不定是在执行什么秘密任务。他们讨论得很小声，叶飒却将每个字都听在耳中。

直到她终于忍不住，轻轻地伸手。她不敢握他的手，只敢用小手指勾住他的尾指。很轻很轻，只要保证他就在她眼前就好。

可是当她手指勾住他时，突然，一直闭着眼睛的男人像是用尽了力气睁开眼睛，那双一向黑亮到慑人的眸子直勾勾地望向她。

一秒、两秒……

他盯着她看，嘴巴轻轻张开："飒飒。"

叶飒惊喜地瞪大眼睛。他还认得她，最起码他的意识还是清醒的。可是下一秒，她的眼眶已经湿了。

温牧寒像是累极了，在强撑着眼皮时，他终于又用力说了另外一句话。

"别怕，哥哥不疼。"

叶飒紧紧地盯着他的脸，这张被迷彩颜料和泥土混合成调色盘般的脸，没了往日里的冷厉和距离感，额头旁还有一块伤口，血迹早已经干涸。只有深黑的血痂留在额边。

叶飒伸手在他的额头上轻轻摸了一下，她想要擦掉他脸上的血迹，就像那次他擦掉她脸上的血迹一样。可是她不敢用力，怕弄疼他。

深夜里，警车在前面开道，救护车呼啸而过，划破深夜里的寂静。

叶飒看着他的呼吸越来越弱，就连胸口的起伏都越来越微弱，仿佛刚才他用力睁开眼睛是她一个人的错觉而已。

直到车子在医院的急诊大楼前停下，大门口早已经有人在等着，车门刚打开，急诊科的其他值班同事已经推着急救床冲了上来。

院长刚赶过来就被一个身穿军装的中年男人一把抓住："人一定要给我救回来，这可是……"穿着白大褂的院长险些被对方过度用力的动作给拽倒。

薄院长一下子就认出这是军里的参谋长,两人之前开会的时候,偶尔也会碰上面,此时一向冷静的人显得格外焦急,眼圈明显红了一圈,不知是急得还是担心得。

"放心,您……"薄院长正要安慰他别担心,医院一定会尽力来抢救伤患。

结果下一秒,突然里面喊了起来,"快,伤患的血压突然下降。"

叶飒从来没想过,有一天她会参与到抢救温牧寒这件事儿上。

哥哥,等我当了军医,给你看病好不好。

她成了医生,可是她一点儿都不想给他看病。

很快,人被推进了手术室,早在他们去机场的时候,医院已经组织好了专家医生等待。此刻手术室外面,各个科室里的顶级医生都在等着。

叶飒这种实习医生,哪怕是想要进去,都没站脚的地方。她就那么安静地站在手术室外面,看着周围人来人往。

直到急诊室的护士找过来,低声问:"叶医生,你怎么还在这儿?"

"怎么了?"叶飒转头看着她。

小护士一下子怔住,有些不敢相信地望着她,半晌才问:"叶医生,你脸色怎么这么白?"

还不是那种普通的白。

叶飒的皮肤她们几个小护士私底下都讨论过,都觉得有钱可真好啊。叶医生平时肯定都用那种贵到吐血的护肤品,要不然她的皮肤怎么能好到跟剥了壳的鸡蛋那样吹弹可破呢。

但此刻,这张平日里美得惊心动魄的脸,肤色是惨白的,唇色泛着微青。一副她随时都能倒下去却又勉强支撑住了的模样。

"叶医生,你是不是太累了?"小护士还以为她是被大夜班熬的,忍不住问道。

叶飒深吸了一口气,此刻她还尚存着一丝理性,开口问道:"是急诊室那边又有病人吗?"

"对、对,来了个出车祸的,赵医生让我来找你呢。"

小护士点头。

叶飒回头看看旁边的手术室,红色标志显示着正在手术中,她想留在这里,想等着医生出来跟她说,没事儿,手术一切顺利,患者已经平安。

可是她必须要回到她的岗位,因为她也有自己的病人需要照顾。

她又看了一眼手术室的大门,这次才转身离开。

病人是出车祸的,还不止一个,以至于一直抢救到凌晨四点多。当她忙完这边的事情,赶紧又去了一趟楼上的手术室。可是手术室外面的灯还是没有熄灭。

这次急诊室一直没有病人过来,她坐在手术室外面的地上,就那么安静地等着。

一直到黎明的第一道光线透过走廊上的窗户照射进来,打在她的身上。

她不知道温牧寒的身上发生了什么事情,但她知道这一定是他的责任和必须要承担的事情。之前网上一句流传得特别广的话:你之所以平安,是因为有人替你负重前行。

她坐在地上,默默想着当时在担架上的他。

没关系,你保护这个国家,我守护你。不能进手术室参与抢救,那我就在这里等着你,等你平安出来。

终于等到了下班,叶飒衣服都没换,直接去了重症监护室。监护室的护士居然认识她,看见她的时候,有些奇怪地问道:"叶医生,你怎么过来了?"

"刚才有个手术成功的人转过来了吗?"叶飒低声问道。

对方赶紧点头:"你认识?"

"我现在可以去看看吗?"叶飒问道。

护士说:"可以。"

叶飒穿上防护服之后,进了病房。此时温牧寒安静地躺在病床上,还未从麻醉中醒过来。他脸上的颜料和泥土早已经被清洗干净,那张五官立体的脸又重新露出原本的英俊,只是脸色还微微发白。

叶飒走到床边,看着他浑身被监护设备连接着,有种莫名的脆弱。

她一贯只见过他硬气的模样,此刻的他,却突然让她有种想要保护的欲望。

"温牧寒。"她轻轻地蹲在他身边,小声地叫他的名字。虽然知道他不会听见,也不会应答自己,可还是想叫。

以前年纪小，什么都埋在心底，不敢多问。生怕被人发现她居然喜欢上了她小舅舅的朋友。现在她终于有机会也有时间，一点点了解关于他的一切。

等她抬头看他的脸时，手指又忍不住点在他的眉心，剑眉星目大概就是形容他这样的吧。她的手指顺着他的鼻梁骨一点点滑下。

这人的鼻子怎么能生得这么英挺，都说男人长相三分在鼻子，他这样的大概是顶级配置吧。

她低头看着他的嘴巴，仔细看了半天，突然低声喃喃道："我现在要是亲你的话，你是不是也反抗不了？"她被自己这个无耻的念头逗笑了。

直到一个极低到仿佛呢喃的声音在她头顶响起，"嗯？"

叶飒猛地抬起头，看着眼前的人，不敢相信地瞪大眼睛："你醒了？"

随后她算了下时间，离他手术结束也有几个小时了，毕竟她是八点钟才结束工作过来的。只是她没想到他会醒得这么赶巧。

温牧寒醒来的时候，视线一开始是模糊的，直到他定睛看着面前的人，穿着白大褂，一头乌黑长发格外惹眼。

他的眼皮仿佛千斤重，只有耳边模模糊糊听到一句话，"亲你……不能反抗……"

"叶飒。"他缓缓开口，嗓子里像是灌了铅，本就低沉的声音此刻带着嘶哑。

叶飒额角微跳，冷静地开口："你刚醒，别说话。"

她抬头看了一眼周围的机器，一切都正常运行，说明他术后恢复良好，所以她也没着急叫别的医生进来。

"昨晚也是你？"温牧寒微抬了下眉。

叶飒点头。

他没继续说话，两人陷入了沉默之中，直到温牧寒再次开口："你怎么还没回去休息？"

这会儿他脑子稍微清醒了点儿，自然想起来叶飒说自己昨晚值夜班的话，她现在应该下班了，在家才对。

叶飒望着他："我不放心你。"

温牧寒轻扯着嘴唇，刚呵呵笑了一声，谁知只是这么简单的动作，还是扯到了身上的肌肉,他的表情瞬间有了些许扭曲。

"别动,你刚做了手术,要好好休养,尽量不要动,也不要笑。"

温牧寒其实挺不想让她留在这里的,说到底他还是有点儿大男子主义,他倒是宁愿这姑娘看见他跑完十公里越野的样子,也不想让她瞧见自己这么虚弱地躺在床上的样子。只是这话,他也说不出口。

一时,他淡声道:"我有医生和护士照顾,你快回去吧。"

"我就是医生。"叶飒垂眸看他,语气里透着笑意。

这男人从昨晚到现在都处于一个极度脆弱的状态,叶飒怀疑,他到底还记不记得自己昨晚说过的那句话。

"别哭,哥哥不疼"。要是他真的还清醒着的话,怎么会这么哄她呢。

温牧寒再开口时,语气里已经透着冷意:"叶飒,这儿不是你该来的地方,回家去。"

"我为什么不该来?"叶飒毫不退缩地望着他。

她脸上笑意消失,尽是认真,眼神直勾勾地望向他的黑眸:"我喜欢的人在这里,他受了这么重的伤,我为什么不可以来?"

这样直接毫不拐弯的表白,哪怕是温牧寒也是第一次遇见。

他打小就有女人缘,喜欢他的人太多。只不过大多数姑娘脸皮薄,性子又有点儿作,哪怕是喜欢得要命也非要嘴硬,生怕自己主动了会被看轻。你要是不搭理她这茬吧,她还非要拐弯抹角地叫你知道。

十五岁时的叶飒就是这样的姑娘,喜欢得要命却不敢说。娇滴滴的模样确实是惹人喜欢,可她也是被归纳到与那些女孩儿一样的范畴之中,但是十六岁之后的叶飒野蛮生长,她仿佛一夜之间从一个小姑娘长成这样坚决独立的模样。

她一次又一次打破温牧寒脑海中的既定印象。她坚定倔强,哪怕被拒绝也不怕,因为她知道自己想要的是什么,她横冲直撞,也并不怕所谓的先喜欢就是输这种话。

她喜欢面前这个男人。

——更想要他。

一时,哪怕是对付了无数刺儿头兵,在部队里被那些小战士私底下叫"阎王"的温牧寒,也失了言语。他居然找不到对付她的办法了。

就在他气得想要干脆闭眼打发她走的时候,这个念头刚升起,突然双手捧着脸认真盯着他的女人,轻叹了一口气。

"怎么办,温牧寒?"

温牧寒不耐道:"又怎么了?"

叶飒语气无奈:"我现在好想当一次小人。"

温牧寒被她话气笑,不禁道:"女人跟小人一样难养,你约等于是了。"

他刚说完,叶飒猛地站了起来。他眼皮跟着抬起看她。她从上方居高临下地看着他,然后一点点接近。

温牧寒似乎一下子察觉到了她的意图,声音压低,有些微怒:"叶飒,你敢?"

她敢,她怎么不敢。

叶飒作势要靠近他,望着床上躺着的男人,躺在雪白的病床上,脸色泛着病态的苍白。平时那么强硬又冷漠的一个人,此刻竟有种别样的柔软。

这次温牧寒是真不打算惯着她,哪怕此刻身体千斤重,还强撑着,抬手按着她的肩膀。

下一刻,叶飒低头轻轻地亲在他的眼睛上。这个吻太过虔诚又真挚。

虔诚到她的唇轻轻擦过他毛茸茸的长睫毛,惹得他下意识地闭上眼睛。

直到她轻声说:"温牧寒,谢谢你活着回来。"

谢谢你活着回来。

她说的是"谢谢"。

温牧寒微抬起眼睑望着她。她那双一向深沉的眸子,没了平时的冷漠,显得格外明润透亮,也带着一丝动容,就像他能活着这件事儿,是老天爷对她的恩赐一样。

以至于温牧寒莫名被卷入这暧昧不清的气氛当中,等他清醒过来,刚要伸手推开她,眼前的姑娘仿佛有了感应,竟是抬起身体往后退了一步。

她说:"你现在需要休息,我不着急,等你好了,我们可以再深入地聊一下。"

刚才她倒是不说自己需要休息。

温牧寒望着她，要不是这会儿他躺在床上真动不了，还真想上去捏捏这姑娘的脸皮是什么材质的，简直到了变幻自如的程度。黑的白的都让她说完了。

不过叶飒还真的在说完之后，冲着他摆了摆手，指了指外面："我去把医生叫来，给你检查一下。我估计你今天只能吃流食，我下午再过来给你带点儿吃的。"

温牧寒的"不用"两个字还没说出口，这姑娘已经转身离开。

没一会儿医生和护士进来给他又做了检查，不过他到底是这么多年锻炼得好，身体底子好，术后一切指标都渐渐稳定。

叶飒下楼的时候，整个人都轻松了下来。毕竟亲眼见到他醒过来，她这一颗心才彻底落下来。只是上了车，手掌搭在方向盘上的时候，叶飒才看见自己的手掌还在轻轻颤抖。

她突然有点儿后怕，眼前一直回荡着昨晚他躺在担架上一动不动的模样。

叶飒将车窗降了下来，任由微风灌进车窗里，把这一晚上的沉闷气味都彻底吹散，过了一会儿她终于缓了过来。

她伸手拍了下自己的脸颊，淡声道："叶飒，你还要当军嫂呢。"说完，她自己都笑了。

叶飒一路开车到了家里，本来想打电话给管家，让他给自己准备一些病人可以喝的粥。只是她洗完澡出来之后，想了下，自己跑到厨房里。

虽然她基本不在家里开火，不过厨房里的装备还真的一样不少。她找出电饭煲之后，又找了一盒很小包的米，还是谢时彦上次拿来的，据说是他哪个客户家里开的农庄种的有机大米，一包只有一公斤。

结果她一拆开，不小心倒得满地都是，她只能先收拾干净地上，又淘米煮粥。好在白粥她还是知道怎么煮的。

等弄好之后，她回房间休息。都说医生是最容易猝死的行业之一，哪怕是年纪还轻，这么一个大夜班熬下来也是挺要命的。

叶飒还特地订了一个闹钟。结果还没等闹钟响，她就先醒了。

当她站在电饭煲旁边，看着锅里面厚实到不知道该称为粥还是米饭的东西时，她陷入几秒钟的沉默。随后她拿起电话，打给了自己之前订过的一家养生粥店。

温牧寒因为还住在 ICU 里面，因此这会儿没什么人来看他，也就下午的时候他父亲来了一趟，见他伤势稳定了，待了半小时就离开了。

自从他高中毕业进入军校之后，跟父母待在一块儿的时间，不如待在军营里的多，倒也没多少话聊。

他正闭着眼睛躺在床上时，突然门又被推开。

待他抬眼看过去，穿着防护服的叶飒蹑手蹑脚地进来，本来她以为他睡了，没想到她刚进来他就睁开眼，盯着自己看。

叶飒深吸了一口气，低声说："你能不能别每次都这么吓人？"

"你别做亏心事就行。"温牧寒态度一如既往。

叶飒微挑眉，一副不认账的模样："我做什么亏心事了？"

她就是笃定温牧寒不会提早上的事情，这男人的心跟海底似的，深沉得很，叫人压根儿琢磨不透他在想什么。

于是她把粥打开，轻声说："我问过护士了，你今天还没吃东西呢。"

医生叮嘱过，手术之后十二小时可以进一些流食。叶飒来得正凑巧，这会儿刚过十二小时，护工那边都还没来得及安排，她拎着东西就来了。

叶飒将盒子微举起来示意，淡淡问了句："是我喂你，还是你自己吃啊？"

温牧寒刚做完手术十几个小时，这会儿不说生活不能自理，最起码是不太能动手的。只不过他没吱声，哪怕是躺在那里，眼睛还直勾勾地盯着叶飒，自成一股气势。

叶飒也没动，俩人默默较上了劲儿似的。

最后还是温牧寒看着她提着饭盒的手都在抖，这食盒是圆桶状的，看着就特沉，他都差点儿忘了这姑娘有多倔了。

终于他说："放在这儿吧。"

旁边有张桌子，他意思是让她放那儿。

叶飒倒也真的听话，乖乖把食盒放在那里之后，突然转头说："难不成你是想让这儿的小护士喂你？"

刚才还真巧了，她过来的时候正好遇见两个小护士在电梯里说八卦，说的还就是温牧寒。

一个问今天刚动完手术，住在 ICU 的那个军人是什么来头，他爸爸过来看他的时候,院长亲自陪着呢。另外一个说,估摸着家世不得了。

第九医院是属于南江市挂得上名的三甲医院,每年光是为了打击黄牛票就花费了不少心思,来求医的人数不胜数。

不过她们不知道的是,躺在病床上的那个男人,之所以受到这样的优待,并不是因为他是谁的儿子,而是因为他是谁。

温牧寒望着她,声音平静:"别胡说八道。"

这姑娘时常语不惊人死不休,本来温牧寒还时常被她气得发笑,这下倒好,居然还渐渐习惯了。

叶飒已经拧开食盒的盖子,不得不说,味道还挺香的。

她把食盒端到温牧寒嘴边,低声说:"我刚才跟你的主治医生聊过了,他说你可以吃一点儿,没关系的。"

其实ICU一般都是不太提倡家属过来送吃的。不过叶飒暂时不属于家属范畴,又是医生,倒是可以被特殊对待。

温牧寒这次还真没惯着她,因为他发现这姑娘太擅长打破你的底线,就是她会不断试探你能接受的范围,然后悄悄伸一脚过来。等她发现你不反对的时候,她干脆整个人越了过来。

直到叶飒见他完全没有要吃的意思,微恼地将食盒放在床头柜上。

她微噘着嘴:"好吧,不吃就算了。反正也就是辛苦熬了四五个小时做出来的。"

她一副"你完全辜负了我这么辛苦劳动的成果"的表情,好像温牧寒如果不尝一口,就是罪不可赦。

终于躺在床上的男人微嗤了一声,淡声说道:"拿过来。"

听到这话反而是叶飒一愣,因为实在没想到他居然这么容易妥协,于是她立即把食盒捧到他面前,声音特乖巧:"你闻,很香吧。"

她脸上微得意,只差满脸都写上"我这么贤良淑德,上得手术台,下得厨房间,快来夸我,快来、快来。"

终于,温牧寒微抬眼皮,语速不紧不慢道:"叶飒,还记得张小满吗?"

叶飒眨了眨眼睛,不知道他为什么突然提张小满,但是人是她亲手治的,怎么可能不记得,顺势点头,等着他的下文。

直到温牧寒再次开口:"我给张小满订的病号餐也是这家的。"

叶飒张了张嘴,她,有说这是她亲手做的吗?

不过这趟之后叶飒没再去医院,因为这两天正好赶上她休假,而且她知道温牧寒确实需要休养,她也不急一时半会儿,让他先好好休息。

谁知晚上她在家里看一篇英文论文的时候,放在桌子上的手机突然振动了一下。她随意搭了一眼,猛地坐直,把手机拿了起来。因为发信息过来的是温牧寒。

温牧寒:谁?

叶飒看着屏幕上这么一句话,一时有些惊讶。

直到她打开手机看见微信里对话栏,在他回复的这条之上,是几天前她发给他的一条信息,告诉他有人想抢她的东西,已经被她教训了。

当时发这句话倒也不是抱怨,就是纯粹有种想跟他聊天的心思。结果这男人好几天没回,现在想想,那时候他手机应该没在身上吧。

她看了一眼,立即打了电话过去。响了几秒,对面就接通了。

叶飒手里还握着刚打印出来、散发着油墨香味的论文,可语调却变成了细软的微喃:"哥哥,有人欺负我。"

她语调刻意放轻,清透的声线一下子变得娇软,连尾音都如同被往上拉,带着撩人的钩子。

只听温牧寒的声音响起:"谁敢?"

这句话倒是叫电话两边都沉默了。

直到叶飒低声说:"你是要帮我教训她吗?"

谁知那边轻笑一声,语气颇为凉薄道:"我的意思是,你这么厉害,谁敢欺负你?"

"……"

中华语言还真是博大精深,叶飒突然由衷佩服老祖宗们的智慧。到底是谁发明这一句话可以被解读出几个意思的,真够害人的。

至于温牧寒拿到手机,是因为今天郑鲁一过来了一趟。郑鲁一是恨不得抱着他的腿哭,要不是温牧寒怕他把鼻涕哭在自己床上,还真**不想安慰他**。

作战任务本来挺顺利的,只是对方到底是亡命天涯的**毒枭**。又知道中国法

123

律对于制毒、贩毒一向是从重判刑，要是真被抓了，肯定没有活路，于是抱着同归于尽的想法居然引爆了炸弹。温牧寒本来已经让队员们撤退，谁知一个队员撤退不够及时，于是他冲过去救人。

郑鲁一来的时候跟他说，团长跟他偷偷透露了，这次军里已经准备对他们的成功行动进行嘉奖。反正最低一个二等功是跑不了的。况且温牧寒还伤成这样，一等功都有可能。

温牧寒对这些没什么兴趣，问了问其他几个队员的情况，好在其他人都只是受了些轻伤，并没有来第九医院。这也是怕突然几个解放军集体受伤住院，引起什么不必要的猜测。

像这种和平年代的秘密任务，除了军里知道之外，基本不会对外公布。哪怕新闻会报道毒枭被抓捕的消息，也不会具体报道是谁参与抓捕，一来是为了保护他们的人身安全，二来也是为了防止泄露行动内容。

等郑鲁一走了，他才来得及看手机。他微信里的人不算多，除了老同学之外就是一起长大的发小，要么就是以前带过的兵。所以他拿到手的时候，给他留信息的人不算多。看来看去，唯有叶飒这条让他盯着看了好一会儿。

他本来不想搭理这姑娘，怕回复她之后，这姑娘又顺杆子往上爬。因为他发现现在只怕给根草，这姑娘都能顺着爬上来。

他干脆躺下睡觉。也不知是伤口一直在疼，还是心里存着事情，最后他还是靠着床头坐了起来。

这不，信息刚回复过去，电话就打过来了。

叶飒微有不满："你不知道有'小人作祟'这四个字？"

温牧寒这会儿倚在床头，眼皮微耷着，连语气都不似平常那般冷硬，变得格外懒散："你还怕小人？"

这话温牧寒还真没说错。

他现在多少也了解叶飒如今的性格，脾气不算好，属于你不惹我，我们就和平相处的那种。这姑娘也勉强算是他看着长大的，说她主动欺负人，倒是不至于。要是，也肯定是别人惹着她。

这时候的温牧寒摸着是真的伤势不轻，因为连他自个儿的脑子都没转过来，他一颗心完全就是歪的，全偏到叶飒这边来了。

叶飒不管他这话，单刀直入："那你给不给我撑腰？"

这话别说是越线了，简直是翻过墙站在他面前撒娇。

温牧寒这下完全闭着眼睛了，伤口处确实是疼，与此同时，胸腔处扑通扑通跳跃的幅度，竟是远超以往。耳边是她刚才那句话，他忍不住轻磨了下自己的牙尖，这下连"别胡闹"都没说了。

许是因为他没搭腔，叶飒沉默了下，轻声说："早点休息，我明天上班，顺便去看你啊。"

还算是有点儿记仇了，特地用了"顺便"两个字。

温牧寒听出了她的话外音，静了几秒："不用顺便。"

"那我特地去看你，行吗？"叶飒还跟他杠上了。不过说完她就挂了，没给他再说话的机会。

第二天上班，叶飒一直等到中午才有空去看温牧寒。刚进病房，就看见护工把他吃完的盘子端了出去。

因为情况稳定，他已经转到了普通病房。不过估摸着还得在医院住上一个月。

这会儿见他平安了，叶飒恨不得他在医院多住一段时间才好呢。

她一进去，温牧寒抬头看见她，压着声音说："把门关上。"

叶飒一愣神，温牧寒已经站起来走到她跟前，不仅把门关上，随后她手腕被一捏，被他就这么扯着抵在房门上。

温牧寒垂眼看她："在这儿站好。"

叶飒还是没懂他的意思："干吗要这么偷偷摸摸的？"也没听说医院规定说中午不能有访客啊。

可她说完，温牧寒转身就要往洗手间去，叶飒赶紧问："你要是不说，我现在就喊人了。"

她作势还真要开门出去，温牧寒一把抓住她白大褂的领子，把人摁在门板上，一手搭着门板，身体整个靠了过来。

这么幽闭的环境，后背贴着的是房门，而身前是他结实的胸膛，她甚至能隐隐感觉到那种从他身上散发出来的热度。

待他垂眸时，这么近的距离之下，他黑瞳里甚至还有她雪白的身影。

叶飒手掌抵在门板上，呼吸的频率都不自觉放缓，她忍不住舔了下唇，在想下一秒她是踮着脚好呢，还是直接伸手抱着他的腰身……

直到温牧寒哑着声问："闻到了吗？"

叶飒眼睫轻眨，一脸疑惑："闻到什么？"

温牧寒冷静地说："我五天没洗头了。"

一室的旖旎，登时烟消云散。窗外明亮的天光，照在叶飒的脸上，眼看着她微热的脸颊越来越红。

温牧寒微眯了眯眼睛，伸手在她脑门儿上轻弹了下："你脑子里想什么呢。"

可是说完这话，不知为什么他突然想起那天，也是在这个医院里，他脑海一瞬间滑过的画面。一下子，本来嗤之以鼻的男人，倒是不说话了。

他眉峰微挑，淡声说："我刚才问护士，她说暂时不能洗头。"

"所以你让我帮你站在这儿放哨？"叶飒这下全明白了。

叶飒觉得这男人可真逗，连护士的话都这么乖乖听着，他到底是什么珍稀物种。

她哼了下："我要收利息的。"

"随你。"温牧寒扔下一句话转身进了洗手间。

他的病房是医院的独立病房，还自带洗手间，很快，里面响起了水声，明明知道他只是在洗头而已，可是这哗啦啦的水声却勾得她心里发痒。

温牧寒倒不是那种不听医嘱的固执性格，只是之前他们执行任务时候，没有条件自然也就算了。可是现在躺在医院里，他是实在有点儿忍不住。

洗头倒也不费什么力气，而且也快，他觉得自己的身体还是能支撑得住。这不，才一会儿的工夫，他已经在水龙头下把脑袋冲了个干净。

他伸手去搁隔在旁边的毛巾，谁知第一下没摸到，要再摸时，突然毛巾被人拿了起来，下一秒柔软的毛巾搭在了他的脑袋上。

一双纤细的手隔着毛巾开始替他擦头发。

温牧寒猛地站直身体，只是他的脸被毛巾盖着，等他伸手要扯回毛巾时，却没想到手掌正好碰到她的手指尖。

小姑娘手指可真够细嫩的，碰到瞬间的触感软的一下子钻进他心尖。很难想象，这么一双软到极致的手，是拿手术刀的手。

温牧寒一下子扯开毛巾,视线与叶飒的眼睛正好撞上。

她微偏着头,耳朵边有一缕碎发落在脸颊旁,那双黑眸如同宝石般,哪怕在白日里都明亮到发光,毛茸茸的睫毛跟小扇子似的,这会儿正望着他。此刻不带一丝冷漠的眼睛,是那样干净而又纯粹。

温牧寒微怔了片刻,沉着声音:"不是让你站在门口?"

叶飒笑眯眯:"放心,他们都进不来了。"随后她偏头看了一眼洗漱台上的东西,突然问:"怎么没有刮胡刀?"

这些洗漱用品还是郑鲁一给他拿过来的,到底是男人,粗心了点儿,连刮胡刀都忘记给他带了。

温牧寒到现在都没让人告诉他妈他受伤这事儿。也是正好赶巧,这几天他妈陪着闺密去寺庙里礼佛去了,虽然他父亲根本不信这些,可是他妈还是会偶尔替这父子俩祈个福。

"住院没那么多讲究。"温牧寒又用毛巾接着在头上擦了擦。

他这短发到底是有好处,没一会儿已经半干了,等他弯腰要洗毛巾时,叶飒一把拽过去,转头看他:"我这么一个大活人在这儿呢,不知道使唤呀。"

温牧寒双手环胸,轻笑:"你不是要利息的?我怕欠债太多,还不了。"

没想到他刚说完,叶飒转头望着他:"那你想过没,其实我的债你可以不还。"

如果我们可以是我们,而不单单是我和你这样的关系,这就不是债,可以不用还的。

温牧寒看向她,突然神色莫名其妙地严肃起来,他知道叶飒这姑娘横得很。跟她好好说只怕是不管用,可是有些丑话他还真是要说在前头。

只是他刚一张嘴,正要把"不行"两个吐出来的时候,叶飒的手机响了起来,这姑娘也是个人精,本来瞧着温牧寒脸色不对劲儿,就准备打岔的。

结果这一下,她赶紧拧干毛巾挂起来,把手机拿出来接通。是司唯打来的。

司唯问她:"飒,你今天中午没吃饭?"

叶飒余光瞟见男人慢慢地回到床上坐着,她开口说:"没有,我现在有事儿呢。"

"你大中午有什么事情,"这话刚说完,司唯突然压低声音说,"你是不是去看那个大帅哥了，对吧？行，你等我，我马上过来。"叶飒还没来得及说话，司唯已经挂断。

等她出来，温牧寒微抬下巴指着门口的椅子："这就是你说的他们进不来？"

叶飒走过去把椅子拖到原来的位置，淡淡表示："方法是老了点儿，管用就行。"

温牧寒望着她的表情，也不知道为什么，他有些不耐地舔了下嘴唇。

房间一时有些安静。直到病房门被推开，有个脑袋伸了进来："我有打扰到你们吗？"

"我说有，你会现在走吗？"叶飒转头淡淡道。

不过司唯的眼睛已经被病床上的男人吸引，要说在医院吧，见的最多的就是病人，可是司唯真的毫不夸张地表示，这男人真的是她见过最帅的。特别是他现在坐在病床边上，两条长腿随意么搭着，连病号服都显得特别顺眼，难怪都说时尚是靠脸完成的。

"这是我朋友，司唯。"叶飒主动说道。

司唯这才赶紧进来，笑道："你好，我是司唯，是叶飒的大学同学。我是听说她有个朋友住院了，所以也来看看。"

嘴上说看看，倒也真的是看看，眼睛这还一直往人家身边瞟呢。

温牧寒一看就知道司唯的花花肠子，不过他是男人，挺大方地点头："你好，我是温牧寒。"

司唯立即点头："我知道，我当然知道你。"

温牧寒望着她时，司唯这才发现自己表现得过于激动，这会儿她也不能说自己是在微信群里八卦过他无数次吧。

于是她轻咳了一声，很认真地说："这次咱们医院为你组织了一场多科室专家的手术，我没能观摩上实在是太过遗憾了。"

看看，她把人设立得多好，一个一心求上进的实习医生，而不只是一个八卦狗。

温牧寒嘴角一掀，轻笑："这次没让你赶上，下次的吧。"

叶飒在旁边听着他们这一问一答还聊得挺好，登时嗤笑了起来。司唯确实有个她都佩服的优点,就是谎话说得信手拈来,简直跟真的一模一样。

她说:"那你知道她现在在什么科室实习吗?"

温牧寒眼睛转向她的方向。

叶飒一字一顿:"妇产科!"

他又不会生孩子,她观摩个屁啊。

温牧寒脸上一时掀起一层薄薄笑意,叶飒本就看着他,这会儿见他唇角微弯,也跟着笑了起来。

司唯不愧是撒谎不眨眼的人,登时说道:"飒飒开玩笑呢,我们实习医生都是要各个科室轮转的,虽然我现在在妇产科,以后也会转到别的科室。"

"原来是这样。"温牧寒倒也没让人难堪,还挺给面子地点点头。

司唯一瞧他还挺好说话的样子,登时来劲儿了。关键时刻,闺密是干吗的!不就是为了姐妹的幸福要两肋插刀的。

司唯说:"我们妇产科其实还好,飒飒他们的急诊科是真的累,特别是值夜班的时候,时不时就要来病人。真的太辛苦了,你看把叶飒都瘦成什么样了。"

第一步,疯狂吹捧姐妹,引起对方的兴趣。

果然,她刚说完,就看见温牧寒的视线落在叶飒身上,司唯心里一阵尖叫。她是个功臣。她在为"叶爸爸"追男人哪!

温牧寒倒还真的因为她这句话想起了,那天晚上他在急诊室看见的一幕,当心跳检测仪上本来应该起伏的线条陡然被拉成一条直线的时候,叶飒跟死神争分夺秒的模样。

都说认真的男人最迷人,其实女人也一样。全力以赴去做一件事情的时候,身上绽放的光是真的耀眼,是能照进心里的那种夺目。

叶飒似笑非笑地望着司唯,也没阻止。

直到司唯继续说:"不过咱们治病救人累点儿也就算了,最惨的是还要处理办公室的人际关系。叶飒的性格您肯定清楚吧,最是不争不抢。"

不争不抢?

温牧寒想起这姑娘那股子直愣愣的劲儿,对他更是一副志在必得的模样。

"可是防不住小人作祟啊,她们急诊科有个叫……"

司唯正要好好吐槽那个应嘉嘉。

结果叶飒打断道:"行了,我们在这儿也够久的了,让他休息吧。"

司唯瞪大眼睛,一脸"为什么不让我说完,我要扒开那个'绿茶婊'的皮"的表情,她这三个步骤还没走完呢。

这才刚走到第二步,勾起对方对叶飒的恻隐之心。还有什么比在办公室里受了委屈,却又默默承受更惹人怜爱的。

叶飒走过来伸手拽着她的手腕,正要说话时,刚好有个小护士进来了,瞧着病房里一下子有两个医生在,挺愣神的。

"是要吃药,对吧?"叶飒正拉着司唯要走。

只是她看了小护士两眼之后,突然说:"我是急诊科的叶飒医生,他有什么情况的话,麻烦及时跟我联系。"

小护士立即点头,只是怎么看着都有点儿心虚。

等走到外面走廊的时候,司唯好奇道:"你刚才干吗盯着那个小护士看那么久?"

"她涂口红了。"叶飒双手插在兜里,望着前方说道。

司唯立即回头,只是这会儿已经看不见了。

医院很多科室都是有明文规定的,不能涂口红,更不能化妆,就是怕会不小心沾染到药品或者器械上面。这个小护士是来送药的,而她唇上的口红明显是刚涂的。娇嫩的唇釉质地,带着求吻般的嘟嘟感。

叶飒轻笑了一声,这男人走到哪儿都挺受欢迎啊。

司唯进电梯了都还在感慨:"你说恋爱中的女人,是不是都跟福尔摩斯一样?"

她刚才完全没注意那个小护士的打扮,叶飒一眼就看出来了。这可真够可怕的。

"等你以后有了喜欢的人,大概就会懂了。"

他身边的风吹草动,你都会敏锐地第一时间发现,是直觉,也是本能。

司唯浑身一抖,随即又说:"不过刚才你为什么不让我说应嘉嘉啊,我可以趁机帮你在大帅哥面前卖惨,说不定他还会对你产生保护欲呢。"

"我已经教训过应嘉嘉了,如果我们再在背后议论她,跟她这种人又有什么区别。"叶飒一向不喜欢来这些虚的,她性格太过洒脱,不屑玩心机。要不然以她的智商,还真的能玩死应嘉嘉。

司唯当下问:"你教训过她了,你怎么没跟我说过?"

叶飒看她一脸看热闹不嫌事大的模样,语气平常地把那天名额确定之后,应嘉嘉在更衣室跟她发疯的事情说了一遍。

司唯听完,半晌都没吱声。

等从电梯里出来,司唯居然大笑了起来:"我早就跟冬至说了,应嘉嘉她早晚要在你手里翻船,这个'小绿茶'以为她那套能无往不利,只可惜她这次遇到的人叫叶飒。"

其实应嘉嘉的手段挺低劣的,跟办公室里的女同事抱团排挤叶飒。又时常利用一些小恩小惠笼络其他人,企图孤立叶飒。

本来叶飒就是那种不太喜欢处理人际关系的人,一开始应嘉嘉这招倒是挺有用,只可惜在医院这个地方,实力可比这些小伎俩管用多了。

别看这么多实习医生,可真正能留下来的就那么几个,到时候名额是院里定。那会儿除非应嘉嘉能找到门路,否则她肯定留不下来。

但是叶飒就不一样,她不仅实力在所有实习医生中最强,就连家庭背景都深厚得成迷,要不然也不至于打了色狼患者之后还能继续回来上班。

所以整个急诊科的人,除了那些刚上班没心机的小护士被应嘉嘉笼络住,其他但凡混了几年的,都知道何必要为了一个早晚都会离开的人,去得罪肯定能留在医院里的医生。

叶飒哼笑了下,摆摆手示意:"我回急诊了。"

下午的时候。

顾明朗到了医院来看温牧寒,一进门,他就轻呵道:"我说温营,您这情报工作做得可真够出色的,要不是这次开会我看去的是郑鲁一多问了两句,您还要瞒着我们到什么时候?"

军里面开会,顾明朗没承想看到的居然是郑鲁一。

虽然他知道温牧寒一向不喜欢这种开会的事儿,不过真摊到自己头上,他肯定也不会躲着。于是他就多问了两句,没想到郑鲁一支支吾吾的模样,一下子叫他怀疑上了。果不其然,还真让他给问出来了。

"来，削个苹果。"

温牧寒懒散地靠在床头，下巴微抬指着旁边桌子上放着的水果，示意顾明朗给自己削个苹果。

顾明朗被他这副大爷样儿气笑了，走到桌边把苹果握在手里，在半空抛了两下。

等他转身作势要拿苹果砸向温牧寒的时候，床上的男人脸上还挂着散漫的笑意，连眼皮都没眨一下。

顾明朗就知道会这样，认命似的拿起桌子上的水果刀，开始削苹果。

"你伤成这样，怎么没看见阿姨？"以顾明朗对温家那位"太后"的了解，只怕二十四小时都要住在医院里陪着才是。

温牧寒淡声说："这事儿我妈还不知道，你回去也别说漏嘴了。"

顾明朗跟他打小一块儿长大，两家父母那真是认识了几十年的老关系，他要是说漏嘴了，只怕今晚展清就会杀到医院。

顾明朗摇头："我说你胆子可真够大的，这都敢瞒着？"

"让她知道也只是徒添担心而已，我在医院里有护士又有护工照顾，挺好的。"温牧寒声音挺淡的，他真没把自己受伤这事儿看得太重。就连他爸的秘书来过几趟，他都让人别来得这么频繁。

只是他说完，顾明朗冲着他挑眉，语气特好奇地问："我刚才看了一圈，这里的小护士颜值还都挺不错。我估摸着单身的肯定也不少，你说你们孤男寡女的又这么贴身照顾，就不能擦出点儿什么？"

温牧寒看他："滚蛋，要不让你躺在这儿试试？"

顾明朗还真心实意劝了起来："真的，牧寒，你也别总憋着，毕竟都是这么大年纪的人了，我怕你再憋下去真憋坏了。"

这话已经开始往不文明的地方扯了。

"让你削个苹果而已，你怎么就跟我妈上身了一样。"温牧寒眉心微蹙。

顾明朗这下苹果削完了，直接递了过来，正好身上手机响了，听起来应该是微信。他低头看微信的时候，温牧寒握着苹果，望着窗外。

呵，小护士……要是哪个小护士敢靠近他半步，被叶飒知道了，估计她生吃了人家的心都有。中午她还盯着人家小护士看了半天呢。

这会儿顾明朗看完微信,惊讶道:"原来谢时彦那个小外甥女就在这家医院当医生啊?"

他之前在群里说了温牧寒受伤的事情,谁知谢时彦问完在哪家医院之后,立即回复说,叶飒就在这儿上班呢。

这下顾明朗上下打量起温牧寒。

温牧寒实在受不了他这赤裸裸的眼神,不耐道:"有屁就放。"

"我说怎么一提小护士,你就这么反感呢。合着你没看上小护士,你是看上人家小医生了吧。"

顾明朗笑得特别欠揍。毕竟他跟温牧寒认识太久了,说真的,他真没见过这么自律的男人,哪怕是他,还交过女朋友。不知道的人大概以为温牧寒进的不是军营,而是和尚庙。

年纪小的那会儿就不提了,最是情感懵懂的时候,顾明朗都为了见女朋友还翻过学校的围墙,他愣是没发展出一个爱情的小萌芽。温牧寒可比他受欢迎多了,那会儿打篮球,旁边站着的姑娘一大半是冲着他来的。

他这人不太爱说话,也不怎么笑,更别提对姑娘什么温柔体贴了。结果顾明朗这种暖男型的,真是被他压得死死的。连顾明朗都奇了怪了,难不成女孩儿都喜欢这种对她们爱搭不理的。

温牧寒面无表情地望着他:"我说过什么,少把我和她扯在一块儿。"

顾明朗其实上次就想说的,那姑娘在马路边被人拦住,他可是立马冲上去挡着的,看着也不是对那姑娘完全无动于衷的样子。

"你们怎么就不能扯一块儿了?"顾明朗好奇了。

温牧寒说:"回头我要跟谢时彦怎么说,我看上你外甥女了?这姑娘我从她高中开始就认识了,算是看着她长大的。"

他跟着嗤笑一声,只是这一声笑也不知是对他自己还是对顾明朗的。

直到顾明朗问:"要是不考虑别的,你就说你自个儿对她是什么感觉吧。"

什么感觉?

温牧寒脑海中突然闪过今天在洗手间的画面,他把自己头上的毛巾扯下来的瞬间,她抬头望着他,小巧脸颊嫩得跟剥了壳的鸡蛋似的,哪怕没摸过,他似乎都能想到会是多么柔软细腻的手感。

阳光从洗手间的小窗上闯进来，落在她的脸上，那双清透至极的黑眸。

那样明润干净，干净到他只看了一眼就不敢再继续看下去。

"没可能。"突然，温牧寒冷硬的声音响起。

顾明朗却一下子笑了起来，他幸灾乐祸道："你刚才犹豫了，是吧？"

温牧寒不搭理他。

随后顾明朗说："不过说回来，这姑娘长得是真漂亮，腰细腿长……"

他还没说完呢，突然半空中有个东西扔了过来，他下意识地伸手接下来，接到才发现居然是吃剩下的苹果核。

"少乱瞟人家姑娘。"温牧寒正气凛然。

只差没吼一嗓子，她腰细腿长关你什么事儿。这护犊子的劲儿真是不要不要的。

顾明朗一直待到傍晚时候才走，他下楼的时候，温牧寒起身一副要跟着他一块儿出去的样子，他当即惊讶道："你还要送我，咱们这关系，你跟我客气什么？"

温牧寒似笑非笑地望着他："我下去走走。"

得，顾明朗知道自己自作多情了。

顾明朗心里登时发笑，别看温牧寒看起来挺不羁散漫的，其实骨子里真是自律到极点。该守的规矩，他是真的会认认真真地守着，不打一丝折扣。

不过临走之前，顾明朗突然想起来一件事儿，他说："对了，跟你说一声，韩书灵前几天跟我打听你来着。"

"谁？"温牧寒问道。

顾明朗："……"

他真无语了，有时候他都不知道温牧寒这种无情到底是好还是不好。好的地方自然是不给人家一丁点儿希望，不好的呢，肯定是伤了姑娘的心。

"我说，韩书灵你都不记得了？咱们高中那会儿的校花，那姑娘嘴上不承认，可是她喜欢你，那可是大家都看得出来的。况且当时你们俩的绯闻还传了好久。我记得你在军校的时候，她还坐了十几个小时的火车去看你。"

多么感人的爱情故事，当然如果男主角不是那么无情的话，必然是一段佳话。

他都说到这程度，温牧寒当然不可能想不起来，可哪怕是想起来了，也还是淡淡地"哦"了一声，没太大感觉的样子。

"韩书灵现在挺红的，她好像在做节目什么的。之前辛奇给我发了截图，说新闻上都说她是什么'最美制作人'。"

这年头，美人易火。各行各业里但凡出个美人，总是能引起关注，什么"最美卖鱼小妹""最帅外科医生"等，美色迅速成了极易变现的东西。

温牧寒突然问："你没跟她说我的事情吧？"

"那肯定没有啊。"顾明朗斩钉截铁道。

温牧寒轻嗤："算你还记得保密守则的内容，要不然让你抄一千遍。"

顾明朗："……"

这两天叶飒一直在准备手术的事情，从进入手术室开始的无菌准备，以及各个细节，她一遍又一遍地在脑海里重复演练。

她的智商确实是高，在医学院那样牛人遍地的地方，她一直占据着第一的位置，自然不缺少努力。

早上到了医院，她换了白大褂之后，被叫过去开会。只是一进会议室，她看见站在科主任身边的人，登时怔住。

所有人到齐之后，主任环视了一圈，笑道："今天叫大家来开会，主要是为了给你们介绍一下，我们急诊室引进的新人才。"

说到这里时，大家的目光都已经落在会议室里唯一的陌生男子身上。

"薄湛医生，是从 JHU 医学院毕业的优秀医学生，是专门学习急救医学的博士……"接下来便是关于薄湛漂亮简历的介绍，倒也难为主任，就连薄湛发表过什么论文，都得记清楚。

主任说的时候，底下还一片安静。等主任说完，薄湛站起来打招呼道："大家好，我是薄湛，以后我会成为第九医院急诊科的一名医生，跟大家一起共同维护我们第九医院的重点科室。"

第九医院的急诊科确实是重点科室之一，不过要说起招牌，那必然是外科以及肿瘤科。

偏偏薄湛的长相实在太过清雅，说出的话只让人觉得他这人温文尔雅，而不会有谄媚之嫌。所以此时连主任都微笑着点头，一副"对，我们确实是招牌科室"的马屁被拍得舒服的满足感。

叶飒并不奇怪。薄湛从小到大都是这种讨人喜欢的存在,上学的时候,他是学生会主席,是所有老师都喜欢的学生,也是同学之中的楷模,妥妥的隔壁家的孩子。

此时会议室里已经出现嗡嗡的讨论声。实习医生都坐在一块儿,在会议室后门的角落上,这会儿徐雯和应嘉嘉已经讨论上了。

"薄湛,这个名字挺好听的。"应嘉嘉手掌托着下巴,挺感兴趣地望着前面的人。

徐雯想了下,还是说:"跟咱们薄院长是一个姓氏。"

应嘉嘉想了下,登时惊呼:"真的哎,好巧。"

叶飒看到徐雯的眼睛很迅速地翻了一下,大概是实在受不了应嘉嘉这个脑子——她的话都说得这么明白了。

"薄"这个姓氏,可不是什么随处可见的大姓。况且薄院长家庭情况,医院里一直都有传闻,连徐雯都听说过,薄院长的儿子在M国学医,听说还挺厉害的。

徐雯从刚才听到他名字的时候,就一下子想到薄院长。

只是应嘉嘉还沉醉在薄湛的长相上:"我上次参加那个节目,里面也有个医生,不过颜值连薄医生一半都赶不上,微博上也有几百万粉丝呢。薄医生要是上节目的话,肯定有一堆女粉。"

徐雯彻底无语了。

叶飒在旁边听着应嘉嘉的"白莲花"式发言,忍不住低头笑了一声。

会议结束之后,大家都去忙自己的事情,实习医生也跟着准备查房。大家等着的时候,薄湛走了过来。

"你们好。"薄湛冲着众人微微点头,目光落在叶飒身上的时候,也是一扫而过。

应嘉嘉抢先开口:"薄医生,你好,我叫应嘉嘉,是急诊科的实习医生,以后就麻烦您照顾咯。"

她说完,周围站着的几个男实习医生都忍不住抖了下肩膀——这声音实在是太嗲了。虽然平时应嘉嘉说话已经够软绵绵的,这会儿简直是又往声音里加了三斤糖，腻得叫人发慌。

　　薄湛仿佛没瞧见她发嗲的模样，微微笑着点头："都是同事，精诚合作，没有什么照顾不照顾。要说照顾，你们比我还先来医院。"

　　这话说得既客气又不倨傲，叫人对他登时心生好感。

　　叶飒始终站在旁边，一言不发。

　　直到查房结束，众人散开，薄湛终于抓住机会，走到叶飒身边，小声说："飒飒。"

　　叶飒依旧低头看着手里的资料，淡淡地说："既然要装不认识，就该装得彻底点儿。"

　　"我没想跟你装不认识。"薄湛一下子站在她面前，拦住她的去路。

　　叶飒抬头，眼神挺平静，说实话她并不讨厌薄湛，因为薄湛从来不是一个让她讨厌的人。

　　她说："那我希望你能装作不认识我。"说完，她绕开薄湛，径直走开。

　　中午的时候，叶飒又去了一趟温牧寒的病房。

　　她一进去就盯着他的脸看了会儿，笑眯眯道："你刮胡子了。"

　　刮胡刀是她亲自去买回来的，她不太懂这些，也从来没给男生买过这种东西，问了店员之后还不太放心，又上网查了好久才确定下来买哪个。

　　这会儿望着男人光滑的脸颊，又想起他之前下巴上青茬微冒的样子。

　　温牧寒就奇了怪，他说："你中午都不吃饭？"

　　他知道她是十一点半下班，这两天这姑娘几乎是准点过来，他不禁怀疑她是不是都不用吃饭。

　　叶飒微微耸肩："不想吃。"

　　温牧寒本来不想搭理她的，只是忍了一秒后，还是开口教训："亏你自己还是做医生的，难道没听说过饮食要有规律？要不然你那个胃是铁打的也扛不住啊。"

　　他说完朝小姑娘睨了一眼，本以为她会臭不要脸地笑眯眯地问他，是不是担心她。

　　结果叶飒站在那边，就是不说话。

　　终于温牧寒问她："怎么了？"

"没什么。"叶飒摇头,可是看着他的脸时,突然她有种莫名的感觉,就是想要告诉他,哪怕是她最不想让人看见的一面。

因为她知道,这个男人永远都不会嘲笑她。

她小声说:"有点儿紧张。"

温牧寒看着她,脸上并未出现他习惯性的似笑非笑的表情,反而很平静地问:"紧张什么?"

"下午有台手术。"叶飒忍不住咬了下嘴唇,轻声说,"这是我第一次进手术室。"

当然以前观摩过的手术除外,这是她第一次以医生的身份站在手术室里面。

温牧寒微掀眼睑,漆黑的瞳仁那么认真地望向她,语气是一反常态的认真:"我第一次带队执行任务的时候,差点儿连夜视仪都忘记带。"

所以……叶飒认真地等着他的下文。

"哪怕是我都会有这种时候,这是你第一次参与手术,紧张并不奇怪。"

叶飒:"……"

所以他是在安慰她吗?哪有这么臭屁的安慰!哪有这么自大的安慰!

可是当她气笑的同时,心里那块一直压得死死的大石头,仿佛被悄悄往旁边挪了挪,似乎一下轻松了许多。

下午叶飒进了手术室。当她反复洗刷自己手掌的时候,水龙头里哗哗的水声,仿佛要一并冲散她脑海中的各种杂乱念头。等冲完之后,她深吸一口气,高高举起双手。

很快,手术开始了。主刀的陈教授倒是很轻松,手术开始没多久,就开始跟对面的江医生聊家常,整个手术室里的气氛也并不僵硬。

只是叶飒一直没说话,安静地站在一旁,在自己能帮忙的时候,尽量做好。

直到陈教授笑着说:"小叶医生这是第一次进手术室,对吧。"

叶飒抬头,此刻陈教授正低头用钳子拨开病人的软组织,她开口说:"对,是第一次。"

"别紧张,你们现在的条件可比我们那会儿好多了,什么医学视频,还有这些观摩室,我们那会儿哪有啊?我第一回进手术室的时候,光是无菌清洁就反复做了三遍。"

江医生年纪要比陈教授小点儿,点头说:"我们不也是一样?"

两位前辈说说笑笑间,连叶飒都觉得墙壁上挂着的那个"手术时间"似乎走得飞快,快到当陈教授说结束时,她还微微愣神。

"小叶医生,第一次手术表现不错。"陈教授性格温和,知道他们年轻人第一次做手术挺紧张,临走时候还特地夸奖了她几句。

叶飒留下来做最后的缝合手术,这个是她擅长的。等走出手术室时,她忍不住靠在墙壁上长吐了一口气。只是脑海里又想起温牧寒的话,不由得笑了起来。

等她换好衣服出来,回了急诊室,一路上看见其他护士和医生都特别开心地跟她打招呼。

叶飒因为心思还在刚才的手术上,没怎么在意。直到她回到办公室的时候,走近自己的桌子,看见上面摆着的巨大盒子。她微怔了下,往周围看了看。

只是这会儿大家都在忙,办公室里没什么人。正巧这会儿也快到下班时间了,外面传来脚步声,竟是大家回办公室了。

何源率先看见她的时候,笑道:"叶飒,谢谢你的饮料和甜点。"

"什么?"叶飒一头雾水。

何源见她这副表情,还以为她不知道,笑着说:"下午有人过来给咱们科室所有人送了饮料和甜点,这会儿护士台那边还有呢。"

"这个盒子是人家特地叮嘱需要叶飒医生亲自拆开的,快看看是什么。"

叶飒还有点儿愣。直到她解开盒子上精美又烦琐的蝴蝶结,慢慢将盒子打开,这才发现,居然是一个翻糖蛋糕。蛋糕上面的小人儿穿着白大褂,长发披肩,格外秀美精致。

就连何源都被吸引了过来,他盯着看了半天感慨地说:"别说,还挺像你的。"

其他几个男生也被吸引了过来,一个个打量着。直到旁边一个男生笑道:"我就说嘛,肯定是叶飒的追求者送的。你看这边还有字呢。"

叶飒将目光落在蛋糕上的金色小字。

恭喜叶飒手术成功。

其他人还在讨论时,叶飒迅速拍了照片发进群里。

叶飒:说吧,你们谁送的?

在她认识的人里面,喜欢这种浮夸风格的,除了这两个女人之外,还真找不到其他人。

阮冬至倒是回复得挺快,举手表示,不是我。

帮你@唯唯是不吃饭的小仙女

过了好一会儿,司唯才总算回复。

我好像,知道是怎么回事儿。

电话被接通时,叶飒微抿嘴,正要开口时,对面已经传来清冷的男声:"你别误会,我就是出于长辈的关心,不想看你被人欺负。"

叶飒一下子挑眉笑了起来。她慢悠悠地问:"温叔叔,我误会什么了?"

温牧寒心头仿佛被猛地击了一下,他很清楚地知道,这是她第一次叫他叔叔。软软的语调里透着无尽的暧昧。

第五章
职责

"手术很顺利，主刀医生夸我表现得不错。"突然叶飒轻声说道。

对面的温牧寒捏着手机愣了一秒，语气颇为冷淡地应了一声："哦。"

叶飒轻笑着，眼睛却盯着面前的蛋糕，想起了刚才司唯跟她坦白的事情。说起她中午在楼下的小花园那儿，遇到了温牧寒。

原来中午叶飒离开之后，温牧寒在病房待了会儿，还是起身去了楼下。突然身后传来一个惊讶的声音："温……温营长。"

他转头时，看见了有点儿尴尬的司唯。

司唯遇到他的时候还挺开心的，只不过一张嘴打招呼的时候，一下子尬住了，直接叫名字吧，好像不太礼貌。想来想去，还是选了一个礼貌又不失客气的叫法。

温牧寒看见她的时候，微微点头，他骨子里虽然有点儿大男子主义，但是基本的风度却绝不缺少。

"你好。"温牧寒颔首。

不过两个人也不是很熟，虽然之前司唯敢在他的病房里大放厥词，可那是因为有叶飒在。现在叶飒不在这边，她光是站在温牧寒面前，都觉得有压迫感。这位不仅有大帅哥的气质，更极具气势。

司唯尴尬地笑了下，正准备找借口离开时，对面的温牧寒突然开口问："那天你在我病房说，叶飒在急诊科，有人欺负她？"

这话问完，司唯震惊地瞪大眼睛。下一秒，她立即用力点头："对，就是他们急诊室有个女的，特别'白莲花'。"

只是司唯说到这个时候,她有点儿犹豫地问:"你知道'白莲花'是什么意思吧?"

她是怕面前的这位解放军叔叔,不太懂现在的这些网络名词。况且这些钢铁直男们,实在太容易被"白莲花"欺骗了。

温牧寒微笑:"勉强能懂。"

能懂就好。司唯心下一轻松,赶紧继续说:"那个女的叫应嘉嘉,她就是喜欢搞小动作的那种人,在科室里故意搞小团伙,孤立叶飒。而且你也知道叶飒这个人,她挺不喜欢处理这些人际关系的。那个应嘉嘉就时不时给大家买买吃的、喝的,笼络人心。"

"前阵子更过分,急诊科那边说可以让一个表现优秀的实习医生进手术室,不是我跟叶飒关系好才这么说,但是叶飒是真的厉害,她在我们学校年年都是第一,在急诊室的所有实习医生里也是表现得最好的。那个应嘉嘉居然还找关系,想要取代她的位置,抢走这个机会。你说这种人恶不恶心人吧。"

所谓职场小人,大概就是那种没有真才实学,却想通过所谓的关系,挤走别人机会的人。这种人,司唯哪怕跟叶飒关系没这么好,她都看不顺眼。

温牧寒大概明白了怎么回事儿,难怪她会给自己发那样一条信息,这姑娘看起来表面什么都不在乎,可是却也挺倔的。别人抢她的东西,不行。

等叶飒说了蛋糕的事情,司唯一下想起中午在楼下遇见温牧寒的事情,她坦白从宽,并且表示自己这是为了刺激一下温牧寒。

没想到这位大佬,直接玩了个大的。

阮冬至发了条语音过来:"啧、啧、啧,果然还是老男人会玩,难怪你这么喜欢。"

叶飒的思绪还停在刚才群里说的那些事情上面,直到手机对面的男人把她拉了回来。

温牧寒淡声问:"还有事儿吗?要是没有,挂了。"

"有。"叶飒立即叫住他。

对面果然没挂,等着她往下说。

叶飒轻声问:"这个蛋糕你不想看看?"

"送你的,我看干吗?"温牧寒的语气不冷不热,说完他大概也觉得再说下去，这姑娘又要调戏上他了。

于是直接给挂了。

叶飒挺淡定的，低头望着面前的蛋糕，微微一笑。

行吧，看你能撑多久。

下班之后，叶飒原本打算直接去见温牧寒，谁知在门口就遇到了薄湛。

薄湛一直以来都想跟叶飒聊聊，总是找不到机会。这次他挡在叶飒面前，低声说："飒飒，今晚一起吃饭，好不好？"

叶飒不明白都过去这么久了，他为什么还要试图再跟自己联系，哪怕他当年真的喜欢自己，也不过是十几岁时候的事情了。

她正要开口拒绝，突然身后传来一个清冷的声音。

"叶飒。"

叶飒回头，看见温牧寒站在身后不远处，她当即笑了下，低声对薄湛说了声"抱歉"，随后她走过去顺势挽住温牧寒的手臂。

跟往常不一样的是，温牧寒没有将她推开。

"你怎么换了一身衣服？想出去干吗？"叶飒站在他面前，一下子就瞧出了不对劲儿。

温牧寒一脸坦然："出去走走。"

叶飒本来是"哦"了一声，等回过神他说的这句话，一双黑眸瞪大："你不要命了？才做完手术几天？"

这人倒是挺双标的，她不想吃饭他一大套理论等着她，现在到他自己这儿，就敢在养伤期间乱走。叶飒冷眼看着他。

温牧寒压根儿没搭理她的话，迈着长腿直接往前走，叶飒走到薄湛身边时，声音微歉意道："抱歉，我得看着他。"语气温软又亲昵，毫不遮掩两个人之间的特殊关系。

薄湛站在原地望着他们的背影，眼神里充满了悲伤。

买完烟之后，叶飒跟着温牧寒回了病房，他看着自己身后的小尾巴，忍不住问："你下班不回家干吗？没事儿干？"

"是没什么事儿。"叶飒点头，还说道，"要么就是朋友叫我出去消遣。"

她忍不住冲着温牧寒轻挑眉："我们年轻人的消遣，你知道的吧？"

温牧寒嘴角微扯,当然知道,他可是两次遇见她在外面消遣,而且都是穿得衣不蔽体。

呵。他这种根正苗红的人实在对泡吧喝酒这点儿事情不太感兴趣,有这时间还不如多看军事理论书。

随后他伸手把床上摆着的病号服拿上,走到洗手间里换衣服。

叶飒看了一眼,发现他床头摆着一台电脑,前两次来还没看见呢,好像也是刚拿过来的。本来她也知道电脑是别人隐私,只是她一直听说男人的电脑屏保是反映他内心最真实的渴望。

她就看看屏保而已,应该不算侵犯隐私吧。结果她一打开,发现电脑上还有文档没有关掉。而文档最上方是一排黑体大字:"海岸线计划"。

海岸线?

洗手间传来脚步声,于是她赶紧又关掉电脑。

温牧寒出来看见她乖乖站在床边,把手里的衣服随手折叠之后放在床边,他放好之后,想了下,问道:"今天那个是你前男友?"

叶飒本来还在想他会不会发现自己偷偷看电脑的事情,耳边就听到这句话,她眨了下眼睛,露出微笑:"当然不是。"

"我跟薄湛什么关系都没有。"

"只不过我跟他妈妈有点儿过节。"叶飒说道。

要真说起来,确实是陈谷子烂芝麻的事情,当年她和薄湛在一个学校里,薄湛喜欢她,这件事儿被他妈妈发现,于是他妈妈认为叶飒是一个妄图勾引他儿子的贱人,跑到学校里大闹了一场,让叶飒受尽难堪。

她看见温牧寒不置可否地挑眉,登时指了指自己的脑子,声音挺平静地说:"他妈妈是真的精神不太正常,应该是情绪病。"

具体的叶飒也不知道,应该就是躁郁症之类的。毕竟她也不是精神科医生,也没具体看过她的病历。

温牧寒微怔,显然没想到是这么个走向,他皱眉问:"所以,她发病为什么找你麻烦?"

"她大概觉得我会抢走薄湛吧,她把薄湛看得太重要。"叶飒这会儿再提起对方,已经冷静了下来。

毕竟这真是个病人,她恼火是真的恼火,也不想容忍。可是惹上的到底是精神病患者,她自有一套理论自圆其说,哪怕叶飒解释一万遍,对方也不会听进去。

这会儿,她声音冷淡道:"说起来,薄湛也很可怜,有那样的亲妈。"这也是她一直并不反感薄湛的原因。

在他的生活中,有一个持续想要控制他生活的人,打着为他好的旗帜,肆无忌惮地做着伤害他的事情。当年薄湛出国读书的时候,偷偷跑来找叶飒,还笑着说,别担心他,出国对他来说才是最向往的事情。毕竟去了国外,他可以随意地安排自己的生活,支配自己的人生。

叶飒不知道他为什么要回来,其实一直留在 M 国也挺好的。

温牧寒望着小姑娘陷入沉思的模样,显然是在想那个叫薄湛的人,他心里没来由地窝了一团火,所以这算怎么回事儿?

被骂了,还心疼人家儿子?他刚才出头算什么?玩呢?

他哼笑了一声:"要是没他妈挡在前面,我看你们倒是挺合适的。"

叶飒抬起头望着他,突然笑了起来,脸上尽是狡黠,她说:"你吃醋了。"

这话是肯定句。

温牧寒下意识地冷笑一声,嘴角微抽:"我犯得着?"

"你就是,你是不是见不得我提到薄湛?"不知不觉,叶飒已经走到温牧寒的面前,男人身姿太过挺拔高挑,高到需要她微仰着头才能看见他的眼睛。

可是这么一仰着,她微张着的嘴仿佛在索吻般。这是一个适合接吻的距离。

房间里安静得有些过分,而外面却因为正是探视时间,来来往往有些嘈杂声。

两个人站得极近,彼此的脸近在咫尺,就连气息都微微交缠着,有种拉不开的黏稠,暧昧得叫人不敢轻举妄动。

叶飒本来只是想要靠近他而已,可是之前没存着的心思,这一瞬反而被勾了出来。

他的唇有点儿薄,都说薄唇的男人心硬。但她看着总觉得应该也很软,虽然她没尝过。

以前想都不敢想,别说这么盯着他的唇直勾勾地看,哪怕是他的脸,她也

145

总是偷瞄得多，偶尔被抓住，人家还没说话呢，她先一张小脸慢慢羞红。

以至于叶飒恶向胆边生，竟是直接踮起脚，对着他的嘴唇亲了上去。这个距离果然是很适合接吻。

温牧寒素来反应灵敏的一个人，居然愣生生被一个姑娘给突袭了，他瞬间瞪大眼睛，等想要推开她的时候，叶飒居然伸手抱住他的腰，身体紧紧地贴着他。

这一下温牧寒推也不是，扯也不是。

"你到底在拒绝我什么？"叶飒不懂地问道。

她打小就是美人坯子，长大之后，不用别人多说，她也知道自己长得有多好看。可是偏偏这个男人拒绝她的时候干脆利落，没有丝毫犹豫。就连叶飒都忍不住在想，他的心到底有多硬？

她的话果然叫温牧寒有了几秒钟迟疑。只是这迟疑的时间也实在是太过短暂，下一刻，温牧寒直接双手伸到自己的腰后，握住了她的手掌，毫不费力地把她的手掌扯开。

接着叶飒被他从怀里提溜出去，他双手握住她的肩膀，将她整个人往后转过去。

这一下她正好冲着病房另一侧的雪白墙壁站着。

"站在这儿，不许动。"温牧寒冷声说道。

他的声音从叶飒的背后传来，她还当真乖乖站好，望着墙上的标语，突然开口说："我这样算是打扰你休息吗？"

温牧寒顺势看了过去，就见一面墙壁上此刻正有一张红色标语，格外醒目。

切勿打扰病人休息。

病房里的窗子并没有关上，些许晚风透着窗子悄然飘进房间里，掀起她耳鬓边的一丝长发，温牧寒的视线落在她微微飘起的长发上，随后他脑袋微偏，径直往旁边走过去。

"废话。"

桌子上的水壶里面放着的是温水，温牧寒伸手给自己倒了一杯，然后一口气喝了下去。

还老老实实对着标语站着的叶飒听着身后的动静，猜到他大概在喝水。

口干舌燥？被她亲的？这个念头叫她忍不住轻笑了起来。

温牧寒一杯水喝完，心头的那团火也算是好不容易浇灭了些，于是他开口说："你早点儿回去休息。"

似是强忍了一会儿，他冷哼一声："还有不许再有下一次，不然对你不客气。"

这话是警告。

叶飒嘴角微扬，轻声问："什么下一次，下次亲你吗？"

温牧寒心里嘿了一下，他就奇了怪了，这姑娘怎么就这么理直气壮的呢？他也不是没瞧见过别人谈恋爱，郑鲁一之前处了个对象，想跟人家拉个小手，对方姑娘都是扭扭捏捏，矜持了好几个月。她怎么就能这么坦荡大方。

温牧寒思量了下，是不是他一贯把话说得太含蓄太柔和了，毕竟这姑娘到底是自己看着长大的，想到她上高中那会儿软乎乎的小模样，温牧寒还真舍不得对她发火。

可是现在吧，她的性格是真的不太一样了。

于是他觉得有些话是该说清楚，他把手里的水杯放下，手指在杯口轻轻摩挲了半圈，淡声开口："叶飒，我承认我确实是因为你小舅舅的关系拒绝你。我认识你的时候，你还是个小孩儿，哪怕你现在长大了，我也不可能把过去那段记忆抹掉。"

叶飒听得心头冒火，当即就要转身。

温牧寒似乎早已经预料到她的反应似的，立即呵声道："站好了，不许转过来。"

于是本来已经准备转身的人，这下又气呼呼地望着墙，似乎还生怕他不知道，重重地"哼"了一声。

温牧寒继续说："而且我的职业你也知道，军人，发财是不可能的，每年工资就那么点儿，估计连你一个包都买不起。第二就是我这个工作还有危险性，多危险我也不用跟你多说了，毕竟隋文的事情你是亲自经历过的。还没时间，有时候一个电话过来，不管我在哪儿，只要有任务，就得回去。"

"哪怕这些你都不在乎，我这人也一身的毛病，咱们七年没见了，或许你跟我在一起会发现，真正的我压根儿就不是你想象中的样子。"

时间会美化一个人的记忆，当初一丁点儿的小事情，经过时光一日又一日，一年又一年地打磨，好像也会成为精美的珠子。可是等你真的跟那个人在一起，或许会发现，那不过就是个你当初没认清楚的鱼眼珠。

温牧寒觉得他要是再年轻个几岁，或许有那个精力折腾。可是他这人较真，认定了就不会轻易撒手，万一人小姑娘发现货不对板，后悔了，他是真经不起这么折腾。

"你说完了？"叶飒盯着墙壁，听到他不说了，开口问道。

安静了半分钟之后，她直接转过头，看向站在另一头的男人："你说完了，那轮到我了吧？"

"温牧寒，你说了这么多，我就想问一句。不考虑所谓的我小舅舅是你朋友，不考虑什么这么多外在的条件，谁有钱、谁没钱。你喜欢我吗？"

温牧寒的手指还搭在杯子上，只是他捏着杯口的力道有些大。

叶飒继续说："你知道喜欢一个人是什么感觉吗？如果你不懂，我可以告诉你。就是哪怕他不在你的身边，你脑海中也会不自觉地想到这个人，想起他笑的时候散漫又不经意的模样。走在路上，偶尔看见一个跟他穿着一样衣服的人，会忍不住转头再去看一眼。"

她就做过这样的事情，路上遇见穿着海军制服的人，有种意外的惊喜，会忍不住转头看，脑海中不自觉地想到这个人……

温牧寒站在原地，眉心紧蹙着，仿佛叶飒说了什么他极不爱听的。

"你说的发财，我们家都这么有钱了，我还要你发财干吗？至于你说的没时间，一个电话就能被叫走，不好意思，我是医生，说不定我们以后约会的时候，被一个电话叫走的那个人是我。"

这下温牧寒转头看着她，微舔了下后槽牙，直直地盯着对面的姑娘。

叶飒也照例看回来，嘴角微扯了下，声线清冷："所以你说的这些理由，我一个都不同意。全部驳回。"

温牧寒："……"

叶飒说完，转头就走了，临走的时候，她还让温牧寒好好考虑一下她说的话。

人走了之后，温牧寒盯着门口看了半天。

还全部驳回？她当自己是领导呢。温牧寒又磨了磨牙尖，可是心里某处跟火燎过似的，热得发烫，从角落开始渐渐蔓延。在他不经意间已经烧到了连他都感觉到危险的程度。

不经意间大半个月就过去了。眼看着过了七月中旬，温牧寒身体已经恢复得差不多。他家"太后"也知道了他住院这事儿，好在有他爹帮着打掩护，只说是阑尾炎发作，要做微创手术。

展清回去特地问了自己当医生的朋友，阑尾炎术后要吃什么。

这几天，温牧寒汤汤水水的喝了一大堆，直到他是实在不耐烦，终于得到医生的首肯——这个星期五出院。

他也算是舒了一口气。最近叶飒来的频率不算太高，她好像是真的挺忙。

到了星期五，他收拾好东西，办理了手续，准备离开医院。只是临走时路过急诊室，看到里面还亮着灯，想了下，决定还是跟这丫头说一声。毕竟他住院，人家也算照顾过他，说一声是起码的礼貌。

他进去的时候，没看见叶飒，问了一个小护士，她才说叶医生正在抢救病人，请他先坐着等一会儿。

温牧寒想了下，拿出手机准备跟她发微信说一声。

结果小护士是真聪明，一下子猜到他的想法，小声说："那个病人抢救得挺久了，您就再等一会儿呗。"

这么一个大帅哥，好像跟之前急诊科传言的叶医生那位传说中的男朋友挺像。

果然没一会儿，叶飒出来了。

她看见温牧寒，立即跑过来："你来找我？"

"我出院了。"温牧寒看着叶飒说道。

叶飒低头看着他手里的东西，点了点头："那行，明天咱们一起吃饭，算是庆祝你出院。"

温牧寒登时挑眉，这姑娘是把他安排得明明白白啊。

他正要说话，突然门口传来一声喊："医生，医生，快来帮帮忙。"

叶飒一听这话，转头看了一眼，立即上去了。

是两个人带着另外一个全身穿着黑衣的人来看病，只是这个穿着黑衣的人看起来憔悴不堪，竟是连站也站不住。

"怎么回事儿？"叶飒对方立即问道。

男人苦着脸说道："我不知道呀，我就是个专车司机。"

而旁边的女人说："我朋友被人打了。"

叶飒点头，立即让他们把人往前扶着，躺在了护士及时推过来的病床上面。等叶飒弯腰将黑衣人头上的连帽摘下，看清她的脸，愣住了。

"你朋友被谁打了？"她望着同伴问道。

同伴有些犹豫，但还是说道："她给我打电话之后，我去了她家里，她就躺在客厅地上。"

叶飒点头，开始给女人检查身体。对方的伤势很严重，浑身上下几乎没一处好的地方，就连脸上都被打得鼻青脸肿，只能勉强看得清楚本来的面目。

等她开始检查之后没多久，女人睁开了眼睛。当她看清楚叶飒的脸时，充着血丝的眼睛竟是泛着泪，颤抖着嘴唇说："医生，救我，救救我。"

"好、好、好，医生肯定要救你的。"她朋友还以为她是因为伤势的原因，赶紧安抚她。

这时叶飒轻声问她："这次，你愿意报警吗？"

女人点头："我要报警，我要报警。"

叶飒转头看向身后的护士，低声说："报警吧。"

这时护士黄蔓看了对方一眼，也是认了出来，低声说："叶医生，这不就是上次跟她老公一起来医院的人？"

黄蔓忍不住劝说道："叶医生，上次你因为她被批评的事儿忘记了？"

倒不是黄蔓铁石心肠，只是她记得上次那个事情，叶医生也替她报警了。结果警察一来，她非说自己是被摔的，弄得叶医生下不来台。真是好心当成驴肝肺。

她们护士长还私底下教育她们，虽然帮人是好的，但是夫妻之间的这些事情，她们这些外人还真管不了。别看人家现在吵得厉害，可是床头吵架床尾和。等人家夫妻和睦了，她们这些劝架的就成了破坏别人家庭的元凶。

"报警。"叶飒冷静道。

黄蔓见劝不住，实在没办法只能过去。而叶飒则询问她："你叫什么名字？"

"刘夏。"女人虽然此时口齿有点儿不清，但还是准确说出了自己的名字。

说明她神志还算清楚。但是叶飒也没大意，还是让她去拍大脑CT，看看有没有脑震荡的情况。至于她全身这些伤势，她初步判断，最起码有骨折现象。

护士找了个轮椅过来，让她朋友带着她去拍片子。

等过了半小时，叶飒拿到片子正要查看，结果急诊室就闯进来几个人。

"刘夏，你在这儿呢，我快担心死了。"眼镜男人一进来，一脸担忧地看向刘夏。

他上来就推开刘夏的朋友，握住她轮椅的把手："我不是说过，这家医院是黑心医院，你怎么还跑到这儿了？走，我带你去别的地方。"

他推着刘夏要离开时，叶飒立即挡在前面，她望着对方："放手。"

"又是你这个臭医生，你信不信我揍你。"

叶飒丝毫不在意对方的威胁，脚踩在轮椅的轮子上，让男人推也推不动。于是眼镜男干脆松开把手，走过来，抬手就想打叶飒。估计这事儿他上次就想干了。

"你这个暴力狂，我要跟警察说，你一直在打我。我要去你们单位说，我要让你被开除，我要让你坐牢。"

突然轮椅上的刘夏像是再也忍受不住似的，疯狂喊道。

眼镜男没想到一直以来懦懦弱弱的妻子会对他说这样的话，他愣在原地，可是等他回过神，就像是发疯一样上去掐她的脖子。

"你居然还敢去我单位，你要让我没工作是吧？我跟你同归于尽。"

一时间，叶飒和护士都上前准备拉开这个疯子。

可是发狂的男人犹如一头蛮牛，竟是甩开她们的手，依旧牢牢掐住刘夏的脖子。

直到叶飒喊了一声："温牧寒。"

一个黑色身影冲了过来，谁也没看清楚时，只见他右手抓住对方的右腕，胸口上前，紧接着左手顶在对方的腋下，所有人只听"咔嚓"一声脆响。眼镜男的双手吃痛地从刘夏的脖子上松开。

在眼镜男还想反抗的时候，他右手反扣对方的右手，拇指压着手背，另外四指抓住对方的手心，左手顺势抓住他脖子直接往后压倒。转瞬间，他已经制住了对方。

眼镜男发出杀猪般的喊叫声："你是谁，你凭什么管我们家的事儿。"

温牧寒冷眼望着他："我是中国人民解放军海军。我有义务保护受到伤害的公民的人身安全。"

"你，你是解放军就能随便打人的？快来人啊，有人要把我弟弟打死了。"突然旁边站着的女人大喊大叫起来。

叶飒冷漠地望着对方。

一旁的小护士黄蔓气得不轻，怒道："刚才你弟弟掐着你弟媳妇的脖子时，怎么不见你出来阻止，这会儿他打人被制止，你还好意思喊。"

厚颜至此，黄蔓觉得哪怕她会被护士长教训，都想骂这家人。

周围早已经聚集了人群，在温牧寒将人按在地上的时候，就有很多人拿起手机拍摄起来，而当他冷声说出这句话时，人群里有个年轻姑娘，竟是用力鼓掌起来。

"解放军叔叔，我支持你。"

"你看那个女的脸被打成什么样子了，打老婆的人真不是东西。"

"这男人心可够狠的，他老婆都被打成这样了，还不放过。"

没一会儿，警察赶到，看见被死死按在地上的人，一时还有点儿愣。

"什么情况？"

小护士黄蔓早已经等着，这会儿张嘴吧啦吧啦解释："我们刚才接收了一位病人，是被她老公家暴的，然后她老公赶过来要带她走，病人不想走，他就要掐病人的脖子。被这位解放军叔叔制服了。"

警察一听温牧寒是解放军，登时看他的目光都不一样了。军警一家亲嘛。于是两个警察上前，一左一右将地上的眼镜男架起来，见他还想扭动身体，警告道："你给我老实点儿，要不然给你上铐子。"

为首的中年警察此时朝温牧寒看了一眼，温牧寒主动从自己身上拿出了证件。警察看了两眼，确认无误后，这才客气道："实在是麻烦您了。"

"举手之劳，应该的。"温牧寒微微点头。

随后他指着眼镜男，微抿着嘴，淡声道："这人是惯犯，不是第一次家暴，麻烦你们一定要严肃处理，还受害者一个公道。"

警察其实也烦这种家暴的男人，虽然他们一天到晚大多数时间都在处理鸡毛蒜皮的纠纷，可是你说两口子有什么话不能好好说，非得动手打人。

中年警察再朝轮椅上坐着的人看了一眼，都于心不忍起来。作孽啊。

"家暴是犯法行为，我们一定会严肃处理的。"

此时眼镜男慌了起来，竟是又耍起了他一贯的伎俩，喊道："老婆，你真要这样吗？有什么话我们不能回家好好说？"

眼镜男的姐姐瞧着弟弟被警察抓住，眼看着要被带走，也是抓着刘夏的轮椅，哭道："小夏，姐知道你是个好姑娘。你就再原谅他这一次好不好，你看在我爸妈的分儿上，就再原谅他一次。"

此时刘夏缓缓抬起头，她眼里噙着的泪珠，摇摇欲坠。直到一滴眼泪砸了下来，落在她嘴角边，她脸上几乎没有一处好的地方，嘴边也是伤口，当微咸的眼泪落在伤口时，好疼。

众人看着她落泪，神色一时各异。

黄蔓张嘴想说话，因为她记得上次刘夏被打，刘夏原谅了这个渣男。她怕这次还是同样的结局。

而叶飒则安静地望着她。

如果一个人走不出自己的藩篱自救，那么全世界没人可以救她。

终于轮椅上那个浑身带着累累伤痕的姑娘，缓缓抬起手，指着眼镜男："是他，就是他打我，一次又一次，一次又一次。"

她早已经不记得了，第一次被打时是什么时候。或许是因为太久，或许是因为记忆太过痛苦。第一次时，她也愤怒、反抗，甚至拿着行李准备离开，跟他离婚，可是他跪在自己面前，扇他自己的耳光，求她的原谅。她禁不住哀求，想着他工作体面，是名牌大学毕业的，肯定会改的，也肯定能改的。可是家暴跟学历没关系，跟工作没关系。她一次又一次地被打，甚至搞不清楚自己究竟说出了哪句话，做错了哪件事儿，有时候一言不合，一个耳光就会扇过来。

她开始害怕回家，恨不得可以在公司待一辈子才好。动物园里的小象从小就开始被训练，一次又一次地鞭打让它不敢逃跑，哪怕它长大了变成了足可以挣断绳索的大象，也失去了逃跑的心思。刘夏以为她也会像那个小象那样，直到那天在急诊室里，她遇到了帮她的医生。还有这位解放军。

临走时，她听到了他的那句话，他说，自己的女人，是用来疼的。人就是这样，在黑暗里待得太久之后，只要看见一点点光，就忍不住想要走过去，看见光那边的世界。明亮、美丽的新世界。

眼镜男被带走之后，他的家人也跟着走了，压根儿没人想着留下来照顾被打得遍体鳞伤的刘夏。

叶飒低头时，刘夏的目光正好也望向她，她的眼神是那么无助又凄楚。

哪怕是叶飒这样有些冷淡性格的人，也不由得生出一丝心疼。

她轻声说："别怕，一切都已经过去了。"

温牧寒站在一旁，他的心在这一瞬间变得十分柔软，仿佛轻轻一戳，就能被戳破，里面包裹着的各种情绪快要溢出来了。挺复杂的，因为温牧寒都没想到自己会被一个小姑娘打动。

因为她隐藏在冷漠之下的善良，还有柔软。

这句话明明那么普通，可是它像是按了一个开关似的，刘夏的眼泪再也忍不住，拼命地落下，哪怕流淌进她的伤口里，那样的刺痛。

或许，这就是命运的安排，在她以为自己注定要在这样绝望又无法挣脱的婚姻里沉沦时，有人告诉她，你可以选择别的路，你还有别的路可以走。

"别哭呀。"叶飒有些无奈，她低声说，"你脸上还有伤口，眼泪沾在伤口上会很疼的。"

可是刘夏就是止不住眼泪。

她哭着说："谢谢你们，还愿意救我。"

处理好刘夏的事情已经快八点了，叶飒换完衣服，一走出来，发现男人似乎已经离开了。她叹了一口气，可是一走到门口，就看见站在门外的另一个男人。

他回头看了一眼，似乎是想看她什么时候出来。

结果一回头，就瞧见叶飒拎着包站在大门口。

"想吃什么？"叶飒从门口，一步一步走过来时，温牧寒问道。

叶飒挑眉，轻笑道："要不你决定？"

温牧寒点头，没一会儿两个人上了叶飒的车。温牧寒是坐急救车进医院的，今天不仅他爸的秘书说要来接他，郑鲁一也说要来。

他挺不喜欢这阵仗的，自己又不是残废了，还一个个要来接。

叶飒开车。她的长相是那种清丽至极的好看，又因为平时话少不太爱笑，显得气质特别清冷，有点儿不接地气，有种端在半空中的那种高贵冷艳感。再配上她开着的这辆大G，过于方正冷硬的汽车线条，跟她简直不要太搭配。以至于她开车的时候，温牧寒都忍不住朝她看了一眼。

遇到路口一个红灯停下来时，叶飒转头不客气地问道："你总偷看我干吗？"

偷看？

温牧寒双手环胸，一脸骄矜微抬下巴，一副"老子需要偷看你？我光明正大地看"的懒散模样。

可是叶飒就是被他这股劲儿拿捏得死死的，简直欲罢不能。

这红灯时间挺短的，车子重新启动之后，温牧寒问道："怎么喜欢开这车？"

"你不觉得跟我挺搭的？"叶飒轻笑。

温牧寒虽然心里也同意她这句话，但是他知道，只要他点头，旁边这人只怕能得意上天，于是他干脆转头看向车外。

这人哪，心里一旦有了旖念之后，身体反应是自然的。挡都挡不住。

叶飒没想到他带自己去的地方，是一个旧街上的小巷子，别说，还真挺深的。她的大G压根儿开不进去。因为巷子里面停着不少车，她怕自己开进去容易，想出来难上天。

结果等她走近时，发现这家餐厅还不是她想象中那种形容惨淡的老旧小饭店，是那种开在老宅子里面的私房菜馆。

上书：百花深处21号。挺有格调的。

叶飒本以为温牧寒这样性格的人，大概会带自己去吃那种五块钱一两的生煎还有现磨豆浆，毕竟这比较符合他直男的形象。

她小声问："这种地方应该要提前预约吧？"

问完，她转头望着温牧寒，微微有些吃惊，难道他早就想跟自己吃饭了。

温牧寒显然从她眼底瞧出了她的妄想，毫不犹豫地开口说："这是我战友家开的饭馆，想什么呢。"

叶飒："……"扫兴的男人。

说话间，有个穿着白色褂子的男人走了出来，笑着说："稀客啊，我之前怎么给你打电话，你都不来，今天怎么……"男人的视线落在叶飒身上的时候，明显是吃惊的。

他忍不住问道："朋友？"

因为俩人站着的距离并不算很近，对方一时也猜测不到，这到底是女朋友还是正在往这方面发展的朋友。

直到叶飒抢先开口："朋友。"

倒不是她想跟温牧寒扯开关系，只是她实在怕这男人再介绍她是什么朋友的外甥女，平白给她降了辈分。

白色褂子男人性格挺疏朗的，当即点头道："你好，我叫杨森，是牧寒以前的战友。"

随后杨森领着他们进去，进去之后才发现里面的地方不算小。大厅是纯装饰用的，没有一张餐桌，全都是包间。

叶飒进了包间里面才发现，这包间装修是那种很明亮的古风，头顶上的吊灯都是那种精致的白玉兰样式。

"这是你自己开的店？"叶飒看了一圈，挺感兴趣地问道。

杨森笑了："沾了祖上的光，我们家以前是做御膳的，我爷爷以前也给领导做过菜，后来不做了，我回来就把我们杨家菜的招牌又重新挂上了。"

叶飒这才点头，原来还有这样的渊源，她笑道："是我孤陋寡闻了。"

她之前一直在学校读书，当了实习医生也没什么需要应酬的，因此对南江这些餐厅知道得都不太多。顶多是谢时彦偶尔会带她出去吃饭，去的地方也挺固定的。她这人哪，挺恋旧的。

杨森看着温牧寒，小声问道："我听说你前阵子受伤了？"

"又是谁说的？"温牧寒后背倚在椅背上，显得挺松散，没了平时站坐成姿的模样。

杨森就知道他肯定要这么说:"你吧,就是太俑了,受伤了被咱们知道又怎么样,你说了,我还能给你送几顿汤补补呢。"

"得了吧,我这几天补得够多了。"温牧寒听到汤这个字,就已经开始有反应了。

他妈给他炖的那些汤,叶飒生怕他不喝,都是站在病床旁边看着他喝下去的。

杨森又跟他聊了聊其他事情,都是一些关于老战友的消息,什么谁家生了二胎,谁最近混得风生水起,当然也有混得不太好的。

温牧寒安静地坐在那儿听着,偶尔插一两句话。至于叶飒更是全程安静地听着他们聊天,觉得特稀罕。

都说这辈子最忘不掉的除了高中同学的友谊之外,就是在同一个军营待过的战友。因为他们有着同一个信仰,肩上扛过同一块徽章,对着同一面旗帜发出过最忠诚、最虔诚的誓言宣告。他们之间的情谊,足可以跨越山海,也能跨过伟大的时间。哪怕是过了许多年,再提起当年军营里的那些事儿,还是有说不完的话,以及涌上心头的热血。

这是第一次,叶飒踏足他真正的世界。不是十五岁那个小姑娘找一个蹩脚的理由,非要去参观军营想要强行往他的世界看一眼那么简单。

这一次,是他把自己的世界打开一道缝。让她得以窥见这里面的风光。虽然现在还只是一条小小的缝隙,可是已经足够了。因为这次他仿佛在跟她说,欢迎来到我的世界。

叶飒带着这样的好心情回家之后,洗完澡吹了头发,上床没多久就睡了。因为第二天她休假,所以她睡觉之前把手机设置静音。以至于第二天早上,她起床是被一阵敲门声吵醒的。

叶飒过去开门,司唯站在门口,一脸惊讶地望着她:"你怎么不接电话?"

"手机静音了。"她揉了下额头,也不知是不是睡得太久,一醒来脑袋就有点儿疼。

司唯见她一副刚醒的样子,深吸了一口气,说道:"我说一件事儿,你先别激动。"

叶飒被她这句话勾得原地站定,然后她慢慢转回头:"行,你说。"

司唯见她这样,反而有些犹豫,说话间也不够利索:"就……就是,你上热搜了……"

叶飒面无表情地盯着她。

司唯终于一口气说完:"还有你们家温营长。"

叶飒其实没看手机之前,已经猜到不会是什么好事儿。果然,她是被骂上热搜的。

"第九医院医生打人"

"叶飒"

"海军军官"

"第九医院"

此刻牢牢占据着热搜第一的就是"叶飒"这个名字,而"第九医院医生打人"和"海军军官"都在热搜前十,几乎是以一己之力占据了整个热搜的热度。

特别是叶飒名字后面跟着的紫红色的"爆"字。

她的手指在屏幕上轻轻滑了下,想要点进海军军官这个热搜里面,可是半天,她都没敢点进去。

如果只是她自己,说什么她都可以不在乎也不会在意。本来她就是那种对别人的喜厌不在意的性格。被骂也好,被夸也好,她不在意。

过了一会儿,她还是点进去看了起来。

原来从早上开始,一个流量极大的新闻账号发布这条新闻,是有病患家属反映自己的亲人在某三甲医院就诊时,不仅遭到医生的野蛮对待,更是被医生指使的人打了。还有一小段很短的视频,就几秒钟,是一个穿着黑衣的男人上手直接将一个戴着眼镜的男人打翻在地上的画面。

现在医生这么嚣张的?病人家属就这么打了?

说真的,我现在都不敢去医院了,每次过去,话没说几句,立马就让去拍片子什么的,一张脸臭跟我们欠了他钱似的。

医生也就算了,打人的还有海军军官?怎么有点儿假。

估计是这个医生的男朋友吧,两边吵起来之后,他维护自己女朋友呢。我是这么合理怀疑的。

不得不说,这个小哥好身手啊。看起来身材高高瘦瘦,好帅的样子。

军人打人就合理了？军人好的形象都被这种人败坏了。

在海军军官这个热搜里面，倒是大家评论还算平和，因为大部分都不太相信军人会无缘无故地打人。只是叶飒显然被骂惨了。

我朋友在这个医院当护士，她说这个女医生在她们医院特别出名，是急诊科的，家里巨有钱，上班都开大G的那种。

有钱就能随便一言不合打人了？她不会是走后门进的医院吧。

医患关系就是被这种人搞坏的，医术水平不怎么样，炫富倒是挺厉害的。

评论里仇富嘴脸也太丑陋了，有钱谁不想开大G，这也碍着你们了。

现在的网友实在是太过厉害，不过一个早上的工夫，就已经把叶飒的照片都发在了网上，那是她在医院入职时拍摄的照片。

穿着白大褂的姑娘，目视着前方的镜头，长发束起，整个人显得很清冷。只是她过分好看的长相，也一下成了网友议论的对象。

或许是这件事儿牵扯到医患矛盾，而且还有大家一向很尊敬的军人参与，所以热度一下都上去了。好在温牧寒到现在名字还没被曝光出来，那个视频动图也很模糊。

叶飒看到这些新闻之后，伸手捂了下脸。

司唯实在不清楚昨天发生了什么事情，她早上起床之后看到这个，赶紧给叶飒电话，结果电话一直没打通。她担心不已，直接来叶飒家里。

叶飒开口说："我先打个电话。"

她是准备给谢时彦打电话，毕竟他的公司有专门的公关团队，可以联系到相关的媒体以及撤销这种负面的新闻。只是电话打了一遍，没接通。她手掌挡在嘴边，又拨了一遍电话，还是没人接。

"要不我给阮冬至打电话试试，问她看看这个情况怎么处理？刚才她还在群里问呢，要不是她今天实在没办法请假，也过来了。"司唯见她这样，赶紧安慰道。

叶飒点头："谢谢。"

"咱们之间说什么'谢谢'啊。"司唯走到一旁开始给阮冬至打电话。

社交媒体太过发达的影响之一就是，哪怕只是一个普通人，都会成为一个社会新闻的主角，并且被带上媒体头条，被形形色色的人指手画脚。

或许他们压根儿不知道事情的真相，但是并不妨碍他们在电脑或者手机的另一端指点江山。这个掐头去尾的新闻，完全把所有错误都怪在了叶飒身上。那个几秒钟的打人视频，显然是把眼镜男掐着刘夏脖子的那一段剪辑掉了，要不然怎么可能刚好拍摄到打人的那几秒钟。

叶飒虽然没经历过这种事情，可是医院给他们做过培训，国内的医患矛盾大部分都是由病人家属联合媒体炒作起来的。似乎只要先找到媒体，哪怕是黑色的也能被描述成白色的。

此时叶飒微信里已经有不少人给她发信息，整个聊天界面后面全都是带着红色小加号，有司唯、阮冬至还有医院里一起实习的几个同事，大家都想问问她的情况。

<u>但这些人里没有温牧寒。</u>

叶飒点开他的微信，聊天界面上还停留在上一次。她不敢问他，也没觉得没脸问他，昨晚是她喊了温牧寒的名字，他才会冲过来，阻止那个家暴男，是她把他拉进这个是非里面，是她连累了他。她死死捏着手机，心里有种说不出的感觉。

温牧寒进入军营已有十年，这十年来他是受人尊敬的军人，他十年来的自律和奉献成就了他的荣光。

可是她却让他背负上骂名。对，真相大白的时候，或许会有很多人跟他说"对不起"，跟他道歉。可是她就是不能忍受是自己让他承受了不必要的谩骂，哪怕是一个字，她都不想听到。他这么磊落又光明的人生，不应该因为她而被人误会。她突然觉得好内疚。

直到手机在掌心突然响了起来，她以为是谢时彦打回来的，赶紧低头准备接通。可眼睛刚落在屏幕上，就看见上面清楚的三个字。

温牧寒。

是他打来的，叶飒突然觉得手机变得滚烫，手掌险些抓不住手机，要掉在地毯上。

手机响了好几声之后，叶飒终于点开。

电话那头并没有立即说话，两边同时安静着，叶飒轻吸了吸鼻子，终于那边开口问道:"不会是哭了吧?"

叶飒听到他一如既往低沉冷静的声音,仿佛找到了什么宣泄口,强忍着眼底的酸涩,开口说:"对不起。"

"对不起什么?"温牧寒倚在墙壁上轻声问道。

叶飒说:"是我连累你了,如果我昨晚没喊你的话,你今天也不会跟我一起挨骂。"

"你以为你不喊我的名字,我就不会管这件事儿?"温牧寒不知道这姑娘脑子里想什么呢,那种情况之下,别说他是个军人,就算他只是个普通人,他也会毫不犹豫地冲上去。

"叶飒。"突然他轻声喊她的名字,他说,"还记得我上次在医院跟你说的话吧?别失望,这世上总是善良的人更多。哪怕是谩骂,也最终会归于沉默。我们只要朝着我们认定对的方向走就好。"

叶飒像是被他安慰道,沉默了许久。

终于她又问:"你呢,这件事儿对你会有影响吗?你放心,我已经找我小舅舅让他的公关团队处理,这件事儿不是他们一方说了算的。"

温牧寒笑道:"我能有什么事儿?小丫头就知道瞎操心。"

挂了电话之后,温牧寒回头看了一眼身后的团部办公室。今天早上,他回来上班,结果早上十点的时候被一个电话叫了进来。

刚进门,团长的帽子差点儿扔在他脸上。团长指着他鼻子说:"你说说,那个什么热搜上面是怎么回事儿?"

"什么热搜?"温牧寒自个儿也挺蒙的。

直到旁边的政委把手机拿了过来,政委无奈道:"我也没玩过这些东西,还是打电话问我女儿,她给我发来的。这是你吧。"

温牧寒这才知道居然这个新闻闹得这么大,医生和军人一块儿打人。听听,这新闻够轰动,够吸引人吧。

眼看着团长石向荣已经开始准备骂人,政委吕闵赶紧说道:"老石,你先别生气,让牧寒把事情说一下。他是什么性格的人,你难道还不了解,他会是无缘无故打人的人吗?"

"哪怕是有缘故,他也不能动手打人,那是什么,那是老百姓。"

毕竟温牧寒身份挺敏感，哪怕对方真的干了什么，维护治安那是警察的职责。说句不好听的，温牧寒这就是在插手地方的事情。

"如果是家暴的老百姓，打人的老百姓，您的意思是我也应该束手旁观，什么都不管吗？"温牧寒站得笔直，一字一句问道。

吕闵叹了一口气，他就知道这里面肯定有缘故。只是这会儿温牧寒这么顶撞团长，团长还能有好脸色给他？

就在他以为石向荣要破口大骂的时候，石向荣反而看向温牧寒，淡声道："你说说，怎么回事儿？"

"报告团长。"他极正式地喊了一声之后，就把事情的原委讲了一遍。他说话简洁，三两句就把事情说清楚了。

他说完，办公室里的另外两位沉默了。还是吕闵朝石向荣看了一眼，小声说道："这事儿牧寒没做错，该管！"

只听石向荣"哼"了一声，他倒是没继续骂温牧寒，因为这事儿确实是吕闵说的那样，应该管，也必须要管。

他们当兵不就是为了保家卫国，保护这个国家的人民。总不能平时口号喊得响亮，回头真遇到事情了，反而因为顾虑这个、顾忌那个，就当缩头乌龟。他石向荣第一个不同意。

于是石向荣看了他一眼："行了，走吧、走吧。"

他挥挥手，似乎生怕温牧寒赖上他。

温牧寒把帽子一戴好，敬了个笔直又漂亮的军礼，只是走到门口的时候，他说："团长，我给您发的'海岸线计划'麻烦您尽快看，看完有什么问题您可以随时找我聊。"

"知道了。你还给我提意见了，要不这个团长给你来当？"石向荣作势要站起来。

温牧寒走后，吕闵说："这事儿是旅部那边亲自过问的吗？"

"可不就是？他们自个儿也不调查清楚就来问我，说真的，要我在场，估计比他下手还重。"石向荣不满道。

吕闵笑了起来："那刚才人在这儿的时候，你怎么还横挑鼻子竖挑眼的。"

石向荣说："我这不是怕这小子太得意了。"

温牧寒倒也没把这个放在心上,只是他出来之后,下载了一个微博,才发现情况比他想得还严重。他自己还好,大部分都在骂叶飒。

于是他赶紧给辛奇打了电话,这小子好歹也是混商业圈的,怎么处理这事儿,他都懂。果然辛奇一听,立马怒了,让他别担心,这事儿交给他处理。等找到解决办法之后,温牧寒看了看手机,觉得还是应该给叶飒打个电话。

别看这丫头平时天不怕地不怕,什么都不在乎的模样,可是一下子被成千上万的人这么骂,估计心里也好受不了。结果他没想到,叶飒居然还自责自己连累了他。

他听完有点儿想笑。这姑娘的意思他其实一下就懂了。她想护着他呢。真是可笑,他这么一个大男人,要谁护着啊。

没过多久,司唯看着手机"咦"了一声,随后说道:"天哪,热搜居然都撤了,是不是你小舅舅处理的?"

叶飒看了一眼,没想到第一条热搜已经换成了一对被拍到约会照片的明星。因为男明星的流量还挺大的,这会儿热度也上来了。前一秒还觉得天要塌下来的事情,居然被这么简单地解决。

"我就说这些媒体肯定不至于这么没脑子,我告诉你,咱们医院群里已经出现完整视频了,我正要发给你呢。"

"完整视频?"叶飒有些惊讶。

司唯点头:"是昨天来看病的一个女大学生发的,只不过她发在自己的微博上面,压根儿没什么人看。你先看看是不是真实的。"

没一会儿,司唯把视频传了过来。

叶飒一点开就知道这肯定是真实的视频,这是从眼镜男准备推着刘夏的轮椅离开时拍摄的,然后是叶飒踩住轮椅的轮子,不让他带走刘夏。之后就是他掐刘夏的脖子,叶飒叫了温牧寒的名字,直到温牧寒冲过来把人制服住。

叶飒松了一口气,只要有真实视频就好了。她保存下来,准备作为证据交给律师。

阮冬至刚才给她介绍了一个处理名誉侵权的律师,她已经加了微信。

谢时彦打电话过来的时候,叶飒刚把视频发给律师,一接通他就说:"飒飒,热搜我看见了,你放心,小舅舅知道你肯定不是那样的人,我这就找人撤了。"

叶飒无语道："有你这样的小舅舅吗？马上别人都要把我们祖上三代骂一遍，你才看见出事儿了，我要跟外公说，你就是这么照顾我的？"

这会儿她心情也算好了点儿，最起码都知道对谢时彦发火了。

谢时彦也知道理亏，赶紧说道："你放心，我已经找了国内最好的公关团队，你受的委屈，小舅舅都给你讨回来。"电话挂断之后，谢时彦立即让自己的助理赶紧去办。

助理知道这位大小姐的事情，那是重中之重，一丝都不敢懈怠。特别是谢时彦说的那句，要把叶飒的委屈都给弥补回来。

很快，那个女大学生发的微博，像是被精准锁定一样，迅速有营销号跟进。本来早上的热搜就撤得莫名其妙，大家都在猜测是不是这个医生家里找关系撤了热搜，结果下午这个视频一发，大家才知道真相居然是这样。

家暴男给我死！

难怪兵哥哥要制服他，说真的，这时候没揍这个家暴男，已经是我们解放军叔叔最后的温柔了吧。

你们注意到这个细节了吗？家暴男掐他老婆脖子的时候，是女医生喊了一个名字，然后解放军小哥才冲过来的。

对、对、对，我注意到了，我的天，这是什么绝美CP。

为什么甜甜的爱情都是别人的，本来看到家暴男掐他老婆脖子，我想说"不婚不育保平安"，可是看见医生一声喊，解放军小哥哥立即出现这一幕，我又觉得爱情我可以。

这个解放军小哥哥的身材也太好了吧，我好想看他穿军装的样子。

在这个视频被转发到三万以上的时候，另外一个视频也出现了，这次因为视频拍摄的人靠得很近，所以温牧寒说的那句话也被清楚地录了下来。

我是中国人民解放军海军。

我有义务保护受伤害的公民的人身安全。

这一次转发和评论简直到了疯狂的极点。

真的，我泪目了，光是听这句话就泪目了。有时候觉得家暴好绝望，最亲密的人动手打了自己，可是听到这句话，我又觉得这个世界还很美好。

呜呜呜呜呜呜，国家能给我发个兵哥哥吗？

"一身正气"四个字，真的被诠释得淋漓尽致。这就是中国军人！是我们国家的军人。

早上有人带节奏说海军军官打人的时候，我就一个字都不信，真的，我们国家的军人是我永远信任并且信仰的存在。

娱乐圈的那些什么国民情侣算什么，我觉得这一对才是最美国民情侣吧。一个是医生治病救人，一个是军人保家卫国。

最帅兵哥哥和最美医生，这对 CP 我先磕为敬。

我要是女医生，我现在就嫁给他，马上就去民政局。

这一次，再也没有怀疑他们所看见的。

而在办公室里看微博的谢时彦，一脸蒙地翻着微博评论，确实，叶飒所受的委屈现在都被洗白了。但是这是个什么情况？

他皱眉望着助理，指着评论说："最 M 国民情侣是个什么玩意儿？"

助理心里汗如雨滴般，可是他都不敢擦额头，只能小声解释："谢总，这就是网友的评论而已。"

谢时彦也知道这是网友评论，可是他越看越不爽。直到他看到这条：

我要是女医生，我现在就嫁给他，马上就去民政局。

放屁！

他猛地拍了下桌子，咬牙道："这帮人不知道胡说八道也是要负法律责任的？"

叶飒窝在沙发上面，旁边就是落地窗，正对着南江市的母亲河，全开阔无死角的江景若是平时的话，确实会让人心旷神怡。可是今天她实在没什么心情欣赏。她握着手机想上微博再看看，却又生怕还是有人会继续骂他们。

正在她犹豫的时候，手机疯狂地响了起来。

阮冬至：我的天哪，你们没看微博上，这条微博已经转发疯了，我们公司的小群居然也在转发。叶飒，你红了。

她甚至没忘发一个"苟富贵勿相忘.jpg"。

司唯问："什么微博啊？"

等她点开阮冬至分享的那条微博，当温牧寒那句"我是中国人民解放军海军"的话,从手机传出来的时候,司唯一把抓住自己的衣领,疯狂尖叫:"啊!我死了!这也太苏了吧,这是什么神仙男人。"

这会儿司唯的彩虹屁筒直跟不要钱一样,疯狂地往外倒。以至于叶飒听着都忍不住笑了起来。

她点开了视频,看到这条居然已经被转发超过了八万条,点赞甚至达到了五十万。她这个不太玩微博的人都知道这个热度应该很高。

再点开热搜,这句话已经迅速地冲进了热搜第一,居然还压倒了明星绯闻。

叶飒看到一条又一条的评论时,突然有种莫名的感觉,就是她一直死死藏着的宝盒,本来她只偷偷一个人看,她知道这个宝盒里藏着什么样的绝世珍宝。现在所有人都看到了,大家都知道了他的好。她甚至没办法对别人理直气壮地说一声,这是她的,谁都不许碰。

而事情到达顶点,是在晚上的时候,刘夏亲自发的一条长图微博。

大家好,我叫刘夏,也就是这次家暴事件中被家暴的妻子。

说出来你们或许不敢相信,这并不是叶医生第一次救我。早在六月底的时候,我被我的丈夫徐洋殴打到腹部剧痛,他怕把我打出意外,带我前往医院。那天晚上在急诊科的也是叶医生。

她一眼就看出我身上的伤痕并不是意外摔伤,而是被人打出来的。于是她想要报警救我,而徐洋害怕事情败露,拉着我离开医院。当时叶医生因为拦着我们离开,还被徐洋辱骂。而在警察到来的时候,因为徐洋的哀求,我告诉警察我是自己摔倒的。

那一刻,我看见了叶医生眼底的失望,其实我也对自己很失望,明明已经被打成这样了,为什么还要替这种人隐瞒呢,为什么还不反抗呢?可是当时的我如同行尸走肉般,我害怕告诉警察之后,徐洋会被抓起来,会丢了工作,到那个时候我还是想着维护我所谓的家庭。

或许是冥冥注定吧,那天晚上这位海军先生就在现场。在我离开的时候,他告诉我一句话,他说:"自己的女人,是用来疼的。"回去之后,我反复想着这句话,我身为妻子、身为女人,不仅没有得到丈夫的疼爱,反而因一言不合就会招致毒打。

今天我之所以把这一切公布出来，就是想要以我自己的例子告诉大家，不要对家暴有一丝的容忍，因为你的一步步退让，不会引来他的体谅，只会让他把拳头一次又一次地挥向你。而我也向这次被牵连到的叶飒医生以及那位不知名的海军先生道歉，我谢谢你们愿意在第二次的时候，依旧朝我伸出援手，毫不犹豫地帮助我这个懦弱的人。也正是因为你们，我才相信这个世界上善良的人更多。

我现在只希望他能受到法律的制裁，也希望有像我这样遭遇的人能够勇敢地保护自己，不要纵容家暴，不要再继续沉默！

这条微博简直把大众的愤怒引向了极点，一直以来家暴这个话题的讨论从未停止过。现在不仅有人被家暴，更有人因为阻止家暴而背负骂名。

在这条微博下面，全都是各种支持她的评论。甚至各大论坛里面也在讨论这件事儿，只不过偶尔也有画风偏离的。

我的天哪，本来以为海军小哥哥那句话已经说得够帅，没想到他居然还说过"自己的女人，是用来疼的"，真的，这男的怎么这么会。

这种直男说出来的情话都这么撩吗？

两次都遇到他，应该实锤他和医生小姐姐是一对情侣了吧。

我真的吃柠檬了。

只是从只言片语中，很多人都能勾勒出这个男人的模样，他正直、善良，一身军装，满身荣光，却又有着侠骨柔肠。这样的男人，哪怕不认识也会让人欣赏。

虽然不知道他的名字，可是所有人都知道，这样的人会成为他们的后盾。也是这样的人在保护这盛世太平。

晚上的时候，叶飒掐着时间给温牧寒打了电话，果然那边慢悠悠地接通了。

"回宿舍了？"她问。

温牧寒也觉得这姑娘挺神奇，他才刚回宿舍，她的电话就跟着打了过来，简直跟在他身上安了监控器一样。

他回道:"嗯,刚回。"

他的宿舍在一楼,楼上就是战士的房间,这么几百个大小伙儿在一块儿,说说笑笑,还有洗衣服什么的,是整个宿舍里难得热闹的时候。这样喧嚣的背景音显然传了另一边,叶飒听到,颇有兴趣地说:"你们宿舍那边还挺热闹啊。"

"还行吧。"温牧寒随口道。

谁知他说完,对面轻软的女声就那么钻进他的耳朵里:"那什么时候你领我去看看?"

或许是今晚的风格外温柔,她的声音仿佛是晚风送进来的,软软地贴着耳边绕了一圈,然后飘啊飘,进了他的心里。

好像他应该告诉她,做梦。可是这一刻,他突然有点儿说不出来。

之前他带她去杨森家里的餐厅,坐在那里跟杨森聊他们的世界,这个世界或许有些枯燥,也有些单调,但那是他为之奋斗并且还在坚持的理想世界。

他偷偷打开了他的世界,让她看了一眼。现在她说想来看看,他居然没第一时间拒绝。

过了许久,他声音冷淡道:"再说吧。"

不是直截了当的拒绝,而是一句敷衍的"再说吧",叶飒觉得她肯定是有病,可她就是觉得温牧寒变了。这个男人好像没那么抗拒她了。不是都说女撩男,隔层纱的,她怎么觉得她隔着的是铁砂啊。

一个难得的休假,却被突如其来的是非打乱,以至于叶飒上班之后,她觉得自己压根儿没休假。

早上她到医院之后,整个科室的人看她的眼光明显都不一样了。本来昨天刚发生热搜事情的时候,急诊科的人都觉得叶飒这次肯定完蛋了,她要被舆论撕碎了。医院本来就很忌讳参与到患者的家事里面,她还在同一个坑里面摔倒了两次。

平时他们看着都觉得叶飒挺冷漠的,结果都没想到这姑娘骨子里还是个女侠。虽然大家都觉得她做得没错,可是他们觉得没用啊,舆论也要觉得啊。况且第九医院也因为这件事儿上了热搜,之前院里开会三令五申一定要处理好医患关系,她们当时都觉得叶医生这次估计真的要被劝退处理了。

谁知很快热搜就被撤销了,而且下午真相视频曝光之后,整个事情彻底反转了过来。而昨晚很多营销号生怕吃瓜群众的瓜吃不明白,把这件事儿从头到尾梳理了一遍,并且图文并茂,生动异常,起的标题都格外精彩——今年最大反转之瓜。

至于其他什么"最帅海军小哥哥在线教你对家暴说'不'""最般配情侣CP""家暴只有零次和无数次,医生小姐姐教你如何说'不'",简直是只有想不到的,没有他们取不了的。

哪怕是第九医院的医务工作者们,也没少吃瓜。毕竟这瓜就在自己身边,吃着真的太香。

一整个上午,叶飒一直在忙着给病人看病,以至于压根儿没关心网上发生的事情,直到谢时彦给她打电话。

"飒飒,你现在立即去看我的微博。"谢时彦声音低沉,透着一股低调而不做作的感觉。

只可惜在外人气颇旺的谢总裁,在她这个外甥女面前毫无尊严可言。

叶飒手机夹在耳朵上,冷淡地说:"有什么事儿,你直接说。"

谢时彦:"……"

只是这次谢时彦跟她杠上了一样,坚持道:"你自己去看,就在我的微博上,小舅舅说了要给你讨回公道的,我可是说到做到的。"

原来还是为了这事儿,叶飒这才说:"等我有空的。"

谢时彦这次跟中邪了似的:"你们医生难道连上厕所的时间都没有,你现在就去上个厕所,然后看看我到底为你做了什么。"

叶飒简直是服了他。好在她手头的病人也确实处理好了,于是她找了个借口,走到外面。等她挂了电话,就上微博去搜谢时彦的微博。

谢时彦之前因为参加一档纪录片,是关于民营企业的兴衰史,本来主角应该是谢家老爷子,也就是叶飒的外公。谁知最后纪录片播出之后,大家并不太关心什么民营企业的发展史,反而对集团的这位过分年轻的太子爷有兴趣。

因为他也太好看了。就凭叶飒这个长相,也该知道谢时彦的长相绝对不会差到哪儿去。

所以他开通微博之后,吸粉简直是预料之中的事情。这几年他也算是颇有知名度的继承人,还有自己的太太团。

叶飒找他微博挺容易的,名字一搜就出来。因为她不玩微博,都不知道谢时彦居然有上千万粉丝了。而她点进去第一条就看见谢时彦在十分钟之前转发的一条微博,转发的是一个律师的微博。是一封律师函,内容很明确是针对昨天营销号发布的对叶飒不实内容的追责。

就昨日部分网络用户恶意诽谤以及侮辱叶飒小姐之事,南江易达律师事务所张潘律师正式接受叶飒小姐的委托,发布以下严正声明。

看到这句话时,叶飒微微挑眉,她怎么不知道自己有这个委托的。

1. 我方会收集所有不实新闻,就新闻内容对最先发布的媒体进行追责,新闻内容应该以事实真相为基础,显然当事媒体并未做到。也请相关媒体尽快删除一切不实新闻。

2. 关于以下ID持续发布对叶飒小姐的侮辱性内容,以及恶意咒骂和人身攻击,已对叶飒小姐造成了无可挽回的损失,我方要求发布过相关内容的ID立即在微博进行公开道歉,如若在限期内未道歉,将诉诸法律。

特别是律师函最后一句:

对于一切侵犯叶飒小姐的行为,我们都严惩不贷。

显然这是一封极正规的律师函,因为下面不仅有易达事务所的红章,还有律师的签名。其实这个律师函跟明星发布的那些大同小异,要是有点儿不同的话,大概就是态度过于强硬。因为整个律师函都透露着一股,你不道歉,我们就告死你,反正我们有的是时间和钱跟你耗。这实在是太过财大气粗。

只是当叶飒看清楚谢时彦转发的内容时,眼睛立即瞪大,心里简直生出了一股子要生吃了他的心思。因为谢时彦转发的时候,特别说道:"顺便声明,叶飒目前单身。她跟那位海军先生只是朋友关系。"

等叶飒点开底下评论时,发现他还回复了好几条。

网友问:为什么你要帮叶飒转发?你跟她是什么关系啊?

谢时彦:因为她是我外甥女,亲的。

这条评论又被回复了一千多条,显然吃瓜网友们陷入了疯狂中,因为实在没想到两人居然是这层关系。

很快又有一条被他回复了。

这个人问的是：你怎么能确定他们没谈恋爱啊？

谢时彦：没人比我更了解，因为一个是我朋友，一个是我外甥女，他们不可能谈恋爱的。

叶飒是在看到这条微博的时候，再也忍不住磨了磨牙。

……杀舅舅犯法吗？

第六章
海岸线

谢时彦给温牧寒打电话的时候,特地选了中午,他知道温牧寒在单位用手机不太方便。他坐在餐厅的椅子上,手指悠闲地在桌面上一下一下地敲打。

直到电话被接通之后,他笑了下:"牧寒。"

温牧寒那边好像是在吃饭,身后声音挺杂的,过了一会儿周围似乎安静了下来,谢时彦估摸着他应该是走到了安静的地方。

他开口说:"怎么样?"

"什么怎么样?"温牧寒忍不住去摸兜,也不知怎么回事儿,在看见手机上是谢时彦打过来的电话时,他心里居然还真的有点儿紧张。

谢时彦笑道:"你跟飒飒救人都闹上热搜了,你们单位领导能不知道?"

温牧寒咬着烟没点燃,默了几秒,说道:"还行吧,被说了几句。"

"这还能骂你?"谢时彦有些不满,随后笑着说道,"不过这次,你在网上可真是红了,以后出门小心点儿,没准就有人能把你认出来。"

毕竟温牧寒长相英俊,可不是什么路人脸,再配上那么一副修长高挑的身材,简直是行走的荷尔蒙。

温牧寒哼笑了一声。

谁知下一秒谢时彦突然说:"还有更好笑的呢,网友还把你跟叶飒误会成情侣了,不过你放心,我已经帮你们澄清了。说你们俩在一起,这不是开玩笑嘛。"

温牧寒听着这话,有点儿不耐烦地说:"我们怎么了?"

怎么在一起就是开玩笑。

谢时彦显然是没听懂他的弦外之音，直接说："你可是看着她长大的，怎么可能看上那么个小丫头。"

虽然谢时彦跟叶飒也只差了七岁，可是想想看，他上高中的时候，叶飒还是个小学生呢。所以在他眼里，叶飒就是个小孩子。况且温牧寒是他哥们，论起来还算是叶飒的长辈呢，怎么可能看得上叶飒这个小丫头。

温牧寒不想跟他聊下去了，话不投机，多一个字都嫌烦。于是他直接挂了电话。

下午时候，营里面正在举行月度考核，一个个穿着海蓝色迷彩服的士兵，英姿勃勃，只用几秒便从三米高的木墙上面翻了过去。

温牧寒站在一旁，双手环胸，冷静地看着训练场上的动静。

直到旁边有个人从不远处一路跑过来，待跑到他身边的时候，喊道："温营。"站定时，敬了个笔直的军礼。

"什么事儿？"温牧寒认出了这人是团里的干事，转头看着他问道。

年轻干事说："团长给您打了好几个电话，您一直都没接，所以让我过来请您去一趟。"

温牧寒把兜里的手机拿出来看了一下，才发现确实是有好几个未接电话，他顺口说道："手机静音了，没接着。团长有说什么事儿吗？"

"没，团长就是急着找您。"年轻干事说道。

温牧寒点头，跟旁边的郑鲁一招呼了一声，转身去了团部办公室。

等他到办公室敲了两下门，里头传来一个声音："进来。"

温牧寒拧开把手，直接就推门进去了，里头的人正坐在办公桌后面看文件，他进来的时候都没抬头。

"报告，一营营长温牧寒报到。"温牧寒站在办公室对面敬礼道。

这会儿团长抬头看看温牧寒，又看向旁边的沙发："坐吧。"

"谢谢团长。"温牧寒微提了下裤子，径直在沙发上坐下了。

团长又低头翻了翻手上的报告，沉思了片刻后，低声问道："你对于上次隋文牺牲的事情，是不是还在耿耿于怀？"

其实这话问得有些多余，哪怕是团长自己，提到这个牺牲战士的名字，心里也还是有些不忍。

温牧寒抬头看向他说:"团长,自从那次救援事件发生之后,我一直在想,之所以我们的救援行动失败,是因为我们平时训练的时候并没有对海上救援这一块进行系统的训练,因为我们认为海军训练就应该以战斗为主。"

其实这不是他们的观念,而是全世界所有的海军都是这样。

"团长,我们海军跟陆军和空军不一样,我们需要走出国门,承担大国责任。在亚丁湾海域至今还有中国舰艇编队。"

"'我是中国海军护航编队,如需帮助,请在16频道呼叫我。'"温牧寒的眼睛直直地看向团长,掷地有声道,"这句话每天都在亚丁湾上空响起,这不仅仅是简单的一句话,这需要我们所有海军护航编队用行动去维护。万一我们以后再遇到这种海上救援任务,茫茫大海难道我们还要等待那些在陆地上的救援队吗?况且这次配合警方抓捕贩毒集团时,我们为什么会遇到那么大的阻力,也是因为遭遇了外籍雇佣军,这帮雇佣军武器精良、配合默契,一点儿都不比那些专业外军差,所以我们面对的是一次苦战。"

平时话并不多的温牧寒,在提到他的计划时,露出了侃侃而谈的一面。

"所以我的建议是,建立一支新型部队,既可以保家卫国,又可以救人。不仅可以紧急救助那些在大海上遭遇突发情况的船只,还可以应对各种突发情况。最重要的是,我们可以深入学习外军的作战方式,转过头来跟我们自己的部队作战,把自己当成整个海军陆战队的磨刀石。"

石向荣深吸了一口气,他看到这个"海岸线计划"的时候,心里就是这个想法。

他们海军陆战队本就是精锐部队,温牧寒这是想要优中选优,在精锐部队中再选择一些人组织集训,成为真正的特战队员。

石向荣哼笑了一声,他指了指报告说:"你这个海上救援训练倒是写了不少,看得出来,你小子做的功课不少。"

"我知道近海救援任务如今都是由交通局下辖的各个救援大队负责,但是我觉得我们也应该做好准备,万一遇到远海船只遇险,那救援就是我们的职责所在。况且遇到大型船难时,咱们海军不也是随时需要配合救援。所以我们需要时刻准备着,而不是到了紧要关头,再让毫无准备的战士上去救人。"

他这一番话,显然是得到了石向荣的认同。

紧接着石向荣问道:"对了,你说要把这支部队叫作'海岸线',怎么想到这么个名字?"

各国都有精锐的海军特种兵,M 国的海豹突击队可是全世界闻名,国内也有蛟龙特战队。所以石向荣挺好奇他为什么偏偏选定这个名字。

温牧寒开口说:"大海中陷入绝望的人最想看的是什么?是海岸线,所以我们会成为所有绝望者的希望,将他们带回安全的海岸线。而我们最终的目标就是,把自己变成茫茫大海上的一条移动海岸线,不惜一切代价保护人民的海岸线。"

"好!"石向荣被他说得也是热血沸腾,竟是大声赞道,"'海岸线',这个名字取得好。"

温牧寒见他这么高兴,立即问道:"所以您是同意了?"

石向荣:"……"

这小子还顺杆子往上爬,他立即正色道:"你这个想法很好,但是组织一个新型特战队,人员上、经费上都需要考虑,这方方面面的事情你得给我时间消化。"

温牧寒微微点头,表示理解他的意思。

随后他挑眉道:"一周?"这已经是他能退让的极限了,其实他恨不得三天之内就开始选拔人员进行训练。

石向荣眼睛一瞪,拔高声音说:"一周?你怎么不说明天?"

"要是您明天就能批准,我当然更高兴。"温牧寒脸上挂着笑意。

这会儿石向荣发现这小子又开始跟他嬉皮笑脸的,登时挥挥手:"你先回去等消息吧。"

几句话就想把温牧寒打发走,显然是不太可能。

温牧寒站起来,靠近桌子微弯腰,用一句接近耳语的话说道:"团长,您要是一周之内能给我消息,我就回去把我爸的酒拿两瓶过来孝敬您。"

"去、去、去。"石向荣幸亏没胡子,要不然真的要吹胡子瞪眼了。这小子是在贿赂他呢。他是那种人吗?

救人事件在网上的影响好几天才消散,叶飒这几天没少被人认出来,甚至还有记者专门跑到医院来采访她,都被她直接拒绝了。她是真不想出名。

至于医院这边倒是一直没动静,据说是因为对她的处理意见上面有分歧,要说处罚她吧,那肯定不行。毕竟她是为了救人,况且要是传到网上,对医院肯定有负面影响。可要是奖励她吧,医院领导又觉得这是在变相鼓励挑起医患矛盾,毕竟他们这里是医院,不是什么派出所、法院那些可以裁断是非的地方。医生最重要的还是治病救人。

倒是叶飒自己挺自在的,依旧照常上班、下班,什么都没改变。

要是说她有什么烦心事儿的话,那就是已经一周没见到温牧寒这个男人了,毕竟他长期在军营里,还真不是想见就能见到的。而且自从谢时彦上次那个微博之后,温牧寒连她的信息都不怎么回了。

本来她已经打开了他世界的一条缝,现在又好了,被她小舅舅的一脚又给踢回去了。可是她刚这么想完,下午就接到了温牧寒的电话。

"在忙吗?"温牧寒也不知道他们急诊室什么时候忙什么时候不忙,干脆随便选了个时间。谁知他说完,对面还是没回复。

直到他沉声又喊了一声:"叶飒。"

这一次终于传来了轻软的声音:"我在呢。"

叶飒低笑道:"我只是又重新看了一眼电话,看看是不是打错了。"

"那我挂了。"听到这句话,男人毫不犹豫地说道。

结果她也不出声阻止,只扬起嘴唇轻笑着,果然那边默了几秒后,又传来微带恼怒的声音:"这次找你真有事儿。"

温牧寒挺不想承认,他好像在对付这姑娘的事情上,越发没有立场。所谓原则,更是成了纸老虎。

他微沉着声:"晚上我来接你,电话里说不太清楚。"

他的声线是那种音域比较低沉的,但是声音暗含着力量,每一句话落在她耳边时,都带着特别的韵味,简直勾魂的那种。她觉得自己大概可以听着他的呼吸声入睡吧。

不过临挂断之前,她叮嘱道:"你到之前给我打电话,还有,别怪我没友好提醒你,你现在是我们急诊科的红人,不少小护士手机里还保存着你的视频呢。所以在停车场等我就好。"

她这几天受到的关注，犹如酷刑，切身感受过了就不想让他再受一遍。好在晚上下班的时候顺顺利利，没有突然来的急诊病人，也没需要加班的事情，她换了衣裳直接去了停车场。温牧寒的车挺好认的，黑色的，外形挺野的。之前她就坐过，这可不是第一次坐了。

她走到车边站在驾驶座外面，伸手敲了敲窗户，车窗缓缓降了下来，露出一张英俊的脸颊，他的五官真是那种少有的立体的，眼窝有点儿深，最显眼的还是从鼻骨开始就格外挺拔的高鼻。身上带着一股生人勿进的硬朗，却又没那么冷漠。

以前她一直觉得一身正气是一种夸张的说法，可是在温牧寒身上她还真感觉到了。哪怕他脸上带着不认真的嬉笑，但是骨子里那种正气也错不了。

"上车。"他轻甩了下头。

叶飒趴在车窗边缘上，微歪着头望着他："想我了？"

要不然这么迫不及待地给她打电话，还要跟她一块儿吃饭。

温牧寒瞧了她一眼，发现这姑娘还真是不教训不行，本来他正要轻嗤一声，让她别做梦。可是看着她亮晶晶的一双黑眸，突然他竟然生出了一丝心思。

当他的脸猛地靠近时，两个人脸颊之间的距离无限要接近零的时候，叶飒像是惊讶至极，习惯性地要往后退一步。

谁知温牧寒的手掌早已经做好准备，及时伸过来扣住她的后脑勺儿。温热的大掌牢牢地贴着她的后脑。叶飒动弹不得了。

她眼睁睁地看着温牧寒无限逼近，直到他的鼻尖快要触碰到自己的鼻尖，两个人的气息这次真的交织在一起，彼此分不开一般。

但叶飒的性格太疏朗坦荡，什么娇羞、羞涩这种少女情绪跟她几乎没什么关系。

这一瞬间，她心里最深处的情绪被打翻了，那种不断冒出来的应该被称为羞涩的情绪，一寸寸地感染着她，耳根一阵一阵发烫。

直到男人的薄唇轻张："就这么点儿胆，也敢撩我？"

叶飒头一次，或许也是她人生头一次，有种光是听到这个人开口说话的声音，都双腿微微发软的感觉。以至于她在心里生了那样的妄念，想要彻底拥有面前这个男人。

叶飒上车之后，明显是老实了很多。之前几次都是她开车送温牧寒，这次是他开车。叶飒老老实实坐在副驾驶座上，居然都没偷看他。以至于遇到红灯时，温牧寒都忍不住转头看了身边这姑娘一眼，难不成是自己把她给吓蒙了？只是想着她平时撩自己时，什么手段都上的模样，也不至于这么容易就被吓住吧？

温牧寒心里想着的是这姑娘指不定心里又攒着什么坏呢。他实在是没什么对付女人的经验，尤其又是叶飒这种手段百出的。

这次温牧寒带叶飒去的是一家正宗的帝都涮羊肉铺子，别说，人还特别多，只是他们一进去就被人带着进了大堂，以至于外面等座的人直勾勾地望着他们。

落座后，叶飒都好奇了，她问道："我怎么发现你到哪儿都不需要排队啊？"上次吃那个私房菜馆也是，后来她才知道那家餐厅是需要提前一周预约的地方，他也可以到店就吃饭。这次涮羊肉店更是，外面等座的人都等到一百多号了。

"这家店是辛奇开的，你要是喜欢，下次来直接报他名字就行。"温牧寒淡声道。

叶飒点头，她当然认识辛奇，因为他不仅是温牧寒的朋友还是谢时彦的朋友。只是当年温牧寒离开之后，叶飒就很少见辛奇和顾明朗。

睹物思人最是伤人。而且那会儿她也是被伤害得狠了，发狠不要见跟他有关的人，看见有关他的东西。谁知七年后他回来，当初发过的狠都变成了岁月里的废话，彻底烟消云散。到底还是喜欢着面前的这个人。哪怕过了七年啊，看见他的那个瞬间，还是那么心动。

她托着下巴问："当年你为什么突然走了？"

温牧寒离开南江的时候，正值叶飒高考的时候，而且恰巧是她高考完当天。因为考完最后一场的时候，谢时彦并没有来接她，来的是家里的司机。司机告诉她，小舅舅是去火车站送一个朋友，不能来接她。

那时叶飒也不知为何第一个念头就想到温牧寒。明明谢时彦有那么多朋友，可是当她听到他去送人时，她下意识就觉得那个人是温牧寒。当她打电话过去时，谢时彦过了许久才接通。

他有些歉意道:"飒飒,抱歉,小舅舅没能去接你。"

"你去火车站干吗?"叶飒说完就咬着嘴唇,等着他的回话。

谢时彦并未听出她声音里的颤抖和不对劲儿,只是如实说道:"你牧寒哥哥被调到别的地方去了,我来送送他。"

他要走了,他居然一句话都没和自己说,就要走了。这是叶飒当时的第一感觉,她忍着声音的哽意,轻声问:"小舅舅,什么时候的火车?"

谢时彦说了个时间,是一小时之后。

谁都不知道那年夏天,有个姑娘拼命地赶往这个城市的另一端,只为了去问一个男人,为什么他要走了,却一句话都不跟她说呢。他跟自己保证过,不管他去哪儿都会跟她说的。为什么他会忘记自己保证过的事情。

七年前,没能问出口的话,却在这个充满烟火气息的店里问了出来,周围热闹非凡,隔着一张桌子有个小孩子正趴在妈妈怀里大哭。

叶飒本以为这辈子她都很难问出口的话,却在这一瞬间脱口而出。

温牧寒直勾勾地望着她,轻声说:"不是突然走了,我是在接到调令一周后离开的。"

也就是说,他早知道自己要走,只是没告诉她。

突然叶飒觉得这顿饭好像难以下咽,她七年来一直都无法解开的心结,却是他轻描淡写的一句话。她可以接受他的拒绝,她并不觉得她的主动有什么问题。可是她无法接受他的轻描淡写,仿佛过去的七年只是一个并不重要的弹指一挥间。因为他从来不知道,有个女孩儿有多渴望长大,多渴望能再见到他。从十六岁开始,渴望着一夜长大。

她冷静地从椅子上站起来,淡声:"抱歉,我突然有点儿不舒服。"

她并不想把这种负面情绪传递给温牧寒。

其实想想他有什么错,他只不过是不知道一个十六岁小女孩儿的暗恋罢了,不知道她曾经的笔记本上写满了他的名字。写满一页之后,就用铅笔拼命涂掉,生怕被人发现她偷偷藏着的小秘密。

她只是有点儿难过而已。

眼看着她转身离开,温牧寒立即起身追了上去。两人相继下楼到了外面。

这家餐厅开在沿江的地方,一出门就能看见外面的江面,只是此时已近天黑，江面上除了偶尔驶过轮船的黑色轮廓，其他并不能看清楚。

"叶飒。"温牧寒伸手拉住她的手腕，他低头望着突然变了脸色的小姑娘。

此时冷风一吹，把叶飒饱胀的心迅速吹得冷却下来，就连她的思绪都回到了正常的水平线上。或许谈到往事时，总是能牵扯出她的情绪。

她迅速抬头表示："不关你的事情，是我自己的问题。抱歉。"

暗恋是一个人的事情，她不能因为他的不知情，就怪罪于他。

温牧寒望着她，低声说："那我现在说事情的话，你还能听吗？"

叶飒想了下，还是点了下头。之前他就说过，他有重要的事情要跟她说。

温牧寒握着她手腕的手掌并未松开，一阵又一阵的暖流从她的手腕处慢慢传递到她的心头，一颗心又似乎渐渐被泡在温泉里。

温牧寒说："这次你上热搜被骂的事情，并不单单是偶然，跟你医院里的同事有关系。"

"应嘉嘉？"

叶飒微微皱眉，下意识地说出这个名字，她虽然不喜欢处理人际关系，但是要说真正跟她交恶的也只有这一个人。就连徐雯，也是个聪明人，她只是有求于应嘉嘉，才跟她抱团。

温牧寒并没有立即点头，他低声说："这件事儿出来之后，我不方便出面，所以让辛奇帮我去查了。"

辛奇家里头经商多年，他三教九流的朋友都有，想要查点儿东西，自然容易。

在互联网上，但凡出现就必然会留下蛛丝马迹，况且对方觉得叶飒只是个普通人，并没有遮掩自己，简直是大张旗鼓。最先开始放出视频的那个营销号，还有跟他联动的那些营销号，只要有心想查就能查到它们属于哪个公司。至于论坛上的那些ID，多为水军账号，在各个论坛的IP地址有大量相似。可以确定是同一批人干的。

要是再猜不出来这件事儿是有人故意为之，那可真是脑子被驴踢了。通过那些营销账号，迅速锁定了一家叫澄空文化的公司。偏偏很巧的是，应嘉嘉就是这家文化公司的签约艺人。当初她之所以能上那个素人恋爱节目，也是因为这个公司的运作。

叶飒突然想起来她第二天上班时应嘉嘉对她说的话，不由得笑了起来："那可真够厉害的，她演技还挺好的。"

温牧寒眉心微蹙，声音微带着警告道："这不是什么好笑的事情。"

这种人既然能在背后捅她一回刀子，就能捅第二回。

"我知道。"叶飒低声说。

这么一会儿工夫，她心里突如其来的恼火竟然已经烟消云散，小声说："你一直在查这个事情？"

温牧寒低低地"嗯"了一声。

这一下反倒叫叶飒不好意思起来。她都快把这件事儿忘了，可是他却为了自己一直在追查，就是怕有人在背后陷害她。她还纠缠在七年前的旧梦当中，把气撒在了他的身上，叶飒极少这么矫情，今天的确有点儿过了。

她这人也不扭捏，低声说："对不起。"

"对不起什么？"温牧寒好笑地望着她。

叶飒直勾勾地望着他的眼睛，轻声说："我不该给你甩脸色，也不该因为自己的情绪跟你发脾气。"

温牧寒反倒被她说得一愣一愣的，只觉得这姑娘认错也太干脆利落。他一直都觉得女人吧，多少都有点儿蛮不讲理的，就是明明是她自己的错的时候，她不仅不会认错，还会通过胡搅蛮缠的手段来逼迫你认错。

军校的时候，宿舍里有个哥们跟女朋友打电话，刚开始还聊得好好的，结果没几句就开始认错。时间长了之后吧，男的也有点儿受不住女朋友的公主脾气，提了分手。结果对方直接学也不上，跑到他们军校，可是军校学员哪里是想见就见的？于是女方在校门口等了三小时。最后还是辅导员知道了这事儿，把人安排住下了。

至于俩人分手的理由就更搞笑了，是女方跟大学学长去吃饭，却骗男朋友说是学生会聚餐。当然被发现之后，还哭着说男生不相信她。

至此温牧寒对女生嘴硬的程度倒也有了新的理解。反倒是叶飒这样的，是少数。

他站在原地望着她的时候，嘴角微掀，就是想笑。这姑娘啊，真招人疼。

"走吧。"温牧寒转头看了一眼路边，这意思是既然饭不吃，就先送她回家吧。

谁知他刚说完，突然自己的衣袖被轻扯了下，待他低头看了一眼，叶飒的手指正勾着他的袖口，很轻地拽了拽。

她轻咬了下唇，低声说："如果我说我后悔了，现在还可以去吃饭吗？"

"牧寒哥哥，可以吗？"叶飒故意望着他，压着声音软软地喊道。

本来清透的声音，此时带着酥软，跟过了电似的，竟然从温牧寒的心口一路通往身体各处。这一声"哥哥"喊得可太甜了。都说招式不在于新，管用就行。

显然温牧寒骨子里的大男子主义，是真的吃软不吃硬，刚才小姑娘强硬着要走，他追上来倒也没强留她，只是把该说的话说了。毕竟他是为了正事儿来的，等说完了，你要走也行，我送。

温牧寒神情淡定，态度客气，端着一股子骄矜姿态，显然是不吃她这套。

结果这下她放软了身姿，温牧寒倒是拿不住刚才的态度，反而看着她问道："还吃这家？"

"好呀。"叶飒是没什么意见的。

于是俩人又回去了，正好他们桌子旁边站着的两个服务员，似乎是打不定主意这桌到底是收了还是不收啊。一转头瞧见俩人又回来了，服务员都惊了。

"不好意思，她发了点儿小脾气。"温牧寒唇边带着淡笑，一点儿都没客气地把叶飒给卖了。

可是叶飒却一点儿都没在意。因为温牧寒这话，在她听来就是十分亲昵，仿佛就在说"女朋友发点儿小脾气"。

她托着下巴笑得狡黠，温牧寒本来正低头点菜，一抬头瞧见她这么笑着看着自己，知道她肯定没安好心，当下轻哼道："有忌口的吗？"

"没有，吃什么都行。"随后她说，"除了香菜、蒜还有葱。"她一向不喜欢这些味道重的东西。

温牧寒抬起眼皮又看了她一眼，就这还叫没有忌口的，不过在服务员上特制调料的时候，还是一一把忌口的说了一遍。

"你以前为什么不交女朋友？"叶飒突然问道。其实她还挺好奇的。

温牧寒看了她一眼，嘴角微扬："太麻烦了。"

叶飒微挑眉正要问就因为这样?

"万一遇到一个又不吃香菜,又不吃葱,还不吃蒜的,每次吃饭都得记着,还不够麻烦的。"他朝叶飒睨了一眼,语气轻松。

叶飒:"……"

她立即说:"我又不是不好养活。"

"我最精心照顾过的就是你了。"温牧寒冷哼了一声,其实他说这话完全是想表达,她就是自己遇见过的最难养活的。结果一张嘴,反而把话描得更黑了。

这下叶飒笑得更得意。其实这话温牧寒还真不是瞎扯。

叶飒高中的时候,最讨厌的就是体育课,特别是每年都要检测的八百米,她次次不及格,跑到第二圈的时候整个人已经上气不接下气。每回她都是全班倒数。可是期末考试的时候,体育也是要列入档案的,特别是这种不及格的,都没办法参加评优。因为当时提倡学生全面发展,光是学习好也没用,德、智、体、美、劳这些都是要看的。就说体育吧,跑成冠军肯定是不可能的,但是及格总能做到吧。

就因为叶飒八百米不及格这事儿,班主任还特地给谢时彦打过电话。

谢时彦自己倒是经常健身,可是让他教叶飒跑步,肯定不行。他思来想去,最后这事儿又落到温牧寒身上了。毕竟在他看来,温牧寒他们训练起来,十公里负重越野什么的都不在话下。这八百米还不是手到擒来。

温牧寒自然是想也不想地就拒绝了,结果谢时彦卖惨啊,他说老师说了,要是八百米不及格,叶飒都不能参选市里的评优,对高考都有影响。

温牧寒嗤之以鼻,当他没参加过高考呢。

结果他还没说话呢,谢时彦就招呼道:"叶飒,明天你就去牧寒叔叔的兵营里特训一下,快过来谢谢他。"

平时叶飒叫温牧寒都是哥哥,谢时彦也没纠正,还挺喜欢她这么叫的。没事儿占点儿温牧寒的便宜。这不是有求于人嘛,所以他这人倒是挺自觉的,让叶飒叫牧寒叔叔。

结果他刚说完,拿过电话的小姑娘就软软地说:"哥哥,给你添麻烦了。"

小姑娘声音细细软软,还特别有礼貌,哪怕这时温牧寒已经问候了谢时彦全家，他还是咬着牙说道："不麻烦，你今天好好休息，明天训练一下肯定能及格的。"等他自个挂了电话，都觉得邪门了——怎么一听见小姑娘的声音，他就那么好说话了呢？

第二天，谢时彦把人送了过来，反正他们军营里也有操场，还是那种正规跑道。所以在这儿训练挺方便的。

叶飒倒是穿了一身齐全的装备，粉色上衣和白色运动裤，本来就粉嫩的小脸蛋儿，这会儿被衬托得越发清纯动人，活脱脱就是小说里写的那种校花。

温牧寒看了一眼就收回自己的视线，直接把人领到操场，因为是周末，所以这会儿没有士兵在这儿训练。

"你先跑两圈给我看看你的速度。"温牧寒看着叶飒说道。

结果他话刚说完，小姑娘的脸就垮了，虽然见到喜欢的人很开心，可是上来就让她跑八百米……她想回家了。

温牧寒见她不说话，也不动弹，叹了一口气，居然心软地说："我陪着你一起跑，行吧？"

叶飒看着面前的男人，他穿着一身蓝色迷彩服，腰间扎着皮带，整个人显得格外玉树临风，特别是被帽子有点儿挡住的黑眸落在她身上时，叶飒没出息地点头了。有他陪着一起跑，八百米好像也没那么难了。

于是温牧寒陪着她跑了起来，第一圈还好，到了第二圈，小姑娘明显气喘不上来，脚步更是打飘似的，速度更是越来越慢。温牧寒走着步子稍微迈大一点儿就能追上她的脚步了。

叶飒显然也觉得自己有点儿丢脸，要不是旁边是他，这会儿她估计真的要自暴自弃了。

等两圈跑完，温牧寒看着手里的计时器，半晌都没吱声。平时手底下的兵但凡有一点儿懈怠，他都能骂得狗血淋头，丝毫不客气，可是现在面对八百米跑了五分多钟的人，他张不开这个嘴。

还是叶飒自个吸了吸鼻尖，轻声说："哥哥，我很没用吧？"

小姑娘声音里明显已有哽意，显然是委屈大了。温牧寒有点儿震惊，这么点儿小事儿就要哭了？他这还没骂她呢。

其实叶飒平时也不至于这么玻璃心，可是在温牧寒面前不一样，她恨不得自己最好的一面都展现在他面前。她还想告诉他,自己其实就是跑步不太行,她学习成绩很好,基本年级前三。可这会儿光觉得丢人了,哪还想得了那么多?

在她眼看着眼圈渐渐红了的时候,温牧寒开口说:"也不是很差,毕竟你全程自己跑了下来,还没有放弃。我觉得只要训练一下,你肯定能及格。"

小姑娘似乎被他安慰到了,有点儿不好意思地垂下头,声音软软小小地说:"谢谢哥哥。"

听到这个称呼,温牧寒眉梢轻挑透着一丝似笑非笑:"你是不是想帮你舅舅占我便宜啊?"其实他本意是想让气氛轻松点儿,谁知他说完,小姑娘绷着一张小脸不说话了。

温牧寒怕她这回真哭,赶紧说:"其实哥哥跟你开玩笑的。"好吧,他就是哥哥行了吧。

那会儿温牧寒就觉得小姑娘可真难养啊,只是他还没意识到,这辈子他最精心地照顾过的也就是她了。

到了叶飒家楼下的时候,因为温牧寒的车子并不是小区里登记的车辆,因此也并未进去,只是停在外面。不过车子停下之后,温牧寒开口问道:"你那个同事的事情,先暂时不要惊动她。"

叶飒挑眉。

他解释道:"目前掌握的证据来说,这些人只是跟她是一个公司的而已,单单凭借这些她是不会承认的。我之所以现在跟你说,是为了提醒你提防这个人。"

叶飒突然笑了下,淡淡道:"你大概是没经历过勾心斗角的办公室氛围吧。"

就算温牧寒不提醒她,叶飒也不会跟应嘉嘉成为朋友。不过她倒是说对了,温牧寒从军校出来就进了军营,这个世界上如果还有纯粹的地方,那么就是装满了一腔热血的军营。在那里,大家有足够的信仰,肩膀上扛着的是祖国和人民。即便真有什么矛盾,大不了就是比试一场,再不济就是打一架,过去也就过去了。不会记在心上,也不会影响彼此的关系。

职场上的关系复杂多了，特别是关系到最终能否留在这个医院。即便面上还算和睦，心里也早把对方当成眼中钉。

应嘉嘉一向都在隐隐炫耀她在医院里面有关系，更是觉得最后能不能留在医院，是看谁的关系硬。她没把别人放在眼里，唯独对叶飒耿耿于怀，特别是叶飒打了色狼患者却能继续回来上班。她更是觉得这一定是叶飒家里在医院也有关系才会这样。

温牧寒见她神色还算如常，这才开口说："有时候也不用事事都忍耐。"

这什么意思？

叶飒本来正低头准备解开自己身上的安全带，这会儿转头看着他，突然扬唇，"咔嗒"一声轻响，安全带被解开的同时，她整个人往这边凑了过来。

她手肘搭着置物柜，望着他，问道："我以为你会跟我说，跟同事之间要以和为贵呢。"

"你受得了气？"温牧寒微偏头。

叶飒自然是不可能的，她要是真受得了气，当初也不会把那个色狼的脑袋都拍开花了。

"我要是哪天在医院干不下去了怎么办？"叶飒突然问道。

温牧寒微垂着眼睛望她，跟她说话吧，还真得深思熟虑，因为她成天尽挖坑留给他了。

"等你干不下去再说吧。"温牧寒这是已经下了逐客令了。于是叶飒下车了。

简直是太过分了，给个承诺会死啊。

其实他们两个的关系吧，也并非全无进展，要不然温牧寒不会为了她这么上心调查。如果真的单纯当她是朋友的外甥女，当初就该把这事儿直接推给谢时彦。毕竟谢时彦可是公开替叶飒发了律师函。他大可把自己择得干干净净，更不用说还巴巴地去医院接她下班，带她出来吃饭。

这男人嘴上硬着，可是做的事情又有哪一件是能撇开他们之间的关系的。明知道叶飒对他虎视眈眈，他倒好，不躲得远远的，还自己送上门。她要是信了他的鬼话，那还真是黄花菜都凉透了。

至于应嘉嘉的事情，叶飒倒是得真的认真考虑一下，身边有这么一个时刻准备在她落难时候上来扎她两刀的人，她就算是个泥菩萨，也有三分怒气吧。

况且她这人从来都是好恶分明,喜欢的就往死里喜欢,厌恶的就打心里厌恶。

星期五的时候,晚上是叶飒值班,今天正好排到她和应嘉嘉两个人。晚饭的时候,她突然接到了温牧寒的电话。

"又想约我了?"她轻笑着问道。

果然这话勾得对面的一声轻嗤,温牧寒没搭理这腔,只说:"事情调查得差不多了,当时黑你的营销号中有一个承认确实是收了钱做事儿。当初这件事儿就是应嘉嘉牵的头,只不过真正给钱的并不是她。具体给钱的是谁还在查,你再等几天。"

叶飒握着手机,听着男人轻描淡写的口吻,他说得轻松,可是这事儿办得可不轻松。毕竟现在炒作新闻,特别是故意黑人这事儿,都做成产业链了,也不是随随便便就能查出来的。别看他三言两语说清楚了,但是这里头下的功夫还真不少。毕竟要是连基本的保密工作都做不好,谁敢找这些营销号炒新闻带节奏的。要是这个明星为了抢资源,请人黑了另外一个明星,转头就被嚷嚷的全世界都知道,岂不是砸了自己的饭碗。

叶飒本来只有几分确定,这会儿因为温牧寒调查的结果,已经百分百确定了。

她轻笑道:"你都不知道你帮了我多大的忙。这次让我请你吃饭。"

挂了电话之后,很快就是正常值班时间。叶飒发现今天应嘉嘉似乎格外频繁地在看手机。就连有病人的时候,她也时不时把手机拿出来看几眼。

一直到九点,因为来了病人,值班的陈医生和叶飒都在全力抢救这位病人,因此来看病的小孩儿是应嘉嘉诊治的。她期间还跑来问陈医生这个孩子的状况,以及所需要开的处方药。

第九医院的规定是住院期间,实习医生可以在带教老师的指导下给病人开处方,这会儿陈医生处理得差不多,看了一眼孩子的化验单,立即说了处方。应嘉嘉赶紧点头记下。

叶飒站在旁边,一边盯着抢救病人,一边顺耳听了处方内容。

没一会儿,应嘉嘉离开,去开处方。

几分钟之后,因为之前病人的情况稳定,陈医生让叶飒去看另外一个病人的情况,于是她转身往另一边去,结果差点儿撞到一对抱着小孩儿的夫妻。那个爸爸手上拿着的单子就掉在了地上。

她弯腰将单子捡了起来，原本是随便扫了一眼，这一眼让她立即震在原地。因为这个处方单子上的药，大部分都是陈医生刚才说的那个治疗处方。而之所以说大部分，是因为最后一种药是不一样的。陈医生说的是氨溴索，而这个药方上的却是维库溴铵。

叶飒立即低头看了一眼单子上的医生名字，果然是应嘉嘉。

她立即后背冒出一层汗，捏着处方单站在原地，半晌都说不出话。还是小孩儿爸爸伸手准备从她手里拿回单子，还笑着说道："谢谢您了。"

叶飒把处方单拽得死死的，没有松手。

对方微微有些惊诧，直到叶飒轻声说："我看了一下这个处方，您的孩子还小，有一种药不太适合。"

这个爸爸登时有些微恼："那你们医生还给我们开？"

"我觉得小孩子的话，或许换一种更温和的药，对他身体更好。"叶飒轻声说道，她指了指旁边的椅子，"麻烦你们先等一下，我去跟给你们开药的医生聊一下。"

好在这对父母性格都是温和的那种，见她这么说，也没闹腾，抱着孩子坐在椅子上继续等待。

叶飒捏着处方单，转了一圈没找到应嘉嘉，直奔洗手间。当她推开门的时候，本来低头正在手机上打字的应嘉嘉抬头看过来，她还没反应过来，叶飒一把将她手里的手机夺了过来。

直到她看见微博上的问答，才知道原来应嘉嘉是受邀参加了一个跟粉丝互动的活动。这会儿她正在跟一个粉丝撒娇卖萌。

"你干吗呀？"应嘉嘉虽然被抓住值班开小差，有点儿心虚，但还是伸手，想要把自己的手机抢回来。

叶飒望着她，突然恼火至极，她说："你还有一点儿作为医生的职业道德吗？你还对医生这个职业有敬畏吗？说话！"

应嘉嘉没想到叶飒发这么大火，不就是在洗手间里玩了下手机，值得这么大惊小怪吗？

还给她上纲上线呢，什么人哪。

"叶飒,你别太狂妄啊,我可不欠你。"应嘉嘉翻了下白眼,伸手道,"快把我手机还给我,我要去上班了。"

见她还是这副不知死活的模样,叶飒突然冷笑了起来。

她将手里一直拽着、快要拽得变形的处方单扔在了应嘉嘉的脸上,声音冰冷地说:"上班?你还想再害几个人?"

"什么害人啊,你上班就是救人,我就是害人吗?"应嘉嘉不服气道。

她也丝毫没有要弯腰去捡地上那张纸的意思。虽然她很好奇叶飒到底朝她扔了什么东西。

叶飒望着她,这会儿还敢还嘴?她死死地盯着她,声音极怒说:"那你知不知道就在刚才,你给一个三岁小孩子的处方开错了一种药。开错药的后果有多严重不用我多说,你自己也了解吧。你知不知道,就是因为你的疏忽,有个人差点儿丢掉性命。"

说到这里时,叶飒从眼底到脸上都是愤怒。她甚至不敢想象,如果刚才陈医生没有让她去看另外一个病人,如果她没有被那个小孩子的爸爸撞一下,如果他手里拿着的处方单没有掉在地上,如果她没看见一种药出了错误,如果她的记忆力不是那么好,只听一次就把整个处方单上的药都记了下来……那么多如果,只要差了一环,那么这个孩子就会输入错误的药。

此时应嘉嘉也慌了,她立即弯腰把地上的处方单捡了起来,她一边看一边摇头:"不会的,我都是照着陈医生的吩咐开的药,不会的。"

可是当她看到最后一种药的时候,整个人突然颤抖了起来。随后她摇头:"我不是故意的,我真的不是故意的。"

"不是故意的?"叶飒没想到她事到临头,还敢这么一边给自己辩解一边推卸责任,她扬起手里的手机,"这么享受别人的追捧为什么还当医生呢?这么喜欢跟你的粉丝聊天,干吗还来医院呢?你知不知道,来这里的每个人都是把自己的性命交到了医生的手上,因为他们没有专业知识,他们需要我们帮他们看病,需要我们认真又负责地对待每一个病患。你怎么敢这么懈怠?"

这一次叶飒直接把手机扔在了应嘉嘉脸上,但是应嘉嘉也没敢躲开。扔完之后,叶飒冷静地看着她说:"明天你自己主动辞职吧。"

"你这是报复我,我……我不是故意的。"应嘉嘉喘着粗气说道。

叶飒自然不会放过在自己背后捅刀子的人,只是她没想过是用这种方式,因为哪怕她再讨厌应嘉嘉,她都不希望对方是工作上出问题。别的普通工作倒也罢了,她们是医生,一旦她们的工作出现错误,那么最后付出代价的是病人。

叶飒望着她:"我还需要报复你吗?"

应嘉嘉默不作声。

此时叶飒往前走了一步,应嘉嘉像是怕极了,忍不住往后退,只是她一退,正好撞到了身后的墙壁。

叶飒压低声音道:"你以为你的那些小算计我会不知道?你以为靠着那些低级的手段就能赢了我?"

应嘉嘉摇头,矢口否认:"我没有算计过你。"

"没算计?你应该知道家暴事件我在网上被人疯狂攻击的事情吧。"叶飒此时像是一只猫一样,并不着急抓住对面这个人,反而是悠闲地跟她一件一件地说清楚。

应嘉嘉恨不得立即从这个洗手间里逃走。只可惜刚才叶飒进来的时候,用拖把抵上了门。

"你在网上找人攻击我,不就是想把我从这家医院赶走。"

那次的家暴事件,是应嘉嘉在群里看见的。当时她就觉得或许能利用这个机会,将叶飒从医院里赶走,应嘉嘉本来以为这件事儿她做得神不知鬼不觉,如今被叶飒说出来,她怎么能不害怕。

她摇头说:"我没有,我没有。"她在心里安慰自己,她没证据的,叶飒什么证据都没有。

叶飒却冲着她笑了起来:"你以为我什么证据都没有,就敢跟你说这些吗?你说我要是把这些证据放在网上,你受到的攻击会比我上次少吗?"

应嘉嘉整个人一下子颤抖了起来,是无法控制的那种剧烈抖动。

玩网络的人才知道这个互联网的可怕,她相信,只要叶飒把这些证据放在网上,她一定会被撕碎的,她能想象到那是怎样铺天盖地的谩骂。

"别,我求你了,叶飒,我可以立即辞职,真的。我可以永远从你眼前消失,你放过我,好不好?"这一下应嘉嘉再也支撑不住,哀求道,连声音都在颤抖。

"我求求你,求你放过我。"

叶飒看着面前的人,却生不出一丝怜悯。这世上谁活得都不容易,凭什么有些人就可以因为自己的喜欢或者讨厌,肆无忌惮地攻击另外一个人。随心所欲的生活,可不是这个样子的。

叶飒冷漠地将手机从兜里掏了出来,在应嘉嘉迷茫的眼神中,她把录音按下了暂停。

她淡淡道:"本来我是没证据的,不过现在全都有了。"

应嘉嘉一下子明白了过来,指着叶飒的鼻子:"你骗我,你居然骗我。你这个……"

她扑上来似乎想要厮打叶飒,只是还没到跟前,就被叶飒一把抓住她的衣领。

本来她确实没证据,之前温牧寒让她不要打草惊蛇,可是她就是想赌一场,赌应嘉嘉没脑子,赌她被人一激就会承认所有的事情。果然,她赌对了。

叶飒双手拽着她的衣领,神色那样冰冷,直到她眼底的藐视达到了最顶点,她轻轻张嘴,开口说:"蠢货。"

就凭你也敢陷害我。

叶飒松开应嘉嘉的时候,应嘉嘉整个人瘫软在地上。

此时叶飒也不想多和她浪费时间,弯腰捡起又掉在地上的处方单,转身就离开。她可不是什么圣母,要帮应嘉嘉隐瞒这么大的工作失误。

当她把这张处方单给值班的陈医生看过之后,陈医生一下从椅子上弹跳了起来。

"病人呢?"

叶飒说道:"我已经安抚住了家长,他们还不知道其实是我们开错了药,我跟他们说的是需要换一种更温和的药。"

陈医生不住地点头,脸上带着后怕又欣慰道:"对,你做得对,不能让病人发现。这件事儿你没跟别人说过吧?"

叶飒摇头。

于是陈医生亲自给孩子又重新开处方,这才算是把事情处理妥当。

应嘉嘉从厕所里出来后,就被通知立即停止值班,回家等待消息。

叶飒望着她失魂落魄的背影,知道这一次是她彻底赢了,只是她并不希望是用这种方式赢。因为一个医生失去了她作为医生的责任感。

应嘉嘉的事情不可能瞒得了,光是陈医生就不会替她隐瞒。虽然叶飒安抚住了孩子的家长,但是这件事儿不可能简单地遮掩过去。

叶飒回家休息之后后,第二天下午就接到了科里肖副主任的电话。

他还挺客气地说:"叶飒,没打扰你休息吧?"

"没有打扰,请问您有什么事儿吗?"叶飒从床上坐了起来,声音清透地说道。

其实她也刚醒没多久,这还没下床呢,电话就打了过来。虽然她嘴上这么问着,但是叶飒知道肖副主任是为了什么打电话过来,看来陈医生已经将昨天值班时发生的事情告诉了科室里。

肖副主任说:"如果你待会儿没事儿的话,就先回科里一趟,有些情况我们需要跟你了解一下。"

"是关于应嘉嘉的事情吗?"叶飒直接问道。

肖副主任这人一向谨慎,说不好听点就是说话总是喜欢说一半藏一半,况且他觉得这事儿事态严重,在手机里一时半会儿说不清楚,才想让她来医院。谁知叶飒会这么直接问出口。

肖副主任说道:"这件事儿可不是咱们科室的事情了,现在院里要对这个问题进行调查,落实到责任人是要严惩的。"

叶飒伸手揉了下自己的眉心,本来她就有点儿起床气,这会儿耳边又听着有人在跟她叨叨这些大道理,更是烦得受不了了。但她还是忍住了。

她点头:"我会尽快去医院的。"

肖副主任这才笑道:"我也听陈医生说了,开错药这件事儿是你发现的,我们找你只是为了了解情况。"

叶飒"嗯"了一声,随后挂了电话。她进了洗手间洗漱之后,迅速找了一套干净的衣服换上,拿上钥匙就往外走,连饭都没来得及吃一口。

到了医院之后,她去了肖副主任的办公室,陈医生此时也在。

肖副主任看见她来了,立即说道:"是这样,待会儿院里会来人跟你们了解具体情况，你们只要把当时的事情如实说就可以。"

二十分钟后，叶飒被叫进会议室里。

显然医院对这次的开错药事件很重视，虽然这没有酿成重大的后果，却也属于医疗事故，要不是叶飒及时发现，后果真的是不堪设想。在医院里，没有侥幸这两个字。病人的安危，全系在医生的专业知识和负责任的态度上。

来问话的人对叶飒的态度倒是挺温和，把事件问清楚之后，就先请她回去了。

之后几天，应嘉嘉一直没再来上班。

而医院在经过研究之后，最后决定给予她开除的处分。当消息在医院内部网络上披露的时候，整个医院的人都挺震惊的。毕竟当初应嘉嘉来医院实习的时候，还引起了不少关注。本来大家以为她上了那个恋爱综艺，有了知名度之后，会选择当明星或者做网红。没想到她还是愿意继续实习，就因为这事儿，当时她在网上就又圈了一波粉。说她踏实不浮躁，不像其他女嘉宾那么没有自知之明，明明长相只是清秀而已，非要硬挤进娱乐圈。再看她呢，红了之后还继续去医院实习。

也不知应嘉嘉是不是被这个新立的人设给拦住了，倒是真的在医院里老老实实地实习了几个月。只是最近她又开始营业起来了。

这回开除得莫名其妙，大家都不太懂到底是发生了什么事情。毕竟这种医疗事故关系到医院的声誉，哪怕是叶飒都几次被告知，一定不可以透露给别人知道。

偏偏也不知是急诊科的谁传了闲话，说应嘉嘉在被开除的最后一晚在医院里值班，有人听到她和叶飒在洗手间里吵了起来，虽然洗手间的门锁上了，但是两个人吵得特别凶，能听到里头不小的动静。再联系到之前谢时彦在网上自爆叶飒是他的外甥女，好像事情的原委就清楚了。

谢时彦是谁，康丰集团的总经理，未来板上钉钉的继承人。而叶飒的家世也一下被披露了出来，特别是她母亲谢温迪，去年刚入围全球百大女性人物。她如今在康丰集团担任副董事长，还是集团的首席财务管，掌管着整个集团的财政大权。

而谢温迪的二婚丈夫是 S 国十大富豪之一，因此她一直被称之为人生赢家。这样的出身,又嫁给了这样富有的丈夫,况且她每次露面时,因为保养得过分美艳动人的脸时常会引起注意,更别说她还经常会被杂志评选为"最会穿衣服的女人"。这样的家世,自打谢时彦自爆之后,压根儿瞒不住,医院里但凡看八卦的人都知道。因此应嘉嘉这件事儿一出来,立即就有人说她跟叶飒的关系紧张,两人早就撕破脸了。这次应嘉嘉被开除,肯定是因为叶飒的关系。

本来只是捕风捉影的传言而已,结果一来二去倒是被传得格外有眉眼。仿佛医院就是因为叶飒讨厌应嘉嘉,这才把她开除了的。

以至于司唯把这个传言跟她说的时候,还特别兴奋地问道:"真是你把她赶走的?说真的,这'剧本'可太爽了。"

叶飒微掀眼皮睨了她一眼,淡淡道:"爽什么?这几天我们科室的人看我的眼神都不对劲儿了。"

连徐雯跟她说话的时候,都一副战战兢兢的模样。似乎生怕一句话不合,叶飒也会像赶走应嘉嘉那样,把她也赶走。毕竟当初应嘉嘉在医院的时候,可没少和徐雯一起抱团孤立叶飒。

司唯笑道:"那不是正好,让她们都小心点儿,别得罪了我们的飒飒。"

叶飒忍不住伸手扶了下额头,叹了一口气,说道:"你这样说,我觉得我拿的是恶毒女配的剧本。"

还一言不合就要开除人,那是不是她看谁不爽都能让她滚出医院。估计院长都没这么大的权力。真当医院是她家开的,虽然她家也确实能开得起医院。

"不过应嘉嘉到底为什么被开除啊?"司唯脑袋微低,刻意凑近地问道。

叶飒摇头。她说:"我知道,但是我不能告诉你。"

司唯:"……"

她用筷子使劲儿地戳了两下碗里的米饭,气恼道:"你还不如直接跟我说你不知道呢。"

叶飒抬头看她,这次她态度格外诚恳道:"哦,那我不知道。"

这朋友怕是做不成了吧。

因为应嘉嘉被开除,又没补充新的人手,急诊科值班的人少了一个,大家只能填补上她原来的位置。

也不知道是不是夏天的关系,急诊科这几天光是送来的因为吃太多小龙虾中毒的，就有五六个，而且还不是一波人。弄的急诊科的几位医生都忍不住抱怨，这小龙虾就算再好吃，你也不能一个人吃三四斤吧，简直是爱吃不要命。

南江的夏天一向闷热得厉害，哪怕是进入夜晚，外头也犹如被扣住的蒸锅般，又闷又热，没有一丝风。

"受台风'天鸽'外围云系和地面冷空气影响，预计在今晚至明晨，我市将有局部强降雨……"

白日里喧闹的急诊大厅，此时显得有些空空荡荡。电视里主播端庄又悦耳的声音不时带来些许回音。

每年到这个季节，南江台风多发，毕竟是临海城市，这是避免不了的事情。不管是谁这会儿都希望赶紧来一场大雨，驱散天气的闷热。直到一阵尖锐又响亮的急救车警笛声响起，划破刚刚沉下去的夜幕，将急诊科刚恢复的寂静再次撕裂。

叶飒原本倚靠着大楼外的墙壁，正准备把白大褂兜里的东西掏出来，她下意识地抬头看过去时，伴随着的是戛然而止的轮胎摩擦声。她立即将东西扔回口袋，抬脚跑向急救车。

从急诊大楼正门也冲出来一波人，推着急救床直奔而来，其中一个人看见叶飒，庆幸道："叶医生，我正要去找你。"

"什么情况？"叶飒没来得及回复护士长的话，直接问了急救车上的跟随医生。

可是不等对方开口，叶飒看着从急救车上下来的病人，就了解了对方的情况。因为一块玻璃就那么插在他的腹部，他身上浅灰色T恤已经被染成一片鲜红。场面格外狰狞。

叶飒跟着众人一起将病人抬到急救床上，立即往急救室推。

护士长在一旁喊道："快，伤患失血过多，已经导致休克，通知血库准备。"

叶飒冷静地看着面前的病人，丝毫没有因为现在的情况情急而出现一丝情绪波动。

伤患躺在病床上，脸色早因为过度失血而失去了原有的颜色。要不是还在微微起伏的胸口，根本看不出他的一点儿生机。

叶飒戴着医疗手套的手指沿着他的胸腹部一路缓缓下压。

突然,她猛地转头,本来略有些清冷的声音微微拔高:"伤患是张力性气胸,准备排气。"这种外伤引起气胸并不罕见,况且患者正好被玻璃刺伤了肺叶。

叶飒伸手让身边的护士拿东西过来,谁知小护士愣了下,她立即道:"这时候还发什么呆呢?"

小护士被她吓了一跳,赶紧转身去拿东西。

旁边另外一个护士说道:"叶医生,韩医生在处理另外一个病人,不能过来。"

韩医生是急诊室的值班医生。

这起车祸送了两个伤患过来,这个看起来伤势严重,可其实还不如另外一个严重。因此韩医生先着手处理另外一个。

叶飒淡然道:"告诉韩医生,我可以完成。"

护士把东西拿过来时,看了一眼叶飒,只见这位一向清冷的实习医生,此刻一如往昔般镇定自若。

当叶飒将针刺入伤患第二肋骨处,将气体排出时,患者的呼吸似乎一下顺畅了起来。虽然这种气胸穿刺并不复杂,可是这次来医院的实习医生里,只有叶飒能独立完成。这样的情况在急诊并不算特别。毕竟每天意外那么多,而急诊科只怕是这个世界上能看到最多意外伤势的地方。

这一夜算是没怎么合眼,就这么硬生生地熬了下来。下班之后,叶飒换了衣服,谁知走到半道的时候,又想起来自己有本书落在休息室的衣柜里,她折回去拿书。

可刚要推开休息室的门,却意外地听到自己的名字。

"我觉得叶医生也不是故意的吧,可能当时忙着抢救病人。"说话的是个小护士,叶飒倒是记得她的名字叫罗霞。

"什么不是故意的,我觉得她就是冲着我的,你说应医生多好的一个人哪,对我们护士也是客客气气的,从来没冲我发过火。她凭什么呀,真当医院是她开的,自己是个公主啊。既然家里那么有钱,自己开个医院岂不是更好,干吗非要在我们医院。"

这个说话的声音耳熟,叶飒略想了下便记起来了,这个护士叫杨琳。

她跟应嘉嘉的关系确实好。应嘉嘉在的时候,她也没少捧着应嘉嘉,算是那个小团伙里面的中坚力量之一。只是她这么说,叶飒倒是真没记得自己什么时候冲她发火了。

直到杨琳继续说:"她昨晚当着那么多人冲我喊,说我发呆,你都不知道之后护士长就找我聊了,说我工作的时候怎么注意力不集中。你还说她不是故意的,她就是在针对我。"

这会儿杨琳被害妄想症上身。

罗霞也不知道说什么好,只能说道:"当时那个病人情况真的挺急的,叶医生吧,虽然平时不怎么爱笑,话也少,不过她从来不为难我们护士的。你别太担心了。"

"我怎么能不担心,她都已经把应嘉嘉赶走了,我看哪,她下一个就是想把我赶走……"

只是下一秒,声音陡然暂停。杨琳从更衣柜的走道走了出来,正要继续发狠,突然整个人犹如被雷击般,瞪大了眼睛,张着嘴巴发不出一丝声音。

门口的叶飒突然歪头盯着她看了起来,半响,脸上泛起懒散的笑意:"抱歉,不是故意偷听,你们聊得太开心,我不好打断。"

此时跟着从更衣柜走出来的罗霞,听到这声音再看着门口的人,吓得僵立在原地。

叶飒乌黑的眼眸并未有一丝情绪,依旧那样平静淡然,只是在她眼睑微抬,抬眸再次看过来时,说道:"你这么担心,以后我会跟护士长说,让你离我远点儿。"

从来只有护士配合医生工作的。

当下杨琳脸上露出惊恐的表情,可是叶飒的眼睛从她的脸上平静扫过后,就转身离开了。叶飒上车之后,本来应该开车回家的,结果等她一脚油门踩下去之后,没多久居然直接开到了温牧寒的军营。

其实自从她和温牧寒重逢以来,她还真的没再跟他进过一次军营,但是她一直都知道他在哪儿。她倒也不是因为小护士的几句闲话就生气。至于对方说的什么报复,她还真没那个心思。昨天病人情况紧急,她不过是在催促间拔高声音说了一句话而已。

　　说实话，医院那么多护士，她除了记住每个人的脸和名字之外，保持着不叫错对方名字的基本礼貌之外，真的生不起一丝别的心思。

　　毕竟她本来也不是个情感丰富的人，她不喜欢讨论别人，也不关心她们议论什么，倒也不是故作淡然，是真的全然不在乎。她就是觉得有点儿累，在医院那样复杂的地方，治病救人之外，还有这么复杂的人际关系。她挺烦处理这些，哪怕无心说的一句话，都要被当成是报复的理由。

　　叶飒把车子停在了稍远的地方，不属于军事禁区范围，她降下车窗，虽然是清晨，但是外面依旧闷热得厉害。

　　她一抬头看见站在门口岗位哨上身姿笔挺的士兵。一丝不苟的军装，整个人犹如小白杨般。

　　营区的大门建造得很硬朗恢宏，而最上方的正中间是威严庄重的八一军徽，巨大的红色五角星的中间写着"八一"两个字。

　　她也不知道自己为什么突然来这儿，或许在复杂的人间生活，总想看看这世间最纯粹的地方。

　　用军魂和热血铸就的地方，纯粹简单。

　　她，竟有些羡慕温牧寒了。

　　突然从里面列队跑出两排兵，岗哨站着的战士立即冲着最前面的人敬礼。

　　穿着一身作训服的温牧寒回礼的时候，朝停在林荫道旁的车子看了一眼，问道："那辆车怎么回事儿？"

　　"报告温营长，那车刚才来的，但是没有停在我们的警戒范围内。"

　　小战士顿了下说道："营长，需要我让她开走吗？是个女司机。"

　　温牧寒笑了声，这小子眼睛倒是挺尖的。

　　他本来是准备带队出去训练的，可是转头看了一眼车子，这下有点儿愣住，因为刚才随便扫了一眼，确实没注意。这会儿才发现，这车跟叶飒的车挺像的，毕竟大G可不是街上随便就能看见的。

　　待他定睛看着车牌，虽然离得挺远，但是实在架不住他眼神也挺尖。

　　于是他让别人带着继续，自己走到车边。

　　结果走过去时，看见车窗是开着的，而坐在驾驶座上的人紧紧闭着眼睛，一时,他的心脏仿佛猛地暂停了一下,有种从背后升起的凉气迅速地冲进他的脑子里的感觉。直到他轻声喊道:"叶飒。"

可是小姑娘的眼睛依旧紧闭着,卷翘的睫毛那么安静地搭在眼皮上,在下眼睑上投下一片小小的剪影。她的脸色有些苍白,原本粉嫩的唇更是有些干得厉害。

温牧寒心跳竟然像敲鼓般渐渐剧烈起来,这下他再也不犹豫,伸手拉开车门。

等他解开她身上的安全带时,突然轻轻靠近她的鼻息,在这一刻,他甚至都否认不了他心里巨大的害怕。

直到他听到那一声微绵软的呼吸声,他才像是劫后余生般深吐了一口气,直接伸手将她抱在怀里,立即冲回营区。

本来站在岗哨上看着温牧寒走过去的小战士,这会儿眼睁睁地看着温营长就这么直接弯腰把人抱着走进营区,都差点儿忘记岗哨的职责,脖子竟然忍不住跟着转了过去,直到温牧寒的身影彻底消失。

不知过了多久,当叶飒缓缓睁开眼时,映入眼帘的是军绿色和雪白色相衬托的房间,等她的眼睛落在对面柜子上方的"八一"标志时,她眨了眨眼睛。

外面的阳光已格外充足,哪怕房间里开着足够的冷气,都能感受到那阳光的灼热。

直到她望向旁边,看向坐在椅子上的人,突然一愣。

温牧寒这时也发现她醒了,起身走了过来,他身上还是穿着早上的作训服,蓝色调的作训服意外地透着一股温柔。偏偏他整个人又过分硬朗,而且腰间扎着的腰带,勒着他显得窄紧的腰身。

叶飒的眼睛有点儿盯直了。

只是等温牧寒走过来的时候,叶飒突然意识到自己这是躺在一个医务室里面,她微皱眉,竟然有点儿不太记得早上发生的事情。

她把车开到军营门口,然后她就坐在车里,接下来她竟然什么印象都没有。身为医生的职业本能让她皱起眉,无缘无故的晕倒可不是什么好事儿,难道是连续的熬夜值班造成的?一时间她心头百转千折。

待她深吸一口气问道:"我怎么了?"

站在床边的温牧寒低头望着她,却是沉默的。叶飒感受着这异常沉默的氛围,秀眉微蹙,也跟着越发凝重起来。

直到温牧寒弯腰低头,脸颊靠她越来越近,近到他的鼻尖快要触到她的鼻尖时,他脸颊突然微微一侧,嘴巴贴着她的耳朵。还没开口时,男人温热的气息已经扑面而来。

叶飒心头突然滑过一个念头,这是什么?最后的温柔吗?

"睡着了。"

"……"

第七章
放弃

还有什么比这个更尴尬?

叶飒恨不得自己是真的晕了才好,居然只是睡着了,后来她仔细想了一下,她好像还真的是在车上坐着,大约是昨晚太累又或许是因为车子停在军营门口太过放松,就那么睡着了。

偏偏温牧寒的脸还距离她的耳根那么近,他说话时,微微热的气息喷在她耳朵上。

她自己意识到的时候,一张原本有些苍白的小脸,竟然悄然红了一小片。特别是耳朵根,一阵阵发烫。

温牧寒见她醒了,神色平静地说:"既然醒了,先吃点儿东西吧。"

叶飒抬头朝对面的桌子看了过去,那里有个军绿色的保温盒,温牧寒走过去拎了过来,直接往叶飒的怀里一塞。

"吃吧。"

简单粗暴,一点儿都不温柔。

虽然叶飒知道他的性格一贯如此,不过她还是朝他看去,微撇嘴道:"我都这样了,你怎么一点儿都不紧张。"

一点儿都不紧张?

他都紧张到要去听她的呼吸,那一瞬他的心脏有种随时跟着她一块儿停止的感觉,他还不够紧张?

当然这个情况,他不可能跟叶飒承认。

他双手插在裤兜里,站在病床旁边,居高临下地望着她:"你知不知道疲劳驾驶也是犯法的,你要是下次还敢值完夜班再这么开车,我第一个举报你。"

虽然知道他这么说是在关心自己,叶飒还是没忍住被气笑了,就在她张嘴要说话时,对面的帘子被掀开,走进来一个穿着白大褂、但是明显身怀六甲的年轻女人。

她一进来就朝温牧寒看了眼:"怎么说话呢,难怪单身三十年。"

温牧寒倒是没吱声。

此时女军医看着叶飒说道:"你醒了?感觉怎么样?"

见叶飒盯着她看,女军医笑说:"我叫陈芝,是这儿的军医,刚才温营长把你抱……"

站在一旁的温牧寒轻咳了一声,打断了陈芝的话,待陈芝朝他看去时,就见他伸手摸了下自己的鼻尖,眼神却是盯着她的。

陈芝在这儿工作好几年了,多少也了解温牧寒的性子。大概猜到他为什么打断自己,当下笑了起来,做都做了,居然还怕她告诉小姑娘。

"温营长把你带过来,我看了下你没什么问题,就只是给你吊了点儿葡萄糖。"陈芝轻声解释说。

只是哪怕她重新组织了一下语言,叶飒也多少猜到她刚才要说的话。

温营长把你抱过来……原来她是他一路抱过来的。

叶飒扬起小脸,冲着陈芝笑了笑:"谢谢您,我感觉好多了。"

"你直接叫我陈姐吧,这儿的人都这么叫我。"陈芝下巴朝温牧寒扬了下。

"麻烦你了,陈姐。"叶飒又说了一次。

陈芝见小姑娘说话轻轻软软的,又长了这么一张好看的小脸,登时对她心生好感,正要跟她再聊的时候,一旁的温牧寒说:"行了,您先忙吧。"

陈芝笑了下,点点头,不过临走时叮嘱:"温柔点儿,人家是个小姑娘,可不是你那帮兵。"

她走了之后,温牧寒垂眸望着她怀里的保温盒。

"不饿?"

叶飒坐在床上,低头看了眼自己手背,这会儿上面还黏着的胶带和棉球,应该是刚才吊葡萄糖留下来的。

只是胶带没粘牢,已经露出了上面的针痕。

温牧寒顺着她低头的动作看过去，瞧见她雪白的手背上泛着青紫色的痕迹，有点儿刺眼。

叶飒低声说道："饿呀。"

饿还不动弹，温牧寒低头看她，一双乌黑眸子掀起莫名情绪，直到眼尾微微上挑，他低声说："等着我喂你呢？"

叶飒知道他专等着自己呢，要是她说是，他肯定又要讥讽自己。

于是她仰头："我才不呢，别想占我便宜啊。"

显然叶飒这么出乎意料的回答，让温牧寒有点儿啼笑皆非，他就站在原地望着她。直到叶飒双腿从床上挪下来，搁在床边，弯腰穿上自己的鞋子。

可她一起身，突然一阵头晕，直挺挺地往前砸了过去。

温牧寒伸手扶住她，这下她整个人靠在他怀里，叶飒愣了好几秒，才缓过意识，只觉得简直尴尬到爆炸。

前一秒还义正词严地拒绝人家，结果后一秒直接撞到他的怀里。叶飒心里暗骂了一句。

温牧寒让她重新坐在床边的时候，他弯腰看着她，声音低沉："着什么急，吃点儿东西再站起来。昨晚熬了一夜，到现在又没吃东西，有你这么不把自己身体当回事儿的吗！"

他的语气是很重的那种，特别不客气。

偏偏叶飒被他骂，一点儿都不生气。

温牧寒直接拿起被她放在床头的保温盒，拧开盖子，居然还带着点儿热气。他伸手拿起勺子塞在她手里："吃吧。"

这次叶飒没再拒绝，手里拿着勺子，在饭盒里搅了几下，舀了一口放在嘴里。

居然还不是纯白粥，有点儿咸味，然后她吃到了粥里的肉丝，挺香。

叶飒值班的时候本来就不喜欢吃东西，最后一顿饭是昨天的晚饭，到现在这个点已经过去了快二十个小时。

特别是这个粥做得还好喝，哪怕她小口小口地喝，不一会儿大半盒也快喝光了。

等叶飒意识到的时候，看着保温盒里还剩下薄薄一层的粥，有点儿愣住。

她怎么这么能吃。

结果温牧寒不仅不觉得，反而问道："够吗？不够的话，跟我说。"

叶飒哪儿好意思说，她摇头："够了，我吃饱了。"

饱暖思淫欲，这会儿她吃饱了，抬头看着面前的男人，突然说："刚才你是抱着我来医务室的？"

温牧寒脸上挂着淡淡的笑意，低头看她的时候，浓黑眼神里透着一股果然如此的意思，只是他望着叶飒时，轻声问："怎么，你还想让我赔给你啊？"

叶飒一怔。

"让你抱回来，嗯？"这一声压着的尾音，犹如带着一根倒钩，轻轻地勾着她的心，这一下撩拨得她整颗心一上一下的。

结果她刚抬起头望向他，脑门儿就被手指轻轻地叩打了一下。不算疼，却把她一下打醒了。

温牧寒轻哼了一声，转身走出去了。

叶飒微咬牙望着他的背影，轻哼一声。

哼，管撩不管埋的。你有本事敢撩我，你倒是撩到底啊。

人刚走，陈芝就过来了。她望着叶飒，又看了眼桌子上放着的保温盒："粥喝完了，是不是好多了？"

叶飒点头："确实舒服多了。"

她自然不好意思直接跟别人说自己饿坏了，早等着吃这顿呢。

陈芝问："我听说你也是医生，对吧？"

"对，不过我现在只是实习医生，在第九医院那边实习。"叶飒说道。

陈芝："第九医院可是大医院，能学到的东西不少吧？我们这儿就是个医务室，平时战士有个头疼发热到我们这里看看，要是大病还得去大医院。"

叶飒想了下，似是认真在思考："确实是大医院，但很复杂，不像你们这里比较纯粹。"

说完之后，她微点头："我很喜欢。"

陈芝仿佛跟她找到了共同话题似的，说道："对吧，我以前也是在三甲医院，只不过后来因为我老公申请调过来。我老公是这里二营的营长。"

原来是因着这层关系。

叶飒挺感兴趣问:"你们怎么认识的?"

"还能怎么认识,他去军医院看病,结果正好遇见我。他一眼就喜欢上我,转头跟我要微信,刚开始我可没看上他,但是架不住他死缠烂打的。"

陈芝说话挺随意,一副没把叶飒当外人的模样,才见一面就什么都跟她说,有点儿掏心窝子。

叶飒虽然很少遇见这样的人,但她并不讨厌,相反还很喜欢。况且听到是她爱人主动追求的她,叫叶飒挺羡慕的。

看看人家,再看看她。

陈芝瞧着叶飒的表情:"其实温营长这人,就是嘴硬了点儿,别看他对你冷言冷语的,其实心里着急着呢。所以我才说他真是活该单身。"

叶飒被逗笑了:"我知道。"

她一直都知道。

"他要是不这样,也不至于等到我呀。"叶飒站了起来,冲着陈芝笑着说。

陈芝被她说得一愣,实在是没想到这姑娘虽然长相特漂亮,可一点儿都不矫情。

倒也不是说好看的女孩儿都矫情,只是人吧,身上一旦有一处特别好的地方,就容易骄傲。

本来陈芝跟叶飒说这么多,也是怕小姑娘被他这嘴硬的毛病吓退。结果她这会儿才发现,完全是她自己多虑。人家姑娘清楚着呢。

于是她不再多说,反而是叶飒看着她的肚子问道:"预产期什么时候啊?"

"下个月。"陈芝忍不住抚摸了下肚子,脸上露着浅笑,是一提到孩子就发自内心的那种欢喜。

让叶飒都忍不住说:"恭喜呀。"

"我本来上周就该休产假的,结果之前那个医生撞伤腿,还有个实习医生临时不来了。"陈芝倒也不是抱怨,就是顺口提了一句。

叶飒一听有点儿震惊:"你们这里还有实习医生的?"

"有啊,不过多数是要招懂急救的医生,毕竟咱们这里大伤看不了,多数都是训练伤。"陈芝解释。

两个人正聊着,温牧寒回来了。

他看俩人聊天，于是看着叶飒问道："现在好了？"

叶飒点头。

"那走吧。"温牧寒低头看了一眼手表，临走时说，"谢谢了，嫂子。"

陈芝摆摆手，是对叶飒说话的："我知道你们医院值班要熬夜，不过还是别仗着自己年轻就这么无休止地熬。以后晚上值班的时候，口袋里多放几颗糖。"

叶飒冲她微颔首，真心实意道："谢谢陈姐。"

两人出了医务室走在路上，两边栽着极高大的树木，这会儿枝繁叶茂的大树将路遮盖了大半，偶尔有一队士兵经过，看见温牧寒时习惯性地敬礼。

只是一个个士兵眼角的余光都往叶飒身上落。显然是在好奇，能跟在温营长身边的姑娘是谁。

况且那姑娘虽然是走在树荫里，但偶尔从枝叶缝隙间穿透落下的阳光洒在她身上，那种发光般白皙细腻的皮肤，实在是惹人眼。

等这群兵走了之后，叶飒突然叹了一口气。

温牧寒偏头看着跟自己并排走着的姑娘，问道："又怎么了？"

"早知道能进你军营，我应该化个妆的。"叶飒双手背在身后说道。

温牧寒嘴角微勾："谁会看。"

叶飒不服气地说："刚才他们都在偷看我呢。"

"哦，是个女的他们都会看。"温牧寒语气凉薄。

叶飒这会儿真的恼了："反正丢的也是你的脸。"

温牧寒斜睨她："我有什么脸给你丢的？"

叶飒振振有词地说："你以为他们不会私底下偷偷比较你们带来的姑娘的长相吗？反正要丢也是丢的你的脸。"

这句话叶飒倒没说错。是人都会八卦，之前郑鲁一交往的那个女朋友，也来过军营一两趟，不少战士都偷偷看了人家，也就是好奇一下。

温牧寒盯着她看了会儿，就在叶飒以为他又要说出什么打击她的话，谁知刚抬脚的人脚步顿住。

大约是吃了东西，叶飒的脸色已经没那么苍白，只是唇色还有些偏淡。此时这个姑娘一双明眸善睐的大眼睛，显得格外引人，或许是脸色还不是太健康,反而有种惹人怜爱的羸弱。

他微转头盯着她看,这才悠悠道:"我丢不了人。"

什么意思?意思是她长相好看,把其他人的女朋友都比下去,绝对不会让他丢脸?

叶飒一下子兴奋了起来,可是说完话的男人显然不准备搭理她,继续往前走,可是叶飒却伸手抓住他的手臂。

温牧寒低声道:"松手。"

叶飒倒是真的乖乖松手,只因这里是军营,严肃的地方。

不过她并不打算轻易放过他,追着他问:"你到底什么意思?"

可温牧寒就是不解释,也没解释的打算。只留给她一个"你自己领会"的眼神。

过了两天,在晚上下班时,她被一个人拦住,对方说:"叶医生,薄院长请你去一趟他的办公室。"

叶飒一愣。

她自然也认出来,这人是薄长明院长的秘书,时常会陪着薄院长出席医院大大小小的会议。

等她到了院长办公室,秘书敲门后,里面传来了"请进"两个字。秘书推开门,做了个"请"的动作,等叶飒走进办公室,秘书并没有跟进来,反而是顺手带上了门。

薄长明穿着一身白大褂坐在办公桌后面,听到叶飒进来的动静,这才抬头看过来。

他戴着眼镜,似是仔细打量,将目光落在叶飒身上许久。

"一晃,你都这么大了。"薄长明似有些感慨道。

随后他站起来,又见叶飒还站在原地,立即指着对面的黑色真皮沙发说道:"坐、坐、坐,别站着了。"

叶飒走了两步,站在沙发旁边。

薄长明也走到单人沙发旁,他笑着做了个坐的手势:"别拘束,我找你啊,就是了解一下。"

薄湛那样温和的性格,好像就是遗传他父亲似的,两个人就连说话时温润的腔调都如出一辙。这也是叶飒一直不讨厌他们父子的原因。

当年薄湛母亲发疯闹腾时，薄长明亲自买了好多礼物上门看她，作为长辈，亲自跟她说了很多道歉的话。只不过谢温迪不接受这些，骂得他是狗血淋头。

说起来自从叶飒来了这个医院之后，除了全院开大会时看见过薄长明，私底下还从未接触过。

薄长明倒也没拐弯抹角，直接说："我听说这次开错药这件事儿，是你发现的？"

他略顿了下，又问："你对医院现在的处理方式满意吗？"

叶飒一愣，怎么处理这个事情是应该问她一个实习医生的吗？

薄长明也没掩盖："我听薄湛跟我说，咱们医院现在传言很多，说你是跟那个应嘉嘉不合，才设计把她赶走的。"

叶飒一听笑了，说道："要是她没有犯错，哪怕是您，也不能随便开除她吧。"

听罢，薄长明笑了起来："是这个道理。"

"至于医院的处理方式，我确实是不满意。因为我觉得隐瞒这件事儿并不是最好的方法，即使掩盖得了真相，问题就能解决了吗？万一再有下一个应嘉嘉出现呢？"

薄长明没想到她这么一针见血。

半响他点头道："还是你们年轻人敢说话啊，如今医院有些管理层还不如你看得通透。"

对，公布事实真相，确实会让医院一时间蒙受各种非议。

但是，这才会让医院所有人都有危机意识，明白自己作为医护工作者的责任重大。

又聊了一会儿，薄长明说："你在医院里还习惯吧，我听急诊科的王玉良主任说，但你是这批实习生里面表现最好的，也是留院希望最大的。"

叶飒听了，却眨了眨眼睛，待她抬起头时坚定说道："要不您帮我换个地方吧。"

薄长明有点儿愣住。

叶飒说了地方，薄长明皱眉："你怎么想去这里，虽然这里确实招聘外面的医生，你毕竟还年轻，现在是要以积累经验为主。"

"我知道，"叶飒点头，她说，"可您也说了，我还年轻，所以我还有时间去见识不同的地方。况且我喜欢的人在那里，我想进去看看他的世界。"

对于叶飒毫不避讳的理由，薄长明在心里叹了一口气。

薄湛啊，终究还是要失望到底的。

与此同时，一身便装的温牧寒正在超市里推着车。今天他难得休假，回家一看才发现几乎到了家徒四壁的程度，连牙膏都用完了。于是他开车到最近的超市来买点儿东西备着。

其实一开始他那房子都是他妈安排人打扫买东西，不过他不太喜欢别人进自己的地方，所以后面都是他自己来的。

此时他正好看见旁边的零食区，还正好有专门卖糖果的地方。一整排货架上，全都是各种各样的糖，棒棒糖、棉花糖、软糖、夹心糖，反正是能想到的糖果种类都在这里，而且包装精美，五颜六色，煞是好看。

只是逛这一排的都是一些家长和小朋友。以至于他一个大男人推着车，站在货架中间的过道，有点儿格格不入。

旁边穿着粉色小裙子的小姑娘正闹着她妈妈买一包棒棒糖，温牧寒看了一眼，包装袋上有个伸着舌头的小孩子，还挺可爱的。

估计很好吃吧。

于是他伸手从货架上取了一包，不过随后他犹豫了几秒钟，一包够吗？要不再多买点儿吧。

他边走边看，不知不觉推车里面装了半车的糖果。

刚才那个抱着妈妈腿哭闹的小女孩儿，此时正眼巴巴地望着他的推车，眼神特别可怜。

温牧寒看着她的小眼神，突然想到了叶飒。他要是把这些糖都给她，她会不会也用这种眼神看他？

只是下一秒，他又摇头。谁说这些糖就是给她买的，他自己吃不行吗？

医院周一的时候，专门召开了一次全院医生的集体大会，除了每个科室留守的值班医生之外，其他人全部都去开会。

因为这次开会是周末通知的，挺突然的，因此大家都在猜测到底是什么事情。

等开会的时候，整个阶梯会议室座位上面高高低低坐着的全都是穿着白大褂的医生。主持会议的副院长将这次开会的主题说了一遍，整个会议室里一下子一片哗然。因为大家都没想到，这几天在医院里传得沸沸扬扬的事情，真相居然是这样。

副院长说道："这次发生在急诊科的事件，乃是一次医护人员工作失误的典型案例，医院经过了调查之后，做出了相关决定。"

紧接着是通报这次事件的处理结果。应嘉嘉的开除是所有人都知道的。而当天的值班医生被扣除了一个季度的奖金，并且取消了这个值班医生今年的年度评选资格，这样的处罚不可谓不严重，只是跟真正的医疗事故之后的处理相比，却已经是好了不少。

陈医生本人似乎之前已经知道了结果，倒是格外平静。

待说完了处理结果，副院长环视了一下对面阶梯座位上的众人，朗声道："当然，此次医疗事故之所以能避免也是依靠着专业知识的积累，急诊科的实习医生叶飒，及时发现处方单上的药物错误，稳定住患儿家属之后，迅速跟当值医生反映，更换处方单，不仅挽救了病患的生命，更是将一个重大医疗事故扼杀在萌芽之中。"

"而叶飒医生这样具有扎实专业知识的年轻医生，正是我们医院所需要的人才。"

这话一出，台下立即响起嗡嗡嗡的声音，原本还只是很小的声音，可是渐渐汇集在一起终于响彻了整个会议室。

因为表彰大会的事情，叶飒在医院里很是出了风头。可谁都没想到，她居然会主动调走。

一周时间，叶飒的手续办得差不多了，因为陈芝确实是孕产期临近，到了快要休假的时候，需要尽快找人填补她的岗位。

这事儿叶飒和谁都没说，就连谢时彦都不知道。

毕竟谢温迪明确说过，不允许她跟当兵的谈恋爱，更别说她现在这是要去当军医。

结果星期五的时候，谢时彦就打了电话过来。

叶飒看见手机上他的名字时，心脏险些漏跳了一拍，等她接通电话，安静地等着对面谢时彦先说话，心里盘算着要是他问的是调去军区的事情，她怎么糊弄。

谁知谢时彦开口第一句："飒飒，这周我组织了个聚会，你要不要来玩？"

"不……"叶飒正要说不去，突然她好像想到什么问道，"我去干吗，全都是你朋友，我又不认识。"

谢时彦轻笑道："牧寒和明朗也来，你不是都认识？"

叶飒明明在听到温牧寒名字的时候，嘴角已经露出一抹笑意，开口后，声音却依旧平静："我考虑一下。"

"出来放松放松，小舅舅知道你这阵子受委屈了，才特地打电话叫你的。"上次网络暴力的事情，谢时彦虽然帮叶飒找了律师又澄清了，可是不调查不知道，一调查真是吓了一跳，因为那天不少人明明完全不认识叶飒，却依旧用污言秽语辱骂她。

仿佛只要隔着一根网线，就可以随便把自己心里的不满，发泄在完全不相干的人身上。

谢时彦能不心疼嘛，自家小姑娘千娇万宠养这么大，别说他了，就连他姐都没骂过叶飒几回。让这么一群不相干的人骂了，谢时彦对律师说的话就是，让他们都道歉。不道歉就告，告到他们道歉为止。反正不管是耗费时间还是金钱，他们都耗得起。

终于叶飒轻笑了下："谢谢小舅舅。"

骄矜又不刻意。她可真够棒的，连叶飒在心里都忍不住给自己无与伦比的演技鼓掌。

周末的时候，叶飒早上就起床了。中午吃过饭之后，她就进了自己的衣帽间，这房子当初买的时候，就她一个人住。因此除了保留了两个客房之外，其余最大的房间就是衣帽间。一踏入这个衣帽间，就会让人瞪大眼睛，忍不住发出感叹。

正值盛夏，衣服自然是选越清凉越好的那种。

叶飒衣柜里一排全都是今夏最新款的衣服，有些是刚从时装周上下来，就已经送到她家衣柜里的。

衣服多了,也有选择困难症。最后选来选去,她选了一条纯白色的抹胸裙,腰间有收腰的皱褶设计,因为色彩单一,样式简单大方,所以既不会显得她过分隆重刻意,又凸显了她的优点,将她的身材勾勒得玲珑有致。

在选择鞋子上,她选了一双后跟处带着一只黑色刺绣蝴蝶的花哨款式。本来略显简单的衣服在这双鞋的衬托下,一下让人将目光落在了她细长笔直的双腿上。

下午六点的时候,叶飒下楼时,司机已经在下面等着了。

聚会是在谢时彦的一套别墅里。这套别墅买了挺久的,不过最近刚装修拿到手,这也是他邀请大家聚会的理由,美其名曰暖居。虽然他压根儿不在这儿长住。

等车子驶入小区的时候,宽敞的林荫道很安静,周围都是各种灌木植物,或许正是盛夏的原因,虫鸣鸟叫竟然不绝于耳。好在这些中间隔着很远的豪宅,隔音设施做得极好,不仅不会厌烦外面的这些叫声,反而会在偶尔散步时,说一句"这环境可真贴近大自然"。

谢时彦的房子在最尽头,远远看过去一栋白色建筑物,墙体上大片大片的落地窗,看着不仅透亮还莫名多了几分高科技的未来感。

这会儿天色渐晚,里面传来说话的声音,看起来已经有人到了。等叶飒进去时,才发现谢时彦今天还真的请了很少的人。这会儿客厅里,就来了几个人,还都是叶飒认识的。

"说曹操曹操就到了。"顾明朗一转头看见叶飒,立即笑道。

叶飒微挑眉:"说我坏话呢?"

"那怎么可能,不光你小舅舅在,就连你绯闻男朋友也在呢。"顾明朗朝沙发上窝着的男人看了一眼。

此时客厅里摆着一组设计感极强的白色沙发。角落里窝着一个人,他穿着一身黑衣,因为正垂头看手机,只露出一头漆黑的短发。唯有那双黑色裤子包裹着的长腿随意地支在那儿,显得格外修长。

这话一说完,男人抬起头。那双略显狭长的桃花眼顺着看过来,乌黑的眼睛里神色淡然,在看见她的时候微挑了下眼尾。他一脚踢在顾明朗的腿骨上,疼得顾明朗龇牙咧嘴的。

叶飒转头看了一眼:"小舅舅呢?"

顾明朗指了指楼上:"楼上换衣服,马上就下来。"

叶飒正端着酒杯要再喝一口,谁知旁边伸出来一只手将她的酒杯直接取走。

"吃过东西了吗,就敢空腹喝酒?"温牧寒毫不客气地将她的酒杯拿走。

叶飒望着他,可是温牧寒已经端起盘子,挑了两块精致的小甜点,直接塞进她手里。

她低头看着蛋糕,再望着他:"你知不知道奶油是所有女人的天敌?"

"也包括你?"温牧寒似笑非笑地望着她。

她说:"为什么不包括我?"

叶飒微挺了下胸,白色抹胸裙勾勒出她曼妙的身材,特别是纤细白皙的锁骨下起伏着的美好曲线,跟平时包裹得严实时是完全不同的风光。

温牧寒撇开眼睛,心里有点儿燥。

"你这几天忙什么呢,怎么都不给我打电话?"

温牧寒下意识地道:"营里有点儿事情。"说完他才反应过来,他跟她解释得着吗?

他正要转身走,却不想叶飒伸手抓住他的手掌,温牧寒回头看她,叶飒轻笑道:"你不盯着我吃完?"

别墅里开着中央空调,冷气打得有点儿足。这会儿她的手指尖有点儿冷,搭在他的有些微热的手腕上,反而舒服极了。

这次聚会挺私人的,来的人也不是很多,不一会儿辛奇也到了。只是跟着他一块儿来的还有个女人,长卷发披肩整个人散发着那种知性气质。

"看看,我在门口遇见谁了。"辛奇笑着说道。

此时谢时彦和顾明朗正在说话,听到这话盯着他们看了一眼,都有点儿惊讶。

还是女人先开口说:"怎么,这么久两位大忙人都不认识我了?"

"韩书灵?"顾明朗有些疑惑,主要是没想到会在这儿看见她。

就连作为主人的谢时彦都有点儿震惊,点头道:"好久不见啊。"

韩书灵主动解释:"我想做一位企业家的纪录片,今天要过来拜访他,没想到车子出了点儿问题，正好遇到辛奇。"

辛奇："你说巧不巧吧，我一看见路边停着的车，再抬头一看，居然是高中老同学。今天这聚会简直就是我们的高中同学聚会呀。"

谢时彦和顾明朗同时看了彼此一眼，还真够巧的。

果然下一句韩书灵问道："就你们几个？"

呵，还真是"醉翁之意不在酒"啊。

顾明朗回头扫了一圈，这才发现温牧寒这会儿正站在甜品台旁边，而叶飒正端着盘子，手里拿着银叉正小块小块地戳着蛋糕放进自己的嘴巴。

"那不就是你最想见的人。"顾明朗轻笑。这场景想想，还真够精彩的。

还是谢时彦嘀咕一句："这俩人怎么躲着吃东西。"于是他们干脆都走了过去。

等到了面前，叶飒才注意到这群电灯泡，自然也一眼看见了其中唯一一个女人。

其实温牧寒有点儿心痒痒了，特别是看见她在这儿小口小口地吃东西，银叉戳着奶油送到嘴边，粉嫩唇瓣沾上一点儿鲜奶油，紧接着舌尖轻舔干净。

明明他看了两眼已经转头，依旧口干舌燥。仿佛这么一个简单的动作，戳到了他身体里的某个开关。

这会儿他们过来，正好分散了他的注意力。

"温牧寒。"韩书灵刚站定就主动打招呼，她今天因为是来拜访合作者，所以穿得格外职业化，真丝衬衫配上黑色阔脚长裤，整个人显得纤瘦又有书卷气。

他朝对方看了一眼，第一时间还没什么反应。

直到下一秒，他慢悠悠地问："抱歉，请问你是？"

谢时彦、顾明朗和辛奇心里同时升起一个念头："这都行……"说真的，他们都要对韩美人升起一丝怜爱，这简直是绝杀。你对人家心心念念，结果人家对你却是连名字都不记得。

韩书灵却一笑道："好了，别装了，我是韩书灵。"

她轻松的口吻在一定程度上缓解了此刻的尴尬。

温牧寒并未搭她的话，他的反应让一旁冷眼旁观的叶飒心里很是高兴。

装什么装,他本来就不认识你。

韩书灵注意到一旁的叶飒,女人对漂亮的女人都有敌意,特别是一个比自己漂亮还站在自己在意的男人身边的姑娘。

她自然问道:"这位是?"

"我外甥女叶飒。"谢时彦主动说道。

韩书灵点头,露出一个"原来如此"的表情。

看着这女人脸上释然的表情,叶飒恨不得当场给谢时彦来一脚,关键时刻拆她的台,这样的亲舅舅不要也罢。

"咱们别站着了,都坐吧。"谢时彦招呼道。

叶飒找借口去洗手间,回来之后发现温牧寒和顾明朗坐在吧台旁边,她以为韩书灵会一直黏着温牧寒,刚才韩书灵看温牧寒的眼神,她看得一清二楚。那可不是单纯看老同学的眼神。

她刚走到吧台,还没靠近,就听顾明朗问道:"我发现你今天不对劲儿,人叶飒一过来,你就往旁边凑。"

这话顾明朗真没觉得自己冤枉他。

刚才韩书灵来的时候,他就跟叶飒站甜品台那边呢,叶飒没来的时候,他窝在沙发上,懒得站起来。

温牧寒坐在吧台边上,手指间转着盛着酒的玻璃杯,透着一股冷淡慵懒的劲儿:"能有什么关系,她啊,小孩儿一个。"

叶飒心里升起的那么一点儿小欣喜,还没升空,就被他一下戳破。她恼火地望着男人的背影,忍不住咬了咬牙,你就死鸭子嘴硬吧。

她看了一眼吧台外面正对着游泳池,此时大家都在别墅里聊天,倒是没人去泳池,估计也是因为准备不足,没人带泳衣泳裤过来。

这个吧台对面是一整面落地窗,中间有道门,玻璃的,正好能把泳池的一切看得清清楚楚。

没一会儿,外面突然传来落水声。

待温牧寒抬头看过去的时候,就看见泳池里扑腾的白色身影,一旁的顾明朗惊道:"那不是……"

他连"叶飒"两个字都没说完,温牧寒已经冲了出去。温牧寒跳进去捞人的时候，本来佯装抽筋的小姑娘一下子攀住了他。

他睁眼看着水里的人时，她乌黑的眼瞳隔着透明液体也正安静地望着他，眼睛里满是水光，清澈到仿佛一下穿透到他的心里。直到她的唇轻轻贴上他的嘴唇，水下的两人仿佛是屏住呼吸般。

明明他一伸手就能把她推开，可是这次，他没有。

等岸边的脚步声响起时，终于她主动松开他。

但是小姑娘的身体始终紧贴着他坚硬的胸膛，等两人从水里出来的时候，叶飒贴着他耳边，轻轻吹气："哥哥，我还是小孩儿吗？"

温牧寒："……"

不是了，他现在明显感觉到他怀里抱着的是一个女人，是一个让他会心跳加速的女人。

泳池里水波荡漾，池中央的男人怀里抱着一个姑娘，俩人浑身湿透，水珠从额头往下淌，留在眼睫毛上，在上面凝结成水珠，待轻眨下眼，水珠颤颤落下。

温牧寒的手掌托着她的腰身，她穿的裙子本来就薄，此时一湿透，手掌隔着布料似乎能感觉到她皮肤上的温度。他的手掌心开始发烫。

谢时彦他们冲到池边的时候，看见这一幕有些愣住，怔了几秒，才问道："怎么了？"

"去找块浴巾过来。"温牧寒抬头看着他说道。

不一会儿，大浴巾被拿了过来，温牧寒把叶飒带到泳池边，双手掐住她的腰身，轻轻一用力，直接把她抱上了泳池边。

谢时彦蹲下来，把浴巾裹在她身上。

好在是夏天，哪怕是入了水也不冷。

"这是怎么了？你就是想下去游泳，也换身衣服吧。"谢时彦一脸惊诧地望着叶飒，有点儿不明白发生了什么事情。

叶飒双手拽着身上的浴巾，低着头，只能看见她的眼睫毛微微轻颤着。

待片刻后，她声音半哑道："我刚才腿抽筋，不小心掉下水的。"

顾明朗站在旁边，了然道："难怪呢，我和牧寒坐在吧台那儿喝酒呢，听到泳池里面有动静，就看见你掉进去了。"

温牧寒双手撑着泳池边，轻轻一攀，坐到了泳池边。

他偏头看着叶飒，微咬了咬后槽牙，谢时彦和顾明朗被她这个说辞骗了，他可不会，这姑娘心里藏着什么鬼心思，他是一清二楚。

偏偏谢时彦担心道："幸亏这是家里的泳池，要是在外面，你想想多危险，而且你还那么怕水。"

温牧寒侧头看着她，叶飒正抬头看过来，两个人视线对上后，对面姑娘被水洗过般的眸子，眼底滑过一丝笑意。

他微瞪她，只不过眼底没有警告，只有无奈。甚至在他垂头时，他嘴角扯过一抹笑意。

实在是被她逼得无奈了。

站在一旁的韩书灵望着这俩人之间的暗潮涌动，他们只不过看了对方一眼，作为女人的第六感就那么强烈，让她觉得这俩人之间有种并不简单的感觉。

她并未表露，反而关切道："你们赶紧都去换一套衣服吧，虽然是夏天，但也小心着凉。"

过了一会儿，他们坐在楼下聊天。

谢时彦无奈道："真是越长大越不省心，在家里玩也能掉泳池里。"

韩书灵坐在旁边，笑道："时彦，你这个小舅舅当得还真是像模像样。"

"那当然，虽然我只比飒飒大七岁，不过我是看着她长大的亲小舅舅。"谢时彦挺得意的。

惹得顾明朗拿起沙发上的抱枕砸了下："少一天到晚炫耀，欺负我们没外甥女是吧，回头我生个闺女，羡慕死你们。"

辛奇说："生，我马上就给顾叔叔打电话，让他给你安排相亲，十一领证，年底怀孕，明年咱们集体抱上小闺女。"

顾明朗一句戏言，辛奇立马安排上日程，惹得顾明朗作势要踹他。

韩书灵含笑望着他们说笑，心思却在别的上头，直到她又开口："你们跟时彦是打小的朋友，岂不都是看着小姑娘长大的。"

这个话问得倒也不算突兀，还挺自然。

辛奇摇头："咱们上学呢，没怎么见着小姑娘，我记得还是我们毕业后才见过她,对吧?"

"他跟藏什么似的,生怕我们抢走他外甥女,不过也是,要是真见着咱们这种长相的叔叔,回去肯定要嫌弃他这个亲舅舅。"

顾明朗端着酒杯,或许是多喝了几杯有些醉意,又或许是因为跟他们在一块儿格外放松,说话有点儿没遮没拦的。

谢时彦见他们越说越得劲儿,冷哼道:"就你们这样的?"

他嘴一撇:"当年为了给你们留点儿面子,我都没好意思说。叶飒第一次见完你们之后,回来都哭了,问我怎么跟这些人认识的。"

顾明朗和辛奇都怒了。

韩书灵在一旁笑意温柔望着他们打闹,直到顾明朗指着正从楼梯上走下来的人:"瞧瞧,牧寒哥哥下来了。"

"牧寒哥哥?"韩书灵轻轻念叨了一句,她笑问道,"为什么这么叫?"

还是辛奇解释说:"那是因为叶飒上高中那会儿,死活不叫他叔叔,只愿意叫他哥哥。平白让牧寒比谢时彦矮了一个辈分。"

"所以说,我们飒飒还是最向着我。回头再敢消遣我,我让她都叫你们哥哥。"谢时彦一脸得意。

其他人都一脸"绝了,还能这么操作"的表情。

温牧寒在吧台他原本的位置上坐下,吧台上还摆着一杯他刚才没喝完的酒,本来韩书灵是站在另外一边,此时端着酒杯从旁边身姿摇曳地走了过来。

她主动举起酒杯,含笑道:"你刚才记不得老同学的名字,我就不计较了,现在喝一杯总可以吧?"

她这一句"老同学",倒是聪明地把彼此的关系暂时安在老同学上。要是温牧寒连一杯酒都不跟她喝,就显得他过分小气了。

温牧寒坐在高脚凳上,他的腿太长,一条腿搭在凳子上,另一条腿随意支在地上,半张脸隐没在阴影之中,只能看见那双有些狭长的桃花眼正微微往上挑了一下。利落深邃的五官并没有什么太多表情,看不出他的情绪。

韩书灵也不尴尬,就端着酒杯安安静静等着。

过了一会儿,温牧寒轻轻举起手里的酒杯,但没和她碰杯,只冲着她轻轻举起酒杯,然后一口喝下,淡声道:"这杯酒敬老同学。"

两个人说话点到为止，意思却明明白白。

好呀，你用老同学的名义敬酒，这杯酒我自然可以给面子喝了，只不过我也就是拿你当老同学，什么更进一步的关系都没有。

显然韩书灵也听懂了他的弦外之意，却只是温柔一笑。

她正要说话时，突然底下响起一声响亮的口哨声。

转过头，看见楼梯上正走下来一个姑娘，穿着淡蓝色衬衫裙，领口处是不规则设计，一边是衬衫领子，一边是细吊带袖子，露出脖颈处的整片锁骨。而腰间勒着的腰带，更是将她纤细的腰肢完美地展现了出来。

这一身衣服要说多独特倒也不至于，就是腰间的那根细细的腰带，勒出她纤细的腰肢，简直叫人挪不开眼睛。

吹口哨的是辛奇，他摇头道："飒飒现在果然是大姑娘，再也不是咱们当初认识的那个小女孩儿了。"

毕竟当初见到的时候，还是个上高中的姑娘。如今已经变成身材能好到让他吹口哨的程度。

谢时彦这回没客气，一脚踢过去："别乱耍流氓，还有眼睛也别乱瞟。"

"来，飒飒，这边坐。"辛奇可不管他，直接邀请叶飒过来坐。

叶飒也没推拒，大大方方地坐下，辛奇起身拿了一个新的酒杯给她，加了两块冰块之后，直接给她倒了小半杯的洋酒。浅褐色的液体，混合着冰块，散发着诱人的光泽。

辛奇："说起来，咱们飒飒还真是才貌双全，我记得当初你十七岁考上大学的，对吧？"

一旁的顾明朗都登时哂笑了一声。

直到谢时彦凉凉地说："马屁你都拍不对，是十六岁就考上大学了。"

这话说得连韩书灵都抬头看了过来，倒是没想到谢时彦这个外甥女，瞧着漂亮得过分却也不是一个只有美貌没有脑子的花瓶。

谢时彦："当初我和我姐可是不太赞同她跳级的，结果小姑娘自己主意大，非要十六岁就去考大学。本来我姐姐是打算让她受一回挫折，要是考不上就老老实实回来继续读高中。"

谁知她一下子就考上了。而且是高分考上了南江的F大，当年也颇为轰动。

这会儿叶飒也不知这几个人什么毛病，倒是开始帮她回忆起高中往事了，她朝温牧寒看了一眼，他坐的地方背光，只能看见他的轮廓，却看不清他脸上的表情。

在泳池里，两个人紧紧贴在一起的时候，她明显感觉到他身体上的反应，是那种男人对女人才有的反应。

于是叶飒不打算再跟他们讨论什么高考的事情，要不然她这泳池可就白跳了，这男人好不容易被她撬开一个口子，估计又要关得严严实实。

谁知谢时彦突然侧头问她："叶飒，你老实跟我说，那个时候为什么你坚持要参加高考？"

本来呢，谢温迪并没有打算把叶飒往天才少女的方向培养，只希望她按部就班地上完高中、考上大学就好。毕竟她初中就已经跳了一级，十五岁上了高二。要是再跳级，怕会给她太大的压力，结果家长不逼着她了，她自己倒好，非要去参加高考。

叶飒在看了谢时彦一眼之后，将酒杯端在嘴边，脸颊的方向偏向正对面的男人。她眼皮轻掀，直到唇边溢出一声轻笑，她说："因为有个人说上大学才能谈恋爱。"

这一句话说完，吧台周围出现一瞬安静，直到夸张的笑声打破这微凝滞的气氛。辛奇和顾明朗笑得前仰后合，连问这话的谢时彦都目瞪口呆。

唯有对面一直安静地坐着的男人，始终未有动静。因为他此刻的脑海中，清楚地记得这句话是他说过的。

高中生的生活一向很单调，除了上学之外，周末才能有点儿属于自己的空闲时间。因此很多人过生日都会把自己的生日聚会安排在周末傍晚。

那次是班级里一个男生的生日，他是当时班里的班草。本来叶飒并不想去，可是那时候她的同桌，一个跟她关系还不错的女生，一直央求她陪着自己一起去。叶飒这才松口答应。

高中生的生日宴会倒也没怎么大搞，请同学到KTV去唱歌就已经是隆重了。特别是那天，过生日的班草订了一个三层的大蛋糕。

叶飒一向很慢热，特别是跟自己不太熟悉的人在一块儿。虽然大家是同一个班的，可是有些人她平时连话都没说过几句。

于是玩到四点多,她就实在忍不住想要回家。因为同桌去了厕所,所以她干脆准备偷偷溜走,谁知她背着包出来之后,班草也追了出来。

班草问:"叶飒,你要走了吗?"

叶飒看着面前的男生,他个子挺高的,大概有一米八,在高中男生特别是南方男生当中确实属于高挑。再加上长相清秀,脸上又没有普通男生都有的痘痘,确实算得上是一个清秀还有那么点儿小帅气的男生。

班草虽然叫住了叶飒,却还是有些犹豫,他问:"你怎么就走了,是玩得不开心吗?"

"马上要期中考试了,我想回家复习功课了。"叶飒随便扯了一个她觉得还能说得过去的理由,毕竟都是一个班级的同学,她总不能说她确实觉得很无聊吧?

班草显然还挺接受这个理由的,他说:"你成绩一向好,原来是因为这么用功啊,我应该向你学习。"

叶飒抿嘴,没回他。

直到班草又商量着说:"叶飒,以后我有什么不懂的问题,可以随时问你吗?我们能一起复习功课吗?"

"你可以直接问老师啊,数学老师星期五的时候不是还说过,让班里的同学别害羞,有什么问题可以尽管问他。"

班草以为是自己说得不够明白,其实高中生有时候谈恋爱、确定关系,倒也不是直接说什么"我喜欢你,我们在一起吧"。

那阵子他们学校流行的表白方式是"我们一起复习功课吧"。要是女生同意,就说明有想要跟你在一起的意思。

别看一帮高中生还没长大,可是一个个鬼主意倒是不少。

班草实在没想到自己的表白会被这么明晃晃地无视,可到底是年轻,好不容易鼓起勇气却不容易死心。

于是他终于开口说道:"叶飒,你是真的没听懂吗?"

叶飒眨了眨眼睛,听懂什么?

"我的意思,我的意思其实是我喜欢你。"

站在面前的少年终于一口气把他想要说的话说了出来,只不过说话时,他似乎想要给自己加油鼓劲,不小心变成了喊出口,以至于周围不少人都听到了这句话。

惹得叶飒僵立在原地,有好几秒钟都没吱声,等她缓过神,望着他,有些不敢相信的模样。

"你不是说想跟我一起复习?"所以现在一起复习的人都是在谈恋爱吗?

叶飒有种发现了新世界的震惊感。

班草觉得她这样呆呆萌萌的反应很可爱,忍不住心头一热,又问道:"叶飒,你觉得怎么样?"

叶飒安静地看着他,可是心里却想起了另外一个人。如今叶飒看一个男生,总是下意识地跟温牧寒比较。个子没有温牧寒高,腿也没有他长。长相更是差得十万八千里,更别说温牧寒脸上时常会挂着那种不羁随性的笑,一勾唇简直能扯动着她所有的心跳频率。

面前的男生,她丝毫不动心。

她刚要说抱歉的时候,突然身后传来一个略有些凉薄的声音:"我觉得不怎么样。"

这突如其来的声音把两个人都吓了一跳,班草是抬头看过来,而叶飒则是转身看过去,一眼就看见了温牧寒。

她瞬间呆立在原地,有种手足无措的慌张。他站在这里多久了,把他们的话听了多少?

这些东西在她脑海里飞速旋转的时候,温牧寒已经缓缓走过来,一只手搭在她的肩膀上,有种保护欲般地将她扯进了他的怀里。贴得并不近,就是那种显而易见的保护。

"你们现在高中生……"温牧寒略沉吟了下,有点儿不知道说什么好。毕竟他也不知道这到底是小男生单方面的喜欢,还是叶飒对人家也有点儿意思,话不敢说得太重,却又觉得对面这小子实在是欠揍。才多大点儿,就敢拐带别人家的小孩儿。

结果班草被吓了一跳,因为班级里都知道叶飒的监护人是她小舅舅,很年轻,就比她大几岁而已。

这会瞧着年纪相仿的温牧寒,还以为是叶飒小舅舅,吓得连连鞠躬:"对不起，对不起。"

瞧见他这样，温牧寒也不好太吓唬，只是转头拎着叶飒往回走。叶飒倒是也乖巧，被他乖乖搭着肩膀，俩人一块儿进了电梯，直接到了地下停车场。

等上了车，温牧寒双手搭在方向盘上面，他要开车时，却还是没忍住，问道："刚才你们……"

叶飒本来被他撞见这么尴尬的场景，就有点儿手足无措，因此一路上一句话都没有。不过这会儿缓过来之后，她倒是立即开口说："我不喜欢他。"

我只喜欢你。可是后面这句话，她不敢说，她连看着他在心里默念的勇气都没有。

温牧寒估计也觉得是高中生闹着玩，见叶飒又否认，于是点头说："叔叔相信你。"

叶飒低头嘀咕："你才不是叔叔呢。"

对于小姑娘死活不承认他是叔叔的行为，温牧寒也是无奈，到最后也只是纵容一笑。不过这次他还是说道："你们毕竟到了情窦初开的年纪，有想法很正常，不过高中时候还是要以学习为主，其他事情都可以放一放。"

叶飒抬头看他："要放到什么时候？"

温牧寒微挑眉梢，露出一抹无奈的笑意，心想现在这帮孩子，可不好糊弄。

于是他思考了一下，还挺认真地说："大学吧，我觉得大学就能谈恋爱了。"

"上了大学就可以吗？"叶飒看着他，也是认真反问。

温牧寒自然地伸手在她头发上揉了下，轻笑："对，大学就可以，我难道还能骗你。"

谁都不知道，十五岁的叶飒因为这一句看似戏言的话，竟然下定了决心。虽然她离十八岁很远，可是他亲口说过，她上了大学就可以谈恋爱了。

那时候的叶飒仿佛是一个抓住唯一一块浮木的人，拼命地朝着河对岸游，仿佛只要游到那边，就会看见一个她向往的世界。哪怕需要再努力，她都不会害怕。

"后来才发现都是骗人的，上了大学也没有什么恋爱可以谈。"叶飒微耸了耸肩膀，露出一个嘲弄的表情。

或许是她说的话太过玩笑，以至于没人会信真的有个女孩儿会因为别人的一句话，就拼命要在十六岁去考大学。

他们自然也不信，所以各个都笑得开怀。

一旁的韩书灵也轻笑道："小孩子果然是容易骗呀。"

叶飒冷眼望着她。

可是下一秒韩书灵却轻飘飘说道："真羡慕年轻小姑娘，说起来我们上高中的时候，人家还在上小学呢。"

"你说对吧，温牧寒？"韩书灵轻笑着望向温牧寒。

这句话几乎是激怒了叶飒，都是千年的狐狸，也别演什么《聊斋》了。她能看得懂韩书灵眼底对温牧寒的情绪，韩书灵自然也能敏锐察觉到她看温牧寒时的不同。韩书灵这是明明白白告诉温牧寒他们之间年龄的差距。

呵。她冷笑出声，丝毫不给面子。

场面一时有些僵持。

好在他们几个男的也瞧出这两位之间莫名的不对付，于是赶紧把俩人分开。

随着时间流逝，也陆续有人离开。没一会儿聚会的人倒是走了大半，谢时彦忙着跟他这些要离开的朋友寒暄，没再管顾明朗他们。

等叶飒从洗手间出来，才发现温牧寒和韩书灵同时不见了。于是她赶紧离开别墅走到外面，果不其然两个人就站在花园里面。

韩书灵说："这句话本来不该我跟你说的。"

温牧寒似笑非笑地看着她，一脸淡嘲，但韩书灵还是继续开口说："你跟谢时彦是多年的好朋友了吧，我可不想看见你和他之间关系出现嫌隙。"

"你倒挺好心的。"

韩书灵一副我都是为你好的模样："温牧寒，你跟那女孩儿不适合。"

听到这一句话的时候，叶飒的心里突然被猛地吊了起来，她并不在意这个突然蹦出来的女人说的每一个字。可她在乎的是温牧寒。

她可以毫不在意他当面拒绝她，可是能不能在这个觊觎你的女人面前，不要立即撇清我，哪怕只是反驳一句，她都会开心得原地跳起。

可是下一刻，她就听到那个异常冷静的声音说："我和她现在没有关系。"

所有的期待都顷刻间化为须有,叶飒的心脏像是瞬间被攥紧,紧到她快要无法呼吸。她不想再在这里逗留一秒钟,甚至于她压根儿不想继续听他们还要说什么。

当叶飒毫不犹豫地转身离开的时候,刚说完最后一句准备离开的温牧寒,突然看见了她的背影,只见她头也不回地往别墅门口疾步离开。

等他意识到的时候,他终于一下子冲了上去。他一直追到门口的时候,才把人拦住。

"叶飒。"

本来冷绷着一张脸的姑娘在看见他的时候,用力甩开他拉住自己的手掌,温牧寒又挡在她面前。

她抬头冷眼看着他。

可是就那么一瞬间,她望着这张她心心念念了这么多年的脸,突然毫无预兆地,她的眼泪砸了下来。泪水就那么顺着眼眶涌了出去。

别这么没出息,叶飒。她在心里狠狠骂了一句。

她用手背用力抹了下自己的眼睛,可是即使擦得很疼很疼,她的眼泪也没停止。

以至于对面的温牧寒也僵住了,因为他完全心疼到不知该怎么哄。坚强到哪怕被网络上那么谩骂都不当回事儿的姑娘,这一刻,在他面前哭了。

叶飒望着他:"温牧寒,你知道吗?因为你说了一句考上大学就能谈恋爱,我就可笑到拼命学习,因为我在想,上了大学我就变成大人了。哪怕离成年还有两年,或许你也不会只把我当成一个小孩儿。可是我考上了大学,你却走了。这么多年,我一直在努力长大,努力等你回来。"

那天在车站,其实她赶上了见他最后一面。仿佛连老天爷都在帮她,一向准点的火车那天晚点了,她到的时候温牧寒还在。她就躲在火车站巨大的柱子后面,偷偷地看着那个拎着行李箱的男人。车站人来人往,那样喧闹,每分每秒都在上演着分别和重逢的剧情。

每个人都有自己的悲欢离合,自然没人注意到一个十六岁女孩儿的悲伤和眼泪。

她甚至都不敢上前问一句"为什么你要走,都不告诉我呢"。她只能看着他的身影走进那个站台，最后消失在她的视线之中。

从此，他驻守祖国最南的海岸线，而她将努力长大。

她以为只要快点儿长大，等到能同他并肩作战之时，那么就有机会与他再次相逢。这么多年来，她心无旁骛，朝着这个目标努力着。现在她真的长大了，他也回来了。

可是到头来她才发现，一个人的努力怎么都不够，即使她已经倾注了她的一腔孤勇，也始终没办法走到他的身边。

原来，有些事情，哪怕倾尽所有的努力，都不可能得到自己想要的结果。如果不行，那就痛快放手。因为她是叶飒，她可以做到。

温牧寒看着她，面前的姑娘仿佛在一瞬间下定了决定，这姑娘性格太过孤绝，想要的她一定要到底，而不要的她也可以果断抛弃。

"温牧寒，喜欢你这件事儿我从来没觉得不可以说出口，我也从不觉得主动是件丢人的事情，但是现在我想说，要是我给你造成了困扰，我向你道歉。"

面前的姑娘给他深深鞠了一躬。

"对不起，打扰了。"

说完，她转身离开，头也不回。

这姑娘走得太快，以至于温牧寒在彻底愣神中醒悟过来时，发现她已经坐上自家司机开的车走了。

所以，这是不要他了？

温牧寒皱眉望着路的尽头，心里是既迷茫又烦躁，还有点儿莫名其妙的情绪，直到他想起刚才他对韩书灵说的最后一句。

他说："不过以后我和她会有关系，因为她是我喜欢的人。"

晨光初起，整个军营便已经苏醒了过来，穿着整齐作训服的士兵开始了清早的晨练。

夏练三伏，冬练三九，别说早上天气还算凉快，就是大中午顶着地表四十摄氏度的高温，都照常训练不耽误。

每年部队里都有耐高温训练和抗寒训练，毕竟真到了战场上，什么恶劣的天气都可能会面临，当年部队里走雪山、走草地的经历也才过去几十年。

叶飒的车子开到军营的时候，深吸了一口气。这几天她都在办理手续，也就是薄长明天大的面子，这才顺利地把这件事儿给办了下来。

要求是叶飒自己提出来的，虽然在别墅里，她跟温牧寒当面说过，以后不会再烦他，但是她也没办法告诉薄长明自己不来了。毕竟太丢脸了，她说不出口。就当是给自己青春里这么一场漫长又浩大的暗恋一个不算圆满的结局吧。

叶飒向来不是轻易会放手的人，可是她也明白强扭的瓜不甜，明明她已经把所有能做的事情都做了，温牧寒却还能当着另外一个女人的面，毫不犹豫地否定她。

她可以放任自己肆意追逐她想要的人，但是她绝对不能接受她的喜欢成为别人眼中的笑柄，更不能忍受一个不知从哪儿蹦出来的人对她的喜欢指指点点。

本来她确实是为了温牧寒来这里的，不过既然她说过以后不会打扰他，就会说到做到。这一点她还是做得到的。

军营里门口的岗哨本来见她车子要开过来，刚要拦住，告诉她军事禁区请勿靠近。

但叶飒将车窗打开，直接递了自己的身份证明过来，说道："你好，我是医务室新来的实习医生，叶飒，这是我的证件。"

"叶医生。"岗哨上的士兵露出惊喜的笑容。

叶飒抬头一看居然是张小满。

小伙子大概立即又记起来自己这会儿还在站岗，收起脸上的笑容，认真地查看叶飒的证件，当然手续都是正规的，他查看完毕之后，双手递了回来。

他还是没忍住，惊喜地问道："叶医生，你调到我们这边来了？"

"对呀，以后我们也算是同事了。"叶飒笑眯眯地望着他，还挺高兴的。

张小满双腿打直，冲着她行了一个恭恭敬敬的军礼，声音极洪亮地喊道："叶飒医生，欢迎你。"

清晨初升的太阳散发着的柔和光线笼罩在面前这个穿着海军服的小战士身上。他腰板挺直的模样，一下将叶飒心头狠狠撞击了一下，有种莫名的热血和感动。

这是一个她从未来过的世界，但又跟她息息相关的世界。她生命中最重要的人，其实都和这个地方有关。

军营，这是所有男人的向往。

她不是军人，只能注视着他轻声地说："谢谢你，张小满。"

她遵照着张小满给她指的路，将车子一直开到了团部大楼门口，停在了门口的停车位上之后，她拿着自己的证件上楼。

因为她的调任是从旅部那边直接下的，今天她第一天来报道，自然需要先到团部的人事处。人事处的负责人倒是挺热情，让一个小干事帮忙给她办理好手续。等叶飒拿到自己证件的时候，还看了好久。

南江某旅第一团的印章盖在上面，让她有种莫名的感觉。

等她要走的时候，突然人事处的这位军官喊住她，低声说道："叶医生，不好意思，团长刚才给我打电话，说让你去他办公室一趟。"

团长？叶飒一愣，反问道："团长要见我？"

显然对方也有点儿奇怪，点了点头，直接领着叶飒往外走说道："团长办公室在楼上，我带你过去吧。"

叶飒微微蹙眉，实在想不通为什么团长会要见她。

毕竟她只是医务室里小小的实习医生而已，她想不到团长见她的理由，就像是第九医院的院长不会随随便便接见一个小医生一样。

不过心里这么想着，她还是安静地跟着来到了八楼的团长办公室。

敲门后几秒钟，里面传来一个低沉的中年男人的声音。

等推开门，叶飒看了一下里面的装饰，房间很大，方方正正，但是显得有点儿空旷，旁边摆着一个很大的书柜，里面摆满了各种资料和书籍。而棕色长桌上面摆着国旗和军旗，墙壁上悬挂着一枚很大的八一军徽挂件。

随处可见的军旅元素。

自然还有坐在办公桌后面，穿着一身白色海军军装的中年男人。因为在室内，他没有戴军帽，露出一头极短的短发。

"叶飒医生，对吧。"石向荣一抬头瞧见被带进来的姑娘，眼睛微眯了下，盯着看了会儿，点点头，指着旁边的沙发，"坐吧，坐吧，别拘束。"

人事处那个军官离开之后，还顺便带上了门。

石向荣从办公桌后面站了起来，他走到旁边的饮水机旁，拿出一个一次性纸杯,接了一杯水之后,放在叶飒面前:"喝点儿水。"

"谢谢团长。"叶飒双手捧起来。

石向荣倒也不是心血来潮,这个人事调令上周他就知道了,只是他不太明白,怎么给医务室弄来了一个实习医生,而且还是第九医院那边调过来的。这就好像从海军机关单位往下调到他们这个基层单位一样,第九医院是有名的三甲医院,在军医院里面更是数一数二的。那么大个医院,不知道多少人打破脑袋想往里面钻呢。这位姑娘倒好,反而要往他们这个基层单位的医务室里面调。

石向荣也看过她的简历,是漂亮到不能再漂亮的那种,博士学历,虽然暂时还没毕业,但是这种人才哪怕被部队里面特招,他都不觉得奇怪,所以他还真想见见真人。

之前看她简历上的照片,当时就觉得这姑娘漂亮得有点儿过分,不过他也不是老古董,知道现在都有美颜相机什么的。他自己就有个女儿,平时没事儿就爱在微信发自拍,照片上那模样变得连他这个亲爹都不太认识了。结果这下一瞧见真人,他才发现人家是长得真漂亮,漂亮到真人和照片上没什么差距的,他还真是头一回见。

"别紧张,我就是想跟你聊聊,为什么想要调到我们这个基层部队里来。"石向荣重新回到桌位后面的椅子上坐下。

对于这个问题,叶飒早有预料别人会问。之前她可以理直气壮地告诉所有人,她是为了温牧寒,因为她想看看这个男人的世界有多精彩和与众不同,也想知道他到底是怎么养成这样的性格的。

可是现在她的目的反而变得单纯。

她说:"都说当兵后悔两年,不当兵后悔一辈子,我就是想看看这是一个什么样的地方,让这么多人都这么魂牵梦萦。"

石向荣倒是没想到她一个柔柔弱弱的小姑娘,竟能说出这样的话。

他当即朗声笑了起来,随后温和地说道:"那希望我们这个地方别让你失望啊。"

"不会的,我相信一定不会的。"

所有人都会记得抗震救灾的时候,谁是冲在最前面的人,有危险的时候谁是毫不犹豫地保护这个国家和人民的人。

叶飒离开石向荣的办公室之后，直接去了医务室。之前她去过一趟医务室，所以知道怎么过去。等她到的时候，医务室的门正开着，她一进去就看见一个穿着蓝色作训服的小战士正在里面忙活。

"请问你找谁？"小战士听到门口的动静，一转身看见一个特好看的姑娘站在自己身后。

叶飒看了一眼，问道："请问今天是哪个医生值班啊？"

小战士说："是贺医生。"

"他不在吗？"叶飒又问。

她刚问完，里面正好走出一个穿着白大褂的男人，他看了一眼叶飒，有些惊讶："请问你找谁？"

"我是叶飒，是新来的实习医生。"

贺瑞一听有点儿愣住，他之前知道医务室这边有个新医生要来，听说是个女的，因为之前陈芝医生要休产假嘛。

只是他没想到，居然是这么一个大美人。

他一时也有些怔住，等回过神才不好意思道："原来你就是叶飒医生，我是贺瑞，是这里的军医。"

"叶医生，我叫徐滔滔，是这里的卫生员。"旁边的小战士也赶紧说道。

叶飒点头，她知道部队里一直有卫生员这个岗位，很多都是连队里的小战士担任，平时会在医务室里面，要是有军事演习的时候，他们肩膀上会带着红十字标志。

贺瑞给叶飒介绍了一下这里医务室的基本配置。

简单的头疼脑热这些都能处理，但是要是有什么大病，自然还是要往医院送，因为团部营地离第九医院挺近，所以他们部队里的战士多数是去第九医院。

等贺瑞问到叶飒之前在哪个医院上班时，她如实回答第九医院，贺瑞露出一脸震惊的表情。

叶飒在这里待了一个上午，就感觉到了这里跟第九医院的不同了。她在急诊室的时候，几乎没有停下来的时候，病人一个接一个，有时候连上个洗手间的时间都没有。

在这里的医务室，有点儿空闲得过分。

一直到接近十二点的时候，突然进来几个人，其中一个是被架着进来的，一张脸通红通红，肉眼可见是被晒的。

"医生，你快给看看，他突然从单杠上就摔下来了。"

为首的军官特别担心地说道，他忍不住把帽子从头上拿了下来，往自己身上扇了两下。等他看见拿着听诊器过来的人时，一下愣住了。

"叶……叶医生。"郑鲁一以为自己是看花眼了，可是面前这个正在给战士看病的医生，不是叶飒是谁。

叶飒伸手掀了下战士的眼皮，看了看他瞳孔的状况，又用听诊器听了听他的心跳情况。

在听到郑鲁一说他是从单杠上摔下来的，赶紧捏了捏他四肢的情况，好在并无明显的骨折现象，应该也没摔到。

"应该是中暑了。"叶飒检查完之后说道。

她说："情况不算严重，待会儿给他喝一瓶藿香正气，然后让他在这里躺一个小时观察观察。"

郑鲁一过了几秒，才点头说："好嘞，谢谢医生。"

叶飒因为刚来还不知道药品摆在哪里，所以是徐滔滔去拿的藿香正气水。因此她留在这里的时候，郑鲁一还是没忍住，低声问道："叶医生，你怎么在我们部队里？"

"上班啊。"叶飒转头看着他，笑了下，似乎在笑他这个问题问得挺好玩儿。

郑鲁一依旧一脸蒙，上……上班？

他舌头都大了："你到这儿上班？你不是在第九医院上班吗？"

"从今天开始，我就在这里上班了。"

郑鲁一简直有一肚子的话要问，不过叶飒并不打算跟他多聊，因为正好又来了一个战士，捂着肚子，说是肚子疼。

叶飒把人拉到一旁让他坐下，给他检查身体。

郑鲁一也没能在医务室待多久，因为这会儿正好训练结束，他让其他两个战士去食堂吃饭，自己也去给刚才中暑的战士打一份病号饭回来。结果他到的时候，看见连队里的班长已经拿着饭盒往外走。

原来班长已经把饭打好了给人送过去。郑鲁一倒是没跟他争这些，径直走进食堂里头，等他饭吃一半的时候，温牧寒进来了。

"牧寒。"他伸手招呼了一下。

温牧寒打了饭端过来，手里还拿着他的军帽。郑鲁一看着他身上这一身笔挺的军装，就知道他今天又去机关开会去了。自从他那个"海岸线计划"报上去之后，他去机关的频率比之前频繁了些。

"怎么样？"郑鲁一关心地问道。

虽然知道温牧寒做的是吃力不讨好的事儿，不过这种精神不就是现在军改所需要的，要不然一天到晚吃老本，他们海军资本还没陆军厚呢。

人家陆军还能喊一句"中国陆军，天下第一"，毕竟陆军的战功是实打实的，名声都是靠着自己打下来的。

他们海军没办法啊，没钱想搞海军简直是痴心妄想。就说这航母吧，当年第一艘航母交付给海军的时候举国同庆，多少海军老人躲被窝儿里偷偷哭都不是夸张的。

温牧寒这个海岸线集训队的想法大胆又创新，要是真让他做成了，那说不定还真的能成立一支新型专业化支队。

温牧寒手里捏着筷子点了点头，连他脸上都挂着笑意："目前来说进展还不错。"毕竟他这几次会也不是白开的。

郑鲁一悄悄说道："要是真成了，我必须要进集训队啊。"

"那不行。"温牧寒想也不想地拒绝道。

郑鲁一立即瞪大眼睛，满脸不相信他居然这么直接地拒绝自己。

温牧寒自然也有他的道理："我们要是都走了，一营怎么办？你是要把一营的兵都丢下？"

郑鲁一："……"

"我说营长你自己要去搞集训队，你把我丢在一营看家，你说这是不是太不够意思了？到时候你肯定要全团选拔吧，我的军事素质可是过硬得很……"郑鲁一还在念念叨叨。

温牧寒却拿出了手机，等他翻出微信的时候，界面停在了叶飒的对话框上。这姑娘确实人如其名，做事够飒，性格更是如此。之前说从此不打扰他，还真的彻底没了消息。这几天别说电话，就连信息都没一条。温牧寒大概猜到那天她肯定是听到了那句他说自己跟她没关系，却没有听完后面那句。

对于她的失望，其实温牧寒不是不能理解。这姑娘说喜欢他不是一天两天了。要不是心里过不去，怎么可能会轻易放手。这回估计是真伤心了。

本来他也是想要解释的，毕竟这种事情说开了就好，可他反而有点儿退缩了。温牧寒的字典里从来没出现过的字眼，反而在她身上用到了。

他挺怕看见小姑娘的眼泪，又觉得自己实在不是个玩意儿。人他肯定是要追回来的，因为他一旦确定心意，肯定是不会放手。可是怎么追就是个问题了，大张旗鼓不是他的性格，但是叶飒在他这儿受的委屈，哪怕他再大张旗鼓都不嫌多。越是想着，心里越觉得要谨慎，恨不得写个作战计划才好。这都过去好几天了，气也该消了，他觉得还是应该先把事情说清楚。

等他正要发信息的时候，突然对面的郑鲁一压低声音，贼兮兮冲着他笑："不过营长，我发现你还真够招小姑娘喜欢的。"

温牧寒听到这句话，轻轻挑眉，正要当没听到不搭理他。

郑鲁一说："叶医生居然为了你都追到咱们部队来了，好好的大医院不待着，跑到我们这里……"

"你说什么？"温牧寒冷眼看着他。

郑鲁一被他这表情吓了一跳，见他这表情，心下一想问道："你还不知道？"

温牧寒道："说。"

简短一个字，吓得郑鲁一赶紧把刚才的事情说了一遍，他原本带战士去医务室，没想到居然遇到了叶飒。

等说完之后，郑鲁一已经自动脑补了一场浪漫的爱情故事。为了追求喜欢的人，小姑娘执着地从大医院转到了部队医务室，只为征服她心目中的男人。当然他还没脑补完，面前的人已经消失了。以至于他跟着喊了一句："营长，你这饭……"

因为医务室还有病人在，所以叶飒主动留下来值班，让他们去吃饭。本来贺瑞挺不好意思的，倒是叶飒主动说她不太习惯去食堂那种人那么多的地方。

贺瑞看着她这张惹人怜爱的脸，顿时点头表示理解。于是徐滔滔表示一定会给她打个食堂大师傅做的红烧肉回来。

叶飒坐在办公桌上看医务室这一个月以来的诊断病历，正看着时，感觉到有人推门进来，于是她抬头问道："哪儿不舒服……"

待她看见来人时，登时闭嘴。

温牧寒穿着一身白色军装，笔直地站在她面前，黑眸落在她脸上，有种灼热到过分的感觉。

他深吸了一口气："叶飒，你怎么在这儿？"

其实这话他自认为是用关心的口吻说的。可是这话戳着马蜂窝了。因为在叶飒听来，每次他这么说时，就是想要撇清他们的关系，甚至她已经默认他没说出口的潜台词，"你为什么要在这儿""这不是你应该来的地方""你从哪儿来，回哪儿去吧"。

叶飒猛地站了起来，只是考虑到里面还躺着病人，她可真是要立即说出口，她率先走到门口，温牧寒跟着走了过去。

她仰头望着他，神色淡然："对，我是说过以后不会再烦你。我调过来是之前就定下来的，所以你放心，我不会打扰你的。以后咱们连普通同事都不算，因为走在马路上，我也会假装不认识你的。"

这一通话砸过来，温牧寒算是领教了什么叫作翻脸如翻书。他这心头也不知道是什么感受，之前还说喜欢他的姑娘，这下真的如他之前所愿不搭理他了，可是他这心里头怎么就那么难受。

他刚想伸手按住叶飒的肩膀，告诉她自己那天说的话。

可是叶飒往后退了一步，正好变成他站在医务室门外，而她站在门里。她抬手指了指墙壁，那里挂着一块红色标语。

"闲杂人等，不得无故逗留。"

这是部队防止有人偷懒躲在医务室才挂的一条标语。

叶飒冷淡开口："以后要是没事儿，请你别随便来医务室。"

"砰"的一声响动。

说完，她当着温牧寒的面儿，直接关上了门。

温牧寒看着面前的门板,站在原地足足待了一分钟。所以她还真要说话算话,从此不打扰他,跟他形同陌路?

温牧寒没忍住,在心里爆了一句粗口,只是这话对他自己倒是多了点儿。

一分钟后。

叶飒听到门被重新推开,她以为是有别人来了,毕竟温牧寒那种性格怎么可能在她关上门之后还继续进来。况且他又不喜欢自己,她不搭理他,不是正好如了他的心愿。

可她一抬头,就看见穿着白色军装的男人已经走到面前。

这次温牧寒双手按在桌子上,身体微弯,前倾靠近桌后的姑娘。

直到低沉又悦耳的声音再次响起:"医生,我要看病。"

第八章
糖果

怎么会有如此厚颜无耻之人！

叶飒心头一股恼火上来的时候，简直不敢相信这是温牧寒说出来的话，待她深吸一口气望向对面的男人，脸上浮起一丝冷笑："哪儿不舒服？"

"这需要医生你检查检查。"温牧寒声音浅淡，透着一股难得的温润。

叶飒听着这话，还真的被气笑了。于是她点了点头，指着旁边的椅子说道："行，你先坐下吧。"

毕竟人家都说是来看病的，她作为医生当然不可能直接把他扔出去，于是叶飒客气地让他坐下。

谁知叶飒转身去拿听诊器，再回头的时候，就看见他的手指扣在衬衫最上面的那枚风纪扣上，灵活的手指已经将扣子半解开了。

叶飒失声道："你干吗！"

温牧寒眼睑微抬，狭长桃花眼的眼底泄出一丝笑意，待他慢条斯理地将扣子解开之后，才淡声开口："配合你检查。"

"检查而已，你脱什么衣服。"叶飒冷眼望着他。

也不知道是她的错觉还是什么，她总觉得这男人今天特别不一样，身上的那股子妖孽气息更盛，简直是要压过这一身军装的正气。

叶飒直接将听诊器放在他的胸口，只是当听诊器的尾端准确而又清晰地传来他的心跳时，叶飒突然一怔。

这是属于温牧寒的心跳，怦怦、怦怦。每一下都那样低沉而有力。

这声音从她的耳朵里仿佛要钻进她的心里，明明说好了，从此以后不再打扰，但只是听到他的心跳声，她心里的波澜就又再起。

或许是因为喜欢成了一种习惯，哪怕是要戒烟都要很久。更何况是要戒掉对另外一个人的爱。

在叶飒准备收回听诊器的时候，突然温牧寒的手掌按在她的手背上，他的掌心很暖，按在她有点儿冰凉的手背上，格外温暖。

温牧寒抬头看她："不多听听吗？"

说来也奇怪，当叶飒拿着听诊器过来的时候，温牧寒就能感觉到自己的心跳明显在加快。连他自己都觉得好笑，他竟然像个毛头小子般，喜欢的姑娘一靠近自己就欢喜到心跳加速。那样明显加快的心跳频率，从她靠近之后就再未缓和。

其实他知道自己对这姑娘早就有了念头，只是一直以来都在用各种理由逃避着。要不然她出事儿，他怎么会比谁都着急。明明可以把什么都推给谢时彦，毕竟他才是叶飒的亲舅舅。可他不放心也不安心，非要亲自去找出幕后想要伤害她的人。她一次又一次地靠近，难道就没有他的纵容在里面吗？

如果他温牧寒真的是这么好接近的人，那这么多年里的莺莺燕燕早就把他拿下了，何必还要等到这小姑娘长大再来靠近她。一切的一切，其实早就暗潮涌动。只是他身在局中，反而被迷花了眼睛，看不清楚自己的心。

叶飒望着他，想要收回自己的手，可是温牧寒却按着她的手背，不让她动弹，他轻声道："叶飒，我和韩书灵没有任何关系。"

他以为叶飒那晚是看见他和韩书灵在花园里说话，误会了他们的关系，这才说出那些话。于是他想要解释清楚。

谁知他话音刚落，本来脸色还算平和的姑娘，一下眉梢轻挑，脸上竟然生生泛起一股子恼意，她冷笑道："对，你和我也没关系。"这回她用力抽回自己的手掌。

待她转身离开，回来的时候手上拿着东西："我已经给你检查过，心跳加速，意识不清楚，张嘴。"

意识要是清楚的话，怎么会在她把他关在门外的时候，还要回来看病。他要是真的有病，也估计是因为天气太热，脑子突然烧坏了。

谁知温牧寒当真乖乖张嘴，他这么听话，反叫叶飒一愣。只不过停顿了一秒，她便毫不犹豫地把手里的东西直接倒进了温牧寒的嘴巴里。

瞬间那股子刺鼻呛人的味道从他的口腔直冲大脑。居然是藿香正气水。

饶是温牧寒有点儿心理准备，估计到了她没安好心，也还是没想到她下手挺重的，呛得他连连咳嗽。

只不过他这人骨子里就有股大男子主义，怎么可能愿意在自己喜欢的姑娘面前失了面子。他强忍了下来，那一双黑眸被憋得微泛红不说，眼角竟然还有泪光，莫名有种委屈的味道。

叶飒本来也只是气恼他说的话而已，那天他在韩书灵面前说跟她没关系，今天又在她面前说跟韩书灵没关系。

所以在他心里，她只不过是一个跟韩书灵一样的人罢了。

这种认知叫叶飒越发恼火，明知道他不过就是心跳有些快而已，还是硬生生给他喂了一瓶藿香正气水。这会儿她自知理亏，却还是强撑着说道："我怀疑你是中暑了，天热。"

温牧寒这会儿渐渐缓和了下来，眼皮微掀望向她，眼底透着一股玩味。

叶飒还以为他这是不信："我这是出于医生的职业判断。"

谁知男人突然嘴唇一勾，轻笑了起来，还淡淡点头："嗯，我信。都听你的。"

都听你的。

这四个字幽幽地飘进了叶飒的耳中，竟然犹如小石子砸进她心头，荡起一圈又一圈的涟漪，久久不能停止。

狗男人。叶飒微微咬牙，说话就说话，勾引人干吗。

谁知温牧寒仿佛不知她心里的想法，竟然直接从椅子上站起来，往前走了一步，站在她面前，眼眸微垂望着她的脸颊。

"以后都听叶医生的。"

午休之后，室外温度实在太高，因此下午一般都是安排水下训练。他们作为海军陆战队，不仅在地面上对战斗有要求，就是在水里也有训练。每年都会有一定的海训项目。

温牧寒本来准备过来盯着这次的训练，谁知还没出办公室，电话就响了。

石向荣给他打来的，就说了一句："现在马上到我办公室来一趟。"

温牧寒在原地站了一秒后，赶紧拿起桌子上的帽子，直奔团部办公室而去了。他几乎是一路小跑到了团部，进了电梯之后，盯着电梯上的数字，眼看着一层层地往上跳。

到达时，伴随着"叮"的一声轻响，电梯门往两边打开。

温牧寒一步跨了出去。到了团长办公室门口的时候，他没立即敲门，而是对着门上镶着的玻璃整理了下自己的帽子，随后才抬手在门上敲了敲。

"进来。"石向荣的声音在里面响起。

他推开门的时候，不仅石向荣在，连政委吕闵也正坐在沙发上等着他。

"团长，政委。"他走进来，对着两个人行了军礼之后，笔直地站定。

结果敬礼之后，房间里反而陷入安静，石向荣低头看材料，好像并不打算立即说话。

直到吕闵看了他一眼，又朝石向荣望了望，就见石向荣轻哼了一声："知道我找你来是什么事情吧。"

"海岸线计划。"温牧寒毫不犹豫地说道。

哪怕他此刻心里早已经跟猫抓似的，脸上却依旧一脸严肃，丝毫不显。

石向荣还真的盯着他看了半天，摇头说道："还真让政委说对了，我像你小子这么大的时候，可做不到这么沉得住气。"

刚才石向荣说温牧寒要是知道这个消息，准能高兴得跳起来。

谁知吕闵却摇头笑道，说他实在是不太了解温牧寒，这小子是他当兵这么久以来见过的最沉得住气的人，哪怕他就是心里焦急得要命，也肯定让你看不出来。

果不其然。

石向荣让他在原地站了这么久，他还真的就那么站着，愣是不主动开口问。

不过也正是这样的人才能作为军事主官，不管心里如何，面上是泰山压顶而不变色，这样才能成为底下人的主心骨，才能让他的兵镇定。

石向荣点头说："刚才军区里面打电话通知我们了，你提出的这个海岸线大队集训计划，正式通过了。经费和人员配置，还在研究当中，但是这个消息可以先告诉你。"

这时温牧寒才微吐了一口气。他再次打了个笔直的军礼，郑重道："谢谢团长，谢谢政委。"

"行、行、行，你别跟我来这一套，别人说说也就算了。你小子说'谢谢'，我后脊背都在发凉。"石向荣不客气地说道。

倒是一旁的吕闵笑了起来。他说："别听你们团长嘴上这么说，其实为了这件事儿，他自己都跑了好几趟军区了，不过也是你提的时机好，正赶上咱们海军进行军改。正所谓百舸争流，奋楫者先，牧寒，你这一代人是正赶上了好时候，可一定要把握机会啊。"

吕闵格外语重心长，他跟石向荣一样对温牧寒那是极为看重。毕竟这是他们从蛟龙突击队抢回来的人。

别看石向荣对温牧寒向来没什么好口气，那是因为这小子有时候实在是太气人，他倒不是那种明面上的张狂，而是那种偶尔会从身上流露出的"老子就是天下第一"的张狂。

这种张狂其实比明面上那种狂还要扎人心。因为这种人还真的就有实力。

石向荣说："这次的计划是你提出来的，负责人自然也就是你了，你可以在全团里选人，人随便你挑，要是谁敢不放人，你来跟我说。不过丑话我可跟你说在前头了，人事权我放开来给你，但是你要是不给我搞出点儿成绩，看我到时候怎么削你。"

这会儿温牧寒露出一个笑容："放心，我绝对不会让您有这个机会。"

瞧瞧，就是这种欠扁的口吻。

石向荣气得拿眼睛瞪他。

医务室下午又来了两个兵，一个是拉肚子，还有一个又是中暑。现在天气实在太热，训练力度又大，中暑是常有的事情。

贺瑞跟叶飒一人照顾一个，倒也不算特别忙。

只是叶飒照顾的那个兵明显有点儿抗拒，捂着肚子死活不让叶飒掀开他衣服，等叶飒要去拉他的时候，他急道："我能等贺医生吗？"

叶飒微挑眉，她问："你是怕我医术不好？"

小战士赶紧摇头："不是。"

他小声说："医生，我身上汗味大，我怕熏着您。"

叶飒倒没想到他是这么个意思,被他逗笑了,轻声解释:"我以前是在医院急诊,一到晚上值夜班的时候,急诊科总会有各种酒鬼,他们身上那个味……"

饶是叶飒都没继续往下说,因为那个记忆一回来,还真的是……

此时贺瑞已经给中暑的战士喝了药,掀开帘子走过来,他是听到了两个人说话的,朝小战士看了一眼:"我说你们这些小子,看到叶医生长得漂亮,就怜香惜玉。你怕熏着叶医生,你怎么不怕熏着我啊。"

"您毕竟是男人嘛。"小战士笑嘻嘻道。

贺瑞眼睛一翻,还真的是。

不过最后还是叶飒强行给小战士看的病,估计是天热,吃坏了肚子,她开了药之后就让他回去了。

贺瑞这会儿倒是好像想起什么问道:"叶医生,你申请宿舍了吗?"

"宿舍?我们还需要住在这里吗?"叶飒有些惊讶道。

贺瑞点头,他说:"以前是不需要的,不过之前有个战士半夜发病,医务室也没人,所以团里决定让医生也值班。"

叶飒摇头,她不知道这个事情,当然没有申请。

她问:"这里有女兵宿舍吗?"

"咱们团没有,不过咱们旅有个两栖侦察大队的女兵,都是一等一的女汉子,去年联合演习的时候,我差点儿被她们抓住。"

叶飒一脸蒙地望着贺瑞,贺瑞赶紧解释说:"我毕竟是个军医嘛,负责后方的救护,要是把我抓了,咱们团肯定减员严重。"

那你还挺重要啊。

贺瑞估计也觉得挺丢脸,说道:"真的,我真怕那帮姑娘了,当时涂了个迷彩,压根儿看不清楚是男是女。等我被抓住,才知道是女的。"

叶飒:"你不是说差点儿被抓住?"

贺瑞这才知道自己说漏嘴了,于是他闭嘴不说话。

他转移话题说:"不过要说厉害的,还是咱们一营的温营,他去年的时候还不在我们团。当时他直接把我们旅长剿首了,我们整个旅当时差点儿就折了。"

叶飒知道温牧寒的名字，明知道贺瑞只是随口说了说，但还是忍不住认真听了起来。

贺瑞道："所以当时旅长就非要找这人是谁，最后还强行把人抢了回来。咱们团长手又快，又把人抢到我们团里。人家以前在咱们海军特种部队的时候，就是这个。"

他比了个大拇指。

叶飒低头，嘴角不自觉地扬起，这个人不管到哪儿都耀眼到所有人都无法忽略。

下午训练结束，张小满跑到医务室，他直接在桌子上放下好几瓶饮料。叶飒有点儿惊讶，问道："怎么买饮料过来？"

"不是我买的，是我们营长请全团的人喝东西，咱们服务社那边的饮料全部都被搬空了。"

贺瑞一听，赶紧问："温营这是干吗？升职了？"

"哪儿这么容易，我们营长刚升的少校军衔，这两年估计都不会升了。"张小满摇头。

贺瑞本来就有一颗八卦的心，赶紧又问："到底是因为什么？"

张小满低头靠过来，贺瑞赶紧跟着靠过去。

直到张小满低声说："我们营长说谁都不能告诉，军事机密。"

贺瑞拧开饮料瓶盖子，恨恨道："你啊，都被你们温营带坏了。"

大大的坏。

"叶医生，你也喝，不喝白不喝。"贺瑞递了一瓶过来。

贺瑞又感慨道："温营长真是大手笔啊，请全团人喝饮料，咱们团最起码也有一千号人吧。这得多少钱。"

说完，他居然真的拿出手机，认真算了一下。

叶飒突然觉得她这次的军营之旅，好像不会无聊了。

她低头看着手里的饮料，想起那个男人，也拧开直接喝了一口，说得对，不喝白不喝。今天轮不到她值班，所以叶飒可以回家。

贺瑞说他们哪怕不值班也可以在食堂吃饭，她不如吃完晚饭再回去。

叶飒正好也要去申请宿舍，于是准备吃完晚饭再回去。谁知她刚到食堂，打了饭坐下之后，不少人都回头看她。虽然这才一天的时间，但是整个团里差不多都传遍了，医务室新来了一个大美人医生。很多人没亲眼瞧见，只是听说了。

这会儿食堂里突然出现一个姑娘，哪怕穿着简单的衬衫和短裙，那张脸也是真的好看，宛如清水出芙蓉，坐在明亮的食堂里面，她就是那个最耀眼的存在。

她低头吃饭时，突然对面有个餐盘放了下来。

待她抬头，温牧寒已经在她对面坐下。

"好吃吗？"温牧寒抬了抬下巴指了指她的托盘。

叶飒微怔，没搭理他，后来她突然语气轻嘲地转移话题："温营这么大方的人，能请全团喝饮料，居然也要吃食堂啊。"

还坐在她对面，谁允许的！

谁知温牧寒听罢，黑眸抬起看向她。

突然他轻笑："放心，没花多少钱，我的老婆本还在呢。"

叶飒："……"

不要脸，谁问这个了。

此时正好是晚餐时间，刚从训练场过来的士兵坐下之后，开始狼吞虎咽，话都来不及说上几句。倒是穿着军官制服的人三三两两坐着，偶尔闲聊几句。

从温牧寒在叶飒面前坐下的时候，不少人就往这边偷瞄。连一营的战士都挺好奇，要不是生怕温牧寒发现，一个个恨不得转头往后看。

有个人实在没憋住，问道："你们说咱温营是不是对新来的那位女医生有意思？"

"我估计是。"有个人低头闷笑。

"都说英雄难过美人关，没想到温营也是。"

实在是平时温牧寒积威太甚，叫这些兵都觉得他有点儿不食人间烟火，况且他们听说温营眼光高，一直以来都没见过他交女朋友。

唯一的绯闻就是上次他在营区门口抱着一个姑娘直奔医务室。不过据那天站哨的人说，温营就是见义勇为而已，开车那姑娘在车里昏倒了。

现在瞧见他主动坐在新来的女医生的对面，哪怕平时不八卦的人，这会儿都憋不住。张小满作为温营的资深狗腿子，这会儿可不乐意他们背后这么说温营。

他立即不满道："温营才不是那种见色起意的人呢，他跟叶医生早就认识的。"

结果一说完，连成一排桌子上的十来双眼睛齐刷刷地望向他。

张小满立即怔住，他……是不是不应该说这个。

"你小子居然知道内幕，快说。"旁边的人都来劲儿了。

"就是，这么大的事情你还瞒着我们。"

张小满其实也说不好他们到底是什么关系，反正他就知道之前他在第九医院住院的时候，叶医生跟温营一块儿去看过他。

而且当时叶医生问他，自己当队长夫人行不行。他看得出来叶医生好像是喜欢营长，至于营长嘛，他觉得也应该是喜欢叶医生的。要不然下午大家喝饮料的时候，他干吗指使自己把饮料送到医务室，说是请医务室的人一起喝，可实际上想请的不就是叶医生。

他抿嘴不想说了，毕竟这是营长的事情，营长要是不想说，他也坚决不跟任何人说。况且他好像听说过，同一个单位不能谈恋爱。叶医生好不容易调到他们这里，他可不能害了营长和叶医生。

张小满立即摇头："我不知道。"

"这小子还瞒着呢。"

"他肯定知道。"

众人叽叽喳喳的时候，突然有个人不耐烦地敲了敲盘子，声音不善道："我说你们有完没完了，男人跟女人在一块儿能有什么事儿，不就是相互看对眼。"

他们一看说话的人，都有点儿无奈。

郎玄是今年入伍的新兵，这小子虽然身体素质不错，但是个刺儿头，光是禁闭就被关过好几次，就连班长都拿他没办法。

虽然郎玄家里挺有钱，但是他倒不是不会做人，平时经常请大家一块儿抽烟，就是性格有点儿狂。

还是班长何东宝敲了下餐盘："好了，好了，都别说了。赶紧吃饭吧，今天可以看电影。"

组织看电影是战士晚上最喜欢的休闲活动,一个个听完都闭嘴吃饭。

温牧寒自然没在意别人的目光,要不然他也不会坐在叶飒的对面。

这边的叶飒随便吃了两口,又因为对面这个人坐在自己面前,更是不想继续吃了,待她要端起托盘的时候,温牧寒手指轻轻按在托盘的边缘。

他问:"干吗去?"

"不想吃了。"叶飒声音平淡道。

谁知温牧寒按着她的托盘,声音居然比她还平淡:"坐下来,吃完。"

叶飒没动。

倒是温牧寒微偏头,下巴冲着食堂墙壁上指了指,待叶飒转头看过去,瞧见墙壁上贴着一排红色大字。

一粥一饭,当思来之不易。

温牧寒低头看着她的盘子,低声说:"团里早有规定,不许剩饭,所有人都要吃完。"

其实这规定还算好,毕竟当兵的小伙子个个都要训练,饭量跟头小牛犊子差不多,食堂大师傅给他们打饭的时候都是生怕不够,没多少人会剩下。

叶飒沉默了会儿,才低声说:"我吃不完。"

她一向胃口小得很,要不然也不至于这么瘦。

温牧寒刚要皱眉,准备教训她,只是一想到现在他还在小姑娘的黑名单上呢,好歹是压着性子缓声道:"上次在医务室里的时候,陈医生怎么跟你说的?"

叶飒默不作声,但就是不提筷子。

终于温牧寒深吸一口气,他伸筷子直接将她盘子里的米饭夹了过去,叶飒都没来得及阻止。

待他几口吃完后,低声道:"下不为例。"

叶飒微微咬唇,一时有点儿弄不懂这男人。他到底想干吗呀。

叶飒第二天才申请到宿舍,前一天因为管理宿舍的人下班了。她是单独一个房间,房间不算特别大,就是那种普通的单人宿舍,一张床一张桌子还有个柜子。随后她又去后勤处领了全套的被褥枕头。

因为她是趁着中午自己不当班的时候过来领东西的，所以这会儿她抱着被子走在路上，还没走几步，已经满头大汗。

"我来帮你吧。"突然有个穿着作训服的兵跑过来拦在她面前。

叶飒的"不用"两个字还没说出口呢，她手里拿着的东西已经全部被接了过去。

对方笑着冲着她说："我叫郎玄，是一营二连的兵。"

叶飒点点头，轻声说："我叫叶飒，是新来的医生。"

"我知道你。"郎玄点点头，转头看她时，突然露出一个过分灿烂的笑容，"你长得这么好看，昨天第一天来，全团就差不多都知道了。"

虽然叶飒一向知道自己的长相漂亮，但是还真的是第一次当面被人这么说，她有些不好意思地笑了起来。

她望着郎玄，问道："这是你当兵第几年？"

"第一年。"郎玄说这话时，语气有些不爽。

他长相其实也挺好看，是那种时刻带着点儿坏的感觉，又有那么点儿叛逆不羁的感觉，要不是这一身军装穿着，他大概就是酒吧里面一言不合就要抡酒瓶子打人的那种。

两人说着话，已经快接近宿舍区了。

叶飒的宿舍在军官宿舍这边，这边多数都是单人宿舍，大部分都是连队干部或者营级干部住的宿舍。而叶飒因为是医务室里的医生，所以后勤处给她特殊待遇。

毕竟士兵住的都是十人宿舍，总不能让她去挤宿舍。

叶飒看了一眼自己手里钥匙上的号码，105室，是在一楼，挺好的，不用爬楼。

于是她领着郎玄走到105室，正拿钥匙开门的时候，隔壁的门突然从里面打开，她转头看过去，就见穿着作训服的温牧寒手里拿着帽子，走了出来。

四目相对，两个人都愣住了。

随后温牧寒的视线在她和郎玄之间扫了扫，目光又落在郎玄抱着的被子枕头这些东西上。

场面一度有些沉默。

直到温牧寒望着郎玄问道:"午休时间是让你乱跑的吗?"

郎玄虽然是个刺儿头,但是他还真的挺怵温牧寒的。不为别的,只因为温牧寒正面教训过他。他刚下连队那会儿,有种谁都不服的劲儿,仗着自己的身体素质好,军事训练成绩在新兵里面数一数二,天不怕、地不怕,哪怕是关禁闭都管不住他。

直到温牧寒亲自出手,从各项上面彻底碾压他,这才让郎玄知道什么叫作天外有天、人外有人,他还是太嫩了。

这会儿温牧寒问他话,因为他手里还抱着东西,所以不能敬礼,他只能站直回道:"报告,我只是去服务社买东西。"

温牧寒低头看着他手里的东西:"给我吧,你立即回宿舍。"

"是,营长。"郎玄不敢反驳,因为此时温牧寒已经伸手把他手里的东西接了过去,郎玄只能转身离开。

叶飒站在原地看着温牧寒抱着她的东西,直到他开口说:"还愣着干什么,开门。"

"我自己拿。"叶飒伸手要去接回来这些东西。

温牧寒的下巴抬了下,指着门上的锁:"开门,要不然你抱着这些东西怎么开门。"

叶飒倒也不是杠精出身,没再跟他争,拿起钥匙把门打开。只不过这个宿舍不知是不是因为好久没人住,一打开就有股闷闷的味道。

待温牧寒将东西放在床上,立即伸手去打开窗子:"先开窗通风,这个宿舍有阵子没住人了。"

反正自从他搬过来之后,这宿舍就一直没住过人。当时他之所以会选隔壁那间,就是因为安静。他的房间是最顶头的,这边没人住,另外一边是灌木丛,更没人打扰。

叶飒见他要帮自己收拾东西,立即说:"我自己来收拾吧。"

"你会?"温牧寒回身似笑非笑地看着她。

叶飒以为他这又是讽刺自己的口吻,立即冷漠道:"我为什么不会。"

其实她真的不会。叶飒打小就是被人照顾惯了的,就连在医院上班,管家都会专门送饭到医院给她,你说她能会收拾东西吗?

温牧寒径直走了出去，等他回来的时候，拎着一个水桶和拖把。

他看了眼外面："你先去我宿舍待一会儿，那边有空调。"

他瞧见叶飒额头上已经出了薄薄一层汗，虽然刚才她没抱着东西走回来，但这么热的天气，在外面待上五分钟都会浑身是汗。

叶飒之前已经下定决心，这次跟他不要再扯上关系，于是伸手想抢过他手里的拖把。

"这是我自己的房间，我自己打扫。"

温牧寒朝她笑了，黑眸如沁着柔光般，透着说不出的暖意："去歇着，我来搞定。"

叶飒还要反驳，他又低声说了句："乖，听话。"他的口吻透着不容置疑的坚定。

叶飒在他若无其事的腔调之下，居然还真的落荒而逃了。隔壁的空调被温牧寒打开了，她一进去就感觉到一股沁人心脾的凉意。

到底是温牧寒疯了，还是她疯了。她居然觉得温牧寒是在向她示好，而且还不是一般的示好，而是男人对女人的那种示好。

等她回过神的时候，门口正站着一个人。温牧寒动作挺快，不一会儿就把地拖完了，等回来这边，就发现她正盯着手机，边看边笑。

"笑什么呢？"温牧寒走过来。

叶飒立即把手机屏幕按黑了，惹得温牧寒微眯了眯眼睛，他多聪明一个人。当下就明白，这姑娘肯定在跟别人讨论自己呢。不过既然还能跟别人讨论自己，就说明这姑娘对自己的心思还没彻底断了，不像她说的那么冷漠。

况且人的大脑里又不存在真的开关，怎么可能说不喜欢就真的不喜欢呢。温牧寒这会儿就是在温水煮青蛙，他怕自己速度太快，把人吓得更远了。

毕竟她上赶着追自己的时候，他千方百计把人往外推。等她说不喜欢不想跟他有关系了，他倒是又看准了自己的心，放不下人家了。温牧寒自己想想，都觉得自个挺不是玩意儿的。

"都收拾差不多了，不过还要通通风，还有床单被罩这些，放洗衣机了。"温牧寒倒是把什么都做完了。

叶飒一怔，问道："还有洗衣机？"

温牧寒被她这问题逗笑："都什么年代了，真当部队是深山老林呢。"

其实这也是军官的福利，士兵的衣裳还是自己洗的。

叶飒站起来："要是没事儿，我先回医务室了。"

声音冷，态度更冷。

即使阳光从窗外照进来，打在她身上，也透着一股冷漠劲儿。以前温牧寒倒没觉得她性子有多冷，毕竟她遇见他的时候，不是在撩拨他，就是准备要撩拨他。如今摆出一副公事公办的态度，温牧寒发现，这姑娘冷起来性子是真冷。

在她从他身边擦肩而过时，温牧寒突然伸出手。他一把抓住她手腕，细骨伶仃的触感，叫他一抓在手心时，就不由得放轻动作，似乎生怕把她折断了，透着一股小心翼翼的呵护。

他转头看着叶飒的侧脸，挺直的翘鼻，显得五官格外精致立体，他黑眸微深："跟你商量个事儿。"

叶飒慢悠悠地偏过头，目光挺平静地看着他，没说话。但眼睛里的意思倒是分明，你说吧。

温牧寒被她这股子拿捏到位的劲儿又逗笑了，只是他知道这会儿要是笑出声，肯定又要得罪她，到时候不知道要怎么哄呢。于是这笑意只在他的眼底。

他问："我帮你打扫了房间，这次有奖励吗？"

叶飒："……"

这世上怎么会有这样的人。

直到男人低沉的声音再次响起："能把我微信加回来吗？"

他说这句话的时候，叶飒心里居然有股子没来由的痛快，心头还飘过一句话：看看苍天饶过谁。

想当初她为了要他的微信简直是费尽心机，现在居然是他求着自己把他加回来，叶飒自然不可能听他这么一句话就变得心软了。

她微微一笑，淡声道："看情况吧，毕竟我说过了，以后你就只是我小舅舅的朋友。"

待她要走时，忽然脚步顿住，转头看着他，很认真又虔诚地喊了一句："温叔叔。"

直到叶飒离开后，温牧寒还站在原地。

只是他转头往后看,透过房门看着已经渐渐远去的背影,突然笑了下。

得,不就是温叔叔,行,他努力再变成温哥哥,行吧。

叶飒晚上下班的时候,又去了一趟宿舍。毕竟她的床单被罩还在外面晒着呢,本来中午就是温牧寒给她弄好了,总不能她还指望人家再帮她收回去吧。

结果她回去时,发现外面并没有晒着任何东西。她打开宿舍的门,待按下门口的开关,头顶清冷的白光瞬间水银泻地般照亮整个房间,宿舍里一切都那么井井有条。甚至空气中还弥漫着一股淡淡的香味,很好闻。

待她的眼睛落在床上时,军绿色的被子已经被叠成方方正正的豆腐块,还是那种可以拿去竞选个人内务标兵的那种方正整齐。

叶飒的视线又被桌子上的两大袋东西吸引。

她慢慢走过去,发现这是超市的那种最大号的塑料袋。等她打开袋子,一眼就看见里面的糖果。她打开旁边的那个袋子,还是满满一大袋糖果。

叶飒有点儿不信似的,把两大袋东西全部倒了出来。哗啦啦,一袋又一袋包装精美的糖果堆积在桌子上,渐渐成了一座小山。

她本来还一脸迷茫地看着这些糖果,电光石火间,她突然想起那天陈芝跟她说的话,兜里多放两块糖,没事儿可以吃点儿。

他都记得。他居然真的记得。这个认知叫叶飒心里又心酸又难受,明明这个男人把关于她的事情都记得,偏偏他就是要拒绝她。

叶飒伸手拆开手边的一包棉花糖,草莓夹心口味。她咬了一口,一下子咬到里面的夹心,略带点儿酸的草莓味瞬间弥漫在整个口腔。

好酸。可是又好甜啊。

"一、二、三、四。"

训练场上喊声震天,有股沙场点兵的恢宏雄壮,穿着蓝色迷彩作训服的士兵,各个昂首挺胸。待所有人集合之后,温牧寒站在最前面安静地看着面前的士兵。

"这次主要是跟你们说一件事儿。"温牧寒站在话筒后面,低沉的声音从话筒里传出来,回荡在这一方小天地之中。

头顶骄阳似火,但是站着的士兵哪怕各个后背都湿透,却没有一个人动一下。

他说:"经过上级军委批准,我们团里会正式成立一个叫作'海岸线突击大队'的集训队,原则上是自愿加入。但是我想告诉你们的是,海岸线突击大队会是一个什么样的地方。"

底下的人依旧站得笔直,安静地听着他所说的话。

"我想很多人都参加过海上军事演习,上过舰艇,知道大海有多波澜壮阔,一望无垠。所以在大海中遇到危险的人,最想看见的是什么?"

最想看见的是什么?

"是海岸线,因为那代表着生存的希望。海岸线突击大队就要成为这样的存在,我们会成为所有绝望者的希望,将他们带往安全的海岸线。我们也会成为祖国和人民一道移动的海岸线,有海岸线的地方,就是安全。"

这就是成立海岸线突击队的宗旨所在。海上生命的守护者,不管是近海救援还是中远海的生命拯救,他们都可以做到。

寥寥几句话,一下子叫所有人都明白了这个突击队成立的意义,甚至很多人一下就想到了隋文。

隋文就是在海上救援的时候,因为搜救着火船舱内的船员,在舱门打开引发爆炸时没有及时躲避,才当场牺牲的。

那天去参加救援的人此刻还站在这里。如果他们当时能够有更专业的救援技能,或许隋文就不会牺牲。

都说失败就应该总结经验。可如果经验是用人命来填的,那么就太过惨痛。

"我们将成为最精锐的海上部队,不会让牺牲战友的血白流。"

远处,叶飒站在树底下望过来,温牧寒的声音传到她耳中时,她突然想起了那个叫吴敏的女孩儿,一个等着嫁给隋文的女孩儿,不知她如今怎么样了。

医务室离训练场不远,她本来只是出来扔个东西,没想到那边正在开会。于是她悄悄走到树底下,听到了温牧寒的这番话,心头竟然久久无法平静。

谢时彦总说她上了大学之后,性格变了很多。其实倒不如说她彻底解放了自己的天性。

其实她打小就有点儿冷漠,她不太爱跟别的孩子玩,总喜欢自己一个人待着。上了学之后,或许是趋利避害吧,把自己包装得看起来温和无害,看起来很受其他同学欢迎。特别是高中,她明明只喜欢一个人看书学习,但为了融入这个班级,就一直和大家一起学习。

直到遇到了温牧寒,他那么吸引她,连她自己都觉得诧异。

明明她是个心底很抗拒陌生人的人,却偏偏那么容易对他打开心门,似乎是一下子就喜欢上了这个男人。以前她不懂,还有点儿奇怪。现在她彻底明白了,因为他身上有这股热血和正气。

哪怕他那会儿还有点儿浪荡模样,可是骨子里的那种劲儿,将她拿捏得死死的。他总是叫她想起另外一个人。她的记忆早已模糊,只依稀还有点儿印象的那个人。本来他们应该是这世上关系最亲密的人,却偏偏缘分浅薄,只相聚了短短几年,便再无缘分。

叶飒当然知道温牧寒不是那个人。只是她最初那般轻易喜欢上他,或许就是因为这个原因。如今岁月将爱打磨得越发无坚不摧,他的每一面都成了叶飒喜欢的样子。

叶飒这才发现,她前几天所说的话好像都成了废话。对这男人的喜欢早已经融入骨髓,镶嵌在她的心脏上,只要她的心脏还在跳动着,对他的爱就会至死不渝。

但在下一秒她微微冷笑了一下,她不会轻易放过温牧寒的。之前都是她追着他跑,这次就让他好好体验一下什么叫作"男追女,隔层山"吧。

海岸线突击大队的集训计划公布之后,温牧寒这边的报名表就如雪花般飞了过来,搞得整个团里,除了一营之外都是如临大敌。

毕竟这次集训队肯定都是要的精英,真被调走了自己的人,哪个营长心里都不好受,纷纷抱怨。

不过团长石向荣倒是挺怡然自得,他已经放话了,这次全凭自愿,既然人家自愿想要去海岸线突击队,强留的瓜也不甜啊。

气得二营营长金涛一直抱怨,说他们其他几个营长都是后娘养的,只有温牧寒是亲生的。

这话传到石向荣耳朵里的时候,气得他差点儿拿起皮鞭去抽人。要不是政委吕闵拦着,估计营区里真的有人得血溅当场。

叶飒这几天跟温牧寒除了吃饭时候偶尔会碰见,还真没怎么接触。中午的时候，她去服务社买东西，正好又撞上了郎玄。

"叶医生，买什么呢？"郎玄偏头看了眼她手上拿着的东西，是个杯子。

原来上午的时候，叶飒把卫生员徐滔滔的杯子给打碎了，幸亏他今天早上没在，所以她中午赶紧过来买一个给人家赔上。

跟郎玄一起来的还有其他几个战士，他们都在买东西。

郎玄对服务社的收银小姑娘说道："叶医生的杯子我一块儿付钱。"

也不知从哪个角落里一下子传来了起哄的声音。反正是肯定跟郎玄来的那几个战士。

叶飒摇头，直接把自己的卡递过去让小姑娘刷了。郎玄见没拦住，又去拿了瓶冰镇矿泉水过来，直接递到叶飒手里："外面太晒了，我请你喝点儿水总行吧。"

这下叶飒要是还看不出他的心思，可就真的是傻子了。

她似笑非笑地望着郎玄，最后身体微凑近，低声说道："我对小弟弟没有兴趣的。"这话只有他们两个能听见。

只是在外人看来，她凑到他耳边说话，显得格外暧昧。以至于郑鲁一进来的时候，尴尬得差点儿又退出去。

结果他看了一眼，哟，这俩人他居然还都认识。

郑鲁一这下连东西也不买了，转头就往回走，等走到外面停着的越野车旁边，敲了下车窗，里面降下车窗之后，他看见温牧寒戴着一副墨镜，瞧不清眼底的情绪，反正肯定是不耐烦的。

因为他口吻颇为不善地说："你要是还没买完东西，我就走了，待会儿你自己走去办公室吧。"

"别、别、别，我这不是刚探听到绝密的消息，赶紧来告诉你。"

温牧寒微偏头，只隐隐看见墨镜之后的黑眸里的不耐烦，只差在脸上写一句话，你能有什么机密要打探的。

"我在服务社里面看见叶医生和郎玄了。"

温牧寒还真愣了一下，待他脸上泛起淡淡的嘲弄，刚想说"看见了又怎么样，叶飒怎么可能喜欢那种毛头小孩儿"，结果他话还没说出口，服务社的玻璃门再次被推开。郎玄率先从里面走出来，他单手拉着玻璃门，方便身后的叶飒走出来。叶飒手里拿着一瓶矿泉水,瓶身上还黏着一层极淡的雾气。

"先走了。"叶飒挥挥手转身离开。

郎玄站在身后,笑着说道:"叶医生,我不会放弃的。"

叶飒正要嗤笑,结果一转身就看见路边停着的那辆越野车,还有车上坐着的男人。在她看过去时,温牧寒伸手扯下了自己脸上的墨镜。

此时他的黑眸深沉如渊,虽然明面上瞧不出情绪,却能感觉到藏在眸底的暗潮汹涌。

"上车。"突然温牧寒开口。

郑鲁一"哎"了一声,正要伸手去拉后面的车门,谁知温牧寒凉薄的声音再次响起:"没说你,我说的是她。"

他下巴往这边抬了抬,指着叶飒。叶飒朝他看了一眼,直接越过车子走了。

郑鲁一站在旁边,死命咬着嘴唇,这才没让自己笑出声。说真的,从他认识温牧寒到现在,还真的是头一次见他这么吃瘪。之前叶医生对他还挺热情的,反倒是温牧寒看起来爱搭不理的。结果现在倒好,什么都反过来了。

温牧寒将车子启动,追上了叶飒。只不过那速度,跟龟速也没差多少了。

郑鲁一看了一眼,想了想还是追上了郎玄。

"我说你小子。"郑鲁一看着郎玄本来想教训两句的,毕竟明眼人都看得出来温牧寒和叶飒之间有事儿,而且还不是小事儿。

但这小子跟没眼力见似的,非要硬插一杠。这算什么事儿啊。

郎玄笑嘻嘻地说:"副营长,您是不是想说我不自量力啊?"

郑鲁一是想这么说的,不过到底是自己的兵,也不能这么往死里打击吧。

郎玄幽幽说道:"温营长和叶医生是男女朋友吗?"

不是啊。

郑鲁一没说话。

"他们不是的话,那我就不算是撬墙角吧,也不属于抢别人女朋友吧。毕竟叶医生是个单身姑娘,谁都能喜欢她吧?"

嘿,郑鲁一还真的要被这小子的歪理邪说说服了。

直到郎玄说:"正所谓窈窕淑女,君子好逑。像叶医生这样的姑娘,哪怕不是我,也肯定别有人喜欢她吧。咱们是军营又不是和尚庙,也没说不允许喜欢姑娘吧。"

说得好像是这个理。

郑鲁一在心里连续呸、呸、呸了好几声，他可是坚定的"温营党"。

这边温牧寒的车子始终慢悠悠地跟着叶飒。

最后还是叶飒没忍住，转头看向他："你跟着我干吗，不怕别人看见？"

"我在路上开车，怕谁看？"温牧寒淡然一笑。

叶飒点头，行，爱跟着是吧，那就继续跟着吧。

结果她继续往前走，居然还真的在路上遇上了别人。对方是开车从对面过来的，瞧见温牧寒开车这么慢，还特地降速跟他打招呼。

"牧寒，干吗呢？"

温牧寒把车窗一降："没事儿，正好碰上叶医生，聊两句。"

对方隔着老远又打量了叶飒几眼，这才恋恋不舍地开车离开。

叶飒眼看着这人还真的跟她杠到底了，于是站定，转头望着他："你到底想干吗？"

"你离郎玄那小子远点儿，那是个刺儿头。"温牧寒声音挺淡的。只不过声音之下隐隐的浮躁，可没他表面那么淡然。

叶飒一听，笑了，她似笑非笑地望向温牧寒，微点了点头："可是我记得你之前不是说过，我们之间年纪相差太大了，让我去找年轻的。"

温牧寒："……"他什么时候瞎了眼说了这种话。

叶飒还嫌不够过瘾，继续说："我现在也觉得，确实是应该找同龄人试试，毕竟年轻嘛，体力好。"

她把"体力好"这三个字，特地咬得格外重。

温牧寒眸底一下沉了下来，有种风雨欲来的感觉。只可惜叶飒现在压根儿不吃这一套。

她干脆靠近温牧寒的车窗边，微微笑望着温牧寒："要是我们真成了，你以后就是大媒人呢。毕竟我当初是因为你才来的这里，能在这里遇见真爱……"

她的话还没说完，后脑勺儿突然被人按住，整个人往前带地压在了车门上。温牧寒直接以吻封缄，堵上了她这张胡说八道的嘴。

八月盛夏的午后，炎热难耐，连树梢上的蝉鸣都叫得格外响亮，阳光从天际铺洒而下，整个天地闷热到仿佛空气中一丝水珠都不剩了。

周围安静得有些过分。以至于叶飒被吻住时，整个人僵愣在原地，她甚至连眼睛都因过分震惊而瞪大，待眨眼时，极长的睫毛像是小刷子般在温牧寒的眼睑处来回忽闪。

温牧寒微偏着头，咬住她的唇时还嫌不够，直接撬开唇瓣闯了进去，长驱直入。

在这个地方亲吻实在是太大胆了，他们此刻就在主干道上。说不准马上就会有一辆车经过，他俩接吻的这一幕就会被人撞破，可越是这样，反而越发有种隐秘的刺激，像是有一把火在心头烧着，不仅没浇灭，反而越烧越旺，甚至把心头的理智都烧得消失殆尽。

毕竟这俩人之间但凡有个人还有点儿理智，就会推开对方。

叶飒仿佛也魔怔了般，慢慢闭上眼睛。

不过片刻的工夫，他攻城略地般地将她吻透了，幸亏俩人之间还隔着一道车门，要不然这把火非得将彼此烧得一干二净不可。

待温牧寒微微松开她少许，叶飒也睁开眼睛望向他。两个人眼睛都透着水光，看彼此的眼神都是不一样的，一个透着浅笑，一个带着迷茫。

终于片刻后，迷茫的这个眼底渐渐恢复了清明，叶飒一下子推开了面前的男人。

叶飒是真的用了力气推的，温牧寒一下撞到了自己椅背上，虽然头撞到也不怎么疼，只是刚才还温柔缱绻，这会儿一双黑亮亮的大眼睛只冷眼瞪他。

半晌，叶飒从嘴边挤出两个字："流氓。"说完，她转身就走了。

温牧寒没太懂这姑娘的意思，哪有刚亲完就不认账的，他推开车门正准备下车去追，谁知手机正好响了，他一边拿出来一边下了车。

结果居然是团长打来的。真是，早不来，晚不来。

于是温牧寒站在车边接了这通电话，而叶飒早已经消失在道路尽头，没了踪影，估计是回医务室了。

外面的天气本来就炎热，叶飒又几乎是一路小跑回来。叶飒一推开医务室的大门，扑面而来的冷气让她仿佛一下从地狱回到了天堂。

此时站在医务室的空调下面，跟着体表温度一块儿下降的还有脑子里的温度，她肯定是烧坏脑子了。

她怎么能那么轻易就被诱惑了呢。不是说好了，不能轻易饶了他的。

她在医务室里来回走了好几圈，心头那团烧着的火都没往下降，直到里面的人掀开帘子出来，瞧见她这么着急上火的模样，有点儿惊讶道："叶医生，你怎么了？"

叶飒明显被吓了一跳。

原来是医务室里的另外一个卫生员袁浩，这边医务室没有给医生配护士，而是配的卫生员。卫生员也有讲究，因为卫生员是义务兵，只不过到了战场上，他们得负责专门的医疗保障。

每年军区大考核的时候，卫生员也有专门的考核项目，要是不及格的话，也要挨批。

"我没事儿。"叶飒立即摇头。

随后她把手上的东西放了下来，她就是为了买这个杯子才跑出去，碰上温牧寒的。她觉得自己以后还是待在医务室比较好。那就是个妖孽，她碰见就要被降服的。

接下来几天，温牧寒是真的挺忙，因为海岸线突击大队的招募已经开始，他虽然初步筛选了一部分人，但是还需要经过选拔。

光是这事儿就够他忙的，况且他现在还是一营的营长，一营的训练尽管有郑鲁一帮他分担着，也还是特别忙。

叶飒也有意躲着他，连食堂都不去吃了。而且这一周都是贺瑞住在营区里面值班，还没轮到叶飒，所以她那个宿舍也暂时不用去住。

这天中午的时候，叶飒请卫生员帮忙带了饭菜回来。

她正准备吃，手机突然响了起来。等看到屏幕上的名字，她一下子陷入了沉默。

"妈妈"两个字，正在伴随着好听的音乐在屏幕上疯狂跳跃。

过了几秒钟，她还是接起了电话，谢温迪开口道："医院很忙吗？"

这一句话问出口，叶飒的心被吊到半空中。不过她也不傻，知道自己的事情要是败露了，谢温迪绝对不会是打电话这么简单，她大概是会立即飞回来收拾自己。

虽然谢温迪对她的事情一向都是由她自己高兴就好,但也有一条不可逾越的红线。

现在叶飒可不单单是越过红线这么简单,她简直是在谢温迪绝对不能忍受的禁区疯狂作死,并且暂时还没回头的打算。

她冷静道:"还行,急诊科嘛,不就是一直都忙。"

果然谢温迪并未起疑,毕竟她也不会想到一向听话的叶飒,居然会一次干了一票大的。

谢温迪没拐弯抹角,直接说道:"你程伯父的儿子这个月已经到了中国,你和他周末吃个饭吧。"

"程伯父?"叶飒反问,因为她确实想不起来是哪位了。

谢温迪说:"S国程家。"

"妈,你以前从来没有管过我读书上学的事情,为什么要在找男朋友这件事儿上插手呢。"叶飒试着语气平和地说道。

谢温迪淡淡道:"因为你读书从来不需要我操心。"

叶飒直接说:"我不想见。"

"叶飒,你是不是有喜欢的人了?"谢温迪问道。

叶飒沉默了下来。

谢温迪仿佛感觉到了她的情绪,她淡声说:"叶飒,你刚才问我为什么读书时不管你,因为入错行不可怕,我们家可以让你有犯一百次错误的机会。但是爱错人不可以。"

"你爱错过人?"叶飒的声音陡然拔高。在她质问的这一瞬间,谢温迪也陷入了沉默。

半世已过,锥心之痛,依旧刺骨,不是爱错,而是缘浅。只是有时缘浅,比爱错还要叫人无法放下。因为体会过,所以害怕着,怕她会步自己的后尘。

"去见见吧,年轻时候应该多认识认识人。"谢温迪语气温软,像极了哄家中不听话孩子的说辞。

叶飒依旧沉默。

半响,她突然轻声说:"您年轻的时候,认识的人还少吗?"

为什么还会选爸爸呢?爱情不就是在人山人海之中,只挑中那一个人,只愿与他共度一生。

这句话她没敢问出口，当年不可一世的谢家大小姐，半生之痛，已附椎骨，哪怕是她也不敢提起这块逆鳞。

过了几天，谢时彦本来以为自己打电话给叶飒，这姑娘得怎么发脾气呢，结果她居然挺平和地问了时间和地点，这意思看起来是要见面。

谢时彦订了地方和时间，又跟谢温迪说了一声，算是交差。交完差他自个觉得挺过意不去的，有点儿对不起叶飒。

他打电话叫人出来喝酒，他们几个都忙，说起来现在是在一个城市，其实也没多少见面的时间。

顾明朗的飞行大队有事儿，肯定是出不来的。最后只有辛奇一个人过去了。

这俩人倒是没闲着，微信群聊里面一条接一条地发着，似乎生怕其他俩人太闲。最后还是顾明朗打电话给温牧寒。

"你没看信息？"顾明朗声音挺急的。

温牧寒坐在办公室里面，外头忽然电闪雷鸣，天空仿佛都要被劈成两半。他回头看了一眼，只听噼里啪啦，雨滴就砸在了窗户玻璃上。

南江靠海，每逢夏季时常会遭遇几场台风，下雨更是少不了，隔三岔五一场雨，明天倒是可以进行雨中训练。

这几天海岸线的训练营房被批了下来，基本的装备都到齐了，就等着他的人员入队。

"没看。"温牧寒低头继续看面前的资料，这是目前申请队员的个人资料，还有他们平时训练的各科目成绩。

顾明朗："叶飒去相亲，你也不知道？"

啪，他手里的文件夹猛地砸在了桌子上，温牧寒的眉头蹙起，刚才还淡然平和的声线陡然变得紧绷："你说什么？"

顾明朗一听他这声音，他好像还真的不知道。

"别怪哥们儿没提醒你啊，你跟叶飒那天在泳池里……"顾明朗轻咳了一声。

虽然他动作是没温牧寒快，但是温牧寒去救人的时候，他也跟着冲了出去。小姑娘在水里一把抱住温牧寒，直接亲上去的时候，顾明朗看得是清清楚楚。

后面来的谢时彦他们，还是顾明朗拦下来的呢。要不然那天晚上估计就得闹腾起来。

温牧寒没说话，"嗯"了一声。

顾明朗说："你到底是怎么想的，要是对叶飒真没意思，那你就趁早让她死心……"

"来不及了。"温牧寒打断他的话，声音透着一丝怅然。

不是最近刚来不及的，应该是早就来不及了，或许早到他刚回来那阵子，从他见到那个跪在地上救人的姑娘开始。

他轻笑了下："现在是我对她不死心。"

也不打算死心了。

顾明朗虽然心里早有准备，不过听到他亲口承认，还是忍不住骂了一声。随后，顾明朗笑着说："说真的，你跟时彦以后这关系太复杂了，哥们儿先祝福你吧。"

温牧寒岂能听不出他幸灾乐祸的声音，薄唇轻启，淡然吐出两个字："滚吧。"

叶飒确实是约了人一起吃饭，只不过她十分不客气地放了鸽子，她这性格吧，一直都倔，越是强按着她做的事情，她越是不想做。

她知道放别人鸽子会显得很没教养，不过她也是为了彻底以绝后患。她还为了防止谢时彦去家里逮她，干脆住在了营区宿舍里面。

外头下着雨，她坐在床上看着电脑里面的资料，倒是也闲适。

直到电话响起，她看了一眼，是没储存的电话号码。不过尽管这样，她还是一眼就认出这是温牧寒的电话。只不过上次她把手机号码删了，却没直接拉黑。

她接通后，正准备摆出冷漠姿态，对面却特别急切地问："叶飒，你在哪儿？"

在哪儿？她还能在哪儿，当然是宿舍。

不过叶飒注意到隔壁一直没动静，估计是他到现在还没回来，所以也不知道她今晚在宿舍住下了。

外面的雨声很大，还有手机里的背景音里也透着雨水落在地上的声音，很清晰，就好像他此刻正在外面。

"温营，我在哪儿应该不需要跟您报备吧。"叶飒语气淡然。

她在这里待了两周，发现大家都是叫他温营，显得有种特别的味道。

结果电话里的人还急了，拔高声音问："你在哪儿？我现在来接你。"

这还急上了。

叶飒一怔，以为他真遇到什么事儿了，于是也不跟他继续拧巴了，说道："我还能在哪儿，我就在宿舍呢。"

"宿舍。"温牧寒彻底愣住。

好一会儿他才反问："我隔壁的那个宿舍？"

要不然呢，她还能有几个宿舍。

然后温牧寒扔下一句"等我"，直接挂了电话。

叶飒抬头看了一眼窗外，外面的雨声比刚才更急，仿佛天空被凿了大洞，大雨倾泻而下，铺天盖地。

几分钟后，她的房门被敲响。更准确点儿说，应该是被砸响了。是那种拳头砸在房门上，一下接着一下的。

她心里大概猜到是谁，于是慢条斯理地把电脑放在旁边的桌子上，从床上站了起来，然后趿拉着拖鞋走到门口。

一开门，风夹着雨滴卷了起来。

而门口站着的男人，从头到脚都湿透了，一双黑眸直勾勾地盯着她。

叶飒一惊："你怎么浑身都湿了。"

话音刚落下，她的脸被温牧寒的双手捧了起来，在他的吻落下之前，她整个人已经被带进门里。房门关上，她被压在了门板上。

面前是他浑身湿透的衣服。看起来他是从很远的地方直接跑了过来的，这叫叶飒实在太过吃惊，毕竟温牧寒的性子是那种内敛沉稳的。大半夜淋雨实在是不太符合他的性子。

叶飒仰头想要问清楚到底发生了什么事情，温牧寒的吻已经落在她的唇上，一切都来得太过迅速，以至于叶飒下意识的反应是闭上眼睛。

这个吻太过温柔。

伴随着外面瓢泼大雨，掩盖了这周围所有的声音，好像只有彼此之间的呼吸还是真实存在的。

他的呼吸很急，跟他冰冷的皮肤正相反。

叶飒被抵在门板上，进退不得，最后她的手掌压在上面，在温牧寒的吻落下时，她的手掌一点点地扒住门上的缝隙。

待温牧寒稍停歇时，他低头睨她。小姑娘乌黑的长发披散在白色睡衣上，睡衣的圆领口露出她细嫩的脖子，还有一点点锁骨线条，那几近透白的皮肤嫩得叫他忍不住想要贴过去咬一口。

他缓缓闭上眼睛，像是克制住一样。直到他轻声开口说："你上次生气跟我说的那些话，是不是因为听到我跟韩书灵说的前半句话？"

叶飒这会儿也从被吻的迷瞪劲儿中缓和了过来。

她生气地想要推开这男人，他到底有什么毛病，大半夜跑过来，话也不说，直接就亲她，上次也是。

还上瘾了不成。温牧寒又提到上次在别墅的事情，她自然更加气恼，只是再气恼，她还是注意到他说的话了。前半句话？难不成还有后半句？

当她一双乌黑透亮的瞳孔那么直直地望向他时，眼里的水光几乎要将温牧寒淹没，以至于他都没察觉到自己的声音低沉得有些过分柔软。

"我和她现在没有关系，但这件事儿与你无关。"

"不过以后我和她会有关系，因为她是我喜欢的人。"

这是他原原本本的话，本来应该对她说的表白，倒是叫另外不相干的人先听了去。

房间内很安静，所以轻微的喘息声听起来都格外清晰。

叶飒抬头看着他，眼睛里尽数是震惊，是那种彻底的震惊。

"不信？"见她不说话，温牧寒压低声音问道。

叶飒立即摇头，她信，这男人太认真了，他不会胡说八道糊弄她的，是他说的他一定会承认，不是他说的他也不会胡乱编造。哪怕她没办法跟韩书灵确认，但是她信他说的每一个字。因为这是温牧寒亲口说出来的。

只是她没想到，本来是让她绝望到想要彻底割舍掉这段感情的话，最后竟反转到如此程度，最后她听到的居然会是这么两句话，居然是她误会他了。

那个一想起来就会觉得隐隐作痛的伤疤，此刻仿佛一下消失不见了。原来她不是那个无关紧要的人。原来她也不是一个只能跟一个莫名其妙出现的女人并列的人。她是特别的，是他口中说着"喜欢"的姑娘。

叶飒登时觉得有些难堪，她微咬着唇轻声问："你怎么不立即跟我解释？"

"我的小姑娘追我这么久了，我是不是也应该追回来？"他口吻轻松。

叶飒猛地抬头，竟然一下明白了他的意思。

其实他早就猜测到她的误会，他偏偏没说透，只因他想把她曾经付出的那些，都尽数还给她。他舍不得她吃一丁点儿亏，哪怕是他自己都不行。

现在窗外瓢泼大雨，仿佛要将整个世界的声音都吞没，以至于叶飒的耳边只剩下眼前这个男人说的话。

每一个字像是敲着韵律般，一点点闯进她的心里。

叶飒抬头看着他，有种说不出是愧疚还是恼火的情绪，这么两边来回拉扯着，直到她有点儿不好意思地嘟囔："我不是那种小气的人。"

"我知道，飒飒不是。"温牧寒的手掌在她的发顶轻轻摩挲了两下。

他垂下头轻松一笑："其实一开始我也没想到你是因为这个生气，后来想清楚，就觉得要是早早解释了，你原谅我太快，岂不是以前的那些我都还不回来了？"

有这个小姑娘，喜欢了他这么多年，偏偏他之前还一直拒绝她的心意。

叶飒轻吸了下鼻尖，仰头望着他："难道你解释了，我就会立即原谅你？万一我还想让你再追个十年八载呢？"

这会儿她缓过神，又觉得温牧寒这人实在是太过讨厌。他明知道这是一个误会，明知道是她错怪了他，偏偏还不解释，弄得她理所当然地说出那些话，倒是把她变成了一个无理取闹的人了。

两个人有种今晚干脆把话说开的冲动。

温牧寒说："我也不知道，叶飒，我没追过别人，也不知道谈恋爱应该是什么样的，我就是想要试试追一个人是什么滋味。"

不管酸甜苦辣，只是想把你尝过的滋味也尝一遍。想要明白喜欢一个人却无法被对方看到心意时，心里到底是什么样甜蜜又折磨的滋味。尝过了，才知道这么多年来，面前这姑娘到底经历过什么。求而不得的滋味，可真不好受。

叶飒干脆问他:"那你怎么又想跟我解释了?"

温牧寒略沉默了片刻,这才解释说:"因为我怕我再不解释清楚,可不只是一个两个郎玄的问题了。"

叶飒一怔,小声辩驳:"我早就跟郎玄说清楚了,我不喜欢他那样的小孩儿。"

虽然她和郎玄年龄相当,但是她从初恋开始喜欢的就是比自己大七岁的男人,倒也不是说她就喜欢年纪大的。只是她就喜欢过这么一个人,无从比较,更不需比较。

因为只有他。

"嗯,你喜欢老男人,我知道。"突然温牧寒将她抱在怀中,下颚抵着她的脑门儿,含着笑意说道。

叶飒忍不住翻了个白眼。

突然她说:"你是不是又听说了什么事情?"

如果单单是一个郎玄的问题,只怕温牧寒早就发作了,偏偏他是忍到了今天才突然跟自己解释清楚,那只能说明今天晚上他又听说了什么事情。

"你知道我要去相亲?"叶飒试探着说道。

温牧寒这下彻底叹了一口气,以前谢时彦总是在他们面前吹嘘叶飒如何聪明,偏偏每次他接触这姑娘的时候,总觉得她迷迷瞪瞪的,带着点儿小糊涂的模样,就是挺可爱的。这会儿她不过三言两语,就推断出自己今天这些行为的原因,着实叫他有些吃惊。难怪都说千万不能小看女人。

他也不逃避,低声"嗯"了下。待垂眸安静地和她对视时,原本就极深的黑眸,此时更加深邃,仿佛要将她吸进去。

"我不想再让你误会我,也不想让你再去见其他乱七八糟的人,你生气也好,想要怎么对我也好,这都是我们两个之间的事情。"

他双手轻轻按在她的肩上,掌心包裹着她圆润的肩头,带着磁性的声音说道:"只有我们两个。"

他不想再听到或者看见叶飒的名字跟另外一个人联系在一起,哪怕他们什么关系都没有也不行。

温牧寒也不知道他这人其实占有欲这么强,他一直对什么都淡淡的,哪怕行动里立了功，他也是把最大的功劳推给别人，即使是他带着全队人完成的任务。这么无欲无求的一个人，偏偏在心里对她生起了执念。

叶飒几乎要被他的声音迷惑，他本来就是她喜欢的人，此时她望着他的脸，狭长的桃花眼到笔直的鼻骨，脸颊轮廓冷硬又利落，是那种好看的消瘦，英俊得有些过分了。

都说男人过了三十岁，每天就跟吃了猪饲料一样，往发福的道路上一去不复返。这男人却依旧保持着一如既往的好看，即便是这张脸，顶多也只是成熟了点儿，未见一分老气。

待她低头时，就看见本来宽松的作训服，此时紧紧贴着他的腰腹处。衣服因为湿透了，只能贴在身上。谁承想他腰间居然勾勒出了他腹部肌肉的线条，真的像是那种巧克力板一样，一块一块的，线条特别分明。

温牧寒本来见她不说话，还在好奇，就顺着她垂下的视线低头看过来。

他轻笑道：“喜欢？”

叶飒回过神听到他这句话，本来正要问喜欢什么时，发现温牧寒也低头看了一眼自己的腰侧，眼底里还带着未散去的些许得意。

即使是男人，对自己的身材也会在意。特别是自己喜欢的姑娘，看起来还挺欣赏他的身材。

叶飒立即正经道：“我是怕你这么淋雨，待会儿感冒了。”说完，居然她自己打了个喷嚏。

她房间里本来就开着空调，刚才温牧寒抱她的时候，带了些雨水里的寒气，而且还把她的衣服也弄湿了。

“要不你先回去洗澡？”叶飒提议说。

温牧寒低笑着：“不着急。”

叶飒说：“……”

她看着他这会儿头发上还有水珠往下落，室内又因为一直开着空调，温度很低，双重刺激，哪怕现在是最热的夏天，一不小心也会感冒的。

“那你还没答应我呢。”他微弯腰，脸颊又贴近，带着温热气息的语气更显暧昧。

叶飒反而一下淡定了起来：“答应你什么？”

温牧寒道:"我们两个,不许再有别人。"

叶飒心里小声非议,本来也没别人啊。

偏偏她这会儿倒是又不紧不慢起来,淡声说道:"你之前不是担心跟我解释之后,我会立即原谅你。所以我答应你,这次一定让你多追一阵子。"

温牧寒挑眉,这算他自己给自己挖坑?

"当然啦,在追我的人当中,你肯定排第一。"叶飒觉得还是应该适当地给点儿甜头,让他排第一总行了吧。

温牧寒收了笑意,很认真地问:"追你的人当中,你能说说我还有哪些竞争对手吗?"

叶飒狐疑地看向他:"你要干吗?"

"当然是先解决一下竞争对手。"温牧寒微咬了下牙,合着他说了半天的话,都是白说了,这姑娘现在是拿气他当乐子呢。

他还不能对她发火,所以只能拿别人出气了。不管是郎玄也好,家里安排的什么相亲对象也好,既然有,那他就解决掉好了。

他这人的性格吧,一向是迎难而上,遇到问题就解决问题。他还是挺擅长解决问题的。

叶飒见他来真的了,也不敢再胡说八道,立即说:"没有别人,虽然只有我们两个人,不过我也不会轻易答应你。"

麻烦你先领着爱的号码牌,等着我叫号吧。

"那没事儿,我们当兵的人,从来都不怕难。"温牧寒说完,又没忍住,在她唇上啄了下。

本来只是想要浅尝辄止,但是有些事情会上瘾。尝过了第一回,就会忍不住想要试第二次。就比如亲她这件事儿,在他头一偏含住她的唇瓣时,心里唯一的想法就是,她怎么能哪儿哪儿都那么软。嘴巴也是,腰身也是,他双手勒着的时候,又软又细。他一双手就能那么勒住了。

…………

临走的时候,他伸手掐了下叶飒的脸,只不过手指在收回时,顺着嘴角摸了下,有些心疼道:"都红了。"

叶飒这会儿腿还软着呢,脑子因为有点儿缺氧,正暂时短路。等思绪接了回来,这才明白他说的是什么意思。

流氓。

她狠狠地瞪了他一眼,温牧寒已经伸手开门走了出去,只是临走的时候,回头叮嘱说:"晚上门记得锁好。"

叶飒还以为他让自己防贼呢,没好气道:"哪个不长眼的会到这里偷东西,我防谁啊。"

本来已经走到门外的男人,突然回头,语气冷静:"防我。"

因为他就是那个想要偷香窃玉的贼。

温牧寒走了,叶飒也不知道干吗,想把电脑抱起来继续搞论文,但电脑屏幕在她眼前就是一片空白的。那些她自己亲手打上去的字,她快一个都不认识了。她突然捂着脸,来回搓了下。

疼的。脸皮都被搓红了。就跟做梦一样,哪怕是做梦,她都不敢胆大到做这样的梦,是温牧寒主动跟她表白,他说她是他喜欢的姑娘。这话还跟别人说过了。

叶飒虽然不是第一个听到这个消息的人,但是她也觉得挺痛快。

毕竟那多少也算是自己的情敌,都不用她自己出手,温牧寒就替她直接解决了这个情敌。这种剧本,她以前想都不敢想。以至于她拿出手机的时候,整个人都是飘的。

她轻咳了一声,手指在屏幕上迅速打了一行字。那个,我好像要脱单了。

群里的人仿佛等着她的消息似的,不过几秒钟,立即有人回复了。

司唯:啊啊啊啊啊,我这个CP狗彻底圆满了。

阮冬至:为什么我要在陪客户的应酬上收到一份狗粮,老子没有帅哥,只有满脸猥琐的老男人。

司唯:这么看来,在家里看韩剧的我也不是那么惨。

阮冬至发了一个"你立即给老娘死"的表情包。

叶飒踟躇了下,终于又发了第二条:不过我还在接受他的追求。

司唯:……

司唯:叶飒,做人简单点儿,真的。光明正大地秀恩爱不会死,我一条单身狗而已,随你杀。但你能不能别这么虾仁猪心啊。

阮冬至：我没想到叶飒你也有这么一面，累了。

看着这俩人的回复，叶飒突然倒在床上笑了起来，好吧，她就是故意的。

群里对她的讨伐还没停止，叶飒的手机就又响了起来，本来她以为是温牧寒打过来的，没想到拿到眼前，是谢时彦。

她清了清喉咙，将手机接通。

"小舅舅。"她开口说道。

对面谢时彦有些疲倦的声音传了过来："果然你每次叫我小舅舅的时候，都代表着没有好事儿。"

"那有什么坏事儿吗？"

谢时彦说："你放了别人的鸽子，居然还好意思问我有什么坏事儿。"

叶飒微挑眉，轻笑："这么快就跟你们告状了？"

谢时彦冷哼一声："餐厅是我订的，你没去，自然有人告诉我。用不着别人告状，你还是想想等你妈妈问起来的时候，你怎么办。"

叶飒也不怵，她敢放鸽子，就是想好了。

她说："能怎么办，实话实说。"

谢时彦一听这话，立马耳朵竖了起来："你有什么实话没告诉我们吗？"

"我有喜欢的人了。"

叶飒的声音斩钉截铁，没有一丝犹豫，反正他早晚也会知道，就当是提前给他打了预防针吧。

果然，对面的人沉默了半晌。

他问："谁啊？"

叶飒倒也不想这么快告诉他，说道："就是一个人呗。"

谢时彦一颗心真被她吊起来了，叶飒不是这种犹犹豫豫的性格，要是这个她喜欢的人拿得出手，她早就带出来跟他见面了。这么藏着掖着……

谢时彦问道："家世怎么样？有钱吗？"

叶飒认真想了想，温牧寒的家世她还真没细问过，至于有没有钱，那应该是没多少吧，毕竟当兵的收入就那么点儿，他自己也跟她说过，指望他这辈子是肯定发不了财。

她肯定道："没钱。"

谢时彦心里骂了一声。还真被他猜对了，肯定是家世什么都拿不出手，而且还没钱。他又压着怒气，语气还算平和："年纪呢？"

"比我大点儿。"

"多大？"谢时彦解开自己的衬衫纽扣，这空调怎么回事儿，也太热了吧。

电话里许久没声音，谢时彦突然说："总不能比我还大吧？"

叶飒："……"

温牧寒好像确实比谢时彦还要大几个月，应该算是比他大吧。

谢时彦脸都快憋红了，还不能在电话里对叶飒发火。他压着声音问道："脾气怎么样啊？"

没家世，没钱，年纪还大。那脾气总该好点儿吧。

叶飒想了想，其实哪怕情人眼里再出西施，温牧寒这脾气都不算好的，话少，脾气又硬，有时候说话又是一副放荡不羁的模样。可她就是喜欢他这副又冷又硬还油盐不进的脾气。

她如实说："不算太好吧。"

谢时彦真的觉得绝了，于是他最后一次耐着性子说道："你到底喜欢他什么？"

喜欢什么？要说最开始的时候，还真是太过遥远的记忆。她只记得那天在医院里，她一抬头就看见一个穿着军装的男人站在她的面前。

那张过分英俊的脸，像是一下子就撞到了她的心头，叫她久久无法平静。

他微狭长的桃花眼浅浅上翘着，那双过分浓稠的黑眸盯着她，带着温和的浅笑，一开口，悦耳的声音透着几分不羁。比起她身边那些苍白又惨淡的高中少年，这张比她见过的任何明星都好看的脸，更能一下子让她记住。

叶飒轻轻开口："好看吧，他是我见过的最好看的人。"是惊艳了她年少时光的男人。

叶飒说完，谢时彦彻底服气了，有种无话可说的感觉。

温牧寒洗澡出来之后，身上就穿了条大裤衩，头上还顶着毛巾。他走到床边，刚想拿起手机时，没想到铃声适时地响了起来。居然是谢时彦打过来的。

他愣了几秒后，伸手接通，只是接通的瞬间，心里有那么一丝心虚划过。

但谢时彦的声音已经从那边响了起来："牧寒，我是真没想到啊。"

温牧寒的心跳仿佛漏了一拍，他微皱眉，下意识地抬头望向隔壁，难道叶飒已经跟谢时彦坦白了？他心头有种说不出的感觉，觉得这姑娘大概是真的太喜欢他了吧。本来这件事儿应该是由他来亲自跟谢时彦说的，毕竟他是男人，这些应该由他来承担。

他说："你听我说……"

"你先听我说。"谢时彦一肚子苦水等着吐槽呢，他说，"我是真没想到啊，叶飒居然这么恋爱脑，她怎么能这样？"

"你知道她刚刚跟我说什么？"

"她居然喜欢一个又没家世、又没钱、年纪大而且脾气还差的老男人，就因为这个小白脸长得好看。"

温牧寒："……"

此刻谢时彦愤怒的声音从他的手机里传来："不对，那男的年纪比我还大，他算什么小白脸。"

"老白脸还差不多。"谢时彦冷哼，一副恨不得现在就把对方五马分尸的模样。

半晌，温牧寒终于呵笑了一声，原本眉宇间的那一丝心虚早就烟消云散，他嘴角微勾慢条斯理道："最起码还长得好看啊。"

第九章
告白

谢时彦蒙了。

他在电话那头沉默了半天，突然说："牧寒，我说你这是站在哪头的？我一有事儿就打电话给你，是想让你给我支着儿的。"

谢时彦这还真是养成的习惯，遇见事情要找人商量的时候，习惯性就打给了温牧寒。全然不知道，他这简直犹如羊入虎口。

温牧寒也是还没打算跟他坦白从宽，但是这并不妨碍他提前给谢时彦打预防针，他说："叶飒的性格你还不了解，她看上的人你觉得会差？"

这话幸亏没让叶飒听见，要不然她都要被面前这个男人的无耻震惊了。温牧寒这人一向行得正、坐得直，但是不代表他不会玩花花肠子。这会儿他一张嘴还真把谢时彦说愣住了。

但谢时彦还是说道："你是没听到叶飒跟我打电话时说的话，真的是除了脸之外一无是处。"

说罢，他冷笑一声："最好别让我看见那小子。"

胆敢玩弄叶飒感情的话，他一定让这小子知道"死"字怎么写。

温牧寒倒也没继续说话，反正谢时彦早晚也会知道，叶飒喜欢的人确实没那么差。

没一会儿，电话挂了。他把手机拿在手里正准备翻开微信，给隔壁的姑娘发条信息。

他突然想起来，她就住在自己隔壁。

部队的房子吧，宽敞、结实、明亮，唯独有一点不太好，不够隔音。部队有规定，连级以上的干部家属都可以住在军营里面。当时他住着的隔壁就有个干部，周末的时候媳妇来了，一开始还好，结果大半夜的声音就不对劲儿了。

于是温牧寒大晚上出去夜跑，给别人腾空间。弄得晚上巡逻岗哨撞见他的时候，还以为什么胆大妄为的贼，往军营里面蹿呢。

突然他笑了下，手指在墙壁上叩击了一下。

叶飒跟谢时彦打完电话之后，又把电脑放在腿上准备继续写论文，半天才敲了一行字，最后还删了一半。明年她就会正式博士毕业，但是他们学校是有论文发表要求的，这方面叶飒倒是一直优于她的同学，只是最近她心里有了一个更大逆不道的念头，她想要多发表几篇论文傍身，以备不时之需。

当她摇了下头准备排除脑子里的杂念，集中注意力在电脑上的论文时，突然她听到墙壁上传来一声闷响。

叶飒立即回头看着身后的墙壁。就在她以为是自己幻听、听错了的时候，突然闷响再次响起，这次是一连响了三下。

她当然知道隔壁住着的是谁。于是她立即把电脑放下，耳朵贴在墙上，但是半天又没声音了。

她干脆伸手在墙壁上轻轻敲击了几下。结果没想到，这次对面真的有回应了。

只不过这一次对面的敲击声一下接着一下，而且很富有节奏感，叶飒跪在床上，听着墙壁咚咚咚的响声，一直到停止。

叶飒眨了眨眼睛，突然意识到温牧寒是不是给她打了一句话或者什么，毕竟军事上面的摩斯密码是可以用敲击等手段来传递的。

只是她没学过啊。虽然她不懂什么密码，但是她有手机。

等叶飒一个电话打过去，那边几乎是一秒接了起来，她当即开口问道："你刚才是不是在给我传递一个密码？"

伴随着他发出的一声低笑，随后是他压着嗓音说："要不你猜猜？"

这姑娘当真是聪慧伶俐，叫温牧寒觉得特新鲜，就是跟她说话从来不费劲儿，一点就透，仿佛她天生就能看透他心里想的事情。大概"心有灵犀"这词就是为他们造的吧。

男人不要脸起来，当真是天王老子都拦不住。

"我不猜,我要你告诉我。"叶飒这下有种有恃无恐的骄纵。

她在温牧寒这儿,一向都是追着他跑,是她主动撩他,好不容易有一回他主动撩回来了,居然还要她猜。她才不猜,她就是要他主动告诉她。

温牧寒一听这话呀,边笑边摇头,有谁能想到,很多人一提到名字就竖大拇指的人,这会儿竟然被一个小丫头拿捏住了。

他似叹息又似无奈般地出了口气,待他低磁的声线响起时,就听他说:"我在说,隔壁这位姑娘……"

他的声音虽然是隔着电话,可是好听的腔调还是叫叶飒的耳根有点儿发痒。

"这是我追求你的第一天,以后请多指教。"

这次团里选拔海岸线集训队员的方式是很残酷的,就在三天之后,到时候能不能被选拔上全凭自己的本事。

在这个集训队里面,什么军衔履历都不好使。真正有用的,只有你自己的本事。

这几天大家明显都憋足了劲儿,准备努力进入海岸线,毕竟按照温牧寒的方式,这就是一支将严格按照外军训练方式的队伍。不仅要具备海上救援的能力,也必须能够进行海上作战。攻防一体,矛与盾的结合。

"军医也要随队一起?"叶飒在听到贺瑞的话之后,有些惊讶。

贺瑞开会回来了,不过他立即就跟叶飒说了这次选拔的事情。

贺瑞撇嘴说道:"你以为呢?这种野外选拔作战,都必须有医生跟着的,要是中途出点儿什么事情,卫生员也未必敢担这个责任。这都是为了以防万一。"

说着,他伸手敲了敲自己的腰,无奈地说:"叶飒,你是没见识过演习,真的,那个才叫真正的累呢。"

叶飒确实是没见识过演习,顶多就是从他们嘴里听说过。

"这大热天的,在野外随时待命,要是没事儿的话,万事大吉,万一真出点儿什么事情,头一个挨骂的就是我们。"贺瑞叹了一口气。

他低头看了一眼身上的军装,有些无奈地摇头说:"当初真的是不该贪图这身军装好看啊。"

说起这个,叶飒反而好奇地问道:"贺医生,你当初怎么想着当军医的?"

"嗐,还不是被爱情冲昏了头脑。高中喜欢一姑娘,她言情小说看多了,非说觉得女军医特别帅。我呢,自然也想'近水楼台先得月',你说要是我们考一个大学,又是从一个地方来的,你说我是不是机会很大?"

叶飒点头。

随后她轻笑道:"你们现在结婚了吗?"

贺瑞登时用一种"小姑娘你也太天真了"的表情望着她,幽幽摇头叹道:"最后我考上了军医大学,她落榜了。"

"不过说起来,我现在都想不起来这姑娘长什么样儿了。高中时期的喜欢啊,真挚确实是真挚,不过最后也跟一阵风似的。你说谁还能记得自己高中时候喜欢的人的模样。"

叶飒突然笑了起来。

记得。她还记得,他的模样她清清楚楚地刻在心里,一刻都没忘记过。

晚上吃饭的时候,叶飒正好遇见张小满他们几个人。张小满跟她熟悉,看见她就立即打招呼:"叶医生,晚上一块儿看电影吗?"

"电影?"叶飒笑了,还挺感兴趣的。

张小满笑着说:"我们营每个星期都能看两次电影,是我们营长给我们争取来的福利。"

虽然都是一些爱国题材的电影,或者是军事题材的电影,但是这些战士就是喜欢这种枪啊炮的,恨不得天天看军事电影才好呢。

叶飒问了片名,张小满立即说了名字。叶飒自然听过,是今年过年时候挺火的一部军事题材的片子,场面特别震撼。不过叶飒一向对这些没什么兴趣,所以也就是知道名字,没看过内容。

她问道:"我也能去看吗?"

张小满见她有兴趣,开心地说道:"当然可以了,就在咱们营区的阶梯大礼堂里面,今晚是我们一营看电影。"

那个礼堂确实挺大的,可以坐好几百人,一个营的战士确实正好能坐下。

叶飒问:"电影几点钟开始啊?"

张小满把时间告诉她，叶飒就先回了宿舍。虽然她一天几乎都是在医务室，不过身上还是出了点儿汗，所以她想先洗完澡再去看电影。

等她洗完澡到礼堂的时候，发现前面都坐满了人，也就是倒数几排没人坐。

当兵的人，坐有坐相，哪怕这会儿是看电影，一个个在座位上也是身姿笔直。而且她开门进来的时候，没有一个人转头看身后的动静。

于是叶飒安心坐下来，看着前面的电影。

礼堂的放映设备有专门人负责，这会儿片头已经开始了。这是一部关于海军的片子，一开始就是一片茫茫大海，湛蓝又辽阔的海面看起来是那样的平静，可是发生在这片海域船只上的事情，却并不平凡。

一开始场景就格外震撼。漫天碧海，飞机呼啸，打破这平静的假象。

直到看见几个穿着熟悉军装的身影，礼堂里出现一丝丝骚动，因为电影主角身上穿着的衣服正是礼堂里这些人穿着的衣服。

他们不畏艰险，凭借着强悍的执行力以及强大的信仰，哪怕头破血流也绝不后退半步。有他们的地方，就是安心。

突然，叶飒感觉到自己身边有人坐下，待她转头看时，竟然是温牧寒。好在前面没有一个人转头，所以谁都没发现，他们一向不苟言笑的温营，居然直接坐在了叶医生的身边。

"你坐在这儿，不怕被发现？"叶飒斜睨他一眼。

要说温牧寒私底下吧，对她是真的好，但在明面上，俩人还是保持着一种十分客气而又礼貌的距离。以至于一开始关于叶飒和温牧寒的那些暧昧，这会儿也差不多烟消云散了。

温牧寒朝前面看了一眼，压着声音说："看电影吧。"

周围漆黑一片，最前方的屏幕上是唯一的光源，而屏幕上不停切换的画面，使得光影明明灭灭，打在他脸颊上时，忽明忽暗。

她当真转头认真看电影，不再看身边的男人。只是她是看电影了，但身边的人却是盯着她，以至于叶飒眼角的余光都能感觉到他灼热的目光。

所以这人到底是想好好看电影呢，还是不想好好看？

她索性转头看他，这下明暗交错的光线打在她的脸上，那双晶亮的黑眸也不知怎么的，此时更是亮得出奇。

盯着温牧寒的时候，突然叫他有点儿受不了。最后他身体靠了过来，待他眼睛直勾勾地盯着她看时，伴随着屏幕上一声异常巨大的爆炸声，他微有些低哑的声音带着轻轻浅浅的气息，也在叶飒耳畔响起："怎么办，我好像还是想对你耍流氓。"

前面屏幕上的电影正演到激烈剧情，屏幕上的画面迅速切换，光影忽明忽暗变幻到了极致，打在彼此脸上的时候，也折射出明暗交错的影像。

叶飒可算是从刚才这句话的冲击中清醒了过来，幸亏此刻整个礼堂里面的光线很暗，哪怕温牧寒靠这么近，应该都看不清楚叶飒脸上的变化。只不过她这次倒是并未像之前那样脸红到有些惊慌。

温牧寒看着阴影之中她近在咫尺的轮廓，心下估计这姑娘早就慌了神。

之前他一直觉得她挺豁得出去，是那种想要什么就直接说，绝不扭捏，也不说觉得不好意思的人。结果后来他撩了几次，又觉得这姑娘简直是个纸老虎，一碰就软的那种。

现在再回头想想她跟他表白时候说的那些话，温牧寒又觉得有点儿好笑，因为一度有种快被她逼到墙角的感觉。当时觉得她怎么性子跟别的姑娘一点儿都不一样，实在豁得出去。

此时前面电影里正演到精彩的场景，伴随着枪声和轰隆的剧烈爆炸声音。

屏幕上传来一声凄厉的喊声："队长。"

突然叶飒转头看着他，低声喊了一句："队长。"

温牧寒有些微怔，因为这是她第一次这么喊他，他还没反应过来的时候，叶飒的手指突然搭在他的脸颊上。

礼堂的空调开得很足，以至于她的手指尖也有点儿凉意。

叶飒微偏着头，昏暗的光线下，只模糊看见她的嘴角轻轻勾起，似露出一抹浅笑，很轻很轻，待她贴近温牧寒时，带着气声的声线："你想对我干吗？"

待这话说完时，她的手指尖顺着他的下唇一擦而过。

黑暗里的触觉尤显得敏感，特别是温牧寒没有丝毫防备，在这种情况下，被她反调戏了回来，她的手指上带着火似的，撩到哪儿都烧成了一片。

叶飒这姑娘，哪儿是什么天生软和的人。她要是真吃了亏，定然是要悉数讨回来的。之前几次被温牧寒撩拨得毫无还手之力，这下给她回过神了，不再像之前那样犹豫不决，自然是得心应手。

两个人贴得太近，近到从旁边看的话，肯定有种错位的感觉，仿佛他们已经亲上了。这明明是大庭广众之下，愣是被他们搞成了什么私密的小场合。

只要此刻有一个人，就一个人转头往这边扫一眼，就能看见这边看起来已经"亲上"的两个人。这种随时都可能曝光的隐秘刺激感，反而让人有种带点儿羞耻的兴奋。

叶飒还真有点儿收不住，特别是眼前的男人穿着一身军装，那样正气凛然的模样。突然她就觉得自己像是午夜里的女妖精，化作勾人的模样，偷偷勾引一身正气的大师。

之前叶飒也偶然听他们两个卫生员聊天的时候说起过，一营在团里是有名的和尚庙。因为从营长到副营长，带头不找媳妇。

当然了，温牧寒是不想找，郑鲁一呢是找不到。

如今她只怕是要引得这位"得道高人"破戒了。

就在她嘴唇快要靠近他的时候，突然她眼角的余光瞥见有个身影突然站了起来，她猛地将面前的男人扑倒在旁边的椅子上。

因为这一排刚才都没人坐着，所以每个椅子之间的扶手压根儿没放下来，叶飒推他的时候，一下就把人压在旁边的椅子上面。

"有人过来了，别动。"

感觉到被她压着的男人想要推她起来的时候，叶飒趴在他胸口，贴着他的耳朵小声说道。

那种紧张到脊椎骨都开始发麻的感觉，慢慢从后背爬了上来。这偷情的刺激感，也太上头了吧！

叶飒的呼吸声都带着点儿喘意。

幸亏礼堂的中间也有一排过道，而过道尽头是一个可以进出的小门。起身的战士从中间那道门开门离开的。

"还不起来？"一直没出声的男人压着声音说道。

此时叶飒反而不紧不慢了起来，她的手指这会儿已经从他的嘴唇，慢慢下滑到他的衣领处，扣得严严实实的风纪扣，犹如一道严防死守着的底线。

突然,叶飒的手指伸进了他的衣领里面。

本来扣子就系到了最上面一粒,挺括的衣领和脖颈之间只有窄窄的一道缝,正好够她的一根手指伸进去。

"叶飒。"

男人的声音明显变了调。

叶飒另外一只手掌撑在他的胸口,两个人之间还隔着那么一点儿距离,以至于当她垂眸看下来时,手指突然摸上了他的喉结。

突然,他喉头微滚动了两下。那么明显的上下起伏,她的手指尖触摸在上面,有种到了极致的性感。

这男人怎么哪儿哪儿都那么硬。

她还有点儿好奇地在他喉结上摸了两下。可是不摸不要紧,她一动,温牧寒整个身体都绷紧了,连一直都还算克制的气息,都乱了步调。

也就是她走神的这一瞬,她的后脑勺儿被一只大手扣住,轻轻一带,直接将她的脸颊按在他的胸口。

片刻后,男人带着微喘的声音问:"听见了吗?"

听见什么?叶飒有点儿不明白。

"心跳。"男人的话简短,却透着一股莫名的力道。

在他说完的时候,叶飒好像真的听到他胸腔里咚咚咚的声音,一下又一下地跳跃着,仿佛是砸下来般,那么快而有力。

听到没,这心跳因为你变得这么快。

当这个认知在叶飒脑海里流窜过的时候,她心里酥麻得仿佛被泡在浓稠的蜂蜜罐子里,太过黏稠的甜蜜让她压根儿不想挣扎出来。

而下一秒,温牧寒双手抱着她,直直坐了起来。这完全靠腰腹发力才能完成的动作,叫叶飒一时有些怔住。

回过神的时候,她的眼睛忍不住往他腰间瞄了一眼。

这男人的腰力怎么这么好。

"别乱瞄。"温牧寒直接伸手扣住她的下巴,将她的脸掰着面向大荧幕的方向。而他的声音也在她耳边再次响起。

"你就庆幸这地方不对吧,要不然让你哭着出去。"他声音里的警告意味很浓。

叶飒望着屏幕的大眼睛此刻瞪得更大,因为她确信自己没错会他的意思。

这臭男人,还挺自信啊。

这一场电影足足放了两个小时,毕竟是大片,时间够长。一直到结束之后,当大荧幕上出现字幕时,礼堂上空的灯光乍然亮起。这一瞬光线倾泻而下,将整个礼堂都铺满,亮得有点儿刺眼。

叶飒眨了眨眼睛,这会儿前面的战士纷纷起身,哪怕是退场,他们也井然有序。

倒是往后走的郑鲁一瞧见温牧寒,有些惊讶道:"温营,我还以为你今天没来看电影呢。"

他说完,又瞥见坐在温牧寒旁边的叶飒。俩人确实是安静地坐着,可是他们坐在最后一排,周围什么人都没有,还真有点儿不可说的意思。

郑鲁一这一肚子的话呀,也没好意思当着叶飒的面儿问出来。

"看完还不走?"温牧寒睨了他一眼,"还等着吃夜宵?"

郑鲁一:"……"

他就是路过而已,至于这么严厉吗?不过他也真是不想得罪这位活阎王,就冲着叶飒笑了下:"叶医生,我先走了。"

他前脚走到门外,就听见后面温牧寒淡淡说:"走吧,咱们也回宿舍。"

郑鲁一在听到这个"咱们"的时候,脚下一趔趄,还真的差点儿摔倒。幸亏旁边一个战士路过,扶了他一把。当然他没顾得上自己,心里就在想着温牧寒这一声"咱们",这……这到什么程度了,就咱们,还一起回宿舍的。

突然他发现在自己没察觉的时候,温营好像已经偷偷对小叶医生下手了。虽然郑鲁一觉得这是迟早的事情。但是一想到温牧寒这样的都要脱单了,而他,郑鲁一,一个年轻有为的上尉副营长,马上就要独立支撑起来一营光棍营的称号,他觉得压力好大啊。

温牧寒丝毫不知道,走在自己前面不远处的郑鲁一,已经在心里把一场小电影都演完了。

他跟叶飒一块儿回的宿舍。这会儿军营里面格外安静,只有不远处政工大楼的灯还有几盏亮着。沿着主干道一路往回走,两旁路灯将整条大路笼上一层暖黄色。树上不时传来嘹亮清脆的蝉鸣，更添了几分夏日夜晚特有的热闹。

温牧寒说："我们后天就出发了，你留在这里，老实点儿。"

这叮嘱，怎么透着一股子警告的味道。

叶飒淡淡回他："除了对你不老实之外，你还见过我对谁不老实？"

温牧寒被她这话说笑了，只是下一秒他偏头看向叶飒："我说，咱们都这样了，你确定还不给我一个名分？"

叶飒挑眉。

哪样了，他们就哪样了啊。

就在此时，正好有一队士兵从他们身边穿过，正是刚才看完电影的一营战士，领头的人冲着温牧寒敬礼之后，温牧寒也回了个礼。

叶飒盯着他看了半天，从他举手回礼到放下，一直那么看着。

在这个军营里面，每天她不知道会看见多少人敬军礼，偏偏只有他，让她看得舍不得挪开眼睛。

周围没人之后，温牧寒这才又偏头看向她：

"要不考虑考虑？"

叶飒听笑了，她说："你之前不是还说让我慢慢来，别着急啊。"

温牧寒没想到原来坑在这儿，而且还是他自己挖的，他笑了笑："你可以不着急，但是哥哥挺着急啊。"

他每回一说"哥哥"两个字的时候，叶飒就有种难忍的羞耻感。仿佛她隐秘的小心思，又一次被摆上了台面。

叶飒不打算搭理他，快步往前走，但是温牧寒两步就追上来了，这人被包裹在军裤里的大长腿，显得格外笔直。在路灯下，整个人更是被拉出了无限延长的身影。

在温牧寒追上来时，叶飒脚步顿住，转头看着他说："万一我就是想当个'渣女'，这么钓着你呢。"

她说话时精巧的五官微仰着，在路灯暖黄色的光线下，皮肤更是显得格外细腻。

她就是觉得，自己还挺享受温牧寒的追求。

叶飒啊，你居然也有小人得志的时候。就是吧，她喜欢温牧寒这么久，之前她也是几次三番表白被拒绝了,好像要是一下子答应他了,会显得自己很急迫似的。她可不着急,她要慢慢来呢。之前吧,她这点儿心思还是藏着的,现在干脆摊开了说了,她现在就是个"渣女",明明喜欢他,却还是故意钓着她。

温牧寒眼底带了几分玩味,他看着叶飒,突然低声说:"要不你先给我点儿好处,我随便你渣。"

叶飒觉得她自己已经够无耻的了,结果她没想到自己遇到了一个更无耻的。

明明她应该立马走人,却偏偏鬼使神差地问出一句话:"你要什么好处?"

温牧寒的脸上登时染上了几分笑意,这个在军营里号称活阎王的男人,此刻笑得那么人畜无害,略有些薄的唇线往上轻弯着。

与此同时,他的脸颊凑近。

在他要开口的时候,叶飒突然伸手抓住他衬衫的领口,竟然一下把人拉到自己的面前,凑在他唇上,很用力地亲了一下。这响亮的声音,似乎是要打破这夜色里的安静。

双方都是一怔。

半晌,温牧寒突然笑了起来,他手指抵着自己的嘴唇,望着叶飒说道:"本来我只是想说,明天中午陪我一起吃饭。"

说完他顿了下,抵着嘴唇的手指,突然在唇边来回摩挲了下,终于慢条斯理道:"不过这个好处,我更喜欢。"

转眼就到了温牧寒他们要出发的前一天晚上,这次选拔是在野外进行,不仅会有武装越野的部分,也有武装泅渡等各种科目的考验。海军陆战旅本来就各个都是精兵强将,这次更是优中选优。

晚上的时候,石向荣特地又把温牧寒叫到了办公室里面,政委吕闵自然也是在的,每次石向荣叫温牧寒的时候,吕闵都会在场。主要是因为这个团长是个炮仗脾气,一点就着。而旁边这个呢,也不是个善茬。所以吕闵每次都不太放心让他们单独聊天,生怕把这间办公室给拆了。

"虽然说明天才开始考核,不过你心里总要有个底吧。"石向荣这是问他对人选的想法呢。

温牧寒淡然一笑:"一切都看他们这三天的表现,表现得好就能入选,表现得不好自然不行。"

选拔一共会进行三天，这也是温牧寒他们准备了这么久的原因。毕竟选拔的方式以及在选拔当中，队员们会遇到什么情况，他们都需要提前预估出来。

石向荣斜了他一眼，点点头，算是赞同他这个说法。

倒是温牧寒又提要求说："我还想跟你要两个人。"

"什么人？"石向荣警惕地看了他一眼，生怕他再提什么别的要求。

虽说海岸线这个计划也是经过他批准的，但之前他去军区里汇报这个计划时，可没少折腾，他都这么大年纪，要不是这会儿正好赶上军改，全军都在改变过去老旧的想法，适应新时代的作战，他还真没那个精力折腾起来。

"海岸线的特战作战科目部分，我可以全权担任总教官。"这话温牧寒还真不是吹牛，想当年他在海军陆战大队的时候，凶悍之名真的是传遍海军。要不然他活阎王的名头，也不至于传这么远。

石向荣知道他话还没说完呢，耐心等着他继续往下说，果然温牧寒说道："我的意思呢，海上救援这一块，我们没有专业人员。之前隋文的事情为什么会发生，就是因为战士在进入失火的船舱时没有经验，一下打开舱门，引起二次爆炸，被冲击波炸飞。"

石向荣点头，当时对那次任务的复盘，也确实引起了他的重视。温牧寒为什么要弄这个海岸线突击队，不就是为了吸取教训，让战士的血不能白流。

他这么一说，石向荣毫不犹豫道："你小子好好选人，救援教官这个事情就交给我。实在不行，去东海救援大队给你拎个金牌教练员回来，也不是什么大问题。"

"谢谢团长。"温牧寒双腿并拢，冲着他打了个笔直的军礼。

石向荣瞧着他这会儿乖顺的模样，又不由得气笑。这小子真是不见兔子不撒鹰的性子，非得他把好处实打实地落实了，才能这么好说话。

吕闵见这次两人的谈话还算愉快，这才悠悠开口："选拔的事情很重要，但是战士的安全也很重要。这三天野外生存，对很多士兵都是极大的考验。你这个主考官可不能只想着怎么磨砺他们呀。"

吕闵当了一辈子的政委，相较于温牧寒他们这样的铁血军人，他的性子属实是温和。

所以他一说完，石向荣就指着他："你呀，就是太婆妈了，就三天选拔而已，顶多就是饿几顿的，能把他们怎么着了。"

石向荣说："我最怕的就是，时代好了，把咱们的兵那股子血性和吃苦耐劳的劲儿也给磨没了，正好借着这次机会好好给他们磨磨。这再好的钢刀，不磨的话，也要变成钝刀了。"

吕闳笑着摇了摇头，不过也没继续说话。

第二天早上，大队本来早就应该出发的，结果突然联系不上贺瑞。他是军医，这次集训是必须随行的。

温牧寒让人赶紧去宿舍找他，他所有的耐心也在等待的一分一秒中快要耗完了。军人的时间观念是要准确到秒的，看来这个贺瑞真是缺少训练了。

结果去找人的卫生员徐滔滔回来说道："温营，贺医生的腿摔伤了，现在走不了路。"

温牧寒听完这话，愣住了。等他到了贺瑞的宿舍，才发现他正坐在凳子上，身上还穿着军绿色T恤和大裤衩，只是左腿明显肿得老高。

"怎么回事儿？"温牧寒低头看着。

贺瑞苦着脸："果然老话说得好，人倒霉喝口水都能呛着。我也是倒霉，就是去洗个脸，地上有水，我不小心踩滑了，就摔成这样了。"

连温牧寒这会儿都说不出什么话，这也确实是太凑巧了。

半晌他叹了一口气："你可真够会摔的。"偏偏选在大队要出发的时候。

贺瑞一脸哭丧的表情，惨兮兮地问道："温营，您说现在怎么办吧？"

温牧寒当即冷笑，眼看着他一句"轻伤不下火线"的话就要从嘴边说出来了，突然贺瑞大喊一声："要不让叶医生去吧。"

温牧寒愣住了。

贺瑞也不知道是想拯救自己，还是真的想给温牧寒想解决的办法，他说："你放心吧，虽然叶医生名义上还是实习医生，但是她绝对有能力处理一切突发情况，毕竟人家之前也是三甲医院急诊科的医生呢。"

他努力挤出真诚的表情，似乎在期盼能从这位活阎王手中逃过一劫。

这次集训有多重要，他不是不知道。光是选拔人员，就是从整个团里进行的，要不是团长权限还不够，恨不得全军给温牧寒选人才好。要是因为他而耽误了选拔,贺瑞毫不怀疑自己会有一百种死法。

温牧寒面无表情地望着他,浓墨般的黑眸透着冷硬,终于在贺瑞觉得自己完了的时候,温牧寒缓缓开口:"你好好养伤吧。"

说完,他起身下楼。贺瑞跟他们住在一栋宿舍楼,只不过他住楼上,叶飒和温牧寒住在一楼。这时候才六点不到,外面的天光却已经亮了起来。

军医因为不需要出早操,他们是按照后勤部门正常的上下班时间,因此这会儿叶飒估计还没醒。

温牧寒到了门口,轻轻地敲了两下门,没一会儿里面传来脚步声,等门被打开时,就看见叶飒穿着睡衣,长发有些凌乱地披在肩头。她开门时还没睡醒,还揉了揉眼睛。

待看见门外的男人时,叶飒是有那么点儿愣的。

在她一脸茫然时,面前的男人突然开口说:"叶飒医生。"

"在。"叶飒猛地双腿并拢,整个人站直了。

她这段时间在军营待着,当温牧寒一本正经地喊着她名字时,她下意识地跟那些被点到名字的战士一样,双腿并拢身体站得笔直,很认真地回应。

温牧寒都没想到她会这么认真,当下差点儿没撑住,轻笑出声。

不过他还是冷静地说:"此次集训选拔,紧急应招你取代贺瑞,作为随军医生。"他低头看了一眼腕上的手表,"现在我给你五分钟时间收拾东西。"

本来他以为叶飒会有十万个为什么,毕竟这么一大清早把人叫醒,直接下了这么一个命令。

但是叶飒抬头看了他一眼,直接转身进门。

他眼看着叶飒取出一个军绿色的背包,随后扔了两件衣服进去,又把洗漱用品塞了进去,居然转身就冲到门口。

"我收拾好了。"叶飒抱着背包。

温牧寒低头看着她此时的模样,白色圆领睡衣风格是很保守,就连锁骨都没露出什么,但是可爱的白色花边,一下把她的年龄又拉低了好几岁的感觉。有点儿像个刚高中毕业的学生。

他又看了眼她的睡衣,终于表情没那么严肃,低头笑问:"就这样?"

叶飒低头看自己,一下清醒了过来。

"别着急,这次给你十分钟时间洗漱。"温牧寒平时洗漱两三分钟就能搞定,在他看来,十分钟简直是优待中的优待。

于是叶飒当着他的面儿把门关上,因为她要换衣服。等一切都搞定的时候,十五分钟过去了。

叶飒大概也看了时间,背着背包站在他面前,还挺像个主动认错的小学生似的:"我下次争取十分钟之内搞定一切。"

"不错了。"温牧寒到底没像训自己的兵那样。要是他的兵哪个敢在他给三分钟、却拖到五分钟的时候,他肯定要让他们知道,这个世界上的花儿为什么这么红。

叶飒抿嘴笑了起来,眼睛亮闪闪地望着他。

温牧寒一想她毕竟也是第一次作为随队医生,还真认真鼓励道:"下次继续努力,还有这次是贺瑞摔断腿,才临时让你替他去的。之后几天肯定会很辛苦……"

却不想叶飒开口打断他的话,望着他一片赤诚地说:"虽然我不是军人,但是我知道军人以服从命令为天职,我不怕吃苦。"

说到这里,小姑娘看着他,突然双腿再次并拢站直,这次她竟然冲着温牧寒敬了个军礼,朗声说:"时刻准备着。"

这一下温牧寒的眼睛亮了起来,原本淡然的眸底竟然聚集了化不开的情绪。这一身军装是他自打记事以来就仰望着的。从他穿上这一身军装开始,就从没做过一件辱没它的事情。他以前从没想过自己以后会喜欢上一个什么样的姑娘。可此时,这姑娘认认真真地冲着他敬礼时,他最信仰的和他最喜欢的,仿佛在这一刻彻底融合在一起。这心里登时鼓鼓胀胀的,特满足。

随后他腰杆打直,手臂举到额头处,姿势标准而又流畅地冲着叶飒敬礼。

这次选拔训练的地点离营地挺远的。当上百号战士到达地点,被赶下车的时候,当即就听到温牧寒宣布这次选拔的规则,那就是他们只需要在三天之内,到达给他们的地图上的目标地点 A 点即可。

这么简单?众人面面相觑。

当有人问道:"温营,我们的指南针呢?"

温牧寒望着他，目光前所未有地柔和。

"没有。"

当他咬着嘴唇，说出这两个字的时候，所有人都震惊了。

没有指南针，很容易偏离路线，说不定还会绕路。要是一圈绕下来，别说三天了，估计一个星期都不够。

"哦，顺便跟你们说一声，你们在路上的时候，说不定还会遇到熟人。"温牧寒站在车前盖上，一脸微笑地望着面前这一堆似乎有一肚子话要说的人，突然他眯着眼睛笑了起来，并且从怀里掏出一个东西。

"我宣布，选拔正式开始，祝你们好运。"这一句话说完，竟然所有人都站在原地不动。

于是温牧寒叹了一口气，他朝着旁边的郑鲁一看了一眼，只见郑鲁一直接把枪扔了过来，他接住之后，冲着车子面前的空气啪啪啪就打了一通子弹。虽然都是空包弹，但是这一下把所有人都惊醒了。

在所有人都四散开时，温牧寒朗声喊道："顺便说一声，你们所有人背包里都有一个信号弹，自愿退出者，记得发出信号，我去接你们回来吃大餐啊。"

不远处坐在医疗车上的叶飒，望着眼前的一幕，陷入沉默。而跟着她一块儿沉默的，还有袁浩。本来徐滔滔也是卫生员，应该跟他们一块儿坐在医疗车上，但是徐滔滔这次也参加了选拔赛。

袁浩偏头看着叶飒，小声问："叶医生，你说滔滔会怎么样？"

叶飒望着不远处还站在车前盖上的男人，他穿着一身海军蓝作训服，整个人英俊而又挺拔，特别是阳光打在他身上时，耀眼得无与伦比。可偏偏这样的英俊的人，身上迸发出她以前从未看见过的强悍和凶性。

叶飒这才知道，温牧寒以前对她偶尔的冷言冷语，简直是他最大的温柔了。

很快，他们教练组和医疗车直接开往了最终目标 A 点。这地方是温牧寒亲自划定的。

因为要从刚才的出发地前往这里，必须要经过一条河流，要不然就得绕上十几公里。要是有车还好，但是选拔队员除了身上的武装背包之外，这三天只能靠两条腿。他们想要越过这条河，也只能武装泅渡。

因为他们开车，倒是没过太久就赶到了终点。

叶飒作为随队医生，只是为了以防万一，要是有队员受伤，她可以立即进行紧急救治，但是如果一直没人受伤的话，她只需要在一旁待命即可。

等他们把一切设备架了起来，叶飒这才发现他们居然在这里搭了个小型的指挥中心。

温牧寒站在帐篷外面跟人打电话。

叶飒走过去，看见电脑屏幕上一个又一个聚集的小红点，有几个靠得很近，看起来是聚集在一起的。

"这是追踪器吗？"叶飒饶有兴致地问道。

郑鲁一也没拿她当外人，点头道："这是人体红外追踪器，只要有体温就一直能感应到，要想抓他们，简直是一抓一个准。"

叶飒知道很多电视剧都拍过特种部队，但这还是她头一次接触到。

没一会儿，温牧寒进来。

郑鲁一回头看他，问道："营长，你可真够狠的，就那么一百来号人，你居然派一个营的人去追击他们。"

叶飒都听愣住了。

还是郑鲁一故意用手挡着自己的嘴巴，小声对叶飒说："叶医生，我小声儿给你提个醒，真的，得罪谁都别得罪我们温营，这位就是个'活阎王'。"

温牧寒冲他看了一眼，当着他的面儿说这些话，真当他是死的啊。

偏偏叶飒却转头饶有兴趣地望着温牧寒。之前她居然还说要渣他来着。她是不是应该庆幸自己这会儿还活着。

可是他越是看起来这么冷漠又凶悍，叶飒就越会想起他跟自己说过的那些话，连语调里都透着温软和宠溺。这种强烈到极致的反差，叫她有点儿欲罢不能。

下午的时候，温牧寒就出发了。只是走之前他是画着一脸的迷彩妆出发的。

叶飒本来坐在医疗车里，百无聊赖地往外面看，就看见他一脸迷彩从帐篷里面走了出来，一下叫她看愣了神。

他转头看过来时，叶飒压根儿看不清楚他脸上的表情，只有那双亮得逼人的眼睛露在外面。

一直到他走之后，叶飒都还双手托腮坐在车里，突然她好后悔把手机上交了,她好想拍一张温牧寒画着迷彩的模样。刚才那一瞬,她在心里简直快要给他唱一首征服了。

她要是把他刚刚那个模样,拍给司唯和阮冬至看,她都能想到这两个女人会说出什么没下限的话。但是他刚才那个模样,真的很容易想让人把他扑倒。

叶飒猛地捂了下脸颊,她可真是越来越下流了。

可是想想都觉得挺带劲儿的。他那样的,带劲儿。

傍晚时,大半天空被夕阳染成了橘红色,宽阔的旷野之上,忽而有一阵风吹拂而过,透着一股舒服的凉爽。

负责后勤的人正在准备晚餐,空气里弥漫着香味。

直到一阵汽车引擎的声音由远及近,转眼车就开到了营地门口,是温牧寒带出去的人一块儿回来了。这次主考官还有团里的连长和排长,算是被抽调过来帮温牧寒的忙。

车子刚停下,就有人喊医生,叶飒立即冲上去。随后就有一个腿上明显有伤的战士从车上下来。

扶着这个伤患的连长叹了一口气:"运气不好,出发没多久就从山坡上摔下去,脚摔肿了。要不是兄弟团的人发现他,这小子估计脚走废了,都不会发信号弹。"

此时小战士垂着头,叶飒让人赶紧把他扶着坐下。

等她剪开他的裤腿的时候,看见肿得老高的脚踝,赶紧处理伤口,结果她刚喷上喷雾,就听到一声特别明显的抽泣声。

叶飒一抬头,瞧见他居然哭了。连叶飒都有点儿慌神,她赶紧问道:"很疼?"

"不是,不是。"小战士一边抹眼泪一边摇头,接着就是摇头不说话,虽然嘴巴被死死咬住,可是眼泪却止不住地往下掉。

她赶紧问:"那你怎么了?"

"我训练的时候成绩一直很好,我想进'海岸线'。"

叶飒心里一下涌上了心酸,她并不是个情感丰富到能引起共鸣的人,可是她瞧见小战士流着眼泪,竟然有点儿莫名心酸。

"别哭了,我们明年再努力好不好。"叶飒一边处理伤口一边小声安慰他。

等伤口处理好了，小战士看起来心情也稍微好了点儿。

此时正好也到了开饭时间，叶飒让袁浩陪着他一块儿去吃饭，她自己正收拾医疗箱时，突然一个爽朗的声音响起："叶医生。"

她转头看向温牧寒，他们两个在人前时，一直都还是保持距离的。所以她见温牧寒喊自己，赶紧走过去。

只是她走到副驾驶旁边的时候，温牧寒示意她走到驾驶旁，于是她绕过去走到驾驶座的那边，她刚站定，温牧寒就打开车门跳下来，直接将她整个人带转了个方向，将她压在了车门上。

因为是越野车，又正好他车子停得很有心机，驾驶座的方向是背对着营地的。况且大家又忙着吃饭，丝毫没人发现这边的情况。

反倒是叶飒瞪着眼睛望向他，明显是被吓了一跳，她急忙说："会有人看见的。"

温牧寒扬眉："怕人看见？"

这不是废话，这可是正经的集训选拔，要是被人看见他这个主考官假公济私，估计团长能直接削了她。

温牧寒很认真地点了点头，然后说："你闭上眼睛。"

还玩？

叶飒都快疯了，因为她很清楚地听到车身的另一边，有人说话的声音，还有军靴踩在地上走来走去的声音，那么近，近到只要有个人稍微往这边搭一眼，就能看见他们两个。

可是温牧寒丝毫不打算松开她。

于是叶飒闭上眼睛，认命地希望他能赶紧松开她。结果预想之中的事情并未发生，就听温牧寒有点儿温和的声线再次响起："睁开眼睛吧。"

叶飒一睁眼睛，就瞧见他手里拿着一束小野花，粉色的、黄色的、白色的还有紫色的，颜色很多，却又被精巧地扎成一束，显得缤纷又不杂乱。

她目瞪口呆地望着这一束小野花。

待她抬眸望向他时，男人忽而轻笑了下，主动问道："是不是觉得很土？"

温牧寒的眉眼轻抬："就是看见它们的时候，突然想到了你。"

叶飒心头的感动正要弥漫，突然她看向他感觉到了一丝不对劲儿，什么意思?他先问她是不是很土,又说看见花就想到她,那岂不是说她很土?

男人清润的声音响起,伴着那丝清凉的风吹进她的耳中:"第一眼看见,就觉得特别喜欢。"

第一眼,是从什么时候开始算起?!

叶飒猛地被他这句话吸引了所有注意力,此刻车后面的脚步声也好,随时响起的说话声也好,都被她抛在脑后。

唯有他说的话一直萦绕在她脑海中,叶飒盯着他,神色微妙地问道:"第一眼是哪一眼?"

温牧寒缓缓站定,心里还真微抽了一口气,半晌,这才低声笑道:"都喜欢,只不过喜欢的方式不一样。"

要说十五岁见到叶飒的时候,确实也是喜欢这小姑娘的,当然不可能是男人对女人的那种喜欢。就是看着她警惕又好奇的小模样,偏偏还追着他问东问西,实在是有点儿可爱。

况且小姑娘一个人孤零零坐在医院的椅子上,手臂上还打着点滴,整个人那样安静又乖巧,只看一眼就会生出无限怜爱。至于后来的再相逢,一切就都变了。

"那你呢?"温牧寒弯起唇角,微压着腰身,往她面前凑过来,叶飒身后就是车子,退也退不得,"飒飒是从什么时候开始喜欢我的?"

叶飒绷着一张小脸。

明明也有其他人会叫她飒飒,可是从他嘴里叫出来,仿佛这两个字都变得格外黏稠起来,连声调都会让她心里有酥酥痒痒的感觉。

她淡定道:"谁说我喜欢你了。"

她才不上这个当呢。

当叶飒抬起清润的大眼睛时,哪怕脸上是面无表情的模样,可是眼底里却也藏不住对他的喜欢。哪怕温牧寒只是轻轻喊她的名字,都会让她心跳加速,这样的喜欢是怎么都藏不住的。

"这样啊。"温牧寒微微点头,神色虽然没见多失望,但是语气里那种明显的失落让叶飒有点儿不太忍心。

她这个"渣女"是不是有点儿太渣了。

但是下一秒温牧寒突然伸手，牵住她垂在身侧的手掌，将他扎好的花轻轻放在她手心里："虽然不喜欢我，但是我摘的花，可以喜欢它一下吗？"他的声音伴着周围渐暗的暮色，暧昧又温柔。

叶飒轻轻握住手心里的这一捧小野花，却有种捧着他全部真心的感觉。

这么有血性又强悍的男人，有大爱也有柔情。而她……好像拥有了他所有的柔情。

晚饭过后，除了还在对选拔队员继续监控的人之外，其他人都开始洗漱准备睡觉。叶飒这一天都感觉自己灰头土脸的，毕竟在外面，而且又是这么热的天气。只是她就是想洗澡，也没这条件。

"叶医生。"温牧寒走过来，直接喊了她一声。

叶飒赶紧站定："到。"

温牧寒看着她板正的小模样，心里笑了下，脸上却是公事公办的模样："今晚你睡医疗车上吧，那上面有空调，睡得也舒服些。"

叶飒一怔，她当然知道医疗车上的环境比帐篷里舒适多了。

但是她立即说道："我可以睡帐篷，医疗车让伤员睡吧。"

温牧寒他们带回来的那个战士，脚都扭伤了，她一个好手好脚的人，还是别跟人家伤员抢医疗车了。

"我会让他睡我车上，你就睡医疗车吧。"温牧寒坚持道。

叶飒问道："那你呢？"

温牧寒脸上露出一抹笑意，压低声音问："担心我啊？"

叶飒惊讶地挑眉。她现在发现了，有些人真的跟解除了封印似的。以前跟她在一块儿的时候，面无表情得恨不得在身前挂个牌子禁止她靠近。现在真的是逮住机会就要调戏她一下。

"你想太多了。"她也压着声音说道。

这会儿营地里的人都在忙着自己的事情，刚才温牧寒又是光明正大地喊了一声"叶医生"，看起来两个人像是在正经地商量事情，丝毫没人察觉他们之间的不对劲儿。要说跟一帮直男在一起的好处，大概就是两个人之间明明已经暧昧到周围都是粉红气泡，这些男人却能视而不见，只当他们是普通的同事关系。

"这都不算关心？"温牧寒故作惊诧地挑眉，他好笑道，"要不你就真的关心我一下？"

叶飒皱眉望着他，这人还来劲儿了是吧。

突然她故意压低声音说："要不你今晚也来医疗车上睡？不仅有空调，还有我。"

这一句还有我，一下子点炸了温牧寒脑子里的那根弦。说实话，他也不是那种一撩就着的人，要不然他不至于到现在都没段正经能说得上来的恋爱。

要论定力，他说第二，还真没人敢认第一。如今面前这姑娘一句话就叫他起了反应，跟在他身上点了火似的。

连他自己都气笑了，简直跟个毛头小子一样。他咬着牙说："我本来还想给你弄点儿热水洗漱一下的。"

叶飒一听登时愣住了，这意思是现在反悔了？

她赶紧找补："别，别呀，有什么事儿我们好好商量。"

温牧寒好笑地望着她追悔莫及的模样，登时双手抱在胸前，他穿着一身野外作训服，整个人别提多英气，此刻脸上挂着似笑非笑的表情："那你先说说怎么个商量法？"

"你追人就是这么个态度吗？"叶飒突然想起他们现在的身份，颇有些不满地说道，"我告诉你，你这种态度追人是不会有结果的。"

结果温牧寒不为所动，一脸坏笑地望向她。

两个人跟较劲儿似的，终于叶飒作势要转身离开，温牧寒立刻伸手拉住她的手腕，吓得叶飒连连轻"哎"了好几声，提醒他："别让人看见。"

之前她这么说的时候吧，温牧寒心里就不太舒服。只是他这人性子沉，什么都不太表现在脸上。这会儿又听到她这生怕别人发现的话，登时挑眉问道："让人看见我们俩，会让你丢脸？"

这话里头，半真半假，有一半是故意逗她，有一半确实是真心问的。

叶飒看着他，有那么点儿被气着了："我是怕影响我们温营长的光辉形象。"

或许他不知道，可是叶飒接触过的每一个兵，哪怕就是跟他同级别的军官，说起他的时候都是一副钦佩的模样。在军营里，要让所有人都服气，其实也很简单。

实力，能碾压一切的实力。要说军队里面，子承父业的人不少，头上顶着光环的人更是不少，哪怕是温牧寒本人其实也是之一。可是没人会提起他的家世，也没人会说他的父亲如何如何。所有人提到他的时候，都会说起他的曾经、他的过往以及他的荣光。

叶飒以前不懂这些的时候，觉得他们之间就是两个人的事情，结果现在懂了，反而有点儿在意。她就是挺不想让别人误解他们之间的关系，怕自己成了他身上唯一的黑点。

虽然没有明文规定，但是同一个部队的人是不能谈恋爱的。叶飒虽然不是军人，但她现在毕竟是这个团里的医生。她怕别人误解温牧寒假公济私呢。

"影响我？"温牧寒神色突然有些严肃，半晌他低声说，"叶飒，你之前不是跟我说过，我们之间的事情不需要在乎别人的眼光。"

他好笑地叹息了一声："怎么到你这儿，又在乎起这些了。"

叶飒明显顿了下。

温牧寒怕再聊下去，这姑娘又要被他掰扯出一二三四，于是他转移话题："热水还要吗？"

"要。"叶飒毫不犹豫地点头。

野外条件就这样，这热水都是大家要喝的，叶飒刚才是没好意思要。如今温牧寒主动提出，她也就没拒绝。哪怕是不能洗澡，把身体擦一擦也是好的。

待温牧寒的黑眸再次落在她身上，似乎还在想着要讨要点儿什么好处的时候。面前的姑娘冲着他莞尔一笑，嘴甜道："谢谢牧寒哥哥。"

牧寒哥哥……这一声激得温牧寒真想当场亲她。

于是他压抑到极点的低哑声音再次响起："再喊一声。"

叶飒在车上简单洗漱之后，下来把脏水拎到远处泼了。等她回来的时候，就看见有几个军官站在外面抽烟聊天。这一天下来，大家也确实累了。

"我临走的时候只来得及跟我媳妇说一声。"有个人怅然地说道。

这提起家里的事情，大家就跟敞开了话题似的。这个说自己和女朋友约好了周末要去干吗，那个说已经几个月没看见自己老婆了，光视频了。

终于一个幽幽的声音响起："我说你们这些有老婆的人，是不是哪壶不开提哪壶。"

这说话透着不满的人，赫然是郑鲁一。

他觉得这帮人就是在故意炫耀，故意的。都知道他们一营有光棍营的名声，这帮人还在他面前说起什么女朋友、媳妇，不就是看他没有。

他转头看向温牧寒："营长，你看看这帮人就是故意在我们面前炫耀。"

其他军官本来是不怕郑鲁一的，结果此时看见他把温牧寒这面大旗拉出来，登时面面相觑，心里只骂他简直是无耻。虽然他们确实是有这个心思，但是他们也就是冲着郑鲁一去的。

直到温牧寒将嘴边的烟夹了下来，睨了他一眼，淡淡道："跟我们炫耀？"

郑鲁一委屈地点头。

"什么我们？"温牧寒看着他，轻嗤一声，"你没有，你怎么知道我也没有？"

郑鲁一："……"

众人："……"

正好路过的叶飒，此时脚底抹油准备开溜，可是温牧寒仿佛脑后有眼似的，突然转头看向她的方向，温声喊道："叶医生。"

于是所有人都望向叶飒。

什么情况？

叶飒头皮都麻了，只不过她这人也有个优点，哪怕就是再慌张，她都能面上装作淡定甚至还若无其事的模样。

"野外有蚊子，待会儿我让人给你拿一瓶防蚊喷雾。"他慢条斯理地说道。

这话一说完，本来就挺好奇的其他人，登时你看我我看你，然后都从彼此的眼神里得出一个结论：

有情况。

作为海军陆战队的成员，素来有军中之军、钢中之钢美称的人，这点儿侦查意思要是都没有的话，那可真是别干了。个个都是人精，这会儿还真看出来他们两个之间的猫腻。

叶飒点头，微微一笑："谢谢温营长。"

"不客气。"温牧寒也报以一笑。

但是俩人的举动在其他人看来，就是一句话——此地无银三百两。

叶飒走后，温牧寒也转身回自己车里，准备去拿防蚊喷雾。他们训练里面就有野外实力训练,所以这些防虫防蚊喷雾是必备的军需用品。

只是他有这玩意儿,叶飒就没有了。毕竟这是她头一回跟着到野外。

别人不敢跟着他,郑鲁一却是不怕的,顶多就是被整两顿罢了。但是巨大的好奇心,已经挡不住他行走在作死的路上。

他跟在温牧寒旁边,嘴里的话就停不下来了:"我说营长你真没开玩笑吧?你跟叶医生真的在一起了?你这保密工作做得也太好了吧。"

温牧寒走到车子的后备厢处,拉开后备厢盖子,弯腰在里头翻了下,找出防蚊喷雾。

"说完了?"等他伸手准备把后备厢的盖子重新压下来的时候,旁边郑鲁一的声音终于消失了。

郑鲁一点头,他的问题问完了。

温牧寒冲着他微微一笑,笑得郑鲁一觉得温营变了,谈恋爱的男人果然是变了。

下一秒,温牧寒恢复冷漠表情:"无可奉告。"

毕竟这人还没追到手呢,也没什么值得说的。

温牧寒把防蚊喷雾送过去的时候,叶飒站在车边,伸手接了过来,又想起他刚才说的话,不由得"哼"了一声,正准备质问。

突然温牧寒开口问道:"想看星星吗?"

"虽然这儿的海拔没多高,不过今晚天气很好,没什么云,晚上的时候应该会有星星。"此刻温牧寒的声音都是暖的。

叶飒安静地看着他。

温牧寒看着她乖顺的模样,继续低声道:"夜里星星出来的时候,我来叫你,现在先去睡吧。"

车上有担架床,而且又有空调,温牧寒特地又给她把窗户打开,怕她闷坏了。

也不知是这一天过得太充实还是太累了,叶飒几乎是一躺下就睡着了,而且还睡得挺香。也不知过了多久,模糊间,叶飒睁开了眼睛。待她举起自己的手臂,借着月光看了一眼时间,半夜两点了。温牧寒还没来叫她。

但是她也慢慢坐了起来,等她坐起来之后,轻手轻脚从车子出去。外面营地早已是一片安静，只有中间帐篷里面的机器还在继续运行着。此时周围扎着的几顶帐篷里，传来了微微的鼾声。

叶飒向周围看了一圈，都没看见温牧寒的身影，于是她往前又找了几步，没想到还真的被她看见站着的人。

待她蹑手蹑脚走过去的时候，反而是突然转头的男人，把她吓了一跳。

温牧寒瞧见是她也有些惊讶，问道："醒了？"

"我还想着待会儿再叫你。"他是怕她白天太累了，想让她多睡一会儿。

叶飒笑着说："你不是说叫我起床看星星的，要是再晚点儿，星星都没了怎么办？"

她边说边抬头，只是在抬头的瞬间，她的声音也跟着一块儿消失了。她本来以为平原的星空没什么可看的，但是在她抬头的时候，才发现自己错了。

同一片天空之下，这里的星空跟城市里的截然不同。周围没有鳞次栉比的高楼大厦，天空不像是被切割成一块一块的模样，毫无遮掩的天际，绵延到尽头。此刻旷野里是漆黑一片的，反而让这片星空越发耀眼明亮。

深到极致的夜空，如幕布般那样安静地铺着，星河乍现，如明珠般散落在幕布之上，那样耀眼而明亮地存在。

她第一次知道，原来星月之辉，也可以如此明耀，如此震撼。

叶飒安静地望着这一幕，而一旁的温牧寒安静地看着她。

"真好看。"叶飒突然轻声说道。

温牧寒站在一旁看着她的神色，不由得一笑。然后他牵着小姑娘的手，干脆躺在了草地上。这一下整片星空仿佛都收入他们眼底。

"其实海拔五千米以上的星空，比这个还要震撼。"良久，温牧寒的声音在她耳边轻声响起。

叶飒脑袋微转，看向身侧的他。

她问："你看过？"

温牧寒说："以前高原拉练的时候见过，五千米高的海拔，人在高处，星空就在你头顶。"

那时候他也是值班，半夜实在无聊，周围是真的孤寂，往来的风吹在身上呼啸而至，就仰着头看星空。那种震撼，他这一辈子大概也不会忘记。

叶飒好奇地问道:"你们还需要参加高原训练?"

温牧寒淡然一笑:"海军陆战队是一支三栖作战的队伍,不仅需要我们攻守兼备,还需要立体作战。虽然我们人数很少,但个个都是精英。"

这是温牧寒少有的自夸。

叶飒突然又问温牧寒:"当兵辛苦吗?"

"怎么不辛苦。"温牧寒声音挺淡的,他说,"海拔五千米的高原,别说是跑步,就算是晚上睡觉都会呼吸不畅。但是每年我们都会进行一次一个月那样的高原训练。"

因为要预防万一,万一他们需要面临高原作战,万一他们要面临什么地形的作战……

作为军人从来没有侥幸心理,哪怕是和平年代也要保持着血性和战斗力。时刻准备着,这一句话并不只是一句空话。

突然叶飒问道:"那你看星空的时候,会想到什么?"

"很多。"温牧寒还真的认真思考了下,那时候他站在那片星空下守夜的时候,想的究竟是什么。

寂静夜空下,身旁姑娘的声音再一次响起:"有想起过我吗?"

叶飒的声音很轻,听起来也很淡,仿佛是不经意间问了一句,却不知她心里是鼓了多大的勇气。

或许越在意的东西,才会越是这样漫不经心地问出来。

这一次温牧寒转过头看着身边的姑娘,他望着她的侧脸,模糊的轮廓隐没在黑暗之中,许久,他轻声说:"想过。"

叶飒的手猛地被握住。

温牧寒又转头继续看着夜空:"飒飒,我不是想哄你,是真的有想过。我离开就是为了加入陆战队,那时候训练太苦太累了。哪怕是我,偶尔都会有种吃不消的绝望。"

一开始真是累得什么都不想了。后来渐渐适应了那样的生活,偶尔脑子里空了,真的会想。偶尔想着以前的生活,想父母、想兄弟,而唯一想过的姑娘,就是她了。一开始他也觉得自己挺奇怪的,没事儿想人家小姑娘干吗。

其实他也休假过,当时跟谢时彦见面,这人也不知是脑子抽了还是干吗,非要在他面前炫耀，说叶飒现在都快大学毕业了，马上就要硕博连读。

那会儿他拎着个酒瓶，随意一瞥，看见谢时彦手机里的照片。

是她。小姑娘穿着一件黑色礼服长裙，细肩带，黑发红唇，站在栏杆边回头看着镜头，眉眼里透着一股子清冷的疏离。美得惊心动魄，一下就撞进他的心坎。

以前他对小姑娘的长相并不太在意，在他眼里好看不好看都不太重要，因为反正他也不太爱看。

可是那天晚上，他真的是被看愣神了。连谢时彦都察觉到他的失神，还特得意地说，是不是发现小姑娘长大了，再也不是以前那个小丫头的模样。

温牧寒冷哧了他一声，没搭腔。

可是当晚回家，他就梦见叶飒了。醒来的时候，温牧寒觉得自己还挺禽兽的，结果后来他又好几次都梦见了小姑娘。这也是后来跟叶飒重逢之后，他为什么会对叶飒的态度转变那么大。

因为，他心里有鬼。

在听到温牧寒说起他居然做梦梦到过自己的时候，叶飒一下激动得翻身坐了起来，随后她扭头看向温牧寒。哪怕这么漆黑的环境之下，她乌黑的大眼睛也如浸着水光般，那样亮堂。

看得温牧寒心里微微一颤。

半晌，叶飒轻声问："你梦见过我？"

她的声音很轻很轻，这旷野里吹过的一缕清风仿佛都能把这句话吹散，可哪怕这么轻的声音都能听到这底下隐藏的一丝丝颤抖。

原来这么多年，不是她一个人的执念，不是她一个人的妄想吗？在某个时刻，他也曾想过她，只想着她。

温牧寒微仰头，正要开口，突然坐着的姑娘身体前倾，下一秒，她的手掌扶住他的脸颊时，还有温热的唇贴上他的唇瓣。

头顶是漫天星河，而她眼底只有眼前这个男人。

叶飒轻咬住他的唇瓣，像是要仔细描绘他唇舌的每一寸般，细细地吮吸着，直到她的眼睫轻眨，扫过温牧寒的脸颊。

他伸手扣住她的腰身，薄T正好被轻轻掀开一角。他手掌搭上去的时候，正好贴着温热的肌肤,细腻到极致的皮肤,嫩得不像话。

于是一向天不怕、地不怕的男人,不敢动了。浑身的血液像是燃烧着一般,一路流窜,直至汇集到心脏,最后融化成急促的心跳声,在这寂静的夜晚,胸腔仿佛被打开一样,每一下心跳都那样肆无忌惮地回荡着。

那些藏在心里最深处的冲动,在此刻像是被打开了闸口,汹涌而出。

待叶飒微抬起头,想要换气时,她整个人被带着转了身,原本她压着温牧寒的姿势,变成了她被压在了草地上。

背后的青草地上,草木混杂着泥土的气息,瞬间闯进她的鼻尖。

伴随着他身上温热的气息,萦绕在她身侧。

"叶飒。"他轻声喊了一句她的名字。

待小姑娘脖子微仰,要回应的时候,温牧寒已再次袭了过来。这一下他一点儿余地都没给她留下,这么些天她就在他面前晃啊晃的。

要不是他克制着,秉持着什么还没在一块儿、不能对人家姑娘动手动脚的狗屁底线。

其实,他想对她做很多事情。待他感觉到叶飒真的快喘不上来气的时候,终于微偏头,又在她下唇上轻咬了下。不重,但是咬得她轻"哎"了一声。

"其实,"他只说了两个字,就顿住,将唇凑到她耳边,明明周围已经安静,他偏还要压着声音说话,那带着气声的低磁声音在她耳边一点点响起,"我现在梦见你比较多。"

叶飒身体是有那么点儿僵硬的。明明他说的这话并没多直白,但是叶飒却听出了弥漫着的压抑色气。哪怕血性、大义如他,也有作为男人的一面。

只会让她看见,想让她知道的一面。

叶飒一直觉得他的声音很好听,是那种不用刻意压着都很低磁的男神音。

她再不是那个什么都不懂的小姑娘,与心爱的人,做想做的事情。她从不避讳。

待叶飒再抬头看着星空时,轻声问道:"高原上的星空,应该比这里还要美吧?"

温牧寒也一并抬头看着这片星空,这里是半山腰,虽然海拔不算很高,但是比起城市来说,星空已经好看了很多。比起五千米高的地方,却又远远不如。

"等有空，你带我去看一次吧。"叶飒双腿曲着，下巴轻轻搭在腿上，脸颊看着他的方向。

温牧寒心头仿佛听懂了什么。这一次他轻笑道："你想去的话，我就陪你一起。"

这壮阔山河，只要你愿意，我愿陪你踏遍。

第二天起床之后，因为暂时没有伤员，叶飒只能无所事事地等着。中午的时候，离开的温牧寒还没有回来，叶飒吃了午饭，站在山坡上望着远方。

这座山并不算很高，毕竟南江是平原地区，哪怕真的有山，海拔也并不会太高。

她眺望着山脚下的稻田，此时正值夏日，稻子还未泛黄，依旧透着嫩绿的青。虽然隔得太远，叶飒并不能看见，但是她能想象到一阵微风拂过时，那片麦田会掀起青色麦浪的情景。

就在她看着眼前这阵风景时，突然身后传来一个急促的喊声：

"叶医生。"

"叶医生。"

接连几声着急的喊声，一下将叶飒的思绪拉了回来。

等她转头看向身后的时候，立即往下走，此刻郑鲁一也看见她，立即说道："快，营长他们在山下出了车祸，需要你赶紧下去帮忙抢救伤员。"

"温牧寒呢？"叶飒在听到这句话的时候，整个人一下紧张起来。

郑鲁一皱眉，小声说："现在情况还不清楚，所以你得尽快赶过去。这件事儿尽量先别声张，免得大家担心。"

此时还处于选拔期间，其他人还得继续留在原地，因为一旦出现放弃的信号弹，他们也需要派人以最快的速度把队员接回来。毕竟这是信号弹，也可能是求救弹。

叶飒一路上跟着车子赶往事发地点的时候，一颗心都是悬着的。

他应该没事儿吧，不可能有事儿的，肯定只是让她过去抢救别的伤员。

开车的战士把车子开得飞快，除了医疗车之外，后面还跟着一辆越野车，上面也有好几个战士一起跟着。

因为要参与救援，所以郑鲁一怕她和两个卫生员不够，干脆又派了几个战士一起。

车子开了二十分钟就到了山脚下,出事儿地点就在他们上山来的那条路上。

等他们开到的时候,发现旁边正围着一些村民,因为出事儿的车子挡在路上,骑着电动三轮车的村民没办法开到对面。

"哎哟,解放军来了,快点儿救人吧!"

"这可真是的,我看这个车上的人啊,怎么流了这么多血。"

"我看还有动静呢,应该能救。"

几个村民,你一言我一语。

叶飒一下车,就听到他们说的话。可是等她看清楚眼前的场景时,一下捂住了自己的嘴巴,因为她看见除了一辆车头损毁很严重的大卡车之外,还有一辆被完全被掀翻进麦田的越野车。

而上面特有的牌照,也让人一眼认出,那是一辆军车。那个牌照……叶飒盯着看了半天。

"那不是营长他们的车?"旁边跟着一块儿下来的战士,也不知是谁,突然喃喃地喊了一句。

下一秒,所有人都往上冲,想要救人。

叶飒也跟着一块儿想要冲上去,但是旁边突然有个村民喊道:"解放军同志,这个车上还有两个人呢。"

叶飒望着大卡车上的人,想要冲向麦地的脚步还是顿住了。

她喊着旁边的袁浩:"快,帮忙把人抬下来。"

一张嘴,她的声音都是颤抖的,是那种声线发虚的颤抖,她甚至不敢看向麦田里翻着的那辆军车。车头都已经被撞烂了,如果人在里面的话……

袁浩和另外一个战士爬上卡车的驾驶座,好在这个卡车的驾驶座很高,即使军车车头撞烂了,卡车看起来也不那么惨。

但是这俩人却不太好,特别是司机,一张脸惨白如纸,半个身子都被鲜血染红了。

"快打急救电话,告诉他们,这里有个大出血的重伤病人。"叶飒立即喊道。

他们身上没带手机，还是小战士急中生智，跟旁边的村民借了手机，打了急救电话。

叶飒趴在司机的胸口，听到他还有微弱的心跳。此时他最严重的伤就是腿上的动脉出血，叶飒早在他被抬下的时候，就迅速找到了出血点，用手指按住，只不过这种方式并不能完全止血。

她扭头看向旁边的袁浩："过来帮忙。"

"你来按住他。"叶飒示意他按住自己正在按着的地方。

等袁浩按住她刚才按着的地方，她立即打开急救箱找出急救绷带，缠住伤者的腿，除了紧急止血之外，她没办法在这里给他做任何急救。

等她再去处理第二个伤者的时候，叶飒刚伸手去翻对方的眼皮，突然伤者口腔里出现少数血沫。紧接着对方开始拼命地吐血，叶飒立即伸手捏开她的嘴巴。

对方的鲜血就一直流在她手上，刚才她救那个男人时，手上就沾上了鲜血，此时这个女人吐出来的血，从她的指缝间拼命地流。

"急救电话打了吗？对方说什么时候到？"叶飒转头看了一眼身后。

这个女人表面没有明显的伤痕，但是却突然这样吐血，肯定是内脏受到了严重的损伤，这是连基本急救都没办法做的。刚才那个男人，她最起码还能用绷带暂时控制住他的伤口。但是这个女人，她能感觉到对方的生命在一点点地消逝。

温牧寒怎么样了？

叶飒突然觉得自己眼前一片模糊，她是医生，应该救死扶伤的医生，可是她也是最脆弱的人。因为跟面前这该死的情况相比较，她能做得太少。她谁也救不了，谁也帮不了。她甚至没办法转头看一下她爱着的男人是否还活着。

叶飒伸手在自己的脸上抹了下，待她抹掉眼泪的时候，脸上也蹭到了她手上沾着的血。她将面前的女人平放在地上，打开她急救箱里的急救氧气包，暂时先给她用上。

她安静地跪在地上，握着这个女人的手，她的掌心还有点儿余温，但是她仿佛能感觉对方的身体在变冷。

"再加把劲儿，快翻过来了。"麦田里有个人用尽浑身力气吼道。

终于伴随着几声震天吼声，那辆翻着的车子终于被抬正，只是当他们看着车里的时候，谁都没说话。

彼此望着对方，脸上皆是茫然。

"叶飒。"有个声音惊动了跪在路上的叶飒。

这个熟悉的声音响起的时候，叶飒以为她出现了幻听，仿佛是不敢相信，她慢慢转过头，看向身后。

穿着一身军装的男人，正迎着阳光笔直地站在她身后。那样挺拔又俊逸的身姿，不是温牧寒，又是谁。

而也是在这一瞬间，远处传来急救车尖锐而又格外嘹亮的鸣笛声，呼啸而至，带着所有希望。救护车刚停下，里面的医生和急救员就抬着担架冲了过来。

叶飒抹了一把眼泪，立即跟医生交代了这边的情况。她特地把这个女患者的情况详细说了下，虽然从表面伤势看起来，这个男患者更严重，但实际上，女患者的伤势只怕随时都会危及生命。

几个战士也赶紧过来帮忙，把人抬上了救护车，救护车在现场停了没超过五分钟就离开了。

待救护车走后，只剩下他们的时候，几个人长吁了一口气，正要问跟温牧寒在一辆车上的人发生了什么事情。毕竟他们也不敢问温牧寒。

结果不知谁发现了一直低着头的叶飒，赶紧提议："要不咱们把路上的东西清理干净，不然会挡着村民的路。"

于是几人赶紧跑到前面去整理车祸碎了一地的东西。

温牧寒往前走了几步，站在叶飒面前，因为小姑娘一直垂着头，于是他微弯腰看她脸上的情绪。

谁知他一低头，叶飒反而伸手压住自己的脸颊。她狠狠地用手抹了下，试着把眼泪擦干净了。她一直都觉得流泪是最没用的表现，可是人就是这样，明知道是没用的，却在真正面临的时候，眼泪就那么止不住地落了下来。

仿佛是没有意识的。此刻她压根儿没办法集中精神，因为脑海中总是莫名地想起各种画面。

想起她十五岁那年，在医院第一眼看见他时，明知道他不是个坏人，却一个劲儿地追着他要证件。其实他不知道，她只是想知道他叫什么名字而已。她不好意思问他，只能用那么幼稚的方法。

　　想起她站在车站的柱子后面，望着他跟小舅舅他们告别，脸上洋溢着随性的浅笑，那天她心头的痛锥心刺骨。她明明那么喜欢他，喜欢到等了他七年，喜欢到她关于男人的所有幻想只与他有关，却又在他表白时，退却了。

　　可是当初她所祈求的不就是，只要他眼中有自己就好了。现在他眼中有她了啊。她怎么还能那么贪心呢，贪心到她差点儿以为自己又要永远错过他。

　　这种念头，哪怕在心头停顿一秒钟，都让她觉得连呼吸都是痛的。

　　终于她抬头看向他，像是下定决心，又像是要豁出去一般把早就想要说的话倾泻而出，她说："温牧寒，我……"

　　"叶飒。"温牧寒却打断了她的话。

　　他仿佛知道她要说什么。他垂下眼望着她，黑眸那样深邃，看着她的时候仿佛有个黑洞，要将她一下子吸进去，待他的眸子彻底暗下来时，他忽而低声说："怎么能每次表白都让姑娘先来呢。"

　　叶飒一怔。沉默了几秒钟。

　　温牧寒突然伸手过来捏住她的下巴，将她的脸往上抬起，让她的眼睛正对着他的黑眸，待他看着她眼角还含着泪的水润眸子，脸上划过一丝心疼。

　　终于，他低沉的声音响起：

　　"叶飒，我喜欢你，跟我在一起吧。"

　　那么简单一句话，却满足了她从年少时就一直承载着的梦想。因为他就是她的梦想。

　　他的话来得那么猝不及防，原本叶飒要说出来的话，反而被他抢先。

　　叶飒回过神的时候，她直勾勾地瞪着面前的男人，却不知眼泪扑簌扑簌往下掉。等她反应过来，连忙伸手在脸上用力地抹了下。

　　温牧寒望着她这副模样，叹了一口气，抬手轻轻按住她的手掌，此时她的眼角已经被她擦得通红。

　　"这么不喜欢我说的话吗？怎么就听哭了？"

　　连他自己都觉得有些无奈，这姑娘还能被他的表白吓哭了，刚才还好好的呢，这会儿反而哭得更凶了。

　　叶飒立即摇头。她睁大眼睛看着近在眼前的男人，安静地望着他过于漆黑的眸子，缀着浓密卷翘的长睫，还有中间高挺笔直的鼻梁骨，这张原本应该英俊深邃到有些冷漠的脸，此时却因神色上带着微微无奈，反而有了种他落入凡尘的感觉。

她摇头，轻轻张嘴："我以为你出事儿了。"

一开口的时候，声音里的哭腔那样委屈。她以为他真的出事儿了，她担惊受怕了一路，下车后又看见他们的车子翻在了农田里，车头都被撞烂了。

那股子后怕的劲儿，再次涌上心头，化作散不去的委屈。

温牧寒没想到她是因为这个哭，他伸手将姑娘揽在怀中。他宽大的手掌在她后背轻抚了两下："不怕，不怕，我这不是好好的嘛。"

可是怀里的姑娘这下却哭得怎么都停不下来，仿佛要把过去所受的委屈，全部都哭出来。她担心的、在意的、全身心都关注的人，只有他一个。

如今她像是个恃宠而骄的小女孩儿，知道他不会再推开自己，知道他会心疼她的眼泪。

"别哭了，我真的什么事儿都没有。"温牧寒还真是被这姑娘哭得心软，片刻后，他压低声音说，"要不你亲自检查一下，摸一下。"

叶飒说："臭不要脸。"带着哭腔的声音里又透着恼火。

她性子一向冷静，却偏偏在温牧寒面前的时候，总会显得特别小女孩儿，情绪更是波动很大，以至于连她自己都觉得有点儿丢人。

温牧寒这才解释说："刚才路上有个小男孩儿蹿了出来，我为了避开他，把车子开到了旁边的田埂里面。"

之后他就把孩子送回去，顺便让人打了电话通知郑鲁一派人下来帮他们拖车。结果电话里没说清楚，郑鲁一以为他们是出了很严重的车祸。

而更巧合的就是，那辆卡车也正好在温牧寒他们的车子那里出了事儿，把他们歪在田埂上的军车车头撞得粉碎后，还把整个车子掀了过去。

这也是刚才几个战士把车子翻回来之后，都愣住的原因。因为车子里面压根儿没人。这帮战士太想救人，抬车之前都没注意到车上压根儿没人这事儿。这么一连串的乌龙，倒是把叶飒吓得心脏都快骤停了。

"只是意外而已，别哭了。"温牧寒伸手擦了擦她眼角的泪水，此时再看她脸颊上，沾着血迹不说，就连衣服和手指上都是鲜血淋漓。

她又是救人又是要担心他的安危，硬是撑到现在。

温牧寒的眼眸微垂着，狭长的眼尾弯起，就连嘴角都翘起同样的弧度，勾勒着浅浅的笑意，而眼底里泛着温软的光，仿佛要融在她身上，直直地看着她，舍不得挪开。

叶飒轻吸了下鼻尖。

"刚才跟你说的话，"温牧寒的声线微抵着，语调明明并不黏糊，只依稀透着几分笑意而已，却像是铺开了一张网似的，"你是不是应该回答我一下？"

刚才跟你说的话，什么话？

叶飒，我喜欢你，跟我在一起吧。

叶飒抬头，两个人的目光对上。温牧寒的眼神很沉，沉到仿佛不管他听到什么，都会坦然以对。

终于叶飒动了，她一把伸手抓住他的衣领，将他的脸颊拉低到跟她平行的地方。"好。"然后她微仰头亲了上去。

曾经，你不知道我有多喜欢你。

那些被紧紧压在心里的喜欢，像是摆在玻璃罐子里的糖果，过了太久，她以为再也打不开的罐子，却一下被打翻。所有的糖果都洒落了出来。

那些暗恋时候的酸楚在这一刻仿佛化为泡沫，蒸发在这空气中，唯有那些关于他的甜蜜，尽数成了她心里最美好的回忆。

此刻，叶飒才知道，原来命运竟是这样厚待于她。

兜兜转转的爱恋，终于在这一刻成真。

她喜欢的人，也喜欢着她。

道路上还残留着车祸碎片，大卡车斜横在路上。战士刚才向旁边的村民借了手机，给交警打了电话，让他们过来处理。只是这里是南江的郊区，周围都是农田，交警过来估计需要一段时间。

温牧寒留了两个人在这里等着交警，他们还需要赶紧去接淘汰的战士。至于叶飒他们，是开了医疗车过来的，所以最后他们开来的那辆车被温牧寒开走了。

回到驻扎地的时候，郑鲁一瞧见从车上下来的叶飒，腿差点儿都软了。因为她半身都是血，看着实在是很吓人。

好在叶飒瞧着他脸色不对劲儿，赶紧解释说，是地方的群众出了车祸，温牧寒他们一切都好。

郑鲁一这才长舒了一口气。

下午的时候，兄弟团的人派车把几个兵都送了回来。

温牧寒跟郑鲁一说了声，他说跟山下的村委书记说好了，今晚他们可以借宿在村里的小学。这两天正好是周末，学生们没上学，教室都是空着的。

众人一听可以借宿学校，都开心不已。

毕竟夏天这么热的天气，学校里的宿舍不仅通风，而且还有电风扇，那真是太舒服了。大家吃完了晚饭，除了设备还是留在原地，留下几个人看守，其他人全部随车去了山下的小学。

叶飒也被安排到小学借宿。

温牧寒是跟着他们一块儿下山的，因为之前是他跟村委会的人沟通，这会儿他要负责把大家送过去。

待他们到了的时候，村支书已经在等着了。

"这次麻烦了。"温牧寒客气地开口道。

村支书说："哪里麻烦了，是我们应该提供的帮助。各位解放军同志，辛苦了。"

他们进村的时候，本来已经是趁着大家晚上吃饭的时候，尽量低调地进村。可也不知道为什么，还是被几个晚上偷溜出来的小孩子发现了。

"解放军哥哥。"有个调皮的小男孩儿站在路边冲着他们喊了一声。

本来列队行进的小战士，纷纷望着他。

只见小男孩儿咧嘴一笑，露出一口大白牙，突然伸手冲着他们敬礼。

村支书跟在旁边看着这小孩子，笑着说："这小孩儿肯定是跟电视上学的，看见解放军叔叔稀罕着呢。"

温牧寒望着小男孩儿，突然脚步停住，朗声道："全体都有，立定。"他话音一落，行进的队伍立刻停了下来。

"敬礼。"

当他再次喊了一声时，所有背着行李的士兵，整齐划一地抬手，冲着小孩子敬礼。

小家伙没想到自己的敬礼会被回敬,一向在家里说话也好,做事儿也好,总被大人们习惯性忽视的小男孩儿,突然发现,原来这个世界上,也会有人尊重他像尊重一个大人那般。

敬礼之后,队伍继续往村小学行进。

村支书倒是笑着说道:"他一个小孩子,哪儿值得解放军同志这么大阵仗。"

"都说孩子是祖国的花朵,"温牧寒淡然转头,"他当然值得。"

进入小学之后,校舍都已经被打开。他们将桌子都摆好之后,大家集体在空余的地方打地铺。好在这会儿教室足够多,最后叶飒还单独一个人住一间教室。

叶飒把睡袋铺在地上,刚站起来,回头就看见门口站着一个人。

"你怎么走路也不出声。"叶飒明显被吓了一跳。

温牧寒问道:"想不想洗澡?"

叶飒瞪大眼睛,开心地问道:"可以吗?"

"走吧。"温牧寒半倚着门框,微微甩了下头。

于是叶飒赶紧背上自己的行李,昨天她还能忍受,可是今天她身上沾了血,总是有一股子血腥味萦绕在鼻尖。

她跟着出来的时候,就看见有个小战士正从温牧寒的车上搬东西下来。什么牛奶、小面包、雪饼小零食,这些居然都有。

叶飒指了指那些东西:"都是你买的?"

温牧寒点头说:"我在村里的小超市里买的。"

"买这些干吗?"叶飒有点儿奇怪,就算是给战士们买的,可是她觉得大家应该更喜欢泡面吧。

这些吃的,有点儿像是小孩子喜欢的。

温牧寒朝此刻灯火通明的教室看了一眼,低声笑了笑说:"借了小朋友的教室,是不是应该留下点儿住宿费。"

叶飒一下子明白了,这些零食还真的是给小朋友们准备的。

她之前也在新闻上看过,也有别的官兵借宿校舍,走的时候会留下零食。

原来这都成了他们的传统了。可爱的传统。

温牧寒把她领到了村里小超市的门口,两个人进去后,温牧寒指了指她:"老板,就是这位医生,麻烦了。"

"没事儿,没事儿,今天那个卡车出事儿的事情我都听说了。没想到是这么漂亮的小医生救的人,可真是厉害。"

老板娘是个挺热情的人,赶紧站了起来。

随后,温牧寒走到超市的货架上面,拿了新的毛巾、沐浴露和洗发水,刚才他说要给钱的时候,老板娘死活都不要。

要不是因为叶飒,温牧寒是绝对不会张这个嘴,打扰地方的人家。但叶飒是为了救人才弄的一身血,他也不全是私心。

见他又拿了一堆东西,老板娘赶紧说:"洗发水和沐浴露这些,我们家都有。小医生不嫌弃的话,就用我们家里的。"

老板娘怎么可能瞧不出来他的意图。这位解放军是看自己不收钱,就故意买了这些东西。况且他刚才还在自家买了好多零食,这里头的利润别说够洗一次澡了,估计在他们家洗一个月都行。

"是我们打扰您了。"

温牧寒虽然不是那种跟谁都能迅速熟稔的性格,但是他的长相太过好看,长得好看的人天生就有优势,况且他还穿着一身军装。

他买了东西递给叶飒之后说:"我在这儿等你。"

叶飒拿着东西,进了超市老板娘家后面的浴室。这是典型的农家小院,前面的房子是超市,后面是自家人住着的地方。

她刚掀开了帘子进去,就听老板娘问:"要不,解放军同志,你也在我家洗洗澡吧?你们这个大热天的还出来,真是太辛苦了。"

"我不用,谢谢。"温牧寒微微颔首。他一向没什么跟这种阿姨相处的经验,干脆先出去抽了根烟。这一抽就在外面站了二十分钟。等过了会儿,他进去之后,又在货架上看了一圈。

总算等到叶飒出来了,她湿漉漉的长发就那么披散在肩上,打湿了肩上的衣料。

他们跟老板娘道谢之后,才转身离开。

一出门，叶飒长吐了口气，转头望向他："我总算觉得自己活过来了。"

"这就受不了了？"温牧寒好笑地看着她。

叶飒突然好奇："你最长多久没洗澡？"

"半个月。"温牧寒轻描淡写地开口。

叶飒："……"

"条件不允许，大冬天的在高原上拉练，想洗澡也没地儿去。"温牧寒倒是挺淡定的，他当兵十年，经历得确实是太多了。

还有在云南的树林里待着，因为没有具体的消息，只能干等着。身上的汗根本止不住，每天都跟从水里捞出来的一样。过了几天，感觉那个味道都快渗透到骨头里去了。但凡是当过兵的，这些经历都不少，实在是多得没法儿说。

他说："这次情况特殊，只能让你过来。下次贺瑞要是再敢临时掉链子……"

他的冷笑从喉咙里挤了出来，叶飒蓦然扭头看他。

"怎么了？"温牧寒被她这么一盯，愣了一下。

叶飒抿嘴笑道："你刚才说话的样子，让我想到以前你也总是这么跟我说话的。"

那股子冲劲儿，特呛人，但是也特吸引人。

温牧寒没想到这会儿居然被她翻起了旧账，当即伸手，用指腹蹭了蹭她的脸颊。

"怎么，现在跟我讨债来了？"

叶飒点头，毫不犹豫地说："你都不知道，你每回这么跟我说话，我回家后都要哭一场。"

温牧寒："……"

他还真有点儿心虚，毕竟他也知道自己是什么狗脾气。拒绝别人的时候，都是怎么决绝怎么来，压根儿没考虑过什么余地，也丝毫没给自己留一线。

哪承想有一天会栽在这姑娘手里。不过也就是叶飒，只有她才会毫不在意，一次又一次撩拨他，丝毫没被他的态度吓退。

所以她说自己回家哭的时候，他是有那么点儿难以置信的，总觉得这姑娘在蒙他。但是，他想起自己之前对她一次又一次地拒绝，要说哪有女孩儿会不在意这些的呢。

他微叹了一口气,声音落下:"伸手。"

叶飒一愣,转头看了他一眼,愣了几秒之后还真的很听话地伸手,等一盒杧果果粒酸奶被放在她手心的时候,她抬头看向他。

这是小超市里最后一盒酸奶了,老板娘说这东西一盒好几块钱,他们进得少。

温牧寒垂眸看她,唇角勾起一个小小的弯钩:"这些债,哥哥以后慢慢还。"

还一辈子,好不好?

两个人回了小学,就看见战士们都没休息,大家都在教室的黑板旁边站着。温牧寒准备过去的时候,叶飒指了指自己的教室,意思是她先回去把洗漱的东西放下。

温牧寒点点头,两个人在门口的时候,一前一后进去。

叶飒在教室的窗边站了一会儿,她头发挺长的,这会儿刚洗完,虽然用毛巾擦了好几遍,还是湿漉漉的,也幸亏这是夏天,不用担心感冒。

等她头发半干之后,她才悄悄走出自己的教室。

她站在走廊的时候,就听到另外一间教室里的喧闹声,听起来还挺开心的。

此时大家都挺放松的,聊得还挺开心的。叶飒站在门口的时候,就见有个小战士正拿着粉笔在黑板上画画。

那是一艘已经快要画完的海军军舰,足有半个黑板那么大。军舰最前面还画了两架飞机。连叶飒都看出来了,这应该是一艘航空母舰。

她安静地站在外面,看着小战士几笔把最后的船尾画完,最后又在军舰上面加了一面五星红旗。

这是一面飘扬着的国旗。

小战士回头问道:"要写点儿什么?你们帮忙想想。"

一旁的战士你一言、我一语,都在给他出主意。温牧寒靠着旁边的桌子坐着,安静地望着黑板,他拧开一瓶矿泉水,仰头喝了两口。

直到有个人准备过去在黑板上写字,谁知刚写两个字,就被吐槽了。

"你这个字太丑了。"

"你怎么好意思说我，要不你来。"

也不知是哪个胆大到不怕死的，突然朗声喊了一句："要不让我们营长来吧。"

众人的眼睛齐刷刷地看向温牧寒，都是一副期待的模样。

温牧寒靠在桌边，闲闲地望着他们说："怎么，也想考考我？"

这帮臭小子的心思他还能不懂，无非就是想趁机为难他一下。但温牧寒不是那种扭捏的人，他站直走了过去，从粉笔盒里面拿出一只新的白色粉笔。

他直接在军舰旁边还余下的一块空白处写了起来。刚写两个字，这一帮人的眼睛都看直了，因为温牧寒的字是那种刚劲有力的，哪怕是粉笔都写出了力透纸背的效果。

直到他洋洋洒洒地写完，终于有个人说道："营长，要不咱们营下次的黑板报，你帮帮忙呗。"

温牧寒年纪不算大，虽然平时看着严肃，但手下小战士也不全怵他，有些胆子大的，时常会跟他开玩笑。

这会儿叶飒站在外面，望着他黑板上写下的最后一句话。

——愿你们以梦为马，不负韶华。

这男人骨子里是真的有一股侠骨柔肠，哪怕只是留给小朋友们的一段话，都留下了他心里最真挚的祝福。

"叶医生。"也不知是谁回头看见了叶飒，立即喊了一声。

温牧寒回头看过来时，叶飒冲着他笑了一下，他也跟着轻扯了下嘴角。两个人对视一笑的这么个举动，完全落在了旁边人的眼睛里。

登时就有人开始起哄。

温牧寒立即转头瞪了这帮看热闹不嫌事儿大的。

"再叫，可乐别喝了。"

刚才温牧寒又让人去超市搬了两箱子可乐，这地方就一个超市，东西也就那么点儿，也算是犒劳这帮刚被淘汰的小伙子吧。

他这么说完，起哄的声音反而更大了。

"营长，您什么时候请我们吃喜糖？"终于有个胆子够大的，问了出来。

叶飒猛地瞪大眼睛，虽然她现在确实答应了温牧寒，可他们两个算起来谈恋爱的时间，还不到一天。这就直奔着吃喜糖去了？

温牧寒余光瞥了一眼门口的人，虽然她站得有点儿远，但是这姑娘有个小毛病，估计连她自己都没发现。她心里害羞的时候，哪怕面儿上再淡定，但是她的手指会拽自己的衣角。

这不，她的手指正轻轻扯着身上T恤的衣摆，还在扯，还在扯。

温牧寒差点儿被她的举动逗笑了，终于他清了清嗓子，声音颇为冷淡道："别乱说。"

众人面面相觑，还以为起哄起错了。

直到温牧寒悠悠道："这事儿得叶医生做主，我说了不算。"

下一秒，战士们的吼声简直要掀翻屋顶。

就连叶飒都不敢置信地看向温牧寒，她实在是没想到，他这么自然而然地就把两个人之间的关系给公布了。

"叶医生，答应他。"

"叶医生，答应他。"

突然有个人喊了一声，眼看着这一个个真的要翻天，还是温牧寒开口说："行了，别闹叶医生。"

温牧寒抬起眼皮看向门口的叶飒，轻笑了声："要不然叶医生该害羞了。"这语气，简直要溺死人了。

晚上，温牧寒并未留在小学校舍这边，而是回了山上守着。虽然说好了给选拔队员三天时间，但是不排除有人实力够强悍，第二天夜里就能摸过来。

最后一天是最难熬的一天。要是有人选择放弃，他们也需要第一时间前往接应。

第二天早上，叶飒五点钟就醒了。她起床之后，稍微洗漱了一下就跟大家集合，一起前往山上。临走的时候，战士们把同学们的课桌摆回了原来的地方。又把昨晚买来的零食和牛奶，好好地摆在了每个课桌上面。

叶飒看了一眼，不由得笑了。

因为他们居然拉了根线，把牛奶盒子都放得前后左右对齐，简直就是强迫症的福音。

等大家收拾好之后,立即登车离开。

待他们回到营地,叶飒刚下车,突然天空出现一道烟幕弹。看着竟是不远的地方。

"走。"郑鲁一立即上车,带着人前往信号弹发出的方向。

等过了半小时,他们回来的时候,还没下车,郑鲁一已经在上面喊:"叶医生,快来救人!"

Best Time

白 马 时 光

下

With Love, Wherever You Are

蒋牧童
著

目录 CONTENTS

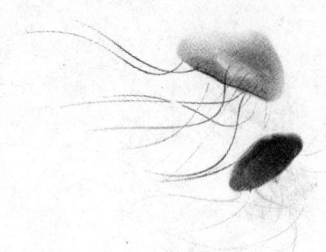

第十章	吃醋	001
第十一章	意外	030
第十二章	叶铮	062
第十三章	小舅舅	092
第十四章	英雄	127

目录
CONTENTS

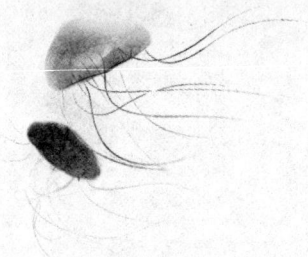

第十五章　**游轮**　　161

第十六章　**离开**　　200

第十七章　**认错**　　241

第十八章　**求婚**　　272

番外一　**星空**　　300

番外二　**圆圆**　　311

第十章

吃醋

叶飒本来就站在外面，立马冲了过来。

温牧寒此时也立即大步走了过来，待车子打开，一个战士被抬了下来，只见他脸色很白，尤其是嘴上干得全都是白皮，他下车后，腿脚虚浮得直往地上躺。

左右两个人帮忙搭着他的肩膀，都挡不住他往地上滑。

叶飒立即给他检查了身体，没有什么外伤，就是脱水太严重了。天气这么热，本来脱水速度就比平常快，如今经过了这么久，他已经到了严重脱水的程度。

"快，把他抬到帐篷里。"叶飒说道。

随后她立即去医疗车上，找出输液吊瓶和输液管，赶紧到帐篷里给小战士打针输液。

等打完针，温牧寒问道："怎么样，他没事儿吧？需要立即送下山吗？"

"没什么大问题，只是脱水。暂时不用送下山，先让他在这里歇着吧。"

只是他们说话的时候，身后帐篷里传来闷闷的哭声。

温牧寒点头，神色肃穆。

这三天下来，淘汰的人越来越多，但是留在最后的人也还有很多。而这些坚持到最后却在临门一脚时失败的人，心里的失望只怕更甚。

下午的时候，他们在终点等着。不知过了多久，突然林子的尽头有个蓝色的身影跌跌撞撞地跑了过来，他手里还抱着枪，背后更是背着一个行军背囊，只是脚步早已虚浮。每走一步，仿佛都要跌倒。但偏偏他又坚持着，一步步走过来。终于站在终点等着的人,看清楚了他的脸。

郎玄的脸上已经脏得不成样子,他走到终点的时候,整个背像个虾似的弓着,但是在他踩着地上的那条白线时,突然他像是用尽了全部力气抬起头,望向正对面的温牧寒。

"温营,我第一。"

说完,郎玄咧嘴笑了起来,只是笑着笑着,他一头栽倒在地上。

一旁的叶飒和袁浩都吓了一跳,二话不说,立即上前把人拖了过去。叶飒赶紧给他检查了身体,好在他只是轻度脱水,不需要输液。

她赶紧打开营养液,准备给他喝下去。

结果郎玄看见是她,又咧嘴笑着说:"叶医生,我是第一。"

"看见了。"

叶飒被他逗笑了,都成这样了,居然还有心思跟她嘚瑟。

"行了,省点儿力气,别笑。"叶飒正准备将营养液喂到他嘴边,突然旁边伸出一只手把她手上的东西拿了过去。

叶飒转头看过去,温牧寒一手捏着营养液,低头望着郎玄。

突然他嘴角微掀,轻嗤一声:"第一还需要别人喂药给你喝?"

郎玄瞪着眼睛看他。

温牧寒冷笑一声:"坐起来,自己喝。"

没办法,郎玄只能坐了起来,自己拿着营养液,仰头喝了下去。

叶飒见他没什么问题了,就起来去收拾东西,第一都成这样了,估计接下来回来的人,都会有一定程度的脱水和疲劳过度。

她在旁边收拾的时候,温牧寒也跟着过来。于是她忍不住低声说道:"你跟他计较什么呀,小孩儿一个。"

"年纪小,心思可不小。"温牧寒声音清冷,末了,他突然不满道,"这小子还想让你给他喂药。"

叶飒听着他这不满的语气,扭头看了一眼。

结果,下一秒,他冷声道:"我还没吃过你喂的药呢。"

这三天,对于参加选拔的人来说,是一场精神上和体力上的双重考验。因为他们不仅要日夜兼程地赶路,还要提防着随时可能窜出来追赶他们的侦察兵。以至于所有人都归营的时候,几乎没有人站着,全都是一片一片地躺着的。

叶飒挨个儿喂药也来不及,只能把之前淘汰的战士调过来当帮手。好在他们的体力都恢复得差不多了,还能帮忙照顾照顾。

这一车又一车的人往回赶,直到夜幕降临时,才终于回了驻地。一个个的都没办法自己回宿舍,还是温牧寒提前打了电话,让营地里没参加选拔的人出来帮忙。

下车的时候,温牧寒只来得及对叶飒说:"你先回去休息,我忙完了再来找你。"

结果叶飒回去痛痛快快洗了澡,人往床上一倒就睡着了。这一睡再醒过来就到了第二天天亮了。她醒来之后,眼睛眨了眨看着头顶的天花板,突然长吐了一口气。

之前她觉得医院值大夜班已经够熬人的,没想到这出去野外作训,辛苦更是翻倍。她昨天忙着照顾几十号人,打点滴的,喂药的,还有意外腿划伤需要她包扎的,忙的时候还不觉得,这一夜睡完后,才感觉到疲倦简直深入骨头缝里。

她躺在床上望着天花板,又眨了眨眼睛。终于,在下一秒她起床去洗漱。虽然累,但是她也不敢随便赖床。等她洗漱好了之后,刚准备换了衣服去医务室上班,突然门被敲响了。

叶飒想了下,还是先去开门。因为自从她住在这里之后,能来敲她房门的,只有一个人。

果然,她去打开门,就看见温牧寒穿着一身干净的作训服,正安静地站在门口。

他望着叶飒,神色慵懒地说道:"怎么这么早就起床了?"

叶飒朝他瞥了一眼:"这还早?"

营地里的起床号不是早就响了,估计这会儿战士们都训练完,吃早餐了。

"我得上班呢。"叶飒撇嘴道。

温牧寒一怔,轻笑着说:"我昨晚回来得太晚,忘了跟你说,这次参加选拔的人,都可以休假一天。"

"还有这么好的事情?"叶飒惊诧地说。

这话真把温牧寒说愣了，他垂眸望着叶飒说："你说这话，让我觉得自己好像很不近人情。"

"那不然呢？"叶飒也是有点儿惊讶，实在是惊讶这个人也太没自知之明了。

她看着他似笑非笑道："温营，你知不知道战士们私底下都叫你什么？"

温牧寒挑眉，一副愿闻详情的模样。

叶飒说："活阎王。"

"我有那么面目可憎？"温牧寒微微诧异。

这活阎王当然不是说他的长相，而是他平日里训人太狠了，事事都以他自己的标准为标准，殊不知像他这样的实在是凤毛麟角，以至于一帮战士都被他训得实在受不了了。

叶飒摇头，委婉地表示："不是说你的长相。"

"所以你是觉得我长得好看？"温牧寒刻意凑近，垂着眼望着她，声线里夹着浅浅的笑意。

不过温牧寒说完这句话，也没再继续逗她，而是直接把拎着的饭盒递了过来："怕你早上起不来，给你带的早餐。"

"吃完再睡会儿。"温牧寒说完，在她的头顶揉了两下。

叶飒看他精神奕奕的样子，忍不住问："你昨晚什么时候回来的？"

"两点多吧，我把这次选拔人员的名单初步拟定了出来。"温牧寒口吻轻松，或许是说到了他喜欢的事情，他难得打开话匣子。

"这次不少人表现得都不错，我拟了一批名单，其他人参与考核的，教官也会交一批名单给我，到时候综合考虑一下。

"等海岸线成立之后，团里会划分一个新的营房给海岸线使用，而且我们还要组织海训，这次训练周期是十二个月，说实话，对特种作战部队来说，这个训练时间是挺短的。到时候我肯定会很忙……"

说到这里，温牧寒的声音戛然而止。叶飒有点儿奇怪地看着他，问道："怎么不继续说了？"

温牧寒看着她黑亮的大眼睛，失笑道："我说这些，你听着是不是挺无聊的？"

毕竟哪有姑娘家会喜欢听这些枯燥的训练内容。

叶飒立即摇头,她看着温牧寒,此时再仔细看,虽然他整个人看起来神采奕奕的,但是眼底还是有点儿红血丝,大家都熬了这么多天。但是不管是战士们还是她,都可以回来倒头就睡觉。他却要熬夜把名单弄出来,又怕她肚子饿,于是一大清早就去食堂拿了早饭送过来。他也累吧。只是他从来都是一肩担着所有责任。

叶飒抬头很认真地望着他,摇了摇头,突然轻笑了下:"温哥哥,你有没有听过一句话?"

温牧寒因为她这个称呼,微微扯了下嘴角,说起来,她每回这么叫他的时候,他都挺有感觉的。以前他都是硬扛着的,假装没反应。

"认真工作的男人都迷人。"叶飒踮起脚尖,唇瓣一下贴到他的耳边,小声说,"你刚才认真的模样,让我都想对你做点儿什么了。"

这句话跟带着小钩子似的,直蹿到温牧寒的心里,把他原本平静的心情一下子钩得翻江倒海。

待他张嘴时,突然手上的饭盒被人拿走,而叶飒往后退了两步,当着他的面,直接把门关上。

"砰"的一声脆响,让温牧寒有些目瞪口呆。待他缓过神来,才知道自己这是被她耍了,他站在门口勾起嘴唇,哼笑了一声。

管撩不管埋,是吧?

下午叶飒去了一趟医务室,发现贺瑞还挺身残志坚的,拖着一条病腿还在医务室当班。而且他还表示,这个周末也由他来值班,叶飒可以直接回家。

"去吧,去吧,咱们医务室本来就是只要一个医生在就可以。"贺瑞挥挥手,示意她可以回家。

之前叶飒帮忙值班,还有这次出去选拔的事情,她已经连着两周没回家了。

叶飒跟温牧寒打电话问了下,他听到是贺瑞这么说,嗤笑道:"总算他还有点儿眼力见儿。"

这几天温牧寒也看出来,叶飒确实是累得不行,特别是昨天那么多士兵,虽然受伤得少,但是每个人身体上都消耗极大,都是她在忙前忙后照顾的。

"要不你等我晚上下班,我开车送你回去?"温牧寒顿了下,又问道。

叶飒摇头:"我晚上还约了阮冬至和司唯一起吃饭。"

"哦,有了朋友就不要男朋友了。"温牧寒立即点了点头,声音还挺淡的。

叶飒被他这个口吻逗笑了,她笑着反问:"温营,你不是吧,连她们两个女生的醋都吃?"

一想到这男人,昨天连喂药这种事情都要争,她好像又有点儿理解了。

下午的时候,叶飒收拾了下,开车回去。

本来她跟司唯和阮冬至确实是约好了晚上吃饭,但是司唯那边临时有个孕妇要生产,她走不开。没一会儿阮冬至也打电话过来,说是自己晚上要跟客户一块儿吃饭。

得,全都有事儿。

叶飒本来打算晚上还是继续搞论文的事情,因为有篇论文刊登在了国内医学杂志上,而导师那边年底还有个国际杂志。她一向是学业扎实的典范,之前已经有五篇期刊论文发表,而且发表的论文都是成体系的,颇有连贯性。

况且她明年就要毕业,年底就要开始准备博士论文。读了这么多年书,感觉她早已经习惯了这么拼命,只是计划赶不上变化。

她刚给自己冲了一杯咖啡,谢时彦的电话就打了过来,居然是让她陪着一块儿去参加一个晚宴。

"不去。"叶飒手里还端着咖啡杯,手机压在肩膀上。

谢时彦严肃道:"你就当帮小舅舅一个忙。"

叶飒轻笑道:"你的莺莺和燕燕呢?"

谢时彦:"……"

"哪有什么莺莺燕燕,你小舅舅我这么洁身自好的一个人。"谢时彦正色道。

突然叶飒把咖啡杯放在桌子上,把手机握在手里,颇为严肃地问:"小舅舅,我问你个问题,你能如实回答我吗?"

"你说。"谢时彦轻松地说。

"你是有什么隐疾吗?"

"扑哧"一声,对面明显是正在喝东西,因为这句话喷了出来,随后又是几声剧烈的咳嗽，动静惊天动地。

叶飒也没催促，安静地等着他收拾妥当。

谢时彦有些恼火地问她："你整天都在想什么乱七八糟的东西呢。"

叶飒："我只是看你这么有钱，还一直不谈恋爱，挺奇怪的。"

"什么叫我这么有钱还不谈恋爱。"谢时彦本来想教育叶飒，要树立正确的世界观。

却不想他下一秒有些冷漠地说："难道我谈恋爱只能靠我的钱吗？"

"那不然呢？"叶飒反问道。

谢时彦"哼"了一声，用一种"我不太想跟你这个没见识的人多说"的口吻，轻描淡写道："我建议你应该上网搜搜，看看多少姑娘哭着喊着，为我这张脸着迷。"

谢时彦的长相是那种清俊的帅气，谢家姐弟两个长相都是那种过分优越的。谢温迪五十岁了还保持着那样年轻又优雅的模样，叶飒丝毫不怀疑，谢时彦到了五十岁也会是迷倒众生的帅大叔。

"所以你又有钱，长得还好看，却一直不谈恋爱……"

谢时彦挺不屑地冷笑一声："很奇怪吗？温牧寒单身的时间比我还久呢，你怎么不去问问他是不是有什么问题？"

"他当然没有。"叶飒斩钉截铁道。

霎时间，电话两端都安静了下来，空气中弥漫着一股叫尴尬的气氛。

片刻后，谢时彦淡淡地问："你怎么这么确定？"

"他在部队里面工作，认识的人少，想找女朋友也没什么途径，跟你不一样。"叶飒干脆恶人先告状。

"你还记不记得，我们上次去餐厅吃饭，有个人给你塞了一张纸条，还是我发现的呢。"

这事儿还真的有，谢时彦的衣服被服务员挂在一旁。他们离开的时候，谢时彦正要穿上衣服，叶飒突然瞥见他口袋里有张纸条，于是伸手拿了出来。打开一看，居然是一个电话号码，还是用口红写的。

"行了，这事儿你要说到什么时候。"谢时彦也挺无语的，当时餐厅经理就跟他道歉了，毕竟衣服是他们挂着的。

被这么一打岔,叶飒还是同意晚上当他的女伴,去参加这个慈善晚宴。地方是在市区的一家酒店,靠近南江,这家酒店在南江极有名,因为是以无敌江景出名的。特别是顶楼的行政套房,一向供不应求。

谢时彦生怕她完全不在意,随便套了条裙子就过来,虽然叶飒哪怕披个麻袋也好看。他还是让助理派了造型师团队过来。

到了晚上的时候,谢时彦过来接她,叶飒提着裙子直接下来了。

谢时彦的助理在车门边等着她,叶飒过来时,他立即开门让叶飒上车。等叶飒坐好,转头看向旁边的谢时彦,就见他一副吃惊的表情。

"谁给你选的裙子?"谢时彦皱眉。

叶飒偏头:"不好看?"

这是一条冰激凌绿色长裙,露肩款式,她脖颈细长,锁骨线条又好看,穿这种衣服显得她整个人纤细又精致。

谢时彦撇嘴,好看是好看,就是太露了。

男人啊,通病就在这里。别人家的姑娘,只要身材好,穿比基尼他都不觉得太露。自己的姑娘,哪怕只是穿个露肩的晚礼服,他都觉得这穿的什么玩意儿。

好在谢时彦也知道,晚礼服这玩意儿,只有更暴露没有最暴露。

毕竟设计师当初在设计的时候,就是为了展示女人完美又凹凸有致的身体曲线。

两个人到了活动现场,谢时彦是商业新贵,认识他的人不少。不过少见他带女伴,自然是少不了一阵寒暄。

过了一会儿,叶飒瞧出不对劲儿了。

她压低声音说:"小舅舅,你就是拉着我来给你当挡箭牌的吧?"

因为她发现有几个年长的男人,当着她的面,都毫不掩饰地跟谢时彦表示,有空让自家女儿多跟他请教请教商场上的事情。

你说,自己亲爹还在呢,犯得着请教别人吗?

"哦。"谢时彦冷漠道。

叶飒被他气笑了,现在这是把她骗到现场了,懒得再跟她说好话了。

于是在一个年轻姑娘过来聊天的时候,叶飒开口第一句话就是:"哦,我是他外甥女，不用在意我。"

谢时彦："……"

陌生姑娘："……"

年轻姑娘看她的眼神果然一下从刚才隐隐的敌意和打量，突然变得温柔又体贴："原来你是时彦的外甥女呀，难怪我说怎么长得有点儿像呢。"

"那当然了。"叶飒微微笑着举起手里的酒杯喝了一口，冲着谢时彦笑了下。

两分钟之后，叶飒败在了对方矫揉造作的声音之下，她叹了一口气，表示自己要去洗手间，失陪了。

谢时彦只得继续留下来，跟对方聊天。

这是自助酒会，虽然中间摆着桌椅供嘉宾休息，但是并未固定席位。旁边随时有五星级酒店的大厨在待命。

声色场所，璀璨缤纷，像极了电影里华丽的场景。其实现实生活中的富贵，是电影里都无法描绘的。

叶飒瞧着周围相谈甚欢的众人，感觉有点儿无聊，她突然觉得前两天在山上的集训选拔更有意思。漫山遍野的青翠，抬头就是满天星河。而身边是她喜欢着的男人。

她突然又想温牧寒了，明明才离开他几个小时而已。

"叶飒。"突然有个声音在她身边响起。

叶飒转头看向一个陌生的男人，他穿着一身黑色西装，剪裁格外合身，衬得他肩宽腿长，光是站在那里都格外吸睛。

叶飒仔细在脑海中搜索了一下，半晌，她还是觉得不认识这个人。但是对方能准确叫出她的名字。

见到她脸上些微的诧异，对方倒是主动解释："我是程望之。"

程望之……

叶飒觉得这个名字很耳熟，直到突然一个念头在她脑海中蹿了出来。之前她妈妈安排的那个相亲对象，好像就是姓程，而且好像也是这个名字。

"你好。"叶飒实在没想到会在这里遇到对方，而且他还把自己认了出来，想到她把人家晾在餐厅里放了鸽子，一时间她心头掀起了些许尴尬。

程望之从旁边拿了一杯香槟,绅士地递给她。

叶飒接过,轻声说了句"谢谢"。

"刚才看见你和谢先生在一起,所以没打招呼。"程望之微笑着开口。

他的口音有那么点儿国外的口音,但是不算重,总体上说起中文,还真能称得上是字正腔圆。

只不过他浑身都透着一种精致到极点的味道,哪怕叶飒看不见,也能猜到他是那种身上的一粒纽扣都需要私人定制,甚至刻上自己名字首字母的精英阶层。这样纯粹的精致,她倒不是说不欣赏。只是她更喜欢温牧寒那种,随性又不羁的类型。

不过要是真论起精致来,连摆放牛奶都要拉根线的兵哥哥,应该不会输给这世上任何一个人吧。

她不是故意要拿他们两个做比较,只是觉得谢温迪强行给她安排的人,确实和她不属于一个世界。

叶飒点头道:"上次的事情,不好意思。"

程望之朝她睨了一眼,轻声说:"要说'对不起'的,应该是我才对。"

叶飒挑眉,难道还有什么她不知道的事情?

程望之也没卖关子,解释说:"我见你没来,便猜想你应该跟我一样,并不是很赞同长辈这样强行安排的饭局,于是我自作主张地跟我家长辈那边拒绝了你。"

叶飒这下终于明白,为什么她没去吃饭,谢温迪却一直没打电话过来质问她。原来程望之才是下手拒绝的那个。谢温迪大概这会儿正恼火对方不识好歹,居然敢拒绝叶飒。

叶飒本人不仅丝毫不在意,反而彻底笑开,她微举起杯子说:"不用说抱歉,我应该说'谢谢'才是。因为你替我挡了麻烦。"

程望之轻挑眉,露出温和的笑容说:"不用客气,为漂亮的女士解忧,是我的荣幸。"

看得出来,程望之是那种古老大家族培养出来的人,说话风趣,却丝毫不轻浮,一言一行都叫人如沐春风。

因为彼此都明白对方不是自己的菜,反倒没那么避讳,还站在一起聊了起来。

直到谢时彦气势汹汹地走了过来,他朝叶飒看了一眼之后,又望了一眼程望之说:"这位先生,我可以把我的女伴领走了吗?"

程望之做了个请的手势,又冲着叶飒微微颔首后才离开。

他离开之后,谢时彦就开始教训叶飒:"这种酒会随便勾搭人的,都是'渣男',你可小心点儿吧。"

叶飒冲他翻了个白眼,问道:"你不是跟刚才那位聊天的吗?"

"还不是因为我。"突然一身白西装的辛奇从身后出现。

叶飒回头看他,就见辛奇举着手机,在她面前摆了摆。

待叶飒看清楚他发的内容时,差点儿一口气哽住。

辛奇:@谢时彦,哥们儿,我看见有人在勾搭你外甥女。

配图是一张她和程望之站在一起的照片。

两个人站在宴会厅的角落,手里端着酒杯,一个穿着浅绿色长裙,整个人白得发光,而另外一个穿着黑西装,身材笔挺。

辛奇:别说,这两个人站一块儿还挺搭的,要不你考虑一下当你外甥女婿怎么样?

让叶飒真正心头一哽的还不在这里。因为辛奇发的地方,并不是他和谢时彦的私人聊天,而是一个发小儿群。

最近的一条留言停留在一秒前。

温牧寒:是吗?

这淡淡的语气……

此时叶飒的脑海中嗡一下炸了。

"我说时彦你这么生气干吗,男大当婚,女大当嫁,咱们飒飒也到了谈恋爱的年纪了啊。"

偏偏辛奇这会儿还不知道,叶飒此刻已经气到恨不得让他血溅当场,他居然还在一个劲儿调侃这件事儿,甚至还得意扬扬地自己拍了照片发给谢时彦。

结果在下一秒,他突然嗷一声吼了出来。

引得周围的人都忍不住转头看向他。

谢时彦朝他看了一眼,迅速往后退了一步,一副"我跟这种没素质的人一点儿都不熟"的模样。

辛奇这一下吼还是轻的呢。要知道叶飒一脚踩在他脚背上的时候，是用高跟鞋鞋跟踩的，而且她可一点儿没留余地。

辛奇今天偏偏还穿了一双号称皮质柔软至极的小羊皮鞋子。这一下可不就让他吃了大亏。他这会儿还弓着腰，一副"我快要死了"的模样。

"行了，别装了。"谢时彦嫌他实在丢人，伸脚踢了下他的后脚跟，提醒他装装样子就好了，这还装上瘾了。

辛奇这才抬起头一脸恼火地望向谢时彦："我装？行，你也让飒飒踩一脚试试。"

"我又没得罪她。"谢时彦双手插兜，一脸闲适。

辛奇说："刚才你可不是这样的，翻脸不认账了是吧。"

这会儿辛奇又不好意思蹲下来揉自己的脚，他脸上的表情微微扭曲，龇牙咧嘴了几下之后，终于他扭脸看着叶飒，感叹道："叶飒，你对辛叔叔下手也太狠了吧。"

叶飒望着他，轻笑了一声："狠吗？我觉得我手下留情了呢。"

她明明是微笑的模样，却还是让辛奇在心里打了个冷噤。这姑娘笑得也太瘆人了吧。

"辛叔叔这不是怕你被坏男人骗了，我告诉你，有些男人啊，你别看他穿得光鲜亮丽，其实骨子里压根儿不是什么好人。比如……"

"你这样的？"

叶飒在他说出比如两个字的时候，打断了他的话，淡淡开口。

瞧着辛奇被叶飒噎得差点儿说不出话的样子，谢时彦撇开头笑了起来，一开始他还顾忌着周围有人，只是抿着嘴角浅笑，可是没一会儿他还是笑出了声。

辛奇望着叶飒，又扭头看向谢时彦。

要说他跟叶飒接触得还少，她上高中那会儿，谢时彦总会带着她，小姑娘不是那种叽叽喳喳的性格，她总是安静地坐在一旁。要么就是乖乖地吃东西，要么就是拿着一本书在看，一言不发，看起来特别乖巧可爱。

前两回他碰见叶飒，当时就觉得这姑娘话更少了，褪去了高中生的乖顺的模样,变成了有点儿高冷淡定的大人模样。

结果这次才发现,脾气也变大了,连玩笑都开不得了。

辛奇见她冷着个脸,还以为她真生气了,于是赶紧说:"好了,辛叔叔不是故意的,我下次再也不开咱们飒飒的玩笑了,你原谅叔叔这一回。"

辛奇一副"还把她当小孩子哄"的模样,张嘴"叔叔",闭嘴"咱们飒飒"。听得旁边的谢时彦都觉得牙酸。

叶飒这会儿气也消了,她知道辛奇就是为了逗谢时彦玩,才故意发在群里的,他不知道温牧寒和自己的事情。只是她想起温牧寒回的那条信息:

是吗?

她都能想到这男人发这条信息的时候,脸上是什么神色,估计是咬着后槽牙,一脸冷笑的模样。

于是叶飒面无表情地望着他:"我没生气,我只是想认真给你个建议。"

辛奇见她这认真的模样,笑着点头:"行,你尽快说,我一定诚恳听取你的意见。"

"我终于知道你为什么没女朋友了。"叶飒开口一句,就把辛奇说愣了,她接着说,"你这样的,没女生会喜欢,改改吧。"

当平淡的"改改吧"三个字从叶飒口中说出时,辛奇一个大男人当场愣住。

而叶飒说完,就转身离开,去了洗手间。

片刻之后,还站在原地的辛奇被谢时彦一把揽住肩膀,谢时彦同情地拍了拍他的肩膀,溢出一声轻笑:"现在你应该知道,为什么我轻易不惹我这个外甥女了吧。"

叶飒是那种不太逗口舌是非的姑娘,哪怕大家一块儿八卦,她都是那个不参与的人。只不过这姑娘,要是真惹恼了她,光是她那些平静又淡然说出的话,都能一头扎进你的心里,顺便还在心窝子里面转两圈。

这会儿辛奇总算缓过神来,他转头看向谢时彦,颇为悲愤地指着自己:"我这样的?我这样的会没人喜欢?"

他不说纵横情场,但最起码也是情史颇为丰富吧。

谢时彦安慰性拍了拍他的肩膀,很认真地说:"当然不会。"

辛奇感动地望着他,到头来,还是兄弟靠谱。

可谢时彦又淡淡地来了一句:"毕竟你这么有钱。"

辛奇:"……"

好了,之前叶飒送给他的话,全都让他又送给辛奇了。

叶飒在洗手间补了补口红,只是等她补完妆,手机居然还安安静静的。

温牧寒自从在小舅舅他们那个群里发完那条信息之后,算起来也有十几分钟了,他居然没打电话来问她,甚至都没发信息。难道他这么信任自己?

可是一想到这男人连自己喂药给别人吃都能吃醋,那张照片他可是看见了的。虽然照片上叶飒和程望之的姿势丝毫没有暧昧,但是偏偏两个人站在一块儿,还真有几分般配的感觉。两个人的长相都很优越,身材又都那般出挑。

叶飒从手包里面拿出手机,打开微信,准备给他发条信息。结果打了一行字,她抿嘴看了几眼,突然又全部删掉。她就想看看,这个男人能憋到什么时候。

她离开洗手间之后,就回了宴会上。此时大家都已经落座,因为慈善拍卖马上就要开始了。其实主办方搞得挺隆重,这里不仅请了商界精英,还请了几位明星,都是那种挺脸熟的明星。

这种慈善拍卖,很多都是自己捐了东西上去,然后底下人竞拍。至于最后竞拍的价格,倒是跟东西的实际价格没什么关系,反而是跟捐的人有关系。这种名利场上的游戏规则,叶飒虽然清楚却不热衷。

她不是谢温迪那样的人,日后也没办法成为那样的人。她一直以来的志向,都只是当一名医生罢了。

到了晚上十点多的时候,叶飒的手包振动了起来,她看了一眼,是阮冬至打来的。她立即接通电话,她刚"喂"了一声,就听到对面传来干呕的声音。

"冬至。"叶飒听出她的不对劲儿,立即喊了她的名字。

阮冬至声音传来的时候,都是不对劲儿的,她说:"叶飒,你能过来接我一下吗?"

叶飒毫不犹豫地说:"你在哪儿,能给我发个定位吗?"

"嗯。"阮冬至的声音模模糊糊的。

叶飒这次是真的急了,这是阮冬至第一次这么打电话给自己,要不是真的不对劲儿,冬至不会跟自己求救的。

"冬至,给我发定位。"她叮嘱道。

电话挂断之后,叶飒很快收到了阮冬至发来的定位。

叶飒看了一眼身边,刚才谢时彦出去接了个电话,结果到现在还没回来。叶飒此时用手机地图搜了下这个地方,离她在的酒店并不算远,开车过去十五分钟就能到。所以她也不想再等谢时彦,干脆直接下楼,准备打车过去。

谁知她下楼之后,用打车软件打车时,发现前面已经排了八十多位,于是她一边加钱一边找酒店的服务员想让他们帮忙叫车。

"叶飒。"此时从门口走出来一个男人,看见她站在门口,低头看着手机还一脸着急的模样。

叶飒回头看见程望之,没想到他会走这么快。

她点头淡淡道:"你要走了?"

她还特地往旁边站了站,给他让路。程望之看了她一眼,问道:"你是不是有急事儿?"

叶飒一愣,正要摆手说没事儿。

"如果是很着急的事情,最好不要耽误,我可以送你过去。"程望之说道。他话音刚落,就有一辆车停在了酒店门口。副驾驶座走下一个男人,看起来像是他的助理,已经将后门打开了。

程望之做了个请的动作。

叶飒觉得自己也别矫情了,毕竟阮冬至那边的事情比较着急,她立即点头说:"谢谢你。"

说完,她拎着裙摆直接上了车。待上车后,她把地址给司机看了一眼,前面的司机能给程望之这样的人开车,也是个活地图,压根儿不需要用什么手机软件,直接就启动车子。

晚上十点多,哪怕是南江市的市中心也没那么热闹了,路上虽然还有一些车,但是已经不堵车了。原本十五分钟的路程,居然还提前两三分钟到了。

叶飒下车之后,程望之也跟着下车。

他看向叶飒:"你一个人可以吗?需要我陪你一起进去吗?"

路上他见叶飒一直盯着手机看,似乎是遇到了什么着急的事情,所以他还是很绅士地问了一句。

叶飒本来麻烦他送自己过来，已经挺不好意思，这时候自然不可能再麻烦他。

她摇摇头："真的谢谢你，不用了。"

她直接冲到了餐厅门口，只是门口的服务员却拦住了她的去向："小姐，不好意思，请问您有预约吗？"

这个时间点肯定是没预约的。

叶飒此刻还勉强能保持冷静："我来找我的朋友。"

"不好意思，您的朋友在哪个包间呢？我们这里是私人会所，如果您没办法提供身份证明……"

"我的朋友在你们会所里，你最好祈求我能立即找到她，要不然出了事儿……"叶飒的耐心已经渐渐被耗尽。

服务员还要喋喋不休，用一大堆说辞来拒绝她的时候，叶飒的手机又响了。

这次叶飒接通电话，喊了阮冬至的名字好几声，阮冬至都没回应。叶飒突然听到一声鸣笛的声音，背景音里还有跑车引擎的声音。

停车场。

叶飒立即抬头望向服务员："你们的停车场在哪儿？"

服务员一愣。

叶飒冷声吼道："快告诉我，要不然真的要出事儿了。"

这下还真把服务员吼住了，服务员见她脸上的神色也不似作伪，赶紧指了方向，这边没有停车场，所以车子就停在后面不远处。

于是叶飒提着裙摆跑了过去。停车场里停着的多数是这家餐厅客人的车子，基本都是豪车，甚至还有一些宾利和法拉利这样的车子。

叶飒看了一眼，就瞧见停车场西南角那边有人正在纠缠。

"喂，我说你挣扎个什么劲儿，不是说想跟我们公司合作的。"说话的男人突然笑了下，脸颊贴向靠着车子的长发姑娘，语气极下流地说，"不如咱们先在床上合作合作。"

阮冬至费尽了最后一丝力气，想要推开他，但是并没有推动，手机还掉在了地上。

"说真的，玩腻了那些只有脸的花瓶，我倒是觉得像你这种又有身材又有脸蛋、还是名校毕业的姑娘比较有意思。别怕，咱们要不先从男女朋友开始吧。"

男人像是被逗笑了一样，点头呵笑着说："找你这样的，我爸说不定还会夸我呢。"

他说话时，酒气一直喷在阮冬至的脸上，眼看着他的嘴唇快要贴上阮冬至的脖子，突然有人从他身后直接扯住他的领子。

男人一下子被从阮冬至身上扯开，下一秒他的头立即被一个东西砸中。

"砰"的一声闷响，像是一个铁球砸在了他的脑袋上。

男人本来就喝了酒，又被砸了这么一下，差点儿真就晕了，他在原地转了一圈才勉强站定。待他的手掌撑着自己的脑袋，突然对面又来了一下。这次直接给他砸趴在了地上。

叶飒刚才一过来，就看见他把阮冬至按在车上，当真是气蒙了。连她这样性子的人都没忍住，直接拿着自己的手包，扯过他后脖子的衣领，砸了过去。

"浑蛋。"叶飒低头看了一眼地上的人，厌恶道。

随后叶飒扶住阮冬至，她身上的酒味简直是冲天。

"你没事儿吧？"

这到底是被灌了多少酒。

阮冬至一直强撑到现在，如今看见她来了，终于松了一口气。但是她强撑着的那股劲儿泄了，整个人一下子软趴在叶飒身上。

叶飒这会儿身上还穿着长礼服，本来就不方便，又撑着她，差点儿被她带得一块儿摔倒。

此时趴在地上的男人终于慢慢缓了过来，他抬头看见居然是一个女的，穿着浅绿色长裙，在停车场里白得格外显眼。

他当即心头一阵恼火，不知是被气的，还是被刺激的，竟然颤悠悠地爬起来，他刚爬起来，往前走了两步，直接伸手扯住叶飒的手臂。

只是这太过细腻嫩滑的皮肤，倒是让他没立即下手，反而是抓住她的手，吼道："就是你打的我，对吧？你知道我是谁吗？"

男人竟是恶从胆边生，另外一只手想要擒住叶飒的下巴。

此时身后有个人急匆匆走了过来,待到了近处,这个人抬手直接对着男人的脸,一拳打了过去。

"你想干吗?"

来人直接将男人又打倒在了地上。

叶飒的双手还护着阮冬至,她一脸震惊地望着仿佛从天而降的温牧寒。

温牧寒此刻已经将喝醉酒的人直接从地上扯了起来,用双手将对方压在旁边那辆车的车门上。

对方已经要抓狂了,这一晚上他居然被袭击了两次。

"你敢打老子,你知不知道我是谁,我要……"对方气焰嚣张,正要放狠话时,却在看清温牧寒的脸时,突然愣住。

温牧寒这会儿也看清楚了他,没想到居然还是个认识的畜生。这会儿温牧寒都懒得把他称为人。

温牧寒看着他,薄唇微抿,冷笑道:"喝了两杯酒就狂到不知道自己是个什么东西了,是吧?你家里人知道你在外面这么浑蛋吗?"

对方像是被吓了一跳似的,整个人如同被浇了一盆冰水,霎时间清醒了。

温牧寒厌恶地望着他,松开了手,仿佛只要碰着他的衣服都嫌脏。

但是对方在他松手的瞬间,顺着车子慢慢滑坐在地上。

叶飒也听出了端倪,只不过这时阮冬至突然趴在车边吐了起来,她整个人撕心裂肺的模样,让叶飒一阵担心。

温牧寒回头看了一眼阮冬至,立即伸脚踢了他一下。

"你下药了吗?"

年轻男人立即吓得一激灵,摇头说:"我没下,真的没下。她就是喝了大半瓶白酒。"

怎么给一个姑娘灌了这么多酒,温牧寒在心里说了一句。

"我们先带她回去吧。"叶飒望着阮冬至吐得撕心裂肺的模样,虽然心里也想打这个人渣一顿,但还是太担心阮冬至。

温牧寒不再搭理年轻男人,直接过来,他没有直接触碰阮冬至,而是看着叶飒问道:"你能先扶住她吗?我去把车开过来。"

"没事儿,扶着我,我可以走。"阮冬至虽然醉得厉害,但是她不想跟对面那个人再多待一秒。

叶飒见她坚持，也不说话，直接扶着她，两个人往停车场外面走。

温牧寒的车子是停在那个餐厅外面的，走过去还有一段距离，阮冬至努力撑着自己，慢慢地走到了那边。

当光线渐亮了起来，也不知道怎么，她心里那股子翻涌的劲儿又上来了。于是她直接冲到路边吐了起来。

"你没事儿吧？"叶飒伸手拍了拍她的后背。

阮冬至立即挥手："飒飒，你往后站，我吐得太脏。"

"都什么时候了，你还管这些。"叶飒被这事儿弄得有些无语。

可是阮冬至却很坚持，最后叶飒也不好跟醉酒的人坚持。

于是她往后站了站，尽量让她一个人待在路边吐。

温牧寒说："我车上有水，我过去拿。"

"行，我在这儿看着她。"叶飒点头。

温牧寒走了一会儿，叶飒转头看向他的方向，从这里正好能看见他的车子，他应该是在后备厢里找水。

她没注意到旁边停着的车子后门打开。从里面下来了一个西装革履的男人，只是他从车子的另外一边下车，正要撞上扶着后车厢的阮冬至。

阮冬至因为把刚才的地方吐脏了，又往旁边挪了挪。没想到，这一下差点儿摔倒。

前一秒她被一双手扶住，下一秒一阵清冷的淡香萦绕在她鼻尖，直到对方拿出一方手帕，温和地说道："擦擦嘴。"

"谢谢。"阮冬至这会儿吐了太多，人清醒了点儿，她捏住他的手帕。

"怎么喝了这么多？"男人温和地问了一句。

明明只是很普通的一句，却不想阮冬至仿佛被打开了某个开关，她的眼泪瞬间积蓄在眼眶中，泪眼婆娑地望着他问："我只是想努力往上爬，有错吗？"

程望之没想到她会说这句话。此时面前这个长相透着几分媚气的姑娘，委屈得像个小孩子。

"对，我是喜欢钱，可我也有认真工作。"

这会儿叶飒听到这边说话的声音回头，却发现阮冬至被程望之扶住，正在喋喋不休地说着什么。

"抱歉,程先生,我朋友她喝醉了。"叶飒立即把阮冬至扶了过来。

程望之看着靠在叶飒怀里的女孩儿,她有着那种很大气艳丽的五官,很有攻击性,只不过这会儿眼泪抹了一脸,大气皆无,艳丽也变成了滑稽。

叶飒见他一直看着阮冬至,开口说:"你没走?"

他收回目光之后,朝叶飒看了一眼,淡声说:"我看你神色匆匆,担心你还有需要帮忙的地方。"

叶飒笑了下,这位程先生确实是个绅士,但是也不完全是个热心肠的人。

要是真的担心她,应该会像温牧寒那样冲到停车场去找她,而不是坐在车里淡定地等着。

不过叶飒和他没什么关系,人家没立即离开,已经是看在两个人还算认识的分儿上。

"谢谢您了。"叶飒客气道。

此时温牧寒也拎着水瓶走了回来,他翻遍了整个车,总算找到了一瓶水。

不过在走过来时,他瞥了程望之一眼,嘴角微抿。

叶飒也没打算介绍他们两个认识,她直接冲着程望之说:"不管怎么说,今晚谢谢了,我们先走了。"

说完叶飒扶着阮冬至往温牧寒的车子走过去。

温牧寒回头看了一眼程望之,只是轻笑了一声,扭头走了。

到了车子旁边,叶飒拧开水瓶盖子,让阮冬至先漱口,然后又让她喝了几口,这才把人扶进后座坐好。

等她准备从后备厢绕到另外一边车门时,却被温牧寒一下子捏住胳膊,按在了车门上,叶飒瞪大眼睛盯着他。

"有什么事情,咱们回去再说。"叶飒小声跟他说。

温牧寒低头看她:"我看见你上他的车了。"

他从营区里出来,紧赶慢赶地过来,结果也是巧,他刚把车子开到酒店门口,就看见叶飒弯腰钻进了那个男人的车。于是他便一路跟着来到了这个餐厅。

叶飒见他还不松开,小声说:"你也看见了,我是一时打不着车,又着急过来救冬至,这才请人家帮忙送我过来。"

"我知道。"他小声说。

叶飒不解了,既然知道,那他这是在干吗,一副兴师问罪的模样。

男人咬着牙说:"就是挺不爽的。"

他知道叶飒跟这人肯定没事儿,但他就是心里有点儿不爽。

他开着车一路在后面追自个儿的媳妇,跟个傻子似的,那滋味……

他身体微微前倾压在她的身前,眼睑微压着,声线压得特别低:"哄哄。你得哄哄我。"

浅淡的光影下,男人近在眼前的五官轮廓立体又深邃,他垂着双眸,眼睫毛浓密地压在眼睛之上,却还是泄露了眼底藏着的星光,那样亮。

他的声线明明那样低沉,却又像是裹着一层蜜般,渗进她的心尖。

叶飒忍不住抬头盯着他的嘴唇看,他的唇线偏薄,异常柔软。

她知道。因为她尝过。

这个念头如飓风过境,将心里原本装着的其他事情,冲撞得七零八落,如今只剩下眼前这个人。

叶飒双手捧着他的脸颊,微踮了下脚尖,轻轻咬了上去。

待下一秒她轻轻吮吸着他的唇,跟个偷吃的小孩子似的,刚伸出舌尖,这一下却像是刺激到了温牧寒。

原本一直双手随意垂在身侧的男人,突然有了反应。他的手掌轻抬,搭在她的后背,只是这一搭正好触碰到她的肌肤。叶飒今天穿的露肩晚礼服,背后是个深V造型,一直露到后腰处。

温牧寒的手是常年训练拿枪的手,手掌心微有些粗糙。当他的掌心轻抚着叶飒的后背时,柔嫩的肌肤在他的手心处,像是丝滑的缎子,叫人爱不释手。

此刻温牧寒眸色更暗,低下头,开始回吻她。

相较于她调戏般的轻吻,男人的吻更直接霸道,透着不容她拒绝的强悍。叶飒下意识仰着脖颈,承受着这个如暴风骤雨的吻。他的手掌很快搭上了她的后脖,手指轻捏着,带着温柔缱绻的味道。

这个吻绵长而又细腻,不知过了多久,直到叶飒的气息渐渐不稳,温牧寒这才舍得将她松开。

下一秒,他贴着她的耳边低声问:"今晚去我家?"

待他瞧见叶飒瞪大的眼睛，又轻笑了下，给了另外一个答案："或者你家？"

温牧寒说话时，手指已经抬到了她的下唇处，待他的指腹轻轻地在她的唇上来回磨蹭，一下接着一下，力道不轻不重。

这样直白的暗示，叶飒怎么可能听不懂。虽然大家都是成年人，但是她没想到温牧寒会这么直接。

简直是……

她心里大喘气了一下，不想让自己显得太过惊讶，表现出很没见过世面的样子。可是下一秒，她低下了头。

因为她还真的就是没见过世面。作为医学生，她对人体构造一点儿都不陌生，但是一想到她要面对的是温牧寒的身体，光是想想，她都会感到心跳加速。

周围是这么安静。

在这样的静谧之中，她恍惚间觉得自己的心跳声扑通扑通，从正常的声音被陡然放大，不仅回荡在她自己的耳边，甚至还可能被温牧寒听到。

就在她想着到底要怎么回答时，旁边的车里传来一声极清楚的干呕声。

"你的车会不会被吐脏了？"叶飒听到这个声音，突然浑身一激灵。

她都快忘记了阮冬至还在车上，难怪都说谈恋爱的人，有了男朋友忘了朋友。

这么一打岔，旖旎的气氛全然消失。

阮冬至带着哭腔喊了一声："飒飒，叶飒。"

眼看着车里的人要闹腾起来，温牧寒弯腰，趴在她的肩窝处笑了一声，抬头的时候，顺势在她的脖颈处轻轻咬了一口，之后他直接转身上了车。

叶飒深吸了一口气，望着他干脆利索地开门上车，微微咬了下牙，臭男人，真挺敢下嘴的。随即她也上车了。

阮冬至见她上来，直接将她抱住，双手搂着她的脖子，特别可怜地说："我以为你把我丢下了呢。"

"怎么会。"叶飒以为她是被今晚的事情吓着了，难得温柔地安慰她。

虽然女生之间动不动就会挽着手臂，或者是睡一张床，但叶飒不太喜欢跟别人过于亲密的接触,哪怕是同性也不行。

所以阮冬至和司唯两个人,时常挤在一张床上看剧,她就不爱凑这个热闹。

今晚阮冬至差点儿出事儿,叶飒就没推开她,任由她抱着自己。

坐在前面驾驶座上的男人,开着车,从镜子里看到后面的情况,从鼻翼间轻哼了一声,不满之意溢于言表。

叶飒睨了他一眼,没搭理他。倒是阮冬至除了这么抱着她之外,也没做出什么事情。

待车子行驶到南江市中心的高架桥上的时候,阮冬至突然松开叶飒,趴在玻璃窗上望着外面,她轻声说:"飒飒,你知道那句话吗?"

"哪句?"

阮冬至手掌贴着车窗玻璃,眼睛望着外面的灯火辉煌,哪怕已临近晚上十一点,可是整个市中心周围的灯光依旧那样璀璨明亮,街道上的车辆川流不息,红色的车尾灯连成长长的一条红色游龙。

"长安米贵,居大不易。"

阮冬至在看见这样的夜色之后,仿佛清醒了不少,她轻声说:"我家是个小城镇,每天晚上过了八点钟,街面上别说还开着的店铺,就连车辆都没有多少。"

叶飒安静地听着阮冬至说话。

"飒飒,你应该从来没去过那样的小地方吧。"阮冬至转头看着她。

叶飒沉默地望着她。

过了一会儿,叶飒伸手将阮冬至揽了过来,让她靠在自己腿上。

"别说话,先睡一会儿。马上就到家了。"

刚才车子启动的时候,叶飒跟温牧寒说了阮冬至家的地址。

她在公司附近租了一个两居室的房子,她的公司因为在市中心CBD区域,所以离这里还真的不远。

二十分钟的车程,很快就到了。

车子在小区门口刚停下,阮冬至就睁开眼睛挣扎着要站起来,随后她伸手推开门。叶飒见她这么着急也是很无奈,扯着她的手臂说:"你先等我下车,你再下车。"

叶飒从自己这边下车之后,又绕到她那边,赶紧把人扶了下来。

谁知阮冬至刚一站定,就伸手推了叶飒一把说:"去吧,回去吧。"

叶飒看着她站在原地都晃晃悠悠,随时都能摔倒的模样,冷笑道:"我回哪儿去?你这样能自己走到家门口吗?"

什么醉汉在路边睡着,最后被警察送到医院来抢救的事情,光是叶飒在急诊科值班的时候,就没少见。

"我没事儿。"阮冬至望着她,手里还拎着自己的包。

她把包往自己肩膀上一甩,望着叶飒,露出一个神秘的笑容:"我就不耽误你们了,春宵一刻值千金。"她拖着长调,幽幽地说道。

她的声音并不算小,此时坐在驾驶座的温牧寒正好转头看了过来,叶飒上前一步,直接捂住她的嘴,在她耳边小声警告道:"再敢胡说八道,我真不管你了。"

"去吧,去吧。"结果阮冬至压根儿不在意叶飒的威胁。

叶飒怕她在这儿还蹦出什么语出惊人的话,赶紧把她拉到旁边。然后自己走到了温牧寒的身边,小声说:"今晚我得在这儿照顾她。"

本以为他会说些什么,谁知温牧寒隔着窗子,伸手揉了揉叶飒的长发说:"去吧。"

叶飒有些惊讶地望着他,就听他笑了下说道:"真当我是小孩儿呢。"

说完,他的手指在她的耳垂上轻捏了两下。

"今晚她比我需要你。"温牧寒声音温软,透着安抚。

叶飒抬头望着他,点了点头。

温牧寒单手搭在车窗上抬头看她,用微压着的声音说:"不过只此一回,下次不许再擅自行动。"

叶飒怔住,这才想起他说的是停车场的事情。

温牧寒望着她,眼底似有情绪在涌动着。过了一会儿,他伸手抚摩着她的脸颊:"我会担心的。"

"我知道了。"叶飒这次很乖巧地点了点头。

叶飒转头看了一眼阮冬至,见她背对着自己,也不知道在干吗,赶紧说道:"我真的得走了。"

只是她刚转身,温牧寒又拉住她的手腕,将人扯了回来。他另外一只手伸手勾住她的脖颈,将人带到自己唇边,贴着她的耳朵问:"你是不是忘了什么?"

叶飒眨了眨眼睛。

下一秒,温牧寒在她的嘴角亲了一下,伴着浅浅的笑意说:"哥哥很好哄的。"

看,一个吻就能哄好。

叶飒扶着阮冬至回家后,两个人倒在客厅的沙发上,都累得不想动弹。但叶飒还是伸手将自己的高跟鞋脱掉扔在一旁。

没一会儿,叶飒的手机响了,是司唯打来的。

司唯用挺担心的口吻说:"刚才冬至给我打了好几个电话,我在手术室忙着接生没听到,结果再打过去的时候,一直没人接。你说她会不会出事儿了啊?"

叶飒转头望着躺在沙发上一动不动的阮冬至,叹了一口气说:"我跟她在一起,现在没事儿了。"

"现在没事儿了?那就是之前有事儿了。"司唯居然一下子抓住了她话里的漏洞。

叶飒仰靠着沙发背,伸手捏了下自己的眉心,又转头看了一眼阮冬至,这才轻声说:"她喝了很多酒,我去接她回来的。"

"是不是有人想趁着她喝醉酒,对她下手?"司唯骂了一句脏话,立即说,"我马上就下班了,立刻过去。"

"不用……"叶飒正想说让她回去休息,可是那边已经挂了电话。

叶飒打完电话,发现阮冬至坐了起来,望向自己问道:"我的手机呢?"

随后她低头开始翻自己的包,结果怎么找都没找到。

直到有一只手把手机递到她的面前,低声说:"刚才掉在地上了,我帮你捡了起来。不过好像关机了。"

"可能是没电了。"阮冬至接过手机,低头看着摆弄了半天。

随后她起身走到旁边的插座旁,将手机连接上数据线,黑色的屏幕上出现了红色充电模式,阮冬至盘腿坐在旁边,似乎在等着它开机。

"冬至,你先去洗个澡吧。"叶飒坐在沙发上望着她,有些担心地说道。

阮冬至摇头说:"我得等手机开机,我的手机必须二十四小时开机。万一我错过我老板的电话……"

她的一句话让叶飒腾的一下从沙发上站了起来。

随后叶飒走到阮冬至的旁边,直接将她的肩膀掰了过来,面对着自己,她不敢相信地说道:"你知不知道在一小时之前,你差点儿遇到了什么?"

阮冬至沉默不语。

叶飒干脆跪在她身边,压着她的肩膀,一字一顿地问她:"你到底有没有想过,万一我今晚赶不过来,你要怎么办?"

这时,阮冬至才仿佛真的被刺激到,嘴唇轻轻颤抖。

叶飒望着她,问道:"工作真的有那么重要吗?"

她从来不会对谁的生活方式提出质疑,哪怕是阮冬至这样的。其实她一直都知道阮冬至的性格是什么样子。她是那种明确知道自己的目标的人,想要得到的,就会不顾一切去得到。

其实有时候叶飒觉得她们很像。只是叶飒执着的只有温牧寒一个人。

而阮冬至想要得到的,是光鲜亮丽的生活,是高高在上的位置。

"飒飒,我跟你不一样,我什么都没有。"阮冬至的眼睛望着她,突然嘲讽地笑了一声,她说,"难道我不知道今天晚上那个男人想要的是什么,他看着我的眼神跟看猎物一样。可是我能怎么办,我需要他这个客户。我需要!

"所以我只能小心翼翼地陪着,他让我喝酒我就喝,不就是喝酒嘛,我能喝。"

此时阮冬至望向叶飒,伸手撩了下自己披肩的长发。

"可我就是太天真了,我以为我能小心应付好,结果差点儿翻车。"她伸手捂了下脸颊。

叶飒安静地望着她,许久,她淡淡地开口问道:"所以呢,这次没事儿,下次呢?"

此时,阮冬至放在地上的手机突然响了起来,她像是逃避般,立即把手机拿到手里。因为关机了很久,此刻不管是短信还是微信上的信息,都不断出现，震得整个手机一直在手心里跳跃。

阮冬至打开微信，待她翻了一下，突然捂住了脸。下一秒，压抑到极点的啜泣声，在安静的房间里响起。

"飒飒，我妈妈说我们家的菱角熟了，她问我想不想吃。"阮冬至头埋在自己的手臂上，开口时，哭腔凄楚。

叶飒安静地望着她哭，伸手拍了拍她的肩膀，小声说："我也想吃了。"

本科的时候，她们住在一个宿舍里面。每年九月份开学的时候，阮冬至都会带一兜子菱角来学校，新鲜又水灵的菱角，她们三个人可以坐在宿舍里吃一个下午。

不知过了多久，阮冬至抬起头看着叶飒："我从来没有跟你们说过吧，我爸从小就得了小儿麻痹症，打小腿脚就不好。我上小学的时候，同学们都不叫我的名字，都叫我'那个瘸子的女儿'。"

孩子是最天真善良的存在，可是孩子有时候也直白得叫人难过。

都说孩子是大人的一面镜子。她爸爸腿脚不好，他们家家境自然也一般，阮冬至打小儿就受尽了别人的冷眼，还有街坊四邻的那些冷嘲热讽。

"你知道最过分的是什么吗？邻居说闲话，一直都说我不是我爸的亲生女儿。"阮冬至冷笑了一声。

她从小就长得明艳好看，跟长相普通平庸的父母比起来，她仿佛真的生错了家庭。特别是她上学之后，更是聪明伶俐，一直是全年级的第一。

别人家孩子做作业鸡飞狗跳，她却可以自学明天的上课内容。时间长了，风言风语更甚，后来居然传得有鼻子有眼。

直到有个人当众指着她说，她压根儿是她妈跟别人生的。这件事儿惹恼了阮冬至，她气得和对方打了一架。谁知对方的家长骂上门来，她爸爸气不过，跟对方争辩，却被对方的爸爸打倒在地上，直到现在阮冬至都还记得当初对方一脚一脚踢在她爸爸身上的模样。所以她咬着牙发誓，她要比任何人的学习成绩都要好。

上高中，她考上了全市最好的高中。

上大学，她考上了南江最好的大学。

她要让那些曾经看轻他们家、轻视他们家的人都仰望着她，她要让她的父母过上那些人都想象不到的生活。

可是毕业之后,她才发现付出这么多努力还远远不够,她想要的跟她得到的还相差甚远。

"飒飒,我要成功,哪怕付出更多,我也要成功。"阮冬至望着叶飒时,刚才哭泣时眼底的软弱已渐渐消失。

她望着叶飒:"我从来没有想着靠自己的身体上位,一次都没有。我也从来没有害过别人,我就是想要成功而已。"

怎么会那么难呢?

叶飒伸手摸了摸她的头发说:"别哭,你会成功的。"

"真丢人。"阮冬至摸了下自己的脸颊,她望着叶飒说,"有时候真羡慕你,是个拥有一切的小公主。"

她伸出双手,故意在叶飒的脸颊上拉了拉,瓮声瓮气地说:"我们的叶飒小公主。"

听着她这么说,叶飒低头跟着笑了一声。

"拥有一切。"叶飒像是自嘲一样地笑了起来,她指了下手机说,"我都不记得我妈上一次问我想吃什么东西是什么时候了。"

又或者是记忆中当真有这样的温情时刻吗?她好像从来没收到过谢温迪嘘寒问暖的短信。

随后,她低声说:"我也快不记得他长什么样子了。"

刚才阮冬至说起她爸,说她小时候不懂事儿,怕别人嘲笑,压根儿不许她爸爸来学校接她。可是有一次下雨,她放学回家,老师拿了雨衣和雨靴过来,说是她家里人送来的。她回去之后才知道,她爸爸为了给她送雨靴,摔得脸都肿了。叶飒听完,却不知道该怎么安慰她。因为她一次都没被爸爸接过放学,一次都没有。

阮冬至望着叶飒突然的失落,看见她的眼底还有隐隐的泪光,一下子被吓愣了。阮冬至赶紧伸手摸了下叶飒的脸颊说:"我说,咱们这是干吗呢?"

深夜的时候,人好像特别容易软弱。哪怕是叶飒,都在这一刻仿佛变成了那个吃不到糖的小女孩儿。

以前她从来不羡慕这些的,可是陡然提起时,才发现她其实才是那个什么都没有的人。

这一瞬间,她突然好想温牧寒。如果他知道的话,肯定也会很心疼她的吧。这样的想法似乎安慰到了她,因为她再也不是没人疼没人接的小孩儿了。

此时,门铃突然响了起来。

"你先别动,我去开门。"阮冬至爬起来,几乎是跟跟跄跄地去开门的。

一开门,阮冬至愣住了。

门口的温牧寒倒是神色淡然,他将手里提着的东西晃了晃:"我怕叶飒和你都没吃东西,胃会不舒服,所以去买了点儿粥。只是刚才打她手机没人接,所以只好送上来了。"

此刻阮冬至瞪着一双刚哭完的红肿的眼睛望着他,脑海里只剩下一个念头:这是什么神仙男人,今天也是为姐妹的甜美爱情哭泣的一天吗?

阮冬至想起叶飒现在的状态,叹了一口气,又把门让开,小声说:"要不你去看看她吧。"

温牧寒微怔,待朝房间里看过去时,就见叶飒坐在客厅的地板上,背对着门口。他微微皱眉,冲着阮冬至颔首,走了过去。

结果他刚走到她身边,一直垂着头的姑娘抬头看了过来,两个人四目相对。

叶飒眨了眨眼睛。突然一颗泪珠从她的眼睛里掉了下来,原本被阮冬至惹起来的情绪,还没退散下去,这会儿乍然看见他出现在眼前,她就觉得特别委屈,是那种经年积攒下来的委屈,突然看见可以撒娇的人,砰的一下全部爆发了出来。

温牧寒当即单膝跪在她面前,皱眉望着她说:"怎么了?"

他的声音特别温柔,可是他越是这样温柔,叶飒委屈的眼泪越是汹涌。

直到她终于在啜泣中开口:"我就是特别想你。"

温牧寒听到这句话,突然有种哭笑不得的感觉,因为他跟她分开才一小时不到。

终于他将叶飒温柔地抱在怀里,低声说:"我这不是在这儿呢嘛。"

他仿佛又知道了什么似的,轻声开口:"我会永远在叶飒身边的,我保证。"

第十一章
意外

听到这句话,叶飒垂着的眼睛在极其缓慢地眨了一下之后,终于轻轻抬了起来,卷翘的长睫毛上还挂着一颗很小很小的泪珠。

她有点儿说不清楚自己此刻的心情,就是刚才那种铺天盖地的委屈,好像突然被打开了闸门,竟然汹涌而出。那种心头堵着的莫名心酸,也像是被轻柔地安抚住。

于是叶飒伸手抱住他的脖子,将脸颊埋在他的肩窝处。

温牧寒只感觉到他脖颈的皮肤上一瞬间有了温热的湿润感,是她的眼泪。

他低头在她的耳朵上亲了下,含着笑意轻声说:"怎么还成小哭包了。"

叶飒在他肩窝轻轻蹭了蹭。

"先起来吃点儿东西。"温牧寒准备将她抱起来,"要不然哭都没力气。"

闻言,叶飒抬起头看着他:"你还想让我哭多久?"

瞧瞧这倒打一耙的娇惯劲儿,温牧寒还真是服了她。

不过他这会儿真是舍不得说她一句,哪怕她这么倒打一耙,也还是准备把人抱起来。但是叶飒紧抓着他的手臂,小声说:"我自己可以站起来。"

温牧寒碰了下她的额头,低笑道:"真不要我抱?"

叶飒趴在他怀里摇头。

此时外面的电梯又"叮"的响了一下,电梯门一打开,司唯就看见阮冬至站在门口,立即惊讶道:"知道我要来,你也不用这么客气吧,这么早就等在门口?"

"你总算来了。"阮冬至伸手冲着她招了招。

虽然温牧寒进她家之后，只是安慰了一下叶飒，没做什么太过分的事情。可是阮冬至看着还是挺心酸的。

明明今晚差点儿出事儿的是她，可是最后被安慰的人却不是她。因为人家有男朋友，她没有。

司唯走到跟前的时候，阮冬至看了她一眼，还是伸手抱着她的胳膊，靠在她身上。

"你干吗呀？"

阮冬至心如死灰道："没有男人，我最起码还有姐妹。"

司唯听着她这话，伸手摸着她的额头说："你这是喝糊涂了，还是烧糊涂了？"

直到她拉着阮冬至要进门时，结果一眼看见客厅里站着一个男人，吓得尖叫了一声。

等她看清楚是温牧寒的时候，突然觉得有点儿尴尬。

"这是怎么了？"司唯看着叶飒眼睛里还挂着眼泪，等回头一看阮冬至，发现她这双眼睛也是刚哭过，还肿着呢。

她说："你们两个都被打了？"

叶飒："……"

阮冬至："……"

直到叶飒伸手揉了下自己的眼睛，总算恢复了寻常模样："你盼着点儿我们好，可以吧。"

司唯无辜道："你们两个都这样，我不就以为你们都被打了。"

"有你叶飒爸爸在，谁敢打我。"阮冬至靠着门口的墙壁站着，冲着叶飒微抬了抬下巴，"你是没看见叶飒刚才打人的样子。"

特飒。

虽然阮冬至那时候浑身无力，但是叶飒一手包抢下去，直接把对方打倒在地上的样子，她还是看得清清楚楚的。这姑娘还真是那种敢下狠手的。

说完，阮冬至一把将司唯扯了过来，说道："今晚让她陪我吧，我们家这个小庙装不下太多人，叶飒你就回家吧。"

不过下一秒，她微挑眉说："当然，要去别的地方也行。"

031

阮冬至一张嘴，这车就飙了出去，在场的都是老司机，还真没人听不懂。

司唯听她这么说，一双眼睛在温牧寒和叶飒身上来回打量，恨不得立马张嘴，叭叭问个不停。

但是她又实在是有点儿怵温牧寒，就是觉得他特别正气，不敢随便开他的玩笑。可也挡不住她心里的好奇啊。

这会儿阮冬至把她手里还拎着的粥举了起来："行了，别废话，把粥放在桌子上，别打扰人家小两口儿，咱们两个把夜宵吃了吧。"

"我就不送你们两位了。"阮冬至摆手，一副送客的架势。

叶飒这会儿也冷静下来，她看着阮冬至："我说过今晚要照顾你的，你别废话了。赶紧洗洗睡吧。"

两个人这一通聊天，倒是把对方都聊清醒了。

阮冬至冲着司唯看了一眼，笑道："这不还有一只单身狗陪我呢。你这个有家有室的，就不要参加到我们单身少女的生活中来。"

司唯瞪了她一眼："谁是狗啊，我是少女，你是狗。"

"行，你少女。"阮冬至伸手攀着她的脖子，嘲笑道，"那你不是也得陪我。"

最后阮冬至坚持不让叶飒留在这里，直接送他们进了电梯。

之前在阮冬至家的时候还没感觉，电梯门一关上，就剩下他们两个人的时候，叶飒埋着头也不说话，反正就是心里还挺不好意思的。

无缘无故抱着他哭，会被当成神经病吧。

电梯门一打开，温牧寒牵着她的手，准备出去的时候，叶飒小声开口道："我平时不这样的。"

"这样？"温牧寒听着她这话，眉梢微挑，露出一抹笑。

他转头看着她，细细打量了一会儿，这才不紧不慢地说："这样怎么了？我喜欢。"

叶飒被他说得有点儿愣神，看向他时，一双黑白分明的大眼睛眨了眨。

可温牧寒已倾身靠了过来，低头在她眼睛上亲了下，沉声道："你这样的，我就是喜欢。"

语气透着一点儿风流不羁。

叶飒憋着不说话。

一直等到两个人上车之后,叶飒在副驾驶座上坐稳,突然转头看着他,叮嘱道:"你以后不许这样说话。"

"哪样?"温牧寒边看她边发动车子。

叶飒说:"就是学辛奇那样嬉皮笑脸的。"

此刻不在场的辛奇,突然被提到,也实在是无辜。

"他是跟所有女人都这样说话,那叫花心。"温牧寒握着方向盘,看了一眼倒车镜,嘴角微勾,"我是只跟你一个人说,这是哄媳妇。"

叶飒本来正低头看着手机,听到他说这句话,瞬间停下动作。

她扭头望着他的侧脸,五官立体的轮廓在昏暗的光线下也那样分明,透着一抹孤傲的俊逸,此刻微抿着唇线,眼睛直视着前面的路况。

他刚才说什么来着?他说哄媳妇?

哄媳妇!这车里除了他之外,就剩下她自己,所以这一句哄媳妇的话,就是说给她听的吧。所以媳妇也是在叫她吧。

叶飒表面上还是一副云淡风轻的模样,可是心里却已经掀起了风浪,一刻都停不下来。

这会儿已近半夜,路上车流早已经减少,也只有一路上遇到的红绿灯耽误了点儿时间。

到叶飒家小区门口的时候,也才过去半小时而已。

"今晚回去早点儿休息。"温牧寒伸手摸了摸她头发。

叶飒点头,她推门准备下车,只是下一秒她转头看着他,一鼓作气问道:"要不要上来坐坐?"

这话好像是个引子,让车里本来挺平静的气氛,一下子被点燃了。

温牧寒的眼睛盯着叶飒,眸底瞬间深了起来,直到他微压着声音说:"真让我上去坐啊?"

"那算了。"叶飒立即反悔。

她立即推开车门准备下去,但是温牧寒却将她扯了回来,把她重新按在椅背上,又将安全带重新在她身上扣好。

"我想去。"他扣好后,看着她的眼睛,浅浅一笑。

温牧寒的车子开到地下车库停好,两个人一块儿上了楼。进了房之后,她低头看了一眼身上的裙子，指了指自己的房间："我先去换身衣服。"

她不说还好，这么一说，温牧寒低头看着她身上的裙子。原本他眼底攒着的火气，这会儿当真快要撩起来了。

温牧寒心头的那把小火苗，这会儿在看着她身上的裙子时越蹿越高。

叶飒皮肤白，细白的肩颈修长又纤细，穿着这样的浅绿色长裙，格外引人注目。他抬手一摸，触到了她的皮肤。

温牧寒用力把人搂进怀里，低头看着她说："你今天晚上怎么穿这样了？"

这说话的口吻吧，还有点儿嫌弃。

"是不是特别漂亮？"叶飒才不理他这话茬儿，知道他这是口是心非呢。

温牧寒却一拧眉，微抿着嘴："要我说实话？"

叶飒想起他之前说她穿得丑的事情，只是这会儿可不比那时候。

此时她的手掌在他后背轻抚着两下，胸口贴着他的前胸。她今晚穿的是一条露肩的款式，胸前的绵软被衣服轻轻地托了起来，有那么一条极显眼的线。

他在心里轻骂了一声，平时瞧着也没这么大啊。

她往他胸口贴的时候，就只隔着他身上的那一层薄薄的布料。可是这一层布料，还不如不隔。

"别闹。"温牧寒刚要拉开两个人之间的距离，他这捆干柴还真禁不住她这么撩拨。

叶飒斜眼睨他，嗤笑道："还装。"

还跟她装呢。倒不是叶飒的作风太豪放，只是到了她这个年纪，要说还什么都不懂，那真是太扯了。因为懂，所以她才会想要跟他在一块儿。

喜欢就是喜欢，想要的就去做。就是这么简单。

叶飒将他的衣领拉下来，在他的唇上亲了一下之后，她微偏头，有些遗憾地说："其实，我本来想脱你军装的。"

这画面，光是想想，她都浑身战栗。

他穿着笔挺的军装，浑身透着一股禁欲不可侵的感觉，但是在她面前，什么禁欲，什么不可侵，都变成了浮云。

她会一件又一件地脱掉，先扯开他的领带，接着是纽扣，最后是腰间的军扣。

她这句话说完，温牧寒的脑子里好像有什么嗡地一下炸开了。这姑娘胆子也忒大了，真当他是个纸糊的，什么都敢说。

　　温牧寒不再客气，反手将她搂在怀里，然后低头咬着她的唇。

　　叶飒抱着他，闻着他身上清冽的味道，很淡，却又极舒服。

　　之前叶飒住在宿舍的时候，还遇到他自己洗衣服。一个大男人站在洗水池旁边，她还偷偷看了许久。

　　唇齿间的交缠让叶飒的意识渐渐模糊，她仰头给他反应。直到温牧寒将她抵在旁边的墙壁上，她抬手想把手指搭在他的脖颈处，可是却无意中碰到旁边的开关。

　　"啪"的一声轻响，客厅最亮的吊灯被关掉了。

　　但是房间里还有别的灯亮着，只是光线略昏黄，让现在这种暧昧的气氛越发不可收拾。

　　她低低地嗯了两声，听在男人耳中却是让他浑身紧绷，恨不得将她揉碎。

　　房间里衣服窸窸窣窣的摩擦声，还伴着亲吻时的声音。温牧寒带着她往旁边走，只是他并不知道叶飒的房间在哪儿。

　　最后还是叶飒边走边带着他，一路推开房间的门。

　　她有一阵子没回来住了，但房子每天都有人打扫，所以并没有什么长期闷着的味道。反而是一股清幽的香味，有点儿清冷的味道。是叶飒喜欢的味道。

　　终于两个人抵在门口，温牧寒低头看着她，眼眸是那种有点儿发狠的劲儿。

　　"真不后悔？"

　　"你会让我后悔？"叶飒微挑眉梢。

　　温牧寒微抬头，亲了下她的唇："我不会，我跟你保证过的。"

　　叶飒伸手把他的T恤轻掀了起来，房门口柔和的灯光落在他身上，他皮肤还算挺白的，特别是身上，不像脸那么容易晒着，皮肤白了不止一层。而且肌肉线条格外地明显，是那种明显能看得出来腹肌的。

　　她忍不住伸手摸了一把，不过也就是一下，随后她把手指搭在他的腰带扣上，轻咬着唇，伸手就要把他的腰带扣解开。

　　直到温牧寒伸手将她的手掌轻轻握住。

叶飒挑眉看他,温牧寒的手指在她眼角轻刮了下,她的眼睛这会儿还没彻底消肿,还有点儿楚楚可怜的模样。

"下次吧。"他想了一下,说出了这句话。

叶飒一怔,都不敢相信自己听到的。她终于没忍住,贴着温牧寒的耳朵说:"温营,你不会真是憋太久……"

憋出毛病来了吧。要不然都到了这个程度,居然还不对她下手。

温牧寒"哧"的一声笑了起来,这丫头真当他是软柿子了,什么话都敢往外说。他伸手扯了下她的脸颊,这一下可没手软,真把她扯疼了。

刚才她才哭过,这会儿他就不明不白地跟她发生点儿什么,总有点儿乘人之危的嫌疑。虽然他知道叶飒肯定不会这么想,可他就是自己心里有点儿别扭吧。

"别胡扯,你今晚刚哭过,先好好休息。"温牧寒又捏了下她的脸颊。

叶飒这下听懂了。她似笑非笑地望着温牧寒,轻软地笑了起来。

温牧寒瞧她笑得跟个偷吃了油的小狐狸似的,不由得挑眉:"你又想什么呢?"

"我只是在想,难怪温营你这么多年不找女朋友呢,你是不是有点儿精神洁癖啊?"叶飒还真理解他的想法。

温牧寒这样的男人,实在是太骄傲了。

他就是我要真睡你的话,不能掺和一点儿别的,就是纯粹的你情我愿,咱们关系到了水到渠成那步才行。

今天叶飒在阮冬至家里,情绪有些崩溃了,虽然跟他没关系,但是他也不想趁机对她做点儿什么。这男人还真是精神洁癖到一定程度了。

温牧寒哼笑一声,没反驳,就是一副"随你怎么说"的架势。

这会儿叶飒也不再逗他了,靠在门框上,双手环胸那么闲闲地看他。

温牧寒倒也挺自在,他只俯身过来,说了一句:

"你不是想看我穿军装,下次。"

叶飒的脑子里瞬间炸了下,要说会撩,还真是这男人会。

温牧寒最后还是开车回去了,叶飒站在门口,一脸笑意仰头看他:"真不在这里住?我家客房可以提供给你。"

这话惹得他轻嗤了一声。他瞥了她一眼："别火上浇油啊。"

真留在这儿，他可保不准他会不会半夜敲开她的门。

"好好休息，我明天来接你上班。"温牧寒又在她鼻尖上捏了下，他倒是发现自己真是越来越对这姑娘下手了。

一瞧见她吧，就想抱在怀里。是真的软，也是真的香。

叶飒惊讶道："你明天早上来接我？你家离我家那么远，会不会太辛苦了？"

"男朋友就是拿来这么用的。"只不过叶飒下一秒笑了下，踮着脚尖搂着他的脖子，"可是温营，明天周六，我不上班。"

温牧寒："……"

哪怕是温牧寒这会儿也有种吃瘪的感觉。

叶飒这个周末都不需要上班，贺瑞当然也不好意思让她周末的时候来值班。所以她可以连着在家休息三天。

温牧寒有点儿无奈，两个人天天在一块儿还没觉得怎么样，这突然看不见她，还真挺想的。

不过周末的时候，温牧寒正好趁着放假，把最后入选的人员名单确定了下来。团长那边已经将人事权都交给他，自然不会对他提什么意见。

周末的时候，温牧寒干脆去了军区家属院找团长，惹得石向荣不满道："你小子怎么连周末都不放过我，我们海军虽然说要强兵实干，但是周末也要让人喘口气的吧。"

一旁的团长夫人正好端着茶水出来，不由得笑了起来："我看他这个劲儿，还真跟你年轻那会儿一模一样，恨不得把营房当家，整天就琢磨着怎么练好兵，怎么带好队伍。"

石向荣的夫人姓秦。温牧寒客气地站起来接过她端过来的茶杯，喊了一声："秦阿姨好。"

"你可别，人家亲爹当年也是出了名的拼命三郎，像我算怎么回事儿。"石向荣可不敢接这个高帽子。

秦阿姨懒得跟他说这些，温和地看向温牧寒，简直是越看越觉得喜欢，只可惜啊，她也就生了一个儿子，要不然还真想把温牧寒领回家当女婿呢。

她问:"牧寒,上次我跟你说的事情,你觉得怎么样?"她笑眯眯的,口吻也十分温柔。

听得石向荣心里酸溜溜的,他都多久没听见自家老婆这么温柔地对他说话了。这小子有什么好的,不就是长了一副好皮囊。这长得好看有那么重要吗?

可是不管他心里如何腹诽,这会儿秦佩只对温牧寒感兴趣。

温牧寒端着茶杯,微怔了半秒,这才反应过来秦佩说的是什么事情,就是之前帮忙介绍对象的事情。他没想到自己这么久没来,居然还被惦记着呢。

他正欲摇头,表示自己已经有女朋友,一旁的石向荣倒是先替他开口说:"你介绍的那些都不行。"

"怎么就不行了?"秦佩眉梢一挑。

石向荣开始数落了:"我就没好意思说,去年你们妇联跟我们单位搞那个相亲活动不是,报名的也不少。结果呢?成了几对啊?一会儿嫌我们团的人是基层军官,不如机关单位里的清闲。一会儿又嫌他们工作忙。

"本来嘛,我们当兵的哪个不忙啊,你要是没这个觉悟,你跑来部队相什么亲嘛。你说是不是?这你情我愿的事情,弄得好像我们军人多对不起她们一样。弄得我们团里那些单身小年轻,现在都怕找对象了,老吕的政工工作都不好开展。"

石向荣本来就一直憋着,这会儿正好撞上了,发起了牢骚。

秦佩也没想到这私底下还有这么多事情,赶紧说:"我都不知道呀。"

"秦主任,这可是你的工作失误了。"石向荣摇了摇头,一脸痛心疾首。

秦佩自个儿就是军嫂,当然知道当兵的想找老婆有多难,毕竟一年到头出不了几次军营,探亲假也就那么十几天。所以她们才会一直搞跟军队里的士官和军官联谊的事情,当然都是出于自愿的,毕竟现在相亲也是谈恋爱结婚的一个途径嘛。

她当时就说了,坚决采取自愿报名的原则。

她以为这些报名的小姑娘都是经过深思熟虑,觉得自己能理解成为军嫂的种种不便,可没想到居然还这样。

这会儿秦佩难得没冲石向荣发脾气,反而挺歉意地说:"是我考虑不周全了。"

石向荣可是极少瞧见风风火火的秦主任服软的时候，于是他挥挥手："没事儿，你又不是人家肚子里的蛔虫，哪儿知道她们是怎么想的。这样吧，你今天亲自下厨炒两个菜，让我和牧寒喝两口。"

秦佩这会儿也没脾气，当真起身给他们做菜去了。

石向荣等她走后，才回头看了一眼温牧寒说："你小子说说吧，怎么谢谢我？"

温牧寒挑眉，轻哂一声："我可没请您救我。"

"嘿，还不识好歹是吧。"石向荣还真不信了，这小子油盐不进吧。

温牧寒也不跟他继续抬杠，直说："您看看名单，还有没有需要调整的？"

谁知石向荣只是随便翻了两下，就放在了面前的茶几上："我都说了这次选拔人员，由你全权负责。你让我看，人又不是我选的，我哪儿知道个好坏。"

不过他丑话还真先放在前面了："你小子也别以为，我给你全面人事权就是好事儿。要是不训练出个样子给我瞧瞧，我到时候拿你是问。"

"是，保证完成任务。"温牧寒立即坐直冲着他喊道。

不过温牧寒这次来还另有目的，他说："您看'海岸线'的训练营房……"

"你想放在哪儿？"石向荣问道。

温牧寒说了个地方，对面的石向荣眼皮一挑，一口气差点儿没缓上来，半晌，他才咬着牙说："你还真好意思提，那是人家潜水连的地方，你也好意思跟我开口。"

"那是最靠近海边的地方，方便我们训练。"

海军特战旅下面有专门的潜水连队，这个队平时就驻扎在港口附近，跟大海隔滩相望，之前他们因为潜水训练，在那边住过一阵子。温牧寒老早就盯上了那块风水宝地。

要想参与海上救援，第一要素是什么？就是得离海近。况且海军的直升机大队也在那儿，他们还能搞联合训练，这些方方面面，温牧寒都想好了。其实他们营区离海边也不远，就三公里。但是海上救援讲究的是分秒必争。

"团长，险情不等人，所以我觉得我们应该边建设队伍，边训练，边执行救援任务。"温牧寒望着他，一脸诚恳道。

石向荣斜了他一眼，沉默了半晌。

"你是这么想的？"

温牧寒点头。

"你这个想法倒是不错。"石向荣点头。

他们平时拼命训练士兵是为了什么，不就是为了到必战之时有人可用，如今每一次的艰苦训练，都是为了未来任务上减少不必要的人员损伤。

九月末，骄阳依旧似火，这会儿医务室里一个人都没有，连卫生员都不在。

叶飒伸手将挂在衣架上的白大褂拿下来穿在身上，等她转头的时候，就见身后跟着她进来的温牧寒双手插在裤兜里，微偏头看着她。

她安静地站着，没主动开口。可是她不开口，男人也只是盯着她。

终于她问："你看什么呢？"

"你这套制服，我也挺喜欢的。"温牧寒突然低声一笑。

其实他说的话倒也没多大歧义，但叶飒一下子想起前几天他在自己家的时候，关于制服的承诺。

她登时心跳再次加速。跟这个男人在一块儿，没一颗好心脏还真是不行。

温牧寒这会儿也不全是为了逗她，他一本正经地说："从明天开始，海岸线大队要换营房了，我暂时不在这边了。"

叶飒一怔，立即问道："你要去哪儿？"

"不远，就是海边有个海军的基地，那边是潜水连在的地方，蛙人训练都在那边。还有海军的航空大队也在那边。我们想要进行海上救援训练的话，必须得合练。"

好在航空大队本来就是要配合陆战队训练的。这方面石向荣对他是绿灯通行。

叶飒有点儿难受，是真难受，毕竟原本天天能看见，这一下又要分开。

温牧寒揉揉她的头发："你乖乖的，有什么事儿就给我打电话。"

温牧寒第二天就带着新成立的海岸线大队去了海岸基地，训练海岸线大队才是正经事儿。他到了海岸基地，见了直升机大队的中队长，这才真惊了。

顾明朗直接抱了抱温牧寒，笑道："是不是没想到我会在这儿？"

"你怎么会过来？"温牧寒确实是没想到。

顾明朗微耸了下肩膀，笑着说："还不是上头的命令，你们军这边有个中队长突然伤退了，着急找人替他的位置。所以呀，就把我借调过来了。"

温牧寒拍了下他的肩膀，这才看见他肩膀上的上尉肩章换了。

"升职了也不跟我们说，怎么，怕我让你请吃饭？"温牧寒对着他的胸口来了一拳，这一下还真没留余地。

疼得顾明朗一下捂住胸口。

他无辜道："真不是我不告诉你，这也是刚下来的命令，说起来，你还是第一个知道的呢。我爹都不知道。"

"行，回头我见着顾叔好好跟他说一下。"温牧寒嘴角一勾，毫不客气道。

顾明朗赶紧求饶说："别，别，别，咱们有话好好说。"

接着两个人聊起他这次借调的事情，原来顾明朗所在的陆军那边，因为顶头上司一直都在，俗话说一个萝卜一个坑。迟迟没有萝卜让位置，他也没办法往上走。他的职位军衔，其实早就够资格往上提，就是苦于没位置。

所以这次有了这个机会，他的领导也是为了他的前程，忍痛割爱把他借调出来，说是借调，这回不回得去，还真难说。

"哥们儿之前一直比你低一级，见你面都要给你敬礼，心里别提多别扭了。"顾明朗搂着他的肩膀笑着说。

温牧寒哼唧了一下："你要是想让我给你敬礼，也行。"

他真不在意这个。

两个人这会儿站在海岸边，眺望着对面一望无垠的大海，此刻的大海温柔恬静得像个小姑娘似的，温柔的海浪轻轻涌向沙滩，接着又慢慢退下。

他们站在这里，心里却有种波澜壮阔的感觉。

终于，顾明朗转头看他："我听说你这次搞的动静不小啊，前几天借调我的时候就说，是要我来配合海军陆战队的训练。说说你的'海岸线'吧。"

他念完这个名字，"啧"了一声，挺奇怪地问："你怎么取了这么个名字啊？"

"海岸线。"多温柔一个名字，不太像特种部队的名字。

待温牧寒稍微解释了海岸线这个名字的由来时，特别是他说到他们会成为所有绝望者的海岸线，顾明朗当真是差点儿鼓掌。

本来还觉得特温柔的一个名字，这会儿真是觉得绝了，特别合适。

"以前我爹总夸你，我还不服气，现在我才发现你小子真的是比我们看得都远。"顾明朗说着摇了摇头。

都是男人，谁愿意输给别人。打小温牧寒就是他们这群人的头儿，顾明朗不是没想过争。可是他就是被生压一头，现在才知道温牧寒是真牛。当然，以前也知道，只不过那时候嘴硬，不承认。

"这么多年了，我们终于能一块儿并肩作战了。"顾明朗叹了一口气。

连温牧寒都有些感慨地点头，他轻笑："那你得听我指挥。"

顾明朗"呵"了一声，随后扭头说："凭什么我就得听你指挥？"

"凭我比你看得远。"温牧寒说。

顾明朗这才发现，他居然拿自己刚才的话来堵自己的嘴。

行，他服了行吧。论无耻，他确实是远远不及。

在海岸基地的训练很快就展开了，每天光是索降这个项目，他们就练到所有人抬不起胳膊，抬不起腿。

因为战士从直升机上仅靠着一根绳子就滑下来，在半空中时，必须动作标准，才能最快速度地降落在地面上。

他们这还是在风平浪静的陆地上训练呢，真要是救援的时候，那必定是狂风暴雨之时，到那时候连直升机想要保持平衡都难，他们靠着一根绳子降下来就更困难了。

而更多的训练科目也在积极展开中。

温牧寒一直在海岸基地训练，连叶飒看见他的时间都少了，两个人只能在温牧寒训练结束之后，打个电话、发个信息。

叶飒也不知道两个人多久才能见面，直到她中午吃完饭，无意中看见一个熟悉的身影。

只是这么一转眼的工夫，温牧寒却已经不见了踪影。于是她继续往前追，没想到旁边突然有个沙哑的声音："找我？"

叶飒转头，就看见他靠在一棵树的后面，因为天色太暗，她还真没注意到。

她站在原地望着他，还是温牧寒轻声说："飒飒，过来。"

叶飒走过去，他低头看看她，突然额头靠了过来，抵在她的肩窝。

"让我靠一下。"他的声音很淡。

叶飒没动，安静地让他靠在自己的肩膀上，她也没问他回来怎么也没跟自己说一声，不过这都不是重要的事情，最重要的是她终于见到了他。

也不知过了多久，她轻声问："训练辛苦吗？"

温牧寒轻笑了下："训练倒是不辛苦，就是……"

他停顿了很久，以至于叶飒好奇地问："就是什么？"

"就是太想媳妇了。"

叶飒听着这话，登时抿嘴，许久她才小声说："我也是。"

温牧寒心里一乐，他以为小姑娘会害羞地说"谁是你媳妇啊"，又或者呲他一句"别乱叫"，可是唯独没想到，她会用这么软乎乎的声音跟他说她也想他了。

"真乖。"温牧寒终于抬起头，在她耳朵上亲了下。

第二天他中午训练结束之后，刚回基地就有人来找他，说是团长的电话都打到基地来了，让他马上回团里一趟。

温牧寒洗了个澡，换了一身衣服，往团里赶。

到了团长办公室的时候，正好隔壁政委办公室的门开了，吕闵一看见他，立即就要拉他，温牧寒指了指石向荣办公室的门："政委，石团找我呢。"

"找你，那是要骂你呢。"吕闵见他还一副淡定的模样。

温牧寒扯扯嘴角："那我先进去挨骂了。"

吕闵一瞧他这态度，要是被老石看见，那肯定更是要火冒三丈。

吕闵正拉着温牧寒，准备好好给他说道说道。结果团长办公室的门砰的一下被拉开，石向荣站在门口："既然知道要挨骂，还不赶紧滚进来。"

别说温牧寒了，连吕闵都被他这开门的动静和吼的这一声给吓着了。

"滚进来。"

石向荣回身走了进去，温牧寒也跟着走进去，吕闵想了下，也还是一块儿进去吧，这要是真怎么样了，他还能在里头劝劝呢。

结果刚一进去，温牧寒就瞥见前面一样东西直接砸了过来。不过最后是擦着他的耳朵,在耳边掀起一阵风,砸在了他身后的门板上。

"你跟医务室的那个小叶医生是怎么回事儿?"石向荣冷眼望着他。

这下温牧寒终于明白团长把他叫回来挨骂的原因。

"有人告状?"

"还需要别人告状?你真以为别人长一对眼睛就是闹着玩儿的,我告诉你,这件事儿上,你别给我犯浑。"石向荣警告道。

温牧寒呵一下笑了,他问:"团长,我们男未婚女未嫁,什么叫犯浑?"

石向荣见他这会儿还敢跟自己杠上,真是气得恨不得把面前的烟灰缸都砸过去,他说:"军营是什么地方,是你谈情说爱的地方吗?你当兵多少年了?连这点儿纪律都不知道了?你们一个单位的能这么拉拉扯扯吗?"

虽然没有明文规定,但是一般部队里夫妻都不会在一个单位。

"报告。"突然温牧寒喊了一声。

吕闯心头一紧,总觉得他要搞出大事儿。

倒是石向荣望着他说:"你说。"

"昨晚的事情,确实是我一个人的责任。"

石向荣"哼"了一声:"那你以为呢,这责任当然是你一个人承担。"

随后温牧寒突然冲着石向荣看了一眼。

直到他语气淡然地说:"还有就是关于我和叶医生的关系。"

石向荣和吕闯同时看向他。

"报告团长,我喜欢叶医生。"

哪怕临近十月,南江的太阳依旧晒人,中午的军营特别安静。微风吹拂,主干道两边的树木发出哗哗的轻响声。

原本应该空无一人的操场,此时有个人正在围着跑圈,而且身上还背着负重背囊。

郑鲁一得着信儿的时候,赶紧跑了过来。

他刚跟在温牧寒旁边,就听男人说:"你跟着凑什么热闹。"

"石团罚的你?"郑鲁一琢磨了一下,这个军营里面,能动得了温牧寒的,也就只有石团一个人。

温牧寒"嗯"了一声。

随后他突然哼笑了一下，问道："不跟我闹脾气了？"

郑鲁一听着脸红了，他这阵子真的跟温牧寒闹脾气呢，就是因为海岸线大队居然没有他。当时郑鲁一知道这事儿的时候，都震惊了。

他都作为教官参加选拔队员了，最后跟他说没他的事儿。一向对温牧寒那么恭敬的人，都冲着温牧寒嚷嚷了起来。

温牧寒当时也解释了，不是他不想让郑鲁一去，而是他成了海岸线的队长，一营营长这个职务就没办法担任。所以最好是郑鲁一这个副营长暂代营长的职务，这也有利于他之后的升职。

郑鲁一脸红脖子粗地跟他吼，升职个屁，他稀罕吗？

就这样，除了公事之外，两个人这阵子的联系都少了。平时郑鲁一没事儿就给温牧寒分享个枪械军舰视频什么的，这阵子小视频都没有了。可不就是生气闹脾气了。

"石团干吗这么罚你，你又没做错事儿。"郑鲁一挺不服气的。

温牧寒嘴角一扯，哼了下："最近脾气见长啊。营长当得不错。"

郑鲁一老脸一红，赶紧说："我就是帮你占个位置，等回头你还来当营长，我还给你当副手。"

等跑完之后，温牧寒身上的蓝色作训服前胸后背都湿透了，肌肉线条流畅的小臂上也都冒着汗珠子。

他放下背包之后，走到操场旁边歇了会儿。

"还有俯卧撑，我先歇会儿。"

郑鲁一听着都震惊了，他问："石团怎么罚你罚得这么重？"

虽然说是要大张旗鼓罚给别人看，但是这也太重了吧，负重跑步也就算了，还有俯卧撑，这要是做完了，还不得累趴。

温牧寒挑眼看他："想知道？"

郑鲁一点了点头。

温牧寒说："那你在这儿给我数数吧。"

于是下一秒他翻身直接撑在地上，双腿打直，脚尖抵着地面，哪怕已经累到极致，可是这俯卧撑的姿势依旧十分标准。

"您到底怎么石团了，他这么罚你？"

虽然石团平时对温牧寒不是训就是骂,可谁都瞧得出来,他也是真爱惜温牧寒。要是扶不上墙的烂泥,谁愿意多看一眼啊。所以平时石向荣对温牧寒都是雷声大,雨点小,真处罚他还真没有。这一次,可真是下了狠手。

因此郑鲁一也特别好奇,温营这到底是干吗了。

所以他这会儿一边数着,一边问他。

温牧寒是真的累啊,刚开始还勉强撑着做,现在是咬牙往下坚持,毕竟负重跑步之后再做这个,哪怕真是铁打的都累得够呛。

此刻汗珠从他的额头滴落,一颗一颗砸在他面前的地上。

"真想知道?"温牧寒又问了一句。

郑鲁一认真点头。

温牧寒微眯了眯眼睛,他从微咬紧的牙关吐出一句话:"我跟石团说我喜欢叶医生。"

郑鲁一服气了。他正要说话,突然眼角的余光瞥见了后头站着的人,愣住了。

刚才光顾着说话了,他还真不知道这位什么时候过来的。

撑在地面上的温牧寒还在做俯卧撑,他这会儿是全身心都在撑着,压根儿注意不到周围的情况。

一直到旁边出现一双白色板鞋,待温牧寒抬头看过去,叶飒就站在他面前。

温牧寒一怔,突然笑了下,问道:"刚才我说的话,听见了吗?"

他居然没一丁点儿不好意思,反而挺坦然地问面前的姑娘。

叶飒缓缓地蹲了下来,然后摇了摇头。

温牧寒仰起他的脸颊,额头的汗水顺着眉毛流到他的眼睛附近,他都愣是没眨眼,反而直勾勾地望着她。

"我就是喜欢叶医生。"

阳光落在他的脸颊上,连汗水都被染上一层淡淡的金色,顺着他的脸颊滚落到脖子上,最后砸在地上。

叶飒看着他,微抿着的嘴唇忽然微微扬起,笑了起来。

她的长睫毛轻颤了两下,轻声说:"我也喜欢温营长。"

温牧寒刚抬起手，想在她耳边摸一下，结果一抬手发现全都是泥土，想了下还是算了。他温声说："行了，你先回医务室，让人看见了对你不好。"

"团长是因为这件事儿才罚你的？"叶飒垂眼看着他。

温牧寒呵笑了下："哪怕没事儿，他都想罚我干点儿什么。跟你没关系。"

叶飒不说话，温牧寒见她这副模样："不信我？"

他的声音明明还是低沉的，可是落在她耳中却那样清润，如拂过的一阵风，吹散她心头所有的郁气和窒闷。

"回去吧。"温牧寒又说了一声。

叶飒点头，随后她把手里拿着的矿泉水还有葡萄糖放下，低声说："剧烈运动之后，要补充水分和葡萄糖，你记得喝了。"

她站起来之后，看着旁边的郑鲁一说："郑营长，麻烦你照顾一下他。"

一直安静地站着假装自己不存在的郑鲁一赶紧点头。

叶飒走后，温牧寒瞧着郑鲁一还在发呆，"哼"了一声："还不接着给我数。"

郑鲁一听了这句话感到十分委屈，他无缘无故站在旁边吃了一嘴狗粮不说，现在还要继续当这个苦力。于是他问："温营，你跟叶医生真的在一起了？"

突然温牧寒"哼"了一声："叫什么叶医生，叫嫂子。"

郑鲁一："……"

郑鲁一在他手底下也是被折磨惯了的，这会儿毫无心理负担，笑嘻嘻地就是一句："你跟我嫂子，真的在一起了？"

"嗯。"温牧寒又开始做起俯卧撑。

郑鲁一还挺奇怪的："石团怎么那么不高兴，还罚你？我觉得小叶医生挺好。"

长得漂亮那就不说了，据说还是F大的博士生呢，这真是既有颜值又有脑子，这种女朋友上哪儿去找。石团之前不是一直催着他找对象嘛。

温牧寒抿嘴憋着一股子劲儿，继续做俯卧撑。其实石团不过是怕影响不好罢了，特别是这次还有人去军区里面告状。

虽然他这个年纪和职位，早就不受"不允许在驻地谈恋爱"这个规定的限制。

但是叶飒毕竟是团里的医生，石向荣是怕上头领导觉得温牧寒有假公济私的嫌疑，跟自己单位的小姑娘谈恋爱，说出去不太好听。

毕竟别人在部队里是带兵训练，你呢，还有空跟医务室的小医生谈谈恋爱。海岸线大队的事情又刚开始，石向荣考虑这么多也不是没道理。

所以温牧寒受罚，他也不吭一声，只管受着好了。

俯卧撑真的做完的时候，温牧寒一下子泄了身上全部的劲儿，直接仰躺在地上，浑身的肌肉酸疼往骨子里钻，哪怕是他这种身体素质的，扛到现在也快扛不下去了。

他伸手将瓶盖拧开，仰头喝了一大口。

等他把一瓶水差不多快喝完的时候，郑鲁一赶紧说："你喝慢点儿，要不给我也留一口。"

他也陪在这儿晒了半天。

"滚！"温牧寒毫不客气地呲他。

郑鲁一真觉得他受到了伤害："营长，这就一瓶水而已。"

"我现在就是海岸线大队的队长，营长是你。"温牧寒斜睨了他一眼，提醒道。

随后，他悠哉地将瓶子里的最后一口水喝了下去："这可不是一瓶水而已。"

郑鲁一盯着他，温牧寒淡然道："这可是我媳妇送来的。"

这事儿因着温牧寒被处罚，算是过去了。

国庆的时候，整个营区里都显得格外热闹，虽然今年没有阅兵，但是明年就有阅兵了。据说到时候会选择各地的战士到首都参加阅兵仪式。

团长在训练的时候，都特地拿这个激励大家。

国庆节这天，正好是叶飒当值。她中午去食堂吃饭，突然被叫住，回头一看，是二营的营长金涛。

"小叶医生，来、来，这是给你的。"金涛笑着把手里的东西递给她。

叶飒低头一看，是一个小礼袋，里面放着两个红鸡蛋，还有一盒小礼品。

"陈姐生了？"叶飒立即笑着问道。

金涛摸了下脑袋，说道："其实半个月之前就生了，不过没好意思跟大家说。这不我爸昨天刚从老家把这个红鸡蛋带过来，非让我拿到部队给大家分分。"

叶飒真的挺高兴的："恭喜，恭喜，是儿子还是女儿？"

"是女儿，女儿。"金涛连说了两遍，显然是特别高兴，"跟她妈妈长得可像了，特别漂亮。"

都说女儿是爸爸的小棉袄，金涛也开心坏了，平时不苟言笑的人，这会儿提到女儿两个字，喜得眉开眼笑。

"老金，又跟这儿炫耀闺女呢。"郑鲁一正好从后面过来。

他瞧见叶飒手里拿着的礼袋，就知道金涛这是给叶飒送红鸡蛋呢，他对叶飒说："今天一早上，我们所有人就都听到他炫耀了。"

金涛也不掩饰，立即说："你小子就是忌妒，忌妒。"

郑鲁一"哼"了一声："是是是，我忌妒，回头什么时候我们能到家里去看看孩子啊？"

说真的，他还真是挺忌妒的。团里也不知怎么回事儿，生儿子的多过生女儿的，偶尔也有人把孩子带到营区来玩，但是男孩儿都特别调皮，满营区跑，压根儿不老实。谁不喜欢甜甜的小姑娘呢，一张嘴声音都嗲嗲的，再喊一声叔叔，他想想都愿意为她承包了营区的服务社。

"等陈芝出了月子吧，我们办满月酒的时候，你们一定得到场。"金涛也乐呵呵的。

郑鲁一点头。

金涛也没吃饭呢，所以跟他们又聊了两句就回去了。这时候郑鲁一和叶飒往食堂走，一路上叶飒也没说话。

反而是郑鲁一主动问："叶医生，想什么呢？"

"陈姐休完产假的话，应该会回来上班的吧。"叶飒轻声说。

郑鲁一点头："对啊，当初金涛为了他们两口子能在一个单位，还费了不少劲儿呢。"

要说吧，在一个单位里面谈恋爱，领导是不太支持的。

主要是怕呢，你们要是万一没谈成，回头抬头不见低头见的，影响工作。

至于结了婚的，领导反而会帮忙解决两个人的问题，尽量争取把两口子调在一处。这是有利于家庭团结。

"等陈姐回来，我也该回第九医院了。"叶飒淡淡地说。

郑鲁一微怔："叶医生，你别担心，要不咱们也想想办法？"

"担心什么，其实我本来就该在第九医院实习，是我自己太任性。"叶飒轻笑了一声。

军队的医务室平时顶多就是跌打损伤，要不就是感冒发热这些小事儿，说起来对于她当医生并没有长足的进步。

反而是第九医院急诊科那样的地方，每天接待不同的病患，在那样紧张而又高速运转的科室里工作，人处于最紧张的状态，才会激发自己的潜能。

叶飒其实早就在考虑这件事儿。当初是为了"近水楼台先得月"才来的，这会儿"月亮"摘到了，她又贪心地想要工作。

叶飒发现，哪怕是她，也什么都不想放手。

郑鲁一摸了摸自己的脑袋，小声说："其实我也觉得，你一个博士窝在咱们这个医务室里面太屈才了。要不你跟队长商量商量。"

"谢了。"叶飒笑道。

郑鲁一说："嘿，这点儿小事儿算什么。"

当天晚上，温牧寒打电话过来，他好像是站在外面，就听到他那边似有海风呼啸，一阵又一阵刮过，极为刺耳。

他问："忙什么呢？"

叶飒正坐在桌子前写论文，然后她说："正在写一篇论文，我导师下周三要用。"

他低笑了一声："说起来，你还是个学生呢。"

"是啊，正经的在校生。"叶飒也跟着笑了起来，她的手指在鼠标上来回滑动了两圈，语气轻松。

温牧寒说："我这算不算老牛吃嫩草？"

叶飒立即哼了下，声音里带着笑："本来就是啊，什么叫算不算。"

温牧寒被她逗乐了："我说你可真是翻脸不认人，以前没跟我在一块儿的时候，天天说什么年龄不是问题，现在又开始说我老牛吃嫩草。"

"是你自己先说的，别赖我。"叶飒才不背这个锅呢。

温牧寒笑了声，伴随着身后呼啸的海风，听得叶飒心头一软。

她低声说："我过阵子可能就回第九医院继续实习了。"

"怎么回事儿？"温牧寒的声音蓦然一冷，他说，"是有人为难你吗？"

叶飒立即解释说："不是，是陈姐生了。我今天遇到了二营的金营长，他给我送了红鸡蛋，说这是他们家乡的传统，生了孩子都要请人吃的。陈姐休完产假，肯定是要回来上班的，我当然就没必要继续待在这里了。毕竟人家两口子当初为了在一个团里，也挺难的。"

原来是这个原因，温牧寒发紧的喉咙这才稍微松了松。他怕别人给她脸色看，他可舍不得。

叶飒继续说："况且，我觉得在急诊科实习能学到更多的东西，我之前就是为了你才来团里的。"

当初是因为陈芝要生孩子，她有这么个机会过来。现在人家生完孩子了，她也就没必要再待在这里了。

"嗯。"温牧寒在那头声音挺淡的。

"叶飒，以后我们两个人或许得过这样聚少离多的日子。"

"我知道。"叶飒生怕他再说出什么她可以随时后悔的话，赶紧开口。

倒是温牧寒听出她声音里的紧张，又是一笑，他说："你想什么呢，以为我要说你随时能后悔？"

叶飒垂头，没敢说她确实是这么想的。

"后悔什么，晚了。"温牧寒霸道的声音传过来，他说，"我可不允许你后悔。想想都不行。"

叶飒坐在椅子上，笑容却已收不住了："我不后悔。"

永远都不会后悔的。

这一转眼到了十月底，陈芝再过几天就会回来上班。叶飒也把手续办得差不多了，还是继续回第九医院。唯一对于这件事儿极其高兴的是司唯，据她说自从医院里只剩下她一个人之后，她吃饭都不香了。

下午的时候，郑鲁一过来说："叶医生，待会儿他们要去海岸线大队送东西，你跟着出趟公差吧。那边有好几个战士，据说训练的时候出了点儿问题，你给看看。"

"我去吗?"叶飒一怔。

郑鲁一赶紧小声说:"顺便看看队长。"

叶飒这才明白他的意思,心里暗笑,却说:"我去不太好吧?"

"车上还有药呢,是送给那边海岸基地的,你正好跟对方的医务室对接一下。"郑鲁一神色严肃地说。

一副"我这是在公事公办,丝毫没有给你开后门"的样子。

"是。"叶飒见他这么说,笑着应了下来。

午休之后,她就坐着团里的车,跟着去了海岸基地。因为那边基地也属于陆战团的,所以有些资源装备都是从这边送过去的。

下午稍微有点儿堵车,但也二十分钟就到了。

叶飒一下车,就闻到空气中那股微微咸湿的味道,还有轻柔的海风吹在她的脸上。

十月底的海边还不冷,透着一股舒服的感觉。只是今天的风很大,天气也不算特别好,海面上并不是平时那种湛蓝,而是一片灰蒙蒙的颜色,倒是有种风雨欲来的感觉。

她先去了医务室,跟这边的值班卫生员清点了送过来的补给药品。

对方看了她几眼笑着说:"以前没见过你啊?新来的?"

叶飒点头。

对方一边跟她清点物资,一边跟她聊天,叶飒虽然有些无奈,却也没露出不耐烦的表情。直到旁边有个惊讶的声音响起:

"叶飒。"

待她转头看过去,居然看见一个她没想到的人——顾明朗。

"你怎么在这儿?"叶飒问道。

顾明朗笑着说:"这话应该是我来问你吧,你怎么在这儿?"

叶飒指了指旁边车上的东西:"过来送药物补给品。"

顾明朗皱眉:"这事儿轮到你们第九医院了?"

他自然知道叶飒是在第九医院上班的事情,所以这会儿真是一头雾水。

叶飒轻咳了一声,说道:"我最近没在第九医院。"

"能麻烦快点儿吗？这是我朋友，我想跟她聊几句。"顾明朗温和一笑，冲着旁边的卫生员说道。

卫生员哪儿敢再拖拉，赶紧清点单子。

结果基地的广播里突然传来一阵警报声，随后一个清冷的声音从喇叭里响起："直升机大队中队长顾明朗请注意，接到任务，请立即来作战会议室。"

顾明朗脸色一变，都没来得及跟叶飒多说一个字，转头就跑了。

整个基地仿佛一下子变得紧张起来。

而此刻，海面上仿佛变得不平静起来，浪潮一次又一次拍打在海岸上。

叶飒也不知道发生了什么，只能先等着。十分钟后，突然有个兵跑了过来，说是顾队长请她过去。叶飒立即跟了过去。

他们是直接到的停机坪，偌大的仓库前是一块极大的停机坪，整齐划一地停着涂成海蓝色的直升机。

周围是一个个穿着蓝色作训服的士兵，不停地有人来来回回，但忙而不乱。

她到了顾明朗跟前，对方此时面色严肃，没了一贯的笑意，看见她时，突然说："叶飒，海上有一条游轮的厨房失火，牧寒他们已经先行过去救援。"

叶飒安静地听着，她知道顾明朗叫自己过来，一定是有原因的。

"他们到了之后，发现船上还有人大出血，必须要有医生过去止血，要不然那人很可能在中途就因失血而死亡。"

顾明朗语速极快地说明当前的情况："我们打电话叫了救护车，但是车子在半路上追尾了，现在暂时赶不过来。再派另外一辆救护车，也要耽误时间。"

救援是争分夺秒，谁都耽误不起时间。耽误几分钟的时间，说不定游轮就要爆炸了。

"你是这里唯一的医生，你愿意帮忙救人吗？"

本来这边基地也有医生在的，但是今天被安排去军区开会了，所以整个基地里唯一剩下的医生，居然就只有她了。

"我愿意。"叶飒毫不犹豫地说道。

在听到她的回答之后，顾明朗立即松了一口气，赶紧说："谢谢。"

随后他跟还在海上的救援人员沟通。

直到那边传来一个清冷的声音:"我不同意。"

是温牧寒。

叶飒扭头看过去,只听见他继续说:"现在海面上风浪很大,游轮失火已经从厨房蔓延出来,一旦烧到油箱部分,随时都会发生爆炸。她没有受过任何专业训练。"

他的声音那样坚定:"我不同意。"

哪怕这一刻,要让他为救人赴死,为这个国家赴死,他都不会眨一下眼睛,因为他要对得起身上的这一身军装,他无愧于心。但是叶飒不可以。她不是军人,她可以软弱,也可以躲在后面。

叶飒走过去一把抓住无线电,说道:"报告队长,我受过专业的训练,我受过医生的专业训练,我知道怎么可以在短时间内帮人止血。所以请允许我参加这次救援。"

那边沉默了一下,叶飒忍不住又说了一遍:

"队长,请允许我去救人。"

呼啸的海风此刻仿佛透过无线电吹在她的耳边,时间就是生命,下一秒那边就有了回应。

"允许。"

两个字,却重于泰山。

此时在直升机上的温牧寒回头看了一眼身后,茫茫大海,只能看到很远处模糊的海岸线。

没关系,既然你坚持要来,我会把你安全带回去。

在得到"允许"两个字时,叶飒的心里是松了一口气,她怕温牧寒会坚持到底,不允许她参加救援任务。

海上救援,一向都是出现在新闻上,虽然南江靠海,可是叶飒了解得并不多。之前他们医院倒是救治过从海上被救援回来的船民,但那是人送到了医院。

而这一次是需要她亲自到海上救人。

顾明朗正在跟身边的人核对最新的情况。

"小型游轮,船上有六个人,还有一个身负重伤,大出血对吧?"

身边的副队长点头。

顾明朗说:"行,我亲自驾驶支援机过去,你在这里协调海上救援中心,将最新的消息反馈给我们。"

"中队长,还是我去吧。"旁边的上尉着急道。

顾明朗抬头看了一眼叶飒,坚持道:"我亲自去,出事儿的地方离这里超过二十海里,到时候万一信号不好,必须得有机长做临场决断。"

他相信温牧寒的带队能力,但是他不放心把叶飒交给别人。这要是出一点儿事儿,别说谢时彦和温牧寒不会放过他,他自己估计都能内疚死。

他转身就往外走,路过叶飒身边的时候,喊道:"叶飒,我们走吧。"

叶飒立即跟上他。

两个人很快来到了外面的停机坪,偌大的停机坪上整齐划一地停着军用直升机,此刻都已经蓄势待发,仿佛只要一个命令,它们就会活过来,随时奔赴远方。

叶飒走到直升机旁边的时候,周围人来人往,让她没来由地舔了下唇瓣,突如其来地口干舌燥。

这是她第一次参加这种救援,她感到特别紧张。于是她深吸了一口气。

下一刻,顾明朗拉开直升机舱门,迅速在驾驶座上坐下。叶飒跟着从后舱门进入后座,随后又上来两个人,一个坐在副驾上面,一个坐在叶飒对面。

待他们系好安全带之后,很快旁边的引导员发出了起飞信号。

直升机的螺旋桨登时旋转了起来,那种巨大的轰鸣声,淹没了周围一切的声音,密集的风声在头顶响起。

直升机腾空而起,迎着宽阔辽远的海平面飞去。

叶飒转头望着窗外的景致,灰蒙蒙的天空,有种风雨欲来的压抑。

底下的停机坪很快变成了小小的黑点。

这一刻,她心里有种从未有过的感觉。

螺旋桨巨大的声音落在叶飒的耳边,连耳膜都有点儿疼。坐在她身边的小战士,突然伸手在她面前挥了下。

叶飒这才发现,他手里拿着一个耳麦。

她知道这是飞机上的隔音耳麦,立即从他手里接了过来,用口型对他说了一句"谢谢"。

小战士冲着她摇摇头，显然是在说"不用谢"。

叶飒戴上耳机之后，整个世界仿佛在瞬间清静了下来，连机舱外那巨大的螺旋桨噪声都被阻隔了大半。这一下，她的耳朵舒服了不少。

此时，耳机里并不是安静的，因为不管是基地那边，还是直升机上的人，都在利用耳机进行沟通。

很快她就听到了温牧寒的声音。

"我们已经抵达事故游轮的上方，目前火势已经从厨房蔓延到船舱，很快就会到达舱底油箱处，船上人员已经在甲板上集合。目前我观察到有一名伤患正躺在甲板上。支援机，你们距离这里还有多远？"

顾明朗驾驶着支援机，而先前已经过去了三架直升机。

他冷静地开口："支援机收到，我们已出发前往事故发生点，目前距离事故船只还有十海里，预计二十分钟到达。"

很快基地也发出了指令："目前救援船只'援47899号'以及消防船只'神华1号'，已经出发，赶往出事儿地点。在你们将船上人员救援撤离之后，消防船将对船体灭火点进行消防灭火。"

海上船只失火，并不是罕见的事情。但是每次出事儿都会给海面上造成极大的污染，当然也不会任由事故船只就这么烧下去，所以消防船也会立即到场，进行灭火。

救援时候的每一分每一秒都是宝贵的，支援机马不停蹄地赶赴现场的时候，温牧寒他们的前期救援工作已经开始。

温牧寒的声音再次在耳机里响起："目前出事儿海域，风力达到八级，浪高约在四米，船体摆动幅度较大，我申请在支援机赶来之前，先将船上其余五人救上直升机。"

很快基地给予了回复："批准。"

此刻温牧寒让直升机在失火游轮上进行悬停。

目前游轮上的着火点还没到达船底，所以暂时不会发生爆炸。

当索降绳放下之后，温牧寒拿起飞机上的安全背带，背在身上，直接顺着绳子笔直降落下去。从直升机上迅速下降的动作，他已经练习了成千上万遍，哪怕此刻这样大的风速，他也还是在几秒内降落在船头甲板上。

此时船上等着的几个人,看见他身上的蓝色作训服,都差点儿哭出来。

"是解放军来救我们了。"

"快,请你们快救救我男朋友吧,他失血这么多,快不行了。"

"海军同志,这船快炸了,你快救救我们吧。"

温牧寒听着他们左一句、右一句的话,依旧沉稳,他直接将自己身上的安全背带脱下来递到在场唯一的女人手里。

"女士优先,让她先上直升机。"温牧寒沉声说。

可是这个女人却望着还躺在甲板上的受伤男人:"我不走,我男朋友还在这儿,他还受着伤呢。"

温牧寒皱着眉,没有发火,解释说:"目前还有一辆救援直升机在赶过来,那上面有医生,你先上去。我们一定会救你男朋友的。"

女人还要说什么,此时旁边几个人也劝说:

"你赶紧上去,别耽误时间了。你在这里也帮不了忙。"

"就是,这火快要烧起来了。"

能开着游轮出来游玩的,都是有钱人,谁都不希望把自己的命稀里糊涂地丢在这里,此刻朋友的道义到底还是不如自己的命重要。

终于女人开始穿安全背带,温牧寒将绳子穿过她身上的背带,最后在腰间扣紧。

等温牧寒确认好她身上的装备扣紧之后,立即冲着直升机上做了一个手势。

此刻站在舱门口的绞车手,在注意到温牧寒的动作后,赶紧将人往上拉。

很快女人就被拉进了直升机里。紧接着其余几人都被拉上了直升机。

第二架直升机靠近之后,温牧寒却没有接住扔下来的索降绳。他弯腰看着面前的男人,这才发现他的胸口仿佛被什么利器插过,整个人因为失血过多,已经没有了意识。

终于,从远处的天空又出现了一架直升机。犹如一个小黑点慢慢靠近,然后一点点变大,带着轰鸣的螺旋桨声靠近。

他们的飞机到了之后,原本悬停在船只旁边的两架飞机,迅速让开位置。顾明朗将飞机悬停好之后,迅速下达指令。

"绞车手,开始做准备,放医生上甲板。"

"是。"对面小战士的声音从耳机里传来。

随后他立即摘下耳机,从后舱拿出一个安全背带,交给叶飒穿好。然后他拿出绞钩挂在叶飒的身上,检查了她的装备两边,打了个 OK 的手势。

叶飒抱紧身上的医疗箱,旁边的绞车手打开舱门。巨大的风一下子倒灌了进来,哪怕此刻直升机是悬停着的,这样的风速仿佛都能把直升机吹得往旁边偏。因为机长此刻看不见海面上的目标地。

绞车手开始报告方位,指挥顾明朗将飞机悬停到甲板上方,终于在上空停下后,他冲着叶飒吼道:"医生,准备下去了。"

叶飒点头。

随后她坐在舱门口,往下看了一眼,突然她闭上了眼睛。

因为害怕。她从来不知道自己居然会恐高,因为害怕船体爆炸,此时飞机悬停的高度有几十米。她往下看的时候,下面除了那辆正在燃烧的游轮外,就是茫茫大海。

水,到处都是水。茫茫无际的水,可以吞噬一切的水,也是她恐惧着的水。

可是下一秒,她感觉到自己开始被慢慢往下放,于是她闭着眼睛,手臂死死抱住自己怀里的医疗箱。

直到她感觉到周围有些灼热的空气,还有一双温暖的双手。

"叶飒,别怕,我在呢。"

叶飒猛地睁开眼睛,看着面前的男人,他穿着温柔的海军蓝作训服,英俊的眉眼带着些许担忧,一双黑眸倒映着的是她的身影。

一瞬间,叶飒的恐惧一扫而空。有他在的地方,她从来不怕,一点儿都不害怕。

温牧寒已经将她身上的绞钩解开,随后绞车手往上收了收,这是防止钢索被风刮着四处乱飞,要是打到甲板上的人更是不得了的事情。

叶飒转头看了一眼旁边躺着的人,立即过去检查他的状况。

她将医疗箱打开,目前病人的情况太过危险,她只能进行急救,可是就在她准备试剂的时候,突然感觉周围的温度明显高了许多。

待她抬头时,才发现火已经烧到了船头的位置,正在向着甲板蔓延。橘色的火舌散发着无情的高温,像是随时要吞没这一切。

温牧寒抬头看过去，立即说："还需要几分钟？"

"我得先稳定他的血压，防止掉得太快，还有他失血过多，体温也在急剧下降。"叶飒飞速答道。

温牧寒点头："你要尽快处理，从船只失火到现在已经超过了半小时，这会儿应该烧到油箱附近了。我们没太多的时间了。"

叶飒将试剂推进他的身体里，随后立即拿出纱布开始给他的伤口做紧急处理。

目前她只能暂缓他流血的速度，能拖一分钟是一分钟。

终于，她喊道："好了，可以运输伤员。"

温牧寒立即冲着头顶上的直升机做手势，很快，绞钩再次被放下，因为这不是专业的医疗救援直升机，没有专门的担架，所以只能让一个人先护送着伤员上直升机。

"你先送他上去。"叶飒望着温牧寒说道。

温牧寒低声说："别胡说八道，你跟他一块儿上去，我在下面等着。"

"我力气太小托不住他的，必须要有人护着他的身体，要不然这钢索一动，他的伤口一定会再次崩裂。"叶飒虽然没参加过海上救援，但是她是医生，她知道这样的病人必须固定好身体，要不然伤口再次崩裂，她刚才做的一切急救工作都白费了。

她的力气不够大，又没受过专业训练，不可能护得住伤者。

此时温牧寒盯着她，眼睛一圈都是发红的。

他曾经在国旗下发过誓，他将忠于国家，保护这个国家的人民。可是现在要让他放弃自己爱的人，先保护别人……

"温牧寒。"叶飒喊了一声，她说，"我来，不是要让你为了我违反纪律的。我不要拖你的后腿。"

呼啸而至的海风声，直升机巨大的螺旋桨声，还有旁边有东西被烧断掉进海里溅起的巨大的浪花声。

可是她的声音却压过这些铺天盖地的声音。

"等我三十秒。"温牧寒低声叮嘱她，眉头紧紧蹙着。

下一秒，他穿好安全背带，护住面前的伤员，冲着头顶做了个往上拉的动作。他的眼睛往下看的时候，甲板上的人穿着白色外套，海风将她的长发吹得飘起。

她仰头望着他，在笑。猎猎狂风，却吹不散她的微笑。

待温牧寒将伤员带到船舱的时候，突然下面一阵狂风刮过，船头不知什么东西烧断了，此时游轮在狂风的吹拂下，船体摇摆着居然成了顺风之势。以至于火舌一下子烧到了甲板上。叶飒也被逼到了船头，直到副驾驶往下看了一眼，立即说："不行，下面快烧到甲板了，她得跳下来。"

温牧寒正解开伤者身上的钩锁，也往下看了一眼。

他发了狂似的冲着绞车手喊道："放绞车，送我下去，快。"

绞车手此时也着急，可是不管他们的速度怎么快，也快不过大火。此时船头已经烧了起来，连直升机都不得不往前开了段距离，以防止船体爆炸被波及。

"顾明朗，你在干吗！她还在下面！"温牧寒喊出来的声音，仿佛泣着血。

她还在下面，她还在下面啊。

此时温牧寒看见后舱挂着的扩音器，突然扑过去伸手拿出来。

"叶飒，跳海，立即跳下来。"

叶飒望着离自己更远的直升机，她双手紧紧攀着船头的栏杆，船下是波涛汹涌的大海。她身上穿着救生衣，跳下去，是现在唯一的选择。

身后的火舌已经快舔到了她的后背。那样灼热的火焰，仿佛在逼迫着她。

可是她没办法跳下去。

直升机上已经再次往下放人，那是温牧寒，叶飒知道一定是他。因为他不会放弃自己的，他一定会来救她的。

直升机上的广播还在用扩音器冲着她喊话。

"医生，快跳海，快跳！"

这是直升机上的绞车手，温牧寒亲自下来救她，所以绞车手利用扩音器继续让她跳到海里，这才是她唯一的自救之路。

叶飒低头看着面前的海面，那样的湛蓝，却深不见底。

耳边仿佛响起一个极陌生的声音。

——"飒飒，居然怕水啊，那可不行，爸爸可是海军。"

——"飒飒,你先和妈妈在这里等着,爸爸很快回来。"

爸爸,爸爸……

叶飒猛地抓住栏杆,下一刻,她纵身一跃跳进大海中。尽管她身上穿着救生衣,却还是在跳入海中时沉入了水下。

爸爸,你在吗?你在守护着这片大海,守护着我吗?可是为什么我救不了你?

时空仿佛在海面下出现了一瞬的混乱,跳入海中的巨大的冲击力,让她整个人产生了几秒钟的眩晕。

但是很快,救生衣带着她重新浮出海面。

此刻远处的温牧寒在看见她跳进海里的时候,哪怕他还没降落在海面,却还是毫不犹豫地在好几米高的地方,直接解开了自己身上的钩锁,也跟着纵身跃进大海之中。

他一进入海面就立即往叶飒的身边游了过来。海面上那个橘色的身影,随着海波漂浮着,温牧寒看不清楚她的状况,只能拼命往她身边游过去。他疯了一样追寻着她的方向,想要让自己尽快靠近她。

二十米。

十米。

五米……

他一把抓住叶飒的救生衣,直接将她拖着往前继续游,直到他们距离船只有数百米的距离,温牧寒这才敢停下。

他看着此刻还闭着眼睛的叶飒,抱住她的身体,对着她的嘴巴咬了过去。

他轻声喊:"叶飒,叶飒。"

他给叶飒渡了好几口气,她终于睁开了眼睛,她的唇色有点儿白,眼睛里不知是沾了海水还是眼泪。

叶飒在看见他的那一瞬间,突然嘴角扬起。

"温牧寒,我知道你会来救我。"

哪怕钢铁战士如温牧寒,也在这一刻差点儿落泪。

他此刻唯一的愿望,便是她平安,一生平安,一世喜乐。

第十二章

叶铮

直升机上的绞车手将绞钩再次扔下，温牧寒将安全背带系在她身上，因为两个人都在水里，压根儿不好系。

"你别动，保持体力，我来帮你固定绞钩。"温牧寒轻声说道。

叶飒浮在海面上，已经在大口地喘气。

刚才叶飒从船上跳入海里，已经耗费了大量体力，如今又是十月底，天气本就冷，又泡在冰冷的海水里，她的体温一直在下降。

毕竟她不像温牧寒那样，受过专业的训练，扛得住。

"好……好。"她开口回应他，可是一张嘴，唇瓣打战，连牙齿都一直在上下磕碰着。

可是温牧寒几次扣着绞钩却还是扣不上去，最后他憋了一口气，直接钻到水下，将钩子挂在她的腰间，可此刻的海水并不是平静不动的，海水来回摆动，带着叶飒的身体也一直在摆，以至于几次钩子都挂不住。

叶飒深吸了一口气，她也想尽量控制住自己的身体，但是海水却一直将她的身体往前推。

不知过了多久，连叶飒都开始着急时，突然温牧寒猛地浮出了水面。

他深吸了一口气，呼吸稍微顺畅，一双黑眸微垂着望向她，眸底带着笑意说："走，我们回家。"

他抱住叶飒的身体，在她的唇边亲了一口。

随后温牧寒冲着头顶的直升机竖起大拇指，直升机上的绞车手趴在舱门口，也冲着他回应了准备妥当的手势。

几秒后，叶飒感觉到自己的身体开始被往上吊。很快，她的身体全部离开海水，海风吹在她身上，叶飒哪怕是咬紧牙关，身体还是止不住地发抖。温牧寒将她抱在怀里，轻声安慰道："很快就好了，很快。"

叶飒重新回到直升机舱内的时候，温牧寒立即拿了毛毯将她的身体裹住。

在舱门关上的一瞬间，不远处的游轮突然发出一声砰的巨响。下面顿时火光冲天，海水被溅起数米高。

就连他们所在的直升机，都因为气浪的冲击，猛地往旁边歪了一下，好在顾明朗立即将飞机又往前开，避开了气流更大的冲击。

叶飒一边裹着身上的毯子，一边从舱门上的小窗口往外看。

此刻游轮翻滚着一阵又一阵的黑烟，灰蒙蒙的天空看起来更加阴郁，底下的这片海面却在刚才溅起那样大的水花的情况下，重新归于平静。颇有种哪怕狂风骤雨，我自岿然不动的淡然。

因为救援任务结束，顾明朗一路将直升机往基地开，之前的两架直升机，因为机上都有被救援人员，所以已经先行离开。

而底下的消防船也已经赶到，正在利用高压水枪对游轮进行最后的灭火处理。

直升机在最快时间内赶回了基地，温牧寒带着叶飒下车后，直接对旁边的顾明朗说："我先带她去洗澡，你让食堂帮忙煮个姜茶，对了，还有医务室那边去拿预防感冒的药。"

顾明朗："……"

顾明朗看着叶飒一张脸几近透明，也不好跟温牧寒讲究这些。

温牧寒直接将叶飒带到自己的宿舍，幸亏这边的军官宿舍也有独立的洗手间，他把人推进洗手间，低声说："你先洗澡，我去给你买一身衣服。"

"你也要洗澡换衣服吧。"叶飒双手紧紧拽着毯子，身体还在打战。

温牧寒伸手摸了摸她的脸颊，小声说："我先换身干净衣服就行，难不成我还让别人去给你买衣服。"

还有贴身的衣服呢。

叶飒这才点头。

温牧寒从衣柜里面拿出一身衣服，正脱了换上的时候，就听到洗手间传来哗啦啦的水声，他扭头看了一眼，这才把衣服穿上。

出门的时候，他还特地把自己宿舍的门关上。

温牧寒回来的时候，已经是半小时之后。因为这边的基地周围就没什么人，更别提超市这些地方了。

他推门进了宿舍，听到里面的水声还是没停，这才敲了敲洗手间的门。

"叶飒，我把衣服放在门口，我待会儿出去之后，你出来拿一下。"

里面很快地回应了一句："好的。"

于是温牧寒把东西放下，转身离开宿舍。他出去之后，准备去找顾明朗拿药，结果正碰上顾明朗拎着东西过来。

顾明朗一看见他就说："刚才突然被叫去开会，你不在，我可是替你打足了掩护，不过你们团长脸色都不太好看了。"

"开什么会？"温牧寒皱眉。

顾明朗笑了下，语气轻松道："还能是什么会议，救援任务结束之后的总结会议呗，咱们出动了几架直升机、人员调配，还有救援任务的完成细节，反正就是这些。幸亏我这次也参与了行动，要不然你真是完了。"

"我总不能丢下叶飒不管吧。"温牧寒冷漠道。

顾明朗这下可想起来了，他说："你跟叶飒到底是怎么个情况？她不是在第九医院上班吗？怎么今天来给咱们医务室送药品补给的是她啊？"

本来顾明朗打算等叶飒清算过补给药品，再好好问这姑娘，结果中间突然来了救援这么一件事儿，彻底打乱了。

正好他现在又看见温牧寒了，干脆就问了。

温牧寒掀起眼皮，黑眸落在他身上，有点儿似笑非笑的味道，顾明朗跟他真是打小就认识的，每次一瞧见他这个笑，就有种不好的预感。

他说："你不是已经猜到了，还要问我？"

顾明朗："……"

他就是不敢确认。

于是温牧寒干脆地点头，直接说："我跟叶飒在一起了。"

顾明朗愣住了。

虽然他心里已经做好了准备，可是亲耳听见的时候，心里还是有点儿发颤的。顾明朗真是服了。

"你不是说那就是个丫头片子,怎么还真让她追上你了啊?我不记得你是这么立场不坚定的人啊。"

温牧寒要真是那么轻易就能被撩到手的人,那还真的等不到叶飒了。

温牧寒眉梢轻抬:"纠正你一句,是我追的她。"

"……"顾明朗沉默了好几秒,"你怎么那么不矜持呢。"

温牧寒微挑眉看向他。

顾明朗知道这会儿也不是抖机灵的时候,他说:"这件事儿谢时彦知道吗?"

刚说完,顾明朗就啧啧了两声:"我没记错的话,咱们认识这姑娘的时候,她才十几岁,对吧。这么想想,牧寒,你可真够绝的。这你也真下得去手。"

温牧寒这会儿早已经不在那个阶段了,对这件事儿已经过了脱敏期。估计哪天就是谢时彦亲口对他说这句话,他都能坦然以对。

对,他是在她十几岁时认识她的。但是他爱上这姑娘的时候,她已经是个成年且有判断能力的人,而他也是。所以年龄这件事儿,他这会儿是真的不在意了。

至于顾明朗,他本来对这个事情,就比别人知道得多点儿。所以过了这阵惊讶,他也就接受了。

只是他坏笑道:"你说谢时彦要是知道这件事儿,他得是个什么表情?"

温牧寒没想过,他确实没考虑过这个问题。如果说他也有不太确定的事情,那么这件事儿就是他一直在回避的。

顾明朗看着他说:"你别忘了,谢时彦可是一天到晚跟我们说,叶飒就是他半个女儿,他是怎么把叶飒照顾长大的。你这挖墙脚挖到自家兄弟身上……"

光是想想那个画面,顾明朗都觉得血腥。

"行了,别幸灾乐祸。"温牧寒伸手把他手里的药拿了过来,"到时候我会带你一起去的。"

顾明朗蒙了:"关我什么事儿?"

"知情不报,等同一罪。"温牧寒语气淡淡的。

顾明朗立即"哼"了一声,他威胁道:"你信不信,我现在就打电话告诉谢时彦？"

温牧寒说："那我还谢谢你了。"

顾明朗懂了，温牧寒这是要找替死鬼呢，不过他也不上这个当，嬉笑了下："我才不帮你这个忙呢。你想挑破这层关系，自己去吧。"说完他转身就走了。

温牧寒本来也没指望他能干出什么事情，直接就回了自己的宿舍。宿舍的门被打开了，叶飒顶着一头湿漉漉的长发出来了。

他一转头就看见她的头发说："怎么也不擦干？"

叶飒说："我的头发得吹风机吹干，毛巾擦不干。"

温牧寒一怔，还别说，吹风机这玩意儿，估计整个基地都找不到一个。毕竟大家都是板寸短发，谁会没事儿用吹风机。

"那先别出来，这里靠海，风大容易感冒。"

温牧寒直接把拿着的药盒递给她："先喝点儿，预防感冒。"

叶飒虽然伸手接了过来，但还是说道："其实这种药预防感冒没什么效果，一般来说，人的身体机能到了……"

突然温牧寒上前一步，直接将她抵在门口的墙壁上。

叶飒愣住了，原本喋喋不休的嘴巴，也一下子闭上。

下一秒，温牧寒垂眸说："让你吃，你就吃，乖乖听话。"

男人的声线本就好听，此刻又微压低声音，听得叶飒心头都酥酥麻麻的。

但是叶飒没想到，温牧寒松开她的时候，却又拉着她的手掌，将她带到了走廊的边缘，这里是宿舍区。

此时战士们都在训练，压根儿没人回来。

温牧寒的下巴冲着前方抬了下，叶飒顺势望了过去，这边基地是半边靠海的，只见半山坡上，有一个高高竖起的旗杆，而此刻国旗飘扬在顶端。

海风拂过，鲜艳的国旗迎风招展，画面是那样好看。

温牧寒站在她身边，轻声问："叶飒，看见了吗？"

叶飒点头："看见了。"

这是整个国家的旗帜，也是他们所有人的信仰。

温牧寒转头看向她，黑眸很认真地望向她，那样虔诚又执着。

"叶飒,我以军人的名义向你发誓,从今以后不管什么时候,发生什么事情,我都不会抛下你。"

今天这是第一次,也绝对是最后一次。

他肩膀上扛着责任和荣光,可是她也同样重要。当他看见她被迫纵身跳入海中时,心头是那样的震撼。

他知道自己的选择,她绝对不会埋怨,是她要求自己这样选择。可他就是想让面前这个姑娘知道,这一刻,她在他心中,与祖国同重。

叶飒本来想坐车回去的,不过温牧寒不让,他表示团部来的车子刚才就已经走了。她要是想走,等晚上他亲自送她回去。

没一会儿,温牧寒领着叶飒去厨房里面喝姜汤。

"虽然你是医生,但是这里是军营,听我的。"温牧寒压根儿不给她反驳的机会,直接将她拉去了食堂。

没想到顾明朗也坐在食堂里喝姜汤。

瞧见他们进来,顾明朗指了指身后说:"我特地让班长煮了一锅姜汤,我也让参加这次行动的战士都喝了。"

接着他的眼睛落在温牧寒和叶飒拉着的手上。虽说温牧寒都承认了,但是亲眼看见是另外一回事儿,还真挺有冲击力的。

随后顾明朗敲了敲面前的桌子,乐呵呵地招呼:"来,叶飒,坐顾叔叔这儿。"

这就是纯粹是在撩温牧寒了。

果然,温牧寒斜睨了他一眼,拉着叶飒在顾明朗对面坐下,待他眉梢轻挑,淡笑道:"谁?"

"麻烦,两碗姜茶。"温牧寒下巴朝后面抬了抬,示意道。

顾明朗指了指自己:"我?帮你们倒姜茶?"

他依旧坐在位置上,还伸手指了指自己的肩膀,那里是粘贴肩章的地方。

"温队,咱们现在平级。"

之前顾明朗确实是比温牧寒差一级,不过自从他调入这边的直升机大队之后,两个人就都是少校军衔。

"这个星期军区那边有个作战会议,是关于……"温牧寒越说越慢,最后含笑地看着顾明朗。

顾明朗就知道他总有办法对付自己，他咬牙看着温牧寒说："我说你这些手段都用在坑害兄弟上面，你好意思吗？"

"刚才不是有人想当我叔叔来着？"温牧寒淡道。

顾明朗："……"

行吧，是他自己找抽，非要惹他。

于是顾明朗认命地站起来，直接到后面去盛姜汤了。

叶飒还挺好奇地问道："什么事情啊，你一说他就那么害怕？"

"最近他家里给他安排了相亲，对方就在军区上班，所以他要是过去……"温牧寒呵笑了一声。

顾明朗是真对那姑娘没意思，看见都躲得远远的。他在海岸基地这边还好，眼不见心不烦，对方又不会跑到基地来。但要是他过去开会，那就是羊入虎口。

说话间，顾明朗端着两碗姜茶过来了。

"喝点儿，暖暖胃。"顾明朗特地把姜茶放在叶飒面前，很诚恳地说，"特别是我们叶飒，这又是跳海又是爆炸的，肯定吓坏了吧。"

温牧寒瞥了他一眼，神色是冷的。

叶飒微微点头："谢谢。"

说起来，顾明朗也挺不好意思的，原本出任务这事儿轮不到叶飒。这不是赶鸭子上架，正好就凑巧了。

当时他操控飞机压根儿没看见后面的情况，但刚才在食堂里听到飞机上的绞车手把当时情况复述了一遍。顾明朗这才知道，情况有多危险。

这人没事儿，也是万幸。要真出一丁点儿事情，不用谢时彦和温牧寒说一个字，他大概也会自己内疚死。

"刚才我听绞车手说了，我们飒飒真的是英姿飒爽……"

突然，对面的温牧寒把碗放在桌子上，眉头微蹙着，淡道："你什么时候跟辛奇学的臭毛病？"

顾明朗一愣，不明白他这是发的哪门子暗火。

"辛奇什么毛病？"他问道。

温牧寒嘴角微抽了下:"谁是你们飒飒?"

这个黏糊糊的称呼,他早就听腻歪了。以前他是没理由让他们闭嘴,现在他的身份光明正大,一次都不想再听到了。

顾明朗盯着他:"我说牧寒,你这个管得是不是太宽了,现在的姑娘可都不喜欢被管这么多。"

温牧寒转头看向叶飒。虽没说话,但深邃的眉眼上仿佛写着两个字:是吗?

叶飒看着他,随后又转头望着对面的顾明朗,笑得眉眼略弯着说道:"我听我男朋友的。"

顾明朗怔了下,回过神的时候,差点儿把面前的碗都打翻了。

温牧寒到底什么好狗命,能找到这么乖、这么听话的姑娘。

"阎王爷,我服了。"顾明朗冲着他一抱拳。

温牧寒这活阎王的名声,顾明朗他们时常拿出来说笑,不过这会儿他还真是服气了。

顾明朗因为有事儿,没坐多久就走了。

他走后,叶飒转头看着身边的男人,慢悠悠地说:"我事先声明,刚才那句话不代表以后我们的家庭地位。"

温牧寒笑着扭头瞥了她一眼,忽而往旁边一凑,贴着她耳边低声说:"家庭地位?"

这个词当真是把他哄得服服帖帖。他喜欢。

叶飒大方一笑:"对呀,以后在人前呢,我给你面子都听你的。但是在家里,你得听我的。"

她这人一向大方,但是关于家庭地位这种大事儿,可不能含糊。

温牧寒转头瞧了她半晌,把叶飒都盯得有点儿心里发毛,他才幽幽开口:"行,都听我媳妇的。"

晚上,温牧寒把叶飒送回去。只不过在车上的时候,她就觉得自己的脑袋有点儿昏沉沉的,但她没说,不想让温牧寒太担心。估计还是因为今天在海水里泡太久了。

十月底这样的天气,下海泡着,身体强壮的还能扛得住。她这么瘦的,不病倒才怪。

不过叶飒也没当回事儿，毕竟她提前吃了药，又喝了姜茶，回去睡一觉休息一晚应该就能恢复。

她没让温牧寒送自己回军营里，毕竟前阵子他刚被石团罚过，两个人在营地里最好还是低调一点儿。

没想到的是，叶飒到了半夜是被难受醒的。她几乎都没办法睁开眼睛，只觉得身上一阵一阵地发虚汗，等她伸手拿床头的手机，手掌摸了半天，"啪"的一声脆响，手机不小心被她的手掌推掉在了地上。

叶飒勉强睁开眼睛后，翻了个身，趴在床边往前挪了挪，想把地上的手机拿起来。结果她实在高估了自己现在的状况，手掌撑在地上不过一秒，手臂就突然泄了劲儿，她整个人往地上栽倒了下去。

叶飒连人带被子摔在地上的时候，她整个人都摔得半昏了过去，当真有眼前一黑的感觉。

她也不知道自己在地上躺了多久，等她稍微恢复过来时，她终于拿到了手机。电话拨通过去，耳边是等待接通的忙音。

一下，一下。

等到第三声响到一半，乍然被截断，是对面接通了。

温牧寒的声音还带着几分睡意："飒飒，怎么了？"

叶飒不算矫情的人，一听到他的声音，又想到自己此刻躺在地上连爬回床上的力气都没有时，她张开嘴，喉咙里的酸涩就已经漫过了鼻腔。

她说："我发了高烧，还不小心摔在地上。"

那边突然传来吱呀一声响，是他从床上猛地坐起来的动静，随后是开灯的声音，以及他开始穿衣服的窸窸窣窣声。

"飒飒，你先别动，我马上去接你。"

叶飒沉沉地"嗯"了一声。

随后温牧寒又问："摔得严重吗？"

本来叶飒知道自己应该说不严重的，可是她听着他无比温柔的声音，心里的委屈像是漫过河堤的水流，汹涌而至，怎么都压不下去。

"就是疼。"她小声说，随后她又说，"我没事儿。"

"飒飒，乖。"温牧寒那边当真是战斗速度，这会儿已经穿好衣服，拿起手机准备出门了。

叶飒轻轻地"嗯"了一声。

其实她从来不是一个会给人展现出软弱的一面的人,相反,她总是用冷漠包裹着自己。让别人别靠近自己,也让自己不用去在乎别人。

或许是从小生活环境的问题吧,她也不记得自己更小时候的事情,只知道七八岁之后,谢温迪变得异常忙碌,从全国各地飞到全世界各地,忙得脚不沾地。

叶飒一直生活无忧,她周围有保姆、司机还有专门的家教照顾她。衣食住行,叶飒从来没被亏待过。只是,没有父母的关心罢了。

谢温迪像是把她们之间的那扇门关上了,她甚至都不记得自己跟她躺在一张床上是什么感觉,抱着她哭是什么滋味。她们之间仿佛一下子成了最亲密的陌生人。

以前是小女孩儿的倔强,觉得你不在乎我,那我也不要理你好了。她不接谢温迪的电话,不要她出差时带回来的礼物,甚至连她回家后都故意躲在自己的房间。

其实她当时只是在想,你过来,来哄一哄我呀。可是没人哄她。

那时候谢时彦也不过是个比她大七岁的小孩儿,他还住在离叶飒很远的地方,家里总是她一个人,哪怕周围有很多照顾她的人,她也觉得这个家只有她。时间长了,她就真的学会了冷漠,不去在意别人的想法,也不去在意别人对她的看法。他们喜欢也好,不喜欢也罢,她都不在乎。

她越长大就越学会了这样做,将自己隔绝在这个世界之外。哪怕后来对待家人也是,她看似乖巧听话,可是心里却都是淡淡的。顶多,也就是对谢时彦稍微好一点儿,因为她觉得小舅舅跟她一样,都是一个没妈喜欢的可怜人。

谢时彦很小就没了亲妈,而她,是被妈妈忽视的小孩儿。

高中那次发热,老师带她去了医院,却把她一个人留在医院里,叶飒都没觉得太难过,因为她不觉得有什么。

直到温牧寒赶过来。她抬头看见他的时候,一眼就看见了他眼底的心疼。当时她还觉得好笑,觉得那是同情,她才不需要别人的同情。

可是那天他陪在她身边,安静地观察着她的需求,话不多,却特别照顾她。哪怕来给她换药的小护士，盯着他看了好几次，他的眼睛都始终落在她的身上。

喜欢上这个男人，仿佛是命中注定的事情。

哪怕他们之间有着这么大的年龄差，哪怕初遇到他的时候，她不过才是个十五岁的小孩儿。她却有种她这辈子都不会喜欢上别人的感觉。

或许每个人的年少时，都会有这样的执着吧。只不过看似冷漠的她，却有一颗比任何人都赤诚的心。

她的喜欢，真的会很久很久。

叶飒此时撑着靠坐在床边，明明脑袋像是要炸裂般那样疼，哪怕她不伸手摸，都知道身上是那样滚烫。

可她的思绪却仿佛不会停止那样。要是放在以前，她在家里发高烧，她第一时间一定会打急救电话。

她会一个人撑到救护车过来，然后安静躺上去，任由救护车将她带到医院去治疗。但是这一次，她第一个想到的是拨通他的电话。

因为难过的时候，不舒服的时候，人总是会想到自己最想依靠的那个人。学会冷漠很快，可是学会去依靠一个人却很难。因为她需要信任这个人，全身心地相信着他。

突然叶飒在这漆黑的宿舍里轻笑了下，真幸运啊，原来她十五岁就遇到了这个可以让她全身心信任的男人。她愿意毫不犹豫去依靠的人。

"叶飒，叶飒。"门口传来很大的敲门声。

趴在床边的叶飒昏昏沉沉地抬起头，正想要起身去开门时，突然，门被一脚踹开，门口的人直接冲了进来。

温牧寒在开灯看见坐在地上的叶飒时，心里是真急了。

他这一路几乎是飙车过来的，一想到她半夜给自己打电话，声音里透着虚弱，他心里就像是有根线，被不断地拉紧。直到进门之后，他的心是真疼了。

"没事儿了，我带你去医院。"温牧寒一把将她抱在怀里。

结果这一抱才发现，她怎么轻成这样，垫在她后背的手臂都能感觉到明显的脊椎骨，是那种过分纤细才有的感觉。

温牧寒低头抱着人往外跑，这会儿隔壁几个宿舍也被半夜这动静给闹腾醒了。刚才那踹门的动静实在太大,估计这个干部宿舍楼里大半的人都被吵醒了。

出来查看情况的人,就看见温牧寒从叶飒房间里直接将她抱了出去,一路特急地上了车。哪怕身后有人喊了一句问他是怎么个情况,他都没顾得上搭理别人。

"老郑,这是怎么了,大半夜的?"旁边二营的教导员正好住在郑鲁一旁边,好奇地问道。

郑鲁一挺不耐烦地回道:"我怎么知道。"

此时另外一边宿舍的人也过来,说道:"我看是叶医生病了,温营这是大半夜从基地那边赶过来的。"

"他们两个的事情是真的啊?"二营教导员好奇地问道。

"估计是,我听说之前温营被罚,就是跟这个有关。"

郑鲁一大半夜的听他们两个人在这儿胡说,早就不耐烦了。

他没好气道:"人家男未婚女未嫁,还管人谈恋爱干吗。"

"嘿,我们可没反对啊,你要问我,我举双手赞同。反对的是团长,要不你跟团长去说说。"旁边的人冲着郑鲁一笑着说道。

郑鲁一懒得搭理他:"去睡觉了。"说完,他转身回了自己的宿舍。

不过回了宿舍之后,他还挺不放心的,又给温牧寒打了个电话。只不过那边没接,郑鲁一叹了一口气,把手机放下。估计得等明天才能知道。

只是他一想到明天石团要是知道温营大半夜来营区,还是当着大家的面把叶医生抱走了,不知道又得发多大的火。

温牧寒到第九医院的时候,急诊室挺安静的。今天应该是没什么出意外的病人。

他把车子停好,直接抱着叶飒进去,看见了一个小护士,立即问:"医生呢?"

"我去叫。"小护士说道,只是她眼光一扫,看清楚他怀里的人,突然惊呼道,"叶医生?"

小护士真没想到,半夜被送急诊的会是叶飒。她赶紧去喊值班医生,没一会儿护士过来安排叶飒躺在病床上。值班医生看见叶飒也是一愣,不过随后立即问温牧寒:"病人是从什么时候开始出现症状的?"

"我不知道，但是她给我打电话的时候，是凌晨两点五分零七秒。"

医生明显被这个精确到秒的时间惊到了。

温牧寒看了眼躺在病床上的人，低声说："但是她今天下午在海里泡了很久。"

随后温牧寒以简短的语言描述了一下下午救援时的情景，一旁的小护士惊讶道："原来下午被送来的那帮人，居然是叶医生救的？"

"你先在旁边等着吧，我要给叶医生做一个全面的检查。"

温牧寒虽然心里担心叶飒，却也知道这时候应该把她交给医生。他走到一旁站着，眼睛却紧紧盯着这边的病床。

没一会儿，护士推着病床冲着这边喊了下："麻烦您过来陪着叶医生一起去拍个片子吧。"

温牧寒上前，跟着推着病床。

躺在床上的叶飒，不知是因为身体上的不舒服还是怎么回事儿，眉头紧蹙着，脸色是不正常的蜡白，额头上还冒着虚汗。

"叶医生现在发热到三十九摄氏度以上了，这属于高烧，刘医生让我先带她去拍个片子。"小护士解释道。见温牧寒神色严肃，她还安慰道："您也别太紧张，目前为止，只是发热而已，估计是叶医生下午救人的时候太累了，又在海水里泡着，晚上症状才会发出来的。"

等片子拍出来，值班医生确认了她的症状之后，赶紧开了药，给她打了点滴。

叶飒躺在病床上，温牧寒坐在一旁陪着。

小护士也不好打扰他们，指了指外面，表示要是有事儿，随时可以叫她。她还特地给叶飒找了个急诊病房角落的地方，环境比较安静，这也算是给叶飒的特别照顾吧。

温牧寒找了个椅子在她旁边坐着。

她睡得并不踏实，眉头总是紧皱着，像是遇到了什么烦心事儿。

温牧寒伸手将她的手掌放在自己掌心里，却感觉到灼人的温度，于是他将她的手掌贴着他的脸颊放着。

十月底的凌晨三点，寒气附体，他脸颊上的肌肤有些冷。可是这样略冰凉的温度,却让叶飒觉得很舒服,她原本蜷缩着的手指,慢慢张开,轻轻贴着他的脸颊。

他坐在椅子上,安静地盯着她。

不知道过了多久,病床上的人像是做了什么可怕的梦一样,原本紧抿着的嘴唇猛地张开深吸了一口气,而她的眼睛也在同一时间睁开。

"叶飒。"温牧寒立即叫了一声她的名字。

叶飒看过来,可是她的眼睛在触及他身上的衣服时,猛地收缩了一下,她带着哭腔说:"我救不了他,我救不了他。"

"谁?"温牧寒知道她做了噩梦,立即将她的手掌握在手心里,亲了两下,柔声抚慰她。

叶飒还在盯着他的衣服——这一身海军蓝作训服,她小声说:"我爸爸,我救不了他,我救不了他。"

在梦里,她又梦见了那一汪湛蓝的海水。那样温柔的颜色,却在下一秒变成了可怕的梦魇,吞噬着她的一切。她拼命地给他做心脏复苏,可是他就躺在那里,一动不动。

她救不了他。在梦里,她也救不了他。

温牧寒的瞳孔猛地一缩,脸上露出震惊的表情,叶飒的父亲……

他记得谢时彦提及过他的姐夫,他一直以为那就是叶飒的父亲。谢时彦跟顾明朗他们不一样,谢时彦跟他们认识是因为他的舅舅家当初住在大院里。他家里那边的情况,他也只说过他的亲生母亲在他小时候就去世了。

男人在一块儿,提到家人也是顺嘴的事情。

他一直知道叶飒的母亲很忙,而且常年不住在国内。谢时彦又提到过他姐夫,所以温牧寒一直都没想过,叶飒的父亲居然早已经去世了。

在这一瞬间,他有种说不出的感觉。他的小姑娘在他不知道的地方,到底经历过什么?

"叶飒。"他轻声喊她的名字。

终于叶飒转头看向他,小声说:"今天我迟迟不跳船,不是因为我不听你的话,是因为我害怕。"

大海曾经吞没她的父亲,所以她害怕。

她怕。她真的好怕。

她没自己想的那么勇敢，或许她发热也是因为被吓的，她压根儿克服不了那种恐惧，从脊椎骨冒出来的恐惧，像是附骨之疽盘绕在她心头。

温牧寒低头亲她的眼皮，小声说："不怕，不怕，飒飒不害怕。我在你身边呢。"

他的额头抵着她滚烫的额头，"我不是来救你了。我还跟你发过誓，永远都不会放弃你。"

温牧寒的声音像是一剂良药，猛地灌注到了她的心头，那些在梦境中带出来的恐惧、担忧、害怕、软弱、无助，一点点被驱散，就像突然升起的太阳驱散迷雾那样。

在他小声又坚定的保证下，叶飒再次安静睡下。

早上七点多，叶飒的点滴才挂完。医生过来表示她的身体状况还是应该暂时住在医院，需要再观察两天。

于是温牧寒给她办了手续。他还特地给她订了医院的单间病房。

等他安排好叶飒，又找了个护工帮忙看着她，这才返回营区。叶飒昨晚的状况，谁都不知道，他得回去帮她请假。还有海岸线那边也是，他最起码得请假一天。

温牧寒知道海岸线的训练很重要，可是他真的想陪着她一天，就一天而已。

所以他开车回营区的时候，直奔团长办公室。结果正好在门口遇见石向荣。

石向荣看了他一眼，冷冷问道："叶医生的病怎么样？"

"您知道了？"温牧寒有些吃惊。

石向荣冷"哼"了一声，他说："你昨晚弄那么大动静，整栋楼都被你吵醒了，谁不知道你把叶飒抱着出了营区。"

"我看你真是造反了。"石向荣虽然知道情有可原，但还是对他没好气。

温牧寒低声说："叶飒还需要再住院两天，所以我过来帮她请假。"

随后他顿了下，特别小声说："还有'海岸线'那边，我也想请假。"

石向荣上下打量了他一番，温牧寒这会儿垂着个脑袋，跟做了多大的亏心事似的。军人一向是轻易不请假，特别是什么家里老婆孩子生病了，也没几个好意思请假的。

温牧寒知道,也懂,但他就是想陪她一天。

"行了,别摆出这副样子,我准你两天假。"石向荣怒骂道,随后他"哼"了声,"这可不是因为你小子,要不是看在小叶医生是……"

突然,他说到这里,话头断了。

温牧寒却警觉地抬头看向石向荣,自从听了夜里叶飒从那个噩梦中醒来说的那番话,温牧寒现在对关于她的事情都特别敏感。

"她是什么?"温牧寒追问道,"您是不是知道什么?"

他这么一说,反而轮到石向荣奇怪了,他满脸狐疑地看着面前的人,半晌,才问道:"你不知道?"

果然,石向荣真的知道内幕。

温牧寒着急道:"石团,算我求您了,您知道什么,就告诉我吧。"

石向荣可被他这句话彻底惊住了,这小子嘴多硬,当初经历特种部队反间谍训练的时候,他都是表现最好的那个。这么久他就没听过温牧寒说过求这个字。

况且看他的表情,阴沉得可怕,仿佛随时都要爆发。

终于,石向荣也不藏着掖着了,他说:"她爸是咱们海军烈士这事儿,你真的不知道吗?"

温牧寒望向他,一张脸唰地就白了。过了很久,他才慢慢摇头。

石向荣皱眉:"那不然你以为军区那边能随便同意一个没有军籍的医生到咱们部队上实习吗?"

"她爸爸在她七岁的时候就牺牲了,据说当时是为了在海上救群众。"石向荣说完,才发现不对劲儿。对面的人跟掉了魂似的,整个人都不对劲儿了。

他不由得斥了一声:"你是怎么当人家男朋友的,连这么大的事情都不知道?"

温牧寒对他的责骂丝毫没有反应,整个人就站在原地,脸上没什么表情。

这下石向荣是真的有点儿怕了。伸手正要去拽他,突然温牧寒的眼神恢复了点儿神采,那样乌黑如墨般的眸子,直勾勾地望向他。

"她那个时候还很小。"他的声音低沉得可怕。

七岁，她失去她爸爸时才七岁，还那么小。

在这一瞬，他终于知道，他的小姑娘在他不知道的地方，遭遇过什么苦难。而他的心也真疼。

叶铮。1968年出生，2002年因救人牺牲，后被海军党委授予革命烈士称号。

短短一行字，却道尽了生平。

温牧寒望着电脑上叶铮的照片，他穿着海军制服英姿勃发地望着镜头，年轻又英俊。

照片上的他，跟温牧寒是同龄人。因为他的年纪永远定格在了三十四岁那年。

温牧寒用了电子阅览室的电脑，查阅了叶铮的生平，其实很容易查到。

而很快，在他的档案里，他看见了熟悉的四个字：

女儿：叶飒。

他坐在椅子上，望着面前的屏幕。叶铮的那张照片正对着他，眉眼间跟叶飒很像。一看就是一对父女。

他突然想起刚才在门口石向荣骂他的话，他怎么当人家男朋友的，连这么大的事情都不知道。确实啊，他居然连这件事儿都不知道。他认识她有多少年了，十五岁就认识的小女孩儿，八年了。可是他却对叶飒身上的事情仿佛一无所知。他还真不是个合格的男朋友。

温牧寒离开营区的时候，给副队长方汉新打了个电话，告诉他自己请假的事情。他这才又回了医院。

虽然他接近一夜没合眼，但由于此时脑海中的思绪都是乱的，居然一点儿困意都没有。

他特地买了吃的带过去，怕叶飒醒了会肚子饿。结果到了病房的时候，她居然还在睡觉。

于是温牧寒坐在她旁边，也不说话，只是安静地看着她。不知过了多久，床上的人慢慢睁开眼睛，脑袋微倾，看见身边的男人。

"你什么时候来的？"她声音像是被磨砂纸擦过，沙哑得过分。

温牧寒立即站起来说道："我给你倒杯水吧。"

他在叶飒的宿舍里面收拾了东西带过来，她的水杯正好也被他拿过来了。

等叶飒要撑着坐起来，原本正在倒水的男人立即放下水杯，跨步过来，立即扶住她的肩膀，帮她半坐在病床上。

"怎么不叫我？"温牧寒皱眉道。

叶飒笑了起来，提醒他说："温队长，我只是发热而已，不是残疾了。"

温牧寒当下抬手在她的脑门儿上打了一下，还挺重，没留情面。

"下次再乱说话，还是这么打。"

叶飒伸手摸了摸自己的额头，说道："你也不轻点儿。"

温牧寒扯了下嘴角："轻点儿你会长教训吗？"

随后他又去倒水，在他把水杯递给叶飒的时候，叶飒一边喝水一边用黑眼珠子盯着他，半晌，才问道："你看起来好像不太高兴？"

虽然温牧寒这人的表情一向没多少，高兴和不高兴都不太看得出来，但是叶飒就是能感觉到。他开心的时候，眼底是亮的。而不高兴的时候，眼底很沉很沉，会透着郁气。

"没有。"温牧寒随口道。

温牧寒把她床上的小桌支了起来，把粥放在桌子上说："你这么久没吃东西，先吃一点儿吧。"

叶飒把水杯放在桌子上。

她打开盖子的时候，还抬头问他："你吃了吗？"

"早吃过了。"温牧寒随口说。

叶飒狐疑地看了他一眼，有点儿不信。

"真吃过了？"

"嗯。"温牧寒催促她，"吃饭的时候专心。"

结果叶飒吃了没几口就开始出幺蛾子了。

"我吃不下去了，剩下的你帮我吃了吧。"

温牧寒看着外卖盒子里的粥，要不是亲眼看见她喝了几口，他都要觉得这碗粥没被动过，因为连明显的减少都看不出来。

温牧寒眯了眯眼："叶飒，好好吃饭。"

叶飒抬眼看他，这会儿她脸色好多了，眼睛也没了之前发热时的蒙，水光泛起，透着狡黠的光亮。

"我真吃不了了，要不你尝一口。"她直接用勺子舀了一口，递到温牧寒嘴边。

温牧寒抿嘴，脸上的表情是不太好看的，斜睨了她一眼，没像往常那样轻易地就范。

叶飒撒娇道："你就尝一口。"

不只是脸色，喝了水之后，她声音也没之前那么沙哑了。

见温牧寒还是不动弹，叶飒说道："你这么看着我干吗？你刚才不是也骗我了，你敢说你真的吃过早餐了？"

温牧寒这才知道她干吗非让他把粥喝了，他挑眉道："你是怕我没吃饭？"

"不是怕，你就是没吃饭。"叶飒斩钉截铁地说。

她又把勺子往他嘴边递了递，还哄道："吃嘛，先吃一口呗。"

温牧寒被她闹腾得没办法，身体向前微倾，就着勺子吃了一口。

只是他喝粥的时候，病房门正好被推开，站在门口的人突然捂住眼睛，忙不迭地喊道："抱歉，抱歉，我没看见。"

叶飒和温牧寒："……"

两个人同时扭头看向门口，就见穿着一身白大褂的司唯正站在门口，手臂还挡在眼睛上，一副"我很无辜，我真的什么都没看见"的样子。

叶飒"哼"了一声，说道："手放下吧，我们什么都没做。"

听到这话，司唯这才慢慢把手放下，等她看清楚才发现，人家确实是什么都没做。这两个人衣服都穿得好好的呢。就是正在喝同一碗粥而已。

同一碗粥！司唯看着叶飒收回勺子的手，突然心生一股悲伤。当初大家一块儿当单身狗，结果现在被抛下的只有她。

"粥你先吃着，我下去再重新买点儿别的。"温牧寒见司唯来了，干脆把地方让给她们，毕竟他一个大男人不太好掺和姑娘之间的话题。

叶飒叮嘱道："一定要吃饭，我要检查的。"

温牧寒走后，司唯盯着叶飒看了半天，啧啧了两声："难怪上次冬至不让你在她家留宿，你到底是给她发了多少狗粮？"

叶飒慢条斯理地喝粥，压根儿没接她这个话茬儿。

许久，她才抬头问："你怎么知道我住院了？"

"你大概是不知道医院的吃瓜群众有多饥渴。"司唯直接把手机里的微信记录给她。

原来早上她转到病房这边的时候，就有人在医院的微信群里爆料。说是看见原来急诊科那个叶飒医生了。

叶飒没想到自己在医院好几个月没出现，居然还有人记得她。

她点头："真是难为她们了。"

居然还能记得。

司唯耸肩说："毕竟整个医院再也找不出一个主动要求调到军区卫生所的傻子了。"

叶飒："……"

"不是说你，我不是在说你。"司唯在看见她表情不善后，立即解释，只是下一秒她又说，"也不是我说的，是别人这么八卦的。"

叶飒"哼"了一声，淡淡道："那我谢谢你告诉我。"

"对不起嘛。"司唯笑着说。

随后她坐在床边，很严肃地说："殿下，我要以死进谏。"

"说。"

"你看啊，你跟温营长现在也在一起了，我觉得你是不是考虑一下回第九医院，毕竟咱们学医读博这么年，当个医务室的医生是不是有点儿太屈才了？"

司唯这是真的为了叶飒着想，她跟叶飒是同学，两个人从本科开始就一直在一块儿。可以说吃过的苦、熬过的夜，连掉的头发都是一样的。她也是真的担心叶飒，才会这么说。

叶飒望向她，司唯以为她不开心了，赶紧小声解释："我知道你们感情很好，但是第九医院跟温营长他们驻地离得也不是很远。而且他放假了或者你放假了，都可以腻在一块儿。你要是想给我和阮冬至发狗粮呢，我们绝不推脱，坚决吃下去。"

司唯一副"我真的太伟大了，牺牲自我，只为劝说我的好朋友专心搞事业"的表情。

叶飒看着她刚毅赴死的表情，嗤笑了一声，正要说话的时候，摆在床头的手机振动了两下。刚才温牧寒回去帮她拿衣服的时候，顺便也帮她把手机带了过来。

她伸手拿过来，打开发现是温牧寒发来的微信，是一张照片。

拍的是吃的东西，一碗看起来极有胃口的红烧牛肉面，也不知是她的错觉还是怎么回事儿，她感觉牛肉面上面铺了满满一层的牛肉。

温牧寒：给你检查。

叶飒一下子看笑了，她托着腮帮子，还认真地想了半天，给他回一句什么好呢。

最后，她抿嘴打字。

叶飒：这个"你"字是不是太生疏了。

平时媳妇媳妇地叫着，怎么发微信的时候，就这么冷淡呢。

不过温牧寒能给她发这个微信，已经算是难得了。

于是她调戏完他之后，这才抬头看着司唯说："我决定了。"

"决定什么？"

"认真听取你的意见，下周就回来上班。"

司唯："……"

这一瞬间，连她自己都目瞪口呆。她就知道公主殿下一定理解她的一片良苦用心，她的直言进谏被采纳了。以至于司唯此刻激动得仿佛她刚得知自己得到了诺贝尔医学奖一样。

但是她也不是真傻，高兴完之后，她猛地回过神说："叶飒，你本来就会回来上班的对吧？"

叶飒看了她一眼，半晌才说道："你怎么这么单纯。"

潜台词就是，你怎么这么傻乎乎的。

司唯悲愤了，觉得自己一片好心喂了狗，委委屈屈在旁边诉说自己这几个月形单影只，有多可怜。

叶飒的手机又振动了下。她立即低头看了一眼手机，是温牧寒回复她的。

只是在点开后，她刹那间瞪大眼睛，有点儿不敢相信地看着屏幕。

温牧寒：媳妇大人在上，请检查。

叶飒怔了半天,突然闷笑了起来,这称呼,亏他想得出来。不过还挺好听的。

司唯实在受不了自己还在这儿,叶飒就明目张胆地拿着手机调情,干脆直接在微信里告诉阮冬至叶飒住院的事情。谁知阮冬至电话就立即打过来了。

"我真没事儿。"叶飒瞪了司唯一眼。

阮冬至说:"我最近都忙糊涂了,刚进新的项目组,老板是个印度人,你知道吧,口音重到我都不知道怎么跟对方沟通,全是靠蒙的。"

叶飒开了语音外放,司唯逗她说:"现在知道书到用时方恨少了吧。"

"呵呵,有本事你来,你行你来吧。"阮冬至明显已经接近崩溃的边缘。

司唯听着都觉得挺可怜,于是她出主意说:"冬至,要不你找个男朋友吧。"

叶飒和阮冬至同时都蒙了,实在不知道司唯怎么思维能跳跃成这样,怎么就能从工作瞬间扯到男人的。

司唯说:"最起码在你工作崩溃的时候,还能有美好的肉体安慰你。"

阮冬至中气十足地吼道:"这时候你还要给我搞黄色。"

可下一秒,她又语气格外冷静地说:"行吧,你给我介绍一个男人。"

司唯凄凄惶惶地开口:"我自己都还没男人。"

"那你说个屁。"说完,阮冬至就挂了电话。

当司唯看向叶飒的时候,叶飒微耸肩说:"我觉得她说得挺对的。"

经过她们这一打岔,叶飒似乎早已经忘记了昨天的那个梦魇,忘记了那一片无边无际的海水带给她的恐惧。

生活不就是这样,不管心里有多害怕、难过和绝望,当太阳升起的时候,又是新的一天。

真好,又是新的一天。

叶飒在医院待了一天就想出院了。本来她就是发热而已,而且做的常规检查证明她的身体没什么大碍,但是温牧寒坚持让她住完这个晚上。

晚上的时候,许久没给她打电话的谢时彦,突然打来电话。

"飒飒,你最近忙什么呢?电话都不知道给我打一个。"谢时彦用长辈的口吻质问道。

叶飒躺在床上："哦，生病了。"

她这么一说，谢时彦一下子语气都急了起来："怎么回事儿？严重吗？你别着急，我马上坐飞机回去。"

叶飒这才知道他最近在欧洲出差呢，难怪这么久没出现。不过她也不奇怪，自从谢时彦进入公司工作之后，本来就特别忙。

叶飒说："就是发热了而已，我在医院打了点滴，已经差不多好了。"

谢时彦叹了一口气："你应该早点儿打电话给我的，我可以叫人去照顾你。"

"我又不是小孩子。"叶飒听着他的口吻觉得挺好玩儿，随口说道。

"你就算现在不是小孩儿，我也还是你小舅舅，我照顾你是天经地义的。"

谢时彦的话，叫叶飒心头微微一暖，片刻后她轻笑着说："你要真想当好舅舅，我妈以后再安排乱七八糟的见面，你就帮我扛了。"

对面那头当真安静了有一分钟。也不知过了多久，谢时彦开口说："行，小舅舅帮你扛了。"

这边叶飒刚挂了电话，温牧寒就接到了谢时彦的电话。

"牧寒，你现在忙吗？"他第一时间给温牧寒打电话。

温牧寒想了下，还是如实说："我在给我女朋友买东西。"

"哦，买东西啊，你能不能帮我……"谢时彦的话戛然而止。

下一秒，他拔高声音说："你给谁买东西？"

"女朋友。"温牧寒说道，他倒是也考虑了一下，要不要跟他如实说了，只是一想到这事儿吧，不太好在电话里说，最好还是当面说，显得比较诚恳。

谢时彦当下说："那没事儿了。"

温牧寒："你刚才让我帮你干什么？"

"没事儿，没事儿。"谢时彦这会儿也觉得自己脑子一时是拧了。其实他完全可以让自己留在国内的助理，或者是家里的管家过去看看叶飒。他就是想到温牧寒的驻地好像离叶飒的医院挺近的，所以第一时间就想到他。这会儿一听说温牧寒有女朋友了，他又不好意思麻烦人家了。

他笑道："本来想让你帮我去看看叶飒的，这孩子生病了，你是不知道我这个外甥女，嘴巴牢得跟什么似的。之前有一次也是的，她住院半个月都没跟我说。还是我到她家里去找她,她才跟我说实话。

"不过你既然有女朋友了,那你好好陪女朋友吧。"

但是下一秒,他还是骂道:"我说你也太不厚道了,有女朋友也不跟我们说。"

他的语气明显兴奋多过生气,口吻也是掩不住的好奇。

"什么样的姑娘?你打算什么时候带出来跟我们认识认识?"

温牧寒捏着手机认真地想了下说:"等时机成熟吧,带去跟你见面。"

"行,说好了。"

之后谢时彦就给顾明朗打电话,结果电话没打通,他猜想这小子肯定在训练,所以也就没发信息直接说。这事儿他得亲口跟顾明朗说,才会有震撼的效果。

因为顾明朗也在部队里面,温牧寒如今跟顾明朗交流得明显更多。

别看男人之间大大咧咧的,其实也会相互攀比,以前可是他跟温牧寒关系最好。当然现在也还是,牧寒谈恋爱了,第一个告诉我了。

谢时彦心里笃定,辛奇和顾明朗肯定都不知道。要不然这两个人不可能憋得住。肯定跟他一样,第一时间想要跟对方炫耀这事儿。

而远在欧洲的康丰集团商务考察团,在吃早餐的时候,发现他们谢总今天似乎满面春风,瞧见谁都笑得一脸和煦,心情看起来格外好。于是一个个赶紧琢磨着怎么把这几天想报告又不敢报告的消息,趁着谢总龙颜大悦的时候,赶紧报上去。

温牧寒确实是在买东西。只不过他不是给叶飒买的,而是给叶铮。当他在花店里告诉对方是要祭奠故人的时候,店员特地帮他包了一束白色的鲜花。

南江烈士陵园——叶铮的墓地就在这里。

烈士陵园的选址在郊区,周围青山环绕,绿水潺潺,很是幽静,是一个安详长眠的好地方。

温牧寒特地回营区里换了一身海军军装过来的。因为临近冬天,他穿的是一身冬季的藏蓝色常服,走在这庄严肃穆的陵园之中,是那样的英俊挺拔。

叶铮的墓碑在陵园的深处,温牧寒单手抱着鲜花,一路走过去。

这个点的陵园格外安静,好像整个陵园除了他之外,都没有其他人。一直走到里面时，才遇到来扫墓的人。

叶铮的墓地其实很好找，因为很显眼。黑色的花岗岩材质制成的墓碑，巍然树立在茂盛的植被当中，陵园里栽种的植物都是四季常青，哪怕此时临近深秋，也是郁郁葱葱的。

当他在墓碑前站定时，抬头看着墓碑上的照片。照片是他之前在电脑上看见的那张军官照，叶铮穿着旧式海军军装面对着镜头。

温牧寒将自己带来的花插在墓前的花坛里，随后他摘下军帽，冲着墓碑严肃三鞠躬。每一下，都满含着敬意。

他在墓前站定，望着叶铮的照片，明明只是照片，可他仿佛想要穿越时空，去认识这位海军前辈。

许久之后，温牧寒开口说道："叶铮少校，我叫温牧寒，隶属海军东部战区第七旅第一团，是您的后辈。"

说完这句话，他沉默了好久。

"也是想要照顾您女儿一生的男人。"

青山环绕，植被茂盛，一阵微风吹过，周围静悄悄的，只有墓碑前男人低磁的声音，缓缓在这清风中响起。

温牧寒徐徐将自己这小半生的经历讲了一遍，他没有见女朋友父亲的经验，而以后也不会有这个机会。他就是猜想着一个父亲见到自己女儿的男朋友时会问些什么。大概是问他的家庭。

"我家人口挺简单的，父母和我三个人，因为父亲是公职人员，所以我是独生子。其实他也是咱们的同行，不过他是陆军的，我们是海军。"

若是温克济此时在这儿听到这些话，只怕真是气得要冒烟，然后骂上一句"胳膊肘往外拐的东西"。

只不过此刻温牧寒丝毫没有这个意识，而是继续往下说："我个人的情况就这么多，军旅生涯难免有些枯燥。"

所说的经历也都是跟工作有关系。

这会儿他有些惋惜道："今天来得匆忙没来得及给您拎瓶酒过来，也不知道您喜不喜欢喝。"

说着说着，他提了下裤腿，竟然在墓碑前的台阶上坐了下来。

他转头望向墓碑,无奈道:"要不我坐下陪您说说话吧。"

清风徐徐,竟然有种慢悠悠的惬意,如果这里不是叶飒父亲的陵墓前的话,还真是个好地方。

"我跟您说说咱们海军现在的发展吧。

"首先就是咱们海军有自己的航母了,我估计很多人来看您的时候都说过吧,第一艘是'辽宁号',您还在的那会儿咱们国家就把它的前身'瓦良格号'买了回来,2012 年的时候正式交付。是代号 001 的航母。

"至于很快就要交付的'山东号',这是我们第一艘全国产的航母,等交付的时候,我一定拎一瓶好酒过来跟您好好庆祝一下。

"还有舰艇……"

温牧寒并不是爱聊天的人,此刻却絮絮叨叨说了这么多。

因为叶铮也是海军,所以他懂得海军从最开始走到现在所经历过的辛酸和努力。这是一名新海军对老海军的交代和告慰,希望他的英灵能够安息。

不知不觉,太阳西沉,暮色四合,天上挂着的太阳变成了橙红色,将大片大片的天空染成那样耀眼夺目的红色。

温牧寒看了下时间,有些无奈道:"本来想陪您多聊聊,但叶飒还在医院里。今天就先陪您到这儿。"

待他起身后,戴上手里的军帽,整理好衣服之后,他身体打直,看向面前的墓碑。随后敬了一个干净利落的军礼。

"向英雄致敬。"

哪怕这里只有他一个人,可是他的声音还是那样响亮,有些事情不是做给别人看的,而是真的心存敬意。

因为懂得,所以尊敬。因为尊敬,所以发自内心。

温牧寒从陵园开车回医院的时候,病房里的叶飒正窝着玩手机,他过去一看,居然是消消乐。

"好玩儿吗?"他问。

叶飒一见他来了,立即退出去,有些撒娇地摇头:"我太无聊了,所以打发时间,你去哪儿了?"

"秘密。"温牧寒淡声说。

叶飒还来劲儿了,她伸手勾住温牧寒的脖子,直接将人拖过来,哼了下:"你居然还跟我有秘密,不得了呀,温队长。"

"药吃了吗?"温牧寒直接捏住她的鼻尖。

叶飒立即哭丧着脸说:"能不吃吗?"

这话把温牧寒逗笑了,他问:"你是医生,还怕吃药?"

叶飒轻眨了下眼睛:"难道医生就没味觉?而且我不会吃药。"

温牧寒挑眉。

其实叶飒真的没说谎,她每次吃药都很难吞咽,哪怕喝水也是的。她经常是憋了一口气,准备往下咽的时候,药丸已经开始溶化。然后那种苦到极致的味道,弥漫在她的嘴巴里面,久久都散不去。

"等病好了,就不吃了。"温牧寒摸了摸她的头发。

叶飒仰头看他,嘀咕道:"我这种发热都要住院的,纯粹是在浪费医疗资源,温队长你大概是不知道第九医院的床位有多紧张吧……"

接下来是大概五分钟的医疗科普时间,叶医生小课堂在线授课,倾情讲述医院之住院困难篇。

她讲完之后,温牧寒低头看着她:"说完了?"

叶飒点头。

于是他把人松开,转头去给她倒了一杯水:"医生叮嘱你,时时要喝水。"

叶飒一边喝水一边用黑眼珠子盯着他,温牧寒瞧着她那对大眼睛转啊转,终于忍不住低笑道:"行,听叶医生的,不浪费国家资源,不给医院添麻烦,明天咱们就出院。"

"好。"叶飒痛快点头,满脸欣慰。

一张小脸只差写上"孺子可教"四个字。

温牧寒还是没憋住,低头亲在她唇上,吓得叶飒立即将他推开:"我生病了,小心传染给你。"

这可不是开玩笑的事情。

"嗯,我知道。"温牧寒微垂着眼睛看着她。

温牧寒低头望着叶飒,轻声说:"叶飒,以后都有我在。"

所以那些你曾经的梦魇,我会一点点帮你把它们都忘记,让它们永远都不会再困扰着你。

第二天,叶飒就出院了。因为石向荣亲自给她批了好几天的假期,所以叶飒回家住了两天。晚上的时候,温牧寒就回海岸线了。他这边能请假两天,已经是特批。谁家家里没有个大小事情,有时候连老婆生孩子都未必能准假。

叶飒在家休息了两天,觉得整天躺着实在是没意思,干脆又回去上班。她还有几天就要离开军营了,而十一月正好是老兵退伍的季节。

团里老兵的退伍名单已经出来了。都说铁打的军营,流水的兵,可每年退伍总是叫人特别伤感。有些是服役两年退伍的,可是时间长的有八年和十二年,几乎是把整个青春都奉献给了这个地方。

"叶医生,你能帮我个忙吗?"中午的时候,卫生员袁浩偷偷问她。

叶飒看他神神秘秘的模样,笑道:"你直接说,别说帮忙这种客套话。"

"你不是可以出去嘛,能帮我买两本书吗?"袁浩挺不好意思地说道。

"你要是觉得麻烦,就算了。"袁浩大概也觉得挺不好意思的。

只是他这个月没有外出的机会,没办法自己买,所以就想请叶医生帮忙。

叶飒立即说:"不麻烦,你想要什么书?"

袁浩见她答应了,笑着说道,"我们班长可抠门了,他喜欢研究军事理论,但是买的书都是二手的。我就想送他两本他一直想要的新书。我回头把书名写给你。"

叶飒一怔,她问道:"你为什么要给你们班长送书啊?"

"他要退伍了,团里名单已经下来了。"说到这个,袁浩语气都是失落的。

退伍了,意味着就要脱下这身让他们骄傲和自豪的军装,回到地方上了。

他轻声说:"我们班长已经当兵八年了,他本来是可以留下来的,但是他把名额让给了另外一个班长。"

袁浩说着说着,眼圈就红了。

叶飒也不知道怎么安慰他,只能低声说:"书,我帮你买了。"

袁浩立即把准备好的钱掏出来,叶飒说道:"先不着急,等买完了你再给我。"

他这才把钱收好。

只是叶飒是哄他的,买两本书还要他的钱啊。

不知不觉，叶飒离开的时间也要到了。很巧的是，她和老兵们居然是同一天离开，颇有种她也要在这个军营退役的感觉。

这天团里特地举办了一个退伍仪式。全团官兵都穿着整齐的军装站在操场上，而身后的横幅写的是"老兵退伍仪式"。

当仪仗队里的士兵抬着国旗出来时，每个人表情都那样庄重严肃。直到国歌声响起，站在最前面胸前戴着大红花的退伍老兵们，已经有点儿忍不住了。

这是他们最后一次在军营里升国旗，也是最后一次以战士的身份唱响着这首国歌。

叶飒站在不远处的树下，安静地望着这边庄重的退伍仪式。

温牧寒带领的海岸线大队全体成员，也参加了这次仪式。因为他们站在最边缘，所以叶飒一眼就看见站在前面的温牧寒。

他个子是有点儿突出的高挑挺拔，藏青色的军装穿在他身上，有种格外服帖的英俊。

叶飒的眼睛始终落在他身上。

直到团长石向荣开始讲话，他环顾着在场的每一个士兵，最后视线落在了最前排的战士身上："今天我们海军陆战团在这里举行老兵退伍仪式，都说铁打的军营，流水的兵。我在海军工作二十多年，一次次迎来新兵，又一次次送走老兵。可是每一次……"

石向荣的声音顿住，再开口时："我还是舍不得你们。"

"在此，我代表所有还要继续留在这个军营里的人，向即将退伍的老兵，致以崇高的敬意，敬礼。"石向荣浑厚的声音回荡在整个军营的上空。

当最后战士们帮老兵摘下帽徽、肩章、臂章还有领花时，几乎所有老兵都再也控制不住自己心里的伤感，哭了出来。

这一刻，哪怕是从未穿过军装的叶飒，都忍不住有点儿泪目。以前是年纪太小，不能理解叶铮的工作，总是在想，为什么爸爸总是没时间陪我呢，为什么爸爸还不回家。

后来叶铮牺牲了，谢温迪像是要抹掉所有关于他的记忆那样，家里没有关于叶铮的东西。哪怕是叶铮的忌日，谢温迪也不会特地赶回国内。

小时候没人带叶飒去陵园，她也不太懂什么叫作忌日。后来懂了，她自己偷偷跑去过烈士陵园，看着墓碑上的照片，她想哭却又哭不出来。因为她已经快不记得叶铮的模样了。

爸爸对于她来说，只是家长会的时候全班只有她是秘书来开会时，偶尔会想起的埋怨对象，是生日时只有谢时彦跟她一起过想起的人。

她七岁时，叶铮就离开了。岁月当真是无情的，哪怕亲如父女，也会在这漫长的时间里，被一点点消磨曾经刻骨铭心的记忆。

这一刻她看着这一个个穿着海军军装的人，突然又想起了叶铮。叶铮也跟他们一样，始终是最可爱的那群人吧。

第十三章
小舅舅

温牧寒送叶飒回去之后,也没待多久,因为下午他就得回队里,海岸线大队最近要进行第一次野外训练,他得全程盯着。

"等忙完这段时间。"温牧寒有点儿不好意思地说道。

叶飒看着他:"不用觉得愧疚,我都明白。"

"怎么这么懂事儿啊。"温牧寒过来轻轻扶住她的脸颊,最后很温柔地俯身亲了下来。

他这次很温柔地含住她的嘴唇,轻轻吮吸着,小姑娘的唇瓣又软又弹,让他真的有点儿上瘾。

这个悠长又缠绵的吻结束的时候,叶飒趴在他怀里小声地吸着气。

待她抬起头看着他,问道:"是不是特别想娶回家?"

温牧寒瞧着她一脸"快来问我我有坏主意"的表情,还是很给面子地点头说:"嗯,想。"

现在就想,马上。

然后他就听到一句很干脆的话:"不行,我不同意。"

温牧寒微微挑眉。

叶飒理直气壮地说:"我等了这么多年,当然要多当一会儿温牧寒的女朋友。"

"老婆不是更好?"他低头吻着她的眼角。

叶飒被他亲得微痒,身体轻轻往后躲了躲,还是被温牧寒强制抱在怀里,压根儿不许她躲开。

她轻笑着说:"老婆可以当一辈子,女朋友只能当几年。"

这个理由可真够充足的。也确实是把温牧寒给听笑了。

于是他额头抵着她的额头,语气特溺地说:"行,让你多当我几年女朋友,然后再当我一辈子的老婆。"

叶飒抱着他笑了起来。两个人在一起,时间总是过得那么快。好在这会儿也快到中午了,叶飒还是留他在家里吃饭。只是她一打开厨房,才发现自己家里的食材很少。主要是她也不在家里开火,幸亏管家每周都会过来给她更换一次基本食材。面条和鸡蛋倒是有。

不过叶飒想了下,还是点了外卖过来。温牧寒见她点外卖,问道:"不喜欢吃面?"

"不是。"叶飒摇头。

只是她想象中他第一次给她做饭,应该是在某个夜深人静的晚上,他裸着上身站在厨房里,锅里是沸腾的水,叫人有一种想吃他的冲动。

她脑海中的画面都已经开始立体,自然不能叫旁边的人知道。于是吃完这顿之后,叶飒把他送到了楼下。

温牧寒是打车离开的,之前他开叶飒的车送她回来,把自己的车留在了营区那边。

叶飒也没想到,他离开之后,两个人愣是一个星期都没办法见一面。

她周一的时候回了第九医院正式报到。

只不过有人欢喜有人忧,司唯的开心显而易见,甚至狗腿到前一天晚上就在微信群里问她明天想吃什么早餐,她一定带到。

阮冬至迅速在群里回复:麻烦来一份正宗广式早茶,我要吃凤爪。

司唯:我觉得你的爪子比较香呢。

阮冬至:那是因为我最近换了新的香水,高贵且迷人。

司唯:……

她迅速摔出一张"我从未见过如此厚颜无耻之徒"的表情包。

在她们两个人你来我往的嘲讽大战中,叶飒终于有了动静。

叶飒:抱歉,刚才在打电话,帮我带一份三明治和蔬菜汁就好。

司唯:打电话??秀恩爱,请直接一点儿。

阮冬至：秀恩爱，请直接一点儿。

于是下一秒，叶飒淡定地回复了一条。

叶飒：行吧，我刚才和我男朋友在打电话，满意了吗，两位单身狗？

过了几秒，司唯在群里发了一个两秒的语音。

叶飒点开语音，听到里面传来了一声极清脆的汪汪。

叶飒："……"

至于不高兴的那个，自然就是徐雯。自从应嘉嘉和叶飒相继离开第九医院之后，徐雯一直以为自己是最有机会留下来的那个人。结果叶飒居然又回来了。

她当时就忍不住私底下问了跟她关系好的护士杨琳："咱们医院什么时候想进就进，想走就走了？"

倒也不是她沉不住气，她是太沉得住气了，要不然也不会等到叶飒走后，才会积极表现。人最失望的时候，不是没有机会的时候，而是明明已经看见机会，却又看着机会溜走的时候。

徐雯之所以跟这个小护士杨琳关系好，也是因为她家里有点儿关系，又是个爱打听的性格。

杨琳直接说："好像叶医生是借调走的，估计是人家那边的医生回来了，叶医生只能回来继续上班。"

"不是说她家里特别有钱嘛，居然没能留下来。"徐雯嘀咕道。

她自然恨不得叶飒留在那边，这样就没人跟她争这个位置了。

杨琳笑道："你不知道，叶医生是被借调到军营的医务室里，她肯定不会愿意留在那边的。你说咱们医院跟小区门口的社会医院，你选哪个？"

废话，肯定是选第九医院啊。徐雯心里想道，只是她这么想，别人也是这么想的啊。

叶飒进了急诊室大门的时候，不少人都跟她打招呼。她走的时候，本来大家就挺舍不得，虽说她为人冷冷淡淡的，但是特别有担当，真遇到什么事情她都扛在前头。

"你好。"叶飒微微点头。

她的办公桌还是空着的，所以叶飒也没换别的桌子，还是用这张。没一会儿她穿上白大褂出来，就看见徐雯端着水杯，温温柔柔地打招呼："叶医生，好久不见。"

"你好,徐医生。"叶飒微微点头。

"你回来就太好了,本来咱们有三个女生,自从你们两个走了之后,我一个人别提多孤单了。"徐雯有些叹息地说道。

叶飒在听到她说到三个女生的时候,眼睑微垂,盖住了眼底的嗤笑。她不提,叶飒已经快忘记应嘉嘉这个人了。可真的是谢谢她呢。

"徐医生怎么会孤单,你人缘那么好,谁都能处得来。应嘉嘉走的时候,我真担心你因为跟她关系太好,跟着一块儿走了。"叶飒淡淡地说道,语气中透着明显的嘲讽。

叶飒不用怀疑,已经肯定徐雯这是在自己上班第一天就来恶心她了。她这人大概什么时候都学不会"忍一时海阔天空"。别人惹她,她比较喜欢双倍奉还。既然徐雯非要提三个人,叶飒干脆把话直接给铺开,毕竟她不喜欢拐弯抹角,也没什么意思。

徐雯的脸色果然变了,她有些尴尬地说:"我跟应嘉嘉关系也不是那么好。"

叶飒也不再多说,徐雯是个聪明人,谨小慎微。所以她的态度点到为止,也不会太过咄咄逼人,只是侧面提醒她一下,别做无谓的小动作。

安安静静地工作,她们可以维持表面同事之间体面的关系,对大家都好。

急诊科的工作依旧忙碌而繁重,基本上一天下来,叶飒的胳膊和腿都有点儿不适应了。看来是几个月在医务室里悠闲,让她倒是把急诊科里兵荒马乱的节奏忘记了。

一直到周末的时候,她才有空跟司唯和阮冬至吃饭。她们三个人如今都很忙,要不是这次阮冬至过生日,还真是凑不到一起。

吃完晚饭之后,三个人各自打车回家。

叶飒一上车,就闭上眼睛假寐。今晚她们三个人喝了整整一瓶红酒,一开始还没觉得,后来渐渐喝开了。她本来酒量就不大,这会儿已经有了微醺的醉意。一直到小区门口的时候,司机叫醒她,叶飒这才付钱下车。

她正要往小区里走的时候,眼角的余光却瞥见停在旁边的一辆黑色越野车,还有车边站着的男人。在黑夜里,格外明显。

叶飒愣了一瞬，立刻跑了过去。

她直接撞到温牧寒怀里，抬头就对着他的脖子亲了下去，温牧寒也没想到这姑娘会这么热情，搂着她的时候，突然闻到了她身上的酒味。

他微皱着眉说："喝了很多酒。"

"一点点。"叶飒用手指对着他比画。可是身体又不自觉地晃了下。

温牧寒赶紧把她搂紧，叶飒又抬头亲了亲他的下巴，靠在他胸口，哀怨道："我好想你，一个星期没看见你了。"

"昨天不是还视频了。"温牧寒声音带勾地说。

叶飒手指戳着他的胸口，小声说："不一样，这是热乎乎的你。"

是抱着很温暖的你呀。

温牧寒被她这话哄的啊，忍不住笑了起来。突然叶飒包里的手机响了起来。于是她费劲儿地从包里掏出手机，看了一眼说道："我的笨蛋小舅舅打电话来了。"

温牧寒低头看着她的屏幕上，果然闪着"小舅舅"三个字。

叶飒接了起来："干吗？"

那边顿了有一秒钟，才问道："叶飒，你在哪儿呢？"

叶飒对于他这个问题有点儿奇怪，理直气壮地说："我在家呢，怎么了？"

"你在家？"谢时彦的声音听起来挺冷静的。

叶飒觉得他有点儿莫名其妙，她这会儿还真有点儿微醺了，有点儿不耐烦地应付他，于是一手拿着电话，一手戳温牧寒的脸颊。

"对，我在家。"叶飒又说了一遍。

说完，她抬头看见温牧寒的下巴，又想亲一下，正踮着脚尖准备亲上去的时候，耳边谢时彦的声音几乎是咬着出来的："你是在家，还是在家门口？"

叶飒一愣，下意识地说："当然是在家门口。"

下一秒，她望着面前的温牧寒，正安静地望向身后的某个方向。突然她整个人像是被一盆冰水从头顶直接灌了下来，她刚才还因为酒精而发热的头脑，瞬间冷静了下来。

当对面的电话挂断时，她下意识回头。她扭过头，就看见黑色宾利旁边站着的穿着风衣的谢时彦。

他站在马路边,面无表情地望着这边抱着的他们,此时,一阵冷风刮过,这时叶飒脑海中的各种念头都像是被冰冻住了一般。

他们三个人站在两端,安静地望着彼此。

谢时彦走过来的时候,冷风吹着他风衣的衣角,竟然有种莫名的苍凉和悲壮感。

他走到他们面前的时候,终于冷笑着问出了一句朴实无华的话:"你们这是在干吗呢?"

叶飒想过无数次谢时彦得知这件事儿的场景,但是她一次都没想过会是在这种情况下。如此,修……修罗场。

空气似乎在三个人之间凝滞,他们彼此望着对方,却偏偏都没有下一步的动作。直到叶飒猛地站直身体,终于跟面前的男人拉开了距离。只不过她这个此地无银三百两的举动,两个男人谁都没满意,但又都笑了。

温牧寒是被逗笑的,而谢时彦是被气笑的。

叶飒拉开距离之后,下意识观察谢时彦的反应。虽然这件事儿迟早要坦白,但是坦白一向讲究时机,显然现在这个被戳破真相的时机,好像确实不太适合。乍然被小舅舅碰上她和他朋友抱在一起的场面,实在是透着那么几分尴尬。

还有,刚才她是不是还抱着温牧寒,非要亲他来着?

"小舅舅,你怎么来了?"叶飒憋了半天,说道。

谢时彦呵地冷笑一声,气急反笑道:"怎么,我还不能来看看你?"

叶飒还真没发现,他什么时候这么爱钻牛角尖了,于是她试着心平气和地说道:"不是,我的意思是,你来之前干吗不提前给我打个电话?"

"然后让你们继续骗我,把我当傻子一样耍?"

叶飒原本就没把这事儿太当回事儿,这会儿见谢时彦开始给自己上纲上线,不由得有些恼火,她说:"我们没有骗你。"

"只是没说实话对吧?"

叶飒:"……"

她这才发现嘴炮技能全开的谢时彦,居然连思绪都这么清晰,丝毫没跟她兜圈子。对,他们确实是没骗谢时彦,但是也没说实话。

叶飒想来想去，觉得今晚这事儿是不能善了，于是她提议："要不都去我家坐坐？"

大家都是成年人，有什么事儿不能坐下来聊。

谢时彦这会儿注意力压根儿没放在她身上，只不过叶飒主动跳出来吸引注意力，他视线落在她身上，下巴微抬："行了，你先上去吧。"

叶飒下意识地看向温牧寒。

这举动又把谢时彦气个正着，什么意思，他这个当小舅舅的说话还不管用？

下一秒，温牧寒松开叶飒的手掌，在她的肩膀上轻轻拍了下，低声说："你先上楼。"

这意思是要跟谢时彦单独谈谈。

这男人不管什么时候都挺淡定，哪怕跟人家外甥女在一起，被亲舅舅堵在家门口，也还能这么淡定自若。

南江十一月的夜晚，已有些冷，冷风刮来刮去，使得周围气氛都透着那么些肃杀的味道。就连叶飒都觉得这气氛是不是过于严肃。

她想了下，还是想挽回道："小舅舅，我知道我没提前告诉你，是我的错。但这也不是什么见不得人的事情吧，你干吗……"

"你要是觉得正大光明，为什么不在你们在一起的第一天就告诉我？"

OK，逻辑鬼才谢时彦再次让叶飒闭嘴。

此刻温牧寒又伸手拍了下她的脸颊，温声说："行了，你先回家吧。乖。"

他最后这一句"乖"，让叶飒心跳加速。

只是她心脏扑通扑通的时候，又忍不住用眼睛去瞄谢时彦，这感觉实在是太刺激了。连叶飒都觉得温牧寒的狗胆实在太大了，他怎么敢当着谢时彦的面儿这么对她说话。

还乖！

在瞧见温牧寒肆无忌惮的动作后，谢时彦面无表情地说："怎么，还等着别人送你上去？"

行，叶飒也算是见识到男人阴阳怪气时候的样子了。她走还不行吗？

况且真要打起来，叶飒在这两个人身上来回扫了一眼，温牧寒这身体素质，即使连谢时彦这种泡健身房才有的好身材，也比不上。确定自己的男人不会吃亏之后，叶飒也不打算再劝了。

她转身要离开，谁知刚转头又被谢时彦叫住。

"拿去。"谢时彦从风衣兜里掏出一个盒子，直接递给了她。

这是一个黑色的天鹅绒盒子，看起来是个首饰盒子。

叶飒伸手接过，也没当回事儿，随后直接打开，下一秒，她震惊得差点儿没拿住盒子。

因为小盒子里面是一颗黄钻，切面繁复，哪怕此时周围只有路边昏黄灯光的光线，这颗黄钻也依旧那样耀眼璀璨，只要轻轻一动，就能反射出只有钻石才有的夺目光彩。

哪怕是叶飒这种见惯世面的，也因为这颗突然出现的黄钻而有些呼吸困难了。

太好看了！怎么可能会有女人不喜欢钻石呢！

叶飒低头看了好几眼，这才抬头神色复杂又透着那么点儿内疚地望向谢时彦，因为就在一分钟之前，她还在想，就算打起来，温牧寒也不会吃亏。而丝毫没有关心谢时彦心里的想法。

其实要真站在谢时彦的立场来看，他的生气也不是不能理解。毕竟他确实是被隐瞒的那个。

想想看，他身心疲倦地从欧洲出差回来，这刚下飞机，就来看望他的宝贝外甥女，结果呢，却在外甥女家门口，看见她和自己最好的兄弟抱在一起的场景。这画面真是怎么想都觉得刺激。跟着这种刺激而来的，就是双重背叛的感觉吧，来自外甥女和好兄弟的携手背叛。

叶飒看着手里的盒子，又想了想谢时彦的心情，一时愧疚难当，低声说："小舅舅，你别生气。"

她难得软声哄他。

或许是因为谢时彦是长辈，但年龄偏偏又只比叶飒大七岁，以至于叶飒打小就欺负他。闹脾气的时候，拼命折腾他，最后她不仅不道歉，反而肆无忌惮地让他包容自己。

这会儿也是，见他生气也懒得哄，无非就是仗着他总是惯着她。

"小舅舅。"叶飒见他不搭理自己,又喊了一声。

"后悔是吧!"谢时彦点点头,哼了下,特别油盐不进地说,"晚了。"

最后他丢给叶飒一个"你先等着,之后再找你算账"的表情,直接挥挥手让她赶紧回去。叶飒不敢再继续逗留下去,握着手里的丝绒盒子赶紧进了小区。

她走了,站在门口的两个男人还是没看彼此。

从开始到现在,谢时彦一直在跟叶飒说话,和温牧寒却是一句话都没说。这会儿两个人也是彼此对峙着。

直到温牧寒用下巴冲着自己的车抬了抬:

"聊聊。"

谢时彦没说话,但是直接越过车头,拉开副驾驶的门,上车了。

温牧寒也没耽搁,拉开驾驶座的门坐了上去。

这一路车速不算快,谁都没说话,一句话都没有。车里的空气仿佛是静止不流动的,沉闷得叫人觉得有点儿窒息。

车子一直往前开,直到进了一个小区。

温牧寒在门口说:"我不喜欢去酒吧,要不就去我家聊聊?"

谢时彦仿佛没什么意见,而此时他的那辆宾利,也一直由司机开着跟在越野车的后面,不紧不慢地跟着。到了小区之后,谢时彦拿出手机打了个电话。

很快,后面的宾利就离开了。车子一路跑到了温牧寒住的小区楼下,这个小楼是那种有点儿年纪的房子,说起来还是他外婆留下来的。

因为地处南江市区中心,别看小区稍微有点儿老,但属于学区房,房价居高不下。

温牧寒把车停好,旁边的副驾驶座上的人立刻下车,仿佛是懒得跟他多待一秒。等他下了车,谢时彦正站着车头。

温牧寒走过去指了指旁边的一栋楼说:"我家就住在那栋楼。"

话音刚落,原本侧对他站着的谢时彦,突然用力咬了下牙,转过身的同时,对着他的脸颊直接用尽全力打了一拳。因为速度太快,带起一阵风。

这一拳来得猝不及防,温牧寒整个人往后退了两步,后腰更是直接撞在了身后的越野车前盖上,只过了几秒而已,脸上和腰上的疼劲儿一下全都上来了。脸颊上是那种火辣辣的疼,至于后腰更是疼得钻心。

他深吸了一口气,结果扯动了嘴角的伤口,发出轻的一声"嗞",这一下他瞧出来了,是真没留情下狠手了。

他站定之后,稍微扯了下脸颊,这才缓缓开口说:"对我就这么不满意?"

谢时彦猛地闭了下眼睛,深吸了一口气,这一招还是温牧寒小时候教他的。那会儿他们都年轻,也有逗凶斗狠的时候。

所以温牧寒瞧见他打架的模样,就笑着给他支招儿,"你傻不傻,冲着脸打,人的脸是身体上最脆弱的部分之一,要不怎么有满地找牙这个说法。"

拳头用力往脸上打这一下,真狠的那种,确实能把人的牙齿打掉。

谢时彦望向他,可是不管他怎么平复,心头的那团火就是越烧越旺,他干脆也不平复,直接开口说:"你没搞错吧,居然跟叶飒谈恋爱。"

当他下车看见他们两个抱在一块儿的时候,谢时彦都觉得他肯定是瞎了,或者是疯了,眼前才会出现这样的幻觉。

"你会抱错自己的女朋友吗?"温牧寒淡定地回答这个问题。

他不说话还好,一开口就是火上浇油,谢时彦现在就是个油桶,一点就着。结果他还偏偏要点这个油桶。

下一刻,谢时彦直接拽着他的衣领,对准他的另一边脸,用尽全力又挥了一拳。

这一下打得温牧寒嘴巴里直接尝到了血腥味。应该是口腔壁被打破了。果然,他转头吐了一口的时候,全都是血。

谢时彦却一点儿都没觉得可以,他拎着温牧寒的衣领吼道:"你说你怎么能对她下手,全世界那么多女的。"

"但叶飒就只有一个。"温牧寒望着他,冷静说道。

全世界有那么多女人,漂亮的、清纯的、明艳的、知性的,数不胜数。可是叶飒只有一个,他喜欢的姑娘就这么一个。

这次谢时彦是真气到上头了,他跟温牧寒认识这么多年来,别说打架,就是吵架都没有。打小他就喜欢跟在温牧寒后面,他们是过命的好兄弟,结果现在一转头变成了他的外甥女婿?

这个念头哪怕只是在谢时彦的脑海里面过了一瞬而已,他都觉得浑身膈应。这太疯狂了。真的,打死他都没想到,他一直想要见的温牧寒的女朋友,居然是自己的外甥女。

想到这里，他登时又咬了咬牙说："你之前还跟我说，要带女朋友跟我见面是吧。"

温牧寒点头，既然事情已经摊开了，他说："对，就是叶飒。"

温牧寒今晚没打算还手，只不过谢时彦刚打了两拳，突然从不远处跑过来一个遛狗的姑娘，直接冲过来拦在面前，吼道："你怎么打人啊？"

"温先生，你没事儿吧？"女邻居一脸着急地问道。

温牧寒认出了对方，这是住在他楼下的姑娘，偶然见过一面。

他摇头说："我没事儿。"

女邻居一脸担忧地说："要不要我打电话报警，他怎么能这么打你呢？"

温牧寒摇头，正要说"不用"的时候，对方已经拿出手机。至于谢时彦双手环抱在胸前，全然一副"我不在乎你随意"的模样。

温牧寒无奈地叹了一口气说："没事儿，这是我们的家事。"

家事？女邻居疑惑地看了一眼他，又看向谢时彦，这才发现谢时彦长相俊美，看起来也并不是什么坏人。

"就算是家事，也不能这么打人啊。"

温牧寒淡然道："我抢了他的宝藏，所以他跟我翻脸了。"

其实刚才在被打的一瞬间，他挺能理解谢时彦的，毕竟这小姑娘确实是被他惯着长大的，哪怕谢时彦在别的事情上不靠谱，却从未怠慢过叶飒。

女邻居见状，这才准备离开，只是临走的时候看着温牧寒的脸，指了指说："记得买药擦一下。"

不过人家刚一走，谢时彦轻嗤一声："还挺受欢迎。"

酸狗心态。

温牧寒看着他问道："还继续打吗？"

谢时彦原本就是一鼓作气，如今这一口气被别人打断，哪怕再有理，也下不了手了。

温牧寒点点头说："行，那你现在能心平气和地跟我聊聊了吧？"

于是两个人又从小区里出去，温牧寒看着外面的小吃店，突然转头问："晚饭吃过了吗？"

"没。"

也不知是打人打的,还是这会儿有种不得不接受现实的无奈,谢时彦说话的时候,带着明显的丧气。

温牧寒指了指路边一家店:"那家店还不错,要不先吃点儿?"

"行吧。"

两个人又往那家店走去。那是一家烧烤店,也不知道是不是因为过了晚上十点,门口居然搭着一个红色塑料大棚,摆着烧烤架子,一阵阵烟气从上面冒出来。

他们坐下之后,老板娘过来招呼他们。一过来,她就瞧见了温牧寒的脸,立即惊呼:"这脸怎么了?"

"没事儿,摔的。"

温牧寒偶尔住这边,一个人不想做饭就会来这家店解决一顿,一来二去,老板娘对这位特别英俊的小伙子印象极深。

见他这么说,老板娘也没多问,把菜单放下。

谢时彦双手环抱在胸前,一副"别搭理我,让我静静"的冷漠姿态,温牧寒瞧他这个样子,估摸着他也不想点东西,就替他点了几样。

温牧寒点完,老板娘过来拿走菜单。

"行了,交代吧,你们谁先下的手,过程什么情况,在一起多久了,进展到哪一步了。"

温牧寒听着,微怔之后,失笑道:"你这是审问呢,我们部队结婚报告打得都没这么详细。"

结婚报告!

谢时彦被这四个字惊得猛转过头看他,脖子扭得咔咔轻响,满脸的错愕,写着"不敢相信"四个字。

温牧寒见他误会,立即解释:"暂时还没到结婚这一步。"

当然,也就是暂时没到而已。

谢时彦虽然听到了他解释,但是脸上丝毫没有松懈。他一双眼睛直勾勾地盯着温牧寒,好像今天他要是不交代出个所以然来,这事儿就不会完。

温牧寒也不含糊,直接说:"是我追的叶飒。"

这话确实没说谎，他们真正在一起之前，确实是他先追求的叶飒。他只不过是把之前叶飒喜欢他那段稍微省略了一下。

果不其然，谢时彦又忍不住想要问了。

"你说你到底喜欢叶飒什么，你认识她的时候，她还是小孩儿吧？你怎么好意思对她下手，而且你下手之前想没想过她是我亲外甥女？你是我朋友，你们之间还差着辈分呢。"

这叫什么事情，以后是温牧寒喊他小舅舅，还是他喊温牧寒外甥女婿？光是想想这件事儿，谢时彦就觉得毛骨悚然。

温牧寒直勾勾地望着他："你要是不介意，我现在也可以叫你小舅舅。"

谢时彦："……"

他登时在心里刷新了温牧寒无耻的程度，他以前怎么就没发现。

温牧寒揉了下脸上的伤口，实在没想到谢时彦会下手这么狠。说实话，他和谢时彦关系真的是打小就很好的那种。他之前跟叶飒在一起，想过他会惊讶，只是没想过他情绪会这么激烈。他这辈子没在任何人手上吃过亏，从来只有他折磨别人的份儿。这么站着挨打不还手，还是头一回。要不是为了叶飒，他不可能任由谢时彦这么揍。

其实他真没觉得他喜欢叶飒是件多么离谱的事情，不过站在好友的角度想想，也确实是有点儿不可思议。看起来完全风马牛不相及的两个人，居然会喜欢上彼此。

温牧寒这人务实，在他看来发生的事情必然是有因果的，不喜欢把什么都往缘分、命运上靠，可是或许他和叶飒之间就是存在着命运的牵扯吧。要不然他离开七年之后，回来怎么就还能遇上她。

谢时彦这会儿也冷静下来了。

过了会儿，谢时彦还是不死心地问道："你说你到底喜欢叶飒什么？"

真不是谢时彦对自家外甥女没自信，只是在他眼里，叶飒始终就是个小孩儿，他从来没把叶飒当成女人看待。

你懂吧，就是他不会对叶飒产生任何一种男人看女人的那种欣赏。以至于他实在不能理解温牧寒怎么就能喜欢上叶飒，一个在他眼里始终是个小孩儿的人。

"你这话要是让飒飒听见……"温牧寒一笑,微摇头。下一秒他说:"你不懂的。"

谢时彦:"……"

对,他就是不懂!理解不了,到现在还觉得不可思议。

老板娘过来送餐具的时候,顺口问了句:"你们没点喝的是吧,要什么饮料?"

"给他来瓶可乐吧。"谢时彦指着温牧寒,冷哼一声。

老板娘一惊:"他这样还能喝可乐?"

温牧寒此刻嘴角是破的,口腔壁也是破的,这要是喝碳酸饮料,无疑就是在伤口上撒盐……

"放心,喝不死他。"谢时彦抿着嘴,哼,你不是挺能说的。

毕竟顾客最大,老板娘也不知道怎么劝,最后还真的给他们这桌拿了一罐可乐过来,还顺便送了一根吸管。这样喝着,应该没那么疼吧。

温牧寒微笑着冲着人家说了声"谢谢",这就把易拉罐上的拉环用手指直接勾住,撬了起来,随着一声砰的轻响,罐口泛着气泡翻涌的声音。

随后温牧寒将吸管插到易拉罐里,张嘴喝了一口。这一下,让他倒吸了一口气。

真疼,是真钻心的疼。嘴巴里面早就被打得裂口了,再被碳酸饮料这么一刺激,疼得他不由得紧蹙着眉头。

谢时彦望着他当真喝了,本来就已经冷静了下来,这最后一点儿怒气也烟消云散了。

事到如今,他也有种事已至此的悲伤感。算了,他还能怎么办呢。

于是他说:"算了,别喝了。"

温牧寒笑着放下了易拉罐,他手指还拨了下吸管。

正好这会儿老板娘过来送吃的东西,她见两个人之间没那么剑拔弩张了,笑着说道:"第一次看你带朋友过来。"

"老板娘,你说错了。"温牧寒眉眼冷淡道。

老板娘一怔。

随后温牧寒用下巴冲着谢时彦的方向微抬了抬,淡淡一笑:"这位是我小舅舅。"

温牧寒按着面前的桌子，在防止对面的谢时彦暴起掀翻桌子，谢时彦怒道："温牧寒，你大爷的。"

这一顿谢时彦吃得有点儿食不下咽，特别是他看着对面温牧寒那张脸，心里想要动手的冲动，简直是时不时就要冒出来。

索性最后，让老板娘搬了一箱啤酒过来。

温牧寒开了一瓶要陪谢时彦喝的时候，谢时彦冷漠地推开他的手，冲着他脸上的伤斜了一眼，说道："算了吧，就你脸上那伤，你还敢再喝酒？"

温牧寒眉梢轻挑："舍命陪……"他微顿了下。

谢时彦立即瞪他，一副"你有种再喊一声'小舅舅'试试"的表情。

"君子。"温牧寒淡淡地吐出最后两个字。

"我以为你真的要当畜生到底呢。"谢时彦明显松了一口气的表情，论不要脸的程度，他确实是比不过温牧寒。

温牧寒悠悠道："你要是喜欢，我也可以一直。"

谢时彦又骂了一句，平日里优雅斯文的贵公子，此刻心里简直一万句脏话掠过。这都叫什么事儿。

正好温牧寒放在桌边的手机振动了几下。

他翻开看了一眼，淡淡地回了一条：我们在吃东西。

那边的人明显安静了下来。估摸着以为他们两个是在饭桌上面达成了一致的意见。

突然，谢时彦想起一件事儿，他说："咱们上次一块儿吃烧烤的那回，你不会就跟叶飒在一起了吧？"他说的时候，满脸惊惧地望向温牧寒。

温牧寒还真的很仔细回忆了下，随后他摇摇头道："没有，那时候我们也刚见面。"

谢时彦放心地点点头。

谢时彦知道温牧寒这人没什么虚话，他说是就是，说不是就不是。只不过经过这次之后，他再也不是谢时彦心中那个诚实可靠的人了。他就是个骗子。

"之前还骗我说，要带女朋友跟我见面。"谢时彦对这件事儿耿耿于怀。

亏得当初他还沾沾自喜，以为他是第一个知道温牧寒有女朋友的人，想到这里，他狐疑道："我是第一个知道你们在一起的人吗？"

温牧寒沉默了片刻，在斟酌用词。

谢时彦一下子火了，他问道："还有谁知道了？"

有人比他这个小舅舅知道得还要早！

温牧寒看着他，如实说道："叶飒那两个朋友你应该都认识吧，她们知道，还有明朗……"

"等一下，顾明朗居然比我先知道？"谢时彦不敢相信地望着他，亏得他当初还以为温牧寒这是跟他关系好，才会透露给自己。毕竟平常问他什么感情的事情，他一向是不太聊的。

他心里又骂了一句脏话。

"还有谁？"

"我军营里的首长还有那些兵。"温牧寒端起面前的水杯喝了一口。

谢时彦说："……所以我是全世界最后一个知道的？"

"那也不至于，"温牧寒想了下，"辛奇还不知道。"

因为辛奇实在是个大喇叭，他守不住什么秘密，他要是知道了，谢时彦也会立即知道。

谢时彦盯着他看了半天。

惹得温牧寒轻笑："怎么，还想打我一顿呢？"

"然后让你到叶飒面前卖惨？"谢时彦冷漠一笑，他才不上这个当呢。

谢时彦这一顿酒喝得人都晕了。好在他还知道回家，因为他打电话叫了司机过来，司机很快赶来把人接走了。

温牧寒一个人走回了家。

这边叶飒洗了个澡之后，整个人也清醒了不少。她走到客厅，把放在那儿的首饰盒子拿了出来，打开，看着躺在黑丝绒上面的黄钻，美得简直惊心动魄。

叶飒也不知道谢时彦怎么突然给自己送这么贵重的珠宝。虽然谢时彦时常会给她买很贵的东西，但是这种上千万的珠宝，也是少数。叶飒虽然对珠宝不是很在行，但是这颗黄钻裸钻最起码也在五克拉以上，而且成色巨好。

这会儿她认真地想了下，以后对小舅舅好点儿吧。

她放下手机,准备去厨房倒杯水的时候,温牧寒突然打了电话过来。

叶飒赶紧接通,忙不迭问道:"你们聊完了?聊得怎么样,我小舅舅没有为难你吧?他是不是特别生气?"

温牧寒不由得一笑。她跟谢时彦还真有几分相似,一问话,就跟审问似的,一连串问题砸过来,叫人不知道先回答哪个好。

温牧寒笑道:"聊过了,没什么事儿。"

就是他被打了一顿而已。

叶飒明显松了一口气,她说:"他是不是骂你了?"

"嗯。"温牧寒想起谢时彦临走时对他说的话,指着他的鼻尖骂了一句:温牧寒,你就是禽兽。

"那应该没事儿了,小舅舅很少记仇。"

温牧寒"嗯"了声:"你在干吗?"

"跟司唯还有冬至在聊天,这两个墙头草。"叶飒把她们的事情简单说了一遍。

那边沉默了许久,叶飒一怔,有点儿后知后觉问道:"你不生气了吧?"

"这点儿小事儿?"温牧寒嗤笑了声,显得有点儿不屑。

叶飒也觉得他不是这么小气的性格,不至于因为她们两头倒就生气了。

温牧寒开口说:"叶飒,我一辈子都送不了你那么贵的钻石。"

他倒也不是自卑,只是当着自己的面,看见女朋友收到别的男人送的这么昂贵的东西,心里多少还是有点儿不爽。他有点儿大男子主义,觉得自己就该给他的小姑娘世界上最好的。可这世上有太多好东西,哪怕是他,也不可能事事满足。

就像温牧寒之前拒绝叶飒时说过的话,跟他在一起,他不可能给她现在这样的生活,因为他一辈子也不会发财。

叶飒听出他话里的意思,毫不犹豫地反击说:"我之前不是也跟你说过,我有钱,我不需要你给我什么。况且,我已经得到了我最想要的。"

"你啊,我已经有你了。"叶飒的声音在他的耳边响起,她第一个喜欢的人,是曾经被埋在心里,只要稍微想一下,都会心满意足的存在。

如今他属于她,只属于她一个人的了。

叶飒并不是个贪心的人,她从一开始就明白自己想要的是什么,哪怕让她拿现在的生活去换他,她也愿意,而且丝毫不会有怨言。

温牧寒没想到自己反而听到了叶飒的表白,这下子心里的那么一点儿不爽也烟消云散。

人在意的时候,总会变得畏首畏尾。

"你怎么这么乖。"温牧寒低磁的声音在她的耳边响起,惹得叶飒也笑了起来。

两个人聊了一会儿,温牧寒就让她早点儿睡觉。至于他的伤势他只字未提,反正等下次再见到她的时候,脸上的伤势肯定也会好了。

这日,天气特别恶劣,从早上开始整个天空就乌云密布,黑压压一片,叫人分不清白天黑夜。也不知是路况不好还是怎么回事儿,急诊室来看病的人特别多。

没一会儿,有个人吼道:"隔壁滨海南路出现了地陷,有个公交车陷进去了,还有十几个路人也掉进去了。快、快,急救车在门口等着了。"

一下子整个急诊室就忙活了起来。

叶飒本来也想跟车的,但是被一旁的柳成功医生拉住:"叶医生,你留在急诊室待命,刚送来了一个电瓶车闯红灯摔伤的伤患,你先给她清创和处理伤口。"

"是。"叶飒冷静应道。

地陷事件显然是个大事情,哪怕叶飒在处理这个患者的伤口,也能听到隔壁等着看医生的人在聊天。

"好多人都去救人了吧?"

"对啊,今天这什么日子,我刚才看了新闻,说是海上有条渔船也进水,等着救援呢。"

叶飒听到海上渔船进水的时候,明显一怔。

她把伤患的伤口清创又重新缝合之后,刚摘下橡胶手套,外面就有个很大的声音:"叶医生,救护车跟车。"

"好,我马上来。"叶飒跟患者交代了几句注意事项之后,赶紧就往外跑。

她一到门口,滂沱大雨就兜头砸了过来,哪怕是站在急诊室门口的屋檐下面，也还是有雨被风吹着打到她身上。

救护车已经在门口等着了。叶飒立即上车。

"海上渔船进水，随时有翻船的危险，现在已经派了救援队去海上救援，咱们医院出救护车到岸边待命。"救生员见她刚上来，立即把情况告诉了叶飒。

叶飒点头。

虽然她脸上瞧不出神色，但是手掌已经不自觉握紧。因为渔船失事的地方离海岸线大队基地很近，叶飒知道温牧寒他们为了练兵，最近只要有海上船只遭遇事故，都会由他们执行救援任务。上一次海上救援时的危险还历历在目，这次外面又是那样恶劣的天气。

他们到达港口待命时，救护车的车门刚被打开，大雨登时就灌进了车厢里，叶飒的白大褂立即被打湿大半。

很快救生员把车里的雨衣找出来分给他们穿上。大家这才下车待命。

暴风雨降临，原本湛蓝平静的海面此刻被头顶上的乌云染成了深沉的灰色，海天之间的交界处像是末日大片里的场景。黑漆漆的一片乌黑，整个海面上大雨如倾，海水狂怒般奔涌而来，数米高的浪头疯狂拍打着岸边，犹如想要吞噬一切。

"这鬼天气，救援得多难啊。"小护士拽了下自己身上的雨衣，低声说道。

叶飒抬眸望着远处的海面。

"队长，不行了，渔船漏水太严重，必须得弃船了。"一旁的方汉新在无线电里跟温牧寒汇报道。

温牧寒看了一眼下面，船上一共有四个人，此时都穿好了救生衣站在甲板上。橙红色救生衣在此时墨汁般深沉的大海上，显得格外显眼。

这片海域上，此时大风已经达到了十级，海面上压根儿没有其他的船只，就连救援船都停在港口，没有轻易出动。

"队长，我请求上甲板。"突然郎玄的声音从无线电里响起。

温牧寒又伸头看了一眼窗外，因为大雨太过凌厉，直升机的窗户上雨水模糊得压根儿看不清楚外面，所以他只能打开舱门往外看。

"同意。"温牧寒没有犹豫，立即说道。

随后另外一架直升机靠近漂荡的渔船，一个橙红色的身影在舱门口出现。

风太大了，哪怕绞车手尽量想要保持郎玄身体的稳定，可是他整个人还是被风吹得来回倒，于是郎玄大吼道："张小满，放快点儿。"另外一架直升机上郎玄和张小满配合，闻言，张小满加快了下降速度。

终于郎玄到了甲板上，他立即开始给年纪最大的一位船员穿上安全背带，随后带着他重新回到直升机。

因为一来一回，风浪又太大，每救一个人都会耗费不少时间。以至于把第三个人救上来以后，郎玄已经累得直喘气，底下还剩最后一个。他正要让张小满再放绞车的时候，底下狂风肆虐，浪头竟是被掀起好几米高。

终于那条在风雨中漂荡的渔船，彻底被掀翻在海上。原本还站在甲板上的最后一个渔民，瞬间被这股浪头抛飞，直接掉进了海里。

"怎么办？"张小满把头伸到外面看了一眼，随后着急问道。

郎玄喘着粗气，正要说"我去"。

他们的耳机里已经传来一个冷静至极的声音："郎玄和张小满待定，一号机往后撤，二号机接替救援落海人员。"

谁都没说话，因为温牧寒是队长，他说的每一句话就是命令。

郎玄已经被张小满拉了上来，他坐在直升机舱内的地上大口大口喘着粗气，可是眼睛却是盯着舱门外的海面。

风雨丝毫没有停歇下来的意思，反而越发凌厉，就连悬停着的直升机都不得不在十级大风中尽力保持平衡。海面上此刻漂浮着不少碎片和杂物，都是从刚倾覆的渔船上掉下来的。

而那个穿着救生衣的落水者，在海面上成了一个显眼的橙红色小点。终于，二号机靠近了他落水的地方，这次温牧寒让绞车手将自己放下去，他打算直接进入水面营救落水者。

直升机上的绞车钢索有八十米长，哪怕落水者被海浪带走一段距离，他也可以追上去。要是风平浪静的天气，直升机可以悬停在更低的地方。但是现在，哪怕是顾明朗亲自驾驶的直升机，温牧寒也不敢让他悬停太低，生怕一个巨浪掀起来，将直升机也掀翻。

所以直升机停在三十米的空中。

温牧寒落水之后，落水者一下被浪冲到了更远的地方，于是他拼命地游过

111

去，想要赶在下一次浪头把人带走之前拽住对方。

只是天不遂人愿，没一会儿对方又被疯狂的浪拍翻了有几米远。他再次游过去，只是这一次落水者却没有再被浪带走，他眼看着要游到对方身边，但是下一秒，对方突然从海面上进入了海里，像是被什么东西拖拽进去一般。

明明穿着救生衣，可是他的身体猛地就从海面上被拖了下去。温牧寒猛地抓住他的救生衣上的一角，竟也被带了下去。当温牧寒进入海水里的时候，一秒后他明白了为什么。

渔网。

渔船倾覆之后，船上的渔网掉了下来，也不知怎么漂了过来，竟然缠住了落水者的脚，渔网上还坠着别的东西，这会儿带着落水者一块儿往深海里沉。对方在拼命挣扎，想要摆脱脚上缠着的渔网。

温牧寒直接抓住他的身体，但是落水者一直在蹬脚，两个人越来越往海下沉。

不行，对方坚持不了多久了。

温牧寒作为职业的海军陆战队成员，他的憋气时长是远远高于常人的。所以他立即从腰间拔出军用匕首，用力往下潜，偏偏他身上还穿着救生衣，遇到的浮力阻碍比什么都大。

终于，他拼尽全力，抓住了边缘。他迅速用匕首割断渔网，可是渔网一直在下沉，落水者又因为恐惧一直在挣扎，就在他割渔网时，对方一脚踢到他的手掌上，匕首割断渔网的同时，直接对着他另外一只手臂扎了过去。一瞬间，鲜血在海水中迅速散开，血腥味那么浓郁。

温牧寒因为太过疼痛，眼前一黑……

而直升机上的人一直在注意着下面的动静，从温牧寒突然进入海底时，张小满就失声喊了一句。

"我请求下去救援！"张小满的声音带着哭腔。

郎玄立即斥道："你是绞车手，负责绞车的。要救人，也应该是我去。"

"副队长，我请求下去救人。"郎玄吼道。

此时直升机上的方汉新，作为在场最高军衔的人，在温牧寒生死不明时，他是可以接过指挥权的。

他沉默了几秒后:"郎玄,准备下海,救人。"

"是。"郎玄振奋的声音立即传来。

我们的使命是保卫这片海域,保护这片海域上的每一个中国公民,但是我们也绝不会丢下任何一个战友。

共同进退,绝不抛弃。

海面上疯狂乱作一团,雨水连成一条线,直接灌进海里。呼啸而至的风浪,仿佛要吞噬这里的每一个生命。

可是就在下一秒,海面上突然出现了橙红色的身影,虽然小到只剩下一个点,却也是大海中最显眼的一个点。

"是队长,队长浮出海面了。"二号机上的绞车手徐滔滔一直观察着海面,此刻他望着仿佛陡然从海底冒上来的人,惊喜地吼道。

方汉新立即说:"绞车手,准备把队长和落水人员都拉上直升机。"

徐滔滔道:"是。"

随后他开始操控绞车,八十米长的绞车钢索,全部收起来只需要两分钟的时间,可是这两分钟对每个人来说,都那么度日如年。

当脸色苍白的温牧寒出现在舱门外时,徐滔滔和另外一个战士赶紧过来帮忙拉着他们上来。

徐滔滔因为之前是卫生员,等落水者进入直升机之后,就立即给他做心脏复苏。好在对方呛水的时间不算长,没一会儿就苏醒了过来。

温牧寒坐在直升机地板上,整个人都湿透了,他微闭着眼睛,仿佛累得不想说话。

直到徐滔滔看过来,突然他瞪大眼睛,极其震惊地喊道:"队长,你的手臂怎么了?"

此时直升机后舱内的队员才发现,温牧寒的身体被血染红了大片。他的手臂上,有一个长达十几厘米的狰狞伤口。

温牧寒睁开眼睛,望着他们,淡然一笑:"咱们的军工用品,质量真不错。"

他的军匕首太过锋利,直接给他划了一道这么长的伤口。

直升机迅速往回赶,谁都没想到,渔船上的四个船员都没有什么外伤,受伤最重的反而是温牧寒。

方汉新跟基地汇报了情况之后，让直升机直接飞往港口。那边有巨大的宽阔地带可以停机，而且救护车也在等着救治伤员了。

叶飒他们在外面站了很久，连司机都来劝他们先到车里等着，可是大家都没动。毕竟海上救援人员，人家亲自去海上救人，他们只是站在这儿等一会儿怎么了。

直到两架直升机从天空的尽头飞过来，降落在了港口。

"准备救人。"叶飒立即喊道。

刚才救援中心那边跟他们联系过，说直升机上有个伤患，情况比较紧急。所以叶飒他们才会要一直等着，准备在第一时间冲上去救人。

直升机停下后，救生员推着担架床立即冲了过去。

这会儿哪怕担架床被淋湿了，也顾不得那么多。叶飒跑过去的时候，就看见舱门被打开，然后一个裹着军绿色毛毯的人被扶下了直升机。

她一下子露出错愕的表情。

担架床到了跟前，她也跑到了跟前，看着面前浑身都湿透的男人。他的脸像是被刷了一层白釉，苍白得没有一丝血色。

他看向叶飒的时候，刚想张嘴，却忍不住打了个寒战，接着连牙关都开始颤抖。

十一月本来就冷，他还跳入那样冰冷的海水里救人。

叶飒立即上前想要扶住他，可是他却一下子抱住她，他的声音很小很小地钻进她的耳朵。

"飒飒，我冷。"

温牧寒从未示人的软弱，这一刻展现在了她的面前。哪怕坚强血性如他，也有了软肋。

大雨滂沱，海面之上暴风还在肆虐，站在港口望着仿佛随时要压下来的天际，犹如置身于末世的暴风雨之中。

温牧寒那样轻的声音还是钻进了她的耳中。一瞬间，叶飒差点儿因为这短短四个字而落泪。她知道这个男人的骨头有多硬，他不会叫苦，不会喊累。可是他却愿意把他的软弱只给她一个人看。

叶飒紧紧地抱住他,坚定地说:"走,我带你去医院。"

温牧寒拒绝了坐担架床这件事儿,他这人说到底还是骨子里头有股血性,他可以在抱着叶飒时候跟她说软话。但在别人面前,他不会露出一丝软弱。能站着,他绝对不会躺下。

周围的人都有点儿面面相觑,海岸线大队的人认识叶飒,也知道他们之间的关系,还不算惊讶。关键是跟叶飒一块儿来的救护车上的人,都有点儿蒙。

怎么这位海军少校就把叶医生一把抱住了。不过见到叶飒没有挣扎,反手也抱了他一下,大家心里也都明白了。原来这位就是医院里一直盛传着的叶飒的男朋友。

说起来温牧寒在第九医院的名声可不算小,因为大家都知道叶飒身边有个男人是海军军官,特别护着她。之前发生医患纠纷的时候,还是这位海军少校帮忙处理的。还上过一次热搜,当时闹腾得特别厉害。

这时叶飒伸手想要扶住他,外面的雨下得特别大,温牧寒裹着的一层毛毯本来就被他身上的湿衣服沾湿了,现在雨又打在他的身上。

叶飒担心温牧寒会着凉,于是赶紧扶着他上了救护车。

司机知道他身上都湿透了,特地把空调的温度提高。小护士迅速拿出保温毯递给叶飒,叶飒准备将他身上这条湿透的毯子换掉。她刚触到温牧寒的手臂,这不小心的触碰,却让他猛地缩了下手臂,甚至在这么大的风雨声中,叶飒似乎还听到了他疼痛难忍的轻咝声。

叶飒立即掀开他裹在身上的毛毯。下一秒,她才发现他的手臂上竟有一条十几厘米长的伤口,不知是因为泡在海水里太久,还是怎么回事儿,伤口虽然不再流血,却已经开始发白,是那种特别瘆人的状态。

这一突如其来的变故,让叶飒有些怔住。

待她回过神,立即问道:"你怎么受伤的?"

救人怎么还会受刀伤呢?

叶飒作为医生对于伤口的形成,虽然不如法医那样精准,但也有自己基本的判断。她一眼就看出这是刀伤,或者说是尖锐利器划伤,并且还在水里浸泡过不短的时间,因为伤口边缘透着不正常的白。

"没事儿,救人的时候不小心弄的。"温牧寒淡声安慰。

他丝毫没打算告诉叶飒刚才发生的事情,他为了救一个被渔网缠住脚的渔民沉入海中,这事儿他做的时候丝毫没有任何恐惧。但他不想让她担心。

叶飒说道:"你的伤口得尽快清创,而且需要打破伤风针,防止伤口感染。"

不过就算是这样,她估计温牧寒一场高烧还是躲不掉的,毕竟他受了伤不说,还在这么冷的海中泡了那么久。

他们的救护车来了两辆,被救渔民是乘坐另外一辆救护车前往医院。但是他们身上没有明显外伤,经过检查要是没问题的话,很快可以出院。

真正受伤的只有温牧寒一个人。

到了医院之后,叶飒迅速让护士准备清创的药品,还有防感染的药剂。待她给温牧寒扎了一针后,她看着温牧寒身上的湿衣服,低声说:"我去外面便利店给你买条内裤,再买一双拖鞋,一会儿让护士给你找一身干净的病号服,你先换上。要不然待会儿缝针的时候,湿衣服会一直滴水,再次感染伤口。"

温牧寒点了点头,突然勾唇轻笑俯耳小声对叶飒说:"你知道我穿多大码?"

叶飒:"……"

她立即瞪他,这都什么时候了,他还想着撩她。

可是下一秒,温牧寒已经凑近她耳边,低声报了个他的码数。

叶飒交代小护士去找一套干净的病号服过来,自己拿着雨伞直接去了外面的便利店。因为急诊科本来就是最靠近医院大门的,她从去便利店到回来,前后也不过花了十分钟。

她回来的时候,立即把买来的东西塞进温牧寒怀里。干净的棉拖鞋、袜子,还有被放在便利袋最里面的一次性男士内裤。

温牧寒抓起放在旁边的病号服,叶飒见他要出去,立即说:"你去哪儿?"

"去洗手间换衣服。"

叶飒张了张嘴,比语言更快出现的,是她脸上疑似害羞的红晕:"你就在这儿换吧,我出去。"

"出去干吗,这可是你的办公室。"温牧寒似笑非笑地望着她。

叶飒回头瞪了他一眼,要不是考虑到他现在身上有伤口需要尽快清创缝合,她还真的要跟他杠到底。她快步走到门口,直接把门关上。

叶飒因为站在门口,外面等着的病患家属都不住地看她,显然奇怪她干吗站在这儿。

直到过了会儿,里面传来轻轻的敲门声。

叶飒转身推开办公室的门,温牧寒此时已经全身上下都换了干净的衣服,脚上还踩着一双暖和的棉拖鞋。

虽然医院的暖气开得很足,但她还是怕他冷,给他挑鞋子的时候,特地买了双棉拖鞋。

"我已经让你的同事尽快把你的衣服送来医院了。"

叶飒还是有些不放心地问:"还冷吗?"

温牧寒点头,下一秒,他淡淡开口道:"冷,需要媳妇抱抱。"

这种毫无廉耻的话,他在说出来时,脸不红心不跳。

叶飒点了点头,很好,待会儿缝合的时候不需要上麻药了,直接来就好。

只是她心里的这个念头,在护士推着医疗车过来的时候,就烟消云散了。她先给他清理伤口,因为伤口在海水中泡过,不知道会不会受到感染,需要仔细清理,免得发炎。

叶飒的清创手法本来就好,但是即使她的动作很轻柔,当药水沾在伤口处时,也还是会疼,温牧寒的忍耐性已经够强,这要是换寻常人,早就号起来了。

她问:"疼吗?"

叶飒因为脸上戴着口罩,声音闷在口罩后面,有点儿瓮声瓮气。

温牧寒微抬头,外面天气太差,乌云密布透不出一丝光线,哪怕是白昼也如暗沉的夜晚,整个医院这会儿都亮着灯。

头顶上格外明亮的白炽灯光落下来时,他抬头看见她微垂着眼睑,神色专注地盯着他放在桌面上的手臂,睫毛微微颤抖,在下眼皮上落下浅浅的睫影。

温牧寒和她之间的距离太近,能清楚地看见她脸颊上的每一寸皮肤,她这皮肤可真是好,像是剥了壳的鸡蛋,真的是一丁点儿毛孔都看不见——真是吹弹可破的皮肤。

温牧寒摸过,知道那有多光滑。

温牧寒看着她用医用夹子夹着棉花球在他伤口上来回擦，接着又把夹子放下，开始挑选缝合线，不同创口使用不同的缝合线。等给他的手臂打完局部麻药之后，叶飒开始给他缝合。

她的速度很快，口罩之下的脸没什么表情，就连眼神都透露着严肃冷静，直到最后一针缝合完毕，她开始打结。最后她拿过剪刀把多余的缝合线剪掉。

温牧寒抬头，正要夸一句"叶医生技术真好"的时候，这才发现站在他面前的人，突然轻轻颤抖了起来，胸口的起伏特别明显，显然是长出了一口气之后，又深吸了进去。

他蹙了蹙眉头，一旁的叶飒突然转身，双手扶着旁边的办公桌，整个人背对着他。

叶飒以为她在救护车上看见他的伤口之后，不会再激动了。可刚才给他缝合的时候，叶飒突然发现自己手抖了。她已经给无数的人缝合过，甚至还参与抢救过濒临死亡的病人。

可这一刻，她居然怕了，疼了。

一共十七针。

她给温牧寒的伤口缝针的时候，一针一针地数着，每缝一针她就心里抽痛一下。在她看见的地方，他已经受过几次伤，甚至还有一次是中枪，面临生命危险的那种。那在她没看见的地方，在她和他分别的七年里呢？

突然叶飒转过身，发疯一样掀起他的病号服。

温牧寒伸手想挡开，可随后又放弃了这个想法，任由她拉起他前面的衣服，露出结实又肌肉线条流畅的腹部。

光是他胸前的皮肤上就布满了好几条伤疤，有些是看着有年头了，有些却像是新的，这些大大小小的伤口，分布在他的身体上。

不仅是前胸，叶飒又绕到他的后背，再次掀开衣服。那些错落的伤疤在他的身上留下了明显的痕迹。

温牧寒虽然没阻止她的举动，却开口解释说："很多都是训练伤，训练的时候不小心磕着碰着的。"

直到叶飒的手指轻轻触摸着他的肩膀，不知是不是因为她刚才缝合的时候戴着橡胶手套，在这么温暖的房间里，她的手指依旧有点儿凉。

她的手指在一块明显是圆形的伤口上，轻轻抚摸着问道："这里呢，也是训练伤吗？"

温牧寒不说话了。

他心虚了。因为他知道叶飒摸的是哪儿，就是他上次中枪的那个地方，那是一处枪伤。

就在此时，叶飒抚摸着温牧寒，低声说："你有没有想过……退出一线？"她的声音很轻，像是耳语般的呢喃，似乎连她自己都不够自信问出这样的话。

退出一线，只负责训练，不再出危险的任务。

温牧寒眉头紧蹙着，从刚才叶飒一系列的反应，到她最后问出这句话，他没有丝毫惊讶的表情，又或许他早猜到，他们迟早会面对这一天。

他沉默了片刻，正要开口说什么。

突然叶飒将他的衣服重新放下，转身去收拾刚才缝合用的医疗器械，伴随着乒乒乓乓的声音，她冷静地说："抱歉，你就当没听过吧。"

温牧寒抬头望着她纤细的背影，显得有点儿落寞。

他知道叶飒这是在回避，她觉得自己触碰到了他们之间不该触碰的问题，所以她只是刚伸出一只脚试探了一下，就立马缩了回去。她害怕了，怕会听到自己不想听到的答案。又或者，连她自己都矛盾，她说的话到底是对还是错。

终于温牧寒开口道："叶飒。"

他喊了她一声，但是正在收拾东西的叶飒并没有停下手中的动作。温牧寒顺手拉住她垂下来的一只手，轻轻一用力，将人拉到了他的面前。

他轻轻抱住她的腰，额头抵着她柔软的小腹处，闻着她身上淡淡的清香。还夹杂着一点儿医院里特有的消毒水的味道。

他心里也有千言万语，可是想来想去，最后还是什么都没说出口。其实他也知道叶飒在担心着什么，在经历了她父亲的事情之后，她怎么可能对他的工作没有一丝的担心。

两个人谁都没说话，过了一会儿，叶飒轻轻抱住他的头，手掌在他略有些短的头发上轻轻摩挲。

"温牧寒，我只要你平安。"

叶飒的心情稍微平静之后，转身继续收拾东西，只是她收拾完，往温牧寒脸上看了一眼的时候,她才发现了不对劲儿。或许是之前她太过在意他手臂上的伤势,居然没注意到他脸上也有伤。

叶飒伸手摸了下他的脸颊,明显的瘀青,还没彻底消退。这伤最起码有好几天了。

"你的脸是怎么回事儿?"叶飒的手指在他脸上轻轻地摸了一下。

她这么一问,温牧寒怔住了,因为他差不多快把这件事儿给忘记了。自从前几天被谢时彦揍了一顿,温牧寒回了海岸线大队就一直没和叶飒见面,自然不怕这件事儿被戳破。

除非谢时彦脑子坏了,主动跟叶飒坦白这件事儿。

而刚才在港口见面,一直到现在,两个人都没注意到这个细节,连温牧寒自己都忘记了他脸上还残留着瘀青。

温牧寒下意识地说:"训练的时候不小心撞的。"

叶飒眉梢轻挑,双手抱在胸前居高临下地看着他,一副"你编,你继续再编"的表情。

"小舅舅打的?"叶飒问。

虽然用的是疑问句,不过她的表情是肯定的。

温牧寒轻笑道:"总得让他发泄一下。"

既然事情暴露了,他也没必要继续藏着掖着。谢时彦打他一顿,反而让他放心,毕竟两个人这么多年的关系,温牧寒也不希望他们生出什么嫌隙。

叶飒不开心地说:"凭什么?"

是她小舅舅就能随便打人了?

"他可是一直说你是他半个女儿。"温牧寒轻笑着说。

叶飒从来没听过这种说辞,大概是谢时彦压根儿不敢当着她的面这么说,于是她憋了半晌,闷闷地说:"臭不要脸。"

于是前几天刚收了人家一颗巨贵的黄钻的叶飒,选择暂时原谅谢时彦。

"你的伤口这几天不能沾水,而且半个月之内不能用力。"叶飒看着他,似乎生怕他不把自己的话当回事儿,强调说,"我说的不能用力,是不能训练,也不能出任务。"

温牧寒眉梢微挑,他说:"你把我们海岸线大队想成什么了,就算有任务，也轮不到我这个伤员去吧。"

"我是不信任你。"叶飒瞪他。

温牧寒笑了："你放心，我心里有数，不会拿自己的命开玩笑。"

叶飒望着他却没在第一时间说话。

温牧寒被她的眼神盯得有点儿奇怪，直到叶飒突然轻笑着说："你这句话，我好像很久很久之前听过。"久远得像是上辈子听过的。

科学研究表明，人体内的细胞每七年就会全部更新一次，这是不是意味着，现在的她跟七岁的自己已经成了完全不同的两个人呢？

叶飒的话让温牧寒再次蹙眉，自从他得知了叶铮的事情之后，还没亲口问过叶飒。而除了那晚在睡梦中惊醒，叶飒也从未提及过她的父亲。这让温牧寒有些犹豫自己是不是应该跟她谈及这个话题。

"我不会的。"温牧寒站起来，将面前的姑娘抱在怀中，或许她想要的只是他的一句承诺。

外面人声嘈杂，急诊科一向忙碌。

叶飒在沉迷于他温暖怀抱的几秒钟之后，迅速推开他，低声说："我给你开点儿消炎药，我估计你今晚会出现发热症状。"

这是刀伤之后的常见症状，不算太严重，但也足够难受。她怕他强撑着不愿意来医院，低声说："要是体温上升得太快，记得来医院里。正好我今晚是大夜班。"

温牧寒点头。

叶飒还要说话的时候，外面传来一阵敲门声，张小满的声音响起："队长，队长，我来给你送衣服了。"

温牧寒一脸无奈地叹了口气。

叶飒摇摇头，直接把他推开，将门打开，张小满一脸着急地站在门口。而随着他拍门和大喊出来的话，不少人都朝这边看。

毕竟急诊室这么忙，他们这边的房门却一直关着。

叶飒看了一眼他们疑惑和不满的表情，还是解释了下："里面有位救人受伤的解放军战士，所以麻烦大家稍等片刻。"

"不急，不急。"

"医生您好好给解放军看,我们可以等。"

原本还一脸不满、觉得她太耽误时间的病患家属,一下子都变得格外包容、好说话了。果然在这个社会上,只要提到"解放军"三个字,所有人都会肃然起敬。

哪怕是叶飒都能感觉到那种不同的气氛。

张小满不好意思地摸了摸自己的脑袋:"叶医生,我嗓门儿太大,习惯了。"

在部队里面,要是声音太小,准会被教官教训是不是没吃饱饭,久而久之,很多战士都习惯了扯着嗓门儿说话。

"没事儿,进去把衣服给你们队长吧。"叶飒指了指里面。

张小满点头,赶紧提着手里的东西进来:"队长,这是副队长让我给您送来的。副队长还特地给我派了辆车,说是把您接回去。"

"我只是手臂划伤了。"温牧寒斜了他一眼,望着他大惊小怪的样儿。

不知道的还以为他负伤多严重呢,回头石向荣知道,肯定又得讥讽他一顿,觉得他小题大做,矫情得很。

温牧寒抬抬下巴,示意张小满过去关门。

叶飒站在门口,张小满特不好意思地说:"叶医生,我先关门让队长换个衣服。"

"关吧。"叶飒看着他祈求的小表情。

难不成她还想让温牧寒当众更衣不成。

军人做事儿一向迅速,一两分钟后,门再次打开的时候,叶飒就看见温牧寒一身藏青色海军制服。

说起来海军的军装跟别的军种差别还真的有点儿大。陆军是松枝绿,空军是天空蓝,唯有海军,夏天是白色,冬季又是藏青色,不同的季节有不同的常服颜色。

叶飒之前见过他穿白色常服,极少见他穿这套藏青色的冬季常服。这会儿看见,就微眯了眯眼睛。真的很帅啊。

温牧寒走到叶飒面前的时候,她才回过神。她微仰着头,看着他军帽下面的脸,低声说:"回去要是实在想洗澡,找个塑料膜把手臂上的伤口缠起来,千万不要沾水。"

这是基本常识。按理说不该洗澡沾水的，但是叶飒知道他救人的时候进了海里，海水沾在身上还不让洗澡，那绝对是折磨。

她又怕他什么都不当回事儿。

温牧寒点头，起步要走的时候，轻声说："媳妇，我先回去了。"

叶飒晚上在医院里面值班，没有病人的时候，他们也可以在办公室里面假寐一会儿，或者是去值班室的床上休息。只不过叶飒不太喜欢睡别人睡过的床，从来都是在办公室等着。

这时候才十一点多，但是今天颇有点儿风平浪静的感觉，也不知是不是因为白天接待了太多病人，晚上反而没人。这让医生和护士都有了喘息的时间。

叶飒因为不太睡得着，干脆看看书，只是没想到接到了谢温迪的电话。

她们的母女关系并不算特别亲密。相较于别人家的妈妈和女儿每天都要视频或者打电话，叶飒不太像是亲生的。当然谢温迪不给她打电话，她也极少会联系谢温迪。

"妈妈。"叶飒起身走到阳台上接了电话。

南江的冬天一向很湿，大概是靠海的原因，空气中弥漫着湿冷的水汽，她一出来就把自己包裹得严严实实。

"你在干什么？"谢温迪问道。

叶飒有些不明所以，谢温迪看起来是想要跟她闲聊？之前每次谢温迪打电话都是直奔主题，一般来说，她不太会主动找叶飒闲聊。

叶飒说："在医院值夜班。"

谢温迪轻轻地"嗯"了一声，只是声音里有些疲倦。叶飒皱眉说："您生病了？"

"没有，只是有点儿累。"谢温迪淡雅地说道，她的声音一向是那种和缓舒柔的优雅曲调。

"叶飒。"突然谢温迪喊了一声她的名字。

叶飒有种古怪的感觉从心里升起，她问道："您是出了什么事儿吗？"

谢温迪笑道："我能出什么事儿，只是好久没跟你打电话了。"

随后她的声音像是强打起精神说："你明年是不是该毕业了？"

"对。"叶飒应道。

"真快,你居然都要博士毕业了。"谢温迪忽而一笑,她说,"我告诉别人,我女儿明年博士毕业,他们都不敢相信。"

叶飒一怔,因为她没想到谢温迪居然还会跟别人闲聊起关于她的事情。

她心头好像有什么东西轻轻塌落了下,就连喉咙也有种陌生的哽意。

半晌,她说:"那是因为您看起来太年轻了,别人都不敢相信您有我这么大的女儿。"

"那也只是看起来而已,再有两个月过完新年,我就五十岁了。"谢温迪的声音里有种时光流逝的怅然。

叶飒大概也没想到谢温迪也会惧怕年龄。

她说:"您以前从来不这样感慨。"

或许是她跟谢温迪聊天太少,两个人连这样的闲聊的次数都屈指可数,以至于她仿佛第一次听到她说这样的话。

谢温迪轻笑道:"那说明妈妈老了。只有上了年纪的人,才会时常感慨。"

"您没有。"叶飒皱眉道。

倒不是她恭维谢温迪,而是她真的很显年轻,特别是她们在国外的时候,很多人都会认为谢温迪是她的姐姐,绝对不会想到她们是母女。

谢温迪被她逗笑:"没想到我的飒飒也有嘴巴这么甜的时候。"

叶飒一怔,心里有种强烈的委屈。

我的飒飒。谢温迪以前从来没这样说过她,一次都没有。也不知是太过陌生的温柔,还是她心里始终有着这样的期待,这一次,叶飒有点儿难受。

就在她想脱口而出告诉谢温迪她有了喜欢的人时,身后的门被推开了。

值班护士在后面说道:"叶医生,有病人。"

叶飒深吸了一口气,阻止了心里转瞬即逝的冲动。

谢温迪也听到她这边的声音,说道:"先挂了吧,你去忙。"

叶飒应了下,挂断电话之后,她直接把手机放在白大褂口袋里,跟着护士一块儿出去。只是她没想到,一出去会看见温牧寒。

温牧寒旁边这回跟着的是方汉新,叶飒接触得少,只知道他是海岸线大队的副队长。

也是一个让郑鲁一很生气的存在。

当初郑鲁一觉得海岸线大队副队长的职位非他莫属，可是温牧寒担心他把郑鲁一带走，一营这边一下子没了营长和副营长，日子不太好过。于是选了方汉新当他的副手，叶飒还在营里时，没少听郑鲁一嘀咕他，就差指着方汉新说他横刀夺爱了。

"你怎么了？"叶飒瞧出温牧寒脸色不对劲儿，立即说道。

方汉新说："叶医生，队长他发热了，我们来之前让军医给他量了下体温，说是快到四十摄氏度了。"

要是寻常高烧在基地的医务室就能看了，但是四十度的高烧，基地军医让方汉新赶紧把人送到大医院检查。

叶飒叹了一口气，她就该猜到他今天肯定会发热。本来下午她应该把他留在医院里面观察的，只是她估计这个男人肯定不会同意，甚至还会沉着脸跟她说：这么点儿小伤，就别浪费国家医疗资源了。

初步检查，他就是伤口感染了，需要挂点滴。

叶飒叹了一口气，这时候怎么教训他都没用。

叶飒拿了点滴瓶过来，其实打点滴一向是护士的事情，但是叶飒还是亲自上手给他打了点滴。将最后一条胶布粘在他手背上的时候，叶飒说："好好坐着休息，千万别乱动。"

急诊科的输液室，这会儿只有他一个人在。

温牧寒点头，正要拍拍旁边的椅子让她也坐下，结果外面又来了病人。于是叶飒只能先出去处理别的病人。

温牧寒低头看着手背上的针头，不由得一笑。觉得还真挺有意思的，他们第一次见面就是在医院里面，那时候是他陪着她打点滴，结果现在，她居然都可以亲自给他打点滴了。

温牧寒掏出兜里的手机，对准自己的手背拍了一张。

一分钟后。

温牧寒那个万年不更新的朋友圈，突然放出一张打着点滴的照片，连配文都有。

你们嫂子亲自给我打的针。

这语气里，透着满满的得意。

瞬间，微信有种炸开的感觉。

辛奇：谁是我嫂子？我为什么不知道？

温牧寒回复他：想知道吗？

辛奇：想，哥，求你了，快告诉我吧。

温牧寒瞧着他毫无骨气的模样，"哼"了一声。

而另一边，顾明朗没评论他的朋友圈，直接在对话框里发了信息。

顾明朗：我说，你是不是太高调了？

顾明朗：你是真不怕谢时彦知道打死你啊？

下一秒，温牧寒微微一笑，单手在屏幕上打字道：不好意思，小舅舅已经同意我和叶飒的事情了。

顾明朗：……

下一秒，顾明朗的语音发了过来，他说："牧寒，你快跟我说，你手机是不是被谢时彦拿着呢，还是他威胁你发这条微信的？老子真不敢相信这是你发的。"

温牧寒嘴角一勾，淡淡地发了条语音，声音一如既往的低磁好听："是我。"

两个字，表明确实是他本人。

于是顾明朗彻底没话了，他确实是玩不过这个人，太骚了。

而温牧寒再点开朋友圈，发现他通讯录加的一些战友还有同学都在底下问：嫂子是谁啊。

他想了下，一向稳重的老男人亲自在评论里@叶飒。

然后郑重打了一行字：介绍一下，这就是我媳妇。

第十四章
英雄

叶飒，这就是我媳妇。

这是温牧寒第一次这么公开又正式地介绍她，挺新鲜的，他手指扣着下巴，看着朋友圈上百的点赞，以及底下一排齐刷刷的"嫂子"。

还都挺懂事儿的。除了个别大煞风景的。

辛奇的评论，在一溜"嫂子"中间格外刺眼。

辛奇："你女朋友是谁？叶飒，是我的认识那个，还是同名同姓？"

温牧寒冷眼看着他的评论，正考虑要不要把这一排"嫂子"里面夹杂着的这条刺眼评论删掉的时候，突然手机响了。

辛奇直接打电话过来了。

温牧寒单手划开手机，辛奇的声音立即传了过来："寒爷，您快告诉我，你女朋友真的是那个叶飒？"

"你认识几个叶飒？"温牧寒悠悠问道。

这么一说，对面怔住了。

下一秒，辛奇小声说："真的是叶飒？"

不敢信，还是不敢信啊。

"这也太玄幻了吧。"辛奇觉得这都不只是爱情故事了，这是玄幻爱情故事。

温牧寒头还是有点儿疼，耳边听着他咋咋呼呼的声音，实在是觉得有点儿难受。于是他有些不耐地说："我要挂了。"

"别，别。"辛奇赶紧说道，"你跟叶飒到底怎么在一块儿的？"

本来辛奇想直接问"你们怎么搞在一起的",但他估计自己要是问出口的话,温牧寒肯定不会放过他。

辛奇这人太过机敏,也实在是了解自己几个发小儿的脾性,知道温牧寒这人心里有根线,不能开玩笑的地方,他绝对不能造次。

温牧寒拧着眉心说:"你打电话过来就是为了八卦?"

辛奇在电话那头很郑重地点头,只是他想起来温牧寒也看不见,这才换了嬉笑的语调说:"当然不是了,我这是关心你嘛,叶飒可是谢时彦的亲外甥女。你这么光明正大宣布主权,你说让时彦看见了得多震惊。"

"你以为他会不知道?"

辛奇张了张嘴:"他已经知道了?"

温牧寒"嗯"了一声,说了句"挂了",却听到辛奇喊着说道:"我不会是最后一个知道的吧?"

如果范围广一点儿的话,整个朋友圈里,他确实不是最后一个知道的。但要是缩小到发小儿圈的话,他确实是最后一个。

温牧寒实在不想再听到他的聒噪,直接挂断。

因为周围没什么人,温牧寒又太过疲倦,他靠着椅子,慢慢睡着了。以至于不知睡了多久之后,他突然被惊醒,在抬头瞧见正冲着自己走过来的人时,他恍惚以为做了个梦。梦里的谢时彦直接举着一个手机一样的东西,顶在他的眼前:"你发这个到底什么意思?"

温牧寒这会儿清楚地听着他的声音,才发现这并不是梦,而是现实中的情况,这会儿穿着一身黑色大衣的谢时彦,正站在他面前。

温牧寒伸手揉了下他的额头,依旧疼得特别厉害。

"你还打点滴呢,乱动什么。"谢时彦看着他打着点滴的那只手毫不顾忌地抬起来,不由得说道。

温牧寒这才偏头看着自己的手背,喃喃道:"对,叶飒说过,不能乱动。"

谢时彦:"……"

这会儿他彻底醒过神,转头看着谢时彦问道:"你怎么会过来?"

还不是你这条朋友圈闹的!

本来今天谢时彦在参加一个酒会,一直到十一点多才散,他坐车回去的路上,随手翻了下手机,没想到就被他刷到了这条朋友圈。

谢时彦有两个微信号,一个是加商业伙伴的,还有一个是纯朋友圈子。这跟私人手机号一样,毕竟现在这种互联网时代,逢人就加微信,就连商场上那些老头儿都学会了,挺烦的。

所以他这个私人微信压根儿没几个人,随便翻一下就能翻到温牧寒这条。他脑子一下子炸了。这秀恩爱的方式,简直没把他放在眼里!

于是谢时彦当即让司机调头,他连家都没回,直接来了第九医院。

"我就是想来问问你,发这条朋友圈,到底把没我放在眼里。"本来一肚子火的谢时彦,瞧着温牧寒这一副随时都要倒下去的虚弱模样,火气消了一半。

他……好意思跟一个病人计较吗?

温牧寒挑眉:"我发个朋友圈,就是没把你放在眼里?"

突然,他怎么觉得谢时彦的脑回路也跟姑娘似的,绕得让人看不懂?都说女人心,海底针,他什么时候也学会这个毛病了?

谢时彦冷哼表示:"我这几天还在考虑你们的事情。"

这意思是还没打算同意?

温牧寒不气反笑道:"合着我这一顿打是白挨了?"

他语调慵懒,还透着一丝病弱的疲倦。

谢时彦被提到这件事儿,也没有丝毫心虚,他说:"你以为跟叶飒在一块儿,就这么容易?我对你的这点儿为难算什么,要是我姐知道……"

他说到这里,声音戛然而止。

"怎么不继续说?"温牧寒微挑眉,对他接下来的话还挺感兴趣的。

谢时彦有点儿无奈,毕竟这涉及他姐姐的事情,哪怕是自己最好的朋友,他也从来没提到过。

温牧寒见他保持沉默,问道:"是因为叶飒爸爸的事情?"

谢时彦猛地转头看向他,低声问:"是叶飒告诉你的?"

"我猜的。"

温牧寒语气淡然,却一点儿都没有猜中的欣喜。原本他对叶飒的家庭只是有个模糊的认识而已,直到刚才谢时彦情急之下说出他姐姐,他仿佛拨开了眼前的迷雾,看出了问题。

当年叶飒的父亲牺牲之后,她母亲或许因为悲痛过度,不接触关于她父亲的一切,也包括叶铮的职业——海军。

温牧寒苦笑了下,他从来都以他的军人身份为傲,却没想到有一天会遭未来丈母娘的嫌弃,或者说不是嫌弃而是担忧吧。

一朝被蛇咬,十年怕井绳。

"你别埋怨我姐姐,她也很难过的。"谢时彦无奈地说道。

温牧寒看向他,显然是想要询问这件事儿。

谢时彦也没打算瞒着他,虽然他气冲冲找过来,不过他心里其实已经接受了这件事儿,只不过一时不太能接受温牧寒这么正大光明地秀恩爱罢了。

这还是他们谢家人呢,他就想要占为己有。

谢时彦:"我姐姐打小就是天之骄女,她是谢家的大小姐,我爸妈都很宠她。所以她当年拼了命也要跟一无所有的姐夫结婚,我爸妈都没有反对。

"这些事儿我也是听我们家的老阿姨说的,她说我姐夫家里真的是一贫如洗,只有一个身体不好的寡母,所以他高中毕业就不读书了,直接参军入伍了。但是我姐夫这人特聪明,老阿姨总说叶飒身上这股子聪明劲儿,像极了我姐夫。姐夫他很快在部队里面考上了军校,在他读军校的第一年,他认识了我姐姐。"

谢家明艳至极的明珠,却喜欢上了一个当兵的穷小子。这在当初引起了轩然大波,谢温迪却丝毫不惧怕,她自小被父母娇惯,可以说想要什么就有什么。有了想要的人,自然也会想要得到手。于是她一次又一次接近叶铮。其实叶铮也喜欢她,只是周围舆论压力太大,有说叶铮要是攀上谢家成了谢家乘龙快婿,以后仕途上肯定一帆风顺。也有说叶铮要是跟谢温迪结婚了,还当什么兵,肯定立马进入谢家的公司。

这些风言风语,后来不知道怎么竟传到了叶铮的家乡。他不识字的母亲请人写信给他。他的母亲以为他真的在外面搞了那些乱七八糟的事情,有攀龙附凤的心思,不想继续当兵报效祖国,于是就在信里怒骂了他一顿。更说出"要是你真的跟有钱人家的姑娘结婚了,以后就别回来了"这样的话。

可是谢温迪是个天不怕地不怕的,二十多年前,还处于一个男追女的年代,没有哪个姑娘敢那么大胆主动地追求一个男人。偏偏谢温迪敢,叶铮在军校没办法出来,她就一天一天地给他写信,写了整整三年的信。

直到有一天,谢温迪的信断了,叶铮以为她放弃了。

他曾经期望她放弃,可是又怕她真的放弃。这天真的来临时,他才知道,谢温迪早已经融入他的骨与血之中。谁知过了几天,突然有个同学偷偷跟他说,前几天同学去医院看病,居然看见了谢温迪拄着拐杖在医院里。

因为谢温迪追求叶铮的事情闹得太大了,他们很多同学都知道这位明艳的大美人,也时常取笑叶铮。可是这取笑的底下,却是赤裸裸的羡慕。毕竟谁不希望有一个这样的姑娘,赤诚而又没有一丝掩盖地喜欢着自己。

当时那个同学就跟叶铮悄悄说,哪怕你不喜欢她,也看在人家姑娘喜欢你三年的分儿上,去看看人家,毕竟她出车祸还挺严重的。叶铮扔了手里的洗脸盆,直接就跑去找辅导员。可是却没人给他准假,毕竟连女朋友都不是的人病了,怎么可能随便批假让他出去。最后叶铮违规翻墙跑了出去。

他一向是模范生,更是尖子兵,没人想到他也会有违规的时候。他一路跑到了医院,问了护士谢温迪的病房,推门就看见那个姑娘正趴在病床上的小桌子上面,手里握着一支钢笔。

谢温迪听到推门声的时候,抬起头,在看见他时,眼中又是惊讶又是欣喜。

她一开口就说:"叶铮,我正要给你写信呢。"

这一瞬间,叶铮就知道他逃不掉了。

温牧寒听着谢时彦说着关于叶飒父母的故事,突然明白叶飒身上那股劲儿是从什么地方来的了。或许她真的就是天生勇敢,又继承了她母亲的倔强吧。

谢时彦说完,苦笑一声:"你知道吗?我小的时候总是听我姐炫耀这件事儿,说她怎么把姐夫追到手的。"谢时彦脸上带着回忆往昔的笑意,却在下一秒望向温牧寒,"但是我姐夫去世之后,我再也没听到她提过,连叶铮这个名字都从她的世界里彻底消失了。"

温牧寒微怔。

谢时彦很认真地说:"牧寒,你想跟叶飒在一起,我姐一定不会同意的。"

旁边的男人微靠在椅背上,安静地望着前方。

突然他笑着问:"真不行?"

"除非……"谢时彦正要开口,突然输液室的门口出现了一个穿着白大褂的身影。

叶飒看见坐在温牧寒旁边的谢时彦,立即惊讶道:"小舅舅,你怎么会在这儿?"

谢时彦一恍惚,转头看向叶飒的时候,还没想好理由。

这时,旁边的温牧寒说道:"他看见我在医院打点滴,特地过来看望我。"

叶飒望着谢时彦两手空空的样子,这是看望病人的状态?

"对,我来看看牧寒。"此时谢时彦也想不起来他来的目的了,只能顺着温牧寒的话继续说下去。

"而且刚才他还说要出去给我们买宵夜,你想吃什么?"

温牧寒发现叶飒上夜班真是太累了,睡也不能睡,好歹吃点儿东西。

谢时彦猛地转头看向温牧寒,只差脸上浮出冷笑,质问他"自己什么时候说过这句话"的时候,突然发现温牧寒的嘴角浮现出一丝笑意。

叶飒的声音突然响起:"我就知道,你还算有点儿良心。"

谢时彦:"……"

"你看看你把他的脸打的,你知不知道他现在是大队长,要带兵的,怎么能让他的战士看见自己的队长被打了呢?"叶飒越想越生气。

本来她就因为自己被瞒着很生气,正好这火还没发泄,谢时彦自己就撞上来了。

谢时彦立即说:"他跟你在一起,我还不能教训他了?"

"不管我们是不是骗你,你动手就是不对。"叶飒有些生气道。

谢时彦一时被堵住了话头,半晌说:"我还不是……"

"算了,我算是看出来了,你这胳膊肘早歪了。"谢时彦心头跟堵着什么似的。

这还没到哪儿呢,他这个小舅舅就不如她男朋友了。

两个人剑拔弩张的时候,温牧寒轻笑:"算了,要不这件事儿就过去吧。"

谢时彦说:"你闭嘴。"

叶飒说:"你不许凶我男朋友。"

于是下一刻，温牧寒看着同时冷笑、别开脸不看对方的两个人，突然扶住额头轻笑了声。还真是一对亲舅甥。

谢时彦冷着脸离开的时候，叶飒还扭着脸不看他，一直到门口彻底没了他的身影，叶飒这才转头看过去。

半晌也没见谢时彦回来，她深吸了一口气："他现在怎么这么小气？"

"你为了我跟他吵架了。"温牧寒小声提醒她。

叶飒转头望着他："所以这是值得生气的事情吗？"

对于她有些不敢相信的口吻，温牧寒也禁不住笑了起来，难怪谢时彦会生气，毕竟这姑娘确实是胳膊肘往外拐得太厉害。虽然她是拐向了他。

叶飒看着温牧寒的脸上还有些泛红，知道这是发高烧的症状，于是她低声问："舒服点儿了吗？"

温牧寒点点头。

其实发热怎么可能一下子就好了，特别是脑袋里面，一阵一阵仿佛要炸裂开的疼痛。

突然叶飒从白大褂的口袋里面拿出一个白色长条状的东西，她捏在手心里，悄悄地说："我给你带来了一个好东西。"

"什么？"温牧寒感兴趣地问道。

叶飒把东西摊在手掌心上，温牧寒一下子愣住了。

半晌他才轻笑着说："叶飒，这是小孩子用的。"

叶飒给他拿来了一张退烧贴。他倒也没说错，一般都是小孩子用退烧贴，因为退烧贴并不能起到彻底降温的作用，顶多是一些物理作用。就跟人发热的时候，额头上时常换毛巾会舒服点儿一样。

"这个会让你舒服点儿，头没那么疼。"叶飒不由分说地直接把退烧贴拆开，就想要按在他脑门儿上。

温牧寒岂会轻易就范，微微往旁边偏了下。他低语道："我又不是小孩儿。"

"这是退烧贴，大人小孩儿都可以用的，我是医生，听我的。"

叶飒抓住他的手臂，身体微微抬起，不由分说就把退烧贴贴在了他的额头上。冰凉的长条状黏在脑门儿上的时候，一瞬间带来又冰又凉的刺激感，还真的让他瞬间舒服了好多。

温牧寒原本挡着叶飒的手臂,也微微松开。

"舒服吧。"叶飒笑着望向他。

温牧寒叹了一口气:"叶医生说得对。"

叶飒登时眉开眼笑,小声说:"当然啦,以后你要乖乖听叶医生的话。"

说完,她还想要伸手拍拍温牧寒的脑袋,只是在看见旁边男人微瞥过来的眼神时,她才知道自己好像是有点儿造次了。

温牧寒把身体轻轻靠在椅背上,有些无奈地轻声叹了一口气。

他一个大男人,还非得贴小孩子常用的退烧贴,实在是有点儿丢人。温牧寒骨子里头还是有点儿大男子主义的,他是属于那种轻伤不下火线的人。要不是知道叶飒今天会在医院里值夜班,他根本不会过来挂点滴。

因为暂时没有病人来看急诊,叶飒就坐在旁边陪着温牧寒。

温牧寒说:"晚上值夜班的时候,会不会太累?"

"现在这个点还好,三四点是最困的时候。"叶飒嘟囔道。

温牧寒点头,他知道。因为每次他吹紧急集合的时候,也是会选这个时间点,哪怕是平时再厉害的兵,也会一边赶紧穿衣服一边心里骂娘。

"舒服点儿了吗?"叶飒伸手在他的额头上轻轻摸了一下。

温牧寒笑了下说:"舒服多了。"别说,退烧贴冰冰凉凉的,贴在额头上,确实是舒服了不少。

因为两个人都没什么困意,于是坐在一块儿小声聊天。只是没想到过了一会儿,门口又传来了脚步声。

两个人抬头,看见谢时彦提着东西走了进来,叶飒诧异地望着他说:"小舅舅,你还没回去呢?"

谢时彦:"……"

谢时彦的心口仿佛被插了一剑。

于是他没好气地直接把东西拎过来,放在叶飒旁边的椅子上:"不是说要吃夜宵的。"

这口吻,得是多不满?

叶飒朝他看了一眼,显然谢时彦还不打算搭理她。

倒是谢时彦的眼睛在温牧寒的额头上扫了下后,突然发出一声极明显的嗤笑声："你是小孩儿吗？还要贴退烧贴？啧啧。"

这看笑话的口吻，还真是毫不掩饰。

温牧寒安静地抬起头，眼眸颇为冷静地朝他扫了一眼后，低声笑了下，淡淡地说道："我女朋友非要给我贴上的。"

叶飒："……"

半秒钟后。

谢时彦说："你是在跟我炫耀？"

炫耀你有女朋友，还是炫耀你女朋友是我外甥女？

他刚问完，就看见温牧寒挺淡定地点头说："嗯。"

谢时彦："……"

从这天之后，叶飒很久没见到温牧寒。虽然两个人在同一所城市，但因为太过忙碌，没有多少见面的时间。一转眼，新年快要来了。

虽然没办法见面，但两个人每天都会抽时间打电话，或者是视频。偶尔叶飒会说说医院的事情，不过温牧寒却从不提起关于他那边的情况。或许是因为保密，又或许是怕她知道得越多，就会越担心自己。

这天叶飒在更衣室换好衣服后，拎着包往外走，就听到护士笑着说："叶医生，元旦快乐。"

"元旦快乐。"

其实元旦在中国人的心目中的重要性，或许还不如冬至来得重要。只不过冬至没有法定节假日，但是元旦是会放假的。

明天叶飒正好要放假，科室里除了要值班的人，其他人都会放假，所以大家的心情还挺愉快的。

叶飒出来之后，正要往自己的车子旁边走，突然有个声音喊道："叶飒。"

她回头看过去，这才发现温牧寒就站在不远处。

"你怎么会在这儿？"叶飒立即跑到他面前，哪怕知道周围会有人注意他们，她还是忍不住伸手搂住他的脖子。她的脸颊贴着他的下巴时，才发现他的皮肤有些冰冷。

她忍不住低声问："你在外面等我多久了？"

"没多久。"温牧寒轻笑道。其实他已经等了快一个小时。

她忍不住说："干吗不给我打电话，或者你进去等我也行啊。"

温牧寒双手轻轻抱住她的腰，小声说："怕影响你工作。"

两个人很久没见面了，因此一上温牧寒的车之后，叶飒就忍不住伸手抱住他。随后男人的吻铺天盖地地落了下来，叶飒并未推开他，而是抱住他的脖子，回应了起来。

她的舌尖被他勾住的时候，心里仿佛散发出了满足的感叹。

不知过了多久，车厢里的空气似乎都开始变得沉闷时，叶飒才被轻轻松开。

她小声喘着气的时候，就听到温牧寒贴着她的耳边小声说："这才到哪儿。"

叶飒蓦然睁大眼睛看着他。温牧寒在她的嘴角边亲了下，然后直接启动车子。

车子开动之后，叶飒都没问去哪儿。一直到温牧寒在一家大型超市的门口拐了进去，似乎是进地下停车场，她才出声问道："你要去超市买东西？"

"是我们一起去超市买东西。"温牧寒纠正她说法上的小小错误。

叶飒勾起嘴角。

随后温牧寒一边将车子开到地下停车场，一边开始找空余的停车位，解释说："晚上我在家给你做饭吃。"

在家？做饭吃？

叶飒立即有兴趣地说："去你家？"

"不然呢？"温牧寒正好找到一个停车位，干脆利索地直接倒车入库。

叶飒立即表示，还是去他家好了。万一再出现上次被谢时彦堵在家门口的情况，那情景真是尴尬得让她一辈子不想再遇到第二回了。

两个人从电梯进了超市。因为刚过完圣诞节，超市里的圣诞气氛还是很浓郁，到处挂着圣诞老人的画像，以及挂着的铃铛也都还没拆掉。这家超市是个大型购物中心，超市门口整整齐齐地摆着推车，提供给购物的人。

他俩推着车从正门进去，大门口就是卖日用品的地方，突然温牧寒转头说："我家没女式拖鞋，给你买一双吧。"

叶飒立即点头。好呀，当然好了。

他们找到了专门卖拖鞋的货柜区，在里面看了一会儿之后，叶飒看到一双粉色鹿角的拖鞋，毛茸茸的，不仅舒服而且看着特别可爱。

叶飒把旁边一双略有些大的银灰色鹿角拖鞋拿起来，问道："你穿多大码鞋子？"

温牧寒沉默了半晌。

叶飒抬头望向他问："你穿多大？"

"我家里已经有拖鞋了，不用再买。"温牧寒神色淡然道。

说到底还是他直男本性在作祟，他穿的衣服也好，鞋子也好，都是那种很正统的黑白灰，绝对没有一种是会带上这种可爱鹿角的。

叶飒眨了眨眼睛，望着他："可这是情侣款的拖鞋。"

重点压根儿不在于拖鞋，而在于情侣款啊。

于是在叶飒强烈的眼神暗示下，温牧寒下巴冲着面前的推车抬了抬："我穿四十三码，都拿上吧。"

这意思是，他也会穿的。

叶飒赶紧拿了一个四十三码的男款，又挑选了一个自己码数的粉色女款。

等逛完拖鞋区，没想到正好又逛到旁边毛巾区域，突然温牧寒走过去，随便挑了几条最贵的毛巾，颜色倒是选了白色还有粉色的。

"家里没毛巾了吗？"叶飒随口问道。

温牧寒没说话，只是"嗯"了下。

叶飒也没奇怪，跟着继续往前。温牧寒推着车在看另外一边时，突然她不小心撞上这边货架旁边摆着的小架子，有些无语地嘟囔道："谁把这些东西摆在这里？"

于是她弯腰把自己撞掉的东西捡了起来。只是她伸手捡起来的同时，才看清楚了上面的标志。"超薄、超润、带颗粒"几个字撞进她眼底的时候，叶飒羞红了脸。她作为一个医生，难道要说自己不认识这玩意儿？为什么超市要把这个放在这么明显的地方！

就在叶飒心虚地准备把东西赶紧扔回去的时候，温牧寒已经转头看了过来，他见叶飒似乎撞了架子，于是松开手推车走了过来。但在看见她手里拿着的东西时，他也瞬间沉默了。

叶飒哭丧着脸，他不会以为她这么饥渴吧？不，她不是，她没有，她真的……

可是下一刻她手里的盒子已经被温牧寒接了过去。

他淡定地说："放车里吧。"

叶飒："……"

她没想要买！

因为这个小小的插曲，叶飒虽然恨不得立即结账离开超市，可他们食材还没有买，只好继续往里面逛。

超市最里面是生鲜食品，还有各种速食。一个接着一个的冰柜里面，放着各种各样的食材。

温牧寒没买那些速食食品，他买了一条鱼，还有肉类排骨以及蔬菜。等东西买完的时候，整个推车里面是满满一车的东西。

两个人到了收银台，发现人工收银台排着不少年纪大的人，而旁边还有空余的自助收银台。一想到推车里面的某盒不可描述之物，叶飒立即拉着温牧寒去了自助收银台。

她将东西一件一件拿出来扫码的时候，始终避开放着"小雨伞"的那个角落，直到她快把其他地方扫完了，这才慢条斯理地把东西拿了出来。

叶飒光是扫了一眼，都窘迫得差点儿抬不起头，直到旁边一声微不可闻的低笑声响起的时候，她才发现自己的表现被嘲笑了！

呵，她可是学医的，一个医生，什么没见过。于是叶飒收起脸上的窘意，毫不在意地直接把盒子拿了起来，直接扫码。直到上面出现清楚的商品名称和价格，叶飒也脸不红、心不跳地滑了过去。

因为买的东西多，所以光是装东西的袋子就用了两个。本来叶飒想帮忙拎一个，不过温牧寒直接拎了起来。两个人很快下到地下停车场，走到车子旁边的时候，温牧寒手里拿着东西，没办法拿钥匙。

他看向叶飒，小声说："车钥匙在我口袋里。"

叶飒靠近他，伸手在他大衣口袋里摸了一下，他今天穿了一件黑色大衣，显得整个人格外稳重挺拔，只是在她拿出车钥匙抬头的瞬间，温牧寒低头在她的眼角亲了一下。

突然袭击？

叶飒有些惊讶他的举动，抬头看过去，就见温牧寒抬起下巴对准车子的后备厢。

"快去开门，要不然……"

他话说到一半，但是叶飒已经听懂了他的意思。

要不然他还想干吗？继续亲她？

下一刻她直接踮起脚尖，仰头对准他的嘴唇亲了上去，还用牙齿轻轻咬了下他的嘴角。

温牧寒立即被她的做法逗笑了，这姑娘永远有不服输的一股劲儿。

之后两个人迅速把东西放好，开车离开了超市。这家超市就在温牧寒家附近，车子开了五分钟，就回到了他家所在的小区。叶飒看着小区的大门，突然有些尴尬，因为上一次来的时候，还是七年前。哦，也不对，之前隋文的葬礼时，她去祭奠顺便又把温牧寒开车送了回来。只是那时候她就在小区门口停留了一会儿，并没有上楼。

因为这里是南江市的老小区，所以小区多半是六层楼且没有电梯的那种。叶飒以前就不知道为什么温牧寒会住在这里，现在更加不知道了。

直到两个人到四楼，温牧寒直接掏出钥匙打开门牌号 401 的门。

两个人进去之后，她才发现里面的装修居然被换过了一次，现在的整体装饰是温馨家居的风格，跟一个单身汉不太符合。

温牧寒一边将袋子里新买的拖鞋拿出来，一边说道："我不在的时候，我妈把这里重新装修了一下。"

"你妈妈的品位真好。"叶飒很认真地恭维道。

因为光是墙壁上挂着的画，就不是那种几百块一张随便就能买到的画。她站在客厅，看着挂在墙壁上的画，认真地说道："我挺喜欢这幅的。"

温牧寒回头看了一眼，突然笑了下说："你要是喜欢，回头我送给你。"

"不用。"叶飒倒不是客气，她就是很喜欢这幅画的风格而已，也不是想要温牧寒送给她。

温牧寒开口说："这是我妈画的。"

"你妈妈是画家？"叶飒有些好奇。

此时温牧寒把外面穿着的黑色大衣脱了下来，叶飒这才发现，他里面穿了一整套的海军冬季军装。

此时他站在玄关和客厅连接处，明亮的灯光落在他身上，衬得他身材挺拔。

叶飒抬头看过去的一瞬，也有些微怔。

她从不否认她当初就是被温牧寒的皮相所吸引的，毕竟在人接触的最初，过分英俊的面容总是想要让人忍不住亲近。

哪怕这么多年过去，他褪去了年少时的不羁，整个人像是一块精雕细琢的墨玉，内敛又深沉。

温牧寒走过来的时候，叶飒已经伸手抱住他，仰着头说："你怎么都没跟我说过你妈妈是画家呀。"

"现在说也来得及。"温牧寒亲了她一下。

"我得去厨房看看，咱们今晚吃什么。"

叶飒立即过去帮忙，把刚才买的食物分门别类地放在冰箱里面，只是在她打开冰箱的时候，忍不住感慨道："哥哥，你这个冰箱怎么比我家的还空。"

温牧寒弯腰从柜子里把锅拿出来，因为他经常不在家，所以怕锅具落灰，都放在柜子里。

他回头睨了叶飒一眼："刚才叫我什么？"

"或者你想让我叫小哥哥。"叶飒有些调皮地问道。

温牧寒被她逗笑，他也不是不上网，自然知道现在这些奇奇怪怪的称呼，于是他一边刷锅一边开始准备做晚餐。

叶飒一直在收拾东西，等冰箱里差不多被填满的时候，才转头看着他，奇怪地问道："你怎么不把外套脱了？"

虽然他刚才进门的时候已经把大衣脱了，但是军装外套此刻还穿在他身上，帅是确实够帅，但是在厨房里穿着军装，似乎显得有点儿怪异。

她这么提醒说："你穿着外套做饭，会不会不太方便？"

"过来。"此时已经把洗好的锅放在炉灶上的男人，突然冲着她低声说了一句。

叶飒慢慢走过去，就看见温牧寒居高临下地望着她，黑眸里带着某种暗藏着的笑意。他说："你不是想看我穿军装的样子。"

熟悉的话，勾起叶飒脑海里的某段记忆。这是曾经某个夜晚，他俯身靠在她耳边说的一句话，此时再次听到，叶飒忍不住咽了咽唾沫。

男人略有些磁性的声音再次响起："不想帮我脱了？"

叶飒脑海中像是有什么东西被点燃，"砰"的一下，炸开得四分五裂。而最后，她眼底只留下这个微勾着笑意的男人，以及她脑海中剩下的最后一句话。这男人，是不打算放过她了。

当叶飒的手指搭在他的衣服上时，她的表情可以说是并不激动，甚至还有些冷淡的。毕竟她一贯是越紧张的时候，越会在表面上装出一副不在意的模样。

只是她的手指微微颤抖的小动作，透过他军装上的纽扣，仿佛要传递到他心里。

外套上的扣子其实并不算多，叶飒解开一粒、两粒……终于衣服敞开的时候，她拽住他的袖口，然后轻轻拽了下，温牧寒配合地先脱掉一条胳膊，紧接着整件外套就被脱下来。

好在温牧寒没再说什么话逗她，只是告诉她，外面有个衣架可以挂衣服。于是叶飒立即走出去，把衣服挂上，然后厨房里传出温牧寒清晰的声音："你在外面玩一会儿手机，饭做好，我再叫你。"

对于他的提议，叶飒并没有拒绝。

因为她到现在心跳还没完全恢复，她觉得自己还真的不适合跟温牧寒待在一起。

毕竟之前在超市里她觉得自己一点儿都不饥渴，但是她刚才解开他外套上纽扣的时候，眼眸微抬往上看的时候，瞥见他脖颈处微动的喉结，居然想要咬一口。

叶飒立即捂住了脸。她怎么会，怎么会想要咬一口呢？

她赶紧把手机拿出来，准备看看新闻。刚想搜索一下，然后下一秒，她顿住了，伸手拍了拍自己的脸颊，忍不住轻吐了一口气。

她，一个读了快八年医学院的学生，一个正经的医生，居然想要上网搜索应该注意什么。幸亏她及时住手，要不然她大概真的是医学院的耻辱了。

就在叶飒胡思乱想的时候，手机突然响了起来，是群里有了动静。阮冬至发了两张照片在群里，据她说自己被邀请参加了律师协会的元旦晚宴，需要挑选一件晚礼服。她把自己穿着的两条不同礼服的照片发到了群里。

一条是白色缀着羽毛的纱裙，是那种带着清纯柔美的小仙女风格，另外一条就更粗暴直接，大红色低胸吊带晚礼服，哪怕她此刻还没上妆，也显得格外明艳动人。

司唯：红色这件，白色的太小仙女，不适合你这种妖艳贱货。

阮冬至：？？？

跟着三个问号一块儿发过来的是一张表情包：你在说什么呢，本宝宝听不懂.jpg。

司唯：行了吧，在我们面前就别装了，我当初可摸过你的胸有多大。

女生宿舍里住着，难免会看见彼此的身材。相较于叶飒和司唯都是偏瘦的那种，阮冬至的身材简直是那种前凸后翘的女神级别，再加上她的五官立体，妆容明艳，以至于惹出过不少流言蜚语。毕竟大部分人都会对这种身材和长相的姑娘戴着有色眼镜。

阮冬至似乎懒得理这个色女，直到她手机又振动了下。

叶飒：我也觉得红色更不错。

很快传来阮冬至的愉快回复。

阮冬至：好的，就听飒飒的。

司唯看着群里登时欢快友好还和谐的气氛，跟刚才自己的完全不一样，她立即不太开心地回复：我怀疑你们在针对我！

叶飒：不用怀疑。

阮冬至：不用怀疑。

这一次群里彻底陷入了安静当中。

叶飒没有提及她在温牧寒家里的事情，因为她已经想到另外两个人大概会说什么。于是她随手打开一个小游戏玩了一会儿。

大概过了半小时，厨房里忙碌的男人终于走了出来。他手里端着一盘白灼青菜，或许是因为白灼的做法，青菜显得格外油亮翠绿，光是从卖相上就让人觉得应该很好吃。很快温牧寒又从厨房里把做好的一盘糖醋小排端了出来。

"你居然会做排骨？"叶飒有些惊讶。

因为温牧寒买的是上好的仔排，在超市就请工作人员切开了，所以此时盘子里放着的仔排，根根分明，一根骨头上覆盖着一块肉。

"要尝尝吗？"温牧寒看着她眼睛盯着排骨，笑问道。

叶飒毫不犹豫地点头，当然要尝尝，这可是她最喜欢吃的东西。

她拿起旁边的筷子，很认真地挑了一块排骨，一咬进嘴巴里，就传来浓郁的酱汁带着酸甜的口感，混合着肉质的香味。没两口，她就把一块小排骨吃完了。

叶飒吃完才想起来一个问题："你厨艺怎么这么好？"

"偶尔会自己琢磨。"温牧寒笑道。

叶飒立即过去帮忙装饭，又把最后的鲫鱼豆腐汤给盛出来，准备端到客厅的餐桌上，只是因为汤碗太烫，她刚摸了下，差点儿烫到手指。

温牧寒立即接过去说："我来吧。"

叶飒忍不住尴尬地吐了下舌头，这么点儿小事都差点儿没做好。

两个人吃饭的时候，因为没有外人在，就一边吃饭一边聊天。一直到一顿饭要结束，叶飒才发现糖醋小排的盘子居然空了。

随后她低头看了一眼自己面前盘子上的一堆骨头，还有对面温牧寒盘子里零星的骨头。

她眨了眨眼睛，想要开口解释。其实，她平时不是那么馋，你信吗？

温牧寒注意到她的表情，也没多说，反而问道："吃饱了吗？"

叶飒就差忍不住摸摸自己的肚子，表示自己真的饱了。

然后她听到男人悠然的语调，不紧不慢地说："吃饱了才有力气。"

才有力气干吗？

原本脑海里已经被食物填饱、只剩下满足感的叶飒，突然仿佛被击中了脑袋似的，有一个念头又悄悄挤了进来。

"你先去沙发那边坐一下，我收拾收拾。"温牧寒转头看向她。

叶飒点头。只是等她后知后觉坐在沙发上，看着温牧寒往厨房里端东西，才想起来自己是不是应该去帮忙。

"想要玩游戏吗？"突然温牧寒走到这边，他似乎注意到叶飒坐在沙发上挺无聊的,于是他把电视打开,又从柜子里拿出两个手柄。

"你先玩一局,等会儿我收拾完,再陪你玩一局。"

叶飒点头,还真的认真琢磨起来这个游戏怎么玩。

过了一会儿,她很认真地玩了一局之后,温牧寒终于收拾好东西过来了。他刚在沙发上坐下,叶飒就明显感觉到旁边轻轻塌了下去一块。

"喜欢这个吗?"温牧寒的声音在她旁边响起。他的声音透着点儿慵懒。因为声线很好听,更加叫人入迷。

下一秒,叶飒轻轻点头,然后温牧寒伸手把另外一个放着的手柄拿了起来,笑道:"那我陪你一起玩。"

叶飒原本以为这个晚上会来得很快,可是眼看着游戏玩了一局又一局,旁边的男人仿佛沉迷其中不想自拔的模样,她突然觉得这似乎真的就是一个特别单纯的夜晚。

谁能想象到,一对情侣在这里很单纯地玩了一晚上的游戏呢。

"去洗澡吧,早点儿睡觉。"突然在一盘游戏结束之后,温牧寒把手柄放在了茶几上,随着东西放下的一声脆响,叶飒很冷静地点头。

打了这么几局游戏之后,她觉得自己真的做到了心如止水。

叶飒去洗澡的时候,温牧寒起身去阳台吹了吹风,明明洗手间离阳台挺远的,但是他仿佛听到了哗哗的水声。

等叶飒出来已经是半小时之后,只是她没想到自己居然正好撞到了从卧室里出来的温牧寒。

而且他的头发也是湿的。显然卧室里面也还有一个洗手间,可以洗澡的。

"你也洗完了,我正好想要叫你呢。"她的头发被洗过了,有点儿凌乱地披在腰背上,头发大概也被吹过,此时是半干的。

此时她脸上一点儿东西都没抹,却还是泛着光泽的嫩白,能想象到有多细腻。

叶飒说完这句话的时候,乍然有点儿尴尬,指了指客厅:"要不我们再打一盘游戏?"

"还打?"温牧寒笑了。

就在叶飒准备点头,说要不然这么早睡觉也挺不习惯的时候,突然她整个人被拉进了一个极温热的怀抱。

"要不我们做点儿别的？"温牧寒的声音贴着她的耳朵。

叶飒嘴角抽了下，原本她想要镇定地问做什么呀，但是下一秒温牧寒做了回答——他直接低头吻住她的唇。

这个绵长又浓密的吻并没有立即结束，因为叶飒感觉到自己被带进了刚才他出来的那个卧室，应该是他平常睡的房间。

只是她没想到房间里居然没开灯。

黑暗之中，唇齿交缠之间的清晰而又暧昧的声音，那么清楚地响起。随着房门被关上，周围没有一丝光线，在彻底的黑暗之中，周围的声音像是被无限放大。

舌尖有些发麻地想要往回收，但是却又被他吮住不放。

叶飒整个人被他按在房门上的时候，才后知后觉地发现，原来他刚才表现出来的一切温和，都是装的。

这个狗男人。

她脑海中升起惜惜懂懂的念头，可是身体却已经被他全面压制。

直到他轻轻歪头，吻从她的唇瓣开始往下转移时，他用含糊的声音问道："可以吗，飒飒？"

他轻轻开口问着这句让叶飒羞耻到脚指头都要蜷缩起来的话，却又仿佛那么理所当然。

他第一时间没有得到她的回应，仿佛不打算停手似的，接着吻了吻她的唇。

终于叶飒实在忍不住，又怕他真的会一遍又一遍在她耳边问出这个叫她羞耻的问题，她干脆直接堵住了他的嘴巴。哪怕是再笨的人都体会到了她的意思，更何况温牧寒这样的人。

昏暗的房间里，旖旎的气氛在攀升着。

哪怕看不见他此时脸上的表情，叶飒也能感受到他此刻的撩拨，原本身上透着沉着的男人，此时却褪去了所有沉稳，眉宇间尽是撩人暧昧的情绪，像是要刻意勾引她一样。引诱着她，进入这无边的世界。

叶飒不再抗拒，或许她也从来没有真正抗拒过他，因为这是她一直以来都渴望着的人。

此刻真正抱在怀里的温暖，是他所带来的。只是叶飒远没想到男人在床上会完全变成另外一个人。

哪怕是平时看起来一切以她为重的人，此刻都变得那样强势又有力，手掌轻轻按住她的手臂，想要占据她的全部。一点点还不够，是全部，慢慢地吞噬掉。

直到她的声音染上了委屈的哭腔，眼角忍不住掉落眼泪时，温牧寒才很温柔地舔吻了下她的眼角，声音很轻地说："飒飒，我们在一起了。"

叶飒睁大眼睛望着他，清楚地感受到他所说的在一起。

于是下一刻，她忍不住攀着他的肩膀，不服输地回咬了一口。

这个老男人。他一定是馋她的身子，才给她吃那么多的。

不知是厚实的窗帘遮挡住了外面所有的光线，还是今天本来就天气阴沉没有阳光，叶飒睁开眼睛的时候，有种从疲倦中彻底舒缓过来的满足感。

俗称睡饱了。

等她习惯性伸手摸了摸床头的手机，这才慢慢醒过神，这不是在她自己家里。所以她的手机没有摆在她习惯放置的床头位置。

叶飒抬眼扫了一下房间里的布置：整个房间以白色为主，对面墙壁是一整排衣柜。没有梳妆台，更没有镜子，还真是典型的男人房间。

此时她才注意到床头放着一个小闹钟。

十一点了……

她清楚地看见时针指向的方向之后，这才意识到自己睡了有多久。难怪她今天一醒来，就有种彻底睡饱了的感觉。

叶飒一边想着一边准备掀开被子，只不过在她要下床的一瞬，才发现自己身上似乎空空的。

直到叶飒低头看着她身上穿着的衣服，一件还挺新的白色T恤。因为房间里一直开着空调，所以刚才她并未感觉到冰冷。

白色T恤估计是温牧寒的，穿在她身上显得过分宽大，特别是领口大得快露到她胸口的位置。至于上面红色的痕迹，更是毫无遮拦。

昨晚有这么激烈吗？叶飒有点儿吃惊地望着自己的脖子，或许是因为她皮肤太白又太过细腻，留下痕迹的时候会显得特别清楚。

她转头左右看了一眼，准备找身衣服穿起来。

随后她看见自己昨晚穿过的衣服，已经被整齐地叠放在小沙发上，等她掀开被子走过去时，发现居然都已经洗过了。因为上面还带着淡淡洗衣液的清香。

叶飒猜想应该是温牧寒洗好的，他家里应该是有类似烘干机的东西，要不然衣服不可能这么快洗完又干了。

正当她要穿上的时候，突然听到有开门的声音。叶飒立即回到床上待着。

温牧寒进来就看见叶飒坐在床上，他笑道："醒了？"

等他过来打算亲一下她的时候，叶飒的头往旁边偏了下，让他错过了她的嘴唇。

"我才刚起床。"

其实是还没刷牙呢。

毕竟这是她第一次在他的房间里醒来，她还处于一种彼此还在热恋期的情侣，只想要留下最美好的一面的阶段。所以没打算在还没刷牙的时候，就让他亲自己。

"起床吧，是不是饿了？"温牧寒似乎猜到了她心里的想法。

叶飒点头，却没有立即行动。

她看向温牧寒，没说话，但是表情很直接，那就是"你还在这里，我怎么换衣服"的理所当然的表情。

温牧寒勾唇轻笑出声，弯腰捏了下她的耳垂："跟我还害羞什么。"

叶飒甚至怀疑他下一秒要说出"你身上还有什么地方我没看过"这句话。她心里的鸡皮疙瘩都要泛起的时候，温牧寒却笑了下转身离开了房间。

还好，还好。

她知道他本来就不是那种真的一本正经的男人，是那种骨子里头带着放荡不羁的人，只不过平时一身制服仿佛封印一样，把他骨子里的坏水都封印住了。

这会儿她还真怕他说出什么石破天惊的话。

叶飒舒了一口气，起身穿上衣服，然后去了洗手间刷牙，温牧寒早已经把她昨天在超市买的牙刷拆出来放在了洗手台上。

等刷完牙之后，叶飒这才走到客厅。

温牧寒正在厨房的门口，看着她过来时，突然微微皱眉，径直走了过来。

"要不你去床上再躺一会儿？"

叶飒有些惊讶："怎么了？"

"因为你看起来走路都很疼。"

走路都很疼……

叶飒面无表情地望着他，脑海中却在疯狂吐槽，他怎么能这么脸不红心不跳地说出这种话，他怎么一点儿都不矜持含蓄。每一句话都在她脑子里疯狂地涌动，直到最后彻底安静。

叶飒望着他，微微咬着牙说："还不是因为你。"

不能输。这大概是叶飒在经历了内心无数个念头之后，留下的最本能的念头了。连她自己都不知道，她怎么能在这种事情上都要计较输赢。反正她就是不想看见面前这个男人得意的笑容。

这时温牧寒低下头，很直接地亲在她的嘴唇上，轻笑道："谢谢夸奖。"

叶飒："……"

这是夸奖吗？

等一下，叶飒这才意识到温牧寒这句话的真实意思。

两个人吃完午饭后收拾好东西，叶飒窝在沙发上，一副懒散的模样，明显是哪儿都不想去。温牧寒走过来，看着她坐没坐相的模样，却是一句话都没说。

"下午想出门吗？"他问。

叶飒摇摇头，这才想起来问道："你休假几天？"

"今天。"温牧寒简短地说道。

叶飒明白地点头，自从海岸线大队成立，他确实比之前忙碌多了。以前在陆战一营的时候，周末都是可以休假的。现在反而没了那么多的空闲时间。

"要不我们就在家看电影吧。"叶飒指了指隐藏式的投影仪。

她记得温牧寒说过，房子是他妈妈重新装修的，估计这些休闲娱乐的东西也都是他妈妈帮忙准备的。

温牧寒过去打开电视和投影，很快电视上的内容清晰地呈现到了投影仪的屏幕上。如今电视上可选择的电影非常多，两个人挑选了一会儿，选了一部军事题材的片子。

叶飒还特地把昨晚买的零食拿了过来，一边窝在沙发里看电影，一边吃零食。

直到她抱着一袋薯片，一片接着一片往嘴巴里放的时候，旁边的温牧寒终于有点儿忍不住转头，看向她。

"怎么了，你也想吃？"叶飒也看着他，顺势把自己手里的薯片放在他嘴巴里。

温牧寒也没拒绝，张嘴含住，轻轻咬碎。

"不是说女生为了保持身材，一般都不喜欢吃这种垃圾食品？"温牧寒轻声说。

叶飒想了下，轻轻地"啊"了一声之后，淡淡说："大概是从来没人这么跟我说过吧。"

一般来说父母长辈都会严格控制自家孩子的饮食。叶飒却很少有这样的经历，特别是她进入青少年时期，是对周围产生好奇，并且有很大强烈欲望的时候，想要的东西那么多。但是她想要的，全都有。哪怕是并不算合理的东西，只要她愿意，也可以拥有。

因为谢温迪从来不会强制要求她不去做什么，或者非得干吗。别的家长总会说不能早恋、不能交坏朋友、不能吃学校外面的路边摊，这样那样看起来普通的要求，她从来没有面对过。相较于别人，叶飒可以说是自由生长。只是这种自由的代价，是另外一种的不管不问。

温牧寒听到她的话，忍不住想到关于她家里的情况，哪怕此刻对面屏幕上的电影正放到精彩的地方，却还是无法吸引他的注意力。

他伸手将原本只是靠在他肩膀上的小姑娘，直接拉进自己怀里。

"叶飒。"他轻轻地喊了一声她的名字。

这一声仿佛给了她无边的期待，以至于她终于忍不住开口说："温牧寒，我是不是从来没跟你说过我家里的事情？"

不是通过小舅舅，不是通过别人的嘴巴，是我，我亲口告诉你的事情。

"嗯。"温牧寒点头，虽然他早已经知道了关于叶飒的一切，可她却从来没有说过。

这是第一次,她有了想要诉说的欲望。叶飒轻轻放下手里的东西,眼睛望着对面的电视屏幕,有那么点儿出神。

许久,她说:"我爸爸其实也是个海军,跟你一样,我小时候经常会去他们单位玩,他还带我上过舰艇呢。"

叶飒的声音已经染上一丝哽意。

叶铮,她的父亲。她已经不记得上一次跟别人提到他,是在什么时候了。仿佛他成了一个无法提及的存在,不能触摸的过去。可明明不应该是这样的。

"只是他在我七岁的时候就牺牲了。"叶飒转头望向温牧寒,眼神里已经蓄着点点泪水,她轻声说,"温牧寒,我没有爸爸的。"

我的爸爸在我很小的时候就没有了。

这是刻在她心里,无论多少年,无论过去多久,都永远、永远不会愈合的伤口。

虽然她的周围从来不会有人指着她,笑话她,说她是没有爸爸的小孩儿。甚至她那会儿刚上小学,因为这件事儿,学校从校长到老师都对她特别关心。

老师还在班级里特别强调,叶飒同学的爸爸是因为救人才牺牲的,是个大英雄,希望小朋友们记住这样的大英雄。

于是叶飒很轻易就获得了很多友谊,连班级里最调皮的小男孩儿都会跟她说,叶飒你爸爸真厉害,是个英雄。

可谁都不知道,有人跟她提一次叶铮,她就会偷偷哭一次。虽然大家都是善意地想要帮助她,可每次提到她的英雄爸爸,她都会想哭。因为她不想要叶铮当什么英雄,她也不需要。她只要他是爸爸就好了,活着的爸爸。

那时候谢温迪已经处于巨大的悲伤当中,以至于她无暇照顾年幼的叶飒。当他们发现叶飒的不对劲儿时,叶飒已经有了轻微的自闭倾向。于是谢温迪立即把她从公立学校转到私立学校。在这个私立学校里,没人知道她的父亲是谁,也不会有人一遍又一遍地跟她说:叶飒,你爸爸是个大英雄。

"你说我是不是特别坏,怎么能有人这么不愿意听到自己爸爸的名字呢。"叶飒望向温牧寒,想要笑,可是眼泪却先落了下来。

她说:"虽然我和我妈并不亲近,但是我毫不怀疑我继承了她的冷漠。我不愿意听到别人一遍又一遍地重复关于我爸爸的故事,而她干脆就把这段往事彻底抛弃。"

这么多年来，谢温迪不再提任何关于叶铮的事情。或许从很早之前开始，她就拒绝一切关于媒体的采访，以至于她作为女企业家获得了巨大的成功和名声之后，也很少有人知道她的第一任丈夫究竟是谁。

叶铮就像一颗流星那样，在谢温迪的生命里划过最璀璨的光芒之后，彻底消失。如果不是还有叶飒这个证明之外，她想，或许谢温迪会忘记得更彻底。

遗忘，是新的开始。谢温迪选择彻底遗忘，这么多年，她从未去过叶铮的墓地。她们母女之间的对话，叶铮的名字更是从未出现过。

而谢温迪在叶铮去世之后的几年，选择开始了自己的第二段婚姻。

她们或许悲痛，可是她们却选择了保护自己。在悲伤彻底淹没自己之前，她们都抛弃了叶铮。那个永远只给她们带来温暖的男人。

叶飒以前一直在心里埋怨谢温迪，埋怨她为什么会再婚，埋怨她为什么从不去祭奠叶铮。

可是后来越长大她就越明白自己与谢温迪相似的地方。因为失去的时候太过痛苦了，干脆选择彻底遗忘。你看，人就是这样，趋利避害懂得保护自己。

"自从我上高中，也就是她再婚之后，我就很少再见到我妈妈了。"叶飒轻笑了下，伸手抹掉了眼角的眼泪，"我怕我见到她会忍不住埋怨她，觉得她怎么能跟别人结婚呢。想问问她是不是真的已经彻底忘记我爸爸了。可是我好像又没什么资格质问她。"

因为连她自己，身为叶铮的女儿，都很少提及他。叶飒不知道其他烈士家庭是什么情况，可是她很难过，悲伤从未真正离去，她就像困在一个漫无边际的囚笼里，挣扎不得。

有时，叶飒仿佛能理解谢温迪，毕竟她还年轻。叶铮去世的时候，她才三十多岁，叶飒没办法也没资格要求她妈妈用下半辈子来缅怀叶铮。

减少见面，也是叶飒有意为之。哪怕新年时，她宁愿留在南江一个人待着，也不想去陪谢温迪，见到她新的丈夫、新的家庭。

她一直知道自己的自私，但也没打算改变。

"我本来以为我这辈子都不会轻易地喜欢一个人，可是一见到你，好像都不一样了。"叶飒说，"其实我一开始喜欢你，没那么单纯。"

或许是因为见面时,他给自己的那本军官证上的海军制服照片让她印象深刻,又或许是因为他身上有种叶铮曾经的感觉。

她当然知道他不是叶铮,只是她单纯地被那种感觉吸引了。只是之后越了解就越明白,温牧寒就是温牧寒,他跟任何人都不一样,他身上的坚持和血性,让她真正感觉到了安全和温暖。这或许是她喜欢他这么多年也无法放手的原因吧。

温牧寒伸手摸了摸她的长发,轻声说:"我喜欢你也不单纯。"

叶飒被他这么一逗,认真望向他。

半响,温牧寒笑道:"大概是因为飒飒长得好看吧。"

本以为小姑娘会像之前那样,被他戏弄得露出点儿无奈的表情,又有点儿无语,结果她翻了下白眼,理所当然地说:"我就知道你是馋我的脸。"

温牧寒:"……"

不过在最后叶飒还是如实跟他说道:"别看我妈妈什么都不管我的样子,其实她明确跟我说过,不要找危险职业的男人。"

其实谢温迪就差没跟她说警察、军人这样职业的男人,能离多远就离多远。

她知道谢温迪这是"一朝被蛇咬,十年怕井绳"。但是她从来没觉得谢温迪是那种随便说说的人,一般来说,谢女士想要办的事情,大概没有她办不成的。

温牧寒在谢时彦那边已经听到了类似的话,所以他早就知道自己未来要面对的情况,大概不会有什么丈母娘看女婿越看越喜欢的这种待遇。估计他未来的丈母娘看见他的时候,只会冷眼打量他两眼,然后迅速想着怎么打发他。

"所以万一哪天我妈真的知道我们的事情,"叶飒深吸一口气,"她大概会找上你,估计说的话也不会很好听。"

"只是说话不好听吗?"温牧寒微挑眉。

温牧寒在团里经常被石向荣骂,倒也不觉得说话不好听。

叶飒"哼"了一声,看向他:"要不然你还指望她拿着支票跟你谈判?"

等等,这个场景是不是搞错了。

因为叶飒放了两天的假,所以她又在温牧寒家里住了一晚上。第二天早上她还没起床，他已经回基地了。餐桌上不仅留了早餐，还留了一把钥匙。他家的钥匙，方便她随时过来。

叶飒吃完早餐，把东西收拾干净后，拿上钥匙就打车回去了。

因为她昨晚没开车，所以她最后是打车回了自己的家。叶飒出了电梯，在门口的密码锁上按下密码，随着一声叮的轻响，她推门进去。

叶飒低头脱鞋的时候，眼角的余光瞥见对面的一双鞋子。她猛地抬头，吓得差点儿惊声尖叫。

毕竟任谁在自己家里看见一个突然出现的人，都会吓得魂飞魄散吧。

叶飒震惊地望着面前的人。

倒是对面的谢温迪显得更加淡定，她端起手里的白色骨瓷杯，轻呷了一口杯子里的咖啡，望向叶飒。

"昨晚没回来住，去哪儿了？"

叶飒看着面前的谢温迪，愣了好一会，她才回过神："您怎么回来了？"

谢温迪这两年长住S国，偶尔回国，也会提前跟自己说。所以叶飒实在没想到，自己一打开门，会看见她出现在自己家里。

下一秒，叶飒突然问道："您怎么有我家门上的密码？"

"这还不简单，你的生日。"谢温迪又低头喝了一口杯子里的咖啡，"这个咖啡豆是我上次给你的吗？"

叶飒点头。

谢温迪对喝咖啡挺有讲究的，所以叶飒喝的咖啡都是她让管家买的。

"你都没怎么喝。"谢温迪淡淡地说道。

叶飒想了下，主要是前阵子她一直住在军营里面，家里都没怎么住，咖啡豆用得自然就少了。

"只是最近喝得少了。"叶飒解释说。

此时谢温迪望着她："你还没说昨晚去哪儿了呢。"

转了一圈，又回到了刚才那个问题。

叶飒没怎么骗过谢温迪，因为她打小就属于那种想做什么就做什么、不需要欺骗家长的人，但这件事儿和温牧寒有关，她一时没想好怎么跟谢温迪开口。因为她知道，谢温迪一定会极力反对。叶飒还不想一开始就和谢温迪发生冲突。

于是叶飒说:"跟朋友一起。"

在谢温迪挑眉的一瞬间,叶飒说:"阮冬至,我大学同学,您知道的。"

之所以说阮冬至,是因为这姑娘比司唯要机灵,哪怕现在谢温迪打电话过去,她也能把谎话圆了。

不过谢温迪倒没继续纠缠这个问题。她转身走了回去,将咖啡杯放在桌子上,在沙发上坐了下来。

"累吗?要是不累,就过来坐坐。"谢温迪望着叶飒。

叶飒把外套脱下挂了起来,又把包顺便放下,这才走了过去。她看着谢温迪靠在沙发上坐着,望着外面。

外面天气不错,冬日里的暖阳哪怕隔着玻璃窗,也能感受到温暖。

谢温迪的黑发披在背上,哪怕她已经到了五十岁,一头黑发依旧如少女般柔顺亮泽,估计让不少年轻姑娘都羡慕不已。

"您怎么会突然回来?"叶飒看着她,有些奇怪地问道。

谢温迪没看她,反而是望着外面,因为叶飒住的房子楼层很高,所以能望出去很远,她过了许久,才淡笑说道:"我这次回来才发现,南江变了很多。"

叶飒微怔,这种有点儿悲春伤秋的话确实太不像谢温迪说出来的。

她不由得皱眉,正要询问的时候,谢温迪转头看着她说:"医院的工作忙吗?"

"还好。"叶飒淡淡回道。

谢温迪说:"你想过离开医院吗?"

叶飒皱眉,实在没想到她会突然提到这个问题,毕竟当初她要学医的时候,谢温迪也没阻止她。反而是现在,她都快要博士毕业了,居然被问要不要离开医院。

她很直接表示说:"没想过这个问题。"

"我不是说想要强迫你离开医院,但是当医生毕竟很辛苦。"

谢温迪望向她,眼眸沉如水般说道:"我只是觉得你可以拥有更轻松的生活。"

不用每天如打仗般地工作,也不用熬夜加班,像普通人那样辛苦赚钱上班。

她的女儿，可以更轻松自在地选择自己的人生。

叶飒想了下说："这样的生活，本来就是我喜欢的。如果您所说的更轻松的生活，就是时不时全球各地飞，参加各种派对或者各大时装周，那种生活，我并不喜欢。"

叶飒当然知道所谓的名媛生活是什么样子。

她在这个圈子里，虽然没有什么特别要好的朋友，却也有联系方式。她们的朋友圈就是典型名媛大小姐的朋友圈，倒也不会过度炫耀，只是偶尔会发一下参加画展或者沙龙派对的照片，穿着名贵到一条十几万甚至几十万的晚礼服长裙，端着香槟酒杯，笑容矜持地拍照。

叶飒并不觉得这种生活有什么不好，只不过她不喜欢而已。

她更喜欢的是在医院里充实地工作，哪怕有时候很忙，忙起来连饭都顾不上吃。但是那是她喜欢的工作。

"您从来不过问我工作的事情，怎么现在突然这么关心了？"

叶飒看向谢温迪，只见她挺淡然地摸了下自己的长发说："我周围朋友的孩子，没有像你这样辛苦的，特别是女孩儿。"

谢温迪也没夸张，她周围朋友家里的女孩儿，大部分都从事很轻松的工作。很多都是在慈善基金会担任理事之类的，或者是头顶各种设计师头衔。当医生的，几乎没有。

"我明年就要毕业了，您现在问我，是不是太晚了？"

叶飒也不想在这个问题上多说什么，或许这是谢温迪对她的关心，只不过在她看来，目前她并不需要。

她起身去厨房，给自己倒了一杯水之后，轻轻握着水杯，在厨房里站了一会儿。说实在的，她心里有种说不出的感觉。不是因为谢温迪对她的工作突如其来的指手画脚，而是她的反常，她突然回国，又突然开始过问她工作的事情。

叶飒站在厨房里深吸了一口气，刚走到门口，看见谢温迪已经从沙发上站了起来。

她直接拿起她原本放在沙发上的浅米色大衣挽在手臂间。

"你好好休息,我先回去了,"谢温迪淡声说,她朝叶飒看了一眼,又说,"晚上我叫了你小舅舅一起吃饭。"

"好。"叶飒点头应下。

在谢温迪走到门口的时候,叶飒突然追了上去,轻声问:"妈妈,您是不是有什么事情?"

"没有。"谢温迪看向她,温柔地笑了下。

叶飒站在原地望着她进了电梯,随后电梯门关上。

晚上的时候,叶飒收到谢温迪秘书发来的餐厅名字,拎着包出门前往餐厅。这是一家怀石料理店,叶飒知道谢温迪喜欢吃日料。

到了店里,她提供了包间名字之后,就被服务员领了进去。

没想到谢时彦是第一个来的。

"我姐回来了,你知道吗?"谢时彦见到叶飒的一瞬,立即低声说道。

叶飒点头。

谢时彦惊讶地看向她:"你什么时候知道的?"

"今天早上。"

"你居然比我还先知道?"谢时彦不由得怔住,他是下午回公司的时候,看见出现在公司里的谢温迪,吓了一跳。

谢时彦压着声音问道:"那你怎么不跟我通风报信?"

"你不是也没跟我说?"

有理有据的话,让谢时彦一时愣住了。这塑料亲情比纸还要薄。

谢时彦望向她,脸上露出似笑非笑的表情,他不紧不慢地说道:"飒飒,你说我姐要是知道你谈恋爱了,会不会特别开心?"

威胁她?

叶飒淡淡点头:"你要是想让今天这顿饭大家都吃不安稳,你可以随时跟我妈妈讲。"

"威胁我呀,小丫头。"谢时彦轻嗤了一声,端起面前的杯子,仰头喝了一口茶。

叶飒轻笑:"彼此,彼此。"

正好此时,包间里的拉门被打开,这里的包间是日式风格,谢温迪进来的时候,已经把手里的大衣交给了服务员。

叶飒和谢时彦分别叫了她一声之后,谢温迪在叶飒旁边坐下。

"这家餐厅是我一个朋友开的,据说还不错。"谢温迪开口说道。

旁边两个人都点头应了下。

等待上菜的时候,还是谢时彦主动开口问:"姐,你这次回来,要不要多待一阵子?"

"嗯,我会待到过年之后。"谢温迪手掌轻扶着面前的茶杯。

叶飒和谢时彦对视了一眼。

元旦已经过去了,他们当然知道谢温迪说的不是元旦。这是要待到农历新年之后啊,那确实是挺久。因为之前谢温迪回来,顶多待个两三周就会离开。现在离新年还有一个多月呢。

谢时彦瞥了叶飒一眼,见她丝毫没有询问的意思,只能主动开口说:"你是留在国内有事儿?"

"对。"谢温迪点头。

叶飒忍不住握了下手里的杯子,直到旁边谢温迪的声音再次响起:"爸爸前几天又打电话给我了,他问我能不能让他在有生之年看到自己的孙子,我答应了。"

谢时彦:"……"

叶飒一下子露出放松的表情,嘴角都忍不住勾了一下。

只是当谢时彦的眼睛扫过来的时候,她又稍微收敛了一下,尽量不让自己的表情显得过分幸灾乐祸。

谢温迪说:"所以我这次回来的目标是,让你尽快结婚。"

谢时彦眼看着旁边叶飒的笑容都快隐藏不住了,简直是气得有点儿好笑,他立即拒绝说:"我早说过了,我还不着急结婚。"

"我们很着急。"谢温迪显然对于他的推脱之词,早已经了然于心。

谢时彦说:"你也是新时代女性,不会像爸那样封建吧,再说了,他老人家怎么没有孙子,叶飒不就是。"

谢温迪看向他说:"叶飒是我的女儿,爸爸想看见的是你的孩子。"

"老爷子身体健康,我上个月去看他的时候,他还能跑去野营、钓鱼呢。"

谢时彦"哼"了一声，心里丝毫没有内疚感。

谢温迪想了一下，说道："爸爸和我也不是非要你联姻，或者找什么家世相当的姑娘，只要你喜欢，对方品性可以，我们都会接受。"

叶飒算是听出了言下之意，这不就是只要你能结婚，什么都好说。

此时她倒是挺羡慕谢时彦的，难道这就是大龄单身狗的好处？

谢时彦没想到谢温迪这次是来真的，伸手捏了下自己的眉心说："姐，要不这个事情我们再商量商量？"

说完，他又看向叶飒。

只不过叶飒没接收到他递过来的眼神。

于是没一会儿，叶飒的手机振动了一下，是谢时彦发过来的信息。

帮我。

就两个字。

叶飒看着手机微抿了下嘴，抬头看向谢时彦，只见他在叶飒看过去的瞬间，冲着她微微一笑，只不过表情里蕴含着深意。

那意思仿佛是在说：不帮我，大家一起完蛋。

正好服务员开始上菜，于是房间里的气氛出现了短暂的缓和。服务员将东西在他们面前摆好后，就退出了房间。

谢温迪："时彦，我知道你们这个年纪都不想过早步入婚姻生活，但是结婚并不是你一个人的事情。为什么我这次会答应爸的要求，是因为他已经快八十岁了，你不能期望他一直这么健康下去。"

"姐！"谢时彦不由得打断她的话，"你这已经上升到了道德绑架层面。"

"我只是希望你能认真考虑结婚这件事儿，我相信如果你想结婚，肯定有很多好的选择。"

谢温迪这句话刚说完，旁边捏着勺子的叶飒突然停住，转头看向她，不紧不慢地说："那可不一定。"

叶飒这句话说完，谢温迪也转头看着她。

叶飒说："我的意思是，我小舅舅这样的人，不一定是好的选择。"

"我还不是好的选择？"谢时彦当场被气笑了。

他，谢时彦，康丰集团的总经理，身价上百亿的谢家继承人，长相英俊，身高更是超过一米八,货真价实、不掺水分的高富帅。

虽然他不喜欢吹嘘,但是在南江市姑娘们最想嫁的男人里,他最起码也能排名前三吧。

不,他还可以更自信点儿,把"也能"这两个字去掉。

他排前三,有什么问题?!

叶飒说:"妈妈,现在女生最讨厌的就是'妈宝男'类型的男人,也就是他这种的。"

谢时彦呵呵冷笑,"妈宝男",不好意思,他还真不是。

他皱着眉说:"叶飒,你为了诋毁我,都开始口不择言了吧。我亲妈、你的亲外婆都去世多少年了,我上哪儿去当'妈宝男'。"

他倒是想当,但也得有妈才行啊。

谢温迪皱眉:"叶飒,不许胡说八道。"

"长姐如母,我妈相当于你半个妈妈,况且我都不跟我妈一起住,但你作为弟弟,我妈妈每次回国都要跟你一起住老宅。以后你要是真的结婚了,我未来的那位舅妈到底是应该叫我妈'姐姐'呢,还是'妈妈'呀?"

她这一番话说出口,别说谢时彦愣住了,就连谢温迪都有点儿说不出话。

谢时彦和谢温迪这对姐弟年纪相差二十岁,要说谢温迪能当谢时彦的妈,还真的可以。

本来谢时彦正要教训这小丫头,她还真是什么都敢说。结果他转念一想才发现不对劲儿,这姑娘是在帮他解围吧。这是暗示他姐管他的事情太多了。这不,连谢温迪都沉默了。

谢时彦倒是真的有点儿震惊,没想到这姑娘不声不响的,居然这么深谙说话的艺术,居然一下子把他姐都给说蒙了。

眼看着谢温迪明显不想再说他结婚的事情,谢时彦赶紧说了别的话题。

一般来说,谢时彦并不喜欢在家人聚餐的时候,提起工作的事情。不过他生怕谢温迪再纠缠他结婚这件事儿,于是把公司明年的一个大项目拿出来跟谢温迪详细聊了下。

他说:"之前孔先生对这个项目挺有兴趣的,或许我们可以……"

"他们公司应该没什么资金参与这个项目了。"谢温迪立即打断他。

谢时彦有点儿愣住,因为这件事儿是孔锦隆亲自跟他交流过的,当初孔锦隆确实是很有兴趣的。毕竟他一直想要深耕中国市场。

孔锦隆也就是谢温迪现在的丈夫。只不过谢时彦心中有着和叶飒一样的想法。相较于温润儒雅的商人孔锦隆,他更喜欢那个叫叶铮的男人。

每个男人心中都会有一个军旅梦。谢时彦的军旅梦虽然不强烈,但是并不妨碍他会欣赏当兵的人。这也是他跟温牧寒关系那么好的原因之一。

而叶铮就是那个最初让他理解"军人"两个字的男人。

他还记得当初在家里,第一次见到那个穿着海军制服的男人时,他仰着头望着对方,他军帽上的帽徽熠熠生辉。

在他心目中,他的姐夫永远都是叶铮。这也是他一直喊孔锦隆孔先生的原因。

三人吃过饭之后,一起离开餐厅。

趁着谢温迪去了一趟洗手间的工夫,谢时彦摸了下叶飒的头说:"谢了,我的大外甥女,把你养这么大,没白费心。"

这次要不是叶飒,他还真不容易在他姐那边过关。

叶飒朝他扫了一眼,轻描淡写地说道:"不用谢,就当是……"

是什么?

谢时彦被她只说了一半的话吸引。

直到叶飒轻笑了下,望着他说:"就当是,你帮我认识温牧寒的报酬。"

谢时彦:"……"

有一种叫悔不当初的情绪,忧伤地在他心头划过。

第十五章
游轮

过了元旦,时间好像加速了进程,几乎是一转眼就要到春节了。叶飒开车回家的时候,路边都多了很多年味儿。

这阵子,她和温牧寒偶尔能见一面。见面都是在他家,两个人窝在一块儿,有种哪儿都不想去、不想被别人打扰的感觉。

下午的时候,叶飒接到温牧寒的电话。

"你明天放假?"叶飒有些惊喜。

温牧寒低声说:"提前休假吧,过年的时候就没办法休了。"

这也没办法,每年营区里面都需要有人驻守,当兵的人三五年不回家过春节,都是常事。

叶飒倒也没太失落,她立即说:"没事儿,说不定我今年也要在医院里面值班呢。"

温牧寒听到她的话忍不住笑了,现在倒是成了她安慰自己。

"真不失望?"他问道。

叶飒摇头,想到他看不见,她开口说:"这点儿小事儿,我不至于就失望了。"

虽然恋爱后的第一个春节没办法一起过,但是没关系,他们以后还有很多机会。

"晚上你吃完饭再回去,我得回一趟我爸妈家里。"温牧寒叮嘱她。

他最近仅有的假期都是跟叶飒在一起度过的,以至于又是许久没回家,展清女士眼看着都快要亲自去海岸基地捉人了。所以温牧寒今天无论如何都要回家一趟。他也不是不想带叶飒回去,只不过他得提前跟父母说一声,这对两边都是基本的礼貌。

叶飒也不矫情,点头说:"正好我下班之后可以跟司唯吃点儿东西,你不用着急。"

自从叶飒在温牧寒家里住了一晚之后,之后又几次留宿在那边。她的衣服已经占据了温牧寒家里的半边衣柜,就连洗漱台上都摆着她的护肤品和化妆品。

温牧寒开车回家之前,特地去了一趟商场。眼看着快要过年了,又是这么久没回家,不买点儿东西实在是有点儿不像话。好在他家老头子挺好打发的,喜欢的就那么两样。正好前阵子他托人搞了一副棋盘回来,正经的藏品,花了他不少钱。

温克济挺喜欢下棋的,水平不论,反正就是喜欢。之前也不知是什么场合,跟那位少年大师棋手裴以恒见面了,老头儿当即让人拍了照片,这会儿在他自己的书房里面还能找到呢。而且他还专门让人录了裴以恒比赛的视频,没事儿就看看。就这样,温牧寒也没觉得老头儿的棋艺有多大的进步,还不如自己这个学了两年的人呢。

温克济的礼物是早就备好的,他去商场是给展清买礼物。他去的是一家专卖奢侈品的商场,一楼一个又一个店铺都是耳熟能详的大牌。他没那个闲工夫一家一家逛,直奔一家店进去,挑了两条丝巾,就让人包起来埋单付账。

他的车刚到家门口,就听到里面好像有动静。所以他一脚踏进去,展清已经迎了过来,并念叨着说:"别人都说见领导难,我觉得我见领导不难,见自家儿子倒是挺难的。"

"我这不是回来了。"温牧寒眼底噙着笑意。

展清看见他本来就开心,念叨几句啊,也不过就是惯例似的。说到底就是亲妈想见儿子,又总是见不着,有那么一点儿不满。

等温牧寒拿出丝巾,展清一看见盒子就"哟"了一声。

"怎么买这么贵的东西呢,就知道乱花钱。你也真是的。"

展清嘴里虽是抱怨的,可是眉梢却是欢喜的,毕竟哪有妈妈看见儿子给自己买东西不高兴的。

温牧寒直接说:"您打开试试。"

展清说:"太贵了,你以后不许乱花钱。"

这牌子确实是贵得离谱,当然,展清也有他们家的包,不过那是因为她自己收入高,毕竟她是画家又在美院里兼职教授。而且她娘家的家底也是厚实的,所以她一直是养尊处优的。要不是顾忌着丈夫和儿子的职业,她穿戴得多富贵都可以。

等打开看见里面居然是两条丝巾的时候,展清一下子愣住了,又开始念叨:"你以前可不是乱花钱的人,买一条就行了,怎么还一下子买两条?"

"行了,展教授,您这样让别人看见了,有失身份。"

展清望向他:"怎么就有失身份了?"

"唠叨。"

温牧寒这言简意赅的两个字,叫展清只觉得有东西哽在喉咙之间,不上不下的。半晌她才终于有力气说道:"我当初怎么就生了个儿子呢。"

"不贴心就算了,还不听话;不听话就算了,还老是见不着面。"展清不满地瞪了他一眼。

温牧寒有些无奈,赶紧伸手按住她的肩膀,轻声说:"要不先试试丝巾怎么样?"

展清确实是喜欢这两条丝巾,原本以为他一个大男人不太会选,没想到眼光还真不错。两个人聊了一会儿,温克济也回来了。

展清觉得很奇怪,问他说:"你提前跟你爸打过电话,说你要回来?"

温牧寒摇摇头。

她更奇怪了:"那真是的,每次你一回来,你爸就早早地下班。你没回来的时候,他九点十点下班,那都是正常的事情。"

语气也是带点儿不满的埋怨。反正温家这爷俩总是能被她挑出毛病。

"儿子不回来你念叨,儿子回来了你还念叨。"温克济摘下帽子,有点儿无奈地摇头。

展清接过来的时候,顺势摸了下自己的头发。

温克济朝她脖子上瞧了一眼,又看见桌子上摆着的盒子,当即夸赞道:"这丝巾不错,这小子买的?"

"那当然，也就我儿子有这份心意了。"

温克济："……"

得，是他的问题，这话他就不该多嘴问一句。

因为饭还没好，三个人就在客厅里继续坐着。温牧寒正好也把那副棋盘拿了进来，温克济一看见，立刻打开棋子盒，伸手摸了摸里面的棋子。这棋子摸在手中，温润的感觉当真如玉石般，确实是好东西。

"不错，不错。"温克济显然是喜欢的，难得这么夸赞。

他又笑着摸了两下，这才说："回头可以叫老赵他们过来下棋。"

"你啊，就炫耀吧。"展清还不懂他的心思，无非到时候就会不经意地透露，这是我家那小子送给我的。

这年头子承父业的不算多，当兵的爹未必有个当兵的儿子。像温家这种情况的也少，很多父辈是当兵的，底下这一辈瞧着太辛苦，自动就会退缩。所以温克济的老战友里头，不知道有多少人羡慕他们呢。都说他们温家是上阵父子兵。

"你下次少花钱买这买那的，我们知道你有心，心意领了。"展清虽然喜欢他买的礼物，可也知道这些东西都价值不菲。温牧寒虽说平时花不着什么钱吧，但是他拿的工资也禁不住这么花吧。

温牧寒说："我今年过年没办法陪你们，所以只是一点儿心意而已。"

展清登时"哼"了一声："我就知道，准没好事儿。"

见温牧寒看过来，她立即就说："我知道，是部队里的值班任务，对吧？你家就在南江市，应该把这么宝贵的过年回家探亲假留给其他战友。你平时也能回来看我们，对吧？你这套说辞，我从年轻那会儿就开始听了。你爸都拿这一套说辞糊弄我多少年了。"

同时被点评的温克济，一时有些无言以对，这正好让他要说的事儿，也不知该怎么说了。

正好展清瞧出来他脸上的为难，哼了声说道："说吧，说吧，你也把你的过年安排说给我听听。"

温克济清了清嗓子，低声说："你也知道，战士们过年没办法回家有多辛苦，我们这些当领导的，下基层去慰问也是应该的。"

展清朝他看了一眼说:"年轻的时候吧,你是被慰问的那个。我本以为老了能好点儿,行吧,升官了,你成了慰问别人的那一个。我能怎么办,当然是理解你了。"

温克济在儿子面前,被自家媳妇这么训斥,难免觉得有点儿没面子。他摸了下头,准备提醒一下媳妇,这还有别人在呢。

展清已经开始数落道:"你自己就数数吧,我跟你结婚超过三十年了吧,毕竟你儿子这都快三十岁了。你在家过了几次年,十个手指头我估计都数不着吧。"

一旁的温牧寒正作壁上观。

谁知展清一转头,看着温牧寒就说:"还有你,都三十岁了,连女朋友都没有一个,你还不如你爸爸。他当年最起码还把我骗到手了。"

就在展清要继续数落下去的时候,温牧寒开口说:"谁说我没女朋友的?"

一时间,展清愣住了。旁边已经彻底放弃、准备被自家老婆数落到底的温克济也有些惊讶地抬起头。

"你有女朋友?"展清疑惑地望向他。

见温牧寒没有立即回复,她有些不敢相信地问道:"没骗人?你真的有女朋友了?"

这不敢相信的语气,把温牧寒都逗笑了。他点了下头。

展清说:"叫什么名字,多大年纪,做什么工作的,老家是南江的吗?当然,不是也没关系。"

果然又是一个查户口的。

不过在年纪这个问题上,温牧寒想了下,说道:"年纪有点儿小。"

展清一怔,随后试探性地问道:"有多小?"

她犹豫了一下,很小声地说道:"是十八岁以上吧?"

虽然她说话声音很小,但是不妨碍温牧寒听到,他当下怔在原地,半晌才回过神,有点儿想捂住额头。

他至于这么禽兽吗?

"我还不至于这么浑蛋吧?"温牧寒轻笑着。

展清立即露出放心的表情:"只要不犯法,妈妈都放心。"

温牧寒说:"她年纪比我小七岁,是个医生。我跟您说,是想过阵子要是方便,带她来见见你们。"

"随时都行,"展清生怕他后悔似的,又强调了一遍,"我和你爸,什么时候都方便。"

一旁的温克济都想提醒自家夫人:矜持,矜持!

可是展清丝毫不觉得关心这件事儿有什么不矜持的,几乎全程都在问这件事儿,最后还感慨道:"儿子,你总算没让妈失望。"

温牧寒挑眉,对于她的评价也是不置可否。

因为许久没回家,温牧寒在家待到十点多才离开。

他没提前给叶飒打电话,直接开车回去。到了门口的时候,开门发现客厅是黑着的,没开灯。他把玄关灯打开,站在原地换了鞋,又把钥匙丢下。

卧室门缝底下,透出一丝亮光。于是温牧寒轻轻推开门,房间里特安静,他再抬头看过去。床上窝着的人,正脸冲着门趴着,眼睛是闭着的模样,手边还有一本书。看起来是在床上看书,看着看着把自己看睡着了。

这模样把温牧寒逗笑了。他以为这小姑娘是个超级学霸,没想到也有把自己看书看困的时候。

温牧寒走过去,没叫醒她。他在床边坐下之后,双手撑在她的身体两侧,弯腰去亲她。

第一下,亲在额头上。

没醒。

第二下,亲在眼皮上。

没醒。

第三下,亲在鼻尖上。

还是没醒。

温牧寒微撑起脸,眉头正蹙着细细打量她,结果在瞧见她嘴角微不可见地弯起弧度时,心里的那一丝慌乱彻底烟消云散了。

他刚从外头回来,手还是冰冰凉的。

于是他使坏似的拿手在她的脸颊上轻贴了一下,就这一下,激得小姑娘再也憋不住,睁开眼睛冲着他喊:"温牧寒!"

"看你还敢不敢吓唬我？"温牧寒斜睨了她一眼。

一副"下回还敢吓唬人，我照样教训你"的样子。

叶飒梗着脖子说："我是真睡着了。"

她确实没撒谎，刚才她是真睡着了。只不过温牧寒亲她的时候，因为嘴唇有点儿凉，一贴上她温热的皮肤，她激灵一下就醒了。所以后来他又亲了几下，她确实是装睡着的样子。

温牧寒也不管了，这会儿干脆趴在床上，把人抱在自己怀里。她身上淡淡的清香味，伴着房间里温热的气流，一下子涌向他的鼻尖。软玉温香，还真是没说错。

温牧寒舒服地长叹了一口气，难怪都说，美人乡，英雄冢。

叶飒看着此刻他近在咫尺的俊脸，说道："我还以为你不回来了呢。"

这口吻里，透着小小的哀怨。

温牧寒立即贴着她的脸颊，蹭了蹭说："想我了？"

"才没。"

习惯性否认。

温牧寒可不信这丫头，觉得她口是心非，立即说："不想我，你这个口吻？"

他又斜睨了她一眼，一副把她的心思都望穿的模样。叶飒不搭理他了。

温牧寒说："我今天跟我父母说我有女朋友了。"

这话叫叶飒大吃一惊，毕竟他们在一起的时间还短，所以她还没想到这么快就要见父母。但是，听他主动说起，她心里还是特别开心的。

毕竟，谈恋爱本来就是要冲着结婚去的。而结婚的对象，就该让父母知道。

可是她一想到她在谢温迪面前还撒谎，压根儿没告诉谢温迪任何关于温牧寒的事情，一时间，她内心充满了愧疚。

她说："我还没跟我妈说。"

"不着急。"温牧寒知道谢温迪会反对，也知道她的顾虑，他伸手在她的发顶摸了摸，低声道，"我们一步一步来。"

不着急的。

叶飒问他："你会不会觉得不太公平？"

毕竟你跟你父母很正大光明地介绍了关于我的事情，而我却不能跟我妈妈说。

本来她以为男人会毫不犹豫地否认，谁知对方却点了点头，在叶飒错愕的时候，他已经钻进了被叶飒捂得暖烘烘的被窝，直接将她抱在怀里。

"是挺不公平的，你要是实在觉得内疚，就补偿我吧。"

叶飒被他问得有点儿蒙，下意识地说："怎么补偿？"

温牧寒低头来亲她："身体。"

两个人之间紧贴着的暧昧，瞬间席卷了整个房间。

叶飒仰头承受着这个有点儿炙热的吻，忍不住伸手将他的头抱住，没一会儿身上的衣服已经半褪。

只听"啪"的一声轻响，好像是温牧寒扔了一个什么东西，精准地砸在了墙壁的吊灯开关上。

瞬间，一片漆黑笼罩着两个人。

灯被关了。

这个新年叶飒实在没想到，自己会跟谢温迪还有谢时彦一块儿过。本来她是打算去基地陪温牧寒一起过的，谁知谢温迪留在家里，她也走不开。

大年三十晚上，谢时彦还非要拉着她一块儿看春晚。

叶飒用一种"你有病吧"的表情望着他。

"春晚吗？我也好久没看了。"谢温迪挂了电话走过来，慢悠悠地在客厅里坐下。

因为房间里面是恒温空调，所以他们在家穿得都很单薄，谢温迪穿着一件纯白色海马毛毛衣，显得特别年轻。

叶飒本来是想回自己的房间，跟温牧寒煲电话粥，结果被强行拉着一块儿看春晚。别说是电话粥了，只怕连信息都不能一直发。毕竟谢温迪在旁边，她又不是那种喜欢发信息聊天的性格。要是一直发，傻子都能猜到她谈恋爱了。

叶飒一边皱眉在心里偷偷骂了谢时彦两句，一边小心地拿起手机给温牧寒发信息。结果她刚发了一条，问他在干吗，电话就直接打过来了。

叶飒一惊，面上却维持着平静，淡淡地说："医院同事打来的电话，我出去接一下。"

她直接开了阳台的门,站在外面。她只穿了一件薄毛衣,往阳台一站,风从脖子往里面灌,冷得她忍不住搓了搓手。不过好在电话是接通了,那边微低沉的声音叫了她的名字:"叶飒。"

听到他叫着自己的名字,叶飒有种说不出的满足感。这种合家团圆的日子,哪怕见不着他,听听他的声音也是好的。

温牧寒这边也拿着电话站在外面,整个基地难得地不安静,不远处传来的喧哗声,还有伴随着电视机响起的声音。这是各个中队在春节联欢呢。难得过年的时间,哪怕是平时严肃的班长,这会儿也是看着大家闹腾。

叶飒小声问:"你们干吗呢?"

她听见了身后的动静,听着就觉得特别闹腾。

"他们在看春晚。"

叶飒问:"你呢?"

"我在给媳妇打电话。"

叶飒听着他声音里隐隐的得意,一下子笑了起来。

温牧寒听着她的笑声,就觉得嗓子有点儿痒,想着她这会儿的模样,心里挺满足的。

说真的,他,还有里面坐着的这帮人之所以在这里守着,不就是为了保护这片土地,还有这片土地上所有的人,让他们都平安喜乐。

"那行,你进去陪他们看春晚吧。"叶飒想着客厅里还坐着的谢温迪,也不敢打太久的电话。

温牧寒问道:"这么着急挂干吗?"

"我妈妈在呢。"

"我这么见不得人啊?"

"也不是。"

许久,对面的温牧寒声音挺淡地问:"叶飒,你是今年毕业吗?"

叶飒不知道他怎么又扯到毕业上的事情,她立即点头说:"是啊,过完年就要准备毕业论文。我导师的性格挺急,不喜欢什么事儿都拖到最后。"

"那行,等你毕业。"

叶飒明显一怔,再开口时嗓子痒痒的:"等我毕业干吗?"

"见家长。"

温牧寒低笑着说："不见家长怎么结婚？还是你真想一直这么瞒着？"

结婚！

叶飒脑子一下被这个突如其来的问题弄蒙了，有点儿震惊。

"哥哥年纪大了，要是再不结婚，你真想让我老来得子？"温牧寒慢悠悠地说道。

呸，不要脸。还老来得子呢，叶飒被他这种蹬鼻子上脸的无耻行径震惊了。

她说："你求婚了吗？"

她情急之下反驳道，可是反驳完了又觉得不太对劲儿，这像是她也挺迫不及待的样子。

不过温牧寒低笑了一声："别急，别人有的，我们飒飒也都会有。"

其实这事儿早就压在温牧寒心里了，他这人是认准了就会一路往下走。虽然两个人在一块儿时间不长，但他丝毫不觉得这会影响他想娶叶飒的坚定，他都想好了要怎么打结婚报告了。叶飒的政审肯定是没问题的，只要等她毕业了，两个人见过双方的家长，这姑娘就彻底属于他了。

叶飒听了他的话，下意识转头望着里面，谢温迪正坐在沙发上安静地望着对面巨大的电视屏幕，她说："我妈不是那么好打发的。"

"我知道，"温牧寒又吸了一口烟，微眯了下眼，"回头不管她怎么骂我，我都不还嘴。"

"她不会骂你的。"叶飒太了解谢温迪的性格。

谢温迪有一百种方法对付他们，却不会使用最简单粗暴的那种。

"我有心理准备，"他哼唧了一下，淡声说，"哪怕让我下跪，我都没意见。"

叶飒急道："那怎么能行，男儿膝下有黄金。"

"我们也能跪自己的父母，到时候那就是咱妈，我想娶你，跪一下妈妈怎么了。"温牧寒低磁的声音卷着淡淡的笑意，落在叶飒的心上。

叶飒也知道温牧寒说这么极端的情况，也是在告诉她，不管到时候，他都不会放手。这是他给她的承诺。

电话挂了之后，叶飒一开门进了房间，这会儿才感觉到身上有多凉。她整个人仿佛一下子泡进了热水里面，整个人忍不住哆嗦了下。

"医院的电话这么久？"谢温迪朝她看了一眼。

一旁的谢时彦"认真"看着电视。

叶飒点了点头，谢温迪看了看她说："去倒杯热水喝一下，别冻感冒了。"

于是叶飒乖乖去倒水。

她走后，谢温迪望着谢时彦，良久，突然问："叶飒谈恋爱了？"

"啊？"谢时彦猛地回头看向谢温迪。

然后他立即否认说："没有吧，她天天上班那么忙。"

谢温迪似笑非笑地望向他，却没有继续说话。

直到大年初三的时候，叶飒跟温牧寒打电话，过了许久，她挂断之后，刚转头就看见身后的人。谢温迪不知从什么时候开始就站在她身后，只怕把她打电话的内容都听了过去。

"你在谈恋爱。"这是肯定句。

还是被发现了，叶飒松了一口气，她望向对面的谢温迪，毫不犹豫地说道："对，妈妈，我有喜欢的人了，他是……"

"我不喜欢的人，对吧？"谢温迪一口气打断她的话。

叶飒沉默。

过了好久，她轻声地说："他是一名军人。"

谢温迪一双黑眸安静地望着她，眸底并没有叶飒想象中的生气，反而显得特别平静。以至于叶飒甚至生出那么一丝念头，或许她现在并不那么反对。

"分手吧。"谢温迪却在她这一丝不应该产生的妄念升起时，直接开口否定。

叶飒看向她，尽管知道她会反对，却还是没想到她居然会这么直接。

"妈妈，你讲点儿道理好不好，就因为他是一个军人，你甚至都不去了解他，就要让我放弃他？"

谢温迪声音平静地说："我不是在建议你，而是要求。"

"那我也告诉您，不可能。"叶飒斩钉截铁地说道。

叶飒望着她说："妈妈，我爱他，我会跟他结婚的。"

谢温迪望着她，此刻叶飒也毫不示弱地回望着她，两个人没有一个想要妥协的。

直到谢时彦开门进来，看着她们两个人站在客厅里对峙的模样。

"怎么了？"谢时彦心下已经觉得不好。

谢温迪转头看向他："你也知道？"

"知道什么？"谢时彦下意识地逃避。

谢温迪轻笑了一声，几乎是一下就把他看透的模样。这真的叫谢时彦有点儿尴尬，一时也不知道应该承认好，还是继续尴尬到底。

"我还是先回自己家吧。"叶飒说道。

她觉得自己留在这里，只会让气氛更尴尬。

谢温迪也没开口挽留她，只是看着她开门走了出去。

叶飒开车回去之后，已经快到晚上十一点了，她想着温牧寒应该已经睡了，所以没有直接打电话，而是试着给他发了一条信息。谁知她刚发过去，那边电话就直接拨了过来。

叶飒在看见手机屏幕上出现他的名字的时候，整个人在床上翻滚了一圈，刚才因为跟谢温迪争论而郁积在心里的不快，这会儿竟突然散了许多。

她接通电话。

温牧寒低低的声音在耳边响起："不是留在家里，这么快就回来了？"

因为他们每晚都会打个电话，不管几分钟，但是最起码会打一个。今天因为要跟谢温迪一起去参加晚宴，她提前跟温牧寒说过这个事情。

她轻"嗯"了一声，心里明显存着事儿。她还在想要不要跟温牧寒坦白谢温迪已经知道他们的事情，并且反对态度十分强烈。叶飒本来以为，以她妈妈那样的性格，会委婉点儿。

毕竟叶飒长这么大，谢温迪对她的选择一向不太干涉，有点儿任由她想干吗就干吗的意思。以至于她明知道谢温迪明确说过，不希望她找军人当男朋友，她也没怎么当回事儿。总觉得，她就算真的找了，谢温迪最后也会同意的。就像以前在高中的时候，谢温迪也跟她说过，不需要那么着急提前上大学。可是因为她特别想要考上大学，最后谢温迪也允许叶飒去参加高考了。

那些理所当然的想法，今晚终于在一切真相大白的时候，彻底被粉碎。她心里觉得挺难受的。

因为温牧寒跟她说过，他跟他父母说了之后，他父母特别想见她。明明他什么都好，哪怕是职业也是所有人都尊重的，却因为谢温迪个人的意愿，反而变成拖累似的。

温牧寒明显听出她的心不在焉，低笑说："干吗呢，遇见不开心的事儿了？"

"没有。"叶飒想来想去，还是不想把这件事儿跟他说了。她还是想先自己跟谢温迪好好聊聊，尽量把谢温迪的反对，扼杀在她自己这边。

温牧寒说："说个让你开心的事情。"

叶飒点头，不过想着他也看不见，立即又说："你说。"

"我明天休假。"温牧寒笑了一声。

叶飒说："怎么会这么快就休假了？"

温牧寒忍不住轻嗤了声："还快？我都快半个月没见到你了。"

叶飒这才醒过神，他们居然快半个月没见了。

温牧寒低声道："没良心。"

又聊了一会儿，温牧寒察觉她明显兴致不高，问道："是不是累了？"

叶飒因为心不在焉，随便"嗯"了一声，等回过神才注意到自己说了什么。

"累了就先睡觉，反正明天你下班就能看见我。"

叶飒听着他的话，心下安稳了不少。不管怎么说，只要她不同意分手，哪怕是谢温迪也没办法逼迫她。顶多就是刚开始的时候，温牧寒多遭受几次冷眼罢了。这么想着，叶飒心里也好受多了。她重新爬起来，给自己卸了妆之后，洗澡上床睡觉。

第二天的时候，温牧寒来接她下班了。她一看见他，就忍不住抱住。

他低头将人搂在怀里的时候，低笑着提醒："叶医生，注意影响。"

"医生就不能谈情说爱了？"她望向温牧寒振振有词道。

温牧寒直接把她拉上车，一上车，就将人搂在怀里，低头吮吸着她的嘴唇，叶飒有点儿吃痛地张嘴，这一下男人更是长驱直入，没有丝毫犹豫。不知过了多久，这个缠绵至极的吻，才终于停止。

叶飒被松开的时候，忍不住小声喘着气。

温牧寒用鼻尖轻抵着她的鼻尖，低声说："现在知道我有多想你了吧。"

对于"想"这个字，他算是身体力行地实践了。两个人刚到家没多久，叶飒就直接被他抱着往卧室里带。

叶飒一边拍他的肩膀一边低声说道:"哎,哎,还没吃饭呢。"

"那个不着急。"男人的声音微沉着,却是已经染上了一层欲色。他直接把叶飒抱到了卧室里。

一进去,叶飒也不再想吃饭的事情了,当他亲过来的时候,叶飒伸手将他的外套脱掉。两个人剥掉对方身上一层又一层的包裹,以至于嘴唇不时分开。

一直到她终于伸手抱住他的脖子时,两个人默契地倒向身后那张柔软的大床。温牧寒在咬着她唇瓣的同时,终于掀开她最后一层毛衣,将手掌伸了进去。滑嫩的触感让他忍不住发出舒服的喟叹。

暧昧的气息在漆黑的房间里被无限放大,刺激着彼此的感官。好想要更进一步,想要拥抱得更紧些,那样毫无阻碍地占有彼此。

不知过了多久,房间里弥漫的气味渐渐散去,躺在床上的男人起身去了厨房。他随便套了件睡衣,在冰箱里面找出一包面条之后,扯开,等着锅里的水烧开。

叶飒在他起身不久之后,也跟着爬了起来。她身上穿着的是自己的睡裙,只不过露出一小截匀称笔直的小腿,从她一进厨房,温牧寒转头就瞧见那截白得过分的腿了。或许是他水放得太多,这会儿锅里的水还在继续烧,丝毫没有那种沸腾冒泡的感觉。

叶飒走过去时,温牧寒直接把人扯到怀里,低头亲了一下。本来只是亲一下,结果跟上瘾似的,又亲了一口。

最后叶飒被他抱了起来,放在旁边的流理台上,冰冷的台面激得叶飒微微一哆嗦,可是她的唇却又被他吻住。

两个人细细享受着这种暧昧的亲吻,有一下没一下。耳边还伴随着锅里热水在烧的声音,似乎快要淹没他们之间亲吻的声音……

叶飒连着两天休息,这次温牧寒是特地赶着她休假的时间才申请休假的。以至于两个人也是连着两天都没出门。

一直到她上班的时候,还有种腿软的感觉。

晚上她下班到家，就在沙发上躺下了。虽然休了两天假，但她几乎也没休息，今天又上了一天的班，叶飒已经有种累瘫了的感觉。

直到她手机响起来，她才动了一下手。不过在看见屏幕上面谢温迪的名字时，她立即坐了起来。

电话接通，她没立即说话。等了几秒钟后，对面的谢温迪开口了，她说："所以，你说的那个男朋友，就是你小舅舅的朋友？"

叶飒心里有种彻底松了一口气的感觉。

另外一只靴子，总算掉了下来。

她低声说："对，他叫温牧寒，是我的男朋友。"

突然门口传来一阵急促的门铃声，叶飒猛地转头看过去，跟着"啪"的一声巨响，是她没握住手机摔在地上的巨大声音。

只有一秒钟，叶飒就大概猜到了门口站着的人究竟是谁。

她心里翻江倒海般，却还是迅速收敛了心神，走过去打开门。

门口站着的谢温迪在大门打开的一瞬，眼神如冰般落在了她的身上。谢温迪不管内在如何刚强冷硬，表面上她从来都是个温柔大方的知性形象，哪怕是对待叶飒她也从来没露出过这样的神色。

谢温迪说："你不觉得这很荒唐吗？"

叶飒的眼睛在她过分冷漠的言语下轻眨了下，荒唐？她爱上了一个值得喜欢的男人，这很荒唐吗？

"他是你小舅舅的朋友，你十几岁就认识他了。况且你还比他小那么多，你还不懂事的时候，他就让你喜欢上他，这还不够荒唐吗？"

叶飒听着谢温迪的话，这才明白她为什么会生气，她居然觉得是温牧寒引诱了她。她想要笑，又觉得太荒唐。

过了许久，她望着谢温迪轻声地说："让我爱上他的人，是你。"

谢温迪一怔，错愕地看着叶飒。

"你知道我第一次见到他是什么时候吗？是我高二那次发高烧，你不在，小舅舅也不在。送我去医院的班主任老师都离开了，只有我一个人在医院。周围所有人都有人陪，只有我没有。这个时候是他出现了，他一进来冲着我笑的时候，我就喜欢上他了。"

"是你让我喜欢上他的,因为你对我的漠视,对我的冷淡,让我在遇到那样一个人的时候,有安全感,所以我拼了命地喜欢他,想要把他留在身边。

"对,我爱他,我从十五岁就喜欢他,从我还是个小女孩儿时就喜欢他。但是他从来没有给我任何暗示。哪怕从我们重逢开始,他也一直拒绝我,是我对他死缠烂打。"

叶飒几乎是用平静的口吻说出这番话,没有带一丝情绪似的。

小时候,她期望着谢温迪能管她,哪怕是语气严厉点儿也没事儿,最起码让她明白妈妈是在乎她的。

这样的期待已经在年复一年中被消耗殆尽。

而今天,她说出这番话之后,连最后的那一层自尊都彻底灰飞烟灭。她再也不是那个渴望着母亲关怀的小女孩儿了。她曾经有多期待得到关心,如今就有多淡然。

"不管你是反对也好,支持也罢,"叶飒的眼睛冷淡地望向她,"我都会和他在一起。"

"我们会结婚的。"最后,她轻声说道。

而谢温迪在叶飒刚才的指控说出口后,整个人站在原地,许久都没说话,仿佛是在思考叶飒刚才说的话,直到她再次看向叶飒,眼神中仿佛有潮水一点点退散。

最后谢温迪看了她一眼,头也不回地离开了。

从那天之后,叶飒和谢温迪再也没见面,就连谢温迪离开国内这个消息,还是谢时彦告诉她的,她听后也只是"哦"了一声,并没有说别的。

谢时彦见她不说话,还以为她是生气了,当下表示:"我告诉你,你跟温牧寒的事情还真不是我告诉我姐的,你想想她要是想知道什么,还需要通过我吗?"

"我知道。"

"那你不开心什么?"

叶飒看着他,问道:"难道我妈妈就没跟你说过,她不同意我和温牧寒在一起?"

谢时彦立即心虚地撇开头。

怎么没说过。那天谢温迪回来之后，谢时彦见她神色不对劲儿，就多嘴问了一句，没想到她居然已经知道了叶飒和温牧寒的事情。

虽然当初谢时彦知道这个事情时也很震惊，但是他震惊完了，也就接受了，他也不能让这两个人分手是吧。他实在是没想到，他姐反应会那么大，虽然他已经提前猜到，他们的事情，谢温迪肯定不会同意。

后来他姐姐直接出国，谢时彦松了一口气，以为是她和叶飒谈妥了。

"她还是不同意？"谢时彦问道。

叶飒点头。

谢时彦叹了一口气，在看见叶飒望向自己的眼神时，倒吸一口气说："你不会是指望我帮你吧？你都已经够忤逆了，我要是再帮你，我姐不就成了孤家寡人？"

不管怎么说，谢时彦内心虽然觉得这两个人谈恋爱也没到天打雷劈的地步，但是他也并不想站在谢温迪的对立面。

难啊。

叶飒"哼"了一声："没让你站队，别吓得要死。"

谢时彦清了清嗓子，说道："作为长辈，我还是给你个建议吧，你知道的，父母是拗不过子女的。只要你坚持，总能看见胜利的曙光。"

"你的意思是，让我一条道走到黑，我妈总有同意的那一天？"

"这是你自己说的，我可没这么说。"

叶飒突然冲着他微微一笑，谢时彦以为她是打算感谢自己，正准备接受呢，就见她挥了挥手机，语调轻松："我已经录音了，你要是不帮我，我就放给我妈妈听。"

之后，谢温迪仿佛忘记了这件事儿，一直待在国外，依旧像往年那样，只不过这次连偶尔的联系都没有了。

至于叶飒这边还是在医院里上班，她跟温牧寒陷入了各自的忙碌。依旧是她救人，他救援。偶尔他救援的时候，叶飒会跟随救护车到现场待命，不过也不是每次都是她。而这个学期，她回学校的次数明显增加，毕竟博士论文到了最后阶段。

今年是她在学校的最后一年。到了六月的时候，随着最后答辩的结束，叶飒松了一口气。

"以前总想着什么时候能把这八年熬到头啊。"司唯站在她旁边,望着身后的行政楼,突然感慨地说,"可是现在,我,司唯,就要毕业了。"

"叶飒,我们真的要毕业了。"司唯转头看着她,突然声音越发激动。

叶飒眼看着她要过分激动,淡然泼了一盆冷水道:"别太高兴,万一你论文不合格,被延毕呢。"

司唯:"……"

不过叶飒的乌鸦嘴还是没中,很快,她们都被通知了正式毕业的时间。因为是博士毕业,校方建议他们毕业生可以邀请父母来学校里参加他们的毕业典礼。

这事儿叶飒从知道之后,考虑了好几天,还是给谢温迪发了一条信息。只不过对方一直没有回复。

至于温牧寒那边,叶飒早就跟他说过了。他自然是要来参加的。不过他听到之后也还是有点儿忍不住感慨道:"参加自己媳妇的毕业典礼,这感觉挺怪的。"

"怪吗?"叶飒笑了声。

温牧寒弯弯嘴角,想了半天,还是说:"挺怪的。"

虽然博士毕业不同于本科毕业,毕竟很多博士在读期间就已经结婚了,只是两个人认识的时候,她还太小。

所以这感觉真的不太一样。

温牧寒问她:"你妈会来吗?"

这问题还真把叶飒问住了,她想了下如实说道:"我也不知道。"

"还跟你生气呢?"

之前谢温迪知道他们在一起的时候,叶飒就跟温牧寒说了,她不想他们之间有什么藏着掖着的。原本以为这事儿可以在她和谢温迪之间解决,可是她妈妈的态度明显不太可能。所以后来,叶飒就如实告诉了温牧寒。原本她还想要说得委婉点儿,可是瞧着她支吾的表情,又提到她妈妈,温牧寒当下问她,是不是她妈妈知道他们两个的事情还十分不同意。

叶飒瞪大眼睛望着他,有点儿诧异地问他怎么知道的。

温牧寒险些被这姑娘逗笑——她满脸就差写着"我们两个就是现代版的罗密欧和朱丽叶、梁山伯和祝英台",她居然还问自己怎么知道的。

"别担心,你毕业典礼这么重要的时刻,哪怕她再生气,也会回来的。"

对于温牧寒难得温柔的宽慰,叶飒也多少还是有点儿听进去了,她低笑了声:"希望她也是像你这么想的吧。"

"别不开心了,跟你说个高兴的事情。"温牧寒语调懒洋洋道。

叶飒来了兴趣:"什么事情?"

"前两天我去了一趟团里,你猜政委跟我说了什么?"

叶飒想了想:"给你升职加薪?"

温牧寒也不知道她小脑袋瓜子里整天想着什么呢,轻嗤一声:"庸俗。"

语气还挺高傲的。

叶飒登时来了脾气,不太开心地说:"那我不猜了。"

"真不猜?"

叶飒抿嘴不搭理他。

"既然你不想猜,那就算了吧,本来还跟你有关系呢。"说着,他作势要挂了电话。

叶飒急道:"你敢。"

因为他这么说,她心里多多少少有点儿猜到了。

他低笑一声,笑着说道:"之前我跟政委说过想要结婚的事情,他说让我先提交结婚申请。"

军人结婚,是要经过政审这一条的。

叶飒当然是知道的。

之前过年的时候,温牧寒就说过,后来她以为他是太忙忘了,又或者是因为谢温迪过分反对,因此暂停了下来。没想到他已经准备好了。

温牧寒说:"其实结婚申请我已经填好了,就等你一句话了。"

叶飒怔住,哪有这样的?她下意识问道:"等我什么?"

"只要你说同意,我明天就去交。"

只要你说同意……

这句话跟咒语似的,在她耳边不断地回荡着,过了一会儿叶飒小声说:

"我还以为是什么好事儿呢。"

温牧寒轻笑道:"结婚还不算好事儿?"

趁着叶飒还没说话,他又追问了一句:"你同意吗?"

他这人一向直接,不太玩拐弯抹角那一套的,这么直接就问了。

半晌见对面没动静,温牧寒声音又响了起来,他说:"是我太着急了,待会我就跟政委说一声,这事儿先算……"

"什么叫先算了,你这个人做事儿怎么那么没毅力。"叶飒本来还在想谢温迪的事情,结果就听到他说的这话,当下被气得连说话声音都闷闷的。

直到对面一声轻笑传过来,叶飒这才发觉自己又被他戏弄了。

她气得对着电话扔下一句:"你这样,活该单身一辈子。"说完,就把电话挂断了。

不过温牧寒也没生气,又拨了过来。

第一遍没人接。他耐着性子又拨了第二遍,那边到了最后一秒的时候,还是接通了,听着她气呼呼地"喂"了一声,温牧寒忍着笑意,低声说:"那结婚申请,我明天交了。"

叶飒本来不想搭理他的,可是半晌,她低声"嗯"了一声。

哪怕是从他嘴里说出来的两个字,还是透着那么点儿不真实。

就连叶飒自己都觉得,这大半年来,她得到的,好像比过去七年还要多。

叶飒毕业典礼的前一周,谢温迪还是从国外回来了。连叶飒都没想到,两个人见面的时候,都挺默契地没有提温牧寒的事情。

第二天的时候,谢时彦打电话给叶飒。

"明晚天益集团举办三十周年庆典,本来是我要陪我姐去的,不过我临时有点儿事情实在走不开,你帮我陪一下你妈妈。"

叶飒想了下,明天正好是她休息,时间上倒是正好。只不过她一向不喜欢参加这种晚宴什么的。

"你有什么事儿不能推了?难道陪我妈就不是正经事儿?"叶飒淡淡地说道。

谢时彦哼了声,提醒说:"叶飒,别怪小舅舅没提醒你。现在是你和牧寒的关键时候,你还不抓紧一切机会在你妈面前表现,真等着她棒打鸳鸯呢。"

叶飒："……"

片刻后，她立即问："具体时间、地点？"

"这次他们公司挺别出心裁的，把举办宴会的地点放在了游轮上，到时候你们到港口登船。"

天益集团在国内是以旅游发家的，所以它旗下的豪华游轮就是卖点之一，只不过近年来，他们又开始进军娱乐圈。这大概也是今年他们把集团的周年庆放在游轮上的原因。

因为这次受邀的嘉宾很多都是娱乐圈人士。一方面可以借这些大小流量宣传自家的旅游产品线，另一方面也是防止狗仔偷拍，上船的人，都是一张请柬一位嘉宾，哪怕是携带的同伴也会拥有自己的邀请函，在最大程度上防止了被偷拍。毕竟粉丝再有能力，也不可能租架飞机到海上偷拍吧。

叶飒点头："行，我知道了。"

第二天吃完午饭，谢温迪就派人来接她了。虽然宴会晚上才开始，不过下午就该提前准备化妆，还有选晚礼服。

母女两个人各自占据着巨大化妆间的一角，都特别安静。连化妆师都不敢随意开口。

而另外一边，因为今天没有训练，温牧寒拎着个文件袋往外走，正好撞上了顾明朗。

他心情颇好，主动打招呼："干吗呢？"

顾明朗说："去卫生所拿点药，我们队里有个新来的，今天扭伤了手腕。"

他说着发现温牧寒这嘴角一直翘着，心情特好的样子，他没忍住，打听道："你怎么这么高兴？"

"想知道？"温牧寒挑眉。

顾明朗点头。

温牧寒笑道："我要结婚了。"

顾明朗一愣。半晌他才明白什么意思，当下怒道："真的假的？"

这实在是太意外了，他边摇头边说："我说你这下手速度也太快了吧，你跟叶飒才在一块儿多久……"

突然，他声音顿住，望向温牧寒的表情都有点儿不对劲儿了。

许久后他说:"我说你不会是先上车后补票吧。"

温牧寒当下一脚踢了过去,顾明朗倒也来得及躲,只不过他看温牧寒这脸色不对劲儿,硬生生受了这一脚。

等他龇牙咧嘴的时候,才说道:"我不就提出个问题,至于这么狠吗?"

"说我可以,不许说叶飒。"

顾明朗赶紧点头:"行,行,行,我不说,不说。"

等点完头,顾明朗这才记起来自己一直没说的话。

他说:"恭喜了,咱们哥们儿中间,可算有个要结婚的了。"

这话还真没夸张,他们几个,有一个算一个,别说结婚了,连女朋友都没找着。原本以为最难解决终身问题的温牧寒,最后不声不响地走在他们所有人前面了。

温牧寒也没跟他多废话,很快开车离开了海岸基地。他到了团部之后,直奔政委办公室,把报告交了上去。

吕闵当下打开看了几眼,又瞧着他站在自己面前,笑道:"怎么,还等着我现在就给你盖章?"

"那不至于。"温牧寒一笑。

不过随后他眼眸微垂,提醒道:"不过您要是能早点儿批下来,也能早点儿吃喜糖。"

吕闵被他逗笑了,挥挥手:"放心吧,你们团长昨天还问我来着。他生怕我动作稍微慢一慢,人家姑娘就反悔了,把你再砸在咱们手里。"

温牧寒本来以为石向荣那种躁脾气的老头儿挺吓人的,结果这会儿才发现,吕政委这种的,更吓人。

出了办公室,温牧寒就给叶飒发了信息,告诉她,自己把报告交了上去。

叶飒几乎是秒回:知道了,我在化妆呢。

温牧寒:晚上什么时候结束?

他知道叶飒要陪谢温迪去参加晚宴的事情,所以想等着她结束之后,给她打个电话。

叶飒还真不知道游轮什么时候回港,想了下,还是回复他。

估计挺晚的,怎么,现在就开始想我了?

温牧寒已经走到楼下,他拉开车门坐上去之后,这才回复她。

嗯,想。结束之后给我打电话。

叶飒他们是七点准时登船的。

游轮的大厅格外宽阔,并不比五星级酒店的宴会厅差。特别是这次天益集团出动的是刚下水两年的新游轮"天雅号"。这艘平时可以搭载上千人的游轮,此时只搭载了几百人。

"天雅号"为了这次的宴会进行了精心的布置,一进入船体内,所有人都看见了宽阔奢华的大厅里的各种摆设,还有中间那个巨型水晶吊灯,璀璨又耀眼。

游轮上的每个人都衣着华美,或妆容精致,或衣冠楚楚。目光所及之处,都透着光鲜亮丽。而所有的布置以及出现的人,仿佛都在印证着一句话:

看,这就是名利场。

叶飒陪在谢温迪身边,她端着酒杯,每次打招呼的时候,都只是轻抿一口,倒也没喝多少。

直到有一对夫妻领着一个年轻男人走过来,今天一直表现慵懒的谢温迪,总算提起了些精神。

待她和对方夫妇寒暄过后,这才介绍说:"这是我女儿,叶飒。"

"Mark,这就是我一直跟你提起的叶小姐。"这对夫妻中的妈妈,立即对站在她身边的年轻男人笑着说道,"待会儿,你请飒飒跳一支舞吧。"

双方过分明显的暗示,这才让一直游离在外的叶飒发现,这居然是一场变相的相亲。

她强忍着怒火,不想在别人面前让谢温迪太过难堪,但是她清冷的表情也表达了她的不愿意。

直到对方离开之后,叶飒这才转头看向谢温迪,第一次很正式地说:"我们聊聊好吗?"

今晚月明星疏。哪怕是靠着海边,也只听到海浪温柔拍打着海岸的声音。这是个不管在谁看来都十分舒适的夜晚。

海岸基地宿舍里,连着一片灯光,还没到晚上熄灯休息的时间,大家都各自忙活着自己的事情,有的在跟家人打电话,有的在看书,有的则在洗衣服。

这是一天里难得属于军人的悠闲时光。

——直到一阵刺耳急促的警铃声响起。

登时,属于海岸线大队的所有队员像是条件反射般地冲了出去,哪怕这会儿有人手里还洗着衣服,也是水盆一扔,直接往外跑。

温牧寒本来正靠在床头看书,听到铃声的瞬间,从床上弹了起来。等他冲到外面的时候,整个大队已经整装完毕。

很快,他拿到对讲机,跟指挥中心联系上了。每次有海上救援任务的时候,都是指挥中心直接下达命令。

"什么情况?"他沉声问道。

对讲机里的声音清楚地传来:"在离海岸基地三十五海里的地方,有一艘'天雅号'大型游轮出现爆炸事故,初步怀疑起火点是在游轮的仓库,据游轮传回来的情报,仓库上还储藏着一定的游轮燃料。"

此时海岸线的人都望着他们沉着稳重的队长,他正通过对讲机,了解情况。

没人慌乱,大家都在等着温牧寒下达指令,就像之前的每一次救援一样。

可过了许久,对讲机里的声音停下来,都没听到这边的回应,对方不得不重复呼叫了两次:"喂,喂,温队长,你还在听吗?"

"我在,你继续说。"好久,温牧寒的声音再次响起。

只是这声音像是从喉咙里挤出来的,干涩至极,透着一股谁都听得出来的压抑。

那边继续将情况如实说道:"目前船上有超过三百名的人员,因为这是天益集团的年会,出席的不少都是社会名流,其中不少都是对南江经济发展特别重要的人。市里领导已经得知这个情况,他们请求我们海军尽一切能力确保船上人员的生命安全。而交通局那边的救援船只也已经出动……"

"情况就是这样,请你们立即制订救援计划吧。"

温牧寒又"嗯"了一声,只是表情是木着的。

对讲机里的声音没了之后,副队长方汉新正等着温牧寒发话呢,一般这种时候,就是要争分夺秒,队长从来没耽误过事情。但他仔细看了一眼温牧寒的脸,这才发现不对劲儿。温牧寒的脸色是煞白的,额头在明亮灯光的照耀下,还隐隐泛着水光。

方汉新上前低声问："队长，你是不是病了？"

温牧寒被他喊得回过神，刚想摇头，可是身体在意识恢复清醒的同时，也给出了反应，心脏像是被狠狠攥紧一样，疼得几乎呼吸不了。

"天雅号"……

顾明朗的大队也听到了警铃早已经集合妥当，因为半天没见海岸线大队的人过来，他生怕出了什么事儿，又跑过来看看情况。

等他瞧见温牧寒站在那儿，过来看了一眼就察觉不对劲儿了。

"牧寒，你怎么了？"顾明朗还特地把他扯到一旁说话，毕竟这会儿不能动摇军心。

温牧寒已经彻底冷静下来了。

他摇头："没事儿了，我们准备救援行动吧。"

"真没事儿？"顾明朗不放心地又问了一句。

他还是摇头。

温牧寒转身望着对面已经集合的战士，冷静地开口，却只说了两个字："出发。"

一次又一次的救援，从来没有人退缩过。他，同样也不会。

他转身要离开的时候，顾明朗追上来，不放心地又问了一句："你这情况不太对，到底怎么了？"

"叶飒在上面。"

温牧寒站定，望着他，语气平静地说。

顾明朗张了张嘴，却在下一刻脸色陡然变了。

温牧寒说："我得去把她接回来。"

他发过誓，不管在什么时候，都不会放弃她的。这是他对她的承诺。

爆炸发生的一瞬间，叶飒正站在甲板上吹风。

游轮上大部分人都在船舱大厅里交际，每个人脸上都带着恰到好处的微笑，与认识或者刚认识的人碰杯应酬。

叶飒和谢温迪两个人之间的谈话，可想而知，又是不欢而散。

她可以接受谢温迪暂时不赞同她和温牧寒谈恋爱这件事儿，但是她没办法忍受谢温迪明知道她有男朋友的情况下，居然还要故意介绍别的男人给她认识。

两个人找了个安静的地方交谈，也没能说服彼此。

于是叶飒干脆没回大厅，就站在甲板上吹着海风。悠扬的音乐不时从船舱里飘出来，整个游轮在一望无际的大海上，犹如一个发光的宝石盒子。

直到"砰"的一声剧烈炸响，庞大的船体晃动了起来，周围海水翻涌，原本平静的海面，一下变得诡谲起来。浪头拍起，甲板上都被溅了不少海水。

站在甲板上的叶飒，要不是眼明手快地抓住了面前的围栏扶手，差点儿掉到海里。

原本明亮的游轮上各处的灯光闪了两闪，随即陷入了黑暗之中。这一下，原本还因为巨响被吓得在原地没乱动的人群，登时陷入了慌乱中。

女人的尖叫声，男人的吼声，不管是刚才那一声巨大爆响，还是突如其来的黑暗，都让所有人明白，这艘船出事儿了。

原本光鲜华美的场景，像是被打破的月光宝盒。

本能的求生欲望使得原本聚集在大厅里的大部分人，疯狂往甲板上冲，可是大厅里已经没有灯光，哪怕有人被绊倒，也没人顾得上，纷纷踩过去。在这样的绝望之下，人性中最黑暗的一面，彻底被激发。所有人都在疯狂求生。

叶飒望着四处逃窜的人群，突然轻轻张嘴说："妈妈。"

谢温迪还在里面，刚才她亲眼看见谢温迪进了船舱的。

于是她不再犹豫，逆着人流，疯狂地往大厅里挤。可是人群一窝蜂往外跑，她被挤得丢了一只鞋都来不及回去捡。

但一想到谢温迪还在船舱里，叶飒就毫不犹豫地回头。

叶飒站在船舱的出口处，所有人都在往外跑，只有她想进入。可不管她怎么努力，始终挤不过人群。

于是她决定放弃，站在门口等着谢温迪。以免她进入船舱之后，万一谢温迪出来，两个人错开了。

好在在经过最初的慌乱之后，船长迅速让人启动了备用电源，头顶上的灯闪了两下，终于彻底亮了起来。重新再现的光明，让惊慌失措的人群稍微镇定了一点儿。

"这到底是怎么回事儿？这船不会要沉了吧？"

"我要回家，我要回家。"

"快打救援电话！"

"老婆，你在哪儿？"

大厅里还没来得及出去的人，还在哭嚷着往外跑。此时冷静下来的叶飒，也不再试着往里面挤，大家都在往外跑，她妈妈听到爆炸声，肯定也会出来的。

可是她站在出口处，等着人群从最初的拥挤一直到慢慢变得稀疏，直到最后零星几个跑得慢的人都出来了，叶飒还是没看见谢温迪。

就在叶飒准备进入船舱找人时，跟从里面出来的一个人正好撞了个满怀。

她抬头看见面前的人时，这才发现居然是韩书灵。对方在看见她时，眼神中闪过一丝慌乱。随后韩书灵迅速推开她，往外面跑了出去。

因为船上的宾客有两百多人，叶飒压根儿不可能谁都见到，所以一直不知道原来韩书灵也在这艘船上。此时她也顾不上想这个问题，进入船舱开始找人。

本来还热闹的船舱，这会儿静悄悄的。

叶飒沿着船舱的走道一边往里走，一边喊谢温迪，可是除了安静，竟然再无人影。

"妈妈！妈妈！"

她一路走，一路喊。

这个游轮足足有上百个房间，还有酒吧、休息室这些区域，一个个找下来，没有几个小时都不行。她把手包里的手机拿出来，没信号。

刚才还有信号的，可是爆炸后，不知道是不是破坏了船上的通信设备，她连电话都打不了。

直到她闻见一股呛人的烟味。

着火了……

船舱外的甲板上，大部分人都聚集着，因为来了电，很多人虽然心下还是害怕，但已比一开始要好多了。过了一会儿，有眼尖的人望着船尾，突然喊道："是不是着火了？"

甲板上的人群被这一声喊吸引了注意力，纷纷抬头望过去。

船尾的夜空也被映照成一片橘红色，因为游轮中间部位的层高要高于两边，所以一开始站在甲板上的人并未注意到船尾的情况。

这下，赤红色的火舌蔓延而上，疯狂往上涌，火光冲天。

终于所有人都看清楚了，船尾真的着火了。这下很多人也明白了刚才那一声爆炸般的巨响究竟是从什么地方传来的。

于是人群再次沸腾。

"游轮上的救生船呢，怎么还不放下来？"有点儿常识的人，知道游轮上肯定有救生船，抢先喊了起来。

"你们藏着救生船，是不是想带别人先跑？"

突然一个男人一把拽住了船上服务员的衣领，恶狠狠地问道。

旁边的人群听到他的话，也慌乱了起来。

"船呢？还有救生衣呢？"

"为什么这些我们都没有，你们到底怎么回事儿？"

此刻没人再顾忌自己所谓的身份，只差为了一件救生衣就开始大打出手。人群像是被极具压缩在一起的火药桶，只要再往上面扔一丁点儿火星，就能彻底点燃。

直到天空传来轰隆的声音，是直升机螺旋桨发出的巨大声音。

"有人来了，快看，快看天上。"

"来救我们的人到了。"

"快看，大家快看呀。"

原本甲板上差点儿发生冲突，但直升机的到来，让众人重拾了希望。

所有人仰头望着天上的直升机，像是溺水的人看见从不远处飘来的一根浮木。

得救了，他们得救了！

这是所有人在心里都回荡着的一个念头。

直升机迅速在游轮甲板上空悬停，随后上面的索降绳扔了下来。

一架，两架……

直升机上面一共索降了十二个人下来，每个人都穿着蓝色制式迷彩服，各个身姿笔挺,眼神坚定。

"是海军救援队。"

"海军来了。"

或许在每个中国人的心目中,军人的形象从来都是顶天立地,战时可维护祖国边境安全,守护国家领土。而和平时,他们更是每个中国人的保护神,保护一方百姓平安。

温牧寒站在甲板上时,就已经察觉到现场的情况还没到他们想象的那么糟糕。

他戴着帽子,神色肃穆道:"方汉新。"

副队长方汉新立即吼道:"到。"

"你立即接手船上的一切救援物资调度,尽快让船员把所有救生衣都拿出来,给在场的人穿上。救援船已经在来的路上了,你让船员先把游轮上的救生艇放下去。"

温牧寒几句话,干脆利索,迅速接手了船上的救援。

他扫了一眼周围的人群,声音格外冷静:"救生艇放下之后,女人和儿童优先。违令者,一律按照妨碍军务处理,严惩不贷。"

"是。"方汉新听到这话,双腿并拢,郑重地敬了个礼。

很快,温牧寒见到了游轮的船长,这才知道是后面的仓库先起火了,因为仓库里储藏着数量过多的油料,引发了爆炸。

船长解释说:"在爆炸之后,我们已经安排船员进行灭火。"

但是……收效甚微。

温牧寒点头,他说:"现在最主要的任务,是确保船上每个人的安全。船舱内所有人都撤出来了吗?"

船长听罢,有些不太明确地说:"应该都撤出来了吧,这么大的爆炸声,而且烟也起来了,直往船舱飘,呛也该被呛出来了。"

船舱哪怕有通风系统,在浓烟滚滚的情况下,寻常人也会受不了的。谁还会留在船舱里呢。

"不是应该,而是必须确保。"温牧寒皱眉。

随后他望向船里,迅速开始分派人手,目前灭火已经不是他们能完成的,这样大的大火，除非是专门的消防救援车的高射水炮过来才能灭掉。

他们最大的任务就是，保障船上所有人员的安全。

"郎玄，张小满。"温牧寒立即点了几个人的名字，让他们进入船舱开始搜索救人。

剩下的队员则跟在方汉新的身边，正在跟船员通力配合，将游轮上的救生艇放下去。虽然这艘船的长度足够，但是这样的大火烧起来也就是眨眼间的事情。一旦烧到甲板上，所有人只能跳进大海里求生。

"大家不要着急，'天雅号'着火的消息已经发布了出去，附近海域的船只已经尽数赶过来参与救援，我们要有秩序地排队上救生艇，所有人都会得救的。"

方汉新眼看着后面的人群又开始骚动，忍不住大声吼道。

还好，因为有他们在维持秩序，目前甲板上还算有序。

而温牧寒他们也在此刻进入船舱内，进行最后的确认清除，保证所有人都已经安全出现在甲板上，而没有人被遗忘在船舱内。

可是在船舱的深处，叶飒一个房间一个房间找过去，却还是没发现谢温迪的踪影。她不敢回甲板上，怕谢温迪真的被迫留在了船舱里。

"妈妈！妈妈！"叶飒一边推门一边喊道。

而从后面搜索过来的温牧寒也发现了不对劲儿，因为他发现他所到的每个房间的门都是打开的，好像被人找过了一遍似的。直到他隐约听到一个女声拼命在喊。

温牧寒迅速往前跑，看见一个穿着白色轻纱晚礼服长裙的身影，正提着裙摆，赤着脚一路往前。

"叶飒。"温牧寒在看见她还在船舱的时候，心跳像是漏了一拍。这一瞬间，他甚至升起了一丝感谢自己的念头。幸亏他为了确保船舱里没有人，亲自进入确认，要不然她还留在船舱里……

叶飒听到有人叫自己，回头的时候看见是温牧寒，她下意识扑过来把他抱住。她就知道，他一定会来的。

从船上出事儿开始，她虽然也有一丝慌乱，却从来没觉得怕过。因为她知道，他一定会出现的。

温牧寒把人抱住，感觉到她温热的体温，一颗吊着的心总算是平稳地落回了胸腔内，还好，她什么事儿都没有。

"你怎么还留在船舱里，所有人都在甲板上了。"松开她之后，温牧寒忍不住吼道，他真是气急了。

她怎么敢在这种时候还留在船舱内。

叶飒双手抓住他的手臂，一开口，声音带着哭腔说："我找不到我妈妈了。"

她妈妈？

温牧寒这才想起来，她是陪着谢温迪一起来游轮上参加活动的。难怪她会一直留在这里。

温牧寒立即问道："你妈妈去哪儿了？"

"我们吵了一架，然后我就和她分开了。发生爆炸的时候，我正在甲板上吹风，我……我亲眼看见她进了船舱的。刚才大家都往外面跑，可是我没看见她出来。"

叶飒看着他着急地说："她一定还在里面。"

"行，我一定会找到她的，你让我来找。你先出去，先到甲板上等着。"

此时情况太紧急，温牧寒不想让她继续留在船舱里，因为多留一分钟就会多一分的危险。他可以为了救人，把自己的安危置之度外，但是他见不得她有危险。

特别是之前的海上救援中，他亲眼看见她从船上跳下去。那种心脏要爆炸的绝望，他永远不想再经历一次。

"不行，我得亲自找到她。"叶飒摇头。

这时候她不能丢下谢温迪。

温牧寒眼看着她不想离开，也不想再耽误下去，与其两个人在这里争执，倒不如先找到人，到时候大家一起撤出去。

于是他点头说："行，我们一起找，一起把她带出去。"

两个人又往里面继续找，直到他们想要打开一扇房门，却发现压根儿没法打开。

"妈妈，妈妈。"叶飒立即拍着门，大声喊道。

直到里面也传出拍门的声音,还有谢温迪的声音:"叶飒,是你吗?"

"是我,你别着急,我们现在就打开门。"

叶飒听到她声音的瞬间,声音里的哭腔更浓,却也彻底松了一口气。还好,她没出事儿。她的妈妈没事儿。

因为房门是被反锁的,这会儿也不可能找服务员拿钥匙,温牧寒让谢温迪往后退,别站在靠门的地方。

他直接拿脚开始踹门。

叶飒甚至感觉到舱体都在跟着颤动,可是房门却迟迟踹不开。

直到她转头看见不远处的灭火器,立即跑过去,将灭火器拿了过来,递给温牧寒,说:"试试用这个砸。"

温牧寒接过,毫不犹豫地在房门上砸了下去。

随着里面传来的一声又一声的咳嗽,叶飒这才发现她自己的呼吸也有些不顺畅,不知道从什么时候开始,船舱里的烟越来越大,呛得厉害。

伴随着又一声巨大的砸门声,终于门被砸开一个大洞。

温牧寒毫不犹豫地又踹了一脚,登时房门被打开了。

他们进去的时候,看见谢温迪已经蜷缩在地上,她双手捂着口鼻,整个人显得特别虚弱。温牧寒来不及多说,直接背上她就往外跑。

"叶飒,跟上。"他背着谢温迪的时候,对旁边的姑娘喊道。

叶飒点头,因为她的鞋子在一开始拥挤时被挤掉了,这会儿赤着脚反而跑得更快。

舱内的浓烟越来越呛人,呛得他们仿佛随时都会窒息晕倒。

好在他们一路往外跑,没有遇到更大的问题。

到了外面甲板上,温牧寒把人放下,叶飒这才检查谢温迪的情况,她并没有外伤,只是看起来特别虚弱。

"妈妈,你没事儿吧?"不管之前两个人如何争执,这一刻叶飒只希望她平安就好。

谢温迪摇摇头。她抬头望着身边微蹲着的男人,一张脸被帽子半遮着,却挡不住英俊深邃的模样,她自然不会陌生。

因为哪怕是作为谢时彦的朋友,谢温迪也见过温牧寒几次。

只是作为她女儿的男朋友,这却是第一次见面。

"阿姨,您跟叶飒先在这里等一会儿,游轮上的救生艇已经开始放了,附近的救援船很快也会赶到。"温牧寒冷静地安慰她。

谢温迪没有说话,安静地点了点头。

说话间,有两艘救援船已赶到了附近,只是这会儿原本平静的海面,起了海风。

赤红色的火焰被风一刮,往甲板这边的方向烧了过来。

甲板上又是一阵喧哗声,不过经过最初的慌乱,再加上救援船已经赶赴到位,游轮上又有海岸线大队的人负责撤退,一切都算井然有序。

温牧寒身上的对讲机也在此刻响了起来,很快,郎玄的声音传了过来:"队长,船尾发现一个人被困在了火灾现场,我请求立即进入救援。"

果然,还是有人被困在了起火处。

温牧寒皱眉,毫不犹豫地命令:"原地待命,等我。"

一句话,掷地有声。

他从来都是这样,什么危险的事情都是他冲在最前面,替手底下的队员扛着。

他放下对讲机看着身边的叶飒,伸手摸了下她的头发,轻声说:"你先带着阿姨去排队上救生艇。"

叶飒担忧道:"那你呢?"

她也听到了对讲机里的话,知道他会亲自过去救人。

温牧寒的手掌在她的脸颊上轻轻摩挲了下,低声说:"没事儿,我会回来的。"

一旁的谢温迪听着他说的话,突然抬头看了过来。

但是温牧寒在说完后,已经转身离开。

叶飒望着他的背影,许久,才转身拉着谢温迪想要离开。但是谢温迪没立即走,她望着温牧寒的背影,低声说:"叶飒,你明白你选了一个什么样的男人吗?"

叶飒望着她,很坚定地说:"我明白。"

谢温迪没有再说话。

叶飒望着他离开的方向，那是去往火焰燃烧的地方，此时已经看不见他的身影，可是她的心却那样坚定。

这就是温牧寒。

在绝境中"逆行"的男人。

他始终谨记着曾经发过的誓：忠于祖国，忠于信仰，忠于人民。

只要他身穿军装，就一定会拯救绝境中的人民。

他们是海岸线，是在大海之中陷入绝境的人们的希望，是一堵堵血肉之躯成就的生命线。

叶飒拉着谢温迪排队登上救生艇，结果就在她们即将上船的时候，一直燃烧着的船尾终于支撑不住，掉落进大海。

海面上漂浮着船体残骸，火焰依旧不灭。

海水和火焰，在这一刻彼此相融。

原本还算有秩序的队伍，又慌乱了起来。突然有个人惨叫了起来，哭喊着："有没有医生？有没有？"

叶飒望过去，有个男人躺倒在甲板上，而他身边的女人哭嚷着哀求道。

谢温迪还没来得及拉住她的手，叶飒已经冲了过去。

叶飒跑到男人身边，安慰对方的妻子："我是医生，别担心，别担心。"

原来男人是因为过分紧张突然晕倒的。

叶飒初步检查之后，立即找到旁边的方汉新，让对方安排直升机救人，其他人可以等着上救生艇，但是这个男人有哮喘，必须立即送医院。

方汉新立即拿起对讲机跟空中的直升机进行联系，很快，有一架飞机迅速降低高度，悬停在游轮上方。

在方汉新准备给男人穿上装备、准备让飞机上的绞车手把人拉上去时，旁边还没登上救生艇的人立即不满了起来。

有个男人急吼吼道："凭什么他能坐直升机，我们也要坐。"

"就是，我们好好排队，凭什么他们就能坐直升机。"

方汉新吼道："这位先生是病人，必须由直升机紧急送往医院。"

最先拦着的男人翻了个白眼："谁知道他是不是装的啊。"

"对啊，那我病了，我也要直升机送。"

这一刻，人性自私丑陋的一面，彻底暴露出来。

原本方汉新强压着登船的人，就引起一些人的不满，如今因为直升机救援，这些人更是挑出各种毛病。

叶飒站在一旁望着这些人，皱着眉，特别难受。

她见过这世间最赤诚的灵魂。

如今也见到这些丑陋的灵魂。

就在叶飒上前准备替方汉新解围的时候，突然旁边传来一声轰响，是那种火光冲天带来的强烈气浪，当她扭头看过去时，就看见一个身影从船上飞了出去，就像是一个完美的抛物线划过。尖叫声此起彼伏。

"队长！"

叶飒眨了眨眼睛，她伸手攀住甲板上的围栏，纵身想要跳下去的时候，被身后的谢温迪一把抱住了腰身。

哪怕是一向雍容淡雅的谢温迪，都在这一瞬间冲着她大喊道："叶飒，你想干吗？"

"妈，您听到他们喊什么了吗？"

他们喊的是"队长"。

她的眼睛拼命望着旁边的海面，希望能从漆黑的海面里突然蹿出来一个熟悉的身影。

他在哪儿？

他去哪儿了？他是不是真的掉下去了？

"温牧寒。"叶飒挣扎着想要往下跳，她要去救他。

就像他曾经毫不犹豫跳下去救她那样。

可是她没能成功跳下去，因为一个穿着海军制服的人，直接将她拖了过来，她再想要扑过去的时候，耳边一阵风，"啪"的一声响。

她的脸被打得偏向一边，是谢温迪打的。

谢温迪的声音那样冷漠："如果你想看见我陪着你一起跳下去，你就尽管跳下去陪他。"

你去陪他，那我陪着你。

突如其来的一巴掌，直接把叶飒打蒙了，她颓然站在原地，半天都没动弹。

耳边是一阵又一阵的吼声。

有人跳下去救他了。

人还没找到。

叶飒一直到上船，整个人就像被那一巴掌打得失去了灵魂，她任由别人拽着她上了救生艇，眼看着救生艇飞驰在海面之上，离那艘着火的游轮越来越远。

直到她眼前渐渐模糊，待水珠滚落到嘴边，融进口中，有点儿咸。

可她已经分不清这是飞溅到她脸上的海水，还是她流下的眼泪。

三天过去了。

这个游轮失火的惊天大事故，在各路救援的通力合作之下，除了一人重伤、三人轻伤之外，没有人员死亡。

当晚的微博几乎都是瘫痪的。

所有人都在讨论着这场罕见的游轮失火，可是却没人知道，叶飒这三天是怎么过来的。

温牧寒最终被郎玄和张小满拼死救了上来。

但是他受伤太严重，轰然的气浪直接将他掀飞出了船外，又从十几米高的船上掉下去，整个人重伤垂死。

直到现在，他还是没醒过来。

他的脏器受损严重，哪怕经过手术，也还是没有醒过来。

叶飒每天都过来陪着他，医院里的医生护士都知道他们的关系，也没拦着她。

只是重症病房她也不能一直待着，她刚从里面出来，就看见一起过来的谢温迪和谢时彦。

谢时彦看见她，忍不住叹了一口气，率先开口说道："叶飒，你昨天不是答应得好好的，今天不来医院，要去学校的？"

今天是她的毕业典礼，本来她应该穿着博士服，带着方帽，跟家人朋友们拍照，庆祝她终于从漫长的学业中毕业，可是这一切仿佛都没了意义。

叶飒抬头，微微皱眉，低声歉意道："抱歉，我忘了。"

"没事儿，这个时间应该还来得及。"谢时彦说道。

那天一接到游轮出事儿的消息，他险些吓得腿软。后来听说整艘船的人都安全获救，他才放下心来，结果赶来医院，就看见叶飒失魂落魄的模样，他才知道温牧寒出事儿了。

这几天他知道叶飒心里难受，哪怕她连毕业典礼都不去，他嘴上教训她，也是防止谢温迪说出什么严厉的话。

"走吧。"谢时彦过来揽着她的肩膀，准备把人往外带。

可是他刚揽着叶飒走到谢温迪面前，一直没说话的谢温迪突然开口说："叶飒，你跟我去 M 国吧。"

叶飒抬头，连谢时彦都不解地望向她。

突然，叶飒轻笑了下，抑制不住地想要发笑，她望向谢温迪。

一直以来，所有见过她们的人，都说叶飒像她。就连叶飒自己都觉得，她们是真的像。可是这一刻，她又觉得她们真不像，一点儿都不像。

因为她没有谢温迪那么冷血。

叶飒做不到这样。

叶飒望着谢温迪说："您知道他为什么会躺着，您是亲眼看见他都做了什么的，所以这时候您还要我跟他分手吗？您还能说出这种话吗？"

他是为了救人才受伤的。

她怎么能在这种时候，说出这种话？

哪怕是这样的念头，那也是罪恶的。

"您怎么能冷血到这种地步呢？"

叶飒不由得想起了那天在游轮上的那些人，只是因为一个病人需要用直升机前往医院，他们一个个就口出恶言。

可是那些人的冷漠和自私，叶飒都可以不在乎。

因为他们都无法伤害到温牧寒，她不会在意的，他拥有那样强大的一颗心。

叶飒甚至能想到他会怎么跟自己说，他会告诉她，社会上总有那么一些自私自利的人。他可能还会举例老百姓对军人好的那些事儿，什么给他们塞吃的，隔着大马路喊他们"解放军叔叔"。

可是谢温迪不一样，这是她的亲人，谢温迪的冷漠会伤害到他的。

所以，她怎么可以在这种时候，还这样伤害他？

谢温迪对于她的质疑，始终保持丝毫不在意的模样，她只轻声说："我那天在船上问你，你明白自己选了一个什么样的男人吗？"

"我明白，我明白。"叶飒不管不顾地打断她的话，她望着谢温迪的眼睛，像是要把所有的话都刻在她的心里那样，"我爱的男人，拥有这个世界上最赤诚的灵魂。我明白我爱上了一个什么人。"

"哪怕他牺牲，你也能接受？"

叶飒在顿了一秒后，坚定道："我能。"

可是说出这句话的时候，她浑身都是在颤抖的。

她能吗？

她真的能接受吗？

谢温迪像是看清她内心最真实的恐惧，轻笑了下，突然她说："你那时候年纪还小，应该已经不记得。你知道叶铮最后跟我说的一句话是什么吗？"

在听到"叶铮"这个名字时，叶飒再也止不住身体上的颤抖。

谢温迪淡淡地说："他说，'没事儿，我会回来的'，就像温牧寒跟你说的那句话，一模一样。"

终于，叶飒再也受不了了。

她伸手用力抹了下眼角，掌心瞬间湿透了，她都不记得自己上一次在谢温迪面前哭的样子了，哭好像也是撒娇的权利，她一直觉得她没有这样的资格。可是她想不到，为什么这时候谢温迪还要提爸爸来伤害她。

她咬着牙说："你已经把他忘了，你不配提他。所以你也别再利用他。"

别利用他的牺牲来告诫她，她不需要。

可是谢温迪却继续说了下去："可是我再也没等到他回来，十七年过去了，他只给我留下了这一句话。你是不是以为牺牲这样的事情不会发生在他身上？"

突然她凄楚一笑："我曾经也是这么天真地以为。"

"够了，姐。"一旁的谢时彦都听不下去了。

叶飒像是终于下定决心，她冷眼望着谢温迪："您说完了吗？如果说完了，那我只有一句话告诉您，想让我和他分手，这辈子，您死了这条心吧。

"哪怕您这辈子都不谅解我，我也不会在乎的。

"我爱他，就像他忠于他身上的那身军装一样，我也会始终忠于他的。"

这一世，都不会放弃。

话已至此，似是说到了尽头。叶飒转身准备离开。

叶飒脚步微抬，越过谢温迪的瞬间，谢温迪转头看了过来，眼神里充满了悲伤，她轻声开口说："叶飒，我得了癌症。"

第十六章
离开

骗人!

叶飒脑子里蹿出来的第一个念头就是:骗人——谢温迪在骗她。

为了让她跟温牧寒分手,她居然连这种借口都找了出来,肯定是这样的。她怎么能这么骗人呢,怎么能拿这种事情开玩笑呢?

叶飒望向谢温迪,企图从她脸上找出撒谎的痕迹。

可是谢温迪却格外淡然,她轻声说:"本来我打算参加完你的毕业典礼,就去M国做手术。"

毕业典礼。

叶飒在听到这句话之后,整个人僵在原地。

曾经她有多期盼着谢温迪,能够把目光停留在自己的身上,曾经她有多渴望她妈妈也会像其他的妈妈那样为自己的女儿感到骄傲。

她曾经那么努力地读书,努力工作,难道就没存着一丝这样的心思吗?

可是现在她真的来参加自己的毕业典礼了。

叶飒摇了摇头,很艰难地从嘴里吐出两个字:"骗人。"

一旁的谢时彦也终于从这个震惊的消息中缓过神,他眉头紧锁地摇着头说:"姐,你别这么吓唬我们,对,你怎么能这么骗人呢。"

"您就是想让我跟温牧寒分手,为什么您一定要这么固执呢?他那么好,您凭什么要一直否定他?"

谢温迪看着叶飒,低声说:"我承认,他是个优秀的年轻人。但是你知道吗?叶飒,优秀不代表适合。他再优秀,我也不希望我的女儿嫁给他。嫁给一个军人不仅仅代表着你很长时间见不到他这个人，甚至连你生孩子的时候，他可能都不会出现在你的产房里陪你。等你结婚了就会发现，婚姻不全都是爱情，更多的是生活里的坎坷和苟且。对，你可以说我们家里有钱，不在乎这些，但是你想过没有，他的工作决定了他不可能只是这一次躺在这个病房里。就算这次他侥幸醒了过来，你就能保证没有下一次吗？"

谢温迪字字句句透着真实，砸在叶飒的心头。

叶飒张了张嘴，脑海中有一百种借口，最后她轻声开口："那你呢？你后悔嫁给叶铮吗？当初你不顾一切嫁给他的时候，就没有人劝过你吗？"

有！

当然有人劝过她，不管是朋友也好，她的父亲也罢，都劝说过她要慎重考虑。她和叶铮之间，家境相差太大，两个人的身份背景恍如隔着鸿沟，可是她都不在乎。

她义无反顾地嫁给了她爱的男人。

她从来没后悔过！

叶飒看着她不说话了，忍不住笑了起来，她一边笑一边说："您看，妈妈，您这套说辞连自己都说服不了。所以您当初怎么义无反顾地嫁给我爸爸，我也会怎么嫁给温牧寒。我们都一样。"

叶飒像是找到了发泄口一样，她敛起笑容，摇头说："所以您别再用这种蹩脚的借口来骗我了，我不会跟您去 M 国的。我要在这里等着他醒过来。他很快就会醒的。"

此时她已经笃定谢温迪就是在骗她。

谢温迪看着她，直接从随身拎着的包里拿出一份文件："你自己看，你是医生，应该比我更懂病例报告。"

叶飒低头看着面前的这个文件袋。

过了许久，她机械地伸手把文件袋拿了过来，抽出里面的报告。

在她看见谢温迪的英文名字时，整个人已经开始颤抖，拿着报告的手指险些撒手。

虽然病例报告是全英文的，可是对于叶飒来说并没有障碍，她用最快的速度将整个报告看完。她心里的那根弦像是被拉到了最紧绷的状态。

怎么会，怎么会是真的？

叶飒反反复复看着最后的报告结果，可是不管她看多少遍，都改变不了白纸黑字的事实。

她抬头看向谢温迪，张了张嘴想问她。

什么时候发现的，为什么到现在才说，手术的主刀医生是谁，有没有专门的医疗团队……

可是她什么都问不出来。

她好怕，她从心里陡然升起了一股无助感。

刚才她和谢温迪说什么来着，她说哪怕谢温迪这辈子都不谅解她，她都不会在乎。

不是的，她就是仗着她是妈妈而已。哪有父母会和自己的小孩儿生一辈子的气，她就是仗着这一点才敢说这种狠话罢了。

这一切都得以谢温迪好好活着为前提。

"叶飒，你以为我想逼你吗？"谢温迪望着她，低声说，"我只要一想到将来……将来我也不在你身边，你要是再遇到这样的事情，你只能一个人扛着。"

叶飒摇头。

不会的，不会有这种情况的。

谢温迪此时也强忍着眼底的泪意，用尽了全部力气说道："当年你爸爸牺牲之后，你知道我有多绝望吗？我恨不得跟他一起去死。可是我得活着，因为你还在，因为你外公还在，你小舅舅还在。我得为你们活下去。"

"可是你呢，如果有一天，你真的要承受我当年的遭遇时，你要怎么活？"

人在这个世界上，总是有想要活下去的动力和信念，当活下去的动力超越悲伤时，哪怕再大的伤痛也会被慢慢遗忘，人会努力往前走。

谢温迪当年尚且还有可以牵挂着的人，叶飒呢？当她失去父母之后，如果再失去自己爱的人，她要怎么承受？

许久，叶飒握住手里的病例，突然用力摇头："您不会有事儿的，我看了报告，这是早期癌症，是可以治愈的。您一定不会有事儿的。"

可哪怕她自己再否认，脑海中却还是不住地在回荡那个念头。

万一她没有妈妈了……

她要怎么办。

身体里陡然像是空了一块儿，怎么都填不满，哪怕再多的宽慰都无法安慰到她自己。作为医生，她知道现在的情况并没有到最危险的时候。

可是作为女儿，她心里只有漫无边际的害怕和恐惧。

谢温迪望着眼前摇摇欲坠的人，深吸了一口气，才开口说："我让你跟我一起去 M 国，并不单纯想让你跟他分手。"

顿了几秒后，她语气自嘲地说："是因为我也会害怕。"

害怕做手术，害怕会有更不好的消息，害怕真的把她的女儿一个人孤零零地留在这个世界上。

原本还强撑着的叶飒在听到她这句话后，彻底崩溃，她将谢温迪的病理报告抱在怀里，眼泪如雨般落下，无法停止。

她摇头大哭："您不会有事儿的，不会。我跟您去 M 国，我会陪着您，我会一直一直陪着您。"

一向清冷的人，此刻慢慢滑落坐在地上，崩溃到大哭。为什么会这么难，她只是想要她在乎的人都活着而已。

她不想没有妈妈，她不想彻底变成孤儿。

"她睡了吗？"

谢温迪坐在客厅里，见楼梯上有动静，转头看了过去。

叶飒在医院里哭得太过厉害，回来的路上整个人都没了力气。刚才谢时彦把她背到楼上，又在房间里看了她一会儿。

正从楼上下来的谢时彦，此时眼眶也还是红着的，他站在楼梯上望过来，心里也是空的。他怎么都没想到，谢温迪居然会把这么大的事情瞒着他们。

等他走过来的时候，谢温迪见他脸上又是难过又是带着怒气的模样，忍不住笑着招手："过来，坐在姐姐旁边。"

她伸手拍了拍身边的沙发，示意他坐下来。

谢时彦坐下，下一秒转头看着她："你怎么连我都瞒着，这么大的事情你为什么不第一时间告诉我？"

"告诉你有用吗？我连叶飒这个医生都没告诉。"谢温迪淡淡一笑。

谢时彦："最起码我能给你找全世界最好的医生，最好的医疗团队。"

谢温迪瞬间又笑了起来："难道我自己不会找？我现在的医生就是 M 国乳腺癌方面最好的医生了。他要是听到你说的这句话，恐怕会很生气的。"

"都什么时候了，你还跟我开这种玩笑？"谢时彦听着她满不在乎的口吻，不禁恼火道。

谢温迪伸手摸了下他的脑袋："胆子不小了，都敢用这种口吻跟我说话。"

谢时彦一下子整个人没了刚才的强势，他伸手抓住她的手掌，低声说："姐，我求求你，我们好好看医生，好好做手术好不好？"

"你怎么知道我没好好看医生，看你说的，我好像已经放弃了治疗似的。"谢温迪似乎成心在跟谢时彦作对，只要他说一句，她就能反驳出来一句。

谢时彦猛地站起来，他原地转了一圈："你以为我不知道你心里的想法吗？你是不是还在庆幸得了这个病，这样你就能跟姐夫早日团聚了？"

"你在胡说什么呢？"谢温迪皱眉。

谢时彦回头看着她，一字一顿道："那你为什么不告诉我们，你跟孔先生已经离婚的事情？"

谢温迪倒是没想到他会提到这个，半晌，她低声说："你什么时候知道的？"

"两个月之前，我当时还在想你为什么会突然做这个决定，现在我全都明白了。"谢时彦痛苦地看着她。

她这是在安排自己的后事。

他低声说："你为什么从来不告诉叶飒？"

谢温迪挑眉："这样就能弥补我和叶飒之间的关系吗？"

谢时彦一怔。

客厅里安静了许久，谢温迪才轻声说："不会的，我和叶飒之所以疏远，不是因为我和孔锦隆结婚，是因为我故意忽略了她。

"时彦，是我在忽视叶飒，忽视她需要我，因为她越长大越像叶铮。"

她的叶铮，或许是少时清贫身上总带着一股化不开的倔强。她说喜欢他的时候，他倔强着不答应，一板一眼地跟她说：谢温迪同志，我们不合适。

他告诉她自己家境贫寒，家里只有一个老母亲，身体也十分不好。

他们家那样的环境，养不起谢温迪这样浓艳至极的玫瑰。

或许是他眼睛里那股执拗较真的劲儿，总是让她放不下。她出了车祸，明明是自己出门玩时撞断了腿，却非要赖在他身上，让他补偿自己。

后来她才知道，这个傻瓜居然把军校里的津贴省吃俭用留下来，真的给她买了补品。

他毕业之后，下了连队就更难见面了。

于是他每天都坚持给谢温迪写信，那么话少的一个人，居然给她写了整整三年的信。很久之后，谢温迪才知道他之所以坚持这么久，是因为当初她喜欢了他三年。

他得还回来。

跟叶铮在一起的日子，并不富裕。他没什么钱，母亲也总是有病，就连最后求婚用的，都是他自己亲自磨的一枚子弹头做成的项链。

可是跟他在一起的每一天，都那样的开心和幸福。

以至于谢温迪用余生都在怀念着这个男人。

突然间，谢温迪又用手捂住了脸颊："如果有一天我真的见到叶铮，你说他会不会怪我？怪我对叶飒不好，怪我忽视她。可是我真的做不到，她的眼睛太像叶铮了，我每次看着她的眼睛时，都觉得是叶铮回来了。"

她有多爱叶铮，她就有多害怕看见叶飒的眼睛。

一样的倔强，特别是她不听话的时候，谢温迪教训她，她一抬起头，眼神里流露的神情就差点儿让她崩溃。

那种感觉，没有一个人能懂。

"姐。"谢时彦想要安慰她，可是却又不知道说什么好。

"时彦，你说人怎么会那么爱另外一个人呢？"

谢时彦看着坐在沙发上的谢温迪，她说这句话的时候，眼睛望着窗外，可是眼神却并不空洞，是透着眷念的温暖。

哪怕时至今日，只要她想起叶铮，都会觉得温暖。

六月的南江天气宜人，特别是这郊区的烈士陵园里，不知道是因为远离城市还是因为陵园里栽种的植被过于茂盛，空气里都透着清新的味道。

叶飒把手里的花放在墓碑前，正巧赶上起风，树上落下一片青绿的叶子，打着转儿落到大理石墓碑上。

她望着碑上的照片，年轻俊朗的一张脸，被永恒地定格住了。

"爸爸，我马上就要去 M 国了，也不知道要去多久，所以过来看看你。"她轻吸了一下鼻子，"这次我陪妈妈去做手术，她生病了。"

叶飒拼命忍着情绪，低声说："我知道你一定也很想她，但是我们能不能商量一下，你继续把她借给我，让我陪着她一起到老，好不好？"

又是一阵清风刮过，带起浅淡而悠远的清香，仿佛是一双手抚摩着她的脸颊。

那样温柔，犹如父亲的手掌。

叶飒在墓碑前坐了下来，许久，她一句话都没说。

就这样静静地坐着。

不知过了多久，绿荫遮蔽中，仿佛传来一声极淡的哀求：

"如果您在天有灵，请不要让我失去她。"

从陵园出来之后，叶飒直接开车去了医院。

这两天她忙着办理去 M 国的手续，因此没有过来医院。但是她知道温牧寒的一切体征良好，已经从 ICU 被转了出来，只是还没有清醒。

她到了医院的时候，直奔他的病房。

可是到了门口的时候，叶飒并没有进去。她站在门口，透过门上的那一道玻璃看着里面，病床上的人安静地躺着。

这层楼很安静，她也就那么安静地站在门口看着他。

她甚至连推门进去的勇气都没有，怕一看见他，她就舍不得走了。这么多天了，他一直没有醒过来，或许他也是想自己陪在他身边的吧。

可是她没办法。

叶飒看了许久，扭头想走，这时身后却有个温柔的声音响起："叶飒？"

她转过头，看见一个陌生的女人站在自己身后，她手里提着一个饭盒。

叶飒看着对方，虽然这是她们第一次见面，可是她猜到了对方的身份。

展清望着面前的小姑娘，前几天她去法国参加一个油画交流展，谁知耽误了几天行程，回来才知道温牧寒出事儿了。

她气得哭着打温克济，问他为什么第一时间不通知自己。

她自己的儿子出事儿，她每次都是最后知道的那个。

这两天她在医院里面守着，这是第一次看见叶飒。不过她也听护士提过，说叶医生前几天一直守在这里，这两天才没来。

展清总算看见叶飒，心里还是高兴的。

她强撑着笑容说："我是牧寒的妈妈，既然来了，怎么不进去？"

"我，"叶飒迟疑了下，低头轻声说，"我得走了。"

医院这边也要办离职手续，毕竟她去M国不是一天两天的事情，情况好的话，一年说不定就可以回来，要是不好，几年都是有可能的。

"这么快？"展清一愣，随后她点头说，"对，你前几天在这里照顾牧寒也是辛苦了，你回去多休息。等他醒了，你再来看他。"

一向知性优雅的展清，此时脸上也有些颓败之色，她轻声说："就是不知道他什么时候能醒呢。"

医生一直说他情况稳定，可是人一天没醒，她这心就一天吊着。

展清也想跟叶飒说说话，因为她觉得这个时候叶飒是最能理解她的那个人。毕竟这姑娘是她儿子喜欢的人。

"好了，我不该说这种丧气话，等他醒了，你跟他来家里吃饭好不好？之前他就跟我们说过你，我一直都想见见你的。只是没想到第一次见面，是在这里。"

展清虽然心里难过，但是见小姑娘一直这么垂着头，还试着安慰她。

终于叶飒再也没忍住，低声说："阿姨，不用了。"

展清一愣，没太明白她这个"不用了"是什么意思。

直到叶飒说："我过几天就要去M国了。"

"是去几天，"展清看着她的表情，心下越发沉重，最后问了一句，"还是去很久？"

"应该是很久。"

展清想了下，轻声问："是家里出事儿了吗？"

她温柔的语气丝毫不见责备，甚至都没质问叶飒身为女朋友怎么能在这时候扔下温牧寒，反而柔声问她是不是家里出了事情。

叶飒从来不是擅长诉说的人，她以为她可以做到坚强和洒脱，可是到头来，她才发现自己一直以来的冷漠，只是她保护自己的一层壳子罢了。

当所有的事情都一下子倾泻而来，堆积到她身上的时候，叶飒才知道自己有多渺小。

她救不了任何人。她救不了她妈妈，她也救不了温牧寒。

突然，她被轻轻拥抱了下，展清伸手抱住她，低声说："你好好照顾自己，牧寒有我们呢。"

这一瞬间，叶飒一直忍着的眼泪还是落了下来。她这一辈子的眼泪，好像都在这几天流干了。

"谢谢。"

机场熙熙攘攘，广播里不时传来甜美的声音，通知即将晚点的旅客，尽快登机。有人分别，有人重聚，有人归来，亦有人远去。

明明是同一个地方，却上演着不同的悲欢离合。

叶飒坐在机场的 VIP 休息室里，身边是谢温迪。

谢时彦因为公司有事儿，实在脱不开身，得过几天才能去 M 国。

叶飒戴着墨镜望向窗外，整个人安静得过分。

直到她的手机响了起来，她低头看了一眼，是司唯打来的。

她一开始没接。

但是很快，司唯立即发了一条语音过来，语气很重："叶飒，你给老子接电话。"

她点开听的时候，整个待机室里就听到一个近乎咆哮的声音响起，一旁的谢温迪都忍不住转头看了她一眼。

过了会儿电话又打了过来，叶飒这才接通。

司唯吼道："叶飒，你辞职都不跟我说一声？"

叶飒扯了扯嘴角，语气淡然道："你跟谁说话呢？"

被她这么一说，原本怒气冲冲的司唯，一下子就愣住了。

不过下一秒，旁边一个更冷静的声音响起来："跟一个打算踹了我们远走高飞的人说话。"

居然是阮冬至。

她一愣，笑着说："你们两个这是来兴师问罪的？"

旁边的谢温迪还在看她，叶飒干脆站了起来，走到外面去接电话。

司唯又把电话抢了过去，问道："叶飒，你为什么突然辞职啊？你们家温营长还住在我们医院里，你也不要了？"

她性子急，有什么就说什么。

这一句话问完，虽然阮冬至踹了她一脚，都没来得及让她住嘴。

果然电话对面的叶飒顿住了。

许久，她低声说："嗯，我把他扔下了。"

在他最需要她的时候，她就这么走了。

还是阮冬至问道："叶飒，你到底出什么事儿了，这个时候急匆匆地去M国？"

叶飒没说，她了解谢温迪的性格，她不会想让别人知道她患了癌症的事情，她不会愿意承受别人同情的目光。

司唯和阮冬至死活没问出理由。

最后司唯说话的声音都带着哭腔，真以为是叶飒本人出了什么事情。

惹得她轻声笑道："行了，我真的没事儿。"

最后她还是掏心地说："以前我总觉得这个世界对我不公平，为什么我不能得到自己想要的东西。现在我才发现，是我太贪心了。什么都想要，现在老天爷真的要把我的东西一样一样地收回去了，我才发现其实我拥有了很多。所以我现在得一点儿一点儿守住。"

以前她总在心里怨恨谢温迪为什么不够爱她。

可是当现在她发现老天爷要把这一切收走，她才明白，人总是会在要失去的时候，才知道害怕。

她回到待机室的时候，谢温迪看向她。

叶飒安静地坐了下来。

许久，她低声说："您放心，我记着我们之间的约定。"

谢温迪淡然道："我没什么不放心的，不放心的那个或许是你。"

在去 M 国之前，她答应谢温迪，这一年内陪她好好看病，不跟国内的任何人联系。她知道，谢温迪这是有意隔开她和温牧寒。

或许谢温迪觉得，分开一年，一切就会有所改变。

本来她应该怨恨谢温迪的，因为她用这种并不光彩的手段让自己同意离开温牧寒。

那天在医院里，她见到展清之后，突然她又开始同情谢温迪。

展清同样也是军嫂，不仅她的丈夫是军人，她的儿子也是，甚至还几次陷入危险，如今还住在医院里。

可展清却是那样大气疏朗，跟谢温迪的敏感纤细那样不同。

但是叶飒知道，以前的谢温迪不是这样的，最起码她不会因为一个可能的意外而否定一切，这样殚精竭虑着，这样钻着同一个牛角尖。

如果叶铮还活着的话，谢温迪也会是另一个展清吧。

只可惜，这个世界上没有如果两个字。

温牧寒醒了。

在叶飒走了的第二天，他在医院醒了过来。一醒来，他的眼睛就找了一圈，哪怕病房里很快挤满了给他检查身体的医生，还有喜极而泣的母亲，可是他的眼睛却始终在找那个纤细的身影。

他在医院里躺了一个星期，第一天叶飒没来，他问了，没人告诉他。

第二天、第三天他依旧在问，还是没人说。

直到展清看不下去，告诉他，叶飒来过又走了。

他微抬起眼睛，那一双微微上翘的黑眸在听到"叶飒"两个字的时候，仿佛恢复了神采，却又在听到她走了的时候，眉心微蹙着。

"走了？"他低声重复着这两个字。

展清叹了一口气，正要说话的时候，门口传来敲门的声音。

转头一看，是谢时彦。

瞧见他来，温牧寒似是松了一口气。

谢时彦跟展清打了招呼之后，她找了借口出去倒水，把病房留给他们两个。

"身体怎么样?"谢时彦站在门口,轻声问道。

温牧寒抬头,斜睨了他一眼,突然轻笑:"站那么远干吗?做了什么亏心事?"

亏心事,还真有一件。趁着他生病的时候,把他女朋友弄走了,算吗?

谢时彦慢慢走了过来,温牧寒强撑着从病床上坐了起来,他走过去想要扶他,结果被温牧寒一把挡开,低声说:"这点儿小伤,我还不至于让人扶着。"

他这人骨子里就有一股劲儿。

他坐好之后,正对着病房另外一边的窗户,此时阳光从玻璃上斜射下来,照在他乌黑的短发上。这些天他没剪头发,头发长得快,已经有点儿长了。

"叶飒呢?"

他开口问,低哑的声音透着微冷感。

谢时彦想了下,低声说:"跟我姐去M国了。"

"你们逼她了?"温牧寒微抬头望着他。

谢时彦有些无奈,低声说:"牧寒,她是成年人,没人逼得了她。不过确实是出了一点儿事情。"

他知道瞒着谢温迪得病的事情,对温牧寒不公平。

但是谢温迪是那种宁愿死都不愿意让人同情她的人。

比起同情,她估计更愿意让别人恨她。

"我姐的意思是让你们冷静一年,叶飒同意了。"谢时彦有些头疼。

温牧寒抬头看着他,原本清冷的眼神一下充斥着阴鸷,看得谢时彦都心头一寒,就在他以为温牧寒会强撑着病体冲上来给他一拳时,终于,他微沙哑的声音响起:"有人问过我吗?"

他姐的意思,叶飒同意了。

温牧寒闭了闭眼睛:"我不同意。"

谢时彦走后,温牧寒安安静静在医院住了几天,但是谁都没听到他再问起叶飒的事情。

他出院回家之后,展清本来想要带他回大院里休养,结果他只愿意回自己的家。

展清拗不过他，就让司机开车送他回家了。

好在他行动自如，展清推掉所有工作，每天带着保姆过来给他做饭。他在家里除了看书，就是一个人待着，整个人特别安静。

展清也怕出事儿，想跟他聊聊，但是他似乎挺轻松的。

其间有战友来看他，他跟人说说笑笑，丝毫看不出来有什么异常。

直到有一天，展清给他收拾冬装，发现他有一套冬季军装的衬衣不见了。一般来说，他的军装都是成套放着的，外套里面搭着军衬，就是怕丢了。

展清问他："牧寒，你这套军装的衬衫呢？"

"不是跟外套一起放着的吗？"

"没有啊。"展清十分疑惑，她在柜子里四处找了一遍都没找到，忍不住念叨："这好好一件衣服在家里放着还能丢了，又没外人来过。"

突然，身后传来"啪"的一声轻响，是书掉在地板上的声音。

展清站在衣柜前，转头看向身后。

温牧寒背对着她坐在床边，手里拿着的书早就掉了。突然她像是知道了什么似的，在原地站了一会儿，悄悄准备走出去。

可刚走到门口的时候，背对着她的人终于低声开口，他问："妈，你那天见了叶飒，对吗？"

"是啊。"

展清没骗他，如实说道。

其实她后来也看出来了，这姑娘和她儿子之间，似乎存着阻力。要不是家里出了什么事情，也不至于这么一走了之。

她不了解情况，也不知道说什么。

房间里又陷入一片安静，初夏的南江，阳光浓烈而灼热，照得房间里暖洋洋的。

又到六月了，温牧寒突然想起去年他回来的事情。

因为也是差不多这时候，他跟叶飒重新遇见了，当年那个看起来乖巧懂事儿的小女孩儿，变成了清冷清丽的女人，肆无忌惮地再一次闯进他的生活。从此，他的生活中不再是一成不变的军绿色。

明明是看起来格外冷漠的一个姑娘，却做着救死扶伤的工作，而且有一颗不输任何人的怜悯心。

许久，就在展清以为他不会再说什么的时候，温牧寒又问："你觉得她好吗？"

展清没想到这是温牧寒问出来的问题。

虽然诧异，却还是回答了：

"嗯。"

床边坐着的人，许久轻笑了一声。

他低喃："她也是我见过最好的。"

一年后，M国某市。

阳光铺满整座城市，沿着公路的汽车一直往前开，渐渐进入了人烟稀少的富人区。

成片成片的植被覆盖着，悄然挡住一栋又一栋的豪宅。

阮冬至坐在车子里颇为好奇地望着周围，刚才她问司机是否已经到了，司机告诉她，已经进入了房子的范围内。

结果这车子开了十来分钟，还是没到门口。

她瞧见前面植被渐渐稀少，城堡一样的房子出现在眼前时，不由得瞪大了眼睛。

待车子停下，司机走到后车厢旁边，替她拉开车门。

阮冬至下车站在原地，望着面前连成一片的白色建筑物，她都怀疑这不是一家人住的房子，而是一个豪华博物馆。

大门口是一个巨型的喷泉，周围有连成一片的水池。此时花园里有工人正在除草，还不止一个工人。

司机客气地把她往里面领，直到一个穿着女佣衣服的女人出现在她面前，对她说道："阮小姐是吧？"

阮冬至点点头，对方立即请她跟着自己走。

说起来阮冬至也不觉得自己没见过世面，毕竟是国内知名律师大所的律师，而且还是主做并购上市这种案子，平时什么世面也算见过了。

但此刻看着面前这么一栋豪宅，还是有点儿震撼。

她被女佣带着走了好几分钟,前面传来砰、砰、砰的声音。

她抬头看见不远处的网球场,有两个人正在打网球,穿着一身白色网球服的姑娘这会儿正把一颗网球拿在手里,随着她把球高高抛起,右手的球拍用力击打,网球登时穿过中间的球网,直飞对方区域。

对面的男人抬手将球击打了回来,姑娘迅速跑向左后方区域回防。

阮冬至慢慢走过去的时候,网球场上的两个人你来我往,打了十几个来回,终于在姑娘一个网前吊高球的精准回击下,赢下了这球。

球场旁边的巨大太阳伞下,立即传来一阵鼓掌声。

阮冬至这才发现球场旁边还坐着一个女人,长发扎起来,一脸笑意地看着网球场。

此时球场上的年轻姑娘举起手,示意了下,对面的男人双手一摊,随后两个人同时走到球场中间,隔着球网相互握了下手。

"冬至。"

穿着白色网球服的叶飒挥了挥手里的球拍冲着她大喊了一句,阮冬至这才如梦方醒。

她感觉刚才自己好像进入了一场电影场景,加州海岸,奢华豪宅,自带的网球场,充满活力又过分精致美丽的女主角。

阮冬至注视着眼前的叶飒,直到对方上前主动轻抱了她一下,立即又松开。

叶飒看着她笑道:"我刚打完球,浑身都是汗。"

阮冬至松了一口气,又好像有点儿迷惑,半晌才笑了起来:"早知道你在M国过的是这样的日子,司唯的眼泪真是白掉了。"

叶飒的手指在球拍的网格间轻轻拉扯了下,又抬头看向她,低笑着说:"你们以为我会怎么过,每天以泪洗面,垂头丧气?"

阮冬至脸上登时出现了尴尬的表情。

别说,她们还真是这么想的。

毕竟当初叶飒走得太突然,后来她们不管怎么发微信还是打电话,都联系不上她了。要不是阮冬至偶然遇到过谢时彦,都不知道谢温迪生病这件事儿。

而且叶飒这么走了,她和温牧寒之间……她们也不敢多问。

结果此时看见她这么阳光的模样，好像比以前在国内的时候还要更开朗些，不像以前身上总是带着一股子隔绝众人的疏离，这样挺好的。

可是阮冬至又说不出心里真正的感觉，明明此刻阳光这么好，太阳这么大，她脸上的笑容那样惬意，但她总有些心疼。

"走吧，带你跟我妈妈打个招呼。"叶飒往旁边甩了下头。

阮冬至一听，赶紧跟着叶飒走了过去，此时坐在太阳伞下的谢温迪也站了起来："你好，冬至。"

这不是阮冬至第一次见到谢温迪。

不过哪次见面她都挺紧张的，毕竟这样一个平时只能在顶级财经杂志和电视上才能看见的人物，如今就活生生地站在自己面前，怎么能不紧张。

好在阮冬至也是在律所被打磨惯了的，紧张归紧张，她还是淡定地打招呼道："阿姨，您好。"

她打量了一下谢温迪的脸色，由衷说道："您气色看起来真不错。"

"一路过来辛苦了吧。"谢温迪看着叶飒说，"叶飒，把冬至带进去吧，外面太阳挺晒的。"

叶飒点了点头，领着阮冬至往回走。

谢温迪知道她们应该有很多话说，也没着急打扰，只是吩咐女佣给阮冬至准备茶点。

叶飒把人带到客厅之后，让她先坐一会儿，她上去洗澡换个衣服。

她刚打完网球，出了一身热汗。

"去吧。"阮冬至点头。

叶飒想了下，笑着说："你想参观一下我家里吗？"

"当然想了，我真是头一回进这种豪宅。"阮冬至生怕被旁边的女佣听到笑话自己，还特地用中文压低声音说。

实在不能怪她眼界浅，而是 M 国的豪宅跟国内的真不太一样，这个豪宅看起来占地就超过一万平方米。

太震撼了。

叶飒笑了起来，点头说："行，等我洗完澡，亲自带你参观。"

于是她上楼回自己的房间了。

她冲了澡又洗了头发，吹得半干之后回自己卧室的衣帽间，打开柜门，她伸手拨弄了一下面前的衣服，然后一件过于宽大的衬衫出现她眼前。

叶飒一怔，她伸手抓了下衬衫的袖子，将袖子放在自己的脸颊上。

眷念、依靠般地感受着上面的温度。

其实早已经没了温度，毕竟这件衣服跟着她漂洋过海已经一年了。可是她总觉得上面还残留着他的味道。

其实她没跟阮冬至说实话，或许人总是习惯性将好的一面展现在别人面前，而隐藏起曾经的悲伤、痛苦和挣扎。

刚来 M 国没多久，叶飒就开始失眠了。白天她要陪着谢温迪去医院，咨询医生的治疗方案，一开始对方是希望先进行保守治疗，吃药打针。晚上，叶飒就睡不着觉。

叶飒闭着眼睛，脑海里是那么清醒，哪怕她家住的地方周围压根儿没有可以吵到她的东西，也还是一整夜一整夜地睡不着。

她躺在床上，努力闭着眼睛，试图放空大脑什么都不去想，不去想谢温迪的病情，不去想温牧寒。可时间慢悠悠地过去，总以为要天亮了，不料拿起手机来看了一眼，才凌晨两点。

就算是这样，她谁也没告诉。

因为怕谢温迪察觉，影响她的心情，她连医生都没去看，全靠自己扛着一天天熬下去，可是后来竟然发展到厌食。

或许是 M 国的东西她确实是吃不惯，或许是她心里太过抗拒，经常一顿饭什么都吃不了，再后来她换了一个中国的厨师。

哪怕对方是出身南江市，做的是地道的南江口味，家乡的味道，她还是吃不下去。

那阵子，叶飒真的有种生不如死的感觉，哪怕不顾她自己的事情，谢温迪的情况也并不乐观。癌症这玩意儿，并不会因为你是亿万富豪就会对你客气。

对，他们是有钱，但是抗癌并不是美好的过程。

她眼看着谢温迪在吃药之后一把一把地开始掉头发。她那头保养那么好的长发，也渐渐开始枯萎，泛着一种说不出的死寂。

就像是一棵树，从茂盛渐渐走向衰败。

有时候吃饭时，她想劝说谢温迪多吃点儿，可是眼看着自己面前这一碗还没吃几口，于是她强撑着要往下咽。她勉强咽下去了，就劝谢温迪吃。

但回了自己的房间之后，她就开始趴在马桶上吐，一遍一遍地吐。

于是最后几乎成了她为了劝谢温迪吃饭，强迫自己吃饭，最后再回自己房间吐。

谢时彦因为要主持公司的大局，没办法长期留在 M 国，偶尔飞过来陪她们。结果他隔了半个月过来的时候，差点儿被吓死。

在谢温迪面前他还强忍着，等谢温迪回房间休息，他才拉着叶飒，强忍着问她："叶飒，你怎么了？"

"什么怎么了？"叶飒有些迷惑。

她这会儿还觉得自己挺好的，最起码觉得自己伪装得挺好。

谢时彦有种差点儿哽过去的感觉，他直接把叶飒拉到一个全身镜前面，指着里面的她说："你看看你自己，这黑眼圈都成什么样子了，还有人都瘦了多少？"

哪怕国内的审美风气再以瘦为美，谢时彦都觉得她瘦得有些不正常了。

原本白嫩细腻的皮肤，确实更白了，但是透着一种惨白的感觉。她的脸颊本来就小，这会儿瘦得更是一个巴掌都没有了，脸颊上几乎捏不出一丝肉。

叶飒望着镜子里的自己，她都不知道自己多久没照镜子了，每天早上洗脸，她也是埋头用手把水泼在自己脸上，然后拿毛巾擦一下。

"叶飒，你这样下去不行的。"谢时彦叹了一口气。

其实他怎么可能不知道叶飒的痛苦，现在几乎什么事情都担在她肩膀上，他姐姐的病情压着，还有她和温牧寒的事情。

于是他直接把自己的手机拿了出来，递到她面前：

"打吧，给牧寒打个电话。"

谢时彦温润的声音在她耳边响起，像是从遥远的地方传来的天籁之音。

叶飒放在身侧的手指在动。

她想抬起手，把电话直接拿过来，然后拨打那个熟悉的号码。

她足够聪明，哪怕她国内的手机已经不用了，可是他的电话号码却像是镌刻在她脑海里那样，十一位数字，她倒背如流。

想给他打电话吗?

想。

可是她望着手机很久很久之后,抬头看着面前的谢时彦,低声说:"小舅舅,你知道吗?我现在能理解我妈了。"

谢时彦低头看她。

她说:"我妈说让我不要联系他,其实是对的。我觉得只要我给他打电话,我在这儿一天都坚持不下去,我太想他了。"

这些事情一样一样地堆积在她身上,压得她快要喘不过气来了。

有时候她在想,为什么生病的是她妈妈,为什么老天爷这么不公平。可是她又会想起在国内的时候,在医院里的癌症患者,他们甚至还没钱,为了治病全家举债四处凑钱。

比起来那些人,她好像又没了抱怨的资格。最起码谢温迪有全世界最好的医疗团队在替她服务,最起码她不用担心钱的事情,这些念头拉扯着她痛苦不堪。

她第一次知道自己原来这么懦弱。

她不够强大,也不够坚强。

所以,谢温迪真的是对的,她让自己远离温牧寒,试着让自己去强大,让自己去承受一切。

或许到了他们再重逢的时候,哪怕遇到更坏的情况,她也能扛过来。

后来她开始给自己找事情做,不去医院的时候,就尽量做点儿别的事情转移注意力。直到她陪着谢温迪看了一场网球比赛,发现打球挺好的。

既发泄精力,又能把脑海里的各种念头在挥球拍的时候,一并带走。

就连心理专家都说过,运动会在一定程度上克制抑郁。

叶飒没有立即去找心理医生,反而是先找了个网球教练。每周对方到家里教她三次网球,后来谢温迪就坐在旁边看着她打球。

原本并不算亲近的母女,反而也有了点儿话题。

当她松开衬衫的时候,低头笑了下。

失眠最痛苦的时候,她夜里会把这件衬衫抱在怀里,似乎有点儿管用。后来，等她渐渐走出来，觉得自己这行为有点儿太过痴汉。

于是她就把衣服挂在自己的衣柜里，每天早上打开就能看见。

就像看见他那样。

她爱的人啊，请再等一下她好不好。

叶飒下楼的时候，阮冬至刚喝完一杯茶，是女佣帮她冲泡的。见叶飒过来，她端起茶杯指了指，赞叹道："叶飒，你家女佣手艺好好，冲泡的茶好香。"

叶飒低头看了一眼她手里的茶杯，低声道："几百美元的茶叶，你自己冲也会好喝的。"

阮冬至咽了下口水。

"走吧。"叶飒微抬了抬下巴。

阮冬至知道她是要带自己参观家里，登时站起来，跟着她一块儿。

两个人说是参观房子，其实也是边走边聊天，这一年没见面，两个人之间有不少话题要聊。

这次阮冬至是因为律所的一个项目，到M国来出差，这才有空来找叶飒。

"你已经能独立做项目了？"叶飒听她这么说，有些惊讶。

阮冬至点点头，她因为是学法律的，毕业比叶飒司唯她们两个人早，在律所也工作好几年了。不过说到她如今在做的这个项目，倒是还跟另一个人有关系。

只是她没打算说。

"努力追赶飒爸爸的脚步。"阮冬至站在二楼的阳台上，望着别墅外面，正好能看见刚才叶飒打球的那个网球场，还有不远处的游泳池。

放眼所及，都是她梦想中的场景。

阮冬至振奋道："不错，我也知道自己的奋斗目标了，这房子就是。"

叶飒站在一旁听着她的话，趴在阳台栏杆上，轻笑了起来。

不过说完，阮冬至叹了一口气，说道："算了，我还是把目标稍微再定小一点儿，比如我买这房子一半那么大就行了，太大也不好打扫。"

叶飒点点头，确实。

结果还没过几秒钟，阮冬至再次反悔了："四分之一吧。"

这么大的房子她买不起，四分之一这么大的，总能努力努力达到吧。毕竟这个项目要是真做成了，她也是年薪百万以上的人了。

虽然一口气吃不成胖子，但好歹慢慢好起来了。

此时她偷偷觑了叶飒一眼，忍不住小声问："你现在……跟温营长是什么情况？"

阮冬至她们并不知道温牧寒早就不是营长了，还是温营长、温营长地喊着。

叶飒遥望着远处的天空，加州气候干燥，多阳光，而周围更是没有高楼大厦，这一眼看过去仿佛能看到遥远的海岸线。

"我们已经一年没联系了。"

阮冬至忍不住舔了下嘴边，她张嘴想安慰叶飒，结果心里又替她难受："那怎么办呀？"

她一说话，反而带着哭腔了。

惹得站在身边的叶飒忍不住转头看向她，低笑道："你怎么还哭上了？"

"你怎么这么铁石心肠？"阮冬至都疑惑了。

温牧寒多喜欢她啊，那天她和阮冬至两个人在家里抱头痛哭的时候，她就看见了。

他一过来，满眼都是叶飒的模样。

她虽然醉了但是没瞎呀。

阮冬至轻吸了一下鼻尖："温营长多喜欢你啊。"

"嗯。"叶飒应了一声，本来一直坚固的心里登时软软的。

一直以来，都没人跟她说过温牧寒，谢时彦除了让她打电话那次，后来也绝口不提。其实她愿意提他的，可是他们好像觉得他成了自己的逆鳞，提不得说不得。

此时终于有个人跟她说起他，她居然发现，她心里自以为坚固的防线，立马溃败得一泻千里。

她低声说："我也喜欢他。"

阮冬至不解地问："那你干吗跟他分开呀？"

叶飒望着远处，很小声说："因为我还不够坚强。"

她曾经不够坚强到站在他身边，不够坚强承担他带给她的责任，需要再长大些，再努力些。

"你们还会……"阮冬至想问又不敢问了。

这就像是她一直在追的CP，居然崩了。

她现在终于理解微博上那些一天到晚喊着再也不相信爱情的人了，她都要怀疑爱情了。

叶飒伸手摸了摸她的狗头，眨了下眼："知道你饿了，我争取让你尽快吃到狗粮。"

阮冬至："……"

行吧。

阮冬至在这里吃了晚饭才离开，叶飒本来想留她住的，但是她明天还有工作。叶飒家这边离市区还有点儿距离，因此阮冬至待到晚上就回去了。

两个人临别时，都有些不舍。

阮冬至望着她，强调说："你自己说的，让我尽快吃到狗粮，你可别忘了。"

对于这个渴望的要求……

叶飒郑重地点了点头。

过了两天，谢温迪的体检报告出来了，叶飒在看完之后，长吁了一口气。而一旁的医生也在恭喜谢温迪，恭喜她战胜了癌症。

当医生拥抱谢温迪的时候，还笑着对她说："你真应该为你女儿感到骄傲，她是我见过的最聪明的医生。"

想了下，他微叹了一口气："也是最难缠的患者家属。"

虽然她是外科医生，但是毕竟跟一般患者家属不同，她拥有强大的医学知识。特别是这一年来，叶飒几乎都在自学关于乳腺癌的知识。

两个人离开医院的时候，叶飒说："我们今天出去吃饭吧，我提前订了位子。"

因为知道今天是拿报告的时间，因为一直以来，谢温迪的情况都在好转，她想着或许今天能得到好消息，干脆提前订了餐厅，果然没让她失望。

谢温迪也没意见，叶飒告诉了司机餐厅地址。

很快，她们进入餐厅。

这家是有名的米其林三星级餐厅，不管是谁，都需要提前预约。两个人到了餐厅，立即被带入预定好的位置。

点餐的时候，叶飒还让服务员开了一瓶酒。

"庆祝一下吧，毕竟您可是战胜了癌症。"叶飒双手托着下巴浅笑道。

谢温迪点了点头，淡淡道："威尔逊医生说，还是有复发的可能的。"

叶飒一怔，叹了一口气："妈，今天是应该高兴的日子。我们不提这些，如果一直担心未来的事情，人活着只怕连一分钟透气的时间都没有了。"

她这话说的，倒是让谢温迪笑了起来。

半晌，她说："你是在提醒我，不要总是担心意外吗？"

叶飒一下子明白了她所指的，她说的时候还真没这个意思，只不过谢温迪自己说出来，倒是有几分那个意思了。

好在两个人这一年来都养成了一个良好的习惯，那就是提到她们可能会争执的问题，两个人都会很默契地转移话题。

既然谁都说服不了谁，干脆就别提起。这也不失为一种和平共处的办法，挺有效的。

等这顿饭要吃完的时候，谢温迪用餐巾擦了擦嘴角，看向叶飒："你要走了？"

还在吃甜点的叶飒抬起头，有点儿迷茫，等回过神，倒是明白了她说的话。

她稍微思考了下："我再陪您一个月。"

说得委婉，但意思很明白。那就是她确实要走。

"你要去找他？"谢温迪问她。

叶飒觉得这个问题她都不用回答，这是显而易见的。不过为了尊重起见，她还是点了点头，很肯定地说："对。"

谢温迪说："你以后会后悔的。"

她语气很淡然，又透着一股看透的笃定。

叶飒突然笑了下，以前她还会因为谢温迪说的话生气。可是现在，她真的不会了。

她看着谢温迪，心平气和地说："妈，你到现在都没后悔嫁给我爸爸。"

哪怕叶铮早已经牺牲，留下她孤独在这世间这么多年，她都敢肯定谢温迪从来没后悔过。

叶飒说："真要是到了您说的那天，他真的因公殉职了，我会好好活着，然后用一辈子怀念他。"

谢温迪望着她，这次她明白了，跟一年前相比，叶飒真的不一样了。

或许是这一年陪着她抗癌，叶飒看淡生死的同时也学会了承受。

这一次，她是真的拦不住她了。

印度洋上。

碧海蓝天在这广袤海域上成了对称的两块，碧空之上大团大团雪白的云朵，都被清楚地倒映在大海之中。随着巨大货轮劈风斩浪地前行，在平静的海面上掀起一阵阵水花。

叶飒头戴着一顶黑色鸭舌帽，鼻梁上架着一副新式墨镜，趴在船边围栏上慵懒地望着不远处的海面。

那里有一群海豚正在不停地跳跃。

哪怕是在大海中，这也是难得一见的景致。

"有趣吗？"旁边的围栏上也趴着一个身影，低笑着问道。

叶飒的眼睛从镜片之上看出来，半晌才懒懒点头："还不错，比海洋馆的有趣多了。"

薄湛笑着转头，一张清俊的脸上依旧泛着温和的笑容。

他说："船长说了，还有两天，咱们就该到了。"

随后他有些不解地说："你不会就是为了看海豚，才非要做轮船的吧？"

叶飒转头看了他一眼，双手继续撑着围栏，海风还算温柔，吹在脸上也没那么厉害。

"我还不至于这么无聊。"

她和薄湛是从 M 国飞到欧洲，随后在 L 国登船。

随行的还有他们医疗队的另外几个成员，原本叶飒没打算让他们跟着一块儿坐轮船过来，结果一个个都觉得挺新鲜，非要跟着一起。

以至于货轮的船舱一下子多了几个人，住得都不太宽敞了。

好在整个医疗队的大部队，都还是搭乘飞机前往的。

他们这次的目的地是 A 国，虽然位于 F 洲大陆，但是临近亚非交界处。因此他们从印度洋上走，可以一路过去。

这次货轮是散装货轮，上面有一批支援 F 洲国家的药品，光是这批药品就价值千万美元。

这是 M 国的一个援非基金会多次筹措的药品，正好他们这一批 M 国无国界医疗队也要前往 F 洲，因此这批货物就由他们到地方后进行安排。

叶飒是在半年前跟薄湛重逢的。薄湛在无法接受他母亲的种种干涉行为之后，终于还是回了 M 国。叶飒没想到他也在 M 国工作，谢温迪看病的医院就是他所在的医院。于是他们就这么碰上了。好在薄湛明白她的心思，除了偶尔的问候之外，并没有什么过分举动。

不过之前叶飒透露过，谢温迪痊愈之后，她会来 F 洲这边。

薄湛进入无国界医生组织的时候，问她是否要参加，叶飒想了想，捐了一笔钱，却没有报名。

无国界医生组织，是一个很纯粹的国际组织，没有政治目的，只为了实现医生治病救人的愿望。

对于医生而言，他们的职责，只是治病救人。

只是无国界医生虽好，但她更希望自己是作为一名医疗队的医生援外。

只可惜，这个心愿只怕要以后才能实现。

这次他们正好组成医疗队，来援助最近发生动乱的 A 国。薄湛知道她也想来，干脆邀请她一起过来。

虽然她不是无国界医生的成员，但是她作为捐款者，也可以作为编外人员跟他们一起行动。

很快，身后传来交谈声。是跟他们一块儿上船的几位 M 国医生。

他们这次还带了相机，这会儿正对准海面上的海豚拍摄个不停。几个人也不全都是 M 国人，还有两个是亚裔，都是移民二代。

叶飒是上船之后才认识他们的，她平时话少，倒也不是故意冷漠别人，只是习惯了而已。

不过其中一个 M 国男人倒是对她挺好奇的，哪怕是在船上都不停地跟她搭话，以至于薄湛不得不摆出保护姿态。

"他们说这里已经是亚丁湾海域了，你们说咱们会不会遇到海盗？"其中一个亚裔李谦大声说道。

他是中国 H 市人，并不是一出生就在 M 国的，是在国内几年才移民出去的，所以他中文说得格外地道。

李谦此时为了方便大家都听懂，是用英文说的。

旁边的 M 国人杰森大笑起来："那最好来吧，我还真想见识一下海盗呢。"

虽然他们在新闻上时常看到闻名全世界的索马里海盗的大名，但是毕竟他们不是从 M 国来的，就是其他发达地区，一个个都生活在和平又稳定的国家。

以至于他们完全忘记了，这世界上还真的有水深火热的地方。

他们聊得正开心时，换班的船长从驾驶舱出来，跟他们打招呼。

在知道他们聊关于海盗问题时，对方的眉头明显是皱着的。

这次他们乘坐的货轮也是叶飒找的，因为药品需要货船运输，这是一大批费用，而为了替基金会省下这笔钱，叶飒请谢时彦帮忙找了国内的货船。

谢时彦朋友多，人脉也广，还真的找到了这么一艘"长广号"货轮。

船长或许是常年在海上的原因，皮肤有些黝黑。

此刻他微皱眉，摇头说："海盗可不是能随便开玩笑的事情，特别是在这片海域上。"

李谦好奇地问："船长，这片海域怎么了？"

船长转头眺望着远方，低声说："哪怕是最有经验的船长，在这片海域上都不敢掉以轻心。这里的海盗可比我们更熟悉这片海域，他们仿佛在这片海域上装了监控似的，总能劫持到最值钱的货轮。"

"咱们这种散装货轮，应该没事儿吧？"薄湛皱眉说道。

李谦把船长的话翻译给其他几个外国人，大家这才收敛起刚才的嬉笑。

船长见大家都不笑了，不由得一摆手："不过这些年有各国海军护航，咱们遇到海盗的概率是越来越低了，比这海豚还低呢。"

他指了指海面上正远去的海豚，笑了一下。

李谦又翻译后,杰森摊手:"那我还是更愿意遇见海盗。"

他双手做了个举枪的动作,骄傲地说道:"我可是一名神枪手。"

入夜。

海面上起风了,大家在餐厅里吃饭的时候,都明显感觉到船体比白日里更剧烈地晃动。吃完饭之后,叶飒上到甲板上吹风。

今夜天空没有了月亮的踪影。

没了月色的大海像是一团化不开的浓墨,漆黑黑一团,只能听到耳边海浪偶尔拍打船体的声音,除了他们这一艘船之外,整个海面寂静黑暗,一直蔓延到深沉的远方。

"船长说晚上会有风,还是早点儿回房间休息吧。"薄湛过来找她,叮嘱道。

叶飒点了点头,把身上的外套搂紧。

半夜,一个巨大的声音将叶飒从睡梦中惊醒。

她翻身坐起来的时候,门外已经有急促的拍门声,还有薄湛的声音:"叶飒,快起床,有海盗来袭。"

这一句话,让叶飒心里登时骂了一句脏话。

她顿时想起杰森的那句话,他还真是个乌鸦嘴。

外面的枪声在寂静的黑夜里格外清楚,叶飒打开门的时候,看见门口的薄湛脸色苍白。

她问:"海盗登船了吗?船长发出救援信号了吗?"

这是最重要的两个问题。

海盗打劫都是利用小艇逼近轮船,然后火力压制之后登上船舱,最后劫持人质提出赎金。只希望船长能加快速度,摆脱海盗的小艇。

一旦让对方成功登上船,那么他们这些人可就是人家案板上的肉了。

薄湛摇头:"我还要上去查看情况。"

他一听到动静,立即来找叶飒。

此时所有人都从自己的船舱里出来,大家都很紧张,哪怕是白天叫嚣着想要见识见识海盗的杰森也是一脸苍白。

直到他喊道:"我是 M 国公民,我们可以请求 M 国海军的保护。"

海军,叶飒的心脏一下提到了嗓子眼。

此时船舱里突然响起广播的声音,是船长的声音,他说:"各位船员还有乘客,请不要慌张。我已经向海军护航舰队发出呼救,海军舰队就在附近,他们正在以最快的速度赶过来。请大家再坚持一下。"

大家都松了一口气。

只是货轮的情况显然很快恶化,因为外面的枪声越来越靠近。幸亏叶飒刚才用最快的速度换了自己的衣服。

她立即冲回房间,从包里拿出一把匕首,直接塞进自己的靴子里。

这把匕首是她在 L 国时候买的,轮船的安检很宽松。

因此她的匕首没有被没收。

薄湛看着她的举动,吓了一跳,低声说:"叶飒,你可别乱来。"

他知道这姑娘的性格可不是任人宰割的,只是他怕她这样做,反而会被伤害。

叶飒低声说:"我知道。"

这是她为了防身的,毕竟他们面对的是海盗。叶飒知道自己的长相,万一那帮人丧心病狂要对她做点儿什么,她绝对会在最危急的时候往对方的心脏上捅,然后再给自己一刀。

她性格太硬,哪怕在这时候也不会委曲求全。

"叶飒,待会儿要是情况危机,你就往甲板上的集装箱里跑。"薄湛突然把她拉到一旁,低声叮嘱。

叶飒微眯了眯眼睛。

她低声说:"你们呢?"

"海盗不知道船上到底有多少人,你藏得隐蔽一点儿,肯定能拖到我们的海军过来。"薄湛说道。

叶飒不说话了。

薄湛说:"叶飒,这种时候,你就别跟再跟我杠了。"

叶飒没有说话。随着外面的枪声越来越密集,大家决定到甲板上,帮助船员们抵制海盗上船。

在他们上了甲板后，大家开始帮忙抵御，而很快一枚信号弹向天空发射。

一时，这一片海域被照得通红，叶飒看到了小艇上面的海盗的脸。

亚丁湾海域的这些海盗，极少蒙面，他们并不在乎船员是否看见自己的脸。此时下面的海盗手持枪支，正一脸狂热地射击。

在他们看来，这已经并不是一艘轮船，而是他们的宝藏。

当第一艘小艇的海盗成功上船之后，所有人都知道挡不住了。

薄湛开始低声吼道："叶飒，走，快躲起来。"

船上的人开始四散逃开，明明大家都知道这方寸之地，很快就会被海盗找到，可还是拼命逃散。

于是叶飒也开始拼命往集装箱之间跑。可是集装箱摆得都很密集，除了两个集装箱之间的过道。

这些过道，只要海盗想要搜索就会很容易。她现在只能赌这些海盗压根儿不知道船上的具体人数，而让她躲到海军部队赶到。

快点儿，求你们快点儿。

哪怕是叶飒，此刻也忍不住祈求。

她找了个地方蹲下来，好在她人很瘦弱，藏在集装箱之间不注意还真的看不出来。她把匕首拿在手上，防止有人过来。

很快船上的枪声停止了，似乎船员和乘客都被控制了。

叶飒试图让自己冷静，但是握着匕首的手还在颤抖，她仿佛听到了脚步声，还有海盗们大吼大叫的声音，他们说着她听不懂的语言。

但她知道他们在讨论什么。

赎金。

不知过了多久，海风透过集装箱过道带来一股咸湿的味道。

突然间，她的耳朵猛地竖起来一般，随后眼睛盯着前方的某一处。因为那里有个黑影如同鬼魅般，突然从船边出现。

她猛地捂住自己的嘴巴，防止她因为惊恐而喊出声。

对方好像戴着夜视仪，因为下一秒，他翻身上来的时候，直奔着叶飒的方向。直接将她压在身下，他从腰间拔出来的枪在要抵着她的脑门儿时，微微顿了一下。

因为他感觉到身下的人的触感，是柔软而纤细的，还隐约透着一股浅淡的馨香。

特别是他扣住的手腕，光滑细腻，如上好的缎子似的。

女人。

对方判断出来叶飒是个女人。

叶飒感觉到他要掏枪，立即开口说："我是中国人。"

随后，对方的呼吸一下子沉重了起来，像是过了漫长的几个世纪，又像是几秒钟，压在她身上的男人终于开口。

他说："我们是海军，奉命前来营救。"

听着这熟悉无比的低磁声音，叶飒呆滞地望着黑暗里的人影，那样深沉如墨般的夜色中，终于一点点勾勒出面前男人的轮廓。

温牧寒。

海风呼啸而过，男人身上带的海水的气味越发清楚，此刻风声很大，似乎掩盖了船上的动静。直到他随身携带的无线电耳麦中传来声音，由于两个人身体距离太近，近到叶飒都听得一清二楚。

"队长，我们抵达指定区域了。"

叶飒忍不住抬头，此时面前的男人身上穿戴装备齐全，作战头盔将眉眼压住，黑眸在黑夜之中泛着水光般明亮逼人。

哪怕夜色再浓，她依旧能看见他微抿着薄唇，下颚线条过分锋锐，整个人是紧绷着的，浑身透着一股唯有战场上才能出现的肃杀感。

一秒后，他微沉的声音再次响起："卫生员，我这里有个人质，你过来保护她的安全。"

"是。"无线电里立即传来另外一个男声。

叶飒怎么也没想到，他们的重逢会是在这种情况，哪怕她此刻有一肚子的话想要说，都知道这并不是个合适的时机。

此刻货船上的其他人质还等着他们来解救。

叶飒没有说话，温牧寒已经起身半蹲在旁边，整个人犹如黑夜里的杀神，此刻悄然隐没着，只为给敌人致命一击。

很快，另外一个穿着黑色作战服的人悄然靠近。

"队长。"对方将声音压到极致。

他又转头看了一眼旁边的叶飒，赶紧靠过来，枪口微偏着，虽然没对准叶飒，却也是充满警惕。

旁边的温牧寒瞥见他的小动作，他没训斥，只是淡声说："她是中国人。"意思是，她不可能是间谍，别太紧张。

卫生员徐滔滔这才稍微放心了一点儿，中国人那就是同胞，同胞哪儿有坏人。

叶飒这会儿仔细盯了半晌，又想起刚才温牧寒说的卫生员这个称号，她倒是想起自己认识的一个卫生员。

"徐滔滔？"她试探着低声问了一句。

徐滔滔听到她喊自己的时候，汗毛差点儿倒竖起来，虽然是同胞，但是这同胞也太厉害了点儿吧，连他的名字都知道？

总不会是队长告诉她的吧？

她？

这会儿徐滔滔才回过神，这声音是个年轻姑娘。

刚才他囫囵看了一眼，天太黑了，只看见模糊的一团影子。此时他又仔细盯了一眼，这才发现确实是个姑娘，只不过长发扎在脑后，他没注意到。

这声音还挺好听的，也挺耳熟的。

"根据观察手的观察结果，现在十八名人质在船长室内，而船长室还有五个持枪海盗控制他们。甲板上有五个海盗，两个在左边，两个在右边，一个在船头。"

所有的情报从无线电里清楚地传来，传递到每一个队员的耳边。

"一队、二队，按照我们事先制订的计划，一队先定点清除甲板上的巡逻海盗，注意，一定要隐蔽，避免让船长室内的海盗发现。"

"一队清除甲板上的海盗之后，迅速到船舱内搜查，寻找逃脱的一名人质。"

根据"长广号"轮船母公司提供的资料，这艘船在出发时，有十五名船员，后来在其他港口又登船五人。

货轮驾驶舱内的十八名船员，再加上躲在集装箱这边的叶飒，一共十九个人。

还差一个。

估计是在慌乱中逃到了船舱内，或者是底下的仓库里。

反正不管怎么样，他们得到的命令是确保所有人质的安全。

二十个人，他们要一个不差地带回去。

温牧寒交代完这些，又转头看了对面的叶飒一眼。那双在浓墨般的黑夜里反而格外明亮的眼眸，正盯着她，哪怕只一眼，便迅速转过去，还是看得叶飒有点儿心慌。

她低声说："我不是故意乱跑的。"

由于现在天色太晚，她躲在集装箱中才幸运地没有被海盗抓到。

要是海军今晚没有赶过来，等到明天白天，海盗只要在集装箱这边稍微搜查，她就无所遁形，连一条让她钻的地缝都没有。

耳机里又是一阵低声应答的声音。

叶飒直接在甲板上坐下，这会儿也顾不得脏不脏，安静地等着他的安排。

徐滔滔这会儿才发觉不对劲儿。

这姑娘跟他们队长认识？

口吻还挺亲昵的。

这怎么能行啊。

要不是这会儿正在执行紧急任务，他还真要问问了。毕竟队长可是有叶医生的人了，别的姑娘再热情，那也不行。

但是他们队里都偷偷在讨论，说队长和叶医生是不是分手了。

毕竟队长去年受伤，在家里休养了很久。他们队里的人去看，不管谁去，都没见到叶医生。后来有人因为生病去第九医院拍片子，去了急诊科才知道，原来叶医生早已经辞职去了 M 国。大家这才私下猜测起来。

后来队长伤好回来了，整个人平时看着还行，就是话更少了。

以前温牧寒训练任务的时候再不苟言笑，私底下还偶尔会开个玩笑，跟他们在一块儿也挺放松，后来他整个人阴沉得有点儿过分。

后来他们整个队被抽调出来参加联合国的维和任务。

联合国部队里有一支联 A 国海上特遣队，这是联合国应 A 国的请求，布置在A国海域的一支水面舰艇部队。

为的是监控A国的领海以及保护其海域的安全,防止未经许可的武器和物资进入。

毕竟A国国内的内战,虽然明面上停止,但是这两年来依旧有零星战乱。争斗依旧不止。

这也是第一次派遣水面舰艇部队,参加联合国的维和行动。

正好这阵子是他们负责这片海域的护航,没想到,居然就接到了中国船只的求救信号。在得知船只被海盗袭击,随时有被海盗登船劫持的可能后,舰长立即派遣了船上的陆战队成员出击。

海岸线大队这次出动了两支小分队,每队八人,一共十六名队员。除此之外,还有一名狙击手和一名观察手此刻正在空中待命,随时在空中给予他们地面支持。

"徐滔滔,你的任务就是保护好她。"温牧寒低声命令。

徐滔滔立即道:"是,队长。"

很快,温牧寒起身猫着腰往前,叶飒看着他的身影消失在集装箱走道的尽头,显然他们开始了最初的清除计划。

甲板上的五个人,他们必须静悄悄地处理掉。

这批海盗的数量绝对不止十个人这么简单,很可能他们还有人进入了船舱,搜集他们的战利品。

所以他们必须赶在这些海盗全部聚集前,率先解决甲板上和船舱里的十个海盗。

左右两边的海盗,需要他们同时清除。

要不然只要有一个海盗发出警报声,他们的行动就必然受阻。

"郎玄,大宝,你们两个负责左边。"

"张小满跟上我。"

温牧寒将手里的长枪放在背后固定好,随后将短枪拿出来装上消音器又重新别在腰间。身后的张小满重复着同样的动作。

因为对方也有两个人,在清除第一个的时候,也必须把第二个同时干掉。

温牧寒看了一眼,对方还算有点儿脑子,两个人并不是站在一块儿的,其中一个站在楼梯上，另外一个则是在甲板上照应。

要是先清除甲板上的，楼梯上那个必然会立即发现。

"先清除楼梯上的目标。"温牧寒压低声音在无线电里说道。

左边的郎玄也在观察目标，他们几乎是同时想到了从上往下攻击。随后温牧寒和郎玄在船体中间集合。

郎玄蹲下之后，温牧寒踩着他的脚掌，接着他的身体纵身攀住船体上的一道横杆。

随后一个引体向上，他整个人如猫般翻过栏杆上了二楼甲板。

在他发现观察了四周的目标后，给郎玄发出安全的提示，随后郎玄也依着他刚才的路径，直接翻上了左边的楼梯。

随后两个人窝在角落里，温牧寒低头看了一眼腕上的手表。

在来之前，所有人的手表都核对过时间。

分秒不差。

"三。

"二。

"一。"

低沉的声音在静谧的夜晚清楚地透过无线电，传递到每个队员的耳中，特别是楼下待命的张小满。

在温牧寒和郎玄出手解决楼梯上的海盗的时候，他们必须也要解决甲板上的海盗。

当温牧寒最后一声数完，左右两边的人影同时蹿了出去。

他翻身下去的时候，海盗抬头往下看，就被他双腿绞住脖子，当温牧寒手里泛着冷光的匕首挥起来时，对方还想挣扎。

可是下一秒，刀子在他的脖子上用力抹过去。

他伸手直接捂住对方的嘴，湿热的液体迅速从他的脖子上喷涌而出。

血腥味弥漫在周围，一下盖过了空气中咸湿海水的味道。

海盗的身体在剧烈的抖动后，还是引起了下面同伴的注意，就在他抬头往上看的时候，旁边的张小满抓住机会，迅速举枪、瞄准、射击。

"噗"的一声轻响，子弹划破空气，奔向对方的头颅。

很快，温牧寒往前，将单独抽烟的海盗迅速解决。

此时已经是凌晨五点左右了，海盗袭击轮船的时候是在凌晨三点，那是一天之中人最疲倦的时候，所以大家没有察觉海盗的小艇靠近。

海军赶过来一段时间，才开始实施救人计划。

原本漆黑又空寂的大海，天际仿佛出现一丝鱼肚白，那片浓密绵绸的黑暗像是被打开了一个缺角。

叶飒一直和徐滔滔留守在集装箱那边，没有出去。

此时温牧寒他们已经从左右的楼梯上到了二楼的驾驶舱，此刻驾驶舱里的人丝毫没注意到外面的动静。

直到楼下船舱里突然传来一声巨大的闷响。

是枪声。

看来船舱内真的有海盗，只是对方跟海岸线二队碰上了，双方交上火了。

这一声枪响像是一声信号。

原本在船舱里抽烟、大声用听不懂的语言聊天的海盗们，此刻立即警觉地向驾驶室外望过去。

可是外面除了一片漆黑之外，压根儿看不见什么……

就在这个念头刚在他们脑海里响起时，刚才还一片空白的玻璃上，迅速出现两个人的身影，他们各自拿着枪，直接向他们射击。

手里还拿着枪的两个海盗是最先被清除的对象。

而此时另外三个正在抽烟的人，看到敌人居然钻到了自己眼皮子底下，正要伸手拿起自己的武器，门口的杀神就已经冲了进来。

对准他们就是一枪、两枪，驾驶室里同时响起声音。

"蹲下，蹲下。"

因为人质里还有外国人，因此队员又用英文喊了一遍"抱头蹲下"。

所有人质都立即蹲下，只是他们的双手都被绑在了身后，这会儿也没办法抱头。

温牧寒低声呵令道："方汉新，你给他们解绑，检查他们的身体状况。"

随后他立即转身，准备带人去船舱里支援另外一个小队。

此刻天空的鱼肚白渐渐清晰，海面上天光渐渐亮了起来。海平线的尽头，原本深沉的天空升起的那一轮朝阳，驱散了原本的暮色。

浓墨般的大海也逐渐恢复了原先湛蓝的模样。

叶飒侧着头望向旁边的大海，从她的角度正好能看见正在冉冉升起的朝阳。

那一轮略显橘色的太阳，并没有正午时候的刺眼，显得有点儿柔和。如果耳边没有时刻在响着的枪声，这一幕是多么波澜壮阔，叫人震撼。

毕竟一个人并没有几次能在亚丁湾海域上欣赏冉冉升起的太阳的机会。

叶飒看着旁边的徐滔滔神色严肃地抱着枪支，低声开口："现在……"

现在情况怎么样了？有人受伤了吗？

徐滔滔转头看向她，这一眼彻底惊呆。刚才他一直在注意着旁边的动静，完全没往叶飒这边看，以至于天蒙蒙亮，他才彻底看清楚这姑娘的长相。

"叶医生？"他低呼了一声。

随后他想起自己的耳机还开着，立即闭嘴。

但是瞪大的双眼藏着无尽的疑惑。

怎么会是叶医生？

叶医生怎么会出现在这艘货轮上？

就在他惊诧间，旁边纷乱的脚步声响起，还伴随着他们听不懂的语言。

海盗！

徐滔滔和叶飒同时对视了一眼，徐滔滔把枪握在手里，挡在叶飒面前。随后徐滔滔认真听了下，脚步声是从右边传来的，而且还不止一个人。

他回头冲着叶飒做了个手势，示意她跟着自己从左边离开。

集装箱的过道是左右两边都通透的，所以叶飒立即就懂了。她站起来轻手轻脚地往右边走，她在出去之前，还往外看了一眼。

没人。

她轻吐了一口气，赶紧跟徐滔滔示意了一下。

两个人立即离开，准备和其他驾驶室的大部队会合，谁知他们刚往前走了没多久，突然前面的另一条集装箱过道里出现一个海盗。

他穿着宽松的衣服，赤着脚，手上拿着一把枪。

叶飒一下心提到了嗓子眼儿，身体登时紧绷了起来，当她想躲在集装箱里的时候，发现自己旁边并没有过道。

"躲。"徐滔滔喊了一声。

叶飒咬牙，弯腰将身体靠近集装箱箱壁上。

这可真是够掩耳盗铃的。

不过对面的海盗不知是新手还是没有受过太多的正规训练，他的反应显然没比叶飒好多少，下意识就想跑。

等他发现对面的人也有枪，他应该开枪反击为自己赢取生机的时候，徐滔滔已经开枪了。

砰的一声巨响，子弹已经出膛。

而对方也在中枪之前射出了自己的子弹。

叶飒不知是下意识的反应还是怎么回事儿，直接蹲了下来，然后她就听到自己头顶上一声巨响。

整个集装箱仿佛都在震颤。

"叶医生，叶医生。"

徐滔滔看着子弹射过来，也有点儿被吓住了，立即大吼道。

他一叫，无线频道里立即响起一个清冷的声音："她怎么样？"

叶飒双手捂住耳朵，眼睛直愣愣地望着前方。那个海盗已经倒在了原本站着的地方，血从他身子底下沿着甲板上的凹槽缓缓地流了出来。

她不是没见过死人。

相反，她见过的死人不比这些军人少，甚至比他们有些人还要多。

可是这一刻，她内心有种毛骨悚然的感觉。

因为这是第一次，有人在她面前被杀。

而原本那个被杀的人，或许应该是她。

这种认知让她满身虚汗，海风一吹，她浑身都泛着阴冷。

"我没事儿。"在徐滔滔焦急的喊声之后，她缓缓放下捂住自己耳朵的双手，耳边那种嗡嗡嗡的回响声还没有彻底消失。

那是子弹射在她身边带来的后遗症。

但她知道现在她不能给别人拖后腿，哪怕是悲春伤秋，也不应该是现在。

她用尽全力站了起来，可是站起来往前迈步的时候，腿还是软的。毕竟生活在一个和平的国家这么多年,她根本没有过这种经历。

在 M 国生活这一年,也因为他们生活在富人区,治安格外好。

她往前走的时候,还是没忍住往回看了一眼,就看见集装箱上有一个格外明显的弹坑。

他们刚走出去没几步,突然身后又传来一阵枪声。

徐滔滔大喊道:"叶医生,快跑。"

他抬起枪就冲着对面开始射击。

叶飒压根儿不敢回头,她什么武器都没有,停下反而会成为徐滔滔的拖累。就在这时,她抬头看见一个黑色的身影,从对面的二楼甲板上直接翻身跳了下来。

他整个人跨过栏杆,翻身跃下,动作轻盈又迅捷,仿佛他身上背着的武器没有丝毫重量。

此时天光大亮,她才彻底看清楚他的模样。

男人穿着一身黑色作战服,头上不仅戴着作战头盔,还用油彩将脸涂上。一身作战服穿在他身上穿出了肃杀的味道,宽阔的肩膀显得格外板正,整个人高挑而又笔挺,脚上踩着战靴阔步过来。

叶飒在那一瞬间是晃神的。

温牧寒手持的枪开始替徐滔滔压制对方的火力,他的射击太有威胁性,对方刚冲出来,很快又被他们打退回了那条过道。

于是叶飒下意识往他身边靠近,觉得只要到了他身旁,一切就都不用害怕,就会安全了。

当她跑到那个倒在地上的海盗尸体旁时,她下意识地往旁边挪了挪,准备贴着集装箱走到温牧寒身边。

突然,一只漆黑的手臂从这个死去的海盗旁边的过道里伸出来,一把将叶飒抓住。

随后他手持的短枪已经顶到了叶飒的太阳穴上。

他嘴里叽里咕噜地说了一通。

叶飒努力听了听才发现,他的发音跟英语很像,只不过有很重的口音而已。

她大概听懂对方是威胁她老实点儿。

叶飒苦笑了一声,这会儿她不老实点儿,难不成还真等着吃枪子呢。

她一言不发,显得很乖顺。

此时温牧寒也到了通道口,他立即拿枪指着对方,但是对方冷眼望着他,还没说话,突然,温牧寒将双手举了起来。

枪口冲着天上。

叶飒看着他一副缴械的模样,立即喊道:"温牧寒,不要。"

她怕对方会伤害他,万一这时候海盗把枪口对准他,那么他全然没有反抗的能力。但她刚说出口,海盗立即抬起枪托直接在她太阳穴上狠狠砸了一下。

温牧寒的脸色立即变了,他双手举起,吼道:"别伤害她。"

在海盗看向他的时候,他的声线哪怕压了下来,也还是带着微微颤意:"请别伤害她。"

当他用英文说出"请"这个单词时,叶飒的眼眶一下子红了起来。

他直接将枪上的弹夹卸了下来,放在地上的时候,还一脚踢到了他们之间的空地上。这个海盗此时有种明显的放松。

他立即说:"让你的人都放下武器。"

温牧寒的目光落在了叶飒的脸上,仿佛是在确定她有没有受伤,随后他低声说:"这些要求,我们都可以满足你,只要你别伤害人质。"

他的声线格外低沉,充满了一种叫人信服的诱惑力。

他说:"只要你不伤害人质,我们愿意给你提供一艘离开的快艇。"

这个提议海盗果然是心动了。

但是他也没有傻到立即就信了,他说:"那你现在就去安排。"

温牧寒立即开始对耳机说话:"马上准备一艘快艇,我现在把劫持人质的海盗引到左侧的甲板上,让直升机上的狙击手待命。一旦找准时机,立即击毙海盗,解救人质。"

他是用中文在下指挥命令。

待说完时,他眼眸微抬看向叶飒。

叶飒的小腿开始发软,胸腔里心跳的幅度大到似乎下一秒心脏能直接从嘴里蹦出来,她咽了咽口水。

脑海中让自己冷静，冷静，再冷静。

突然她看向温牧寒说道："我是来找你的。"

温牧寒眼中滑过一丝惊诧。

叶飒又咽了下口水，被人用枪抵着脑袋，说不怕那纯粹是骗人的。她怕，但是她又相信他。只是她总得让他知道自己出现的原因。

不是因为意外，她就是来找他的。

如果下一秒就是意外发生，那么她得让他知道。

温牧寒像是知道她的意思，微咬着牙，薄怒道："你给我闭嘴。"

有什么话，等事情了了再说。

叶飒生怕他真的气着，立即安静闭嘴。

战场上惹恼我方指挥官实在不是什么理智的事情。好在温牧寒的失态也只是一瞬间的事情。

这个被他们暂时忽略的海盗，在他们都不说话的时候，还吼了一句："你们都给我老实点儿，不许再说话，不许用中文交流。"

好吧，这个海盗还不算太笨，知道他们或许是在交流情报。

很快，外面响起了直升机螺旋桨的巨大轰鸣声，还有快艇呼啸而至的声音，整个海面仿佛一下子热闹了起来。

温牧寒见时机差不多，开口说："你要的快艇已经到了。"

快艇到了，海盗面上一喜。

他用枪继续抵着叶飒，慢慢开始往左侧甲板移动。果然在轮船底下有一艘快艇，而货船早已经在不知什么时候停了下来。

"你可以离开。"温牧寒站在他对面诱惑道。

海盗"哼"了一声，显然是有点儿满意的。

只是他抬头看了一眼远处的直升机表示道："你让那架飞机离开。"

虽然直升机距离船体足足有好几百米远，他并不能看清楚上面究竟有什么人，但是海盗的本能让他感觉到危险。

温牧寒微扯了下嘴角，淡淡地点头："同意，它会马上离开。"

就在这时，轮船被浪头掀起来晃了一下，也就在这时，温牧寒突然从腰间掏出一把军刀，直接掷向对方拿着枪的手肘。叶飒感觉抵着她太阳穴的枪晃了下，也不知是她的错觉还是真的，她感觉那枪膛是热的。

一瞬间，她头皮发麻，求生欲几乎到了极致。

而这一刻从直升机上射出来的子弹击中了海盗的脑袋，"扑哧"一声，她感觉到有液体飞溅出来，几乎喷了她一脸。

叶飒下意识地闭上眼睛。

但是身边那弥漫着的血腥味却是隔绝不断的。

在她的世界落入一片黑暗的同时，一只带着温度的手掌落在她的肩膀上，隔着她穿着的薄薄衬衫的布料，精准抓住她肩膀的同时直接将她抱在了怀里。

他的另外一只手臂轻轻按住了她的后脑勺儿。

她的脸抵着他的胸口。

天旋地转之时，她闻到的那股浓稠至极的血腥味，终于被一道带着潮湿的气息隔断。周身都是他的味道。

海浪滔天，身后还有一个人体从船上落下掀起的巨大落水声，以及头顶那越来越靠近的巨大螺旋桨旋转着的噪声……

所有的声音渐渐远去，只余下她身前这男人的一句低喃：

"叶飒，闭眼。"

低沉至极，也缱绻至极。

犹如空谷回音，在她心头久久回荡着。

第十七章
认错

安全了。

一切都结束了。

从"长广号"被海盗盯上劫持,到海军登舰救人,历时七小时,一场惊心动魄的货轮劫持就这样尘埃落定,仿佛坐了一场长达七小时的过山车。

在这里的每一分、每一秒,心脏都在剧烈跳跃着,特别是枪声在耳边响起,那种濒临死亡的刺激感一直在心头,从未退散。

特别是当他的声音再次贴着她的耳边,低声喊着她的名字。

叶飒。

一年之后,她终于再次听到这个熟悉至极的声音,沉声喊着她的名字。这种可怕的熟悉透着止不住的怀念,让她的脑海足足空了好几秒。

周围的声音依旧没有停止,海军救援队的其他成员正在控制余下的海盗,脚步声、喊话声,在这些嘈杂的声音里,叶飒的脑海中只留下他说的这句话。

瞬间,心头像是有什么东西稀里哗啦地塌掉。

其实在来之前,她就有很多念头在脑海中盘旋,想得最多的还是两个人重逢时应该是个什么情形。

叶飒并不算是个有少女心的人。

偏偏这段时间在 M 国,太过无聊打发时间看了好多部浪漫韩剧。里头有不少男女主久别重逢的场景,她窝在沙发上看的时候,脑海中不自觉想起他们要是重新见面会怎么样。

她从谢时彦那里知道了温牧寒出国维和的事情。

叶飒想得最多的就是，在异国他乡的街头上，她穿着衬衫和短靴背着半个人高的背囊站在街头，对面站着穿着一身英挺军装的男人，两个人在尘土飞扬的一片破败中安静地望着彼此。

至此，彼此的眼睛中只有对方。

或许真是电视剧荼毒太深，她甚至连自己当时穿着什么衣服都想好了。

一个千里寻夫却又英姿飒爽的现代女性。

可是她怎么都没想到两个人的重逢会来得这么快，她甚至还没踏上那一片异国土地，就在这茫茫大海上跟他相逢。

嗅着他身上夹杂着海水的味道，突然，叶飒被轻轻推开。

就这么一个轻微的动作，叫叶飒彻底醒过神。

待她半抬起眼睛，望着面前的男人时，就见他站在近在咫尺的地方，却眉眼冷硬，一向乌黑的眸子此时淡得没有情绪，一张脸唯一能泄露他内心的只怕就是紧抿着的唇线，像是一道坚固的防线。

叶飒望着他的脸，带着说不出的贪婪，像是要将面前的男人跟她记忆中的人联系到一起，他更瘦了，原本就轮廓分明的脸颊此刻线条越发立体，显得过分英气，也更好看了。

整个人站在她面前不动如山，气质犹如渊海。

叶飒轻吸了下鼻尖，有些委屈地想着，他这是要进化啊。

温牧寒微低头看着她的眼睛说："你真是不要命。"

叶飒眨了眨眼睛，想要说什么，那么多话想跟他说，她早在脑海里过滤了一千遍，连他的反应都猜想到了。

最差的情况就是他不会搭理自己，会生气，会恼火。

但是没关系，她来找他了。

只要他们两个见面，哪怕他再生气也好，她也会哄他，顶多她从头再追他一次，反正这事儿她又不是没干过。

可是他说完这句话，耳麦里的杂音响起，随后又有人在呼唤他。

温牧寒像是终于有了什么借口一样，迫不及待地转身，就要准备离开。

他一转身，叶飒就乱了。

哪怕她在心里想过他会有怨气，会漠视她，可是被他那样宠爱过之后，叶飒才发现让她再重新回到他对自己不搭不理的阶段有多难受。

在他转身的这一秒,她的心脏跟着像被攥住一样,难受得连呼吸都难以继续。

眼泪在她还没反应之前,就自个儿流了下来。

她轻泣出声时,连自己都愣住了。

怎么就哭了啊?

叶飒伸手想把眼泪抹掉,她挺不想用眼泪威胁他的。

可是她轻泣的声音像延伸出了一条看不见的线,紧紧地缠绕在他的脚上,阻挡了他离开的脚步。

明明抬脚就能走,但脚下仿佛有千斤。

走不了。

更是舍不得走。

温牧寒背对着她,眼底的复杂悉数倾泻而出。他从来不知道他会有这么束手无策的时候,可是在营救行动中,他悄然上船看到躲在角落的人时,听到她的声音的那一刻,他的心就没再平静过。

哪怕他在整个营救过程中,始终专注。

可一碰到她,他竭力保持的冷静又注定要失败。

一直以来,这姑娘都是用一种意外的姿态闯入他的世界,她没问过他的意见,也没问过他的感受,那样肆无忌惮地在他的世界来去自如。

可是他呢,每一次心里都会掀起惊涛骇浪。

就现在!

就在这一刻,他的心还无法宁静。

她回来了,她居然漂洋过来,到另外一个大陆来找他。

这是她自己亲口说的。

在这一刻,他才有那么一点儿真实感。

感受他真的重新看见她的真实。

身后的姑娘还在哭,终于温牧寒转身,他望向她,张了张嘴,又闭上。因为他心头仿佛有东西在拼命地烧,要把他的理智、克制、冷静全部烧成灰烬。

他怕自己一张嘴就要质问她,这一年来的迷茫和无力,连带着憋到现在想要问的问题终于交织在一块儿，轰然爆发了出来。

他漆黑的眸子盯着她，语气还是克制地说："你，来找我干什么？"

这是她之前说过的。

他就想问问，她这次想干吗，又打算怎么发落他。

叶飒的眼泪还挂在脸上，茫然地望着他，找他干吗？她想他了，来找他复合……可是，连她自己都愣了愣，他们之间从来没说过分手，需要复合吗？

叶飒眨了眨眼睛，终于扯出一个表情，正要说话，可是突然表情又垮了下来，整个人蔫巴巴的："温牧寒，你别不理我。"

本来她想道歉的，不管怎么说，是她做错了事儿。

做错了就该认错、挨打。

结果板子还没落在身上呢，她自己先委屈上了。

温牧寒闭了下眼，喉头上下滚动着，竭力压制住心里的渴望。

想抱抱她，哄一下她。

她这么委屈巴巴的模样，他最见不得。

可是不该是这样的，他再次睁开眼睛望向她的时候，眸底带着最后的挣扎："你一句话都没跟我说，就那么走了。一走就是一年，现在又突然跑出来说是来找我的，你们有一个人，哪怕是一个人，问过我的意见吗？"

叶飒呆呆地望着他。

温牧寒轻声说："叶飒，你能想到我睁开眼睛第一眼，没看见你的时候，有多慌张吗？"

叶飒仰头看着他。

"结果，是因为在我什么都不知道的时候，你已经做好了决定。"说到这里，他脸上泛起嘲讽的笑容，眼眸再次落在她身上，"我居然还像个傻子似的一醒来就担心你是不是也受伤了，不能来看我。"

这一通话，叫叶飒觉得难以忍受。

特别是当他最后看着她，轻闭了下眼睛，如耳语般，低声说："叶飒，我们之间不该是这样的。最起码，我不该被这么丢下。"

最后这一句话，犹如一把无形的匕首狠狠扎在了叶飒的心里。她以为这一年来，她陪谢温迪度过了艰难的抗癌，什么东西都无法轻易打倒她了。

可她发现，她错了。

她受不了温牧寒用这种口吻跟她说话。

温牧寒这人太过骄傲了，他骨子里有种近乎无情的狠劲儿。就从他在这次营救行动中，干脆利索地干掉那些海盗就知道。他这人心里该狠的时候，绝对不会手软。

可偏偏这样一个有血性、骨子里又狠的男人，用这种近乎委屈的声音跟她说他不该就这么被丢下。

他，心里得多委屈，才会说出这句话。

叶飒立即抹去了脸上的眼泪，望着他，轻声说："对不起。"

她不敢再耍小聪明，她不该用眼泪欺负他，因为她知道他最见不得自己的眼泪。

明明是她先做错事儿的啊。

她垂头，小声解释："我不是想要故意丢下你，当时妈妈告诉我，她生病了……

"我不是故意说这个想让你心软，我就是想告诉你，我真的不得不去M国，温牧寒，虽然我妈妈她不算一个好妈妈，但是她生病了，我不可以不管她的。在这个世界上，我已经没有了爸爸，我不能再失去她的。"

温牧寒微仰着头。

他又何尝不知道呢，一开始他是真的生气。可是后来他在家里养病，那段时间，展清忙着照顾他，不仅在学校里请了长假，还把其他所有事情都推掉了。

他让她去忙自己的，他一个人可以。

可是展清撇撇嘴："我是你妈妈，这时候你都病成这样了，我不照顾你，谁照顾你。"

后来温牧寒把谢时彦叫到了自己家里。

谢时彦本来就心虚，被他诈了几句，就全部交代了，原来谢温迪真的生病了。

叶飒是因为她生病才丢下他，陪她去M国的。

那时候，他心里真的五味杂陈。

最绝望的时候，他甚至在想，她到底有没有那么爱自己呢，要不然她怎么能一句话都不跟他说就走了呢。

他在极度沉默和绝望的时候，脑海中却是没有停止思考的。

两个人之间的记忆被他翻了一遍又一遍，偶尔露出的一点儿蛛丝马迹，都会让他更加茫然。

或许，他只是那个生活在叶飒记忆中的人。

她用了七年的时间美化了关于他的一切，可是真的在一起，她发现自己并不是想象中那样完美的人。

难怪说，陷入绝望的人，更绝望的就是否定自己。

他几乎快把自己否定完了，这才从谢时彦口中得知真相。

知道之后，他欣喜若狂中又是更加难受。

想着她该多难受，叶飒家里的情况，他比谁都清楚。他亲眼见过她崩溃说救不了爸爸的场景，失去父亲，哪怕已十七年过去了，却依旧无法抹平她心里的痛楚。

如今唯一与她相依为命的母亲，又再次生病，他都不敢想象她该怎么办。

他什么都做不了。

他穿着这一身军装哪儿都去不成。

偶尔，脑子里也会出现一个念头，如果他不是军人，那么现在他就立即能飞到 M 国去陪她。哪怕他不是医生，但是最起码在她痛苦的时候，他可以陪在她身边，替她承担，帮她分担。

叶飒深吸了一口气："刚去 M 国的时候，我也想打电话跟你说一声，最起码应该告诉你一声。可是我一直不敢，因为我怕自己一听到你的声音，就忍不住回来找你。"

"因为我实在太想你了。"她的声音里微微带着哭腔。

说好不哭的，可是实在太难过了。

她又说："而且后来更不敢了，你也知道我妈一直反对我和你在一起，因为我爸爸的事情，她一直都觉得我们在一起可能会步他们的后尘。她一直觉得，只要让我和你分开一年，我们之间就会有一个人坚持不下去。我就想让她知道，她错了。"

她说这话的时候,眼睛微垂着,他的手臂垂在身侧,戴着手套的手掌就近在咫尺。

终于,叶飒鼓起勇气,大着胆子伸手捏了下他的袖口。

他没拒绝,她就像得到了一个安全信号那样,又碰了碰他的手指尖。

温牧寒低头看着她已经快要得寸进尺地把他的手指抓住,明明是应该生气的事情,可是听着她的话,他突然轻嗤了一声:"你的意思是我要是现在不原谅你,就是让你妈妈说中了?"

叶飒:"……"

虽然她本意并没有这个意思,但是仔细一想,她的话好像还真的可以解读出这么个意思。

她轻叹了一口气,这男人怎么就这么聪明呢。

但现在,她选择立即摇头。因为她不想让温牧寒觉得自己是在道德绑架他。

叶飒摇了摇头,继续说:"我不是这个意思。我只是想告诉你,我不是故意不联系你,故意把你一个人丢在国内的。"

她越说声音越小,小到最后如同呢喃:"你别生气了。"

见他又不说话,叶飒心里叹了一口气。

她的底线又后撤了一步:"就算生气,也别不理我。"

还是不搭理她。

叶飒微咬了咬唇,左右看了一眼。

大家都在忙,海岸线救援队的队员没一个来打扰他们的。

有句话说得好,"撒娇女人最好命"。

只是叶飒张嘴的时候,喉咙像是被胶水粘上了似的,徒留她尴尬地望着他,半晌都说不出一句话。

温牧寒微垂眸,淡望着她。

叶飒下定决心正要开口,突然温牧寒的耳麦里又传来了声音,是方汉新的声音:"队长,舰长让你尽快联络他。"

他"嗯"了一声,耳麦里立即又安静了。

在他要离开的时候,叶飒急了,她往前走了一步,伸手抓住他的手。她小心翼翼戳了戳他的手指，声音有点儿急："温哥哥，你别生气好不好。"

温哥哥。

她的声音软到了他心坎上。

温牧寒脚尖一顿，整个人僵立在原地。

半晌，他转头看着叶飒，眼眸轻闭了下，再抬起，带着一种无奈到极致的声音："不带你这么耍赖的。"

叶飒，你不能耍赖。

因为你一耍赖，我就心软了。

有缓和的余地！

叶飒在听到他说出这句话的时候，虽然心里早已经雀跃得要蹦跶起来，可是为了避免让自己过于得意而翻车，她还是摆出一副格外认真的模样。

"我知道错了，你能不能给我一个机会？"

认错，姿态要低。

她也不能总仗着他心里的那一份心疼，就肆无忌惮地欺负他吧。

不过温牧寒这人比她还"狗"。

泄露了一点儿情绪，当下就走了，头也不回。

叶飒也不好再追上去，毕竟他现在确实是有正经事儿的。只不过看着他坚毅挺拔的背影，叶飒又叹了一口气。

这男人脾气太硬，她得软着来。

还是想想怎么能把人哄好吧。

他这次是真的生气了。

货轮上的船员和乘客都有种劫后余生的感觉，唯有薄湛是被抬出来的。叶飒走过去的时候，看见他被安置在休息室，旁边的李谦正在给他查看伤口。

杰森在一旁叹道："薄，你太不走运了，说实话，你应该跟我们一起留在驾驶室里。"

"还好，只是被流弹擦伤了手臂，虽然流血很多，但是并没有伤及筋骨。"李谦给他看完之后，诊断道。

一旁的女医生艾米已经打开他们随身携带的医疗箱。

好在一行人都是医生，行李里面别的不多，药品是齐全的。

叶飒过来的时候,看见薄湛身上的衣服被血迹染了半边,显得格外恐怖。他本来在低头看伤口,但好像是听到了她过来的动静一样,抬起头望着她。

半晌,他像是叹息般地轻声说:"你没事儿就好。"

"干吗一个人跑到船舱里?"叶飒声音微哑着。

薄湛苦笑:"太害怕,慌不择路了。"

叶飒紧抿着嘴唇,别人不知道,她还不知道薄湛。他从来就不是一慌乱就六神无主的人,要不然他也不可能成为优秀的外科医生,手术台上拿手术刀就能给他吓死。

他让叶飒躲在集装箱那边,自己又跑进船舱里,引起了海盗的注意,让海盗没时间去搜索集装箱那边。

就在她要说什么的时候,眼角的余光一瞥,看见门口站着一个熟悉的身影。

温牧寒走进来,扫了他们所有人一眼,视线又落在坐在床边的薄湛身上,淡声问:"伤势严重吗?我们的直升机还在甲板上,如果严重,我可以安排直升机护送你前往'南江号'接受军医的救治。"

或许是考虑到周围都是一帮外国人,他说的是英文。

一帮人没想到眼前这个军人能这么流畅地说英文,当下都惊讶地望着他。

叶飒实在受不了这帮人的眼神,会说英文算什么,温牧寒连德语都会说。

白痴。

薄湛迅速看了叶飒一眼,摇头说:"没关系,艾米可以帮我缝合伤口,我们的药品也很齐全。"

这是婉拒的意思。

温牧寒并没有强求,淡淡地点头:"如果有需要,你可以随时找我。"

随后他离开了休息室。

他一走,舱房内都有种松了口气的感觉。

杰森突然叹道:"我的天哪,这就是军人吗?"

艾米耸肩:"他很强大。"

强大到哪怕只是站在门口,都让他们有种压迫感,这会儿人走了,一个个都有种松了一口气的感觉。

叶飒转头望着他们。

杰森似乎察觉到她眼神里的不善，微笑道："我只是想说他们很厉害，跟我想的很不一样，特别是一枪击毙海盗。"

说到这里，他不知是害怕还是赞叹地双手摊平耸肩。

李谦也叹了一口气："我感觉血都溅到了我的脸上。"

"叶，或许你应该去洗脸。"艾米一边给薄湛清理伤口一边出声提醒。

此时众人才看清楚她脸上喷溅到的血液。

因为刚才他们都在船舱内，并不知道叶飒被劫持的事情。

叶飒点了点头。

她转身离开，回到了船舱里的洗手间，用水把自己的脸洗干净，她本来要直接上甲板，只是转念一想，又往自己的休息间走去。

她弯腰把自己的行李箱打开，从里面拿出干净的衣服。

甲板上。

温牧寒正领队在做最后的收尾工作，他们抓获了五个活着的海盗，还有七把装着子弹的AK47，以及其他长短枪支。

这些人在船上肯定是不行的，于是温牧寒派方汉新将这帮海盗绑了送到"南江号"。

由舰长派人送往A国的官方政府。

至于其他海盗的尸体也一并交给他们。

于是一艘快艇两名队员，一个驾驶一个看守，负责运输。

其他人则在温牧寒的带领下，对货轮进行进一步的仔细检查。"长广号"能轻易被海盗登船，说明这艘船上存在着一些弱点，可以让海盗轻易攀爬。

在处理完这些问题之后，船长找到了他。

船长一见着温牧寒，就伸手握住他的手掌："海军同志，真是实在太感谢你们了，感谢你们拯救了我们一船人。"

"都是我们应该做的。"温牧寒点头，并不居功。

船长明显还有别的话想说，但是表情犹犹豫豫，还是温牧寒开口："您有什么话，可以尽管说。"

船长一听，这才说："我是想问问，你们能留在船上帮我们护航一程吗？"

实在是怕了啊。

大家都是在和平国家待惯了的人，哪怕听说过亚丁湾的凶名，可是一直没遇到也就算了。这次真叫人把枪口对准自己的脑袋，想想这一条命差点儿就交待在这里，你说放谁身上能不害怕呢。

船长也想保障这一船船员和乘客的安全。

温牧寒点头："我们会留在船上，直到你们到达Ａ国。"

船长激动得差点儿给他跪下，又知道他肯定不会受，只能连声说："谢谢解放军同志，真是太感谢你们了。"

叶飒上甲板的时候，正好赶上温牧寒在布置任务。

一排穿着特战服全副武装的战士并肩站成一排，身后是碧海蓝天，那画面别提有多震撼了。

温牧寒背对着她："从现在开始，我们接受'长广号'提出的护航要求，会在船只抵达Ａ国之前，全程留在这里。船上需要设置二十四小时警戒哨，以免海盗再次来袭。以小组为单位，两个人一小组，两个小时换一次岗，在甲板左右两舷负责警戒。驾驶舱内也需要观察哨。"

他从容不迫地布置完整条船上的警戒。

待说完后，温牧寒目光威严地扫过众人："都听清了吗？"

"是。"

所有人整齐划一地喊道。

叶飒忍不住往前走了一步，只是一不小心踢到了旁边的铁板，她疼得"嗯"的一声，这动静引起前面的注意。原本背着身的男人，回头望过来。

叶飒立即调整表情，直勾勾地望过去。

温牧寒这一眼一扫而过，又转回头，只是开口说话时，脑海中又滑过刚才那一眼看见的画面。

海天之上阳光正好，这姑娘穿着一件浅蓝色衬衫，里面是一件纯白色背心，衬衫袖子半挽着，露出手腕到手肘那一小截皮肤。

金色的光线打在她身上，她犹如一个发光体般，白得过分。

再开口时，温牧寒喉头微滚，声音克制："解散。"

一听他们解散了,众人走过来的时候,一个个看见叶飒都特别高兴。毕竟这茫茫异域大海之上,能碰见这么一个熟人,谁不开心啊。

"叶医生。"张小满小声喊了她一句。

叶飒冲着他们挥手,也知道温牧寒在看着,只能小声说:"你们先忙,待会儿吃饭的时候再聊。"

哪怕有任务,总有吃饭休息的时候吧。

他们走后,温牧寒也阔步准备离开。

叶飒可是专门换了一身衣服、洗漱干净来见他的,怎么能让他轻易走了,立即上前:"温牧寒。"

温牧寒低头,她衬衫里面穿着的背心领口很大,好像一眼就能看到胸口。

衬衫下摆给她随便打了个结,勒在腰肢上,显得格外纤细。

不仅白,还曲线玲珑。

叶飒见他盯着自己没说话,心里还是暗喜的,这一套算是她目前最能显身材的衣服了。毕竟她过来这边,不是旅游,带的衣服都是以宽松舒适为主。衣服有限,只能靠颜值来凑。

"你穿这样?"温牧寒终于开口。

叶飒眨了眨眼睛,嘴角上扬,透着笑意:"是不是很好看?"

温牧寒平静地说:"你是打算被晒脱皮吗?"

叶飒:"……"

"到时候有你哭的,换了。"

扔下这句话,他直接就走了,只有他军靴踩在甲板上当当的声音,还能传递到她耳朵里。

叶飒安静了一天。

经过昨天一夜的折腾,船长安排一部分船员回去休息,至于他们几个医生更是没事儿,各自留在自己的房间。

晚饭的时候,她碰见了张小满,她冲着他使了个眼色。

没一会儿,两个人跟特务接头似的在外面见面。

张小满激动道:"叶医生,你怎么在这儿?"

叶飒左右看了两眼,低声说:"你想让我跟你队长和好吗?"

时间不多,她直奔主题。

张小满立即点头,其实他们都看出来了,队长和叶医生好像是吵架了。但是叶医生都这么说了,那肯定是想主动哄队长的。

叶飒问:"你们队长什么时候站岗?"

张小满一怔,没想到她问的是这个,按理说站岗这事儿不该透露,不过叶医生是自己人。于是他小声说:"晚上十二点到两点之间。"

这个时间点,就是上次海盗来袭的时间。

温牧寒不管在哪儿,在什么时候,总是习惯把最危险的留给自己。

叶飒冲着他做了个"OK"的手势。

她小声说:"等你队长不生我的气了,你就是第一功臣。"

张小满听着她的话,还是没忍住,瓮声瓮气道:"其实,我们都看得出来,队长从来没生过你的气,他就是太想你了。"

年轻的小伙子提到爱情时,总是容易害羞。

他忍不住摸了下自己的后脑勺儿,又确认一样地点头:"真的。"

叶飒抿嘴,可是嘴角上扬的趋势却没压住。

嗯,她知道的。

结果她正得意着,一转头看见不远处温牧寒冷眼看着他们鬼鬼祟祟的模样,半晌,他才淡定道:"干吗呢?"

张小满魂都差点儿被吓掉。

他心里第一个念头就是完了完了,队长不会让他游回舰艇吧?

叶飒倒是镇定,没有轻易被他吓唬住,淡定说:"我好久没看见小满,跟他聊聊天。"

温牧寒唇角一勾,露出一个足可以称得上冷笑的表情。

跟他聊聊?

她这么久没看见他,怎么没见她跟自己聊聊呢。

张小满可不敢留在这里,赶紧冲着温牧寒行礼,一溜烟跑了。

温牧寒慢慢走过来,叶飒知道他肯定又要无视她,就一下挡在他面前。等她献宝一样,把手心里一直攥着的苹果捧到他面前的时候,笑得眼角上扬,眼睛弯成两道漂亮的月牙,看着他说:"吃苹果。"

船上水果可是稀缺的东西。

不过船长还是存了一些,每天都会给船员还有他们几个人发。温牧寒他们是后来的,船长压根儿没准备他们的水果,幸亏食物充足。

船员们有心想把自己的水果让给战士们,可是没一个战士会要的。

不拿群众一针一线,这可是刻在他们骨子里的。

温牧寒垂眸。

叶飒见他不说话,知道他肯定不会拿,于是主动拽起他的手掌,把苹果硬塞进他手里:

"我特地留给你的。"

温牧寒虽然还生气,可是这姑娘似乎总能知道怎么让他心软。

特别是看着她眼巴巴地期待着他收下苹果的模样。

沉默了几秒。

他开口:"你留着自己吃吧。"

"你们不吃船员的,我可以理解,但是我跟其他船员不一样。"叶飒依旧笑容明媚,微偏着头盯着他。

温牧寒眯了眯眼,问道:"你哪儿不一样?"

"我不是群众,我是家属。"叶飒将苹果放在他掌心,又把他的手指轻轻屈起来,让他抓住苹果后,才抬头说,"我是你的家属。"

温牧寒一顿,垂眸,眼睛缓缓从她的唇边擦过,终于淡声说:"一个苹果就把我打发了,这就是你的表现?"

叶飒抬眼看他,正要扑上来,结果这人伸出一根手指轻轻按住她的额头:

"好好想。"

说完,人拿着苹果直接走了。

叶飒在原地站了半天,思考他给的提示。

入夜,海面上风浪大了起来,连船体都晃动得厉害了许多。海浪扑打在船体上的声音,吵得叶飒一直睡不着。

况且她也没睡觉的心思。

船上的夜晚并不容易打发,没网,好在电脑里提前下载了资料。还有厚实的医学书籍，一本足有砖头那么厚。

离两点交岗还有一小时的时候，叶飒实在是困，眼皮一直往下耷。

她看了眼时间，干脆穿好衣服开门走了出去。

她在门口站了半天，这才往外面探头，海风太大，吹得她发丝翻飞。叶飒一下子看见了他的身影，在深沉如墨的黑夜中，他整个人快要融入这黑暗之中。

幸亏轮船顶上有一个照明灯，这才让她分辨出隐没在黑暗中的模糊身影。

笔直、英挺的身姿，哪怕在这摇晃的轮船上，也如脚下生根般。

叶飒欣赏了半天，四周警戒的人其实早看见了。只是原本想着她看一会儿就能回去，没想到她居然还看上瘾了，站在那儿不动了。

温牧寒干脆走了过来：

"这么晚不睡觉干吗？"

叶飒仰头看他："等你呀。"

温牧寒被她一句话说愣了，但是叶飒却继续说："你不是让我好好想应该怎么哄你，我想到了。"

温牧寒安静地听着她的话，准备看看她又要玩什么。

谁知叶飒说："等你换岗之后，来我房间，我悄悄告诉你。"

他信了她的邪。

温牧寒："我在执行公务。"

叶飒点头，一副"行吧，你执行公务"的表情。

可是温牧寒再让她走，她却也在这儿站定了，直到又一阵海风吹过，她打了个喷嚏。温牧寒冷声说："行，你先回去。"

叶飒直勾勾地看着他。

好在她也没太过分，只是冲着他微微张嘴，极小声地说："辛苦了，队长。"

回去之后，叶飒安静等着。本以为半小时很容易等到，结果她一沾床上，整个人倦意上头，要不是硬撑着，当真要睡着了。

直到她听到耳边有敲门声。

她睁开眼睛，冲着门口看着，直到敲门声再次响起。

很轻。

叶飒起身过去开门。

门一开，站在门口的人正要说话，却一把被她拉进了屋子里，也不知是谁伸手把门关上的，反正关上门之后，叶飒已经抱住了面前的人。

男人的身上还裹着外面的潮气。

叶飒却不管不顾，她直接伸手勾住他的脖子，把人往下拉了拉，还没来得及反应，她的唇已经在他的额头上亲了亲。

瞬间嘴唇染上了湿漉漉的触感，而温牧寒的额头同样是。

可是这一下并不是结束，因为下一秒，她的唇瓣往下移，吻上他的眼皮，浓密眼睫的绒毛触感在唇边一带而过。

其实她的唇也在颤抖，却被一股豁出去的大胆给掩盖住了。

这下她已经亲到了他的鼻尖，这男人的鼻子长得可真英挺好看哪，光是柔软的唇瓣就能感受到他的鼻梁骨有多挺。

待她捧着他的脸颊，轻轻拉开两个人之间的距离时，声音软软地说："温牧寒，我这样哄你，行不行？"

此刻已经从错愕中醒过神的男人，眼眸极深地望着她。

如果外面是狂风乱作，那么此刻他的眼底就有着风暴旋涡。

半晌，他哑着声音问："你是不是还忘了什么地方？"

叶飒看着他，其实她没忘记。

因为她在等着他主动。

温牧寒轻轻抬起手，手掌扶住她的后脖，手指轻捏下细腻的皮肤，直到微微扣住用力将她带到自己的身前。

他垂头吻过来，轻咬住她的下唇，在她吃痛张嘴时长驱直入，直接勾住她的舌尖。他轻舔了下她的上颚，那种酥麻的感觉四处乱窜，让她瞬间有种溃不成军的感觉。

这个吻丝毫没有留余地。

她感觉到自己随时有被他生吞活剥的可能性。

过了一会儿，他松开已经明显有点儿腿软气喘的姑娘，微偏头看着她乖乖地靠在自己怀里，心里有种异样的满足感，这才哑着声音低语："这才是认错的态度。"

这会儿明显能感觉到他态度的软化。

叶飒抬眼看他,轻声说:"温牧寒,我好想你。"

是真的想,每一刻都在想。

她眼巴巴望着他,像是要等他一个答案。温牧寒望着她的眼神,湿漉漉地,泛着水光般,在他心头摇曳。

终于,他低头吻了吻她的眉心,又亲吻了她的眼皮、鼻尖。

复制了刚才她一路吻下来的举动。

在最后要吻上她的唇瓣时,他突然偏头贴着她的耳朵低喃:"你与呼吸同在。"

只要他活着,还在呼吸,她就会一直存在他的心里。

海域之上,狂风呼啸而过,掀起阵阵海浪扑打着货轮,将这艘轮船带得左右轻轻摇晃着,外面一副风雨欲来的模样。

浪头一波接着一波,甚至能听到海水倾灌在甲板上的声音。

叶飒身体被带动得轻轻摇晃,直到温牧寒微叹了口气,把人抱在怀里。她这才抬起头,朝他看过去,脸上还带着笑意。

温牧寒见她一脸狐狸笑,干脆问道:"怎么了?"

"温牧寒。"她总是喜欢连名带姓地喊他。

有人叫他队长,有人喊他营长,唯有她,喜欢这样叫他。

温牧寒脸颊贴了过来,这么久以来,第一次这么真实又熨帖地拥抱,怎么能叫他不眷念呢。

叶飒微咬着唇,脸上带着止不住的笑意,蹭着他的鼻尖:"有没有人跟你说过,你的情话甜得过头了?"

明明就只有一句话,可是她整个人好像被泡进了糖果里。

在这周围都弥漫着海水腥咸的船舱里,都透着一股甜。

温牧寒直接把人抱到床边,他坐下之后,叶飒被放置在他腿上,两个人的身体几乎是贴合着的。

"没人说过。"

他惩罚似的伸手捏住她的鼻尖,让她呼吸不了。

等叶飒主动张开嘴要呼吸时,他居然又倾身过来,以吻封唇直接堵住了她的呼吸。

不知过了多久,叶飒的脸颊都憋红了,才被轻轻松开。

她大口大口喘气的时候,听到温牧寒清冷的声音:"这种话,我只对你说过。"

原本还恼火他干吗又这样,听完这句话,她才明白温牧寒的意思。

没有对别人说过,所以也没有别人听过。

她刚才这么问,让他觉得自己的专一受到了侮辱吧。

叶飒没想到他现在这么斤斤计较,当下伸手抱住他的脖子,贴着他的脸颊低声说:"你怎么这么小气呢。"

温牧寒"哼"了一声:"我还小气?"

叶飒望着他,一言不合就把人亲到喘不过气,这还不够小气的。

"自己的女朋友跟别的男人一块儿出现……"温牧寒舔了下嘴角,声音哪怕是克制的,却还是泄露出一丝不满,"我都还没跟你计较呢。"

叶飒:"……"

原来在这儿等着她呢。

她说:"我跟薄湛两个人是在 M 国偶遇的,你知道他妈妈对他控制欲那么强,后来他从第九医院辞职,干脆又回了 M 国。我们两个之间什么都没发生,我只是听说你来维和,想要过来找你。他正好也参加了这个国际医疗援助项目,我对他们的项目挺感兴趣的,才跟他们一行人结伴同行的。"

叶飒把前前后后解释清楚,自证清白。

可是对于温牧寒而言,他又怎么可能不相信她。只不过知道他们居然一块儿前往 A 国,而自己有一年没见着自己的女朋友,再怎么宽宏大量也会觉得不爽。

况且这里还这么危险。

温牧寒伸手捏了下她的脸颊,低声说:"我生气不单单是因为这个。"

那还有什么?

叶飒这么想的时候,脑海中登时想到她的种种罪名:丢下受伤的男朋友不告而别,一年来不跟他联系……

她有些心虚地低头。

此时夜深,又是这样幽闭的两个人独处时间,哪怕是温牧寒也不由得打开了话题,有点儿掏心窝:"你知不知道,发现是你的一瞬间,我当下真的想把你变小,藏在自己的口袋里。"

这样就能让她免于恐惧,免于受伤。

叶飒怔了怔,温牧寒望着她:

"其实这一年来,我自己也想了很多。对于军人来说,最大的担忧就是始终无法找到自己存在的价值,很多人从当兵到退伍,或许都无法经历一次真正的战斗。这也是我当年要加入特种部队的原因,我豁出命想要证明自己的存在。但是这难免会让我身边的人面临恐惧,以前单身一人的时候还不用担心。自从有了你,一切都不一样了。

"你母亲的担心不无道理,因为我所做的事情确实比一般人更为危险。但是叶飒,哪怕是再危险的地方,我也从未畏惧过。但是昨晚看见你的一瞬,我真的有点儿害怕了。"

他的额头轻抵着叶飒的额头,微闭着的眼睛试图平复心情。

叶飒极少见到他失态的模样,想起他们在甲板上的那段对话,叶飒这才明白,他的生气并不仅仅是因为她的离开。

更多的情绪,是担忧她的安危。

他可以为祖国守土固疆,在远离祖国的海域上为保护船只义无反顾,别看这次他们轻易歼灭海盗,可谁都知道能干出劫持船只这种事情的人都是亡命之徒。

他接到任务的时候,没有丝毫犹豫。但是看见她也在这条船上的时候,他心头是震撼和愤怒的。

她怎么敢这么不顾自己的安危?

叶飒轻吸了下鼻子,这才知道自己的行为给他带来了多大的触动。所以她当下说:"我只是想早点儿见到你。"

温牧寒说:"一年我都等过来了,只要你安全,我不在乎再多等几天。"

原本打算冷落她一段时间,让她好好冷静。

她也太不拿自己的安全当回事儿了。

可是鬼使神差答应来找她之后，一切都失控了。他错误估计了自己心里积攒着的渴望和思念，刚一碰面，便如洪水般倾泻而出，压根儿抑制不住。

都说真话易动人，他分毫不留把心里的想法都告诉了她，叶飒的一颗心早已经软塌塌，哪儿还记得他对自己冷脸的事情。

叶飒窝在温牧寒怀里，只想更近地靠着他，让自己好温暖他。

没一会儿，外面似乎下起了雨。

雨水落在货轮的表面，特别是砸在钢板上的声音，尤其清脆，休息室这会儿半点儿都不隔音，仿佛瞬间被大雨滂沱的声音都塞满。

叶飒胆子也稍大了些，抬眼看他："你现在还生气吗？"

温牧寒垂眸看着她，问道："你指哪方面？"

叶飒听着，有点儿泄气，果然她罪名太多，连自己都不知道该回答哪一条。

温牧寒伸出手，轻轻扣住她的下巴，指腹在她唇上来回轻蹭了一遍，低声说："真想我不生气的话，等到了 A 国，你买张机票回国。"

叶飒瞪大眼睛，张嘴，她有些泄气道："我不想回国。"

"叶飒。"温牧寒微压着声线喊她的名字。

叶飒咬了下唇，轻声说："我来这里，最主要的目的确实是因为你。但是……"她有点儿不好意思地顿了下。

"我也想看看国际医疗援助组织他们到底是怎么工作的，你知道我当医生纯粹是因为我爸爸。但事实上是，我不在乎别人的悲欢，我也不太关心自己的悲欢。"

这也是叶飒之前一直被诟病的原因，她当医生太过冷漠，就连她的导师都曾委婉提醒过她。

医生这个职业跟其他职业不同，虽需冷静，但也需要悲悯之心。

温牧寒皱眉："谁说你不关心，如果你不关心，当初就不会帮助那个被家暴的女人。"

他伸手抱了抱怀里的姑娘，低声说："叶医生是我见过的最善良、最负责的医生。"

明知道他这是哄自己，叶飒还是觉得高兴。

可高兴之余，她又有些心酸地问："你会不会觉得我很麻烦，而且还一直不太听话?"

温牧寒半晌都没吱声。

叶飒有些气馁地望向他,哪怕真觉得她麻烦,也不用表现得这么明显吧。

结果男人伸手捏了下她的耳垂,大概是因为她坐在自己怀里,总喜欢伸手碰碰她,揉揉头发也好,捏下脸颊也好,仿佛只有这么做,她在自己身边的感觉才会更加真实。

"甘之如饴。"

哪怕她偶尔会惹麻烦,偶尔会不听话,但是一切都如他所说的这四个字。

旅途比想象中的要更快结束,或许是因为温牧寒在身边的原因吧。虽然叶飒没表现出跟他太亲密的关系,但是他们医疗队里的人明显看出来,她这两天变得开朗了许多。

待临近港口的时候,温牧寒所带领的海岸线大队要正式撤离。

南江舰派来接人的快艇已经在海面上等着。

谁知船员终于从仓库里把压箱底的横幅找了出来,一打开,几米长的横幅上写着"感谢海军为我们护航"。

别说叶飒,就连一众国际友人都震惊了。

还是船长解释:"这横幅做了挺久,但是之前一直都没用上。没想到这次居然用上了。"

船员拉起横幅的时候,温牧寒带领所有队员冲着船员敬礼。

叶飒看着他身体挺正双腿打直,"啪"的一声郑重敬礼的模样,心下一颤。

这男人仿佛一直在发光。

这两天待下来,船员和战士们都挺不舍的。光是一个个告别就花了不少时间,温牧寒也并不催促。

直到最后,他看向叶飒,突然低声报了一串数字:"要是有事儿,就打这个号码,直接说找我。"

叶飒有些震惊,因为她也不知道这到底合不合规。

但是眼看着又要和他分别,一时,她眼眶有些红了。

温牧寒一瞧,无奈叹了口气,哄道:"我们过几天就会上岸休整,到时候轮到我休息,我就来找你。"

"你别担心我，我一定会照顾好自己的。"

叶飒把自己住的酒店告诉了他，她也算是这次国际医疗队的赞助者之一，因此是跟医疗队住在一起，是住在 A 国首都的一家酒店。

温牧寒似乎知道这个酒店，点头，随后转身离开。

他一走，叶飒立即趴在船边看着他握着软绳直接速降到旁边的快艇上，她望着他的身影，突然心头一酸，想要开口叫住他。

温牧寒到了小艇上，抬头看了过来。

距离有点儿远，两个人都只能模糊地瞧见彼此的脸。

他微仰着头，整个人显得格外瘦削，逆着光只能看见他的轮廓。

叶飒深吸了一口气，立即把墨镜戴在自己的脸上，而底下已经在快艇里坐着的男人也不再抬头看她。两个人之间似乎都恢复了风平浪静，可他们都知道，心里有多不舍。

她努力睁着眼睛，不叫眼眶蓄着泪。

明明才刚见面，却又要分离。

这滋味，真难受。

这悲伤随着叶飒真正踏上了 F 洲大陆的土地，才渐渐消散。一下船，热浪扑面而来，身上瞬间闷出一身热汗。

国际医疗组织的办事机构早已经派人来接他们。

一辆半新的面包车。

可就是这样，跟港口周围的车辆比起来，他们还是觉得自己坐上了豪车。特别是一上车，冷气吹出的凉风扑面而来。

那感觉，别提多舒服了。

司机没什么废话，直接一脚油门踩出去，带着往酒店去。

酒店是一栋五层的房子，这已经是 A 国首都最好的酒店。

当叶飒真的置身在这片土地时，才真正感受到这个地方的贫穷究竟是什么样子的。

路况特别差。原本还有人想在车上补觉，可车子颠簸得后座人不停地飞起。别说睡觉，就连想安稳地坐着都不行。

一行人终于到了酒店，在得知有空调和无线之后，他们才彻底松了一口气。

好在大家都对这里的环境有所了解，都没太挑剔。

真正的遭遇来自第二天，他们前往国际救援队的医疗点，当他们进入简易帐篷搭成的诊疗室时，甚至还能听到里面苍蝇嗡嗡的声音。

杰森下意识地骂了一句："Shit，这是什么该死的医疗环境，在这里怎么可能保证不被感染？"

李谦摇头："这里比我想象的还要糟糕。"

好在大家只是表达无奈，很快就接受安排进行工作。在这里，国际医疗队会给居民进行义务诊治，每次只要开始，就会有成百上千人来排队。

国外的医生习惯了预约制度，对此十分不适应。

倒是薄湛和叶飒适应得很快。

叶飒因为不是医疗队的人，她只能做一些辅助的工作，比如发一下药品，或者整理药品仓库，帮忙补充急需的药物。

由于只有她一个人发药品，所以要面对更多的病人。但她习惯了国内急诊科的忙碌，很快就迅速上手。

一周过去，哪怕是几个男人都开始叫苦，叶飒却依旧任劳任怨，甚至还会在大家实在忙不过来时，帮忙照看病人。

直到她傍晚回到酒店，前台看见她时，突然开口问："请问，你是叶小姐吗？"

"我是。"叶飒点头。

前台黑人姑娘笑着说："有一位先生打电话来找你，但是你并不在房间，因此他留下了自己的电话号码。"

先生……

叶飒的心怦怦直跳，在A国她认识又会给她打电话的，只有一个人。

"请问电话号码在哪里？"她几乎是扑到前台。

黑人姑娘似乎猜测到了什么，笑着说道："我帮你记下了。"

"谢谢，真是太谢谢了。"叶飒连说了好几遍谢谢。

哪知黑人姑娘冲着她笑了起来，露出洁白的牙齿："没关系。"

叶飒在她找电话号码的时候，有些疑惑地问道："你怎么知道我就是叶小姐？"

毕竟酒店里天天来来往往这么多客人，她又是早出晚归的那种。

黑人小姐笑道："因为那位先生说，他要找的是最美丽的那个中国女孩儿。"

叶飒听着都快不好意思了。

黑人小姐把电话号码递给了她，因为叶飒并没有这里的电话卡，她指了指前台的电话，问道："我能用一下你这里的电话吗？"

"当然可以。"黑人小姐把电话推到她面前。

叶飒按下电话号码，对面出现一小段忙音，她的心脏又开始跳个不停，直到突然忙音断掉，那边传来一丝电流声。

下一秒，男人低沉的声音："喂。"

叶飒一听到他的声音，哪怕只说了一个字，就有点儿委屈。

她张嘴，却发现自己嗓子哽咽，竟然说不出话一样。

"叶飒，"温牧寒有些笃定地说道，他似乎听出了她的不对劲儿，"怎么了？"

叶飒把写着他电话号码的纸条抓在手心，又搓又揉。

直到她说："没什么。"

"真没什么？"温牧寒问道。

叶飒撇嘴，当然有，他没听出来她都快哭了吗？

但是她没好意思说，想他就要想哭了，说出来多丢人哪。

"当然没事儿了。"叶飒强撑着说道。

反正嘴硬。

终于对面轻笑了一声，淡声说："你要是真没事儿，那就好。我得挂了。"

这就挂了？

这才说了几句话啊。

叶飒失声喊道："怎么这么快就挂了？"

"舍不得我？"温牧寒的声线里明显又裹上了一层笑意，暗藏着些许得意似的。

叶飒这回没有再嘴硬，低声："嗯。"

那边似乎被这一声"嗯"弄得有些失措，他轻声说："你回头。"

叶飒握着电话，瞪大眼睛，直到她犹如慢动作那般，轻轻地转过头，就看见不远处的大厅门口处，站着一个高挑俊俏的男人。在这异域的国度里，那样显眼卓越。

叶飒都不记得她是扔掉电话，还是放下电话，反正她直接冲着他跑了过去。

待跑到他跟前时，她毫不犹豫地扑进他怀里，死死地抱着他的腰身。

许久，她抬起头时，男人的手指在她红透的眼角微压了压，低声说："我的小姑娘，想我想得都要哭了，我敢不来？"

"谁哭了？"叶飒矢口否认。

但她此刻还微红的眼眶一点儿都骗不了人，异乡他国，人的心理总会更加脆弱。原本叶飒觉得自己适应得不错，就连同行医疗队里的男人都大呼吃不消，她一句都不曾抱怨。

结果刚才打电话，只听到他的声音，她眼眶就红了。

温牧寒低头打量了她一番，这才问："辛苦吗？"

"不辛苦，一点儿都不辛苦。"

见她摇头，温牧寒嘴角微扬，心里却是无奈的。他又不是没有见过这里医院的情况，之前因为疟疾问题，国际医疗组织的驻地被当地百姓冲击，他们向联合国方面求救。

联合国部队的最高指挥官，当即派了几个国家的维和部队前往维持秩序。其中一支的带队军官就是温牧寒。

作为军人，他曾经参与过国内的抗震救灾，可是见到的场面也不如这里的凄凉，所有人犹如末日丧尸般，拼命地想要抢到救命的药物，甚至有出现医生被攻击的情况。

这件事儿发生在温牧寒刚来这里第一个月的时候，如今虽然看似一切都重回正轨，但是在这个国家总有一股暗流涌动的感觉，一不小心，下一次暴乱随时会出现。

他低声道："叶飒，你要保护好自己。"

"我一个人在这里的时候，不管是训练也好，出任务也罢，我从来都不担心。"他眼眸微垂，声音里透着些许无奈，"但你来了，就不一样了。"

他这一颗心，总有个小角落在不停地想她。

哪怕他强行压住，思念存在心里还是像冒泡的岩浆，不停地翻涌而上，即便淡然如他，都会在不经意间，遥遥望着大海的尽头，希望能看见这片国度的海岸线，看见他的小姑娘。

叶飒见他这么担心，点头保证：“你放心，我真的没事儿。再说这里的民众对于我们这些医务人员都很热情。”

毕竟国际医务工作者之所以来到这里，就是为了帮助他们。

哪怕他们都没读过书，却也懂得这个简单的道理，所以不管是大人也好，孩子也好，对他们都格外地尊重。

叶飒伸手抱住他，低声说：“你什么时候回来的？”

"昨天。"温牧寒说道。

叶飒看着近在咫尺的人，心里痒痒的，忍不住抱着他的腰直接对准他的唇亲了上去，只不过亲一下而已，他便微微偏头，拉开了两个人之间的距离。

她震惊地睁大眼睛，忍不住伸出指尖戳了戳他的胸口，控诉道：“你现在对你的女朋友不热情了。”

温牧寒低低叹了口气，脸上又带着一丝笑意，伸手捏了下她的脸颊，微哑着声音说：“叶医生，得注意国际影响。”

什么国际影响……

叶飒愣了下，她只是想亲一下自己男朋友，还能影响到国际社会不成？

直到旁边朗声交谈的一行人从他们旁边走过，几乎每个人路过时，都打量了他们一番。

叶飒瞪大眼睛，她终于想起来自己这会儿站在哪儿了。

这是当地最大酒店的大堂，而且是正中间。

这里几乎是个小型的联合国，因为来Ａ国出差的外国人，都会优先选择入住这家酒店。

叶飒像是只炸毛的猫儿，这会儿抵着他的胸口把人推开。

主动抱着的是她，这会儿推开别人的也是她。

温牧寒被她这此地无银三百两的举动，逗得有点儿想笑。

叶飒说："你怎么不早点儿提醒我？"

温牧寒嘴角略弯：“因为我也想我女朋友了。”

眼看着叶飒要在这个问题上纠缠不休，温牧寒直接上手拉住她的手腕，

"走吧。"

"去哪儿？"

温牧寒一边把人往外拉一边轻笑："敢不敢跟我走？"

叶飒当然知道他不可能把她带到危险的地方，于是微仰着下巴，淡定道："有什么不敢的？"

到了外面，温牧寒把她拉上了一辆越野车。

他直接开车去了海边，到了一栋两层小楼的房子附近，叶飒这才发现这是一家小卖部。门口搭着F洲风格的棚子，里面摆着几张桌子，挺普通的地方。

唯一不普通的就是对面不远处的大海，此时是下午黄昏时，太阳渐渐西沉，将整个海面映成暖橘色，天地都变得柔和了起来。

温牧寒的车子刚停下，里面就出来一个中年男人，特别开心地跟他们打招呼："温队长，稀客呀。"

温牧寒走到副驾驶旁边，打开车门把叶飒接下来的时候，对面的老板眼睛一下看直了，等他们走到面前的时候，才连声问道："温队长，这位是？"

"我女朋友。"

中年男人表情变幻莫测，心里只怕连声骂了几十句，半晌，他才长叹了一口气："我以为这世界上只有我老婆一个傻女人，没想到还有比她更傻的。"

叶飒挑眉。

温牧寒轻嗤了一声，却没意外，因为他都已经不知道听老刘说过多少遍，他们夫妻携手闯荡F洲的故事。

说他年轻时做生意亏得一塌糊涂，饭都要吃不下去了。

听别人说，在F洲做外贸生意十分赚钱，他就凑钱想来F洲，本来是想让老婆在国内带孩子的，结果他老婆死活要跟着他一起过来打拼。

老刘一直说他老婆傻，其实就是在炫耀。

毕竟这样的不离不弃，任谁都不会无动于衷。

老刘招呼他们坐下，然后冲着温牧寒竖了个大拇指。

叶飒看见他们的小动作。

等老刘进去店里，她才压着声音问："你背着我干什么坏事儿呢？"

"没什么。"温牧寒漫不经心地说道。

叶飒"哼"了一声，显然是不信的。

今天格外地风平浪静，就连海浪拍打着岸边的声音都透着温柔缱绻的味道，带着哗啦啦的浪花，像是一首温柔的安眠曲。

直到一个高昂的声音喊道："来了，来了。"

她转头，看见一个略有些胖的中年女人端着一个锅过来，直接放在他们桌子上，待放下后，叶飒看见锅里漂着的一片红色汤料。

火锅！

叶飒的眼睛都瞪直了，哪怕这会儿还没下菜往里面涮，可是她的味蕾就一下子被勾了起来。

这一个月以来，他们虽然在酒店吃饭，但是并不算差。

只是那奇怪的香料，总让她有些食欲不振。

好香。

火锅汤汁弥漫在空气中，辛辣中透着过分的香，她忍不住咽了咽口水。

她抬头朝温牧寒看过去，眼神都亮了。

这老男人，现在也太知道怎么哄人了吧。

老刘端着菜出来，笑道："昨天温队长一上岸就给我打电话，让我帮忙准备火锅。之前我怎么请他来吃饭，他都不过来，我说他这次怎么会主动给我打电话呢。"

之前老刘的一车货险些被人抢，是巡逻回来的温牧寒带人救了他，因此老刘一直喊温牧寒来家里吃饭。

哪怕是在国外，温牧寒也秉持着绝不轻易麻烦老百姓的准则，所以他一次没来过。

要不是这次考虑到叶飒，他也不会来麻烦老刘。

"这里不比国内，什么毛肚、黄喉都没有，不过海鲜是管够的，而且这个虾滑是我们手工做的。"刘嫂是个大嗓门儿。

叶飒看着旁边摆着满满的东西，轻轻点头："谢谢。"

刘嫂说："谢什么呀，温队长可是我们的大恩人，上次要不是他救了老刘，他估计是连人带货都回不来了。"

温牧寒摇头："这是我应该做的。"

菜都摆好了之后，老刘直接把刘嫂拉了进去，把外面留给了他们。

此时电磁炉已经打开，锅里的汤正咕咚咕咚地冒泡。

叶飒低头看了半天，眼神中都带上了虔诚，又抬头看着面前的人："温牧寒，你怎么知道我想吃火锅？"

温牧寒看着她的眼睛都冒着光，笑了笑："现在有你不想吃的中国菜吗？"

没有！

其实不只是火锅，她还想念南江菜，浓油赤酱的糖醋小排。

叶飒感慨："你现在怎么这么懂哄女孩子开心？"

太会了。

这会儿请她吃火锅，比买一百个包都让她开心。

哪怕拿全世界来跟她换，她也不会愿意的。

温牧寒略想了下，沉吟道："大概是因为不努力哄女朋友的话，女朋友又失踪了怎么办？"

叶飒："……"

好吧，她这个罪人。

她抿嘴，很小声地说："我们商量一下，你什么时候才会不生气啊？"

"你觉得呢？"温牧寒一边说一边把一盘切好的牛肉放了进去。

很快，原本赤红色的肉片被烫得漂起来，变成深褐色。

半晌，他轻叹了一口气，将肉片捞起来放在她的碗里，低声说："我之前是很生气，我气的是你从来没问过我的想法。"

叶飒也顾不上吃东西，抬头说："我不想让你为了我放弃你的事业。"

在谢温迪看来，温牧寒的工作太过危险，如果真的要谢温迪同意，除非他放弃军人的身份。

可能吗？

这个问题，叶飒别说询问温牧寒，就连她自己都不同意。

温牧寒："就算不放弃，也有别的解决办法，是不是？"

叶飒点头。

"叶飒，答应我，以后不要什么都自己扛着，你现在有可以依靠的人。"温牧寒抬眸望着她，声音坚定道，"你要试着相信我，依靠我。"

隔着火锅渐渐冒起来的热气,叶飒看着眼前的男人,认真地点头。

温牧寒下巴冲着她的碗微抬了抬:"吃吧,要不然凉了。"

两个人渐渐又打开了心扉。

温牧寒望着面前的姑娘,眼底带着满足。

一开始,他是真的生气。没人问过他的意见,他从昏迷中醒来之后,被动接受这一切安排。可是后来知道谢温迪生病的事情,他心里又止不住地心疼,他只生气她不告而别这一点。

可是叶飒呢,她既要面对远离他的痛苦,又要担心随时可能失去母亲,双重担忧,双重压力,他都不敢相信她要承受着多大的痛苦。

时间长了,对她就只剩下思念。

人这一生不可能总做对的事情,如果有一天,他的爱人犯了小小的甚至连错误都算不上的小过失,他可以耐心等待。

因为他相信,叶飒也同样在努力着,她也会朝着他的方向努力。

叶飒这一顿真的吃得肚子都撑了,吃到最后,她看着自己把所有菜都一扫而空,有些错愕地眨眼:"我们把这些都吃完了?"

想想之前刘嫂不停给他们拿东西,她说什么来着?

别弄这么多,我们吃不完。打脸来得如此之快,她这张脸可真是能扔掉。

温牧寒拉着她起身去旁边海滩上逛逛,叶飒还不好意思,想帮忙收拾东西。刘嫂挥挥手,笑道:"哪有让客人帮忙收拾的,去逛逛吧。"

两个人沿着海滩往前走,这一片海域其实白天挺繁华,就算现在也不算特别僻静。

不远处,本地人开着的店也有不少人。

叶飒被温牧寒握着手掌,她转头看着他,突然想起来:"你这么出来,没问题吗?"

"没事儿,我请假了,十点前归营就可以。"

叶飒点头,这才放下心。

她望着远处的大海,此时幽深的海面,依旧平静温柔,海浪不停翻涌而上。

"这里真安静。"她有些感慨。

真希望这个国家不要再动乱不要再有战争，希望这里的人民也能早日享受属于他们的和平吧。

　　她转头望着身边的男人，突然眼眶微热。

　　越是在这样的地方，她才越能体会到军人的重要性，正是由于前赴后继的军人守护国家的和平，才能让他们所有人过上安居乐业的生活。

　　她轻声说："我到现在才真正体会到'国家'这个词的意思，有国才有家。"

　　温牧寒转头看着她。

　　突然，叶飒低声说："温牧寒，对不起。"

　　他有些诧异，伸手摸了下她的脑袋，低声说："怎么突然说起这个？"

　　"有时候我总在想，如果不是我妈妈这样的，你会是所有丈母娘都喜欢的乘龙快婿，没有人会嫌弃这样的你。"叶飒说着，心头泛起无数的歉疚。

　　连她都会替他委屈，凭什么他要承受这种委屈。

　　他不该被嫌弃。

　　温牧寒伸手将她抱在怀里，许久，他弯腰在她的眼睛上亲了又亲，声音里带着性感的微哑："可如果是别的丈母娘，那就没有飒飒了。"

　　"我舍不得。"

　　我舍不得没有叶飒。

第十八章
求婚

温牧寒把叶飒送回酒店，给了她一部新的手机，这也是他让老刘帮忙买的，连电话卡都一并买了。

"最近轮岗我会一直留在这边，你要是有事儿随时给我打电话。"

叶飒点头，她说："我之前还路过了你们营区附近。"

联合国维和部队是由多个国家组成的，在 A 国里的部队人数多达一万人，为了方便管理，各个国家的部队都有自己的营区。

偶尔闲暇时，军营里举办庆典活动，会邀请当地民众以及其他国家部队军官参加。

那天叶飒到军营附近去义诊，车子开着的时候，她就看到远处的蓝色大门，叶飒趴在车窗上看了好一会儿。

直到彻底看不见，才舍得收回视线。

她问："我有空的话，可以去找你吗？"

温牧寒看着她期待的眼神，点头道："可以。"

叶飒伸手抱住他，明知道他应该回去了，心里却无限舍不得，好想跟他一直这样在一起，哪怕什么也不做，哪怕只是这样安静地抱着他。

温牧寒伸手摸了摸她的脸颊，低声问："舍不得我走？"

"嗯，"叶飒点头，她仰头望着他，"真想把你留下来。"

温牧寒知道她是舍不得自己，他望着小姑娘的表情，忍不住低头吻住她的唇，一开始只是想亲一下安慰她。

可他对她从来没有克制力，只亲一下，怎么够。

他的手指捏着她的脸颊，微微用力；舌尖已经顶开她的唇瓣，习惯性地咬住她的舌尖，头微偏向一边用力。

叶飒像是忍不住般，低"嗯"了声，有点儿吃痛，但是那股酥麻的劲儿又从后背蹿上来。

然而时间总是流逝得格外迅速。

叶飒推开温牧寒后，微垂着眼睛，眼尾泛红："快回去吧，要不然过了时间。"

她知道他有职责所在，说是十点回营地，只有提前，绝无迟到。

叶飒站在酒店门口，目送着温牧寒的车子离开。

之后几天，两个人都是通过手机联系，好在营区里也有无线，两个人还用手机视频联系过，比之前他在海上的时候要好许多。

Ｂ城作为Ａ国的首都，是Ａ国里人口最多的城市。

但哪怕是首都，医疗卫生条件也严重不足，在这里几乎是平均一万个人才有一个医生的医疗水平。

国际医疗组织的人不仅会给当地人义诊，也会跟当地的医院合作，尽量提高他们当地的医生的水平。

直到十天后，叶飒被强制要求休息。

连薄湛都看不下去，到她房间里找她："杰森今天已经跟我说，如果你再不休息的话，他明天就会去跟执行委员投诉。"

国际医疗组织在这边有负责医生日常行政事务的执行委员。

叶飒震惊道："投诉我？"

"叶飒，我知道你想帮助更多的人，但是你已经足够努力了，真的，你需要休息。"薄湛看了一眼她的脸颊，无奈地说，"难道没人跟你说过，你最近脸色有点儿差？"

叶飒微怔，当下问："有黑眼圈？"

她伸手摸了摸自己的脸颊，有点儿想拿出手机来看看。但是因为薄湛在面前，没太好意思这样做。

薄湛听出她的口吻挺在意脸的，登时笑道："对，有。"

叶飒深吸了一口气，那她这几天还一直跟温牧寒视频，她憔悴的样子岂不是都被他看了过去?

"明天一天好好休息。"薄湛望着她,用一种近乎平和的口吻说,"想约会的话,也可以去约会。"

叶飒诧异望向他。

薄湛苦笑一声:"飒飒,我承认我一直喜欢你。"

如果说叶飒喜欢温牧寒从她的十五岁开始,那么薄湛喜欢叶飒的时间,只会比她的时间长,不会短。

但是爱情就是这个世界上最自私的东西。

排他,唯一。

一旦喜欢上了一个人,就开始有了排他性,而她所喜欢的人也成了唯一。

薄湛并不是个偏执的人,相反,他从他母亲身上发现一个偏执狂的人生有多可怕,所以他之前回M国也是为了让自己放弃。

虽然后来又在M国与叶飒重逢,但是他也很理智地让自己保持跟叶飒之间的距离。

薄湛望着她,低声说:"放弃一个喜欢的人从来不容易,特别是这姑娘还是我从很小就开始喜欢的。其实在M国的时候,我也不是没有和其他人约会过。但是恋情总是无疾而终,后来我就知道我是一直无法忘记你。"

叶飒安静地听着他像是告别的话。

"只是这世界上爱情从来不是先来后到的事情,哪怕我认识你在先,你依旧会喜欢上另外一个人。况且我妈对你那样恶劣,就算是我也无法忍受。

"飒飒,我是喜欢你,但是从很早开始我就决定放过我自己。没有希望的喜欢,只会把我自己困在原地。

"我希望你一辈子都能幸福,叶飒。"

叶飒站在原地望着他,半晌微垂头,待深吸了口气后,她露出浅笑:"谢谢你。对不起。"

谢谢你的喜欢,也对不起我无法给予你回应。

薄湛脸上并无太多意外的表情,他点了下头,随后转身准备离开,只不过离开的时候,他望向叶飒强调道:"明天,不许跟着我们一起出发。"

他离开之后,叶飒叹了一口气。

不过很快，她收拾好情绪，给温牧寒打电话，一般这个时间，他应该在自己的宿舍里。结果那边没接。叶飒估计他在洗澡，就没继续拨打，她自己看了一会儿书，放在床头的手机响了起来，是温牧寒打过来的。

她接通，对面男人低沉的声音传了过来："我刚才在开会。"

叶飒略有些紧张："这么晚还开会，是有什么事情吗？"

自从来了Ａ国之后，虽然她身处首都还算是和平的环境，但是整个国家都处于一种持续混乱的情况，特别是国内因为经济落后，反对武装分子与国家里的恐怖组织相互勾结，成了一股极端势力。

联合国维和部队的营地，都被轰炸过数次，更是不断有人在牺牲。

温牧寒捏了下眉心，安慰她："没事儿，只是马上快到八一建军节了，营区要办一场联欢晚会。"

叶飒听着他无奈的口吻，突然笑道："难道你要上去表演节目？"

对面半晌没说话。

叶飒也愣住了，她喃喃道："还真要表演啊。"

"我要看，你表演什么节目？跳舞还是唱歌？"叶飒立马来了精神，追问个不停，甚至还出谋划策道，"你要是还没想好的话，我也可以帮忙想。"

温牧寒："……"

本来他被赶鸭子上架也是不得已，他正想着怎么把这事儿推了，或者从海岸线里面找个人替自己，结果这丫头的兴致居然比他还高。

他无奈道："别闹。"

叶飒："这是领导安排给你的任务吧，作为军人是不是应该把所有任务都不打折扣地完成，军令如山。"

温牧寒眼看着这姑娘一路跑火车，要给他扣帽子。他没出声。

叶飒一路说完，突然说："我明天放假。"

对面愣了差不多几秒钟后，轻声问："来找我？"

"那要看你热不热情了？"叶飒倒在自己的床上，左右翻滚了一圈，整个人说话的腔调像猫一样，又软又魅。

耳边听着她的声音，连温牧寒的心情都舒缓了下来。之前他谁都没说过，在她走后，他心里好像蹿着一团火，哪怕竭力压着，整个人还是格外浮躁。

所以那阵子所有人都觉得他特沉闷，话少。

其实不是的，他整个人就像被架在火上反复烘烤着，活了三十多年，他也才知道原来他也会有这么不确定的时候。

可现在，哪怕他们没能在一块儿，光是听着她的声音，声线这样轻软，他的心脏就像被泡在温泉里。

好半天，他轻声说："我的热情你得亲自来验收。"

耍流氓！

叶飒很肯定这个男人在跟他耍流氓，这晚两个人说了很久，明知道第二天就可以见面，却还是舍不得放下电话。

一直到叶飒听着他的声音，安静睡着。

温牧寒听着她均匀又轻柔的呼吸声，不由得笑了起来。

叶飒在酒店里吃完早餐之后，就找了酒店里的车送她去维和军营。当地人对于联合国维和军营都很熟悉，司机是个年轻黑人。

因为这里从前是Y国的殖民地，因此官方用语一直是英语，就算当地语言，也基本跟英语差不多。

叶飒只需要认真分辨他的口音，还是能听出来他说话的内容。

司机冲着她笑了下，开车之后说道："军人很友善。"

路上很颠簸，哪怕叶飒从不晕车，这会儿也要被颠吐了。好在在她吐之前，车子终于停在了维和军营门口。

她下车后，抬头看了一眼眼前的蓝色大门，一如那天她看见的模样。

叶飒走过去的时候，门口的哨兵对她做了个停止的动作，询问道："小姐，请问你找谁？"

哨兵看她黄皮肤黑眼睛的亚裔模样，直接对她用中文询问的。

叶飒指了指里面："我已经打了电话，他待会儿就来。"

叶飒在门口站了不到一分钟，就看见有个穿着军装的男人阔步往门口这边走，她远远地看着他走近。

待他靠近时，她看着他身上穿着的军装，还有头上那顶显眼的蓝色贝雷帽。这是维和军人最显眼的象征。

这也是叶飒第一次看见温牧寒戴贝雷帽的模样，哪怕他走到自己的面前，她都没开口说话。

温牧寒见她只盯着自己不出声，伸手揉了下她的长发："怎么了？"

她能说，她是被他吸引了吗？

不得不说，这男人的身材实在是太过优越，宽肩窄腰，军装穿在他身上尽是英气利落，整个人挺拔俊逸得犹如从电影海报上走下来。

叶飒微仰头，眼睛眯着看向他，又是半晌："我好像是第一次看见你穿这个。"

在船上重逢的时候，他穿的是海军作战服。

而上一次他来找自己的时候，穿的是常服。

温牧寒沉默了下："好看吗？"

叶飒突然小声问道："可以拍张照片吗？"

"在这儿？"温牧寒一愣。

其实跟维和官兵拍照是有常有的事情，很多当地人都会跟他们拍照，还有维和军营里办活动时，会邀请当地的华人华侨一起参加。

只不过温牧寒一向不太参与，因此说起来，他还真没怎么拍过照片。

温牧寒见她一脸期待的表情，笑着点头，随后他往后看了一眼，正好军营里有两个士兵在大门里面忙碌，他直接把人喊了过来。

其中一个小战士一路跑过来，冲着温牧寒敬礼之后，温牧寒说道："能给我和我女朋友拍个照片吗？"

"当然可以。"小战士有点儿惊讶。

维和军营里面虽然有好几百号人，但是温牧寒的名字可是谁都听说过。特别是前几天他带领海岸线大队解救了被海盗劫持的商船的事情，已经传得整个军营里都是。

在军营里，工兵队有很多，但是战斗支队只有两支。

一支是陆军里的，另外一支就是海军陆战队。

结果陆军没什么战斗任务，倒是让海军先在海上拯救人质，因此这阵子大家都在讨论海军陆战队，至于那位帅到天怒人怨的温队长，多少小战士都视他为偶像。

哪怕他队里的人都喊他"温阎王"。

叶飒本来想问的是，她能不能拍一张他的照片。

结果现在反而被他拖着一起合影，可是她想了许久，这好像是他们第一次这样正式地合影。

于是她在温牧寒将她揽在怀里的时候，脑袋轻靠在他的肩上，看着对面。

很快，小战士替他们拍了几张照片。

叶飒拿到手机，左看右看，一会儿觉得这张表情好看，一会儿又觉得那张腿显得很长。

想来想去，她都没选定，干脆挑了两张她最喜欢的扔进了群里。

她和阮冬至还有司唯三人的群，自从她出国之后，几乎都安静了。

这会儿她扔进去两张照片，不亚于扔进去了两颗深水鱼雷，直接把群里的寂寞和安静都炸翻了。

司唯：这是什么深夜福利？幸亏今天晚睡了，爸爸，我好想你。呜呜呜呜，爸爸，你看看我。

司唯：爸爸，我搞的CP这次是不是真的和好了？

阮冬至：？？？你这速度是不是太快了？你已经找到温营长了？

司唯：等一下，为什么我觉得我男神最近又帅得更上一层楼了？

司唯：男神这一身绝了，这蓝色贝雷帽也太好看了吧，部队里现在都有这种时尚单品了？

阮冬至：……如果你多看点儿新闻的话，应该知道这世上有一种叫维和军人的兵种。

这会儿在国内的司唯盯着照片左看右看，然后发现她说的怎么那么眼熟呢。

原来是维和军人的军装。

司唯：等一下，我男神什么时候去维和了？

虽然她们在群里讨论得热火朝天，但是扔下照片的叶飒早已经不管她们的死活，有种"只管杀人不管埋"的味道。

"去我宿舍看看？"温牧寒转头问她。

叶飒立即点头。

维和军营里的房子是统一的集装箱式的板房，所有房子下面都垫了三十厘米,是为了防止F洲这边的蛇虫毒蝎,也是防止雨季时的暴雨。

板房上集体加盖了隔热板,还有遮阳棚。

叶飒进了温牧寒的房间,这才发现挺凉快的,并没有那种特别燥热的感觉。

房间里都有空调,他们的整体环境都还挺不错的。

虽然房间小是小了点儿,但是单人住有淋浴间也有洗手间,算是各项都到位了。

叶飒左右看了一圈,点头:"不错,挺好。"

"领导没有别的要指示的?"温牧寒看着她这小模样,差点儿被她逗笑。

叶飒哪儿敢哪。

温牧寒拧开一瓶矿泉水递给她:"F洲这边天气干燥又炎热,你又是在医院工作,平时一定要多喝水,补充水分。"

叶飒接过水喝了一口,点头。

他怎么现在念念叨叨像个小老头儿了。

温牧寒让叶飒在他床上坐下,因为这里只有一把椅子,多了一个人只能坐床边,叶飒立即摇头:"被别人看见多不好。"

温牧寒愣了愣,突然轻笑了起来:"你这是在暗示我?"

叶飒立即瞪了他一眼,当然不是,她没有,好吧。

不过温牧寒也没带她在这儿多逗留,很快,他领着她出去逛了逛,只不过出去没多久,就遇到了海岸线的人在训练。

今天是方汉新带队,不过这会儿估计是体能训练刚结束,大家都在休息。

这一下瞧见叶飒,大家都激动不已。

"又见面啦。"叶飒冲着他们挥了挥手。

下一秒,所有人都齐齐整整站起来看着她大声喊道:"嫂子好。"

这喊声,震天动地,引得半个营房的人都往这边看。

叶飒被惊得愣在当场。

倒是战士们一个个都挺开心的,其实上次在船上的时候大家就想喊的,但那会儿船上还有很多外国人,大家为了注意军人威严的形象,算是憋住了。

这次叶飒到了军营里,这一个个简直是放肆了起来。

这刚喊完，对面就七嘴八舌地问：

"嫂子，什么时候请我们吃喜糖？"

"对，吃糖。"

"吃糖。"

眼看着就要闹腾起来了，温牧寒轻咳一声，脸色微板："是要翻天吗？"战士平时就怵他，这会儿他一板着脸，大家更是有点儿怵。

直到旁边的叶飒轻笑了下："不就是吃糖嘛，等你们回国，一人发一箱。"

这一下，所有人都哄笑起来。

连温牧寒都无奈笑了下，在这帮兔崽子上天之前，他让方汉新赶紧把人都领走。结果这帮人在叶飒他们走的时候，又齐齐地喊了一句：

"嫂子，慢走。"

叶飒走出去半天，脸上的笑容还挂在脸上，惹得旁边的温牧寒看了一眼，淡声问道："就这么开心？"

"嗯？"叶飒有点儿愣。

温牧寒低头看她，见她嘴角还扬着，也跟着勾了勾唇，低沉的声音里透着磁性般："要不，让他们叫你一辈子嫂子？"

叶飒突然转头看着他，微眯了下眼睛："不叫一辈子，难道你还有别的心思？"

温牧寒："……"

叶飒这才发现营区里设施都很齐全，不仅有超市，还有排练房。叶飒看见排练房里的吉他、架子鼓的时候，都有些震惊。

因为排练房这会儿没人，她非要拉着温牧寒进去。

她在里面转悠了一圈，回头看着他问道："你不是说要表演，想好了吗？"

她可真是哪壶不开提哪壶。温牧寒没搭理她。

结果叶飒还真的非要闹着帮他选节目，她说："要不就唱歌吧，我还没听过你唱歌呢。"

"不喜欢。"温牧寒板着脸拒绝。

他确实是不太喜欢唱歌，哪怕是在部队里，那么多军歌他也不会唱几首。

叶飒撇了撇嘴："可是我想听。"

温牧寒敷衍道："下次吧。"

叶飒才不打算让他忽悠自己，伸手攀住他的手臂，低声说："可是我想听，我想听你唱。"

"叶飒，别闹。"温牧寒还是拒绝。

结果这次叶飒还真的和他杠上了，自然最后他拗不过叶飒。

等他从墙壁上把吉他拿下来的时候，他有些无奈，说道："只此一次。"

叶飒看着他抱着吉他，有些震惊，直到他手指在琴弦上拨弄，她才明白他居然会弹吉他。于是她低声说："你怎么还会弹吉他？"

"会一点儿。"温牧寒还挺谦虚的。

当他在椅子上坐下来，低头调整琴弦，待指尖拨动，叶飒才知道他这个会一点儿可太谦虚了。

当音乐前调响起时，叶飒安静望着他。

男人低沉的声音在空荡的排练房响起，屋外的阳光正好，叶飒站在对面，安静听着。

叶飒已经知道他在唱哪首歌。

在茫茫的人海里
我是哪一个
在奔腾的浪花里
我是哪一朵
…………
我把光辉融进
融进祖国的星座
山知道我 江河知道我
祖国不会忘记 不会忘记我

男人的声线并不高昂，反而有些低沉，但是这改编的歌词跟他身上穿着的这身衣服仿佛有种别样的和谐，外面阳光正好时，这片土地却面临着贫穷、流血、死亡还有战乱。他们作为异国之人，应祖国的召唤来到这个国家，维护这个地方的和平。

祖国不会忘记，不会忘记他们所做出的奉献和牺牲。

营房里。

叶飒跟温牧寒一起到食堂吃饭，维和官兵的食堂还挺大的，但是每个人都穿着军装，以至于叶飒这个穿着常服的人在里面格外显眼。

好在军人一向纪律严明，吃饭的时候严禁交头接耳，哪怕好奇，也不会朝这边过分张望。

两个人吃完饭之后，温牧寒准备带她回营房休息。

谁知刚走到食堂门口，正好跟进来的几个人撞了个对面。

温牧寒立即冲着对方敬礼，叶飒眼睛落在最前面男人的身上，直到温牧寒喊道："舰长好。"

南江舰舰长，顾长远。

顾长远看了叶飒一眼，有些发愣，他看着温牧寒问道："这位是？"

"我女朋友，叶飒，她是医生，目前正在援助A国的国际医疗组织工作。"温牧寒没想到顾长远会主动问起叶飒的情况，自然如实汇报。

顾长远又看了叶飒许久，他转头冲着身边的人说了一句，随行人员很快进了食堂。

只留下顾长远还有他们两个人。

此时顾长远望着叶飒，才缓缓道："居然都长这么大了。"

一句莫名的话，却让叶飒一下子仿佛回想起了什么。

许久，她试探着问道："顾叔叔？"

"还能记得我，不错，不错。"顾长远欣慰地点头。

叶飒确定对方身份之后，情绪也格外复杂。

此时顾长远看着温牧寒，这回打量的眼神又不一样，他憋了半天，才道："没想到居然便宜你小子了。"

这话似埋怨，又似感慨。

顾长远看着她，终于还是说道："愿不愿意跟我单独说几句？"

叶飒点头。

于是两个人携手往旁边走了过去,温牧寒眼看着自己女朋友扔下自己,跟别人单独聊聊,哪怕那位是他的领导,可是这被排斥的感觉,还是挺不好受的。

也不知道两个人说了多久,反正温牧寒一直站在原地等着。

直到远方那两个身影开始往回走,他才走了上去。

"好了,你先带叶飒去休息吧。"顾长远吩咐道。

他走了之后,温牧寒转头看向叶飒,虽然没问,但眼神里透着疑惑。倒是叶飒垂着头,不知在想什么。

等两个人快走到营房的时候,叶飒才低声说:"顾叔叔是我爸爸的战友。"

也是最好的朋友。

当初叶铮牺牲之后,他忙前忙后一直很照顾谢温迪和叶飒。就连他的妻子也怕谢温迪出事儿,一直陪在谢温迪的身边。

但是后来谢温迪拒绝跟部队产生任何联系,她甚至不需要叶铮的抚恤金。

顾长远一开始还上门来看叶飒,可后来谢温迪直接搬了家,断绝了跟他们所有人的联系。她太伤心,也太痛苦了。

每次看见一身军装的顾长远,她就会想到叶铮。

因此这一别,叶飒也有十几年没再见过顾长远。

许久,叶飒低声说:"他现在是南江舰的舰长了。"

如果她爸爸在的话,他不会比顾叔叔差,甚至很可能更优秀,那么他现在也还会在他爱的舰艇上,跟着海军的脚步奔赴全世界吧。

温牧寒伸手将叶飒抱进怀里,他的下巴轻轻抵在叶飒的脑袋上,轻声说:"别难过,叶飒。我有告诉他,现在海军有多好。"

叶飒一愣。

待过了半晌,她抬头看向他,温牧寒这才发现自己说漏了嘴。

他这人一向有点儿大男子主义,他无论做了什么,都不太喜欢说出来。直到他轻声说:"我有去看爸爸,告诉他,海军很好,叶飒也很好。"

说着,他摸了摸叶飒的脑袋。

叶飒伸手环住他的腰身,这一刻,她又一次明白,这个男人有多好。

眼看着进入七月中旬，天气越发炎热，病人的状况也越来越糟。

叶飒他们哪怕一天都不停歇，也无法给所有人看病，有时候他们只能竭尽全力帮助更多的人。

直到有一个女人被送过来。

根据他的家人说，她是从前天开始发热、头痛咽喉痛，叶飒一边给她检查身体一边量体温，又询问她最近的饮食情况。

病人突然翻身呕吐了出来，幸亏叶飒眼疾手快，往后退了一步。

但是随着病人呕吐越发强烈，叶飒心里生出一阵恐惧。

在病人的丈夫想要抱住病人时候，她突然吼了一句："出去。"

对方还在疑惑，她指着门口又吼了一声："GET OUT！"

语气急促又严厉，吓得家属立马出去。

正好隔壁的薄湛听到动静，刚要从门口进来，叶飒见状，立即喊道："别进来，就站在那里。"

薄湛知道她不是轻易发脾气的人，当下站定，问道："叶飒，怎么回事儿？"

叶飒看着病人此时又躺回床上，而地上是她的呕吐物。

她强忍着恶心还有恐惧，语气镇定地说："我怀疑她有传染性疾病。"

薄湛一愣。

在F洲大陆，传染病太过常见，以至于整个F洲大陆每年死于传染病的都有不少人。

直到叶飒近乎冷漠的声音再次响起："埃博拉。"

埃博拉，一个让F洲大陆乃至全世界闻之色变的传染病，致死率为58%~90%。

叶飒是用中文说出了这三个字，在事情确定之前，她不想让别人听到引起恐慌。

但她对面的薄湛脸色已变。

他当即问道："你怎么样？"

"我还好，刚才我避开了她的呕吐物。"叶飒镇定地说道，随后她望着薄湛，"但是她的一切症状都很符合埃博拉的发病症状，所以现在我们必须尽快对她进行检测。"

她微顿了一秒,深吸一口气:

"以及采取防范措施。"

"好。"薄湛低声道。

叶飒想了下,轻声说:"麻烦把隔壁诊疗室清空出来,让我一个人待着。"

薄湛脸色微变,作为医生,他当然知道叶飒这么做的原因。

"叶飒。"薄湛往前走了一步,想要跟她说什么。

但是叶飒抬手阻止他的靠近,冷声道:"我现在是怀疑传染病的密切接触者,在她的检测结果出来之前,任何人不可以靠近这间诊疗室,以及她的丈夫和我。"

最后一个"我"字脱口而出时,叶飒浑身如同泄力般。

哪怕她并不是传染病方面的专家,但是早在来F洲之前,她也接受过一系列的关于传染病的培训。

特别是埃博拉这样的疾病,没人不会提到它。

来这里两个月一直平安无事,她以为自己只需要面对传统的疟疾、艾滋病等传染病,没想到埃博拉居然又在A国死灰复燃。

很快,外面似乎行动了起来。

在这里没人会对传染病抱有侥幸心理,哪怕他们没听过中国那句"不怕一万,就怕万一"的话,也丝毫不敢掉以轻心。

几分钟后,两个身穿白色防护服,戴着防护眼镜、口罩全副武装的人出现。

很快,叶飒听到了一个熟悉的声音:"叶飒,隔壁诊疗室已经被清空,现在你可以出来,然后去隔壁休息。"

说话的是薄湛,他全身裹着严密的防护装备,只留下一双眼睛。

叶飒点了点头走到他身边,顿了下,低声说:"小心。"

她到了隔壁诊疗室,安静地坐在房间里的椅子上面。他们所处的医院是临时建成的,由帐篷和集装箱板房组成,旁边还有一排平房,那里放着他们的医疗器械。

没一会儿,叶飒听到外面的动静。

于是她从椅子上站了起来，走到窗口处，外面原本来看病的人都有些茫然地留在原地，而医院的营房大门已经被一队全副武装的士兵把守住。

有些人安静地等着，但也有人很不客气地在指手画脚。

虽然叶飒听不清楚他说的话，却能猜到内容，大概是为什么不让他们离开，为什么医生不继续看病。

此时整个医院营地，成了不能进、不能出的地方。

叶飒看着这陡然紧绷的环境，整个人有种说不出的感觉。这是第一次，她无比希望自己的判断不准确，是误诊。

她希望那个F洲女子只是寻常的发热而已，并不是传染病。

叶飒安静地望着窗外大部分还处于迷茫的人，叹了一口气。

这里的人们已经承受得够多，他们不该成为传染病之下的亡魂。

中午的时候，薄湛隔着门给她送了一份午饭，低声说道："我们已经采集了她的血液样本送到A国的国家实验室进行检测，大概三个小时能出结果。你再忍耐一下。"

叶飒点了点头，在隔着好几米的地方望着他："谢谢。"

"不要太担心，你第一时间的反应已经足够好，会没事儿的。"薄湛努力安慰她。

他离开之后，叶飒才走过去把午餐拿了过来。好在这个房间之前是诊疗室，桌子和椅子都齐全，因此她安心坐在椅子上，不紧不慢地吃饭。

叶飒以为她自己会怕，可好像又不太恐惧。

直到她想到温牧寒，筷子停住，许久都没再动。

"你们听说了吗？"徐滔滔一路跑过来，一脸震惊地问道。

郎玄和张小满同时看向他。

郎玄不耐烦道："有屁快放。"

徐滔滔一脸委屈，但是他这人憋不住话，立即吼道："我刚才去隔壁巴铁哥们儿那边借熨斗，听说南郊那边的医院被封了，说是发现了疑似埃博拉传染病的病人。"

"埃博拉？"

郎玄和张小满同时对视了一眼，他们在这边维和已有大半年，怎么可能没听说过这种传染病。

任何国家的维和部队都需要提前培训，当时培训的时候，关于F洲传染病这块，大家听得都特别认真。

他们虽然是钢铁战士，但也是血肉之躯。

谁都想要平平安安地回到祖国。

埃博拉这种让所有人闻之色变的传染病，他们怎么可能不知道。

张小满好奇地问道："南郊的哪个医院？有咱们医疗队在吗？"

徐滔滔摇头："放心，没咱们医疗队的人。那边医院是个国际医疗组织，据说前几个月从M国那边过来的。不过也挺倒霉的，遇上这种致死率特别高的传染病。"

郎玄和张小满又看了彼此一眼。

郎玄忍不住骂了一句脏话。

徐滔滔很奇怪："怎么了？"

张小满怒道："你是猪脑子，叶医生就在国际医疗队里面。"

这下徐滔滔也震住了，因为叶飒是中国人，他刚才一听到说是国际医疗队，虽然不是说庆幸，但也有种幸亏不是自己人的窃喜。这下他也蒙了。

张小满左右看了一圈，又干脆亲自去找，可是怎么都没找到温牧寒。

直到看见方汉新，这才问道："副队长，你看见队长了吗？"

"有事儿？"方汉新看着他着急忙慌的模样，说道，"十分钟之前，作战室给队长打电话，他现在去开会了。"

方汉新看着他一头汗，狐疑道："到底出什么事儿了？"

张小满："国际医疗医院出事儿了。"

会议室。

维和军营里的最高指挥官顾长远大校，此时正一脸严肃地望着底下坐着的人，这次部队共由三个小队组成，工兵分队、运输分队以及海军陆战队。

海军陆战队是第一次代表祖国参加维和，这是A国附近唯一的海上舰艇维和部队。

顾长远环顾了一眼底下坐着的军官，语气沉重道："根据目前发给我们的消息，南郊的国际医疗组织所在的医院发现了一例疑似埃博拉患者。我要求从现在开始，整个军营进入戒备状态，所有人员取消外出，一律在营中待命。

"一旦真的出现埃博拉患者，那么我们立即对整个营房进行消毒处理，并且严格控制进入人员，特别是外来人员。"

顾长远的声音还在响着，温牧寒耳边却嗡嗡嗡的，听不清楚他说的每一句话。

南郊。

国际医疗组织的医院……

叶飒。

温牧寒猛地握住拳头，哪怕他竭力控制着咬紧牙关，身体还不是不自觉地轻颤，而前方的顾长远还在强调埃博拉的危害性。

直到会议结束，温牧寒第一个站起来。

一走出去，他就拿出手机开始拨打叶飒的电话，但是不知是不是她那边的问题，电话居然一直无法接通。

温牧寒一遍又一遍地拨打，却还是不通。

不知他是试了几十次，还是上百次，在微弱的信号之下，那边居然接通了。

"怎么这时候给我打电话？"叶飒的声音听起来如常，还透着一点儿轻松的笑意，"你这时候不是应该在训练或者执行任务？男朋友，你这样很不专心啊。"

电话那头的姑娘，声音那样轻松，特别是软软地叫他"男朋友"。

可温牧寒的心脏却一点点在往下落，直到他低声说："叶飒，是你吗？"

刚才顾长远开会时说到，疑似病例是被一名国际医生发现，而且当场就被隔离，所以他要求所有人提高警惕，一旦遇到疑似病例，立即隔离不能抱有一丝的侥幸心理。

他打电话的时候还在想，怎么可能那么倒霉，怎么会刚好就让她碰到。

可她一开口，温牧寒心里就察觉到不对劲儿。

她的语气太轻松太正常，医院里出现这样危急的情况，她还保持这种口吻，仿佛这件事儿不存在。唯一的解释就是，她就是那个发现疑似病例的医生。

她不想让自己担心。

温牧寒抿着唇,抬头望向远方的天空,眸色晦暗。

他的情绪不停地往下压着,眼看着就要沉到深处到达最压抑极端的境地,他还是又开口问道:"叶飒,那个病人是你发现的吗?"

叶飒咬了咬唇。

她就知道不可能瞒过他的,整个F洲对埃博拉都谈之色变,别说出现确诊病例,哪怕是疑似都会通报驻军。维和部队司令部一定会以最快速度通知各国的指挥部,他也一定会收到消息的。

叶飒低声说:"你别担心,我当时戴着口罩,也没有跟她有太多接触,况且现在还没彻底确诊,万一……万一只是误诊呢。"

"飒飒。"温牧寒喊她的名字。

叶飒安静地听着他的话。

许久,许久,他微哑的声音缓缓在她耳边响起:"我爱你。"

叶飒愣在当场,她好像从来没听到过温牧寒这么直白地对她说这句话,哪怕他平时会说情话,但是越是简单又直接的表达,反而让人越难以表达。

特别是对于温牧寒这种有点儿大男子主义的,让他为了叶飒豁出命,似乎都比说出这三个字更容易。

她轻吸了下鼻尖:"非要到这种时候,你才跟我说吗?"

"如果你想听,以后我活着的每一天都跟你说,好不好?"男人的声音前所未有地温柔,仿佛这满心满腹的柔情都倾注于此。

叶飒低声说:"这是你说的,我记住了。"

"嗯,我说的。"温牧寒轻声说。

叶飒"嗯"了一声,许久,带着微微笑意低声说:"我也爱你。"

下午,A国当地时间三点。

实验室的诊断结果出来,埃博拉试剂盒的检测结果为阳性。

整个医院将人立即送入了之前准备好的隔离病房,负责照顾病人的医生早已经穿上了全套防护服。

而A国当地的医疗机构以及执法机构也开始介入,立即寻找染病女子的密切接触者。

叶飒知道自己这时候什么都做不了,她只能隔着窗子安静地看着外面的一切。

一切都朝着坏的方向发展。第二天,就出现了第二例和第三例患者,并且有更多的人面临被感染的危险。

叶飒昨晚已经被转移到一处专门的隔离地点,有同事会来给她送饭。她只需要安心隔离就好,在这一方寸小天地之间一切都变得格外漫长。

好在每天她都可以给温牧寒打电话。

她知道温牧寒一直想来看她,所以每次电话结束时,都叮嘱他一定、一定、一定不要来。

传染病最需要的就是隔离,隔离患者与外界的一切联系,包括像她这样的密切接触者都应该这样。

温牧寒这几天也没闲着,埃博拉疫情在 A 国被发现之后,国际社会就开始关注不已。这也包括恐怖组织。

A 国国内的极端势力一直与国际恐怖组织有联系,如今出现疫情,这帮人只会想要将潭水搅和得更浑浊,而不是想着怎么息事宁人。

因此他们开始加强各处的巡逻,防止极端势力趁机搞破坏。

直到谢时彦给温牧寒打电话,他自然也关注到了 A 国这边的疫情,更知道叶飒为了找温牧寒早已经到了这里。

谢时彦口吻气急地说道:"牧寒,我为什么一直打不通叶飒的电话,她到底怎么了?"

温牧寒沉默了半晌,压着嗓子说:"她是第一个确诊患者的主治医生,就是她发现了这个病人感染了埃博拉。"

叶飒之前叮嘱过他,千万不要把这件事儿告诉谢时彦。

但是这种时候,温牧寒不想隐瞒,因为隐瞒并不会带来安心,只会让人更担忧。

谢时彦因为太过震惊,第一时间什么话都没说出来。

很久,他才爆发似的骂了一句。

谢时彦一向是骄矜贵公子的作风,哪怕再气急时也少有爆粗口,更别提这样一句近似泄愤的辱骂。

但是温牧寒却理解他。这两天他虽然给叶飒一直打电话有联系，可是他的内心犹如时时被焚烧着，一刻都没有平静过。理智告诉他，暂时不见面是应该的，这是为了所有人的安全。可内心发出的最真实的声音，就是想见她。

甚至他想要陪着她一起熬过这漫长的隔离期，她得有多害怕，独自一人在异国他乡面对这一切，他几乎不敢想象她内心的惶恐。

每一天醒来时，都会庆幸又熬过了一天。可是每一个临睡前的夜晚会害怕恐惧，怕睡梦中会突然发热，突然出现症状。陪着她隔离，这句话听起来就傻，可是这么傻的事情，他还真的就想做。只是一息尚存的理智，让他无法不管不顾。

谢时彦这会儿缓过神恼火道："温牧寒，她可是为了找你才去那个国家的，你得负责把她给我带回来，你得负起这个责任。"

这回谢时彦是真的气急了，之前哪怕发现温牧寒和叶飒谈恋爱这事儿，他都没骂脏话。

当然，他把温牧寒打了一顿。

温牧寒低头，待开口时，声音像是被砂纸狠狠地擦过："我保证。"

我保证，会安全把她带回去。

快到傍晚的时候，叶飒低头看了一眼时间，很快，应该会有人来给她送饭了。

吃完上次那顿火锅之后，被补充满的能量条好像又渐渐被耗空了。

直到门口响起声音，叶飒因为正在看资料，并没有起身去拿饭，而是背着门口说了一声"谢谢"。

只是她没听到把饭菜放下的声音，之前每天对方都是放下就走的。

直到她回头，看着窗外站着的男人，整个人猛地从椅子上站了起来，往后退了好几步，明明已经离了那么远，隔着一个房间，还隔着一扇窗子。

"你疯了。"

叶飒望向他，眼眶一下红了，是气的。气他居然真来看她了。

温牧寒戴着口罩站在外面，低声说："叶飒，别担心，我不进去，不会有事的。"

叶飒说:"你快走。"

其实她自己也知道,这么隔着一个房间,不会有事儿的,可是她就是担心,担心他因为自己染上危险,哪怕只有一丝的可能,她都不愿意。

温牧寒却没有转身,而是隔着窗户玻璃安静地看着她。那么想要看见的姑娘,此时就在眼前。

两个人隔着那么远,看着彼此。

终于叶飒笑了出来,轻声说:"温牧寒,你这是真的想跟我同生共死啊?"

"不想。"

男人无比冷静的声音叫叶飒一怔,直到他低声说:"飒飒,我要你活着,活着成为我的妻子,成为我孩子的母亲,成为我孙子的奶奶。"

叶飒忍不住望向天花板的方向,似乎只有这样,才能克制住眼中的泪意。

待她低头时,就见站在窗边的人伸手将手掌搭在玻璃上。

叶飒深吸了一口气,终于缓缓走过去。

她的手掌贴着玻璃慢慢压了上去,手指对着他修长的手指。

温牧寒看着她,隔着玻璃他的声音其实并不算太清楚,但是叶飒却依旧能听到他说的每一个字:"等你隔离结束,我来接你。"

"好。"

虽然叶飒一直在隔离,但是她每天都在看新闻,局势果然开始恶化了。在首都发生疫情的同时,A国南部地区的极端势力发生了暴乱,政府军前往压制反叛军。而维和部队则在竭力控制首都的局势,这个国度同时被疫情和战火充斥着。各国开始准备撤侨了。

直到叶飒接到一个电话,是谢温迪打来的。

"叶飒。"她的声音听起来很平静。

叶飒语气同样很镇定:"您最近身体怎么样?"

可是这一句简单的话却像一根导火线,一下子点燃了谢温迪的情绪,她的声音听起来那样无力:"都什么时候了,你还在问我的身体。你自己呢?"

叶飒强吸了一口气:"我没事儿呀。"

"你小舅舅全部告诉我了,你现在是在隔离。"谢温迪在那边,像是竭力控制自己的声音,"你听话,回来好不好?"

叶飒想了下，很冷静地说："妈，您能不能答应我，别怪温牧寒？"

她怕谢温迪把这件事儿都怪在温牧寒的身上，她确实是为了温牧寒才来这里的，可是疫情发生，谁都不想看见。

谢温迪说："你到现在还这样护着他？"

"我爱他，妈，我真的爱他，所以我希望您也能接受他。如果我这次能安全回去，请您给他一个机会好不好？最起码您去试着了解他。"

许久，谢温迪低声说："不用了。"

叶飒用手掌捂了下自己的脸颊，透着一股无力。

她知道自己这是乘人之危，想要趁着谢温迪担心她的时候，让她接受温牧寒，能够试着理解他们，但是她没想到谢温迪还是这么固执。

就在她心里透着失望时，对面又开口了：

"我说不用，是因为我不打算再反对你们。"谢温迪顿了下，"你的性格一向是很不容易接近别人的，又比同龄人成熟，以前我从来不担心你会被爱情冲昏头脑。既然你非要跟他在一起，那你就得接受所有的后果。如果你觉得自己可以承受，我再反对也没有用。"

到底，父母还是无法执拗过孩子。

谢温迪之前的一直坚持，总算在叶飒面临危险时，彻底崩塌。

叶飒低声说："谢谢您。"

谢温迪硬着声音说："我说答应的前提是，你要给我安全回来。"

"我知道，我一定会保护好自己。"叶飒忙不迭地答应。

叶飒是在政府军和反叛军彻底开火的那天结束隔离出来的，温牧寒在外面等着她。在她出来的一瞬间抱住她，叶飒本来还想推开他，可是想了想却还是抱紧他。

第二天，叶飒立即重新投入了防疫工作中。现在被感染的人日益增加，所有人都在阻止着这场传染病浩劫，本来其他人都以为她隔离结束后，就会立即离开A国回国。

她留下来的举动，不仅让所有人大吃一惊，也让他们钦佩不已。

但是局势在接下来的一周彻底崩坏。虽然政府军取得了胜利，但是疫情不仅没得到控制，反而越发艰难。谁都知道防疫重要的一步是勤洗手，保持个人卫生。

可在F洲这个缺水的地方，连饮用水都缺少，又有谁舍得用干净的水一遍又一遍洗手？

直到这天，叶飒被通知去开会。她一进去就发现大部分的国际医生都到了。

她有些疑惑地问道："发生什么事了吗？"

薄湛低声说："M国政府决定撤走医疗队。"

叶飒震惊地望向他，不敢相信地反问："撤走医疗队？"

薄湛一脸沉重，却点了点头。

叶飒这才发现，这里站着的大部队都是从M国来的医生，包括她这个从M国出发跟他们一起过来的。

杰森看见他们过来，打招呼道："我们要离开了。"

叶飒皱眉，忍不住问："那他们怎么办？"

她虽未说出来，可所有人都知道她在说哪些病人。

杰森也很无奈。

很快，两个人走了进来，向大家宣布了M国政府的撤走医疗队的计划。一瞬间所有人都在交头接耳，激烈讨论着。

会议结束得很快，应该说这只是个通知而已。

"你不要冲动。"薄湛似乎看出她要干什么。

叶飒望着他，摇了摇头，轻声说："我们谈到信仰时总是用各种语言赞美，对它夸夸其谈，可是信仰不仅仅是一个高大的谈资，它更应该是我们前进的动力。你说我是理想主义者也好，说我是为了实现医务工作者的崇高精神也好，我不想离开。"

这世上好像总是有执拗的傻子，明知道危险，却还义无反顾地去做。以前她或许对军人这个职业很陌生，但是此刻她仿佛懂了，就像军人会手持钢枪保家卫国，她同样也不会放弃自己的战场。

薄湛震惊："你要留下来？"

她望着他们低声说："是的。"

所有人都震惊地望着叶飒。他们没想到这个年轻又过分漂亮的小姑娘，看起来柔弱得像一阵风就能吹倒,却有着这样刚强又坚定的内心。

"那你要去哪儿?你只有一个人,当地的医护连基本的防疫装备都缺少。"薄湛还是想劝阻她。

叶飒点头,她知道。

她低声说:"我知道,但最起码我想再努力一下。这样全然不管不顾地离开我没办法做到。你们有离开的权利,毕竟这里的确缺少基本的防疫装备,不应该拿医生的性命去冒险。我留下来也不会冒险,我会保护好自己的。"

离开后,叶飒直接找了辆车直奔维和营区。她知道顾长远最近一直都在。

不过她在去找顾长远之前,先找了温牧寒。他们此时并不在营区里,应该是出去执行巡逻任务了,叶飒等了半小时才看见他。

温牧寒让她站在旁边等了会儿,又进去洗澡之后,才敢跟她站在一块儿。

"怎么突然来了?"温牧寒看着她问道。

叶飒仰头道:"M国政府决定让他们的医疗队撤离。"

温牧寒说:"你也要离开?"说出这句话时,他内心不是不轻松的。

虽然现在不时有暴乱发生,但是维和部队还能控制住局势。不过传染病疫情的危害就显得更大,况且这种病实在太过凶险,一旦感染,后果不堪设想。

叶飒离开,他也可以放心。

叶飒摇头轻声说:"我来是想跟你商量,我打算留下来,请顾叔叔允许我加入医疗队。"

温牧寒望着她,许久未说话。

许久,在他的沉默下,叶飒准备开口说服他时,突然,他低声说:"好。"

叶飒错愕地望向他,她本来已经准备好了无数的理由说服他,却没想到他会直接同意。

温牧寒低头看着她,黑眸如星,深邃里透着温柔,他伸手摸了下她的长发,轻声说:"我知道你想去,叶飒,这是你的战场,我知道你不想当逃兵。"

这一刻,短短几句话,让叶飒一颗心仿佛被看得清清楚楚。

叶飒抬头:"你不会觉得我太任性?"

他声音微哑:"飒飒,你从来没有让我为你放弃过军人的身份,因为你知道什么对我重要。就像我永远不会在战场上丢枪弃甲当逃兵那样,我知道你也不会在这场战役里当逃兵。我只希望你能好好保护自己,因为只有保护好你自己,才能拯救更多的病人。

"这不是傻,这是信仰。

"飒飒,有时候人活着就应该有信仰,我有作为军人的信仰,你也有作为医生的信仰。

"一直以来都是你支持我,支持我去救人,支持我守护这个国家。现在我也当你一回你的支柱,支持你去拯救这个世界。"

温牧寒说着,伸手捏了下她略红的耳垂,轻声冲着她的耳朵吹了下气。

"我的小英雄,一定要平安啊。"

明明那么严肃的氛围,却被这男人莫名的一句骚话,搞得氛围全无。

叶飒简直想掐他。可是最后她伸手抱住他,仰着头亲吻他的下巴。

有一个人懂她的感觉,真好。

叶飒低声问:"温牧寒,我们这样算是灵魂伴侣吗?"

哪知这男人低头就在她唇上轻咬了口,惩罚似的,直到他轻声说:"不止灵魂,人我也要。"

顾长远看着面前的姑娘,低声说:"既然 M 国医疗队决定撤退,你为什么不跟着一起走?"

叶飒望着他,很坚定地说:"因为我不想当逃兵。"

如果这场疫情是一场战争的话,那么医生才是冲锋陷阵的战士。

"叶铮的女儿,不应该当逃兵。"

这一句话说得顾长远这个年过半百的人,都为之动容。老战友牺牲这么多年,他以为叶飒会像她母亲那样,对一切都讳莫如深。

可是他没想到叶铮的女儿,哪怕没有他的教导,竟也十足地像他。

顾长远叹了一口气,郑重道:"我对你只有一个要求——平安。"

很快,叶飒加入了医疗队,对于多一个人,在这种时候大家都欢迎不已。只是没多少时间让他们表达欢迎之情,大家就又开始了新的工作。

新一批医疗队到的时候,不仅带来了药品,还带来了防护服、口罩、护目镜这些紧缺的物资,一下子让他们所有的压力减轻了。

随后国际社会的援助陆续到位。虽然有国家撤回了医疗队,但是随着医疗队派过来，又陆续有其他国家开始派遣医疗队。

叶飒作为一线医生，每天都要穿着防护服，吃住都是跟同事在一起。这里很多姑娘都是军医，对她这个编外人员很感兴趣。

随着疫情逐渐被控制，整个医院的氛围都开始缓和，所有人虽然依旧谨慎操作，却没有了那种随时要面临不断送来确诊患者的状况。

在所有人的努力下，形势终于慢慢好了起来。有时候听着当地民众用生涩的中文轻声说"谢谢"的时候，虽然他们每个人穿着防护服，戴着眼罩口罩，可是他们在笑，在发自内心地开心着。

温牧寒来过一次，两个人隔着栏杆说了会儿话，哪怕他拿来的东西都是他放下走后，叶飒才去拿的。

但是营区里很多都知道，她男朋友就是维和军营里那位帅到没有死角的温队长。

这天，叶飒正在吃饭，同事告诉她，外面有人找她。

这地方能来找她的，只有一个人。

叶飒饭都来不及吃，就立即放下碗筷跑了出去。

她刚从隔离病房里出来，头发随便扎着，脸上还因为戴太久口罩和护目镜残留着印子，整个人有点儿憔悴。

所以她看着门口一身军装、英气逼人的男人，直奔过去的时候才想起应该照照镜子。

"你怎么来了？"叶飒隔着栏杆望向他。

这里是隔离区，哪怕他是维和军人，过来也只能站在栏杆之外。

温牧寒望着她，打量了半晌，叶飒被他盯得有点儿发麻。

直到他低笑了一声，叹了口气："小英雄，辛苦了。"

"不许这么叫我。"叶飒总觉得他用这种口吻叫出来，怪怪的。

温牧寒抬起眼，乌黑的眼睛看着她，语气是温柔到让她几近发麻的："好，飒飒不许，那就不叫了。"

两个人因为隔着那么远的距离，连拥抱都没办法。

直到温牧寒低声说："叶飒，你马上要过生日了，是吧？"

叶飒有些发怔。

"我想了好久，都没想到适合你的生日礼物，所以想来想去，只有这个了。"温牧寒望着对面的姑娘。

这样明眸皓齿的一个女孩儿，此刻脸上有浅浅的印子，却丝毫没影响她的漂亮，大大的眼睛亮亮的，仿佛有水波在流动般，那样安静地望着他。

然后温牧寒从兜里掏出一个盒子。

黑色丝绒盒子。

叶飒的心脏在他拿出东西时，咯噔一下，这一刻心里犹如海啸般疯狂地涌动着各种各样的情绪，以至于她紧张地咽了咽口水。

"只可惜我现在没办法亲手给你戴上。"温牧寒将盒子打开，隔着老远，叶飒就看见里面的戒指。

他往前走了几步，把盒子放在隔离栏杆下面。

上面明确写着"外人止步"的英文。

温牧寒望着她，声音缱绻道："其实你被隔离的时候，我就想过把戒指给你。可是又怕吓到你。后来又想着回国再求婚，可是我一天一天数着回国的时间，还是觉得很漫长。所以我不想再等了。"

"叶飒，"他望着她缓缓单膝跪地，低声问，"你愿意嫁给我吗？"

两个人隔着那么远的距离，可是她却把他说的每一个字都听得那样清楚。

她抬头对上他的视线，突然喉头微哽。

在这一刻，她脑海中有无数个念头在涌入，她又仿佛看到了年少时的自己。

那天，她窝在医院的椅子上，一抬头就看见他走了过来。从此，她的心里多了一份谁都不知道的心思，她小心隐藏着，不敢告诉任何人。

她曾为了他的一句话，努力往一个方向奔跑，只因那里存在着一个可能拉近他们之间距离的机会。

哪怕只有"可能"二字，她也愿意用尽一切力气。他就犹如那辽阔又坚固的海岸线，吸引着她所有的视线，让她从冰冷幽暗的深海里一点点解脱出来，只为努力朝他游过去。

他是她无尽的渴望，也是救赎。

而此刻，在这陌生的国度，如果不是他，叶飒相信，她永远没有勇气走到这里，她永远不会明白"信仰"这两个字的分量。

许久，她低声说："温牧寒，我愿意。"

异国他乡，一片浅蓝。

他们成了彼此最坚强的后盾，这份爱历经战火硝烟，越发璀璨。

而彼此早已在心头镌刻下了一句最赤诚的话：

余生，你是我的信仰。

番外一

星空

温牧寒结婚，得打申请报告，文件一批复下来，温牧寒就开始准备领证的事情。两人都想好了，先领证后举办婚礼。

两人是回国第二天去领证的，结果正巧，赶上了十二月十二日。"1212"这个数字，谐音有"要爱要爱"的意思。

这天来领证的人，要比平时更多些。

两人提前过来却还是赶上人多的时候，不过他们也没着急，反正今天这证肯定能领到。

民政局的办公楼特别新，地板亮堂得都能照出人影。

过了许久，还是没轮到他们。

叶飒低声问："你紧张吗？"

温牧寒淡然地摇头，一副随遇而安的模样，还安慰她："别着急，马上就轮到我们了。"

工作人员叫到他们的时候，两人一块儿起身，叶飒清楚地听到男人深吸一口气，待她转头看过去的时候，温牧寒正好也看向她。他今天穿了一件黑色大衣，里面穿着的是一件衬衫，都说结婚的时候，拍证件照得穿衬衫。

突然，叶飒低声说道："我们证件照是不是还没拍？"

温牧寒在露出错愕的表情后，说："哥哥也是第一次结婚。"

流程不熟，还请多担待。

叶飒轻声笑了起来，伸手挽住他的手臂："正巧，我也是第一次结婚呢，哥哥。"

随后他们去了楼下拍照片。

他们往那儿一坐，摄影师指挥他们往中间坐一坐，头靠得近一些

叶飒一愣，明明这么简单的动作，可是当她轻轻靠过去的时候，整个人都有点儿四肢不协调了。

她把脑袋靠了过去，然后身体又靠近了一点点，这时她放在身侧的手掌被人轻轻握住。温牧寒的手格外干燥，又温暖又宽大。他直接把她的手包裹在掌心。

"飒飒，别紧张。"

听着他温柔地喊着自己的名字，叶飒心底那种不知从何处出现的紧张，登时烟消云散。

跟这个人结婚，她不会后悔的。

这个她从年少就开始喜欢的男人，教会了她什么是爱情，如今他们将要成为夫妻。

伴随着脑海里犹如电影场景般一段段划过的场景，对面的相机咔嚓响了。

照片拍好了。

"照得还挺好。"叶飒轻笑了起来。

于是他们就选了这张照片，请摄影师打印了出来。等他们再回去领证的时候，一切都很顺利。

温牧寒是军籍，所以对方检查他的档案用了挺久的时间，弄得叶飒忍不住有点儿紧张。

过了一会儿，对方冲着他们笑了笑，从底下拿出两个红色小本本。待钢印戳下去的时候，叶飒和温牧寒的心好像都跟着那钢印戳了一下，微颤了颤。

温牧寒低头看了一眼封面。暗红色小本本上面，斗大的"结婚证"三个字。

待翻开的时候，第一眼就看见两人的照片。他们都穿着白衬衫，并肩坐着。

叶飒今天特地把长发梳成了马尾，整个人既甜美又青春。

一旁的叶飒也在细细打量着手里的小红本，跟端详个宝贝似的，以至于一直站在原地不动，直到温牧寒伸手去抓她。

她抬起头时，眼角微微泛着眼泪："温牧寒，我真的嫁给你了。"

十年了，从她十五岁认识他，一直到现在，她二十五岁。她人生的十年时

间，都在爱着的这个男人。

她终于成了他的太太。

谁知到家之后，小舅舅谢时彦突然给她打了电话。

谢时彦说："我突然觉得我是不是害了我哥们儿。"

叶飒一开始还没听懂，等回过神知道他说的是温牧寒，随即问道："你对他做什么了？"

"不是我对他做什么了，是你对他做了什么。他以前不是这样的。"

叶飒实在搞不懂他这没头没尾的话，正要说挂了的时候，谢时彦提示说："你去看看他微信朋友圈吧。"

于是叶飒打开手机，很快，她的手指停在了一张照片上。

这是一张结婚证的照片，很简单，就只有一张照片，能看得出来拍摄者连滤镜都没有加。

简单到极致。

而她的眼睛在看完照片时，终于落在了这张照片的一行配文上。

叶飒看着这句话，又看着结婚证上他们两个人的名字。

她等了十年，喜欢了十年的人，是这样告诉全世界他心底最真实的感受："何其有幸，娶你为妻，我的小姑娘。"

领证之后大半年，两人才正式举办婚礼。

婚礼是在庄园酒店里举行的。酒店的对面，是一片辽阔的海域，他们站在半山腰处的草坪上，可以俯视整片蔚蓝色的大海。这是当初他们一眼就相中这个酒店的原因。

婚礼在露天草坪上举行，叶飒就在酒店的休息室里等着仪式开始。

一开始还好，可是越临近时间，心跳得就越快。

直到工作人员来请她。

当她独自从花路的另一端出现时，在座的所有人都在同一时间转头看向她。

花路的尽头，穿着白色婚纱的人头顶着白纱，缓缓走过来。

叶飒透过眼前蒙着的白纱看向站在花路尽头的男人。

他穿着一身白色海军军装，军装上面金色绶带和徽章在阳光下闪闪发光，一切是那么庄重而神圣。这是叶飒第一次看见他穿军装礼服。

婚礼的主舞台是由白色和蓝色组成的，而周围摆着很多星星造型的鲜花。

叶飒就这样独自一人、一步一步走到对面那个男人身边，那个她从十五岁就认识，并且深深喜欢上的男人。

她望着面前的男人，眼眶微湿。

待婚礼到了新郎讲话时，叶飒有些紧张地望向温牧寒。

只见身边穿着军装礼服的男人也转头看向她，轻笑了下，说："我到现在都还在感激十年前的那通电话，因为这让我认识了世界上有个叫叶飒的小姑娘。

"虽然我们之间曾经有七年没见过面，但是我很感激你能重新回到我的生命里，让我知道这个叫叶飒的姑娘，她有多美好。

"所以，我会牢牢抓住你的手，一直跟你走到白头。

"谢谢你能成为我的妻子。"

叶飒的头纱的末尾有一行花体英文字母，意思是：

往后余生，你与祖国同重。

这是温牧寒让人绣上去的。这是他给她的承诺，也是他给她的最美情话。

叶飒和温牧寒婚礼之后，两人都没什么时间度蜜月。叶飒在医院里忙，温牧寒部队上同样很忙。

突然有一天，温牧寒回家后，有些神神秘秘地问叶飒："医院方便请假吗？"

叶飒笑着看向他："那要看是哪种理由请假了。"

"蜜月旅行。"

叶飒原本正在低头看手机，猛地抬头看向他："蜜月旅行？"

她惊喜又不敢相信地问道："你可以出国？"

因为现役军人不能轻易出国，所以叶飒压根儿没想过度蜜月这件事儿。

温牧寒不由得笑道："首先，我必须先纠正一下，你也是现役军人，所以不能随便出国的不是我一个人。

"其次，谁说蜜月旅行只能去国外的？中国这么大，难道还找不到蜜月旅行的地方？"

叶飒被他这一大串的话逗笑了，她伸出手指勾了下温牧寒的下巴：

"温先生，我只说了一句，您就说了这么一大段。"

温牧寒被她用手指勾着，也不恼火，只是淡淡地看着她。叶飒被他这淡定的模样弄得挺没滋味的，轻哼了声就收回了自己的手指。

不过她刚收回手指，温牧寒就把人拉进怀里，开口说："我想带你去海拔五千米的地方，看星星。"

"真的？"她兴奋道，"我有时间，我现在就去请假，我要去看星星。"

叶飒当然记得他们关于五千米海拔看星星的约定，那天晚上，只是在南江郊外的那座小山峰上，那样的夜景就已让她难以忘怀。

"先别这么兴奋。"

叶飒可不管，她搂着温牧寒的手臂，已经开始盘算这次旅行："我们是要去西藏对吧，我想去布达拉宫、大昭寺、扎什伦布寺。"

这些都是一定要去的地方。

因为每一座寺庙和每一处名胜古迹，在历史的长河里，都有着属于它们的光芒。

如今，依旧熠熠发光吸引着所有人。

温牧寒没想到她这么兴奋，不由得笑道："你不是说不出国就不度蜜月的？"

"我没有，我没说。"叶飒立刻否认连连。

温牧寒只是逗她而已，低头亲了她一下，就起身去洗澡了。

叶飒配合温牧寒的时间请完假后，上网搜索了去西藏的旅游攻略，她也一直没去过，其间还看见不少西藏好看的照片。

特别是三大圣湖，玛旁雍错、纳木错和羊卓雍错。

蓝天白云还有圣湖连成一片，看了就让人觉得心旷神怡。

很快到了他们出游的时间，临出门之前，叶飒特地准备了一些药物，担心两人会出现高原反应。

她提醒温牧寒说:"你可不要觉得你身体好,就不把高原反应当回事儿。我告诉你,身体素质好的人,更容易引发高原反应。"

温牧寒看她一张小嘴一直说个没完,就低头将她吻住。

许久,他松开她后,垂眸看着她脸上微微泛起的红晕,低声说:"我看你才需要好好注意。"

叶飒没想到自己还被倒打一耙。

"我不管你了。"

她起身就要走,温牧寒见她还真的生气了,赶紧拉住:"这就生气了?"

"嗯,我就是这么小气,这么无理取闹。"

结婚之后,叶飒的小性子也渐渐在温牧寒面前展现,没有那么拘束,肆无忌惮,因为她知道会有一个完全包容宠爱她的男人。

两人到出门的前一天晚上,才收拾好东西。

见叶飒把羽绒服都带上,温牧寒忍不住笑道:"有必要这么夸张吗?"

"我听说西藏的昼夜温差特别大,我也给你带了一件冲锋衣,以防万一。"

"好了,明早还有飞机,早点儿休息。"温牧寒在她收拾完最后一件衣服后,将人抱回了房间。

旅行最让人期待的,便是到达目的地的那一刻。因为即将踏入一个全新的、从未接触过的世界。

叶飒在飞机抵达拉萨上空时,低头望着地面。

她清楚地看着大地上的一切,连绵起伏的山脉、清澈的湖面,还有坐落在高原之上的城市。

"老公。"叶飒喊了声,眼睛贴着玻璃,"你快看。"

原本温牧寒正闭目养神,却被这一声老公叫得睁开眼睛。

叶飒等了半天,都没听到回应,一回头,看见他直勾勾盯着自己。

她诧异道:"怎么了?"

温牧寒低声一笑,语调里透着漫不经心的随意:"就是觉得,你叫得还挺好听。"

他说话时，身体靠了过来，声音低沉，只让她一人听到。

叶飒的脸颊果然还是不争气地红了。

"流氓。"她薄斥一声。

这人自打结婚之后，不是，应该是自打两人重新在一起之后，明明看起来是板正又严肃的人，私底下对她，却总是若有若无地撩拨。

叶飒这种一向直接冲的性子，都会被他撩拨得不知所措。

可是下一秒，他弯腰过来，轻轻抱着她，下巴蹭着她的耳鬓，微微残留的胡茬儿带着一点点毛刺感，弄得她忍不住往后躲。

一躲却又更窝进他怀里。

叶飒自幼生活在南江，很少有机会接触到这样壮阔的景色。壮美到让她觉得自己眼睛都不够用了。

车子都到了拉萨市中心，叶飒的兴奋劲儿还没过。

"布达拉宫。"叶飒指着外面，激动地喊道。

之前只能在电视上或者视频里见到的建筑，此刻就在她眼前。红白相间的宫殿依山而建，即便坐在车里，依旧能感受到宫殿的雄伟壮阔。

这种兴奋，一直到了酒店里，都还没消失。

惹得温牧寒只能抱着她："就这么喜欢啊？"

"当然喜欢，这可是我们祖国的大好河山。"叶飒骄傲地说道。

温牧寒实在受不了她劲劲儿的模样，低头直接含住她的嘴唇，两人站在窗边拥吻，拉萨的阳光洒落进来，照得满身温暖。

他们在拉萨停留了两天，去了布达拉宫，去了大昭寺。

之后温牧寒租了一辆车，带她离开了拉萨。

"这车不错呀。"叶飒上车的时候感叹道。

这是专门跑西藏这种山路的越野车。

温牧寒说："我一个老朋友借给我的，他在这里开了家客栈，平时也顺带着做租车的生意。我来之前就让他留一辆好车给我。"

"那怎么不带我去？"叶飒问道。

温牧寒开着车,盯着前头的路,说道:"你早上不是在睡觉,想让你多睡一会儿。"

叶飒心底一甜,轻声说:"可是我想跟你一起见见你的朋友。"

"不着急,之后我们还会回拉萨,等还车的时候,我带你去见见他们。"

"你们是战友吗?"叶飒好奇道。

温牧寒点头:"嗯,以前在海军时,他是我的第一任班长。"

"哇,那你们岂不是认识了很久?"叶飒说。

"我一进部队,以为自己什么都懂,结果在他手下吃了不小的亏。"

叶飒好奇起来:"你还会吃亏?"

这口吻好像是不敢相信他也有吃亏的时候。

温牧寒:"我也是普通人。"

"你才不是。"叶飒毫不犹豫地反驳。

车子已经开出了拉萨城区,外面的蓝天白云那样分明耀眼。

过了一会儿,她才继续说:"你是这个世界上我觉得最厉害的人。"

无所不能,无处不在。

叶飒还记得他护航时候的模样。

那样辽阔没有边际的海洋,只待上几天,都会让人心底发麻,更别提还要面对未知的海上危险。

可他的存在,让无数的船只从那片海域行驶过时,感到安心。

叶飒觉得,那个样子的温牧寒,这辈子她都无法忘记。

两人一路开车,一直到傍晚时分,才赶到温牧寒选定的地方。

叶飒望着四下无人,有些诧异道:"你是怎么找到这个地方的?"

"之前部队来这边拉练,就曾经到过这边。"他将车子停下,便开始搭帐篷。

叶飒虽然也玩过露营,但那是在平原地区,是在那种大森林里,周围空气清新,虫鸣鸟叫,无比惬意。可是这里却是地属高原,足足有五千米的海拔。

叶飒想上手帮忙搭帐篷,却被温牧寒挥挥手:"去旁边歇着,你别动。"

"我可以的。"叶飒举起双手,一点儿都不在意。

温牧寒说:"高原反应不是小事儿,你在拉萨就已经出现了一点儿反应。"

现在就不要乱动了，乖乖坐在那里。"

"你一个人真的行？"叶飒不放心地说。

温牧寒说："你也不看看你老公是干吗的，海军陆战队出身，身强体壮，一个小帐篷，还能难倒我？"

只见他如同变魔术般，很快就将一顶双人帐篷撑了起来。

傍晚时分，渐渐开始起风。

温牧寒打开行李箱，将一件防风衣拿了出来，扔给叶飒："把你身上的披风拿下来，那个太薄了，压根儿不挡风。"

叶飒哼了下，娇滴滴地说："牧寒哥哥真贴心。"

本以为温牧寒这种钢铁直男，受得了她这样撒娇，谁知温牧寒居然没转身继续去钉帐篷，反而直接半蹲到她身前。

他手指直接勾住叶飒的下巴，将她的脸颊抬了起来。

叶飒眨了眨眼，正要问他干吗。

温牧寒就倾身吻了过来，温热的鼻息喷在叶飒的脸颊上。

旷野辽阔，天地之间，只有他们两个人。

天色渐晚，温牧寒弄好帐篷后，便开始准备晚餐。

高原上，水是烧不开的，就连泡面都泡不开。

好在温牧寒之前在高原上拉练过，早已经习惯了高原上的环境，这种小事儿对他来说压根儿不是问题。

况且现在科技这么发达，各种自热速食层出不穷。

他们只在山上待一晚，所以温牧寒让自己的朋友准备了军队里的自热食物，两人大晚上的打开箱子，发现里面有特别多的好吃的。

"你这个朋友准备得也太齐全了吧！"

叶飒翻了翻箱子，拿出一个盒子，看着上面的字，惊喜地说道："居然有红烧排骨饭，我要吃这个。"

"这个我吃过，味道确实不错。"温牧寒点点头。

两人选了各自要吃的东西，开始加热。不过几分钟的工夫，香味就从盒子里溢出。

叶飒这一天都没怎么吃东西，这会儿正饿，恨不得立即打开袋子，赶紧开吃。

"行了，行了，可以吃了。"温牧寒瞧着她迫不及待的模样，说道。

这一顿热乎乎的饭，一下子填满了空虚的胃，也驱散了旷野之中的孤寂。

晚上两人坐在帐篷里面，冷风直灌，即便叶飒穿着厚实的冲锋衣，依旧感到有些冷。

"今晚星星不会不出来吧？"叶飒有些失望地仰望着头顶。

五千米高原真的离夜空那样近，只是此刻这片漆黑辽阔的天空，并没有星辰，似乎是乌云遮蔽了天际。天空与周围的山体连成一片，如一块纯黑色的幕布般，铺陈在眼前。

深到极致的黑将她的视线覆盖，不管她怎么看，都瞧不见星星。

叶飒失望地说："我来之前，在网上看见好多人拍了那种满天星斗的照片，我还怕自己的摄影技术不行，特地带了一个超级专业的单反。"

谁知计划赶不上变化。

"要是今晚看不见，就明晚，不着急。"温牧寒在她旁边慢悠悠地说道。

叶飒说："要多留一天吗？那我们后面的行程怎么办？"

"你想看，我们就一直等到你看见的那一刻。你先睡一会儿，说不定等到了后半夜，星星就出来了。"温牧寒望了一眼天空，轻声说道。

叶飒知道这么干等着也不是办法，于是她点了点头。

帐篷是双人的，两人早已经简单洗漱过了，这会儿直接拉上帐篷门，就可以准备入睡了。

因为迟迟看不见星空，叶飒等着等着就睡着了。外面的风贴着帐篷吹过，她靠在温牧寒的怀里，耳边听着他的心跳声，无比安心。

不知过了多久，叶飒在一阵凉风中缓缓睁开眼睛。

她的眼皮沉得厉害，感觉到冷风灌进来的时候，才一点点睁开眼睛，当她望向帐篷外的时候，发现映入眼帘的并非一片漆黑。因为星河就那样铺在她的眼前。

这里没有高楼，没有大厦，没有人烟，更没有繁华，一望无际的夜空与群山早已经在黑夜中融合成了一片，绵延至视线的尽头。

旷野之中，星河乍现，那样耀眼而璀璨。

叶飒曾经在南江的郊外山上看过星空，但是温牧寒跟她说，真正让人震撼的，是五千米海拔之上的星空。

不远处的男人，转头看见叶飒起来了。

温牧寒阔步走过来，低声说："先把衣服穿上。"

叶飒这会儿已经彻底被风吹醒了。她穿好外套，又往前走了几步，仰望着头顶，忍不住伸出手。

"我好像能徒手抓到星星。"叶飒仰着头，兴奋地说道。

温牧寒站在她的身侧，看着她兴奋的模样，心底仿佛涌出一股源源不断的热流。五千米海拔上的冷风呼啸而至，吹在耳边，周围除了她之外，再无旁人。

可是以前他拉练时，独自看夜空时的那种孤独寂寥，却再未感受到。

他伸手握住她的手掌，低声说："我已经抓住了我的星辰。"

都说五千米海拔上的星空最为耀眼夺目。

可他心底那颗最珍贵耀眼的星辰，就在眼前。

番外二

圆圆

三年后。

院子的门被推开时,里面已经响起玩具枪的音效声,还伴随着奶声奶气的声音:"你已经被我抓住,快举起手来。"

叶飒看着院子里正玩得满头大汗的小家伙,很给面子地举起手:"温屿铮小朋友,妈妈认输。"

每次叫这个名字,叶飒便满心的柔软。

谢温迪,叶铮。谢温迪与叶铮的故事。

屿是岛屿的屿,与海洋有关,当初温牧寒取名时,也是费了很多心思。

温屿铮小朋友站在不远处眼巴巴地望着叶飒,似乎没想到来的人是她。

叶飒看着他这小模样,心疼地说道:"你不是一直说好想好想妈妈?"

两个星期前,叶飒去外地开会,只能把儿子送到爷爷奶奶这边来,虽然每天都会跟小家伙视频,可是隔着手机的交流,又怎么能挡得住思念呢?

这还是小朋友出生以来,她第一次离开他这么久。

下一秒,小家伙撇着个小嘴,委屈巴巴地冲了过来,双手抱住她的腿,手里的玩具枪直接扔在了地上。

他仰着头看着叶飒,小嘴一直念叨:"妈妈抱,妈妈抱。"

叶飒弯腰把他抱了起来,问道:"你有没有想妈妈?"

"想,天天都在想妈妈。"温屿铮已经三周岁了,小嘴说话特别甜,也不知是随了谁。

叶飒点头:"那你亲一下妈妈。"

小朋友毫不犹豫地抱着叶飒的脖子，小嘴在她的左脸颊上亲了一下，然后还嫌不够，又在右侧亲了一下。

　　温牧寒把叶飒买的东西拎下来的时候，就看见这小子正对着他媳妇的脸，左右开亲。

　　他微哼了一声，这半个月温屿铮没见着叶飒，他也没见着。

　　"妈妈给你买了礼物，我们进去看一下好不好？"

　　这会儿小家伙已经眼尖地看到温牧寒手里提着东西，挣扎着想要从叶飒的怀里下来。

　　叶飒叹了一口气，亲妈有什么用呢，还是不如玩具有吸引力啊。

　　一进客厅，温牧寒把东西放下，他立即冲过去把那个很大的玩具礼盒抱在怀里。

　　"你拿过来，妈妈给你拆。"叶飒说道。

　　此时在厨房里准备水果的展清走了出来，看到叶飒笑道："我正准备给圆圆削苹果呢。"

　　"奶奶，不是圆圆。"温屿铮立即皱眉说道。

　　展清叹了一口气，立即说道："对对对，是屿铮小朋友。"

　　叶飒看看温屿铮，又看看展清，不太明白她不在家的这段时间发生了什么事情，怎么这位小朋友连自己的名字都不要了。

　　"隔壁陈参谋长的孙女最近来过暑假，名字也叫圆圆。"

　　于是温屿铮小朋友被那个小姑娘笑话说，圆圆是女孩子才叫的名字，小家伙被气得不许家里人再叫他圆圆。

　　叶飒听完，立即板着脸说："谁说圆圆是女孩子名字的，而且我们叫亿圆，对吧。"

　　亿圆是他的小名，因为当初她妈说过，只要她要一个孩子就给一个亿。

　　于是叶飒就给小朋友取了这么个小名。

　　小家伙点头，但是很委屈地说："妈妈，我不是女孩子。"

　　叶飒很肯定地回答："妈妈知道。"

　　展清在一旁笑道："我前几天带他去学校，一群学生看见他，都说这个小姑娘好漂亮啊，问这个妹妹几岁了，弄得我都不知道怎么说才好。"

叶飒有些无奈。小家伙因为长得很秀气，经常被认错成小女孩儿。

外面天气太热了，叶飒又舟车劳顿，先上楼洗澡。

谁知她洗完出来就看见温牧寒出现在卧室里。

"你不是陪儿子在玩？"叶飒有些诧异。

温牧寒直接上来把她抱住："他去睡觉了，现在你是属于我一个人的了。"

叶飒愣了下，突然意识到他这是在吃醋，忍不住笑道："你不是吧？真的要跟一个三岁的小奶娃计较吗？"

"嗯，谁让你一直看着他的。"

自从回家之后，她的眼睛一直落在温屿铮的身上，这让一旁坐着的温先生实在是不爽。

"我本来是想等晚上再补偿你的。"叶飒的手指在他胸膛轻轻滑过。

温牧寒低声说："我觉得现在就可以。"

在他的唇落下之前，叶飒突然捧住他的脸颊，低声说："我有没有跟你说过一件事儿？"温牧寒的黑眸紧紧地望着她，"不管什么时候，我最爱的人都永远是你。"

暑假快结束了，眼看着隔壁家的圆圆就要离开爷爷奶奶家里，温屿铮琢磨着要送妹妹礼物。

叶飒也帮着参考，但总觉得送玩具实在是没什么纪念价值。

最后还是温牧寒出了一个好主意。之前温屿铮一直想要看军舰，但是军舰也不是谁都能参观的。正好这次"南江舰"有个媒体开放日，邀请对军舰有兴趣的孩子们上船参观。

叶飒觉得这个主意不错，让两个小朋友出门玩一趟，也能让他们有一段可以记住的美好回忆。不过她也没敢立即做决定，毕竟要带人家的小姑娘出门，得先问过家长的意见。

这事儿是展清跟陈参谋长的夫人提议的，对方没想到他们一家居然还专门想到了这个，也是欣然同意。

参观那天是叶飒和温牧寒带两个小朋友一起去的。他们两个都是特地调休到这一天的，为了节省时间，前一宿就直接在大院留宿了。

大清早，叶飒刚睁开眼睛，就听到楼梯上咚咚咚的响声，没一会儿门外就响起了小家伙拍门的声音："妈妈，起床了。"

她转头就看见一旁的男人已经睁开眼睛。

两人对视了一眼，颇有种认命般地对视着一笑，随后都坐了起来。

叶飒下床走到门口去开门，看见温屿铮穿着一身海魂衫款式的衣服，头上还戴着一顶水手帽。

小家伙一看见叶飒就仰头问："妈妈，你看我的衣服。"

"这是奶奶给你买的？"

叶飒也是有点儿惊讶，她倒是没想到这个，所以一下就猜测到应该是展清准备的。

温屿铮点头，他特别兴奋地说："奶奶说，我和妹妹穿一样的衣服。"

果然，他们吃过早餐去隔壁接圆圆小朋友的时候，就看见她也穿着一身海魂衫，头上还戴着水手帽。

"哇，妹妹，"温屿铮从车窗探出脑袋，小手扯着自己的衣服，"我们的衣服是一样的。"

两个小朋友在一起玩了一个暑假，感情早已经好得不得了。此时一上车，他们就叽叽喳喳开始聊天。

叶飒坐在一旁听了一会儿，觉得好笑又有点儿惊讶。

因为他们聊得还挺一板一眼的。

"哥哥，我们要去看军舰吗？"

"对，我爸爸妈妈要带我们去看军舰，你看过大军舰吗？"

"没有。"

"我也没有，这次我们可以一起看。"

明明都是奶声奶气的声音，可是听起来又那么正经，都有那么点儿人小鬼大的意思。

这次军舰参观，是一次难得的机会，因此大家都很珍惜。

他们被领着上了军舰的时候，所有人站在巨大的甲板上，都有种震撼感。毕竟平时在电视里看见的万吨巨轮，跟真正站在脚下的感觉，是不一样的。

这里面最不激动的就属温牧寒。

毕竟不管是联合演习,还是之前出国维和,他们作为海军陆战队成员,对军舰都不会陌生。特别是演习的时候,他们陆战队也会住在舰艇上。

所以他们上舰没多久,就有人认出了温牧寒,是个舰上的军官,过来跟他打招呼:"你怎么也来凑这热闹?"

"带他们过来看看。"温牧寒看了眼不远处的小家伙们,此时他们正在舰艇甲板上来回奔跑,海风吹拂着他们的小脸。

阳光此刻正好,他们身上穿着的海魂衫迎风招展。

对方笑道:"你幸福啊,儿女双全。"

温牧寒笑着摇头:"男孩儿是我儿子,小女孩儿是我儿子的好朋友。"

对方一愣,又转头看着正手挽着手的小家伙们,登时笑道:"你儿子可真够聪明的,知道媳妇得打小培养啊。"

"别胡说。"温牧寒伸手在对方身上捶了一下。

没一会儿对方走了,小朋友们跑了过来。

圆圆特别好奇地看着他问道:"叔叔,哥哥说你也是海军,你是吗?"

温牧寒低头看着两个小家伙都眼巴巴地望着自己。

他点了点头:"对,叔叔是。"

"你看我就说嘛,我爸爸也很厉害,他就是海军。"温屿铮炫耀地说道。

小姑娘本来正星星眼地看着温牧寒,这一下仿佛有点儿被激恼似的,说道:"我爸爸也很厉害,他是陆军。"

"才不是,海军比较厉害。"

"是陆军厉害。"

明明还是三岁的小奶娃,却因为争论谁的爸爸更厉害,差点儿吵起来。

以至于他们最后拍照片的时候,都板着小脸,谁也不愿意理谁。

温牧寒和叶飒分别抱着他们两个人,看着他们倔强的小模样,忍不住对视了一眼,又都看向了前方,让镜头彻底留住了这一刻的美好。

这岁月,是真的如此静好。